一座城，在等你

Waiting for you in my city

上

玖月晞 著

江苏凤凰文艺出版社
JIANGSU PHOENIX LITERATURE AND ART PUBLISHING

要是明天你累了，后悔了，觉得委屈将就了，就分开。

但今天，在一起。

管他明天刮风下雨，随他去。

今天，在一起。

当年教室窗外的那一眼，是他命里活该。

当年哪里能想到就是那一眼，会要他的心，要他的命。

“我将维护医业的荣誉和传统，

我将给予人类生命最大的尊重。

即使在威胁之下，

也绝不利用我的医学知识去危害人权和公义。

我郑重地、自愿地以我的人格宣誓……”

目录 Contents

第一章

重逢·那个人

许沁站在花洒下冲凉，
看见飞溅的水点，
蓦地想起水花后边宋焰散漫无礼的眼神，
那张英俊的覆满黑灰和汗水的脸上，
表情邪野，和当初一模一样。

凌晨 4 点，急诊大厅恢复了宁静。

许沁一身白大褂，手插着兜从大厅走过。

保洁员提着拖把，蘸满消毒水，用力擦拭地板上的血迹。

许沁心不在焉，走到保洁员身边才回过神。保洁员躲闪不及，拖把推着污水和血迹，盖到了许沁鞋上。

保洁员慌忙道歉："对不起，许医生！对不起！"说着下意识地拿抹布去擦。

许沁迅速抽出手，拦住保洁员下蹲的身体："不用，没事。"

"可是……"

她温和地打断："是我不小心，给你添麻烦了。"

保洁员听言，越发难为情："哪里的话？要不，还是我帮您擦擦吧。"

她再度拦住，极淡地笑了笑："我自己处理就行。"

保洁员愧疚而感激："许医生，您人真好！"

许沁继续往前走。

保洁员握紧拖把，在她身后打量——纤瘦高挑的身材，白大褂更添一丝清丽，过肩的头发拿皮筋箍了个圈，有几缕散落两旁。

保洁员犹豫半刻，轻喊：“许医生！”

空旷的大厅里响起回声。

许沁脚步一停，回头：“嗯？”

“刚才送来的那个人，救过来了吗？”保洁员说着，下意识地瞟了一眼脚下的血迹。

此刻的急诊大厅风平浪静，静得落针可闻。谁能想象不久前这里哭声喊声，乱作一团。

“救过来了。”

保洁员脸上绽出大大的笑容：“太好了，许医生。”她对许沁鞠躬，“辛苦您了！”

许沁略微颔首算是回应，转身离开。

凌晨 4 点，正是夜最深的时候。

医院走廊里灯光惨白，空气中弥漫着生死场特有的味道，沉闷、苦腥，挥之不去。

许沁双手习惯性地插回兜里，穿过空无一人的走廊，走进办公室，站定。她低头凝视脚上脏污的鞋，眼里露出一丝嫌恶。她眉头皱起来，觉得恶心极了。那泥水和血水仿佛能穿透鞋面，从她的脚背渗进身体。

她迅速坐到椅子上，脱下鞋子扔进垃圾桶。袜子是干净的，她熟视无睹，扯下来也扔进了垃圾桶，又拉开抽屉，扯出湿巾，用力来回擦脚背，擦到皮肤发红像要破皮才停下。

她平静下来，缓缓地调整一下呼吸，扔掉纸巾，打开柜子，换上备用的鞋，转身走到洗手台边，开水龙头，打肥皂，搓擦双手，冲去泡沫。再打肥皂，搓擦双手，冲去泡沫。如此往复三次。

她有条不紊地做完这一系列动作，从白大褂口袋里摸出手机看一眼，4 点 10 分。窗外漆黑一片。

急诊室里安安静静，仿佛这一夜终于要平安过去。

手机上有一个未接来电和一条短信，来自孟宴臣：“周末回趟家。”

许沁从黑掉的手机屏里看见自己眼窝微陷。她已经连续工作 22 个小时，整个人都麻木了。

她把手放回兜里，食指轻敲着烟盒和打火机，瞟一眼墙上“请勿吸烟”的标志。

她盯着那标志看了一会儿，勾了勾唇角，起身走去阳台。

她倚在栏杆上，在夜风里点燃一支烟。

抽到半路，身后传来喊声：“医生！”

许沁起身把烟掐灭，关上阳台门，回到室内洗了三遍手，刚关上水龙头，一个邋邋遢遢满身烟灰的男人冲了进来：“医生，帮帮忙！”

她上下扫视他一眼，无明显外伤，便问：“你哪儿不舒服？”

国字脸男人上气不接下气，摆手道：“不是我，是我兄弟，他——”

正说着，三四个脏乱不堪的男人踏进门，周身一股刺鼻的烟熏味和汗臭味。这群男人统一着军绿色背心和裤子，个个身材高大结实，却一个比一个不修边幅，膀子全露在外边，沾满黑灰，不知从哪个建筑工地来的。

国字脸男人喘一口气，指向身后。许沁看过去，一片男人的身体，汗背心裹着，一时倒也不知他在指谁。

“他，他牙疼得特厉害。”

她顿时停下脚步：“牙疼？”

国字脸男人还在指：“医生，你过来看看他……”

许沁打断：“急诊没有牙科，去门诊挂号。”

“门诊现在没开门。”

“那就等开门了再去。”

许沁走到自己桌前坐下，抬头才见一群男人齐刷刷地盯着她。

也就是在这一刻，许沁看见了人群里那个“生病”的男人。他戴着口罩，浓眉之下，口罩上一双眼睛直盯着她，目光锐利而明亮。

只是一个眼神，足以看出他和他身边的人截然不同。

她无惧地回看他：“听不清楚吗？急诊没有牙科，去门诊。”

他没有开口。

反是国字脸男人有些急脾气，窝火道：“门诊现在不开门，这要怎么办？”

许沁：“忍着。”

“你！”国字脸男人捏了捏拳头，一咬牙，像是做了极大的让步，“那你开点止痛药。”

许沁靠在椅背上，双手插兜：“我这儿开不了。”

“怎么药也开不了？你做医生的，知道牙疼起来多要命吧？！”

许沁平淡地回答：“要不了命。”

国字脸男人认为她在挑衅，提高了音量：“你怎么说话呢？”

她看向他：“我在很耐心地应对你们的胡搅蛮缠。”

国字脸怒了：“我看你——”

一个年纪稍大的上来拉住同伴，打圆场似的解释：“医生，其中有误会，怪他刚才没说清楚，我们不是因牙疼来的，不是那什么蛀牙，是工作中受了伤，把牙撞断了。能不能看看……”说着就回身要去摘那男人的口罩。

许沁低下头翻病历：“别摘了，我不是牙医，看不了。”

“那能开点药吗？止止疼。”

她合上病历：“开不了。要我说几遍？”

话音未落，国字脸彻底忍不住了，大步上前指着许沁：“你信不信我——”

“杨驰！”冷冷一声喝止，来自戴口罩的男人。

那嗓音低沉隐忍，异常有辨识度，许沁无意识地抬眸看了他一眼。

又是那个眼神，眼睛又黑又亮，盯着她。

他从椅子上站起身："打扰了。"

许沁不说话。

戴口罩的男人走了一步，停下，淡淡地问："门诊几点开门？"

许沁："8 点。"

男人："谢谢！"

许沁："不用。"

男人起身往外走，杨驰还不服气，跟上他："宋队，这——"

宋焰已走出去。

其他人跟着离开，杨驰还气愤地对着许沁指了指，一跺脚走了。

杨驰追上宋焰他们，火气没消："那医生态度真恶劣，我非得投诉她。我刚进门时见着了，投诉意见簿就在大门右边。江毅，你跟我一起去。"

江毅叹了口气："我就怕投诉也没用，这儿是第三医院，刚刚那姑娘，跩得二五八万似的，谁晓得她什么来头？"

宋焰走下台阶摘掉口罩，朝垃圾箱里吐出一口带血的唾沫。

江毅："宋队，没事吧？要实在不行，给上边打个电话？"

宋焰："没事，走吧。"

杨驰站在台阶上不动，想了想，决定返回："不行，我还是得去投诉她。"

宋焰低声叫住他："算了。"

杨驰不肯："不行，一想到她就来气，不管有没有用，我都得投诉。"

宋焰又说了一遍："我叫你算了。"

杨驰不听，转身往上跑。

宋焰："你想违抗命令是吧？"

杨驰刹住脚步，身子往前倾了倾。

宋焰："给我站好！——立正！"

杨驰"唰"地挺直身板。

宋焰用下巴往街那头儿指："归队。"

杨驰笔直转身，小跑下台阶。

深夜，街道空无一人，对面停着一辆消防车。

江毅走上前来，要说什么。

宋焰皱眉，不耐烦地往远处摆了一下头。江毅"唰"地立正，敬了个礼，跟着杨驰小跑而去。

宋焰立在原地，拿口罩胡乱擦了一下脏兮兮的脸，不小心碰到脸颊，他"嗞嗞"吸一口冷气，忍着剧痛舔舔牙齿，又吐出一口血唾沫来。

牙疼起来还真要命！

宋焰回头看一眼许沁办公室的方向，半秒后，收回目光。

江毅刚上车，杨驰问："我怎么觉得宋队今天不大对劲？"

江毅："想说什么？"

杨驰："就他那脾气，要放到往常，早没好脸了。"

江毅："对方是女人吧！"

杨驰不以为然："宋队那暴脾气，对女人也没多客气——估计看这位是个美女。"

正说着，宋焰拉着把手跳上车，一掌拍在杨驰后脑勺上。

杨驰立马抱头求饶："我闭嘴！"

宋焰："开车。"

红色的消防车缓缓启动。

一路通畅，街灯辉煌。城市尚在睡眠中，天光却已微微亮。

宋焰手搭在窗边，指间的烟已燃到尽头。他回头看一眼，车上的弟兄们歪七扭八地睡着，他吸完最后一口烟，又缓缓吐了出来。

眼前浮现出在医院的那一幕。

她双手插兜，靠坐在椅子里，下巴微抬，表情疏冷，毫无怜悯地看着他，一如当年。

宋焰竟从没想过，她回国了，而且认不出他来了。

呵，一晃也快十年了。

许沁下班后去了趟门诊九楼的烧伤外科找徐肯教授。昨晚的手术中她遇到一点小疑问，想请教徐肯。

早上 8 点，徐肯不在医院。

许沁问过护士才发现自己记错了日子。徐教授周六轮休，她还以为今天星期五——最近累到昏天黑地了。许沁用力揉着鼻梁，反身走去电梯间，经过清洁间时，意外听到了自己的名字。

“听说，等许沁从急诊室回来，就会升主治医师。”这是杨思佳的声音，她和许沁同批进入医院，同批从实习医生升为住院医师。

“什么？！主治医师？”朱娴是她们的前辈，自然不满，“她凭什么？就因为在美国留过学？她来院里才几年，经验也够？”

“所以把她调去急诊室啊，那时我就猜到是为掩人耳目，果然——等回来升主治医师，好像不太名正言顺，可又挑不出哪里有错，就说破格处理呗。”杨思佳往手上挤洗手液，怜悯地看了朱娴一眼，“我觉得吧，这个名额轮也该轮到你了，你年纪比她大，经验比她多，可没办法，人家有背景。”

朱娴不屑地嗤笑一声，飞快搓着手，逞强道：“要找关系那大家都找，看谁找得过谁。”

杨思佳摇脑袋：“哦，她可不是一般的家庭。我听说她姓孟，不想张扬，换了姓。”

"孟？"朱娴迟疑半刻，小心道，"孟氏集团的……女儿？"

杨思佳耸耸肩。

朱娴不吭声了，发泄似的洗完手，抽出纸巾用力擦干。然而憋了半天，这口气也咽不下，她将纸巾砸进垃圾桶："不想张扬？笑死了，不想张扬就别走后门，有种别抢名额呀。我受够了，以后还得跟她在一个地方工作，我……"

朱娴一口气噎在嗓子里。许沁双手插兜，微微斜倚着门框，乌黑的眼睛里不起波澜，就那么平平静静地看着她。

许沁淡问："你不想跟我一起工作，要不我帮你和院长说一声？"因疲劳过度，她嗓音沙哑。

朱娴抖着唇看她，目光羞耻地求着饶。

许沁手肘稍一使力，推着自己从墙壁上站直了身子，抬着下巴睨她一眼，转身走了。

出地下停车场时，保安热情地打招呼："许医生，下班啦？"

许沁微笑着点一下头，加速出了停车场。

早晨的阳光格外灿烂，刺得许沁有一瞬差点睁不开眼。

孟家在城西边的大院里头，离三院有一段距离。爸爸心疼她工作辛苦，给她在医院隔壁街区的棕榈花园买了套房，车程 10 分钟，方便她上下班。

房子很新，坐北朝南，空间也大，许沁一人住着虽然空空荡荡，却也毫无孤独之感。多年在外，她最擅长的便是独自在城市丛林里穿梭过活。

可能是连续熬夜久了，许沁嗓子疼得难受，她记得家里有个烧水壶，一时忘了放在哪儿。

她在橱柜里找了半天，翻出个全新纸盒。拆了包装，把烧水壶拿出来认真清洗了几遍，洗干净后倒了两瓶矿泉水进去，放在底盘上，刚准备加热，看见烧水壶的插头是英式的。

许沁手里拎着圆柱形的插头，原地站了几秒，叹了口气，也不知管家从哪儿买来的烧水壶，亏她把壶里里外外刷了三遍。

她扔下插头，拧开一瓶水，冷水刺激得她嗓子一阵疼，她皱着眉喝完，去浴室洗头洗澡，吹干头发后上床睡了。

这一觉睡得很沉，迷迷糊糊听到类似警笛的声音，潜意识分辨出不是医院的急救车，她便没醒。

直到某一刻，传来门铃声，叮咚叮咚着急得很，伴随着猛烈的敲门声："许小姐？！许小姐？！"

她猛地惊醒，窗外，警笛声响彻天际。

开了门是小区保安，焦急，惶恐，一身汗："您赶紧下楼，五芳街上着火，您的车堵着消防通道了！"

许沁一下醒了个透彻，匆忙穿鞋："我马上下去。"

"您拿着车钥匙！"

她关上门才想起来问："那是消防通道？我看住户都停那儿。"

保安哭丧着脸："是啊，都堵那儿呢，该出大事了。您赶紧去，我这头还有好几个车主没通知。"

保安跑远："完了完了，这下要完了。"

她进电梯前望一眼窗外，不远处浓烟阵阵。

许沁所在的棕榈花园是这片有名的高档小区，房价是附近的两三倍。这片新开发不久，周边写字楼、商场一应俱全。

可位于开发区中心的五芳街是以贫旧著称的老生活区——民国时期是手艺人的聚居地，后渐渐发展为小商品街和底层人民的生活区。

前些年东城开发时把五芳街纳入拆迁计划，可五芳街人口众多，大部分住户无产权，开发商不愿给足够赔偿，住户离了此地又无处落脚。双方因款项问题迟迟谈不拢，一度闹到不可开交的地步。

恰逢国内著名导演在五芳街取景的电影大火，社会各界开始呼吁保护城市文化历史，留住五芳街的老面貌。事情越闹越大，五芳街成了大景点，竟没法拆了。

一年一年，形成现在的奇观——四周大厦林立，高档住宅，现代CBD，宽阔的街道上车水马龙，衣着光鲜的白领丽人来回穿梭。一栋栋高楼包围着一块四四方方的老街区，矮房窄巷，小商小贩、来此处淘货或居住在此地的人们熙熙攘攘，当地人将此戏谑地称为“中央花园”。

棕榈花园就在五芳街这“中央花园”边上，一巷之隔。

由于棕榈花园地下停车库出现质量问题，部分区间在返修，小区里没地方停车，一些住户便把车停在外头，背后这条小巷成了首选。

一辆辆好车排成长串停在巷子里，留出一条单行道，日日相安无事。好端端的谁会想到消防车过不去呢?

许沁从后门出小区，跑进巷子。消防警笛声震耳欲聋，人潮迎面涌来，大伙儿惊慌失措地往外跑，男人们拉着女人和孩子，青年们扶着老人和幼儿。几个消防队员夹杂其中，指导人群疏散：“别推！好好走！别跑！”

许沁看不清墙内的景象，只见里头某处浓烟滚滚，随风一刮，扑向附近的CBD大厦。

不少车主在人群里缓慢移车。

几辆消防车堵在巷外，车上红灯闪烁，驾驶员急得骂人：“小区物业的人呢？赶紧来移车啊！”

巷口的车移了出去，消防车缓慢地往里头前进，才走两个车位又被堵住了。

一路上，女人们的尖叫声、孩子们的哭声不绝于耳。水流满地，消防员从车上拉了水管，可长度有限，只能隔着墙往里头喷水。

一部分高压水反射回来，从墙上、树叶上溅落，噼里啪啦打湿了许沁的头发和衣衫。

许沁跑到车边掏出钥匙，刚要摁开门键，一个女人跑过，猛地撞了她一下，钥匙掉在地上滚进车底。

她跪下，伏在车边。车底脏水横流，她一时恶心不已，咬咬牙吸了一口气，伸长手臂竭力捞钥匙，抓不到。

透过车底，她看见另一边人们的鞋子一双双跑过。两个消防员的防火服裤脚停在视线内——墨蓝色，一道亮黄色的金边。

“剩下这几辆车估计是联系不上车主了，怎么办？”

男人的声音冷冽而带着一丝怒意：“都给我推开！”

“这怎么使得？！”

“不推等着这儿烧成平地？人都过来，推车！”男人从那头走过来，命令。

“宋队，你看这些车牌，都是……”

“少啰唆，出事算我的。”男人冷冷道，声音靠近许沁头顶。

许沁压低重心，终于从泥水里捞出钥匙。她抓着车门站起身，就听身后一声怒斥：“这是你的车吗？知不知道这里是消防通道！”男人声音暴怒，火气极大。

许沁摁下按钮，拉开车门，回头道歉：“对不起，我……”

宋焰一身墨蓝色的消防服，戴着安全帽，站在她身后。男人浓眉紧拧，极不耐烦地看着她，甚至带着一丝厌恶。

许沁脑子里一片空白。看到那张脸的瞬间，一片空白。

宋焰推了她一把，吼：“你还傻站在这儿？赶紧开走！”

许沁一个趔趄撞到车上，回过神来，四周兵荒马乱。再回头，宋焰已大步走向另一辆车。

许沁坐进车内，钥匙插了好几下才进锁孔。她发动汽车，跟着人群慢慢驶离巷子，经过宋焰身边时，瞥了他一眼。

宋焰和几个消防员在路边抬车。男人们头上绷着青筋，浑身使着劲，一阵暴吼，车一侧被抬起来，推至路边，撞得树上树叶簌簌直落。

他们不作停留，走向另一辆没人认领的车。在他们身后，消防车闪着灯，一点点地往前蠕动。

他在后视镜里越变越小，不见了。

她记得，宋焰的家就在五芳街。

许沁把车停在小区外，心跳已经平复。回想起刚才，宋焰根本没认出她，看她的眼神如同看一个无知愚蠢的市民。

他不记得她了。

她扫了一眼后视镜中奔跑的人群，掏出手机，给院里的急救中心打了个电话。

“五芳街这边有火灾，接警了吗？”

“车都已经去了。”

许沁放下手机，用皮筋把披散的头发随意束起，下了车，重新跑向巷子。

四周的 CBD 大楼上，白领们挤在落地窗前拿手机拍照。

五芳街浓烟滚滚，里头的人拼命往外跑，外头的人凑热闹往里头瞧。街道挤得水泄不通。

许沁费力地冲破人群的阻碍挤到巷子口，消防官兵已拉出警戒线，冲围观拍照的路人吼：“全都散开！散开！——哎，说你呢，还往里头冲？！”

许沁道：“我是医生。”

那瘦瘦的消防员狐疑地看她：“哪个医院的？”

许沁答：“第三医院。”

对方抬起警戒线，许沁弯腰穿过，跑进巷子。

堵路的几辆车侧翻在路边，消防车已进入街区。消防员架着高压水枪往着火的一排房子喷水。潮湿的焦煳味裹挟着黑烟扑面而来，熏得许沁直流眼泪。

五芳街都是老房子，不少木质结构，加上房屋连排，空间狭窄，火势扩散极快。虽然现在来了四辆高压水车，但火情并没有减弱的趋势。

大部分居民都被疏散，只有消防官兵留在前线作战。

附近几个中队的消防队队长和指导员聚在一起看地形图——消防车在街区主干道上，火势已向内部蔓延大片，内部区域多为胡同窄路，消防车无法进入，只能靠水枪喷射。

宋焰提议："派小分队进去灭火。"

五芳街消防中队的队长却认为不妥："我反对。"

宋焰："为什么？"

"这边很多房子本身就有安全隐患，火再一烧，很容易房梁倒塌、地板塌陷，咱们进去，危险太大。再说，通讯员在附近调查了，每家人都齐全，没人留在里边。实在没必要冒险。"

另一中队队长道："我同意。"

宋焰却摇摇头，指地图："你们看，现在烧的这片区域，房子是砖混结构，目前还没控制下来，若再深入，这片区域……"

宋焰手指一推地形图，指向被烧区域的临近区域："这片全是民国时期的木楼，一旦火势蔓延到这儿，就迟了。到时受灾面积会是现在的两倍甚至更大，极有可能完全脱离控制，况且——"

"况且什么？"

宋焰扯起嘴角："这边的筒子楼里有很多独居的外地人，就算有一两个被困，也不会有人发现他们不在。"

众人脸色严峻，指导员当即做决定："按宋焰说的，集结。"

几支队伍规划好了各自的路线，迅速背上灭火器，借着高压水枪的掩护，进了火场。

许沁跑过来时，只见到宋焰消失在烈火浓烟后的身影，他衣服上的黄色警示条在黑烟中闪了一下，不见了。

热浪翻涌，烟熏火燎，许沁捂着鼻子剧烈咳嗽，退到十几米开外。她的脸被热浪灼烧得疼痛起来，也不知消防员深入火中会是个什么情形。

宋焰进去没多久，突然传来一声爆炸。

指导员索俊抓起对讲机："宋焰！宋焰！什么情况？"

对讲机"吱吱"两下，传来一声笑："谁家煤气罐爆了。怎么，怕我死了？"

索俊无语："你给我正经点。"

"挂了。"

"没有命令不许进入室内。"宋焰喊一声，指挥着队员们分散灭火。消防员们散布到曲曲折折的小巷各处，抬着灭火器"噗噗"灭火。

迎面一片火海，众人正竭力扑出一条隔离带来，阻止火势蔓延。就在这时，隐约传来年轻人的哭声："救命！"

宋焰第一个听到，抬起手打了个指令，周围人停下，竖着耳朵在噼里啪啦的炸裂声里屏息判断。

声音渐渐明晰："救命！有没有人？救命！"

宋焰吼道："全部抬头，找！"

杨驰最先发现："那儿！"

宋焰："哪个方位？"

杨驰："11 点！"

一个年轻人靠在起火的三楼防盗窗口虚弱地呼救，他一见宋焰便号啕大哭："救救我，求你们救救我！"

小葛跑过来："宋队，我跟江毅进去救人。"

宋焰扫一眼那栋楼房，下了判断："不行。这栋楼全隔成小间租出去了，如果每个租客家都有一个煤气罐，给你十条命你也回不来。"

正说着，一阵风吹来，滚滚黑烟像乌云一样从窗口涌出，楼上的人没声音了。

宋焰立即脱掉身上的消防服，他满身是汗，可高温迅速把他体表的汗液蒸发。

江毅大惊："宋队，你上次就因脱消防服被处分过。"

宋焰瞟他一眼："这里就我们几个，你们谁敢说出去？嗯？"

众人闭嘴。

宋焰徒手抓住墙上的排水管道，三两下就爬上了三楼，往里头一看，年轻人已经晕过去。

防盗窗被火烤得烫手，宋焰抓住用力摇晃一下，摇下一阵尘土。

宋焰贴在外墙上，一脚踏在空调板上，一脚抵着水管道，低头喊："绳子！"

小葛陆续扔了两条安全绳上来。

宋焰拿绳子绑住防盗窗，朝下面喊道："好了！"

楼下七八个消防员扯住绳子，使劲："一，二，三！"

整排防盗窗应声而落，宋焰迅速躲开，在空中一个转身，踩住了隔壁家窗户的挡雨板。

宋焰脚踩墙面稍一借力，翻身进了三楼。

屋里高温如蒸笼，黑烟弥漫。他眯起眼，飞速拿绳子绑好年轻人的腰，另一头绑在室内的窗棂上，把他送了下去。

杨驰接住那年轻人，立即背上往外送。

宋焰正要翻身下楼，门板被烧穿了，火舌张牙舞爪，燎进狭窄的单人间。

宋焰看了一眼角落的煤气罐，朝楼下吼："闪开！"

他翻身下了阳台，抓住绳子速降而下。

与此同时，一阵剧烈的爆炸声响起。

玻璃、铝合金、墙壁、木板，一股脑儿地炸了出来。

窗棂炸裂，宋焰摔落下去。

火场里头传来接二连三的爆炸声，烟雾渐渐变小，更多的消防员背着灭火器进去支援。突然，一个消防员背着一个年轻人冲出来："医生在哪儿？谁懂急救？"

许沁立刻上前："我！"

杨驰一脸黑灰，抬头看见许沁，猛地愣了一下。

许沁也认出他来，却没空理会："还不快把人放下！"

杨驰立刻把人放倒在地。

许沁迅速检查了他的瞳孔和颈动脉："窒息了。"

许沁抬高他的下巴，把他鼻子里的棉絮挖出来，又撬开他的嘴巴，把他嘴里的毛巾碎片清理干净，随后一边把他的衬衫领口扯松开，一边冷静道："这里交给我了，你走吧。"

杨驰迟疑半刻，很快头也不回地再度冲进火场。

许沁跪起身，开始给昏迷者做人工呼吸和心肺复苏。直到她的几位医护同事上前，她才把昏迷者交给他们。

这时，火势已经控制住。宋焰他们出来了，每个人都格外狼狈，衣服上、脸上尽是黑灰。

许沁站在路边看着宋焰，某一瞬间，他的眼神移过来，和她的碰在一起，不作停留地移开。

又一拨消防员进去检查，以防有没燃尽的着火点。

先进去又回来的一拨队员则三三两两靠在墙边或消防车边休息，有的还有心思拿水冲冲眼睛，有的累得倒地便睡。

宋焰靠着根电线杆坐在地上，仰头往嘴里灌水，喉结一上一下地滚动着。地上又是水又是泥，他也不在意，反正他那身衣服脏得不成形，像是从煤灰堆里捞出来的，又像是被几百人同时踩了无数脚。

可——他还是那么有男人味。

许沁站在马路牙子上，也干净不到哪里去，她隔着来往的消防队员们和水枪间或喷射的水花，眼睛一眨不眨地看着宋焰。

宋焰放下水瓶，目光也随之落下来，看到了许沁。

他看了她几秒，忽然唇角一勾，饶有兴致的样子，冲她一抬下巴，挑挑眉，下一秒，吹一声口哨，如同调戏一个路边的陌生美女。

“宋焰！”索俊喝止一声，压低声音，“又犯浑！”

宋焰不以为意，粗粗的手指捻一捻自个儿的下巴，抹去水渍。

索俊冲许沁笑：“同志，对不起啊，他就那样儿，没恶意的。”

许沁不回应，直接走向宋焰。

宋焰眯着眼瞧她，脸上放肆的笑容没有半分收敛。

许沁走到他几步开外，停下说：“宋焰，你过来一下，我有话跟你讲。”

索俊诧异，这两人认识？

宋焰略歪着头，仰望许沁，看了看，终于站起身，拍拍屁股，朝她走过去。许沁转身往路边走，宋焰却擦肩而过，走向消防车。

得，自作多情了。许沁停在半路，回头看。他跳上了高高的消防车，只留给她一个冷淡笑着的侧脸。

消防车缓慢开走了。

许沁脸上红一阵白一阵，热得发烫，怕是被这附近的热空气烤的。

许沁缓慢地往外走，消防车正往外头移动，一人一车平行走着，谁也不看谁。

出了五芳街，一个穿红T恤的青年堵住消防车的去路："停车！都给我停车！"

驾驶员停下车。几辆消防车先后停下，堵在了巷子里。

青年暴怒的样子，沿着几辆消防车来回走，手指不停地指着车内的消防员："你们，××，你们！"他指向路边被掀翻的保时捷，脸红脖子粗，"谁掀的？"

宋焰坐在副驾驶座上，右手搭在窗上，手上全是血疱和剐痕。他稍稍倾身，头探出车外，说："我掀的。有意见？"

说这话时，他唇角浅浅勾着，却很难说是笑意。

红T恤没料到一个消防员这么横，抖着手指了指："你给我下来。"

宋焰开了车门，跳下车，他脱了防火服，里头就一件军绿色的背心，湿透了，贴着结实高大的身躯。

从许沁身边经过，留下一道阴影。

宋焰走过去，略一挑下巴。

红T恤比他矮一头，小胳膊小腿的比他瘦一圈，见他这痞邪的气势，不禁往后退了一步，爹着胆子道："你，你知道我是谁吗？今儿你要是好好给我道歉赔偿，我就放你一马，不然你就等着被撤职吧。"

宋焰盯着他看，看得红T恤有些心虚了，怒道："你看看这车牌，你知道我……"

宋焰笑了笑，突然转身就是一脚，把车踢得哐当响，车牌上出现一个凹痕。

红T恤双脸涨红，又不敢动手，只会指着他不断重复："你……你……你……你知道我是……"

宋焰上前一步，逼近道："我管你是谁！占着消防通道让10分钟能灭的火烧了两个小时，烧掉78户，你还有理？！没死人没烧到木房区酿成重灾没有让你这破车上头条曝光算你走运，我要是你就夹紧尾巴滚一边去！”

他不紧不慢地说完了，瞥那红T恤一眼：“南城区十里台消防中队，宋焰，投诉去。”

红T恤站在原地，瞠目结舌。

宋焰大步走到消防车边，拉住把手，轻松一跃上车。

大车发动，行驶而去。

许沁站在原地，平静地目送那红色的庞然大物离开，心被风吹得轻颤一下：这么多年了，他那天不怕地不怕的性格一点没变，一丁点都没变。

许沁回到家才发现手机里一串未接来电，正要回拨过去，孟宴臣的电话过来了。

“喂？”

“你那儿起火了？”孟宴臣问。

“隔壁街道。我这儿没事。”许沁踢掉鞋子，光脚走进室内。

“那就好。”孟宴臣又问，“最近很忙？”

“有点。”许沁经过落地镜，瞥见自己身上沾满泥点，她皱了眉，浑身不自在，“先不跟你说了，我去洗个澡。明天回家看爸妈。”

“好。”孟宴臣挂了电话。

许沁站在花洒下冲凉，看见飞溅的水点，蓦地想起水花后边宋焰散漫无礼的眼神，那张英俊的覆满黑灰和汗水的脸上，表情邪野，和当初一模一样。

那时候，许沁还只是个高中生。

应该是个夏天，许沁放学回家，路上遇到宋焰和一帮男同学。

许沁习惯低头走路，直到快踩到宋焰的脚，才意识到前方视线被人挡住，她抬起头。

宋焰问：“你叫孟沁是吧？”

许沁沉默。

“我叫宋焰。”

少女许沁面无表情地杵在原地，看着他，不说话，也不走。

两人僵持着，谁都不肯让步，最后居然对站起来，10分钟，20分钟，半个小时，一个小时……

人或许只有在少年时代，才会幼稚和倔强到那种程度吧。

许沁失神片刻，猛地关掉水龙头。

只是一次偶遇，不会再见的。

不过是可有可无的人，她并不期望再见到他。

第二天回家时遇到了一点小麻烦。

许沁忘了带通行证，大院门口站岗的估计是新来的，不认得她，也不记得她的车牌，把她拦了下来，要登记。

许沁在包里翻了一会儿，抬起头，轻声道：“刚好换了钱包，身份证落下了。”

站岗的问：“你来找谁啊？”

许沁停了一秒，说：“孟怀瑾，董事长。”

站岗的犹自怀疑，上下打量她。

许沁坐在车里，不发一言，只感到奇怪，已经傍晚，这日头怎么还是那么晒，晒得车内意外地闷热。

他还要说什么，另一位大步过来敬了个礼，站岗的小伙子不明所以，跟着敬了个礼。

栏杆升起。“孟小姐，不好意思，他新来的，耽误您时间了。”

许沁淡笑："没事。"

她微踩油门，汽车驶进大院，两位敬礼目送。

这片家属大院建于20世纪80年代，红墙白瓦，绿树成荫，颇有旧时之风。虽然毗邻西区闹市，但三面环湖，正面对着博物馆和图书馆，难得闹中取静。

许沁停了车，没急着进屋，感到胸口一阵压抑的闷热。

她走去灌木丛后抽烟，站在树荫深处，空气凉丝丝的，心绪也渐渐舒缓了。她在绿油油的叶子间看到了一点黄色，现在还是夏天呢，可墙另一边的银杏树上有一片叶子黄了叶梢，像一个犯了错误的小孩。

当年宋焰曾从这道墙上翻过来找她，那家伙把巡逻队来回的频率记得清清楚楚。

但现在不行了，墙上到处装着摄像头。

许沁把烟掐灭，往手上喷了点香水，走出灌木丛。

走到家门口，孟宴臣的车开过来了。

许沁站在原地，等孟宴臣下车。

孟宴臣从小就是这片长得最好看的男孩子，少年时代的长相甚至可用"美"来形容，反倒是这些年，褪了秀气，变得英气逼人。越长越像孟怀瑾年轻时的样子，从容不迫，正派克己，举手投足间自带矜贵之气。

孟宴臣眼神一直锁着许沁："你好像瘦了？"

许沁："没那么夸张。你多久没回来了？"

孟宴臣："两个星期。"

许沁正上台阶，回头白他一眼："你好意思说我？"

孟宴臣望着她微愠的小脸，愣了片刻，旋即笑了笑，跟着她进了屋。

许沁进门换鞋，叫了声："爸，妈。"

孟宴臣跟着叫了声："爸，妈。"

付闻樱从书房走出来："你们俩怎么一道回来的？"

许沁："家门口碰上了。我爸呢？"

"跟肖亦骁他爸下棋去了，快到饭点了，也该回来了。"

许沁："刚在车里出汗了，我上去换件衣服。"

付闻樱却微微皱起眉，优雅地环视一周，微笑着问："谁抽烟了？"

许沁没反应。

"我。"孟宴臣说，"刚在车里抽了根烟。扇了半天，还是让您闻到了。"

付闻樱继续微笑："家里的规矩不记得了？"

孟宴臣举手："不把烟味带回家，保证没下次。"

许沁上楼关上房门，看一眼自己的房间，似乎没什么变化。她走到桌边拉开抽屉，她的木屑和小雕刻又被清理干净了。

付闻樱一直不喜欢她做雕刻，说她花整天的时间坐在房间里雕木头，也不和人讲话，好好的女孩子，脑子都坏掉了。

付闻樱也不喜欢她做外科医生，说病菌太多，说吃力不讨好，说医生这职业不是他们这种家庭的孩子应该做的。

许沁合上抽屉，从衣柜里挑出一条裙子，开始脱衣服。

孟宴臣象征性地敲了两下门，同时推开："沁沁——"

许沁衬衫脱到一半，粉白的肩膀和蓝色的文胸露在外边。她一双黑眼睛平静地看着孟宴臣。孟宴臣手机拿在耳边，愣了愣，门往回拉一半，又顿住。

许沁问："什么事？"

孟宴臣："亦骁打电话，他在湾流开了房，问晚上去不去。"

许沁点头："嗯。"

孟宴臣关上门，低着头在门后站了一会儿，转身走了。

肖亦骁是他们的邻居，跟孟宴臣是同年同月同日生的哥儿们。偏偏一个像火一个像冰，从小打到大，谁也不服谁，你喜欢东我就喜欢西，你往北我就偏往南。

两人生平第一次和解竟是因为许沁的到来。

许沁不爱说话，只爱拿小刀刻木头，像个小机器人。肖亦骁很喜欢这个小妹妹，好奇地看她，有时摸摸她的手，戳戳她的脸，她也不哭不闹，只拿黑溜溜的眼珠看他。肖亦骁可喜欢啦，天天往孟家跑。孟宴臣就赶他走："这是我妹妹，又不是你的。"

肖亦骁气死了，回去跟他妈闹："我也要妹妹，要跟小沁一模一样的。"结果被他妈臭骂一顿。

肖亦骁又听付闻樱说许沁待在家里要憋出病来，就天天爬窗户去找许沁玩，给许沁讲外边多好玩，以此引诱她出门。

有一天，许沁刻了一个小人儿，一声不吭地塞到肖亦骁手里。肖亦骁一看，那是个小小的自己啊。他乐坏啦，兴奋地拿去跟孟宴臣炫耀，孟宴臣呵呵一笑，展示出一抽屉十几个木雕的小孟宴臣。

肖亦骁气得差点没咬死孟宴臣。

许沁从小被这两人保护过度，朋友极少，出了大院，她和外界的交往如蜻蜓点水。

唯宋焰是个例外。

晚饭后孟宴臣说出门找肖亦骁玩，付闻樱没多问，也难得没有不赞同，倒是说了一句"孟宴臣怎么不学肖亦骁，找个女朋友"。

孟宴臣当没听见。

肖亦骁是典型的本地孩子，好呼朋引伴，夜夜攒局，城里头从东到西、从南到北没有他不认识的人，没有他没去过的地儿。他朋友多，女朋友也多。许沁有一次说他花心，没想到肖亦骁一摊手："我还花心？我爱了你那么多年，天地可鉴。”许沁懒得理会他的玩笑。

他从小调皮捣蛋，被他爸打到28岁，对仕途毫无兴趣，喜欢搞交际做生意，当初最调皮的反而成了最有钱的。

肖亦骁是湾流的常客，几乎夜夜在此宴宾客谈生意，红酒美女，一掷千金。孟宴臣只用报上肖亦骁的名字，高大帅气的服务员便弯腰引路。

走过金碧辉煌的电梯间，许沁无意间看到红色的消防栓，一旁还有“消防安全检查”栏，上边记录着检查日期、检查人单位姓名和评价等级：

4月16日，南城区消防大队，王选凯，合格

9月17日，南城区消防大队，张浩可，合格

电梯叮咚，门开，肖亦骁在里头。

孟宴臣：“去哪儿？”

肖亦骁：“许医生大驾光临，得亲自下楼接呀。”

许沁回过头来，淡淡道：“有这工夫留着哄女朋友吧。”

肖亦骁却捕捉到她的眼神，回头看那表格，问：“看什么呢？”

许沁：“没事。”

电梯缓慢往上。

许沁突然说：“我上星期看见宋焰了。”

孟宴臣和肖亦骁脸上神色各异。

肖亦骁率先发问：“他干吗呢？我猜猜，不会像我一样当土老板了吧！”

许沁眼中光芒暗淡，说：“消防员。”

电梯里头一阵沉默，许沁听出了这沉默中的怜悯。

一贯自持克己的孟宴臣难得刻薄地哼出一声：“就知道那小子不会有

什么出息。”

许沁薄淡地笑了笑：“是啊。”

许沁最后一个走出电梯，肖亦骁放慢步子。

许沁问：“看什么看？”

肖亦骁：“在想宋焰？”

许沁冷淡道：“他有什么可想的？”

肖亦骁一时没话说了，笑一笑，在许沁头上用力揉了揉。

彩灯流转，灯光暧昧，屏幕上播放着一首音量极小的老歌。两个包厢服务员蹲在茶几边倒水倒酒。

许沁去洗手间了，孟宴臣坐在沙发上喝水。肖亦骁坐到他身边，推了他一下。

孟宴臣杯里的水极轻地晃了晃：“怎么？”

肖亦骁问：“最近身边有女人没？”

孟宴臣摇头。

肖亦骁目光往他裤裆扫了扫：“你小子不是有难言之隐吧？”

孟宴臣淡淡瞥他一眼：“要不拿你试试？”

肖亦骁一脸嫌弃：“去你的！我对男的没兴趣。”

包厢的服务员偷偷笑，肖亦骁佯作恼怒：“笑什么笑，啊？”

服务员知道他不生气，笑声更大了。

肖亦骁把孟宴臣的脸扳过来：“问你俩，他帅吗？”

孟宴臣打开肖亦骁的手：“滚！”

服务员抿唇笑，脸上浮起红晕。

肖亦骁：“帅吗，啊，他？”

两个服务员点头。

肖亦骁继续逗姑娘：“他帅，还是我帅？”

孟宴臣忍不下去了：“你无聊吗？”

有个小姑娘爹着胆子，朝孟宴臣挑下巴：“他。”

肖亦骁笑容收了，幽幽盯着姑娘看，过一秒，唇角一勾：“今晚你没小费了。”

没小费的小姑娘被他撩得心神荡漾。

肖亦骁不闹了，吃了块橙子，忽然说：“那天，小沁跟我说了一句话。”

孟宴臣看过来。

肖亦骁：“她说，你妈跟她说过，所谓人生，就是得不到自己最想要的。也正是得不到才想要，真到了手，就会很快抛到身后。”

孟宴臣盯着他看。

肖亦骁：“人这一生就这么长，能好好享受手头有的东西，已经是很大的福气。放弃已有的，去追想要的，不值得。”

正说着，许沁从洗手间出来，孟宴臣收回目光，闷下一口红酒。

倒酒的小姑娘问：“亦哥，你还有想要却得不到的啊？”

肖亦骁又没了正经，笑起来：“比如你，就得不到呀。”

小姑娘经不起调戏，羞涩地笑，脸红如杯中酒。

桌上肖亦骁的手机振了又振。

孟宴臣看他一眼：“下去吧。你刚下楼是有别的事？”

肖亦骁知道瞒不住他：“合作方几个领导在隔壁吃饭，我也刚知道，想请他们来会所喝酒，但……”

孟宴臣：“没房间了？”

肖亦骁：“真不凑巧。”

孟宴臣：“叫过来吧。没关系。”

许沁坐下，说：“我也没事。”

肖亦骁笑容绽开：“得嘞。”

五六个客人西装笔挺，刚落座，领班阿露就带来了几个服务员，让她们服务好客人。姑娘们个个身材高挑，皮肤白皙。

阿露搭住肖亦骁的肩膀："亦哥，你不找人陪着聊聊？"

肖亦骁指一指许沁："哪儿敢哪？女朋友搁这儿坐着呢！"

被拖出来挡枪的许沁恍若未闻。

阿露多年前只是服务员，现在成了领班。她跟他们都熟，知道肖亦骁开玩笑，所以双手依然钩着肖亦骁的脖子："沁姐还是那么漂亮，比我们这儿的服务员漂亮不知多少倍。"

肖亦骁脸色微变："这话怎么说的？"

许沁不搭理，不救场，看都不看她一眼。阿露意识到不对，忙改口："这哪儿能比啊？气质就不一样，不能比——"

肖亦骁："滚出去。"

阿露惴惴地起身离开，过了会儿估计是想将功补过，又带了两个服务员进来，解释说这俩是新面孔，本来今天休假不上班，为了他专门叫来的。

的确比之前的看起来清秀，脂粉味也不重。

肖亦骁回头看孟宴臣，特大方："你先选，剩下是我的。"

孟宴臣："没兴趣。"

话音刚落，穿白色短裙的姑娘以为没事了，转身就往外走。

肖亦骁眼色一凛，喝道："什么规矩？给我回来！"

那姑娘转过身来，目光正好与许沁对上，许沁表情漠然。

肖亦骁说："哪儿来的臭毛病？"

阿露赔笑："是，没规矩。"

那姑娘不解释，不吭声，不道歉，面无表情，冷淡的模样乍一看还有点像许沁。孟宴臣指了她一下："就她吧。"

她过来坐到孟宴臣和许沁中间。先前那几个不要服务员的客人现在聊得火热，倒是孟宴臣、肖亦骁这边，两人都把姑娘当空气。肖亦骁偶尔还问一下，孟宴臣直接一句话不说。

白衣姑娘坐在孟宴臣旁边，自己喝红酒，反而落得自在。

孟宴臣忽然问："走吗？"

白衣姑娘说："我没那么随便。"

孟宴臣扭头，眼神带着克制的诧异，一闪而过。他瞥了许沁一眼，后者在吃葡萄，没听他说话。

白衣姑娘明白过来，抿着红酒不搭话了，隔一会儿，往孟宴臣杯里添上红酒。

孟宴臣问："叫什么？"

"叶子。"

"老家哪儿的？"

叶子回答了。

孟宴臣："好地方。"

叶子："你去过？"

孟宴臣："出差。"

许沁抽出纸巾擦了擦手，起身。

肖亦骁："干吗去？"

许沁："值夜班，先走了。"

孟宴臣："我送你。"

许沁："不用，地铁很快。"

孟宴臣不说话，抄起钥匙串，起身出去了。许沁看他一眼，跟着出去了。肖亦骁回头看他俩的背影，不知道是不是他的错觉，孟宴臣这几年话越来越少了。

因是周末，深夜的街道上仍有车辆来往。

孟宴臣的车停在红灯前，他扭头看了许沁一眼，许沁望着窗外的路灯光，表情干净而冷淡。

“看什么？”她望着窗外问道。

孟宴臣手指敲着方向盘：“今天，妈妈跟我说了些事情。”

许沁：“什么事？”

孟宴臣：“没什么大事，就是让我问问你。”

许沁等了一会儿，见他没下文了，扭头看他：“问什么？”

孟宴臣：“想结婚了吗？”

许沁重新扭回头去，不在乎的样子：“没有想，也没有不想。”

孟宴臣揣摩了一会儿，问：“想和什么样的男生交往？”

许沁：“听妈妈的安排。”

孟宴臣：“还和小时候一样，对什么都没兴趣。”

许沁望着窗外的夜色，不发一言。

快到医院时，孟宴臣忽然问：“和宋焰说话了？”

许沁：“没有。”

孟宴臣扭头看她。

许沁：“我跟他说话，他不理我——无所谓，我和他也没什么可聊的。”

孟宴臣很仔细地看着许沁的脸，却没从她脸上看出一丝多余的表情。

“沁沁？”

“嗯？”

“那年你出国前，妈妈跟你谈了什么？”

“问我是要宋焰，还是要钱。”许沁扭头看孟宴臣，说，“我当然要钱了。”

孟宴臣盯着她，一瞬间眼神复杂。

许沁却努努嘴指前头：“绿灯了，走吧！”

许沁协助高良主任完成了一台心肺外科手术，对方是个中年男人，夜里突发心脏病。

好不容易抢救过来，出了手术室却见两个女人在厮打。原来送人来的是男人的情人，现在被妻子撞上，免不了一番揪扯。不少护士在劝架。

许沁平静地绕过吵架的人群，离开走廊。

回到办公室，难得无风无浪地度过了半小时。

可往往到快换班的时候，是突发事件最多的时候。许沁已多次在临近下班时遭遇手术类急救。遇到这种情况，加班时间无限拉长也没办法。

离换班还有10分钟，来看病的只有一个被流浪猫挠到的白领。许沁正为她处理，外头传来匆匆的脚步声和哭声，随即是问询声："手臂伤着了，往哪边看医生啊？"

脚步声靠近。

很快，一对夫妇拖着个10岁多正在号哭的小男孩冲进诊断室，嚷："医生，我家宝宝烫伤了！"

许沁抬眸瞥一眼小孩手臂上并不严重的伤势，收回目光："去门诊挂号。"

母亲急道："小孩子疼得不行啦，门诊排队要排到什么时候？外边又没人，你是医生，就通融一下给我家宝宝看看嘛。"

小男孩哇哇大哭着，此刻外头也没别的急诊病人，许沁道："去外边挂个号，排队。"

那母亲还不满："可是……"

许沁抬起头："这边还有病人。"

那女人便拉着小孩站在一旁等，齐齐瞪着许沁，仿佛这样能给她压力，叫她迅速打发手头的病人。

许沁："麻烦你们出去一下，保护这位病人的隐私。"

那女人不情不愿拉着小孩退到门口，就是不出诊断室。

许沁没跟他们较真，她开了处方，递给白领："药房领完药，去注射科打针。还有，以后被狗咬了，去疾病预防中心，不用来综合医院。"

"谢谢医生！"白领拿着处方单离开。

那对父母立刻拉着男孩坐在椅子上，说道："医生，你看看，小孩被开水烫到，手上都起泡——"

话音未落，两个浑身黑灰的男人冲了进来："医生！"

一个男人手腕上的衣袖被烧焦了，布料和皮肉粘在一起，黑红一片，惨不忍睹。

那对父母和孩子嫌他们身上脏，躲去了一旁。

许沁觉得这两人眼熟，一时却想不起来，转身找剪刀和镊子时，突然想起在五芳街的火灾中看过这两张脸。

她看了一眼桌边烫伤的小孩子，迅速打出一张处方笺给他的父母："去药房领药，涂三天就好了。"说完转身对护士说："小南呢？把她叫来，准备手术。"

那父亲见状，难以置信："医生，我孩子这边你还没看呢！"

许沁回头："你们照这处方去拿药就行。"说着要走。

男人怒了，猛扯许沁一把。

许沁一个趔趄，差点摔倒。

"你给我儿子看病了吗，啊？十秒都没有！你把病情搞清楚没，就乱开药？你问了我们是什么情况吗，就乱开药？！"

许沁："想跟医生聊天，去门诊排队。"转头："小北，带这位去隔壁，准备手术。"

许沁迅速往外走，那男人却揪住许沁的白大褂，把她扯了回去："你今天不给我儿子把病看清楚，我要你好看！”

许沁：“你松开。”

“不松你要怎么着？”男人打开手机，对准许沁的脸，“市里最好的医院，医生就这么个素质？我要拍下来放到网上给人看。”

许沁一扬手，男人的手机摔到地上。

“你 ××！”男人手掌朝许沁打下去。

护士尖叫：“你干吗？！”

许沁用力挣扎，可力气不够，躲不开，眼睁睁地看着他的巴掌朝自己扇来，她眼底一阵冷光闪过，却毫无作用。

那巴掌却没落下。

一道陌生又熟悉的高大身影挡在了许沁前边。

第二章

滂沱·白色宝马

暴雨肆虐的深夜，整座城市几近瘫痪。

无数角落里，似乎有无数人在被遗忘。

她被隔绝在这个黑暗密闭的大盒子里。

窗户上全是雨，外头的世界模糊一片，

黑蒙蒙的，什么也看不清。

宋焰一只手钳住对方的手腕，并未用多少力，对方已动弹不得。

宋焰冷嘲：“打女人？这没出息的毛病跟哪儿学的？”

“你给我放手！不然——我——”对方磕磕巴巴。

宋焰反问：“你怎样？”

对方松了许沁，另一手袭击宋焰，宋焰扼住他的手腕，两手一剪一推，那男人被推开，猛地撞到墙上。

女人指着宋焰，尖叫：“你们医院还打人？”

宋焰不屑搭理，回头见许沁还站在他身后，下巴迅速往门口指了指，不耐烦道：“不出去救人，跟这儿杵着看戏呢？”

许沁立即跑出去，只听身后宋焰说道：“我不是这医院的，受伤的那是我兄弟，谁敢在这儿闹，耽误他治疗，我跟他没完！”

这世道，欺软怕硬，蛮横的就得更蛮横的治。许沁想。

受伤的消防员叫童铭，陪他一起的叫小葛。

许沁剪了童铭的衣袖，给他做基础的清洗。童铭疼得冷汗直流，脸上的黑灰冲出一条条沟壑。

许沁道：“忍一忍，过会儿给你打麻药。”又抬头对一旁的护士小南示意，小南过来给童铭擦脸上的污物。

这大男人反倒不好意思起来，扭扭捏捏的。

小南急了："你总躲什么呀？"

童铭抬起另一只手："我自己来，自己来。"

小南："你这手都是肿的，还脏。"说着，摁住他的手，给他擦脸。擦去那一层黑灰，年轻人的脸通红通红的，有几丝干裂。

小南瞧出是火烤的，心生恻隐，不再说话，只低下头给他擦手掌。

许沁简单清理了手臂上烧伤的创处，给他打了一针麻醉，冷淡地问："现场没救护车？"

童铭傻乎乎地回答："我不知道啊，我被小葛拉来的。"

小葛帮忙解释道："有的有的。但不够，拉了几个受伤的民众就走了。"

许沁说："没救护车留在现场？"

小葛一时没回答。

许沁说："去投诉。"

小葛一愣，童铭也愣了愣，小南和小北都愣住了，心里暗叫：许医生，那是咱家医院哪！

童铭憨笑，摆手："大水冲了龙王庙，都是一家人，有什么好投诉的？嘿嘿。"

许沁抬眸看了他一眼。

童铭以为她没懂，指了指许沁，又指了指自己："医生、消防员，不都是为人民服务吗？一家人，一家人，都不容易。"

许沁低头工作，不再言语。

手术完毕，许沁开了药和针剂，小南领着童铭去注射室打消炎针。

许沁这才想起宋焰，她迅速返回会诊室，人不在了。换她班的李医生在给病人就诊。

许沁回到大厅，不经意四处看，也不知自己在找什么，忽然瞥见一个高高的男人从注射室走出来，直奔大门。

许沁拔腿追去，绕过大厅穿梭的人影。

男人步履极快，挺拔的身影越走越远。

许沁穿过人群，出了大门，飞速跑下台阶："宋焰！"

男人停了下来。

那时，正是一天中最温柔美好的时刻，晨曦洒在他宽阔的肩上，在他黑色的发间晕上一层细细的光。

是清晨呢。

许沁平复着因奔跑而急促的呼吸，双手落进白大褂口袋里，她走上前去："宋焰。"

宋焰转过身来，看向她，脸上没有多余的表情。

两人站在上午的阳光里，望着对方，身边人来人往。

宋焰："有事？"

许沁："好久不见！"

宋焰眯着眼，似乎认真地回忆了一下，说："是挺久的。"

许沁问："过得怎么样？"

宋焰："挺好。你呢？"

许沁看着他的眼睛，轻声答："不好。"

宋焰脸上笑容定住，他研判地观察着她的脸，半秒后，极淡地弯了弯唇，表情好似看穿了她求同情的把戏。

他说："哦。还有别的事？"

他显然不关心，也没心思跟她兜兜转转。

许沁却也不尴尬，淡定得一如平常，说："刚才的事，谢谢你！"

宋焰客气地说："我是为了我弟兄。"

许沁点点头，礼貌地说：“还有上次……”

“许沁，”宋焰打断她，黑色的眼睛盯着她，看穿了她的弯弯绕绕和磨磨蹭蹭，“你到底想说什么？”

许沁：“有时间喝杯咖啡？”

宋焰盯着她半晌，再度奇怪地笑了一下，其中的讥诮毫不掩饰。

许沁觉得此刻她应该脸如火烧，但她感觉不到一丝羞耻，依然开口：“可以吗？”

“挺忙的。”宋焰稍稍倾身，拉近了和她的距离，下巴微微一挑，说，“排队。”

许沁脸上风波不动。

宋焰直起身：“到号了叫你。”

他走了。

痛痛快快，不回头。

许沁站在原地，眯眼看着他的背影消失在大门口，转身进了医院。

进门碰上120中心的同事，许沁问：“刚才有跟消防一道出车的吗？”

“有啊，去了四辆车。”同事回答。

“民众伤了很多？为什么受伤的消防员没有医护人员救治，后边甚至没车留在现场？”

“唉，别提了。本来有车留在现场的，几个轻伤的民众处理过就好了，可非说不能呼吸，要全身检查，吵着闹着要来医院，我们也没办法。”

许沁没再多问，换了衣服下班了。

许沁一觉醒来，离上班时间还有三个多小时。她叫了份外卖坐在阳台上，看见高楼大厦中央一方矮矮平平的街区——五芳街。

一片红墙白瓦间，不久前烧掉的那块还是黑黢黢的。

许沁也不知自己在想什么，回过神来的时候，人就到了路口。

走进五芳街，瞬间从繁华都市坠入热闹小镇，青石板巷，砖瓦民居，阁楼上的风铃叮叮作响。

她经过裁缝铺子，听见缝纫机吱吱呀呀被飞速踩动，听见布匹撕裂，针线崩断；她经过香料铺子，老板娘和伙计们在门口站成一排，拿筛子抖着八角茴香，筛香料，她听见香料如齐整的千军万马在竹筛中奔腾，唰——唰；她经过理发铺子，剃头师傅手中的剃刀吱吱烫着开水，一反手，在铜水盆边沿上摩擦，她听见刺耳的金属撞击声；她经过小饭馆，满脸油光的厨师荡着铁锅，她听见锅铲翻动，瓢盆叮当；她经过猪肉铺子，听见老板磨刀霍霍；经过蔬菜店，听见卖菜姑娘洒水阵阵；经过米铺、零食铺……听见大人们讨价还价，邻里间八卦喧哗，小孩们叽叽喳喳。

空气里弥漫着布料香、香料香、洗发水味、饭菜味，还有一树橘叶香，从高高的树梢晃晃悠悠地飘到巷子里。

许沁走过繁忙的小街，意外发现这么多年过去，五芳街外的世界日新月异，这里头的一切却和当初一模一样——香料铺的老板娘眼角还有那颗泪痣，裁缝铺的那个裁缝还爱穿长衫，理发铺的师傅依然留着寸头……

而她也顺利找到通往宋焰家的路，和回家一样熟悉，仿佛刻在骨子里的本能。

宋焰从小被他舅舅舅妈带大，家在五芳街深巷中，是一处四合院。

宅门上挂着“翟记”的牌匾。

木门大开，绕过影壁，游廊里、庭院里整整齐齐摞着各类木工。

宋焰的舅舅翟家老三是个木匠，手艺精细，远近闻名，小到梳妆盒，大到整体衣柜，样样都能在他手中生出花来。

许沁站在少时感觉宽阔的院子里，忽觉记忆中的院落不似此刻逼仄狭窄。

红墙赭瓦，岁月沧桑。头顶一片青天。

院落里有不大不小的电视节目声。

正房两侧的枇杷树如今已亭亭如盖，而她当年种下的紫藤爬满了西厢房，垂垂如帘。

那里是宋焰的房间。

一切都似乎没变。

许沁轻轻抚摩手边的木头，她记得，在这里，翟舅舅曾教过她木工，刨子往长木头上一推，成片的木头花翻滚着飞出来，她高兴地咯咯笑。

她说："宋焰，我好喜欢你家。"

年少的宋焰蹲在木桩上，习惯性地歪头瞅着她，笑道："光说没用，敢不敢上我的户口本？"

许沁停下一切，也停了笑，眼睛一眨不眨地看着他。

他凑近她："我保证，这辈子就往死里头疼你。"

舅舅过来，一巴掌拍在宋焰的后脑勺上："又在家抽烟，把房子点着了，你舅妈不宰了你！"

现实世界里传来脚步声，把许沁拉回现实。

翟老三看见院内的人影，从正房走出来："要做木工？"

许沁扭头。

舅舅老了啊。

也就是在那一瞬间，在时光中凝滞的院子突然变化起来，有什么东西很明确地在时光里褪色了。她终于看清了，墙上的赭红被经年累月的日照晒得浅淡，屋顶的鎏金瓦也被雨打得斑驳。

翟老三脸上的笑容在一瞬间凝固、扭曲，又压抑、平复。

许沁吸了一口气："舅舅。"

"哦，孟小姐啊。"翟老三恢复了客气，"这突然上门，有事？"

许沁："我找宋焰……"

话音未落，宋焰的表妹翟淼从屋里蹦了出来："你这坏女人，还有脸来找我哥？当年你差点把他害死还不够，你……"

舅妈走出来，连推带搡把翟淼推进屋里。

许沁没太听清翟淼的话，上前一步："刚才她说……"

舅妈打断她说："他不住这儿。"

许沁下意识地看了一眼西边的房间，房门紧锁，木窗紧闭。墙壁上的赤漆掉了色，片片灰白，只有屋檐上紫藤疯长。

"他现在住哪儿？"许沁问，"方便告诉我吗？"

"方便的。"舅妈微笑说，"他现在是消防员，住营地——意思就是，出不来的。"

见不着了。

不像当年那么容易，找他他就在这里。

许沁一整个星期都平平静静，如常工作，如常生活。

市庆放假期间门诊轮休，急诊照常上班。

一到节假，就有醉酒的、暴饮暴食的、各种发病的、遭遇意外让 110 送来的，整个急诊部就没有停下的时候。

深夜又送来一对醉酒的男女，许沁进留观室时，两人躺在隔壁床上讲话。

许沁叫护士给两人量血压，男孩正和女孩说话呢，一眼看见许沁了，嘿嘿笑道："天使姐姐，你长得真好看呀！"

女孩就指着男孩哈哈大笑："你个傻帽，喝醉了吧，我才是天使，我在这儿呢！"

男孩不服气："你才醉了，我千杯不醉。"

女孩："闭嘴！信不信我亲一口，把你变成石头。"

男孩掀被子要下床："来啊，亲啊，谁不亲谁是孙子！"

护士们费了好大劲才把两人摁在床上。

许沁看了一下两个人，交代护士："常规的监护输液就行。"说完合上诊断本收起笔，出了留观室。

小南紧随其后。

许沁："这两人认识？"

小南："不认识，从两个方向送来的。"

许沁："倒是自来熟。"

小南："这俩还算好的，昨天那几个抱在一起滚，床上全是尿。"

许沁淡淡道："就不该有假期，人这种动物，一脱离束缚就不懂节制。"

小南默默提醒："许医生，那我们也会没假期，然后累死。"

许沁想了想："……哦……"

而不过几个小时，小南再一次深刻地体会了不懂节制的意思。

那是凌晨 2 点，许沁和另外几个外科医生，以及几位护士站在会诊室灿白的灯光下，看着同一个方向，每个人都眉心紧蹙。

一位男病人躺在检查床上，面部涨红，双腿蜷起，生殖器上套着一个内径狭小的短钢管。

经初步会诊，这位病人因生理性冲动，钢管卡在里头出不来了。生殖器因压迫充血无法软化，坚挺了几小时，疼得人都快虚脱了。病人要死要活，不断哭求："一定要救救我啊，医生，我还没生孩子呢。"

许沁他们商量后试着给人打了几针，也不起作用。

一筹莫展之际，许沁说："叫消防员来吧。"见众人纳闷，她补充道，"他们有专业的工具。像小孩手卡在玩具里，成年人腿卡在旋转门里，手指卡住小号戒指，消防员都能弄下来，还能抓蛇抓野生动物什么的。”

众人一副大开眼界的样子。那病人还有心思插嘴，嘲笑：“我去，什么人会把腿卡在旋转门里？”

许沁缓缓看了他一眼。

小南去打 119 了。

李医生感叹道：“我还不知道消防员可以做这些。”

许沁道：“消防员也是一个见识五花八门……”看见众人的眼神，换了个用词，“开阔眼界的职业。”

没过多久，车来了。

许沁在办公室的窗口看见一队男人下了车，这一次，他们穿着橙色的制服，不似救火时冷静的墨蓝，这一抹橙在夜色中格外明媚。

她没看出哪个是宋焰，或许制服太过标准统一。

等消防员们赶来会诊室，一群陌生的面孔里没有宋焰。

许沁介绍完情况，多问了一句：“你们是哪个消防队的？”

“十里台。”

宋焰队里的，看来是轮班了。也对，24 小时服务，谁吃得消？

许沁沉默地退到一旁，望向窗外的救援车。他也不会在那里。

尖嘴钳、剪切钳、电动磨光机……消防员们花了一个半小时，终于把套在那男人身上的短钢管取了下来，人交给医生做进一步处理。

等事情告一段落，伤者想答谢消防员时，队伍早就撤了。

外头已是天光大亮。

营地里，宋焰正带着官兵们上训练课。

老话说“业精于勤荒于嬉”，再好的身手，隔个十天八天不训练也会生疏。上了火场千钧一发，极小的失误都会致命。

消防中队制定的训练日程本身就很紧，体能训练、技能训练、知识与心理训练，不一而足。而宋焰又是一个极其严苛的队长，平时可以嘻嘻哈哈，课上却绝对不允许心不在焉偷懒取巧。

队员们早习惯了他的带队模式，也知自个儿性命得自个儿惜，训练起来一个比一个认真卖力。每回支队搞比赛，十里台中队的消防官兵都是样样第一。

今天的练习内容是外墙翻爬和速降。

队员们两两一组，集结在训练楼下，一人先徒手住上爬，或借助排水管道，或借助空调箱、挡雨板，翻上楼顶，固定并扔下安全绳，另一人借助绳子迅速上楼，两人分别在身上绑住重达 100 斤的假人，随后速降至地面。如此往复，来回十次算一组。

一组练完休息 10 分钟，继续下一组。

宋焰和杨驰搭档训练，杨驰先爬上楼，扔了绳子下去。宋焰扯过绳子，踩着墙面十秒内上了楼顶，刚翻过栏杆，杨驰说："焰哥，听肖飞说，他们今早出警去了三军院。"

"所以呢？"宋焰飞快地把假人背起来，往腰上绑。

已经练到第三组，宋焰头上全是汗，T 恤湿透了贴在身上。

杨驰也抹一抹脸上的汗，背上假人："还说遇到那个冷冰冰的美女医生了。大家都说下次受伤了专去找她。"

"要不我现在让你受个伤？"宋焰瞟他一眼，皮笑肉不笑。

"别呀！"杨驰嬉笑。

宋焰起身返回栏杆边，抓住绳子，翻身跳到墙外。

杨驰跟着翻过去，脚踩上墙面："哥，你是不是认识那医生？我上次看着就觉得不对……"

宋焰抿唇舔一下牙，眼神危险。

"是不是你前女……"

宋焰一脚踹在他手上。杨驰"嗷"的一声叫，骤滑下去半米，重新抓紧绳子，麻布袋一样在墙上荡来荡去。

"我错了！"

宋焰又踹一脚，杨驰号叫："我错了，我错了！"

宋焰绷紧脸颊，低头再踹。

杨驰终于摔下去，"扑腾"一声掉在垫子上。

宋焰看他一眼，抓好绳子，踩着墙面三两下速降下了楼。

转眼到了8月上旬，高温天气已过，暑假也过大半，医院里诸如醉酒的、燥热得打群架打出事的、吃麻辣的喝烈酒搞得胃出血的——此类病人数量开始呈下降趋势。

许沁按部就班地工作，回家，看父母，见朋友。

其间跟付闻樱一起出去喝过茶，茶桌对面坐着与付闻樱同样优雅的太太、与许沁年龄相仿的英俊男生。

许沁表现得正如付闻樱心中的完美女儿，美丽、清新、温和、懂礼。

在付闻樱他们的世界里，规则很简单。爱和情、心与性都可以泛滥，唯独婚姻，只有强强联姻和门当户对的可能，绝不可越过圈子与阶层，绝对不可以。

孟宴臣如此，肖亦骁如此，他们从小到大认识的所有人都如此。

许沁亦平静地接受了家长们的观念教化。她从小到大享受了太多富庶与特权带来的便利和自由，像一个巨大的蜜罐，她沉浸其中，不可脱离。

那天见面的男生并没有当场表现出对许沁的好感，隔了两天后却给许沁发短信约见面，然而许沁才坐下，科室临时开会把她叫走了。而后少有联系。

估计对方条件很好，选择也很多。

许沁完全没把这事放心上，转眼就忘了。反而是每天上班来医院下班回家时看到楼道里的消防栓，思绪总不免断上一秒。

但她一贯淡定，倒也不萦于心。

有一天快下班，接到肖亦骁的电话，约她出去玩。他的酒吧“魅色”开业一周年。

许沁比孟宴臣先到，找到肖亦骁时，他正坐在卡座里跟一个男人谈笑。他看见许沁过来，抬手打了个招呼。那男人一回头，好巧不巧，正是许沁相过亲的那个男生——蒋裕。

蒋裕看到许沁，也有些许惊讶。

两人在短暂对视的一秒钟内，达成了绝口不提的共识。

肖亦骁不知两人有这么一段，还热情地介绍：“这我亲妹，孟沁。这我哥儿们，蒋裕。”

蒋裕客套地明知故问：“做什么工作的？”

许沁看他一眼：“医生。”

“医生应该挺忙的吧？来这儿玩，不会临时被叫走？”这话就有些意味深长了。

许沁又看了他一眼，后者笑容有礼。

肖亦骁插话：“我之前就这么说，医生太累。让她去医科大学上班，轻松多了，非不听。”

许沁拧开一瓶矿泉水，说：“除了拿手术刀，别的事情都不想做。”说着，刚要把水倒进高脚玻璃杯中，她眼睛微微一眯，看见高脚杯杯底上一小点水渍。

许沁叫来服务员，说：“麻烦换个杯子。”

蒋裕不明所以，肖亦骁拦住，非得问清楚：“等等，这杯子哪儿不对了？”

许沁指给他看，肖亦骁凑过去看了半天才看清，叹道："受不了你那洁癖了，你眼睛是显微镜还是什么？怎么什么东西到你面前都是脏的？"

许沁不搭理，杯子换过来她检查一遍，依然不满意清洁状况，便找服务生要了根吸管，接过吸管用纸巾擦拭一遍，才插在杯子里边喝起来。

蒋裕看完她这一套动作，感到有些匪夷所思，隔半秒，却又低头笑了笑。

肖亦骁："听我妈说，你妈给你安排了一个相亲对象？"

蒋裕端起酒杯喝酒。

许沁："嗯。"

肖亦骁问："看得上眼吗？"

蒋裕慢慢把玩手中的酒杯。

许沁："就见过一面，没什么印象。"

蒋裕看向她，旋即又移开目光。孟宴臣过来了，在许沁肩上拍了拍，许沁极其自然地往里边坐了坐，给他挪了个位置。

蒋裕看看许沁，又看看孟宴臣，最终笑着和孟宴臣寒暄起来。

原来他们俩也认识。本就是熟人，只不过许沁不知道。

三个男的聊着公事，许沁咬着吸管喝水，没心思听，不知不觉就走了神。直到某刻，肖亦骁接起电话，说什么"消防突击检查"。

听到"消防"二字，许沁猛然回神，发现周围很闹，不远处传来驻唱歌手的歌声："回归的大雁，背身是大海，一路向北方，穿越云间——"

许沁抬头望过去："这歌不错。"

肖亦骁走远了。

她放下杯子起身："我去那边看看。"

孟宴臣和蒋裕留在原地喝酒，不去凑热闹。

许沁看见肖亦骁飞快跑出沙发区，穿过外边的舞池，不见了。

她紧紧跟去，舞池里人头攒动，人群跟着音乐缓缓摇摆。

舞台上长发的主唱抱着吉他，声音磁性如一把弦："我的爱人啊，等在我的草原，静静地等着，阳光穿透黑暗。"

毫无预兆的一瞬间，在人影闪过的缝隙中，许沁看到了舞池对面的消防员，穿着松枝绿的常服。

一个消防员，两个消防员，从走廊穿过。

许沁想也不想，冲进舞动的人群和飞旋的灯光里，朝那边跑去。

人影晃动，随歌起舞："时间之箭，燃烧着划破苍穹，将希望点燃，却无法追赶。"

许沁拨开重重人群，走到对面，拐进走廊。

酒吧经理带着几个消防员在接受突击检查。一个消防员从许沁身后冲过去，奔向那个高高的身影："队长！"

后边的说话声许沁听不清了，酒吧里太吵了，歌手放肆地喊着："心有所向的地方，魂牵梦萦的故乡，埋葬梦想的地方，有没有花开成海洋！"

许沁站在原地，心跳被震耳的歌声鼓动着，她看见他们要走了。

她终于大步走上去，猛地拉住他的衣服下摆。

他站定一秒，缓缓回头。

"有事吗？"对方一脸疑惑。

她认错了，他的脸甚至和宋焰的一点都不像。

许沁松开手，说："认错人了。"

她心底异常平静，原路返回，穿过躁动而寂寞的人群。

舞池里，有人跳动着，撞到她。许沁再次回过神，听见歌手撕心裂肺地喊："要回到他身旁——"

一吼完毕，音乐骤停，世界突然陷入短暂的安静。

就是在这一秒的安静里，许沁清晰地听到了自己心底的声音。

她要去找宋焰。

许沁的车在西二环上一路向南奔驰，没有堵车，没有红灯，很快到达十里台消防中队营地外。

已是深夜。

路灯照着黄叶，街上空无一人。

许沁透过栅栏往里头看，月光洒满偌大的操场和宿舍楼。她抬头望了一眼两三米高的栅栏，刚要往上踩，操场那头传来一声警犬叫。

汪！

一只黑色大犬风一般从操场那边冲过来："嗷！嗷！"

许沁受惊不小，转头跑开。那狗不依不饶，百米冲刺，锁定许沁，隔着栅栏冲她吼叫："汪！汪！"

叫声凶狠，响彻整条街。

许沁一口气跑到大门口，站岗的哨兵身板挺直，眼珠子转过来警惕地看着她。

远处有男人训话："小孟！"

狗叫声戛然而止。

许沁理好头发和衣服，看一眼那个方向，一只身形巨大的德国牧羊犬站在不远处，两只尖耳朵竖得笔直。它亮亮的眼睛盯着许沁，隔一下，转身跑向远处的男人。

许沁对哨兵说："你好，我找宋焰。"

哨兵看了一眼门口的警示牌，许沁跟着他的目光看过去，见上头写着"谢绝探访"。

驯犬的男人朝这边走来，身影高大而模糊。

许沁盯着他看，很快心头一松。他从树荫处走到月光下，她看清了，是索俊指导员。

索俊见这边有情况，过来询问，结果认出了许沁："你是不是那天……"

许沁："你好，我找宋焰。"

索俊："他公派培训去了。"

许沁："……哦。"

索俊："你找他有什么事？"

许沁："没，就刚好经过。谢谢，再见！"

"哎——"索俊还要说什么，许沁已匆忙转身，步伐极快地走过街道，开车离开。

干燥的风从车窗涌进来，前方的道路灰暗、坚硬。整座城市灰蒙蒙的，一栋栋高楼像枯败的植株，委顿，无精打采。

要是下场暴雨就好了，许沁点燃一支烟，想，下一场把城市淹没的暴雨就好了。

她快闷死了，快窒息了。

次日，艳阳高照，气温突升。

几十名消防官兵顶着烈日在操场上接受体能考核。

队员们列队排好，宋焰一声口哨，排在队首的冲出起跑线，奔跑，跨栏，匍匐，过障碍，俯卧撑，仰卧起坐。

宋焰一身迷彩服，身挺腿长，拿着秒表和记录板站在一旁，瞟一眼行进的队员，看一眼秒表，记录下每一项的耗时。

后头的队员时不时张望着，在内心比较着。

一人完成，宋焰吹响口哨，下一人出发。一小时后，所有队员都考核完毕，重新列队。

宋焰翻看一眼成绩表："立正！"

官兵们齐刷刷地站直。

"稍息！"

齐刷刷稍息。

"通报成绩，江毅，短跑11秒3，跨栏17秒8……"宋焰抬眼看向自己的队员，却看见索俊从操场对面走来，"总成绩2分24秒，比上一周提高15秒——鼓掌。"

队员们整齐地拍了三下手。

索俊在旁边一棵树下站定，军犬小孟蹲在他身旁，一人一狗等着宋焰。

宋焰一个一个通报完了，收起记录板背在身后，简短道："每个人成绩都有提高，继续保持。休息10分钟，"看一眼手表，"10点半集合，体能训练。立正！"

"是。"队员们齐齐立正，敬礼。

"解散。"

宋焰转身离开，走向索俊，冲小孟打了个响指："解散！"

片刻前表情严肃、蹲得笔直的小孟立刻张开嘴巴，伸出舌头，朝宋焰扑过来，前爪搭住了他的胸口，不停地摇尾巴。

宋焰揉它的头，笑起来："几天不见，想成这样。"

索俊："你养这狗养出祸害了，你不在它饭都吃不下，脾气也不好，见人就吠。跟你的感情是真深。"

宋焰："废话，也不问是谁把它养大的。"

索俊道："是，这狗啊重感情，随主人。"

宋焰正挠着狗脖子，挑眉看他一眼："我怎么觉着你话里有话呢？"

索俊打哈哈："说你重感情呢。哦，对了，前天晚上有个女的来找你，好像是那个医生。"

宋焰弯着腰揉狗头，毫不上心的样子。

"本来要找她留个联系方式的，可人跑了。"

宋焰抬头："不是什么重要的人。"

下雨了，连续下了三天，越来越好。

许沁喜欢一切不好的极端恶劣的天气，看着平静的一切被撕裂出丑陋的伤疤。但医院的同事们显然不这么想。

每每遭遇恶劣天气，急诊的病人会成倍激增。大厅、会诊室、注射室、留观室，处处人满为患。

许沁她们组这三天接到七起大小不同的交通事故受伤者，其中一个20出头的男生，在来的路上停止了呼吸，到医院时已无力回天。

死者的父母拖着医生哭号，呼天抢地，求医生救救他们的儿子。

医生护士们虽然见惯生死，却也不曾习惯。

小南在清洁间洗手的时候，忍不住擦眼泪。

许沁问："怎么了？"

小南："刚才死掉的那个男生那么年轻，他父母太可怜了！"

"嗯。"许沁洗完手，用纸巾擦干，说，"我下班了。明天见。"

小南愣愣地看着许沁插兜离开，正巧小北走进来，问她："看什么呢？"

小南："我发现许医生好像从来都没有情绪波动过。"

小北往手上打洗手液："你今天才发现啊，医院的人都说呢，没见她笑过，也没见她哭过。遇到可怜的病人，她好像不同情；遇到凄惨的家属，她也不怜悯；甚至遇到胡搅蛮缠的，她也不发火。所以我觉得她这种人最适合做医生了。"

小南奇怪地问："为什么这么说？"

小北耸耸肩："和病人保持距离，理性地把医术当作一门不掺感情的专业和学术来对待呗。"

小南："可我听烧伤科的朱娴医生说，徐教授对许医生有意见，不同意许医生升主治医师。"

“啊，为什么？许医生虽然不热情，但做事靠谱，和她共事很轻松的。和其他医生还得处理人际关系，麻烦死了。”

“好像是觉得许医生没有仁心。我听杨思佳医生说的，当初她和许医生同批面试，外科几个主任都在，徐肯主任问：‘如果一个病危患者申请转院来你院手术，判断成功率不高，你会接受转院给他治疗吗？’杨思佳说一定会，说咱们院医术精湛，救治了很多别的医院救不了的病人，她希望有一天自己能成为这样妙手回春的医生。”

小北：“那许医生呢，她怎么回答？”

小南：“许医生说不会救。”

小北：“没说原因？”

小南：“说了，不想毁了自己的职业生涯。”

小北：“这么直接？”

小南：“可不？徐主任当时就在表格上打了叉，但没想到她还是进来了，而且被分去了咱们院外科里头技术最精湛的烧伤科，刚好就是徐主任管的部门。”

小北忧虑了：“那许医生这次还能升职吗？”

……

许沁中午回到家，发现窗户没关，雨水打进来，把实木地板弄得脏兮兮的。

她找了一圈，家里没买拖把，抹布也没有，现在也没法约钟点工。

她实在无法忍受一丝脏乱，找来找去，随手从柜子里翻出一件新毛衣，擦干净了地上的水。

这几天下雨，气温骤降。许沁忙完家务，觉得有些鼻塞，便找了件针织外套披着。

她坐在沙发上，点燃一支烟，望着空空的大屋子，不知不觉发起了呆。

烟烧到尽头了也毫无察觉，从那夜去十里台后，便常常如此。可她平静惯了，所以即使情绪低落，自己也不会察觉。

枯坐良久，肚子“咕咕”一声，她想起只在早上吃了小南给的蛋糕，今天还没吃饭，刚摸出手机准备叫外卖，孟宴臣的电话就打进来了：“沁沁？”

“在。”

“到家了？”许沁的上班时间表极其复杂，但孟宴臣掌握得一清二楚，从不在她上班时间打扰，也总在她休息时关心。

“到了。”

“没事，就提醒你一下，今晚暴雨红色预警，别出门乱跑。”孟宴臣说话向来平淡，语气里也没多少关心。

“知道了。”许沁说。

“吃饭没？”

“还没。准备叫外卖。”

孟宴臣停顿一秒，说：“我也还没吃，一起吧。”

许沁：“去哪家？”

孟宴臣：“你想吃哪家？”

许沁：“江之楚。”

孟宴臣在那头极淡地笑了一声：“你也吃不腻。”

许沁：“我马上出发。”

孟宴臣：“不用，雨太大，路上不安全。我给你带过去。”

许沁：“他们家可以点外卖吗？”

“不可以。”孟宴臣说，“等着。”

等待的工夫，许沁把家里的烟灰缸和烟盒全收起来了，洗完澡洗完头，换了身干净衣服，裹着毛毯在沙发上休息。

没过多久，孟宴臣来了，提着一个精致的竹编食篮，一层一层端出白玉瓷盘：清炒藕带、蒜炒藜蒿、炒莲子、蒸鲈鱼、莲藕排骨汤。

许沁胃口和平时差不多，一小碗饭后再盛一小碗汤，不多不少。倒是孟宴臣胃口不错，菜品一扫而光。

吃完把碗碟拿去厨房洗，孟宴臣问："住进来这么久，厨房没用过？"

"没有。"许沁回头看了一眼，孟宴臣站在开放式柜台后边洗碗，深色的衬衫袖子卷到手臂上。

孟宴臣说："给你找个做饭的阿姨吧？"

"不用。医院有食堂，叫外卖也方便。"

孟宴臣没再说话，洗完碗看见台子上的烧水壶，插头是英式的；再看四周，也没有新买的烧水壶。

他盯着那个插头看了很久，声音忽然低了下去，说："沁沁，你这样不会照顾自己，以后怎么办？"

房间里安安静静的，只有窗外的雨滴声。

许沁抱着自己蜷在椅子里，望着被雨水模糊的玻璃，说："你说过的话，忘了？"

孟宴臣去上班了，许沁在家睡到下午 3 点半，被董缘艺主治医师的电话吵醒，说烧伤科接到一个Ⅲ度 90% 以上特大面积烧伤的病人。王国栋、徐肯、高良等好几位教授亲自手术，机会难得，叫她赶紧去观摩。

许沁立刻动身去医院，车从小区的地下车库开出来时，瓢泼大雨。

赶到医院，进入手术室隔壁的观摩室，不值班的外科医生全来了。许沁找了个边角的位置坐下。彼时，王主任正在对患者进行气管切开术。

许沁在玻璃这边坐了六个多小时，竟不知时间流逝。直到最终手术成功，同事们才陆陆续续返回各自的岗位。

她下一班是明早 8 点，原想和教授们讨论一下手术细节，各次输液和用药的选择、剂量和时间段等，但考虑到他们连续手术七八个小时，已累得虚脱，便决定等明天，此刻先驾车回家。

医院的地下停车场漫了一层水，不知是从哪里涌进来的。许沁脑子里琢磨着那场手术，并未在意。

车上了公路，她仍在走神，还未发现这场雨大到令人恐慌。

她在医院里待的那六个多小时，外边天翻地覆，城市到处都是积水。

行人在天桥上奔跑，在齐腿深的水里蹚，才撑起伞就被风刮得只剩伞骨，雨衣也被风撕裂。车辆在水中缓慢行驶，有的停在水中一动不动。

许沁发现水位不对的时候，车轮已蹚水大半。她立刻放慢速度准备倒退，可一换倒挡，车突然熄火。打了几下打不燃，身后一辆车加速冲来，来不及刹车，撞上她的车屁股。

车“哐当”一声往前滑了两三米，许沁明显感觉车在前倾，貌似在一个往下的斜坡上。大雨滂沱，透过雨刮器，许沁勉强看清前方路上熟悉的标志，突然就意识到，这是一处下沉的桥底通道！

她立刻拉起手刹，可雨水不断往桥底冲刷，推动汽车向坡下滑去。

许沁解开安全带，想摁开车窗，可按键式的车窗完全失灵，门也推不开了。

她镇定地从包里翻出手机拨打 110。

“您好，110——”

“你好，我被关在车中掉进水里了。松门桥桥底下沉通道，白色宝马。”

“您先不要惊慌，救险请拨打消防 119。”

许沁听到 119 这三个数字，一时没了反应，电话也同时断了。

水渗进车里，污浊、冰冷，湿了许沁的鞋子。

许沁蹲到座椅上拨通 119，重复了一遍刚才的话，又补充一句：“车正在桥底滑，开始进水了，灌满水可能就 4 分钟。”

“好的，我们有消防员在您位置附近，已经通知到了。请您保持手机通畅，再坚持一下！”

“谢谢！”许沁挂了电话，莫名觉得呼吸困难。她低下头抱紧自己的腿，让自己冷静一秒钟。

水淹到座椅。许沁在车内迅速找了一圈，没找到任何尖锐的东西，喊救命也没用。风雨声太大，没人能听到。她喊了几声，没人应答，她渐渐失措。

随着车一点点向桥洞里滑，路灯光渐渐偏移，某一瞬，车遁入黑暗。

水很快漫过许沁的腰，车内空间越来越小。雨水冲刷，激流涌动，车内车外的水位同时升高。

暴雨哗啦拍打着车顶车窗，像有人剧烈摇晃着这座监牢。

许沁调出手机中孟宴臣的号码，正要拨通，车头晃荡往下，突然加速向桥底一滑，许沁立即爬去后座。车身摇晃颠簸，似乎脱离地面，在水中浮了起来。

许沁心底一沉，明白这是急速下沉的征兆。

她猛敲车窗：“救命！”

“救命！”

风雨声淹没了一切。

暴雨肆虐的深夜，整座城市几近瘫痪。无数角落里，似乎有无数人在被遗忘。

她被隔绝在这个黑暗密闭的大盒子里。窗户上全是雨，外头的世界模糊一片，黑蒙蒙的，什么也看不清。

车内水越来越深，淹没了大半车窗。许沁接连捶打玻璃，突然，那边有手电筒光打过来，她大声呼救，灯光越来越近，随即，一只宽大的男性手掌拍在她的车窗上，隔着玻璃清晰地映入雨帘。

借着闪烁的手电筒光，许沁看到了他橙色的袖子，是消防员。

“救命！”许沁隔着玻璃拍打他的掌心。

对方很快用救生锤锤打车窗，可车轮已经离地，无法固定，这一锤下去，车在水中猛然一个旋转，向深处漂去。

许沁从座椅上滚落水中，一时控制不住重心，脚触不到底，车身旋转，她漂在水中呛了几口雨水，挣扎着好不容易抓住座椅浮起来，把头伸出水面，上方只剩残留的空气。

她头晕眼花，痛苦地咬紧牙关。

车却突然一顿，稳住不动了，像是撞到了什么障碍物。

许沁猛烈地喘了口气，隔着雨水滑落的风挡玻璃，她看到前边一个橙色的高大身影。那人站在低处，徒手抓着保险杠，用自己的身体挡住汽车，阻止它往更中心滑动。

男人停了一下，似乎在储蓄力量，半刻后，开始缓慢地把车往坡上推。

车漂在水里，往后退。很快，车轮落回地面。暴雨直下，此刻水位已比之前高了不少。随着车触及地面，车突然卡住。

许沁贴在车内，湿透的身躯在水里颤抖。她是害怕的，这害怕源于不确定，不确定那消防员是否还推得动。他似乎停了一秒，下一刻，车竟然奇迹般地往坡上倒退。但车内的水位依然没有下降的趋势。

男人推着车一寸一寸往上走，许沁悬着的心随着他的每一步，缓缓下落。可突然，车后方又一辆车被雨水冲过来，猛地撞上许沁的车。

“哐当”一声，连车带人一道飞速往坡底滑下去！

积水往车内猛灌，骤然漫过许沁的口鼻。车内空间急剧缩小，许沁在水中不断挣扎，竭力贴住车顶不让积水灌进口鼻，可汽车在惯性作用下迅速往深处沉。

颠簸中，许沁鼻尖已抵住车顶，再无空间。她急促地喘息着，喉咙里溢出一丝痛苦的呜咽，以为会没救，但车的下滑轨迹再一次被刹住。

那个男人死死地挡在急流中。

他双脚抵着地面，头颅深深地低着，全身弯成一个弓形，顶着车保险杠，两辆车的重量抵在他身上，迫使他整个人一动不动蜷在车前。身后不远处是下水道的漩涡，他在湍急的水流里站了足足10秒钟没动，没缓过劲儿来。

水位在一点点上升，空气越来越稀薄了。

许沁静止在车内，仰着头，感受着冰凉的水面漫过她的耳朵，一点点爬上她的脸，痒痒的，一点点向口鼻处缩小范围。

她知道外边的消防员已用尽所有力气了。她不怪他，也不怪命运。不悲也不喜，只是觉得有点遗憾罢了。

水漫延到她眼角，荡了一下，淹没了她的口鼻、她的眼睛。

而下一秒，外头的男人狠狠闷哼着，突然爆发出一声撕裂般的咆哮："啊！"吼叫声在桥底回荡。

许沁浑身一颤，车竟再一次生生地往后倒退，一点，一点，极其艰难而缓慢地逆着水流往坡上倒去！

许沁的眼睛湿润了。雨中那个男人的影子坚定不移，他异常痛苦的呼吸声和喘息声响在桥底。

直到车被推出桥底，暴雨铺天盖地淹没了他的声音。

车内的水位终于开始下降，水汩汩地从车缝涌出，像一只扎破了洞的可乐罐子。

许沁僵硬的抬高的头颅缓缓放下，她大口大口地喘着气，仍不敢有半分侥幸。

那个男人半刻不松懈，死咬着牙，一鼓作气推着车往坡上走。直到车身完全退出水面，他迅速跳上车前盖，拿安全锤猛砸风挡玻璃，蛛丝在玻璃上炸开，雨水结成了珠子。砸了十多下，玻璃破开了一个洞。

而这时，车再一次往下滑。

他飞快一脚踹向玻璃洞口，玻璃裂成粉碎。

他朝车内伸手，吼：“过来！”

那手臂上皮肤通红，血管暴起。许沁从后座爬上前，扑上去抓住那只大手。

那人另一只手伸进来护住她的头，用力一提，把许沁从玻璃碎洞中拎了出去。碎玻璃在他手臂上划下三条血痕。

许沁才被他扯出，还来不及抬头看他的脸，后边的车再度撞来，车一个趔趄朝桥底猛滑。

许沁猝不及防撞上他的胸膛，结结实实地跌进他怀里。

男人的肩膀异常宽厚，胸膛紧实有力，因用尽力气而剧烈地起伏振动着，带着男性特有的力量和安全感。

许沁惊魂未定，下意识地紧紧抱住她的救命恩人。

他的身体明显僵硬了一下。

隔着冰冷的雨水，男人的身体滚烫而肌肉结实，许沁嗅到他身上的雨水味和汗水味，强烈的男性味道。

她感知到他的僵硬，刚才在车里那种说不清的感觉也渐渐明晰。雨水漫天，许沁缓缓抬起头，就见宋焰黑发湿漉，一双眼睛在黑夜里格外亮，盯着她。

真的是他。

许沁脸色苍白：“怎么是你？”

“没的选。”宋焰说。

许沁：“我不是这个意思。”

宋焰已跳下车前盖。

许沁追问："你刚好在这附近？怎么只有你一个人？"

宋焰头也不回，脾气差到极点："你知道一小时内方圆 5 千米有多少车出事吗？暴雨红色预警不在家待着，往外头跑什么？"

他涉水到后边那辆车边，边猛敲玻璃，边抹开玻璃上的雨水，猫腰往里头看："有人吗？"

没人回应。

宋焰打开手电筒对着车里照，里边全是水，抱枕、纸巾等杂物悬浮其中，没有人。

许沁的车还在往深处滑，宋焰确定那车里没人了，才迅速返回水深处，把许沁从车前盖上抱了下来。

他抱着她往浅处走，下颌紧绷，一言不发。

许沁靠在他怀里，放在他肩上的左手下意识地抓紧他的领口，这一抓，指尖触到了他脖子上裸露的肌肤，湿漉，滚烫，动脉一下一下有力地跳动着。

"拿开。"他不太耐烦的嗓音从头顶落下来。

许沁抬眸看他，他微拧着眉，眉峰下双眼明亮，看着前方。

许沁不动。

宋焰终于垂眸看她，脸色相当难看："信不信我把你扔水里？"

许沁看着他，知道以他的脾气，他真会扔。但她又希冀或许有那百分之一的可能，他不忍，不舍。所以，她就那样直直地看着他，就是不把手拿开。

昏暗的路灯照着，他的脸轮廓分明。

隔着肆虐的雨帘，她看见他极轻地扯了一下唇角，带着一种类似讽刺和厌恶的意味。

下一秒，宋焰竟就真的把她扔进了水里。

更准确地说，是丢。

扑通，溅起一大片水花。

水扑她一脸又有什么关系？反正她早已浑身湿透。

只是刚好狂风刮过，冷极了。

水流依然湍急，但已到浅处，许沁不至于被冲走。

宋焰低眉看她一眼便移开目光，他站在原地喘着气，人已累到虚脱，脾气自然差到极点。

可陆续又有失控的车往桥底方向涌过来，宋焰嘴里飙出一堆脏话，把各家车主的祖宗十八代问候了个遍，一边骂一边上前一辆辆检查。好在都是空车，里边没人。

宋焰检查完车辆，又去设置警示标志。许沁看见他手臂上全是血，这才想起他把她从车内救出来时被碎玻璃划伤了。

“你手上有伤。”许沁走向宋焰。与此同时，他身上的对讲机响起来：“秋水湖大道发生连环车祸，三位伤者被卡在驾驶舱内……”

宋焰转头望着许沁，她站在暴雨中，苍白瘦弱，他例行公事般地上下扫视她，确定她没事，任务完成，转身就走。

“你知道车里是我吗？”许沁在他身后问。

宋焰脚步顿了一下，没有回话。对讲机又开始响动，他头也不回。

许沁没再拦他，她看着他大步离开，一转过路的拐角，再也不见了。

许沁手机进了水，开不了机。但不用开机也能想到医院会给她打电话，遇到重大灾难事件启动应急预案，不论急诊门诊，所有轮班医生都得在岗。

车现在是捞不上来了，所幸医院不远，走过去只要十多分钟。

许沁赶到医院时，将近夜里 12 点。

急诊大厅里全是水人。三四个保洁员轮番打扫，抵不过求医者接连不断。地板前一秒才干净，后一秒就又全是水。

小南匆匆经过，见到许沁，吓了一跳：“许医生，你怎么搞成这副样子？掉水里了？”

“摔了一跤，没事。我先去清理，过会儿回来。对了，帮我把手机烘一下，不知道还能不能用。”

“给我吧。”

许沁去医院浴室冲洗了一番，换上备用的衣服回到急诊楼，和同事们一起忙碌起来。

暴雨下了整整一夜，急诊楼内彻夜灯火。

灾难降临的夜晚，在城市路灯昏暗的角落里，交警、武警、消防员、救援队、特警、医护人员……

无数人在这一夜死咬牙关拼尽全力守着这座城，注定无眠。

天快亮的时候，风雨式微。没有新的伤者再往医院送来，医生护士终于迎来喘息的时间。

许沁从急诊室门口的走廊经过，几个医生护士靠坐在地上睡着了。

走廊里安安静静的，灯光耀眼泛白。

许沁悄无声息地走到清洁间，反复洗了三次手，抬起头，看见镜子里自己眼窝深陷。

她回到办公室，意识到自己口干舌燥，十多个小时没喝水了，便倒了一杯温水，捧着杯子站在窗边。

窗外，细雨淅淅沥沥。

天蒙蒙亮，街上一片狼藉。树倒车歪，纸屑塑料遍地。

凌晨4点半，清洁工已经开始捡垃圾打扫城市，救援队正在雨中移车、搬树、清除道路障碍。

身着橙色制服的男人们在晨曦中穿梭。

许沁想起了宋焰。

想他凭一己之力将车推出水潭，砸开风挡玻璃，把她从车内救出来。

昨夜无数个救援电话，无数个救援地点，无数个救援人员，偏偏就是他来到这个地点救了她。

许沁喝完一杯水，去了休息室。

再过一个半小时，就轮到她换岗上班了。

昨晚那一拨急诊病人多半是出车祸、溺水，白天这一拨则集中于因天气突变而身体不适。

许沁忙得脚不沾地，一岗结束已是下午 6 点。换班时，她几乎连走路的力气都没了。车还泡在桥洞里，她给肖亦骁打了个电话，让他找人帮忙拖车，自己则打了车回家。

路上，司机师傅在听广播，收音机里传来新闻播报：

“昨夜特大暴雨现已造成全市 9 个主城区、3 个县大面积受灾，造成经济损失 91.1 亿元……”

“昨儿那场雨可真大啊，到处淹成河，”司机说，“就苦了警察和消防员，可累惨喽。我今早出门那会儿，瞧见一群消防员，估计是在附近执行任务的，身上全是水，湿得透透的，也没工夫管，一茬茬躺在地上睡觉。衣服上都是泥，什么树叶啊木渣啊，哎哟，都有，有的脸上手上还在流血呢——”

许沁没说话，不知道司机碰上的是不是宋焰他们。

或许是，或许不是。

偌大的城市，宋焰他们这样的人，太多了。

正因有这么一群人，灾后重建工作在一日之间完成。到第二天晚上，交通、医疗、商业、生活全部恢复正常运转。

这便是这座北方大都市，如一台快节奏、高速转动的大机器，短暂地停下，而后又沉默坚定地继续飞速向前。

那场暴雨后，气温降了很多。白天还不觉得，夜里出门必须穿外套。

许沁的车报废了，孟怀瑾重新给她买了一辆。一星期后提车。

许沁连续打了五天车，也连续五天坐在昏暗的出租车后座上，看着窗外冷静的都市夜景，在被呼啸的冷风吹得打寒战的时候，想起宋焰。

想起那个暴雨的夜晚扑进他怀里的那丝安定的暖意。

第六天，许沁托关系弄到了宋焰的轮班时间表和他队里的基本情况。他们是军营式管理，虽然有轮班，但未婚队员在非值班时间也得做日常训练，统一住宿舍。无论日夜，不得外出。

他每月有一次为期三天的休假，可以回家，但不得离开城区，且要随时保持待命。

许沁挂了电话，站在阳台的落地窗前俯瞰楼下的五芳街。

下午 5 点半，红日西下，四周的大厦在五芳街道上投下一道道斜长的阴影，把红砖的矮房切成一条条明暗相间的长块。

她沉默地等待着。

几分钟后，有消息发过来。是宋焰的休假时间表，今天，他的三天假期已剩最后一天。

许沁转身出门，下电梯，出了楼。

短短六天，变了一个季节。

楼下的人造公园里，树梢上的叶子开始泛黄。

许沁顺着花草丛生的鹅卵石巷绕到小区后门，穿过长巷，进了五芳街。

她混入来往的人群，在血红的夕阳和大楼的阴影间穿梭，裁缝铺、香料铺、理发铺、蔬菜铺……路尽头一株桂花树飘出香味。

她转进狭窄的小巷，走到翟家院子门口。

大门虚掩。

许沁从门缝钻进去，阳光照着影壁。

绕过影壁，进了院子。夏末初秋，西厢房门口紫藤花凋落了一地。

正屋大门紧锁着，舅舅、舅妈不在家。许沁穿过院子，踩过地上的紫藤花瓣，柔软细腻的一层。

她掀起挂满小果子的紫藤帘，上了走廊，西厢房门窗紧闭。

许沁原地站了一秒，抬手上前叩门，还未碰上门板，门那头就传来男人沉稳而快速的脚步声，有人从桌上抄起钥匙，下一秒，门被拉开。

宋焰微低着头，一只手捏着烟，另一只手往裤兜里揣钥匙，正要跨出门槛，撞见许沁站在面前。

他的身躯很明显地往回缩了一下，又止住，眼神安定。

他微张着口，上下打量她半秒，奚落地一笑："又顺路？"

她上次去营地找他的事，他知道了。

许沁看着他的眼睛，说："不顺路，特地过来的。"

宋焰："有事？"

许沁："上次你救了我，我来谢谢你。"

宋焰看她半刻，眼里有些讥诮，把烟含在嘴里："就为说这个？"他跨过门槛，拉上背后的门。

许沁并未后退，两人的距离拉得很近。

他的胸膛抵在跟前，许沁垂下眼帘，看着薄T恤下他肌肉的线条，重复了一遍："嗯，来谢谢你。"

宋焰往墙上一靠，俯视着她，嗓音低沉："那你说说，你倒是要怎么谢我？"

许沁没想过这个问题，直白地抬起眼眸："你要怎么谢？怎么谢都行。"

宋焰眼眸渐深，望着她，想了一秒，忽然直起身，偌大的身躯向她逼迫而去。他夹烟的手指抚上她的脖子，一丝电流从许沁心底穿过。

她僵了一下，纹丝未动。

他指肚上老茧粗粝，从她白玉般细腻的脖颈上缓缓往上滑，人已低下头凑到她耳边，哑声问："怎么谢都行？"

许沁心尖一颤："你说。"

"我要说以身相许呢，嗯？"他两指挑逗着她的下巴，浓烈的香烟味钻进她的呼吸道。

许沁只觉脚心微软，她微咬紧唇，一声不吭。

宋焰微侧头，近距离盯着她，突然间哼笑一声，片刻前沉迷的眼里霎时闪过一丝显而易见的轻蔑："每个被我救过的女人都要以身相许，我早耗没命了，还轮得上你？"

他直起身，捏着许沁的下巴轻轻一甩，脱了手。

许沁不作声。

宋焰把烟从嘴里捏下来，呼出一口烟，隔着夕阳下那青白发红的烟雾，睨着她："你是有多自信，以为过了这么些年，我还惦记着你？"

他说话太重，毫不留情。饶是许沁，脸也微微泛白。

许沁极轻地摇了一下头："宋焰，你别用这种语气跟我说话。"

宋焰表情厌烦，语气加重："你还指望我客客气气叫你一声'孟大小姐'？"

一语斥毕，庭院里落针可闻。

许沁笔直地看着他，眼眶微微红了。

宋焰抿紧嘴唇，没再继续说话，他转头看院子里的木工，绷紧脸颊，也不知在想什么。

渐渐，他眼底再起冷漠，欲说什么更狠的话，一转头见她眼底水光荡漾。

宋焰眉心狠狠抽搐了一下，他咬了牙，厌恶地用力指了指她，警告她："咽回去。你别跟我玩这套。"

他知道她是一个多冷漠无情的人，温柔或示弱只为达到她的目的。

"听见没有？！"他吼她。

许沁执拗地看着他，眼底水光渐暗。

宋焰怒极，恨不得撕碎她的面具，他大步上前，粗暴地揪住她的衣领把她摁在柱子上，骂："少跟我来这套！"

许沁咬紧牙，较劲似的恶狠狠地盯着他，下一秒，豆大的眼泪珠子掉下来，砸在他手背上，摔成几瓣。

他像被烫到，骤然松开她，立刻退后一步。

许沁松垮地靠在柱子上，衣服空留一堆褶皱。

初秋时分，庭院里安静而清润。两人站着，互不看对方，一句话也没有。

夕阳透过紫藤，零碎地照在两人脸上。

最后，许沁轻声说："宋焰，我们和好吧。"

可他的眉眼隐匿在光线中，已看不太清。

手机嘀嘀，闹铃响起。

他得归队了。

宋焰头也不回，走下台阶，穿过庭院，出门去：

"我早把你忘了。"

第三章

念起·和好吧

“宋焰，我们和好吧。”

许沁在半夜里醒来，梦里的自己说了这句话。

“宋焰，我们和好吧。”

许沁在半夜里醒来，梦里的自己说了这句话。

清醒时刻的她，曾为这脱口而出的话短暂慌乱过，如果他答应了，接下来怎么办?

敢让父母知道吗?不敢。能走远吗?不见得。

可明知道不可能，那一天她却像疯了，像一个溺水的人只想抓住他这块浮木，把她从枯死的生活里解救出去。

如若获得解救，她真能抛弃所谓的旧生活与家庭决裂?

许沁很清楚答案。所以他拒绝她时，她在伤痛和绝望之外，有一丝不必改变现状的安全感与庆幸。

她始终在矛盾中撕扯，她从来没有坚定过啊。

夜晚静寂，她想，那时她的脸色一定很丑陋。宋焰也一定是看清了面具底下丑陋的她，所以厌恶、鄙夷；所以不愿跟她和好，头也不回。

凌晨 3 点，她坐在床上，手臂感到阵阵凉意。窗户开着，夜风太冷。

北方的天气总是在突然之间冷却下去，不给你一点准备。

秋天早就来了啊。不然，夜里怎会如此冰凉?

许沁其实是土生土长的南方人，10 岁前生长在鱼米之乡梁城。

她从小面容清秀，有一把好头发，细软柔顺，天生透着亚麻色，像染过的异域风情。这在染发刚兴起的那个年代是叫同学们艳羡的，更让人艳羡的是她的身份：市长女儿，听上去多霸气；知名雕塑家的女儿，听上去多浪漫。

她从小住在大别墅里，听交响乐，看文艺复兴时期名画，学钢琴、小提琴，全世界畅游，是天之骄女。

美好的生活在某一天突然从内部溃烂。

爸爸妈妈不再恩爱，日夜争吵，妈妈嘶喊："骗子，骗子，我要举报你。"爸爸则粗暴怒吼："过不下去就离婚，你到底想要什么？"

许沁不知道爸爸骗了妈妈什么，也不知道妈妈究竟要什么，这些问题都没弄明白，妈妈在一个深夜一把火烧了那个幸福的家，烧死了她自己和曾经深爱的丈夫。她或许也想烧死两人的爱情结晶——许沁。

可许沁被救，送去福利院。市里学校里风言风语，周围人看她的眼神变得异样起来，带着看笑话的奚落。

福利院里的阿姨和小孩都不喜欢她，背地里将她父母的事当笑话讲。她有时会尖叫着跟人打架，被阿姨罚站、罚干活、罚挨饿、罚不准睡。学校里的同学也欺辱她："许沁，你家的豪车怎么不来接你了？""许沁，你的芭比娃娃呢？""许沁，你怎么不穿小牛皮的靴子了？"他们用她爸妈的故事编了歌谣跟在她身后唱，一边唱一边扯她的头发，伸脚把她绊倒在地。

她越来越沉默，越来越像个不存在的透明人。

直到有一天，爸爸的战友孟怀瑾和他的妻子付闻樱出现，说："沁沁，我们来接你回家。"

12 岁的孟宴臣朝她伸手，笑容温暖得像太阳："沁沁，我是哥哥。"

10岁那年，许沁去了遥远的北方。

孟怀瑾对许沁视如己出，异常宠爱。用他的话说，他和许沁此生有父女缘。许沁像爱生父一样爱这位养父。养母付闻樱对许沁亦关怀备至，只是随着许沁渐渐融入这个家庭，两兄妹之间的相处引起了她的注意。

许沁初来孟家，孟怀瑾工作繁忙，少有管束。而付闻樱生性高傲严苛，是个奉规矩为圭臬的女人，对不熟悉家中规矩的许沁免不了严苛的调教。许沁日夜战战兢兢，怕惹付闻樱不满意，被赶回福利院。她不敢讲话，不敢出房间到处走，孟宴臣便陪着她看她刻木头，一陪就是无数个一整天；她在家不敢发出声音，怕吵到付闻樱，孟宴臣就上下楼开关门把家里弄得哗啦响，没少被他妈训；她不敢挑食，不敢选自己喜欢的，也不敢吃太多，怕付闻樱嫌养她费钱，孟宴臣便带她下馆子吃小摊，吃得肚子圆鼓鼓的，然后抹干净嘴巴上的油才回家；她常常做噩梦，梦见父母被烧死的惨叫，梦见被人欺负侮辱嘲笑，夜里失眠，孟宴臣就陪她画画讲故事。

渐渐地，孩童长成少男少女。

虽说两人感情极好，像亲兄妹一般，但毕竟不是亲兄妹，做母亲的难免担心有越线之处。终有一天，付闻樱提出要办正式的收养手续，让许沁改名叫孟沁，写在户口本上。

许沁不肯，坐在饭桌旁抹眼泪，说虽然爱孟爸爸，但要跟自己爸爸的姓。

孟怀瑾不忍，提议不改。说姓只是个姓氏，沁沁就算姓许，也一辈子都是他的女儿。

但付闻樱对此事异常执着。

许沁最终同意了——孟宴臣去劝的她。

一个月后升高中，许沁忽然提出去寄宿制学校，付闻樱应允。

换了高中，第一次住宿舍，同寝室的女同学都是从学校初中部升上来的，互相都熟悉。

孟怀瑾怕她受欺负，全家一起送她去宿舍，孟宴臣还给宿舍女生买了一堆零食收买人心。

然而收效甚微。

许沁不爱说话，表情也很冷淡，同宿舍的女生都闹闹腾腾的，自然觉得她不合群。

家人走后，舍友们围着一个女生看她手中的Sony单放机，纷纷问磁带里有什么好歌，外放出来听听。

有个女孩好心叫上许沁："孟沁……"转头看见许沁床上酒红色的CD机，惊叫："这个CD机国内没卖的。天哪！这个酒红色比广告页上的还好看！"

另外两个女生探过头来："可不可以试一试？"

许沁轻轻点一下头。

"咦，怎么都是古典音乐啊？"

"算了，古典就古典吧，陶冶一下情操。"

三个女孩兴致勃勃地翻看，许沁就目不转睛地观察她们快乐的脸。

"孟沁，你家是不是特有钱？"

许沁摇摇头："只是爸爸舍得。"

"刚才那个又高又帅的男孩是你哥哥？"

许沁不吭声了，低头整理着被大家弄乱的CD。

"能不能给我介绍一下？他正是我喜欢的类型哦。"

许沁摇了摇头。

"为什么不行？别那么小气嘛。"对方一直追问。

许沁抬起头，认真地说："他不会喜欢你的。"

对方诧异了，整个宿舍的人都惊讶地看着她。

"你干吗呀？"

“对啊，说这种话太过分了。”

“开个玩笑而已，不介绍就不介绍呗，干吗说伤人的话？”

许沁揪紧手中的盒子，沉默以对。

“连解释都没一句，真过分。”

原本顺当的融入过程就这样陷入冰点。

许沁在新学校里的第一顿晚饭，是一个人坐在食堂里吃的。

开学第一天，她依然一个人坐在角落。周围的同学都是老友重聚，而她换了学区，自然没人注意她这副新面孔。

班主任姓鲁，让大家自我介绍，还可以提问。十五六岁的孩子们很闹腾，更何况都认识，提问五花八门，千奇百怪。

比如初中是不是进错过男厕所，初中运动会上是不是告白失败了。各种糗事全爆出来了，教室内一片哄笑。

闹腾了一整节课，下课铃响，鲁老师问：“都自我介绍了吧，那就下——”

“老鲁！”教室后排响起一个男声，又跩又散漫，“那小家伙还没介绍呢。”

被称为“小家伙”的许沁慢慢回头，最后排坐着一个高个儿男生，校服松松垮垮，一只脚踩在椅子上。他微歪着头，举着右手，右手食指懒懒地指着她。

笑闹声一刻间停止。全班同学的目光都顺着他的食指聚焦在她身上。

许沁静静地看着他，他亦没什么多余的表情，眼神却同她一样，直视、探测。

鲁老师抱歉极了，让许沁上台。

许沁既不紧张，也不兴奋，用一种无波无澜的语调说：“大家好，我是孟沁。”

她一句话介绍完毕，台上台下都没声音。

鲁老师想鼓励她多说几句："孟沁，你有什么爱好，跟大家说说。"

许沁摇头："没有。"

鲁老师看向全班同学："那就到提问环节，大家有什么想问的？"

鸦雀无声。

一个毫无信息的人，有什么能问呢？

就在这时，后边响起那男孩的声音："哪个'孟'，哪个'沁'啊？"

许沁："子皿'孟'，水心'沁'。"

"真乖啊！"提问的男生勾起嘴角，碎发半遮住他的眼睛，里面有教室日光灯的倒影，白色的光如水一样，亮闪闪的。

"焰哥又调戏女生。"

男生们起了一阵哄笑。

"宋焰！"鲁老师斥了他一下。

有同学反应过来："宋焰也没自我介绍。"

起哄声此起彼伏，揭示出那是个受欢迎的坏男孩。

宋焰原地不动："大家都认识，我就不多说了——老鲁，下课了啊。"说着人就起身往教室门口走。

身后是一片不满的吵闹声。

"还没提问呢。"

与许沁隔着一条通道的男同学大声问："去年左丽——就怀孕退学那个——她爸妈找到学校来，你们班上六个男的逃学了。说，那天你上哪儿去了？"

"去找你妈了。"宋焰从通道走过，说。变声期嘶哑的少年嗓音从许沁头顶落下来。

他走出教室，留给许沁一个吊儿郎当的背影。

许沁自认和宋焰没有半点交集，她按部就班地上课、下课、回宿舍，做什么都是一个人，像飘荡在校园里的一只孤魂。

而宋焰呢，走到哪儿都朋友一群，男的女的都围着他，只要他在，教室里就闹死了。可他很少在，总是翘课，整天见不着人影。

但那个周末放学后，毫无预兆，宋焰把许沁堵在路上，向她宣告他很有兴趣。两人对站了一个多小时，最终还是宋焰让步了。

他很不高兴，扭头看许沁一眼，一副“你真不识相”的表情。可他看着看着，最终却淡淡地笑了一下，抬手揉揉她的头发，说：“走吧。”

许沁拔腿便走，经过他身边，听到他说：“下周见。”

他放她回家，并不等于放走她。

“下周见，孟沁。”宋焰说。

许沁回到家后一点异样也没有，只说路上耽搁了，绝口不提被宋焰“骚扰”的事。

可周一，宋焰根本没去上学。

周二没来，周三没来，周四也没来。

到了周四晚上，许沁在宿舍里收拾完东西，准备睡觉，听见窗外有人翻墙的声响，随即，是爬树的响动。

她走上阳台，拉开窗帘，就见宋焰坐在树杈上，挑着眉看她。

许沁掩好身后的窗帘，问：“你来干什么？”

宋焰不答，反问：“小家伙，想我没？”

许沁诚实地摇头：“没有。”

宋焰脸色僵了一僵：“你再好好想想。”说这话时，他眼神有些危险，像在威胁。

许沁不吭声，两人对视着，站了几秒后，许沁意欲结束这无聊的僵持：“我走了。”

宋焰：“站住。”

许沁站住，没表情地看着他。

宋焰用下巴往树下一指：“下楼。”

许沁没这个打算。

宋焰：“给你5分钟，你不下来我上去——就算你睡了，我也把你从被窝里揪出来。”

许沁下了楼。

宋焰站在通往操场的台阶旁的一棵大榕树下。

她走过去，在离他两三米开外站定，不靠近，就那么表情平平地看着他。

宋焰盯着她看，一时也不说话，看了一会儿。许沁没有多余的反应，只是一双眼睛盯着他不曾移开。

两人便这样沉默对视，直到宋焰从口袋里摸摸索索掏出一包东西，朝她一扔。

许沁接住，一看，是包话梅糖，看上去很普通，但许沁心里一惊。那是她家乡梁城的话梅糖，北方没有卖的。

她不知道他从哪里搞来的，更不知他从何处得知她的家乡在梁城。她抬起头诧异地看着他，他从她的表情里看出惊讶和疑问，足够了。

他表情酷酷冷冷的，嘴角得意的一勾也转瞬即逝，很快就又恢复酷酷的神色。

只因她脸上涟漪般漾过的表情，少年已心满意足。

宋焰挑挑下巴：“回去吧。”

许沁低头看看那包糖，又抬头看看他，很明显她有疑问，但什么也没问，转身就走。

宋焰看着她离开的背影，脸色突然变得极度难看。他大步上前，抓住她瘦弱的肩膀把她的身子扭过来，寒声道：“把衣服脱下来。”

许沁愣怔。

宋焰不由分说把她的校服外套扒下来——她校服背后被人用墨水画了只乌龟。

她是转学生，不爱说话，没朋友，免不了成为大家排挤的对象。学委不找她收作业，发作业本也把她的扔在垃圾桶旁；轮到她值日，同期的值日生都提前走……

宋焰又哪里会想不到那些招数？

他攥紧了拳头："谁欺负你了？"

许沁不吭声。

"问你话呢，你是哑巴吗，啊？"

"我不知道。"她低下头，小声说。

第二天上学，许沁穿了件极其宽大的校服外套，背后写了两个字：宋焰。

而宋焰规规矩矩在教室里坐了一天，一整天都盯着许沁，时不时冷冷地瞟一眼靠近她的"不法分子"。

再没人敢欺负她。

许沁想过，宋焰会不会知道，她下楼的时候特意拿了校服套上。为了等他看见，她迟迟没洗掉上边的墨水。

知道，或不知道，都没关系，反正他还是会关心她。

而下楼的那一瞬间，她心动了吗？

没有。

国庆节是仅次于春节的急诊高发节假日，和往常一样，醉酒的、食物中毒的，频频被送往医院。

在路上碰了撞了闹纠纷的也多。许沁倒一如既往没有多余情绪，跟个调控的机器人一样。

小南一边羡慕门诊的护士医生都轮休去了，一边吐槽110和交警，一点磕磕碰碰也不管对方什么情况全往医院送，一些人没病只叫唤不说，还赖着不缴诊疗费大闹急诊室，更有甚者，在医院里闹交通事故责任认定，又吵又打的，当医院是菜市场。

长假好不容易熬到最后一天，每个人都意外地紧张，精神高度集中，因为长假的开始和收尾阶段是高速路车祸高发时段。无论广播、路牌提醒多少次不要超速，不要酒驾，不要疲劳驾驶，总有人心存侥幸，或对自己的控制力有着盲目狂妄的自信，一个接一个往鬼门关冲。

最后一天，三院急诊科收到三起重大车祸伤者，几个组的医生护士轮番上阵，许沁他们组一直到凌晨4点才下手术台。

许沁出手术室时，被激动的家属撞了一下，腰疼欲断。

家属们得知手术成功，拉着医护人员痛哭流涕千恩万谢，许沁退到一旁，抽身离开。

许沁回到办公室写记录，新来的护士小东走进来，一脸动容："太感动了。"

"怎么了？"

小南解释："刚才那个家属跟李医生下跪磕头，一直道谢。"

许沁低头写字："有这工夫，不如放李医生回去多休息一会儿。"

小南小北已经习惯，不觉有异。

小东忍不住："许医生，家属有心感恩，对医生存有感激，你不觉得感动吗？"

许沁头也不抬："他们很快就会忘的。"

小东难以置信："怎么可能？如果警察救了你，你很快就会忘吗？"

"会。"许沁说，"人本来就是健忘的动物。"

就像那个雨夜，一个叫宋焰的消防员救了她，她很感激，被他拖出汽车的那一刻视他为英雄。可过后就忘了，生活那么忙，她不会每天都把他的功绩回想一遍。

就像他们的曾经，那么多美好的回忆，轻而易举就被她忘了。

许沁握笔的手停了一下，短暂的一秒，便继续快速书写。

“你见过哪个患者在出院之后再回来感谢医生的？”许沁淡问。

小东哑口无言，扭头看小南。小南耸耸肩，摇头表示没有。

小东不服：“可当时感谢过就够了。再说，接受患者和家属的感谢，你不会自豪吗？”

许沁抬起头：“对我来说，人救活了，这是工作要求和职责，仅此而已。我不是上帝，也不是救世主。”

她说完，自若地低头继续书写。

“你认为这是完成自己的工作，所以不需要别人感恩戴德？”小东琢磨着，虽有悖于她以往的经历，但也有道理，“许医生，你这种态度我很佩——”

“这话还有后半句。”许沁手中的笔在纸上敲了一下，再度抬眸，“如果没救活，他死了，这也不是我的责任，不是我的错。”

小东一怔，这可真是一位冷酷的医生啊。

“许医生，人死了，你真的不会自责？”

“作为医护人员，要清楚地接受一个现实：医学作为一门科学，有它的局限。如果一个病人的病情超出了医学的局限，那便是他命数已尽。而我不是上帝，只是个平凡人，我不为任何人的死负责。”

许沁下班时经过走廊，意外遇到消防队的人在做消防检查。

她这才想起前几天医院发过消防知识手册，说今天有消防知识讲座，但许沁在值班，就没去。

不到灾难发生，各类警示性的科普，大家都不会在意。

果然，许沁来到会议室，里边听讲的人寥寥无几，很快就散会了。

讲课的是十里台消防大队的教导员李萌，她的几位同事做完检查过来和她会合，几人收拾完东西准备离开。

许沁站在门口，目光四下搜索。

李萌笑问：“有事？”

许沁：“你们是十里台的？”

“对。”

“宋焰怎么没来？”许沁问。

李萌愣了愣，笑道：“我们是消防大队的，他在消防中队。”

许沁这才明白为何上次在肖亦骁的酒吧也没看见宋焰。

“分工不同。”李萌道，“中队管实战，像灭火救援类的。但像科普宣传还有检查类的，归大队管。”

许沁若有所思，简短概括：“他们在救援一线。”

李萌：“……”不免暗叹这姑娘说话真直接。

“谢谢！”许沁转身离开。

人是健忘的动物吗？

是的，许沁想。

她再也没有去忆起宋焰救她的场景，或许潜意识里认为那是一种无端的困扰。

她也很少再想起宋焰，因为她刻意避开了有消防栓的走廊。

感情这件事向来不重要，且她善于压抑，忘却与尘封并非难事。

不会结果的花儿，开得再美也是被风吹雨打去，要它做什么呢？

之后的一两个星期，风平浪静。

西伯利亚来的冷空气一吹，秋天才刚到，就突然进入了尾声。

10月下旬，北方街头的银杏叶大片大片地变黄。走在大街上，有萧索的冷意了。

就是在这种时刻，许沁想起了宋焰。

那时她捧着一杯咖啡，站在繁华却又清冷的十字街头等红灯。蓝天下，红灯闪了一闪，让她想起了消防车上的警灯光。

只是因为寂寞而已，许沁想。

跟着匆匆的人潮走过街道，那一点迷途的心思也被抛在了脑后。

许沁快速走进医院大门，忙碌的一天又开始了。

国庆后又正常上班两周，还没到她们轮休，小南就吐槽说干脆累死算了，反正在急诊室里，往地上一倒，有人抢救。

许沁看她一眼："别给我添麻烦，我等着下班呢。"

小南哀号："许医生，你真无情。"

轮休前的最后一班，离下班还有10分钟，几人终于有片刻休息的时间。

许沁逮着机会就洗手，小南叹道："许医生，我见过那么多有洁癖的外科医生，就没一个像你这样的。"

许沁："离下班还有几分钟？"

小北："8分钟。"

许沁："希望不要有……"

小南和小北同时变了脸，惊呼制止："别说这种话！"

许沁闭了嘴，看她俩。

小北哭丧着脸："这种话越说越邪乎。"

小南双手合十："呸呸呸，刚才不算。"

正说着，李医生冲到门边："许医生，三环重大车祸，你跟车。"扫一眼在场的护士。

小南："我去。"

小北："我去。"

随救护车赶去事发现场，一路还算通畅，虽然应急通道堵上了，但车辆听到急救警笛声，都迅速让了路。

案发地在护城河边，一辆法拉利超速闯红灯接连撞飞一辆轿车和一辆摩托车，自己则冲破护栏翻进河里。

救护车赶到现场急停，火速赶来的消防救援车几乎同一时刻刹停在一旁。

许沁一只手插着白大褂的口袋，另一只手拉开车门跳下车；宋焰一身橙衣，从高高的救援车上跃下。

两人面对面地碰上，对视一眼，如电光石火般短暂，目光错开，各自迅速转身走向自己的目标。

一个向西，有伤者被抛出，摔在路边。

一个向东，有伤者卡在毁坏的车里。

白色的救护车上，红色的救援车上，警灯闪烁。一白一橙的两人背向而走，在秋风里拉出一条笔直而坚定的轨迹。

民警已经封锁现场，不少民众围在警戒线外观看，议论纷纷。

一位民警指给许沁看："那个伤得最重，没系安全带，从肇事者的跑车里被甩出来了。"

许沁快步跑去被甩飞的伤者身边。

那是个年轻女孩。清冷的秋天，她穿着薄裙，身子扭成一个奇怪的形状，浑身是血。一大摊血染红了公路路面，以她为中心绽开了一朵深红的花。

那个出血量已经是没有活路了。

许沁还是检查了一下她的脉搏和瞳孔，又摸了一下她的骨头——颈椎、脊柱、大腿，全断了。

许沁起身，对身边的民警说："死了。"

对方叹了口气："这么年轻——"

正说着，远处传来一声惊喊："宋队！"

两人循声望去，肇事的那辆法拉利撞得稀巴烂，外壳扭得奇形怪状，底朝天翻倒在河里。肇事司机被卡在驾驶室内，倒栽葱一样沉在水中。

消防员还来不及布置工具，那稀烂的跑车正一点点往湖里沉。

宋焰顾不上了，已纵身越过护城河栏，几大步跑下河堤，跳进河里，钻进了变形的驾驶室内。

下沉的废铁发出剧烈的一声"咔嚓"，卡在了他肩膀上——他用自己的身体生生顶住了驾驶舱。

周围人看得心惊胆战。

身边的民警哆嗦一下，连连发出啧啧声："我去帮忙！"

许沁抿紧唇，果断地收回目光，转身离开，走向另一处伤者——骑摩托车被撞飞的民工。他戴着工地上的安全帽，双眼紧闭躺在地上，像是没了意识，可四肢时不时地抽搐一下，仿佛陷入梦魇。

许沁过去他身边看了一圈，除了关节处擦伤，身上没有别的明显外伤。

民工忽然模模糊糊地哼了一声，似乎清醒了一些，可眼睛无法完全睁开。

许沁问："有没有觉得哪儿不舒服？"

民工眯着眼，咕哝："医生，我飞到地上，撞到头——"话没说完，眼睛一翻，彻底晕了过去。

许沁把他的头盔摘了下来，发现撞裂了，检查他的头部也没有外伤，一时看不出他情况如何。

小南收起血压计："血压偏高。"

许沁："你跟陆医生送他去医院。"

"知道了。"

把昏迷的民工送上担架时，许沁瞟了一眼河里。

宋焰整个人卡在车中，扛着那辆破车。她看不见他的脸，只看得到他橙色的救援服和侧影——他一肩撑着车架，一只手托着昏迷司机的头，不让他的头沉进水中。

驾驶舱内还有一位消防员一同顶着，在帮他分担；指导员和其余队员则在研究现场，制订救人计划，布置工具。

许沁再一次迅速收回目光。

被撞的那辆轿车停在路边。车前盖被撞裂，车身压缩了一截，司机在车里哀号，他的腿部被卡住了，一时半会儿移不出来。

两三个消防员正在锯车门。许沁过去检查，司机手骨折了，但其他地方没有明显外伤。胸腔肋骨没有骨折，腹部摁压无疼痛，没有大碍。

许沁提醒了一下消防员，注意大腿动脉的位置，切割车身时不要伤到动脉，又留了个同事在那里，便离开了。

这下她才看到，死掉的那个女孩还躺在路上。秋风萧瑟，吹着她惨白的四肢。

警察们忙着调查身份，维护周围治安，没人顾得上她。一旁围观的路人拿着手机拍照，或许想分享到朋友圈或者发微博。

许沁冷淡地注视一眼那些路人，那群人似乎也反应过来不妥，收了手机。

许沁绷着脸，从车上扯了块白布下来，盖住了那个女孩。

警察还没核出身份，此刻，这无名氏远在他处的家人或许还不知她已经离世，还在各自忙碌。

许沁走到河边，几个消防员试图把废车从河里掀到堤坝上，但车已从驾驶舱折成两截，车内破碎的框架形成了一个杠杆，推动车身会导致卡在其中的司机被压成肉酱。

动哪儿都有危险，最后商量，只能在河里把车锯开。

现场布置完毕，杨驰给水里的宋焰塞上耳塞，自己也塞上耳塞和宋焰一起扛车。

电锯发动，异常刺耳。许沁塞上耳塞，却抵不住那声音跟电钻一样往脑袋里钻，让人神经刺痛。

她略痛苦地皱起眉，蹚水去倒置的车边。她摸索着钻到反置的车底下，透过碎掉的风挡玻璃检查昏迷的伤者。她瞥了一眼宋焰，他站在水里，肩上抬着扭曲的钢架，他咬着牙关，脸上全是汗。

许沁："把他的手递过来。"

宋焰右手托着车架，左手托着伤者的头，没有空余的手。杨驰也挡在他身后，没有可施展的空间。

许沁见状，自己伸长手去够伤者的手。手往里头伸，脸便不自觉贴到了车窗的碎玻璃上。

一双白白净净的手还在空气里抓着，宋焰低着头颅，隐忍地说了一句："收回去。"

她把手收了回去。

宋焰把伤者的头靠在自己腿上，用胯部抵着，又艰难地弯了一下腰，摸索着伤者的手臂，把他的手从背后捞出来，递给许沁。

许沁接过伤者的手，简单清理出一块干净的皮肤，消毒，插针，输液。

贴医用胶带的间隙，许沁迅速抬眸看了宋焰一眼，宋焰正看着她，微拧着眉头，眼神难测。

目光才撞上，他便移开。

两人再无眼神交流。

宋焰顶在车内，托着伤者的身体；许沁弓着腰蹲在车架下，一只手高举吊瓶，另一只手拉着伤者的手腕。

外头的钢筋锯断声震耳欲聋，伴随着车身骨架间或抖动。狭窄的空间里，两人近在咫尺，却一言不发，只时不时跟着摇晃的车身晃动一下。

不知熬了多久，仿佛迟迟没有进展。锯子、钳子，各种工具轮番上阵，是缓慢而焦灼的推进，是漫长而难忍的煎熬。

车身锯断的那一刻来得毫无预兆，“哐当”一声，车体从中间炸开！锯车的队员们迅速躲避，车头车尾各自迅猛下沉。驾驶室突然往上翘，“咔嚓”扳断了倒置的车窗骨架。疲累的许沁正斜靠在倒置的车窗上，猝不及防，眼看车架要钩住她的衣服把她整个人掀起来！

宋焰一个侧身挤过去，推开许沁。许沁猛地被推出车外，跌坐到水里。针管被扯断，伤者早被弹出。

而宋焰刚好挡在那截车骨前，车身翘起，断裂的车骨在宋焰背上“刺啦”一划，伴随着令人毛骨悚然的撕裂声——钢筋划破了防护服。

宋焰的脸几近扭曲地抽搐了一下，唇色瞬间白了，额头密汗直冒。

许沁听着声音不妙，要看看究竟。宋焰没给她看背后，冷冷道：“还不重新换针？”

许沁没执意上前，她手里还拿着吊瓶，瓶上针管断裂。

此刻救伤者要紧。

肇事者立刻被人抬了出去，许沁也飞快地爬到岸上，换了针管重新输液。她处理完毕，跟着同事把人送上担架，正要往车上抬时，她无意间看到刚才那截车骨上鲜血淋淋。

许沁心中一凛，转头四处搜索。消防员准备收工，宋焰正往消防车上走，她朝他冲过去。

宋焰余光察觉到许沁的靠近，但来不及做反应，她已跑过来抓住他的手臂一推，他背后衣服被割开，背上一道又深又长的血口子。

许沁目光骇然，不由分说：“去医院。”

宋焰打开她的手："正要去。"

医院有很多，不是非要去她那儿。

许沁微恼地盯着他看了一秒，他表情闲散又不屑，没有半分把她当回事的样子。

许沁点头："好。"

说完要走，听见索俊惊呼："宋焰，你这背后怎么回事？赶紧跟救护车走！"边说边冲救护车招手，"这边有伤者。"

宋焰一脸不耐烦，拉了扶手要上消防车："路上经过陆军医院。"

"救护车在这儿呢！"索俊连推带搡，"上车，你要耽误那个病人吗，啊？"

肇事的伤者刚被抬上救护车，司机听到这边的呼喊，探头等着。

宋焰咬了一下牙，也没办法，大步跑过去跳上车。

许沁正帮李医生给伤者做急救，没看他。车开动的时候，许沁吩咐小东："你过去给那位消防员处理一下。"

小东闻言过去给宋焰止血。

一路无话。

到了医院，移动病床刚被推下救护车，等在医院的伤者父母和亲戚一股脑儿全拥上来，痛哭声、关切声此起彼伏。

许沁拨开众人："你们让一下。"

伤者的母亲看见儿子的惨状，哭得不能自已；叔叔阿姨们则拉着医生哭求："一定要救救他啊，他才 23 岁。"

许沁和几个医生推着病床："你们先让一下！"

病床被推进医院大门时，磕到石子，颠簸了一下，伤者的母亲激动地扑上来："小心我的儿子！"

这一撞，撞到了病床边的小东和许沁。

许沁整个人失了重心，扑向病床，手无意识地抓向床沿以求平衡。可这一眼，她看见了危险。刚才的推搡之中，病人手上的钢针和留置针已经断开，回血的针头暴露在空气里，就在她手即将要抓向的位置。

糟了。

那一瞬间仿佛被拉得无限长，却又极其短暂，短得她想躲开那枚针，可身体已来不及。

许沁身体不受控制，眼看要碰上那根尖针，突然，身后一只大手抓住她，极其有力地把她扯了回去。

她的心脏在半秒间骤升骤降。

而身旁的护士小东无人管护，被伤者家属推搡着扑上了那根针。小东的手"啪"的一声摁在床沿上，抓住了那枚暴露的针头。

小东凄惨地尖叫一声，迅速抽回手，一滴鲜血从她指尖冒了出来。

家属们见状，全都吓了一跳。

移动病床已被轮班的医护人员接走，许沁抓住值班护士，叮嘱一句："过会儿把这位病人的血液化验结果给我一份。"

说完回头看小东，小东还盯着自己的手指傻站在原地，许沁迅速把她拉到身边："赶紧清洗了去感染科报伤，然后到留观室等着。"

家属们不停地给小东道歉，说对不起。小东脸上抽了两下，想说没关系，可又害怕又委屈又生气，什么也说不出来，红着眼睛走了。

突发事件告一段落。许沁回头，透过移开的人群看到宋焰的眼睛。刚才是他拉了她。

宋焰无所谓地看她一眼，转身离开。

许沁追过去，从身后抓住他的袖子。

宋焰停下，似乎叹了口气，才回头，表情依然不太客气，说话也还是讽刺："又要报答救命之恩？"

许沁摇摇头，指一下他的背后：“我给你处理吧，别的医生都在忙。”

宋焰：“意思是我没的挑？”

许沁：“上次你救我，我也没挑。”

手术室里，许沁坐在椅子上，随手拉过置物架，戴上口罩，说：“把上衣脱了。”

回头看，宋焰站在她面前，双目直视她，他利落地脱下防护服，里头一件军绿色的薄T恤，湿漉漉地贴着身子。他随手撕扯下来，甩到一旁。

一旁的小北和小西齐齐看呆了眼，脸“噌”地就红了。许沁早早戴上了口罩，倒看不出表情，只是长长的睫毛动了一两下。

男人裸露着湿漉漉的上身，身材高大，肌肉紧实，线条流畅而性感，几滴水珠从他脖子上滑落，一溜儿地滑过胸膛、腹肌、人鱼线，隐进长裤子里不见了。

许沁不免仓促地上下扫一眼，移开眼神。

宋焰极轻地扯一下唇角，转身趴在床上，做个配合的伤者。

小北和小西还在一旁脸红耳热，许沁沉默而训诫的眼神已扫过去，盯了她俩一下，两人这才回过神来。

小北过来协助许沁给宋焰清理伤口，小西在一旁记录。

许沁拿医用尺量了一下创处：“脊柱右侧3厘米处，长13厘米，最宽处2.5厘米。”

小西埋头书写。

“割裂伤，伤口内有油漆碎片、铁屑、水草……”

小西听着都疼，忍不住抬起头问：“怎么弄的？”

许沁没回答，脑子里一晃而过宋焰把她推开的场景，断裂的车架在他背后划下这样一道骇人的伤口。

而刚才在医院门口，他眼明手快，把她从那枚针头前救下……

想到此处，许沁不经意瞟了一眼宋焰，他背身趴在床上，头埋在手臂里，看不见脸。只看得见手臂上一块块的擦伤，蹭红了表皮。

她让自己收回思绪，拿起手术镊给他清理伤口，刚碰到伤口中的一枚油漆碎片，宋焰的身体就骤然缩了一下。

隔着薄薄的乳胶手套，背肌偾张的力量感传到许沁的小指上，直抵心间。只一瞬，他很快放松下去。

许沁停了一秒，问："你确定不要麻醉？"

宋焰埋着头："嗯。"

小北和小西瞪大眼睛，面面相觑，不会吧？等清理完，消了毒，还要上药缝针，得多疼啊！

许沁没多劝，继续手术。

然而，不知为何，这次手术变得和以往不一样了。

每一次把工具伸进伤口，他背部肌肉因疼痛而紧绷的微颤都会顺着她小手指的指尖撞进她心里，一颤，一颤，有了生命。

好似光脚走在浴室，每走一步，都细微地触一道电。这清晰地提醒着她：她面前是一个活生生的有痛感的人，而不是麻痹了知觉的昏迷的工作对象。

每一步都触麻到心间，让她不禁怀疑，他是不是故意要营造这种效果。

到最后收尾的缝针阶段，小西和小北的辅助工作已完毕，小西兜里的手机不停地响，她拿起来看了一眼，脸色突变，捅了捅小北。两人眼神交流了一阵，很快就跑出去了。

许沁也没管她们，她们自有分寸，不是十万火急的事不会这么快跑开。急诊科天天都是特例，也不能按常规来出牌。

手术间里只剩下许沁和宋焰两人，一室安静，静得仿佛能听到缝合线从皮肤组织下穿过的声音。

许沁自己都没意识到，口罩下，她呼吸出来的空气凝结成了一颗颗的水珠。她额头上也沁出了一层蒙蒙的细汗。

她熟练而缓慢地操作着持针钳，忽而开口："醒着？"

宋焰："嗯。"

显然没心思和她聊天。

两人又无话了。

只有他背上的肌肉随着她指尖的针线，突突一下，碰触着她的指尖。

她看他一眼，他鬓角全是汗，沾湿了碎发。他一直强忍着痛。

许沁垂下眼眸，说："今天在湖里，谢谢你！"

宋焰嗓音散漫，从手臂间传来，不太清晰："工作职责。"

许沁问："刚才在移动病床前拉我，也是工作职责？"

宋焰一动不动，没有即刻回答。

小小的空间里，充满令人压抑的沉默。

许沁从容地剪了线，说："好了。"然后脚尖轻轻一蹬，椅子滑开一小段距离，"回答我。"

宋焰一身湿汗，坐起身，疼痛让他脾气暴躁，语气终于隐忍了恼意，"许沁，你想干什么？"

许沁："什么？"

宋焰直视她的眼睛："莫名其妙跑去我家求和好，你想干什么？嗯？和好？"他讽刺一笑，带着鄙夷，"你想清楚了没，就来说和好？"

许沁盯着他，黑眼睛笔直而用力。他顿感窝火，大手摸上她的脸，一把扯下她的口罩："你想怎么和好，嗯？陪你玩，玩够了再一脚蹬开？你想干什么？这么瞎闹有意思吗你？问你，有意思吗？"

许沁浑身的刺都被他激出来了，"呵"地冷笑一声，针锋相对道："你有意思吗？早把我忘了你管我想干什么？车骨断了，你推我干什么——"

“这是工作！”宋焰恼火地打断她的话。

许沁反唇相讥：“在病床前拉我也是？！”

这句话呛死了宋焰。

宋焰抿紧唇，直勾勾地盯着许沁，脸上写满怒意。

许沁：“怎么不回答了？说啊！”

他咬着牙，依旧没作声。

他骤然而顽固的沉默将她逼得气急反笑，步步紧逼，不肯相让：“不敢说了？在移动病床前拉我，也是工作职责？”

“不是。”宋焰看着她，终于说。

“那是什么？”她还不肯放过。

“毕竟曾经喜欢过你。”宋焰说。

许沁的心骤然被狠刺一刀。

答案出乎意料，像期望花开，却突然下了雪。

只是曾经，如今已过。这话真——够狠哪！

许沁手指一下一下抠着剪刀，片刻失神又迅速回神，想淡笑一下没笑出来，嘴唇动了动，终究也是无话可说。

宋焰说完，从床边摸起手机，松垮地走了出去，背影疲累。自始至终，没有看许沁一眼，余光也没有。

许沁在原地坐了好一会儿，才沉默地脱下手套扔进垃圾桶；口罩还挂在耳朵上，她又出了半刻神，才扯下扔掉。脸上湿润的雾气早就散去，干巴巴的，难受极了。

许沁洗完手，又习惯性地把手插在兜里出了门，在走廊上遇到那个民工，正摸着后脑勺往大门口走。

许沁：“你是车祸里那个——”

那民工小弟瞪着许沁看了半晌，认出来了，指着她嘿嘿笑：“你是救我的医生啊。”

许沁蹙眉：“你现在去哪儿？好好待着别乱跑。”

民工小弟摸摸头：“我做了CT，还有全身检查，啥毛病没有，得回去干活了。”

撞飞那么远，他竟安然无恙。

许沁：“你安全帽坏了，记得重新买一个。”

“好嘞。”

“赔偿谈好了？”许沁问。

“赔偿？”民工小弟想了想，明白过来，爽朗笑道，“医药费他们出，还给我出了修摩托车的钱，够啦！我这不好好的嘛，没病没灾，不用赔偿啦。”

说完，民工小弟乐呵呵地走了。

许沁插兜站在原地，注视着他轻快离去的背影。

在医院待这么久，始终没琢磨透彻的，用科学也无法解释的，便是各自的命数。

许沁转身走去留观室，迎面见小北急匆匆走来。

小北看见许沁，脸上露出惊恐悲伤之色：“许医生！”

许沁：“刚才跟小西跑哪儿去了？”

小北看一眼周围来往的就诊者，把许沁拉到一边：“刚才送来抢救的那个病人，就车祸肇事的那个，血液化验，HIV阳性，艾滋病。”

许沁一愣。

小北气得咬牙切齿：“他父母知道但隐瞒了，因为他失血过多，情况紧急，没等化验结果，李医生他们组的医生护士就全进了手术室。”

许沁：“现在还在手术中？”

“对。不敢通知里边的人，怕引起恐慌出事，正一个一个地换人出来。

换防护措施更高的进去替上。”

听上去危机四伏啊。

许沁沉默了一会儿，问：“小东呢？”

小北的脸由悲愤紧张又变得难过起来：“哭疯了——抗体检查也要等六周，估计这些天难挨了。”

许沁无言。

如果不是宋焰那一拉扯，扑到那枚回血的留置针上的人就是她，此刻存在 HIV 感染风险的也是她。

宋焰——

许沁心底一沉，眼前突然闪过一连串的画面——他泡在水里撑着车架，托着肇事者流血的脑袋，他背上的伤口……

还有数位跳进河里救人却可能在救人过程中受伤的消防员……

许沁立在原地，一股冷意从脚底蹿上全身。

许沁快步走过走廊，掏出手机给传染科的同事打电话，汇报情况：“有四五个消防员在水里。搬车、锯车的过程中，应该会有人受伤。急救中心的同事已经联系消防队了——嗯，好，有事再联系。”

她挂了电话，紧接着想通知宋焰，却没有他的号码。

迟早会通知到，一时半会儿也急不来。

她打算先去留观室看小东，经过其中一扇门，余光却瞥见宋焰在里头。还以为看错了，退回来一看，正是他——他坐在床边往身上套干净的 T 恤，穿好 T 恤了又接着穿外套。

许沁推门进去，宋焰正在穿袖子，手臂伸展时估计拉到了背上的伤口，眉头一皱，嗓子里发出“咝”的一声。

许沁快步上前准备帮忙，床边的帘子后走出来一个女人，是上次来医院做消防检查的李萌，显然是来给宋焰送衣服的。她上前接过宋焰手中的衣领，帮宋焰套上外套，又蹲在他腿边，悉心地把外套的拉链底端对好，将拉链拉上去。

许沁不由自主地停下。宋焰余光感应到什么，侧眸看过来。

许沁站在床尾，双手插兜，冷静地看着他。

李萌这才意识到有人进来了，立刻松手走去一边，擦了擦眼角。再回过头来时，眼眶还是红的，对许沁勉强微笑了一下。

宋焰看着许沁，问："有事？"

李萌见他语气不算好，轻轻推了他一把，又对许沁抱歉道："他这人就这样，脾气不好，医生，你别介意啊。"

许沁脸上挂着一丝极淡的礼貌，说："没事。"

宋焰也懒得搭理她，从兜里摸出烟盒在桌子上一磕，抽出根烟来，放在嘴里，刚要点燃。

许沁说："医院不能抽烟。"

宋焰拿眼角瞥她，打火机在手里转，粗糙的大拇指抚过齿轮，却也不摁下去。

李萌一步上前，抽走他嘴里的烟："听话。听医生的。"

宋焰嘴唇松松地合上，眼神一转，直勾勾地看着李萌。

空气也有些紧绷。

李萌脸皮薄，"腾"地脸红了，竟有些手足无措，手里拿着那支烟也不知怎么是好，小声道："出去再抽吧。"

宋焰看她半刻，突然缓和了，笑了一下："听你的。"随即收起打火机。

许沁站在原地，缄默不语。

面对这样的时刻，她一贯的应对便是沉默，不会跑开，只会站在原地沉默。好在她累了整天，思维已麻木。即使心里有些疼，也是感觉不到的。

而屋子里另一个女人显然很受哄。

李萌前一秒还觉得宋焰的眼神捉摸不定，后一秒就被他那句“听你的”挑得脸颊绯红，忍不住偷笑了一下，瞧见许沁，才收了笑，礼貌地问：“医生来有什么事？是不是要复查什么的，看一下他的伤势吗？”

许沁极轻地摇一下头：“现在不用，四天后过来复诊。”说完，递给宋焰一张单子：“这些药，内服外用。”

李萌自然而然伸手拦截，接过那张单子，对宋焰道：“我去拿药。”

“一起。”宋焰起身，顺手收好桌上的随身物品塞进兜里。

许沁不是傻子，也并非全无感觉，她能清晰地察觉到他不想在这儿多待，不想跟她单独相处。

有这种觉悟，就得做好刺痛的准备。

过道很窄，许沁没让开，宋焰走过她身边的时候，撞到了她的肩膀。

许沁轻轻晃了一下，说：“你留下，我有事要跟你讲。”

她回头，宋焰也回头：“讲吧。”

李萌站在门口，奇怪地看着两人。

许沁看了李萌一眼，又看向宋焰，说：“这件事我们单独讲比较好。”

李萌挺大方地笑笑：“那我先去拿药了。”走的时候还拉上了门，很放心的样子。

宋焰上前一步，靠在病床尾，低头转着打火机：“说吧，什么事？”

许沁也不拐弯抹角：“你们在河里救的那个人有传染病。”

“什么病？”

“艾滋。”

宋焰手里的打火机顿了一下，隔了一会儿，又转起来，再隔一会儿，又停下。如此往复了几轮，他掏出手机，走去窗边准备打电话。

许沁道：“已经通知你们队里了，参与救援的队员都在来医院的路上，到时会检查伤口。”

宋焰收了手机："好。"

他拧着眉，沉默地站了一会儿，也不知在想什么，无意识地从兜里掏出烟盒，抽出一支烟来，塞在嘴里点燃。

这一次，许沁没有拦他。

许沁让彼此都消化了一会儿，才问："除了背部，你身上还有其他皮外伤吗？"

"没有。"宋焰异常冷静。

许沁回想："那截车骨一直都在水面上，也没沾血，你被划伤后，背部有没有再碰到水，或者沾血的东西？"

"没有。"

"如果没有的话，感染的概率就非常小。"许沁松了一口气。

"我知道。"宋焰呼出一口烟，转头看向她，"我应该没事。"

隔着青白的烟雾，他的眼神有一丝意味不明，转瞬即逝。

许沁："你应该没事，可你现在看上去很不轻松——"

"车翘起来后，我的队员把人接过去了，我上了岸。"宋焰低下头，轻轻地咬了一下牙，"接人的那个队员，手上磨破了皮。"

许沁没作声了。

宋焰深深吸一口烟，又问："那个小护士怎么样了？"

许沁："情绪很不稳定。"

宋焰点了点头，不置可否。

许沁："无论如何，你六周后过来我们医院传染科做个检查。"

"好。"宋焰简短地回答。

"没事了。"许沁说完转身往房门外走。宋焰也准备离开，手伸出窗台，刚要把剩下的半截烟摁灭。许沁脚步一顿，在病床边站着，一动不动。

宋焰的手停在半空中，扭头看着她白色的背影。

许沁终于没有忍住，回身面对他：“刚才那个人是你女朋友？”

宋焰反问：“和你有关系？”

“呵。”许沁淡笑出声，语气薄淡，“有女朋友，拒绝我的时候说‘我有女朋友’，就够了。在手术室里说上那一大堆无关紧要的话，推责给我，够虚伪的。”

宋焰有些不可思议地看着她，半晌，低下头笑了一下，这笑里无语、难解、怒气皆有，但最终一切烟消云散，只剩嘲讽：“你跟我之间的问题，说说你跟我就好，扯别人有用？”

这话是在保护李萌还是他无所谓到了只剩鄙夷的程度，许沁不知道。但这态度无疑是“噌”地划燃一根火柴，许沁被刺激得眼底闪过一丝恼意，她盯着他，一字一句索性挑破一切：“你跟我的问题不就是当初我离开你，你觉得我有错？我还认为你有错呢。当时我们才多大？自己都养活不了自己，那样的情况下我能背叛父母跟你跑吗？你能不能成熟点？”

宋焰一笑：“你成熟，现在站这儿跟我废话？”

许沁唇角一抽，警告道：“宋焰，你别用这种语气跟我讲话。”

宋焰觉得她简直不可理喻，令人恼火而可笑：“你想听哪种语气？当心肝儿哄？——你也就会在我跟前横，是吧？”

许沁：“是你说讲我们俩之间的问题，是你说的。你现在能不能就事论事，别那么意气用事？”

“我受的都是我活该。”宋焰眼底一寒，“就事论事，那你说说，站在我的角度，我凭什么跟你和好？许沁，当年你踹我跟踹狗一样！你说——”突然没了后文，怒火骤然消散，如倒塌的空中楼阁，“呵！”他说不下去了，各种怒意风卷残云，一瞬只剩了荒谬和滑稽。

他毫无情绪地扯起嘴角，觉得此刻站在这儿扯当年的事，这行为荒诞至极。

“跟你讲这些，够没意思的。”他点燃第二根烟，语气轻讽，“你只看得见你自己。跟你说什么都是废话。”

许沁冷笑：“那你到底想怎么样？要我哭着向你认错，跟你说我对于当初的决定有多后悔？”

宋焰：“不必，你没后悔过。”

许沁：“是，我没有后悔过。再来一次我依然只有这个选择。如果是你，你难道就不会——”

“你当初的选择不重要，”宋焰骤然打断，“说那些都没意义。”他直视她的眼睛，目光逼问，“你现在的选择是什么？”

许沁一愣，哑口无言。

两人无声地对视着，眼神笔直而用力。

突然，宋焰荒诞一笑：“我就知道。”

“发泄半天情绪，没一句讲到点子上。”

他斜靠在窗台上，望一眼窗外，说：“跟我讲成熟，你幼稚得一塌糊涂。现在我们做个见面点头的熟人挺好，为什么非要越线来挑破一些事情，嗯？你什么都没想清楚，就急着刨根问底把伤口撕烂。然后呢，让它烂在那里。下次见面，点头都不必了。”

许沁脸色一白。

宋焰目光从窗外移到室内，看她半晌，道：“你和我说这些，无非是想让我体谅你的难处。好，我体谅，但体谅不等于和好。我们和好，下次出现这样的问题，你依然毫不后悔地做出相似的选择。许沁，我奔三的人，说大不大，说小也不小了。有些伤，年轻的时候挨一挨，没事，恢复快，但这个岁数再来一次，会要命的。”

宋焰把烟摁在窗台上捻碎了。

“感情的事没有对错。你说你没错，我同意。但是，你没错，你选择的路，就自己打下去。”

许沁立在原地，一动不动，僵硬得像一碰就会碎掉。

宋焰转身往外走。

擦肩而过的时候，许沁还不肯放手，轻声追问：“你还在恨我？”

“没有。”宋焰说，“没有恨你，但也不想和你有什么了。”

怎么听上去还是说恨要好一点？宁愿那样，也不要现在，无恨无爱，寡淡得什么都抓不住。

许沁以为这一刻是她心尖最痛的时刻，但下一秒，走到门口的宋焰停了脚步，他背对着她，手抓在门把手上，站了足足 10 秒，才说：“我也是有错的。”

“我也想满足你所有的愿望，可——”他语气无波无澜，“你想要的很多东西，我给不了。没有这个能力，我也很抱歉。”

宋焰走了。

许沁插着兜立在原地，手指在兜里狠狠地抠着掐着手心，表情却像走了神，眼神涣散无边。她呼吸困难，微微张开嘴，颤抖着嘴唇想要竭力吸一口空气，才发现胸腔疼得撕心裂肺，像断了一根肋骨。

她站了好一会儿才缓过劲来，回头看一眼窗台上的烟蒂。她走过去，从兜里掏出一张纸巾，包住那枚烟蒂，扔进垃圾桶。

她出了留观室，经过大厅，看到李萌拿好药等在门边。宋焰朝她走过去，李萌笑着迎他，两人一道离开了。

许沁一直看着他的背影，想他会不会回头。可他没有。

许沁走到清洁间，拧开水龙头，用力搓着自己的手，一遍一遍，搓得发红，又搓得惨白。

她并没有感觉到手痛，但脸上传来痒痒的感觉。抬手摸一下，是温热的眼泪。

不像上次在翟家院子流出的鳄鱼的眼泪。

这一行泪，她无法控制。

第四章

纠缠·当初的选择不重要

许沁在开放式厨房里转过头时，

拖把刚好在客厅里的水渍中间拉干净一条路，

阳光反射在上边，明晃晃的。

她不经意眯起了眼，

看见宋焰的身影融化在了秋天金色的阳光里。

有感染风险的几位消防员到医院传染科登记备案，紧急用药，具体情况要等六周潜伏期过了才能下定论。

几个身上没有皮外伤的排除了感染嫌疑，另外几个手上有程度各异的擦伤或割裂伤。尤其是江毅，手背上划了一条大口子，当时还不顾疼痛地去帮忙把肇事者抬出来。

谁也想不到伤者有传染病，更想不到是艾滋。

如今变成这种情况，队里的人都有些沮丧，憋闷而灰心的气氛笼罩着大伙儿。

一众年轻的小伙子一排排瘫坐在医院走廊的椅子上，松垮着腿，头靠墙壁望着天空。

宋焰走过，依次在每个人头上揉了揉，说："打起精神来。"

江毅坐在末尾，宋焰走到他身边，靠着墙，拍拍他的肩："还没下定论，不一定会传染。"

李萌也宽慰他："先别太有压力，或许六个星期后大家一检查，都没事。"

这种安慰多少有些无力。

杨驰愤怒地咕哝：“我是没事，可江毅——要是万一感染了怎么办？这病治都治不好。”

“××，怎么遇上了这档子事？”小葛也骂起来。

江毅反倒安抚大家：“不都紧急处理过了吗？再说了，传染病都有个概率问题，五五开也有百分之五十幸免的概率呢。”

说完干笑两声，看得出内心并不轻松。

大伙儿七嘴八舌。宋焰靠在墙上，沉默半晌，开口：“万一真感染了也没事，先治疗等过几年医学进步，或许这病就能治了。”

杨驰：“那得多费钱哪，哪里治得起？”

宋焰侧头，扫了一眼面前的一帮小伙子，说：“你们当中任何一个，谁要是真感染了，我带你们去跟肇事者讨说法。你们要真出事，我管定了。”

走廊里一时间鸦雀无声，数张年轻的脸齐刷刷地盯着宋焰。

江毅小声道：“还能这样？”

“这工作说白了就是要直面死亡，大家都无怨无悔。哪怕是牺牲，我相信你们眉头都不会皱一下，但谁的命都不是轻贱的，懂吗？”

再度落针可闻。

一群大男孩盯着宋焰。

宋焰：“看什么？”

杨驰崇拜地竖起两个大拇指：“哥，你气场两米八。”

小葛举手：“三米八。”

宋焰莫名其妙：“什么意思？”

江毅哈哈笑：“网络用语，队长，你不上网，当然听不懂。”

宋焰：“看来是该没收手机了。”

一片哀号：“不要啊！”

宋焰：“行了，归队。”

“是。”

众人起身往外走。

李萌落在后边，跟宋焰说：“这个事要跟上头汇报一下，有感染风险的队员这段时间也不能出勤了。”

宋焰：“知道。”

队员们先坐车走了。

出了医院大楼，李萌在包里翻车钥匙，说：“我送你回去。”

宋焰道：“不用，我自己走。”说着把她手里装药的塑料袋拿了过来。

李萌在原地观察他的表情，忽然问：“是她吗？”

宋焰一时没明白：“嗯？”

“你的前女友。”李萌问，“那位许医生，是她吗？”

宋焰稍稍眯起眼看着她，并没有立即接话，似乎在判断她从哪里得到的这个信息。

李萌强行微微一笑：“刚才在留观室里，我给你拉衣服的时候你没反应过来，没来得及阻止我，我就知道你心思不在这儿了——只听脚步声就知道是她来了？”

女人的感觉往往敏锐得可怕，而这样的敏锐无疑是自伤。

宋焰觑着她，稍稍抬了一下下巴，像是终于想明白过来了：“难怪你擅作主张动我嘴里的烟，呵。”他没有笑意地笑了一下，“为了气她？”

他是真觉得可笑的，就又笑了一下：“李萌，你幼稚吗？”

李萌见他护着许沁，顿时气愤，可又心疼：“你还喜欢她吗？我真是——我说，她都看不上你，你这是何苦呀？是找虐还是什么？”

宋焰脸色微变：“翟淼跟你说的？”

“谁说的有关系？”李萌望着他，眼里全是委屈心酸，“你这么好的男人，凭什么就被她贬得一文不值，被她不屑一顾？看见你那样我生气，对，我就是个坏人，我就故意给你拉衣服，故意动你的烟，想刺激她一下。让她知道，也有很多好女人喜欢你——”

“李萌，”宋焰打断她的话，“这话再讲下去，可就越线了。”

李萌抿紧唇，一口气憋在嘴里涨红了脸，瞪着双眼睛看宋焰，揣摩他是不是生气了，怕他生气可自己又难受，半天憋出一句：“我真是要被你气死啦，你能不能争点气？你说你，要模样有模样，要人品有人品，干吗在一棵树上吊死，送去给人虐啊？宋焰，你争点气行不行？”

宋焰有些哭笑不得，觉得她越说越不靠谱了：“李萌——”

“你不会想跟她和好吧？”李萌问，“跟一个从心里看不起你的人一起，不难受吗？”

宋焰：“到此为止啊！”

李萌敏锐地察觉到一丝凉意，适时闭了嘴。

“你关心我，我谢谢你。但是——”宋焰脸上笑容渐收，“我跟我前女友什么关系，是好是坏，轮不着别人在中间插一脚，明白吗？”

李萌好歹是个姑娘，脸皮薄。虽然他语气不重，可这话里包庇许沁的意味太明显，还是让李萌红透了脸，只差眼睛都要红了。

“对不起，行了吧。我也知道不对，可我就是没忍住。”

宋焰看她半刻，叹了口气，转身抽出一支烟点燃，吸了一口，回头看，李萌还耷拉着头站在原地。

宋焰问：“我有没有跟你说过，我们俩不可能？”

李萌点点头。

“你说我何苦，你这又何苦呢？”宋焰斜睨她，“教训起别人一套一套的。”

李萌抬起头：“你不喜欢我，喜欢别人，我也没办法。可你不能找个对你好点的，让我服气一点吗？”

宋焰“呵”了一声：“我还想让自己服气呢。”说着把烟扔土里，用力踝碎了。

“走了。”宋焰打了声招呼，便拦了辆车走人。

他坐在车里，拨通了翟淼的电话。

“哥，干吗呢？怎么这时候有时间给我打电话呀？”

宋焰心情很差，也不跟她废话：“下次再把我以前的事跟人瞎说，我打断你的腿。”

“什么事啊？”翟淼完全没想起来，“我怎么就要断腿了呢？”

宋焰问：“你都跟李萌说什么了？都是些什么事啊，就瞎跟外人讲？”

翟淼振振有词：“萌萌姐又不是外人，我还想让她当我嫂子呢。”

宋焰：“少放屁。”

翟淼嚷：“又骂我。你跟我妈说去，我妈可喜欢她了，说看中她当外甥媳妇。是你装聋。”

宋焰嗓音一变：“翟淼，你还跟我闹是吧？”

翟淼听他语气不对，立刻规矩起来：“哎呀，是我妈说的，跟我没关系啊。”

“舅妈爱折腾，你跟着瞎闹什么？平板电脑还想不想要了？”

翟淼立即倒戈：“哥，你喜欢谁我就支持谁，谁也比不过咱俩亲。”

宋焰心情不好：“挂了。”

“哎哎哎，别呀。难得打一次电话。”翟淼说，“今儿怎么回事啊，这时候联系？”

宋焰没提受伤的事：“出勤，帮人摘戒指去了。”

翟淼呼一口气，笑道：“那就好。真希望你们天天都帮人取钥匙、摘戒指什么的，别起火，真的，别起火。”

宋焰一愣，半晌后，略略一笑，说：“真挂了。”

“哥，天天平安哟！”翟淼在那头大声嚷。

宋焰放下电话，靠在座椅上，望着车窗上快速流淌而过的城市风光，蓦地想起那年。

那年他还年轻，也曾想满足她所有的愿望。

许沁回到办公室，从小西口中得知，小东准备递交辞呈，说不管六周后结果如何，她都不想再做护士了。

小南和小北听言，只是叹了口气，没对她的选择做出评价。

小西说：“希望她不要被感染，平平安安地去换一份新职业。”

许沁则说：“应该没事。”

“为什么？”

许沁：“我刚才查了一下数据，去年我们市里艾滋病毒职业暴露的案例有 10 起，感染的医生和护士是 3 起，概率为 30%。HIV 病毒的传染条件相对严苛，所以先不要太绝望。况且，如果真的感染，就更不能辞职了，这是工伤，医院必须要管的。”

三人一时都不吭声，看着许沁。

许沁不解：“怎么了？”

小南：“许医生，和你相处这么久，没见过你一次说这么多话，真不习惯。”

“……”许沁说，“我先下班了。”

“等一下，”小西蹦过来，拖住许沁的手，“许医生，今天来治伤的那个消防员，你认识吗？”

许沁：“怎么？”

小西歪头，花痴地笑：“我觉得他很帅啊。你要认识他的话，介绍一下呗。要过冬了，该找男朋友了。”小西眼里冒星星，兴奋地对手指，“消防员和小护士，好搭啊！”

许沁说：“不认识。”

小西一脸遗憾：“好可惜！”

许沁出门时，听见身后小北在给小西支招儿：“小南和他们队里一个消防员有联系，你可以问她。”

许沁走进地下停车场，冷风突灌，她打了个冷战。这才发觉像小西说的，要过冬了。

北方的冬天来得太早了，那一次见到宋焰，还是夏天呢。

接下来有几天休假，许沁回了孟家。

孟怀瑾和孟宴臣在外聚会，晚饭时只有许沁和付闻樱。

付闻樱自然问起她和蒋裕的发展，许沁以工作忙为由搪塞。

付闻樱微微叹气：“这么忙，还是不想换工作？让你爸爸给你安排去大学或研究院吧，工作轻松。”

许沁：“现在工作挺好的。”

“我只看出你的脸更瘦了。”付闻樱往她碗里夹了一大块羊肉，又给她盛了一碗玉米排骨汤，“全都喝了。”

许沁：“嗯。”

“早些成家。”付闻樱说，“你们一个个都不知怎么想的。宴臣也是，给他介绍了那么多女孩子，就没一个看得上的。”

许沁喝着汤，抬起头：“妈，我有喜欢的人。”

付闻樱正在夹菜，顿了顿，上下扫她一眼：“不是蒋裕？”

“不是。”

付闻樱稍稍有些遗憾，但让了一步，问：“谁家的？”

许沁：“普通人。”

“那不可以。”付闻樱说，“沁沁，不要逼妈妈再做一次恶人，好吗？”

好不容易挨到轮休，许沁却得了重感冒。不知该怪天气变冷，还是怪紧张的工作结束后，精神松懈萎靡导致抵抗力下降。

许沁不想打针吃药，说感冒挨一挨就好了，还能提高免疫力。她只想昏昏沉沉睡个两三天，不要清醒，不要思考，补足睡眠就行。

付闻樱说她胡闹，让家庭医生给她挂了吊瓶。

许沁合眼沉睡，一觉醒来已是天黑，房间内光线昏暗，沙发旁亮着一盏落地灯。

孟宴臣坐在沙发上看书，肖亦骁横倒着呼呼大睡。

许沁望着孟宴臣温润的眉眼，安静地看了许久。孟宴臣抬起眼帘时，便碰见许沁的眼神。

“醒了？”

“嗯。”

“好些了吗？”

“嗯。”

孟宴臣过来坐到床边：“鼻音还是很重。”

许沁望了一眼吊瓶：“这样打针，明天就会好。”

孟宴臣看见她的手露在被子外，想抚一下，却没有。

床边放着花和毛绒玩具。每次她生病，肖亦骁都会送她一个毛绒玩具，但这花……

“谁送的？”

孟宴臣：“蒋裕。”

许沁：“他怎么知道？”

“妈妈跟他妈妈说了。”孟宴臣说话很简短，并不高兴。

不高兴又如何，他也被付闻樱安排相亲，一周一次，无法拒绝。不是有钱的，就是有势的，没有别的选择。

孟宴臣问："你喜欢蒋裕吗？"

许沁盯着输液管里滴落的药液，说："不喜欢，但也不讨厌。"

孟宴臣问："意思是——能接受和他结婚？"

许沁目光不移，盯着药滴："也不能。"

孟宴臣不置可否，坐了半刻，说："我下去给你盛粥。"

他走了，房间里陷入安静，许沁吐出一口浊气，正要闭上眼睛，听见肖亦骁懒散的嗓音："既然能接受，怎么还是不开心？"

许沁扭头："你没睡？"

肖亦骁坐起身，揉揉眼："被你们吵醒了。"他也不过来，就坐在沙发的落地灯下，脸庞笼在光晕里，他淡淡地吐槽，"你们俩啊，我也是服了。能别这么苦情吗？看开点行不行？人生还有大把的享乐时光。"

许沁也不绕弯子："孟宴臣——我早看开了，当年妈妈让我改姓的时候，我就明白她的意思。他还来劝我，我早对他没了别的想法。"

肖亦骁："你现在又把姓改回——"

"不是为他改的。"许沁打断。

一时落针可闻。

肖亦骁琢磨了半刻，问："真有那么喜欢宋焰那小子？"

许沁沉默了好一会儿，说："我不知道。"她吸了一下鼻子，"不知道是因为得不到，还是因为过得太沉闷——不知道。"

"那就是很喜欢了。"肖亦骁长长地叹了口气，觉得很棘手的样子，"得，你哥来给你分析分析。"

他来到她床边，坐到地毯上，扶着腿与她视线平齐："沁沁，我问你，他一个月工资多少？——消防员，我想想，五六千？"

许沁争辩："他是队长。"

“哟呵。行，算他七八千。咱这儿一线城市。你家旁边金融街上的白领挣多少知道吗？工作四五年，工资起码升到两三万了。普通人家养出来的女孩，上过大学，读过硕士，足够优秀的，要是看上消防员，她爸妈照样反对，能闹上天你信不信？即使是没那么出挑的大学生，要喜欢上修车的、开出租的、摊煎饼的，她爸妈能同意？阶层这东西平时看不到，一旦谈婚论嫁，就是最残酷的一道坎儿，明白吗？你也别怪你妈，她比你看得清：爱情一晃而过，现实——”

“可我只有看见他的时候，才感觉自己是活着的。”她毫无情绪的一句插话，让肖亦骁骤然闭了嘴，仿佛刚才说的一切都碎成了烟灰，毫无力度。

“你说什么？”肖亦骁脸色严肃地问。

“你明白那种感觉吗？被人掐着脖子摁在水里，却很想再浮出水面，呼吸一口空气。”她看着他，快而轻地扯了一下嘴角，带着对自己的嘲讽和怜悯，“那种感觉就像——明明已经是个死人了，却还想再活一次。”

哪怕一次。

像年少时，再活一次。

一定要。

在许沁的记忆里，她总是惹宋焰生气，可他总是一次次原谅她。

当初为什么会和宋焰在一起？或许是想要他的保护，或许是为了气孟宴臣，或许只是她过得太压抑了。

无论哪种理由，归根结底都是动机不纯。

宋焰对她的好，她是知道的。

她在乎宋焰吗？在乎。不然，她不会告诉他：“我不姓孟，我叫许沁。”

和宋焰一起开心吗？开心。不然，她不会那么容易就记起那么多事。

她饭量很小。在孟家生活时，她有种莫大的恐惧，害怕吃得多被赶走。

任何享用享乐的事都带着禁止的意味。虽然常跟孟宴臣一起在外面吃饭，可他也是个克己的人，而她寄人篱下，早已学会察言观色，难免会受影响。

不像宋焰。

有一次，宋焰陪她在学校食堂吃饭，看她吃得太少，眉头一皱，不高兴了："你是猫变的还是怎的？耗子都比你吃得多。"

宋焰以为食堂里的菜不合她口味，便带她去吃炒菜，本地菜馆。

许沁来北方那么多年还没吃过正宗的当地菜。她吃不习惯，西红柿炒鸡蛋里怎么有黏黏稠稠像鼻涕一样的东西？

宋焰说："这叫勾芡。"

许沁皱眉："好难吃。"

宋焰第一次听到这种说法，笑她："好难吃？究竟是'好'，还是'难吃'？"

许沁问："你们这儿怎么说？"

宋焰："忒 ×× 难吃。"

许沁抿着嘴不吭声。

宋焰："特难吃。"

许沁于是用有些古怪的口音跟着说了一遍："特儿——难吃。""吃"这个发音，卷舌都快卷到喉咙里去了。

宋焰大笑："再来——忒 ×× 难吃。"

许沁又不吭声了。

"怎么了？"

"别说脏话。"

宋焰："我怎么就不能说脏话了？——跟着学，快快快。"他推搡她，"矫情什么呀，快！"

许沁被他推了几下，也不知哪根筋搭错，张口就来："忒 ×× 难吃。

这厨子是傻 ×。”

“……”宋焰张口结舌，“怎么还自由发挥了？”一边说一边作势捂她的嘴，“女孩子不能说脏话，不文明，不文明。”

许沁被他捂着半张脸，说完自己都觉得好玩，抿着唇无声地笑起来，眼睛弯弯的。

闹完了，她继续吃了一大勺，宋焰皱眉：“你干吗？这西红柿不好吃就别吃。吐了。”

许沁含着满口的西红柿，瞪着他。在家，在孟宴臣面前，在任何人面前，她都不敢做出这种举动。

宋焰把垃圾桶踢到她脚边：“吐出来。”

许沁犹疑半刻，终究把那一大口西红柿全部吐进了垃圾桶。

“呸！”

他是真的喜欢她。她都知道。

他不是个好脾气的人，却没跟她说过一句重话；他也不是个有耐心的人，只是因为想看她而在教室里坐上一个又一个整天；他更不是个安静的人，只是因为她时不时不爱说话不肯说话，他便陪着她沉默一个小时、两个小时……

他是那么骄傲又霸道的人，却能原谅她和孟宴臣。

那天是星期五，放学后本该回家，她没回。他带她去玩轮滑，她不会滑，磕磕绊绊的，他耐心地牵着她的手，慢慢引导。

他的朋友们时不时地快速滑过，嬉笑，吹口哨，逗闹，被他一窝蜂地轰走了。

许沁滑了几圈，说：“你松手吧，我会滑了。”

宋焰：“你确定？”

许沁：“我确定。”

宋焰松开手，手臂却护在她周围，紧跟在她身后。

许沁自己滑起来，越滑越快，她不会转弯，急刹技术也不熟练，滑到尽头手忙脚乱失去重心，蓦地摔向地面。她以为会狠狠摔上一跤，可身后宋焰迅速上前抱住她。

他把她护在怀里，自己撞到地面。她在他怀中毫发未损。

宋焰疼得龇牙咧嘴。许沁愣愣地看着他，像是没反应过来。

宋焰捂着胸口："还傻愣着干什么？赶紧来揉揉啊。"

许沁还是愣愣地看着他，隔半秒，突然"扑哧"一笑。

那是宋焰第一次看到她大笑，她跪在他身边，咯咯直笑，笑得瘦瘦的肩膀一抖一抖的。

可很快，她脸上的笑容就消散了，她看着他身后，陷入一片死寂。

宋焰回头，看见了孟宴臣。这人宋焰见过，每周一许沁来上学，他都坐在车里跟着。

孟宴臣站在场地边，眼里根本没有宋焰，没有全世界，只看着许沁，说："沁沁，回家了。"

许沁低下头，沉默不久，开始脱轮滑鞋。

宋焰一直没阻拦，直到许沁起身要走时，宋焰站起来，问："他是谁？"

许沁小声道："我哥哥。"

宋焰笑了笑："你当我傻子？"

许沁也不解释，低着头朝孟宴臣走去。

眼看她要走到场地边，始终静止的宋焰突然快速滑过去，抓住许沁的手："不许跟他走。"

许沁回头看他。而他抓许沁的这个动作刺激了孟宴臣。

后者警告他："你放开她。"

宋焰一挑下巴，把许沁扯进怀里："我的女朋友，轮得着你管？"

孟宴臣上前一拳揍上宋焰的脸。宋焰鞋子滑，倒地时揪紧孟宴臣的衣领把他拖倒在地，一落地便飞速转身，还以一记重拳。

两人滚成一团，一通狠揍，脸上挂彩，鞋子踢飞。

许沁面无表情地站在一旁，好似打架的双方她都不认识。

朋友们围过来，好不容易把两人拉开，孟宴臣眼见宋焰还要去抓许沁，先一步转头问许沁："你跟谁走？"

宋焰停下脚步，看着许沁，大口喘着气。

一直发呆的许沁眼神终于聚焦，看向宋焰。

周围朋友都在，宋焰一字一句："不准跟他走——我送你回去。"

许沁走到宋焰身旁，轻声说："宋焰，我要回家了，明天再来找你玩，好不好？"

宋焰表情冷硬地俯视着她。

许沁也不过多地解释，转身离开。当着他所有朋友的面。

朋友们围在原地，不敢发声。宋焰一句话没说，捡起轮滑鞋走了，才走出两步，突然大吼一声把鞋子砸在地上。

第二天星期六，许沁来轮滑场找宋焰。

宋焰不理她，她就坐在台阶上等。

宋焰风一样踩着轮滑鞋"嗖嗖"地滑过来滑过去，就是不理她。一个小时，两个小时，许沁一动不动坐在台阶上等。

他的朋友好心劝她："散了吧，你昨天太给焰哥丢面儿了，他不会跟你和好的。回去吧。"

许沁坐在场边等，目光追着宋焰来来去去。

天黑了，宋焰还没有要走的意思。他玩累了，滑到场边的长椅旁，拧开瓶子往嘴里灌水喝。

许沁走过去，说："宋焰，我肚子饿了，去吃饭吧。"

宋焰冷冷地看她一眼。

许沁在他脚边蹲下，像只小猫，黑眼睛干干净净地望着他："不要生气了，我不是来找你了吗？"

宋焰气得咬牙，骂了声脏话，砸飞了水瓶，脱了鞋起身走人。

许沁立刻跟上，跑上前去拉他的手，他在气头上，不客气地打开。她又跟上，攥紧他T恤的衣角。这次他没打开她，只是大长腿迈得飞快，她在身旁嗒嗒疾走。

吃饭时，他自始至终一言不发，许沁也提着一丝警惕，她感觉到他想问什么，想问她和孟宴臣的关系。

可一顿饭吃完，他放了筷子，看着她慢吞吞地继续吃，什么也没问。直到最后，他忽然伸手揉揉她的头发，只轻轻问了一句："小家伙，想我了没？"

最想问的，最终只能问的，一整晚纠结辗转反侧想要知道答案的，只有这一句：小家伙，想我了没？我想你想得快发疯了啊！

那一刻，她铁石般的心肠上撕开一条口子，刺啦啦地疼。

他说："我以为你不会回来了。"

只因为她回来了，就这么轻易地原谅了她。

可分手那次，她说："我不喜欢破烂的五芳街，也觉得你会是个没出息的人。"

她以为他绝对不会原谅了。

可时隔多年，他的回答是："你当初的选择不重要。"

许沁抬手遮住自己的眼睛，要是再不明不白地去找他，就是欺人太甚了。

第二天，许沁又睡了一上午，精神好了些，准备在家吃完午饭回棕榈花园。午餐前家里却来了一位客人，蒋裕。说来找孟宴臣，而后者和肖亦骁出去了。

付闻樱把许沁叫下楼招呼客人。

蒋裕上下打量许沁，见她清瘦了不少，问："感冒好了吗？"

许沁说："差不多了。谢谢你送的花！"

蒋裕笑了笑："你对所有人都这么客气？"

许沁说："礼貌一点总是好的。"

蒋裕不置可否，见她无意识地搓着手指，而手指上还有木屑，问："下楼前你在干吗呢？"

许沁说："刻点小东西。"

"你还会雕刻？"蒋裕显然有些诧异，"石头还是——"

"木头。"许沁说。

"能看看你的作品吗？"

"走吧。"

许沁的房间很大，有一个专门的会客厅，和卧室区隔着屏风。

她的书桌上摆满了小雕刻，小动物小花小草小人儿，栩栩如生。

蒋裕饶有兴致地一个个观赏，许沁坐到桌前，拿起未完工的雕刻和刀子，说："我不招待你了。"

蒋裕："行，我自便。"

半路，许沁突然发问："你喜欢我吗？"说这话时，她刻着木头，头也不抬。

蒋裕始料未及，愣了一下，又思考一秒，道："有点好感，但谈不上喜欢。"

许沁抬眸，直接问："能接受跟我结婚吗？"

蒋裕抓抓后脑勺，倒也没觉得尴尬："说实话，我结婚吧，只要找个门当户对的，跟谁结都无所谓。”

“羡慕——我不行。”许沁笑笑，低下头雕刻，“我有喜欢的人。”

蒋裕靠在桌边，拎起一只木头小猫，问：“你爸妈反对？”

“嗯。”

“那你怎么办？”蒋裕好奇，全然忘了两人是相亲对象。

这话把许沁问住了。

昨晚就是在这个房间，肖亦骁听完她的话，仰起头长久地望着天花板，最后叹出一口气：“那你就试试吧。不试你会不甘心。试过了，就算撞得头破血流，回来再乖乖听你妈妈的安排，那时也心服一点，不是吗？”

哪有他说的那么简单，宋焰不肯。

也是在这个房间，很多年前的那个星期六，孟宴臣生气地把她拦在家里，不准她去找宋焰。

她不吵不闹，不争不辩，只一句句地重复道：“我要去找宋焰玩。我答应了宋焰，今天要去找他玩。”

她知道宋焰生气了，生了很大的气。可如果她去找他，他会原谅。但如果她不去，就出事了。

孟宴臣堵着她，把她锁在家里。她从二楼翻窗爬树逃走了。

但现在，没那么容易了。

许沁不会像肖亦骁说的立刻跑去找宋焰。宋焰不会同意，两人的关系只会进一步恶化。

而她是否真的想清楚了，想清楚后要怎么做，都需要过程。

“之前想太多，做太少；现在不想想那么多，慢慢做自己——”许沁抬头看蒋裕，说，“想做让自己开心的事，再顺其自然，看未来有什么路在眼前。”

许沁回到棕榈花园，独自坐在阳台上抽了根烟。楼下，五芳街熙熙攘攘，热热闹闹；棕榈花园内安安静静，草枯树黄。

她抽完一支烟，联系管家，把家里的水电费、燃气费、地暖费、小区物业费都询问了一遍，拿本子记好。又把这几个月的电话费、汽车维修费、加油费、衣食住行日用品的各项费用都清算了一遍。

她没有记账的习惯，很多都只能算个大概，一个人趴在茶几上折腾了一个多小时，总算弄出了一个粗糙的数据，不算高昂。

可如果算上房子里的一切，算上衣橱梳妆台里的一切，那就头疼了。

许沁叹了一口气。

房子还没开地暖，冷得慌。许沁吸了吸鼻子，感冒还没全好，后遗症便是犯困，只想睡觉。

天气预报说明天天气晴，她打算好好睡一觉，养足精神，明天去森林公园走走。

许沁回到卧室，关上房门，拉上厚厚的黑窗帘阻挡光线，把房间制造成与世隔绝的黑盒子。

她爬上床盖上被子，蒙上头，什么也不想地闭上了眼睛。

这一觉睡得比在孟家安稳。

警笛大作。许沁以为自己在做梦，怎么稀里糊涂又梦到消防警笛？可隐约又闻到烟熏味。这梦境未免太真实了。

许沁睁开眼睛，房间里漆黑一片，外头警笛阵阵。

是真的。

她立即摸开台灯，走到窗边拉开窗帘。窗外浓烟如幕，遮天蔽日。

高层着火，就在她家下方。

她迅速套上衣服，拿上钥匙和手机，走到玄关处，听见楼道内消防警笛无比刺耳。今天是工作日，大部分住户都不在家。

刚要开门，门外传来敲门声，伴随男人的喊声："有人吗？"

是宋焰。

许沁毫无准备，心里突的一下。

"2701，屋里有人吗？！"

许沁快速拧开层层反锁，拉开门。

"你好，我们是……"宋焰看到许沁的脸，也暂停了半秒，很快过去，"十里台消防中队的。楼下 2601 着火，因为是复式楼，一楼火势太大，房门暂时没破开。据业主说家里有小孩，我们想从你家阳台下楼，可以吗？"

许沁把门完全拉开，侧身让到一旁："请进！"

"谢谢！"宋焰迅速看她一眼便收回目光。危急时刻，他没有多余的心思在她身上。宋焰回头对身后的队员打了个手势，几名消防员迅速进屋，赶到阳台边架绳索。另外几名消防队员往许沁家里铺水管，小葛在楼道里开消防栓。

宋焰："给自来水公司打电话，给这边的管道加压。"

小葛："是。"

宋焰往身上背灭火器："童铭、范阳，你们俩跟我下楼。其余人听指挥。"

"是。"

宋焰带着两名队员迅速穿过客厅，许沁正站在客厅中央，赶紧退后给他让步，看着他和自己擦肩而过。

许沁回头，见宋焰往身上绑了绳子，再无其他的防护措施，就这样踩上阳台栏杆，翻身去了楼外。

这是 27 楼。

许沁被倒灌的冷风吹得打了个冷战。她跑到二楼的阳台上往下望，楼下是水泥地面，车停在院子里像一个个小方块，光是望一眼都让人脚板发软。

宋焰双手拉着安全绳，脚踩墙面快速下降到26楼的窗口边。26楼是密封式阳台，一整面钢化玻璃，只有两侧有两个小型的可开窗，但因前些天雾霾重，此刻窗户紧闭。

宋焰一只手攥紧绳子，手腕飞速在绳索上缠了几道，另一只手从身上摸出安全锤，拿锤子猛砸玻璃。他砸了数下，收好锤子，双手拉住绳子，脚踩在玻璃上，双膝弯曲，用力一蹬玻璃，人从玻璃上弹开至空中，又加速落回去，双脚猛踹玻璃面，“哐当”一响。

如此往复了四五下，人像钟摆一样在空中摆动，一下一下猛撞玻璃。

许沁盯紧了那道绳子，生怕它承受不住这种力量会断开。这要是掉下去，当场没命。

“砰”的一声炸响，宋焰踹开了玻璃，整个人冲破玻璃，滚进了室内。一道浓烟冲天而出。

绳子也很快飞出来，空荡荡的，人不见了。

另外两人也随后进去了。

许沁心惊胆战，在冷风里狠狠地吸了一口气，瞬间被浓烟呛得眼泪直冒。

宋焰进入火场，迅速找到卧室，一边用灭火器灭火，一边翻衣柜找床底，并没有看到小孩的踪影，洗手间也没有。整个二层都没有。

许沁家阳台上，杨驰把水管递给楼下的童铭，小葛开了水闸，自来水迅速充满了管道冲进火场。

宋焰令童铭留在二楼灭火，又通知小葛、李成下来支援童铭，自己则和范阳下了一楼。

二楼至一楼的楼梯间里烈火熊熊，宋焰拿灭火器开路，刚走上楼梯，脚底一松，木板烧穿，他整个人摔下一层。

范阳喊：“队长！没事吧？”

宋焰穿着厚重的防护服，有些艰难地爬起来，做了个没事的手势。

范阳跟着跳进火海。

这家装修都是易燃材质，木地板、桌椅、酒柜、地毯、窗帘、壁纸全烧起来了，有毒气体随着黑烟涌动，刺鼻又刺眼，烟熏火燎地烧喉咙。

宋焰把楼下的房间、洗手间、杂物间都翻了个遍，连着火的床板和书柜都找了，还是没找到孩子。

火场里热气涤荡，空气烧得噼里啪啦响。

范阳从厨房里出来，大声喊："起火点在厨房灶台。估计是孩子一个人在家没事，玩火把房子点着了。"

宋焰从浴室出来，里边还是没有孩子。他刚出门，身后的门板就烧穿了，倒在他背后，砸了一下他的头。宋焰掀开背后的门板，走向客厅。

范阳："一楼火太大了，上楼吧，从上边冲水下来灭火。"

宋焰翻着沙发："先找小孩。"

正说着，才掀起沙发，火舌噌地燎起来烧上天花板。

宋焰迅速后退避开。

范阳："小孩会不会躲二楼去了？起火点在一楼厨房，照理说会往楼上跑。咱们先上去，在这儿待着不行，温度太高。"

两人被高温烤着，又穿着厚重的消防服，已不知出了多少汗。

宋焰思考一秒，觉得范阳说得有道理。返回楼梯口，范阳正准备喊上边的同事，宋焰突然停下："不对，楼梯这儿也是着火点。"

楼梯底已烧成灰烬。

"那小孩没办法上楼，他还在一楼。"

宋焰折回火场，扫视一圈，不知小孩能躲在哪儿，哪儿都找过了。火焰充斥着整个房子，一楼全被烧黑，阳台上的树叶都被火焰燎干了。

宋焰猛然一愣，大步走向一楼阳台。

那边种了两三棵富贵树，宋焰拨开枯枝，就见一个小男孩蜷在瓷盆后，陷入昏迷。

宋焰迅速把小孩护在怀里，冲过火场，借着队员们丢下来的绳子上了二楼。二楼的火刚刚扑灭，小葛他们拿着水管下到一楼冲刷起来。

许沁站在自家二楼的阳台上往下望，下边浓烟滚滚，消防员们一个接一个地进去，偏偏迟迟没人出来。

冷风和浓烟交替，许沁一阵冷战一阵热汗。

直到某一刻，一只手伸出来抓住安全绳，绕几圈缠住手腕。宋焰嗓音嘶哑，吼："拉！"

阳台上的人齐齐拉安全绳，宋焰手里抱着小孩，从滚滚的浓烟中升起来。

许沁望着他，突然就知错了。他是那么好的一个人。

宋焰抬头向上望，透过自己队员们的脸，看到了更高处许沁的脸，惨白的、惊怔的。她半个上身探出栏杆，眼神急切紧张，还有一丝说不清的痛苦。

四目对视，她眼中的情绪撤得干干净净，就那么直直地看着他。

宋焰也看着她，一个眼神，心领神会，她的身子立刻收回去，迅速跑向通往一楼的楼梯。

宋焰被队员拉上去，他满头黑汗，抱着孩子喊了声："许沁！"

许沁已飞快赶下楼，冲过来："把小孩给我。"

宋焰把昏迷的小孩交到许沁手里，自己则接过索俊手里的水壶，猛地灌了几大口水。

许沁迅速给小孩做了个检查，并未窒息，还有微弱的呼吸，只是被烟呛晕过去了。她松开小孩的上衣，打湿了毛巾给他擦拭脸颊和胸口，然后快速抱上小孩往外走，到门口了，回头问一句："电梯能用吗？"

索俊道："安全。"

"好。"许沁抱上小孩，下楼去了。

楼下停了救护车，跟消防联动出车来的。

许沁把小孩交给同事，救护车很快驶离现场。

许沁返回自家，消防员们正陆陆续续往外走，有几个弓着身贴着地面卷水管。

杨驰从她身边经过时，笑道："谢谢了啊，姐！"

许沁问："好了？"

杨驰："火灭了，楼下的门也破开了，我们下楼再检查检查。"

小葛也感谢道："幸好借了你家阳台，不然没这么快。"

他一边说一边抹着脸上的汗。

许沁看他手掌通红，道："有人受伤的话，我帮你们看看。我家有急救箱。"

小葛一愣，看了看自己的手，摆了摆："没事，我们先下去工作了。"

许沁没再挽留。一众小伙子蜂拥而出。宋焰从客厅里走出来，在玄关处和许沁擦肩而过。

"谢谢。"宋焰说。

许沁摇了一下头。

整个队迅速撤离。

片刻前还热热闹闹、无比紧张的房间顷刻间就又变得空落落的，许沁站在玄关口，看了一眼偌大的客厅。人全走了，留下一室的水渍、黑灰和污迹，狼藉一片。

阳光照在水淋淋、脏兮兮的地板上，反着刺眼的黑光。

宋焰他们下楼把熄灭的火场检查了一遍，找出着火点，又联系了小区物业和业主。业主还在往回赶。

宋焰留了两个队员善后，其余人收队。

大家收拾好东西准备撤离，到了电梯口，宋焰交代：“杨驰，你陪指导员清点器材，回去后小葛写份报告。”悉数吩咐后，又说，“我留下等会儿走。”

杨驰没反应过来：“这儿留下肖飞和老江就够了，队长，早点回去休息吧。”

宋焰说：“我去一趟楼上。”

杨驰纳闷：“2701？干吗？”

宋焰：“把人家里弄糟了，总得帮忙收拾一下。”

杨驰：“也对，哥，我跟你一起，我帮你收拾。”

宋焰：“不用，一个人就够了，多了添乱。”

杨驰：“怎么会添乱呢？哥，我做事可利索……”

索俊从电梯里伸出一只手，揪住杨驰的衣领把他扯进电梯，一只手摁了关门键，对宋焰抬下巴：“去吧。”

宋焰折身跑进楼梯间，几大步上了楼梯。到了许沁家，门开着，里头传来水声。

宋焰走进玄关，探头看一眼，客厅里一团糟，没有人。许沁拿着块毛巾，从洗手间出来，看见宋焰，也有些奇怪，问：“丢东西了？”

“没有。”宋焰看看地板，“借了你家阳台，帮你把家里收拾干净了再走。”

许沁没拒绝。

宋焰把厚厚的防护服脱下放在玄关处，又脱了鞋走进来，直奔洗手间，扫一眼后，问：“拖把在哪儿？”

许沁：“没有。”

宋焰回头看了她一眼，目光下落：“用毛巾？”

许沁掂了掂手里的毛巾，咳了咳：“只有这个。”

宋焰无语地盯着她看了半晌后，摇了摇头，觉得有些好笑：“这顶个屁用，等着。”说完，往外走。

许沁问：“你去哪儿？”

宋焰正弯腰穿鞋，扭头看她：“下去买拖把。”直起身，问，“你家还缺什么，给你一起带了。扫帚、清洁剂、抹布……”说着停下观察她的神色片刻，问，“都没有？”

许沁单手握拳，放在嘴边咳了一下：“嗯。”

宋焰：“……”

男人转身就走了。

叮，走廊里传来电梯下行的声音。

许沁走到玄关处，朝外看了一眼，人下去了。她又退回来看看地上的消防服上衣，巨大的，特别厚实。衣服外表脏兮兮的，里头汗味熏天。

许沁走到阳台上往下看，等了没一会儿，看见宋焰快步跑出楼道，很快消失在拐角不见了。

11 月的第一天，楼下的银杏叶一片金黄。

秋意萧索，冷风阵阵席卷着阳台。

许沁退回屋内。

没过多久，宋焰回来了，一只手拿着拖把，另一只手拎着一大塑料袋东西。

“这么多？”许沁过去看，吸水抹布五颜六色的好几条，普通抹布也有，还有清洁剂、清洁球、刷子之类的，垃圾袋也买了好几卷。

许沁轻轻皱眉，问：“买这么多干什么？”

宋焰正在卷袖子：“你还好意思说。”

许沁："……"

宋焰哼了一声："你这儿没有半点家的样子。"说完拎了拖把进卫生间，拧开水龙头冲洗。

水声阵阵。

许沁在原地站了一会儿，从塑料袋里翻出一大块抹布，跟着去了卫生间。宋焰开着水龙头，反复冲刷着拖把，打湿布条；许沁走去洗手台前，搓洗干抹布。

两道水声。

宋焰低头弄着拖把，目不斜视，像是不太经意地问："嗓子怎么了？"

"感冒了。"许沁答。

"嗯？"

哗哗的水声，隔了好久了，宋焰又问："好了吗？"

许沁点点头："好了。"

"嗯。"他关了水龙头，压干拖把上的水，出去了。

许沁拧干抹布，跟着出去。

宋焰正在阳台上拖地，他人高臂长，又有力气，前后推两下，偌大的阳台地板就被他擦得干干净净。要是换作保洁阿姨，得前前后后细细碎碎地捯饬半天。

许沁拿着抹布走过去擦阳台栏杆，宋焰刚转身把拖把推出去擦拭角落，准备收手，许沁迎面撞上来，绊在拖把布上，滑了一跤。

宋焰眼明手快，大力握住许沁的胳膊把她扯回来。

许沁慌乱地站稳了，心突突地跳。

宋焰松开她："小心点。"继续拖地。

"哦。"许沁微微喘出一口气，走到栏杆边准备擦拭栏杆上的水渍和黑灰。

高楼上强风阵阵，吹得她一个哆嗦。

宋焰突然探手过来，夺过她手中的抹布，没收了。

“进去吧，外边风大。”他说这话时没什么表情。

许沁：“我可以——”

“感冒加重我不负责。”宋焰说。

许沁于是回到室内。身后，宋焰紧跟着拉上落地窗。

原本空气流通，北风穿堂，现在关了门，室内突然有一股回温的暖意。

宋焰在外头擦栏杆，那栏杆被消防员踩得脏兮兮的。许沁见他抹布也脏了，又从塑料袋里拿了新的出来，到水龙头下打湿，返回到门边，拉开一条缝给他换抹布。他把脏的递出来，干净的收走，她拿了脏的去清洗。

他做事特别利索，打扫卫生都十分专注认真，很快就把阳台清理干净了。

宋焰回到室内，关上门，到卫生间里清洗拖把，返回继续打扫满是脚印和水渍的客厅。推到沙发处时，拖把不小心撞了一下茶几，一张小卡片掉了下来，宋焰捡起来，一看是许沁的身份证。他目光在上边停留一秒，原地放了回去。

许沁没有干坐着，用新的烧水壶烧了一壶水。

时间过得缓慢，一切都自然而然。两人谁也没和谁说话，一室安静，只有拖把在地板上滑过的声响，掺杂着烧水壶里的咕嘟声。

许沁在开放式厨房里转过头时，拖把刚好在客厅里的水渍中间拉干净一条路，阳光反射在上边，明晃晃的。她不经意眯起了眼，看见宋焰的身影融化在了秋天金色的阳光里。

她站在这边煮茶，他在家里拖地。

那一刻，记忆似乎定了一下格。回过神来，这是一个很宁静的秋天的下午，很平常的一天，像以往的每天一样。

水开的时候，宋焰已经把客厅打扫干净，拖把、抹布全洗净了，整整齐齐地摆在洗手间。

“喝杯茶再走吧。”许沁往玻璃杯里倒开水，茶叶翻滚起伏，茶水浮出淡淡的绿。她抬眸看他一眼，“出了很多汗，要补水。”

她依次倒满三杯水，一排地摆在流理台上。

饮水机在一旁，形同虚设。

许沁说：“水有点烫，你先坐一会儿。”

宋焰说：“我身上脏，不坐了。”

许沁有些尴尬，他却异常豁达坦荡。他裤子上全是污渍，在火场里打过滚，没一处干净。站在刚打扫过的干净得发亮的屋子里，格外突兀。

许沁移开目光，指了指吧台边的高脚凳：“坐这个吧，我过会儿擦擦就干净了。”

宋焰短暂地考虑了一秒，过去坐下。

三杯水氤氲地荡着水汽，不会在一秒间变成温水。两人沉默地等着。

许沁问：“你身上受伤没？我给你处理一下。”

宋焰看了一眼自己的手：“没有。”

许沁：“手腕呢？应该磨破皮了。”

宋焰顿了一秒，抬眸看她，他自己都没察觉手腕处破了皮——是抓安全绳时缠绳子勒的。

许沁表情平静，去拿了医药箱过来。宋焰把手伸在台子上，她给他简单地清理，上药，忽然问：“你工作忙吗？”

“还行。”宋焰说，“每天都有事，大大小小的。”顿了顿又道，“没你忙。”

“我是轮岗到了急诊，不然没这么忙，而且，”许沁看他一眼，“我们没你工作危险。”

他鼻子里淡淡哼出一声："我看你工作也够危险的。"

许沁明白他是指那枚针头。

她给他的手腕处贴上纱布："好了。"

三杯水的雾气少了，杯口凝结着密集的水滴。

宋焰端起来一饮而尽，一杯杯喝光了，手背擦一擦嘴角，说："谢了！"

他不多耽搁，起身离开，她跟在他身后送客。

宋焰走到玄关处，把地上的消防服拎起来，地上有一小摊污渍，他说："自己能弄干净吧？"

许沁："能。"

"好。"他出门走了。

许沁站在门边，看着宋焰离去，心底忽然响起一道声音。

在一起，好不好？

电梯"叮"的一声，门开，宋焰走进电梯，转身按了楼层，随后直视她。

许沁也看着他。

宋焰，在一起，好不好？

可她终究什么也没说出口，电梯门合上，阻断了他和她的视线。

楼道里恢复了安静，消防栓也换成了崭新的，像什么都没发生过一样。

许沁关上门，看着玄关处那一小摊污渍，再看看干净得发光的客厅，忽然觉得这房子安静得让她喘不过气。

她握紧自己的手，走到沙发旁，端坐下去，她坐得笔直，手越捏越紧。

突然，她猛地起身，跑去拉开落地窗，强风涌进来。

她扑到阳台栏杆上，朝楼下的人喊了一声："宋焰！"

金色的银杏树林里惊起一串飞鸟。

秋意萧索的小径上，穿消防服的男人停下，仰望楼上。

许沁看不清他的表情，欲张口朝他喊什么，冷风涌来，像一只大手扼住了她的喉咙。

她停下来，深吸一口气：“你明天休假，是不是？”

一秒，两秒，世界静寂。

下一秒，宋焰转身走了。

第五章

现实·看不见的线

那年他们也在五芳街上进进出出，
他搂着她的肩膀，或拉着她的手。
不似现在，隔着距离，
路人匆忙地从两人间穿过，
也不会察觉这两人是一起的。

11 月的第二天，天气格外好，暖阳高照，碧空万里。前些天的雾霾被北风吹散，清晨的空气清冽而干净，只是气温更低了。

许沁掖紧脖子上的围巾，快步走进五芳街，见到高高的蓝天、矮矮的红墙，大片蒸汽飘浮在街巷里，散发着一阵蒸馒头香。

商铺都还没开，一排排木门紧闭，门上画满了彩色的涂鸦，也不知是附近哪个艺术学院的学生干的。五颜六色，从动漫到古风，从人物到景色，像是一个老妇人脸上涂了青春洋溢的妆。

任何街区里，最早醒来的那一拨都是开早餐铺子和摆摊位的。煎炸蒸煮炖，各种香味直往人鼻子里钻。

蜗居在五芳街里的外地小白领们挤在摊位前买油条、豆浆，有的坐在铺子里一边刷手机一边喝汤。

平凡人的一天，就这样开始了。

以前的许沁从来不会去关注这些人，他们就像这个城市的背景，像这台机器的螺丝钉，多一个少一个，就跟树上的叶子增减了一片一样，微不足道。

但今天，许沁认真地观察了他们每一个人。

一对情侣在摊铺前买了两份粥打包，互相亲吻对方：

"晚上见！"

"好好工作哦。"

"知道啦！"

两人分别，转身走向不同的方向。女孩从许沁身边跑过，脸上的笑容朝气蓬勃。而男孩走开数米远了，回头看一看女孩的背影，笑了，继续赶路。

另一个女孩一边排队买早餐，一边拿手机跟上司汇报工作，待放下手机，长长地舒了一口气，很满意的样子。

而店内呢，有男人一边滑平板，一边大口吃面，狼吞虎咽的，分不清是这面太好吃，还是赶时间。

还有人拎着公文包，哼着歌嚼着油条，步履轻快从许沁身边经过。

当然还有挂着黑眼圈一看就是昨晚加班没睡好的，一边疾跑一边打电话："哎，师傅，我马上就到路口了，你等我 1 分钟——我看见您的车了。"

大千世界，不是只有棕榈花园的光鲜亮丽，亦有庸碌平凡后的小苦小甜。

许沁转个弯进了小巷，一地金黄的银杏叶铺就的路，引着她七弯八绕地到了翟家，朱门大开。

翟舅舅是个爱起早的人，也不知会不会撞上他。

许沁轻手轻脚地迈过门槛，绕过影壁，穿过回廊，进了院子。里头安安静静的，早晨的阳光洒在各类木工上。

树上的鸟笼不见了，舅舅应该出去遛鸟儿了。

西厢房的门虚掩着，昭示着住在里头的人已经醒了。

许沁走过去，透过门缝往里头看，只能窥见木衣柜，柜门开了一半，里头挂着几件男士的毛衣长裤。

她轻轻叩一下门板，咚，没人应。她又伸手敲了一下，门开了。

房间里头一眼望去，给人最深的印象莫过于干净整洁，带着某种纪律性。

木地板上洁净无尘。蓝灰色的床铺上，床单被抚平得没有一丝褶皱，被子叠成标准的豆腐块。暗红色的软木沙发和茶几摆得规规矩矩的，椅子也端正地摆在书桌前，桌上立着一排书籍，诸如《易燃材料图解》《世界火灾案例》之类。衣柜里的衣服也挂得笔直有序，能闻见洗过的洗衣液香和晒过的阳光味；柜底的木筐里一双双男士袜子卷得一模一样，整整齐齐摆着。

阳光透过木窗洒在屋子里，窗明几净，空气清新，有一股淡淡的松木香。

一切都显现着这是一个自律的男人的屋子，干净得性感。

许沁原地站了几秒，记得宋焰的屋子以前不是这样的。那时他还是典型的少年，床上被子一坨，脏衣服堆在沙发上，茶几上摆满了漫画书……

她还在走神，身后侧小房间的门拉开，男人的脚步踏上走廊，许沁还没来得及回头，宋焰已站在她身后，闲淡的嗓音从她后脑勺传过来："又来了？"

许沁回头便看见男人清朗而坚硬的锁骨，她迅速退后一步。

宋焰一头湿发，身上裹着浴袍，刚洗完澡出来，整张脸看上去异常干净帅气，但眉头微皱着，眼神也不算客气，下巴往一旁指了指："让一让。"

许沁让开，宋焰侧身进了屋，房门一关，把许沁留在了走廊上。

阳光恰好，院落一角的银杏树正值金黄。

许沁望着树梢上的叶子，揣摩了一下他刚才不太友善的态度，和昨天在她家中判若两人。

她眼中稍有悔意或爱意，他便放软；她眼中稍有犹豫和迟疑，他便冷硬。

真够毒的，把她的真心和劣根性看得一清二楚。

过了没多久，房门拉开，宋焰走出来，换了毛衣夹克和长裤，看许沁还在外边，问："找我？"

这是一句废话。

许沁："对。"

宋焰："昨天帮你打扫屋子是公事，我们执行公务给市民造成不便，理当清理现场。"

许沁完全没有自作多情："我知道。"

宋焰："还有事找我？"

许沁："有。"

宋焰："干什么？"

许沁："表示感谢。"

宋焰戳穿她："你这套还要玩多久？"

许沁面不改色："到你接受为止。"

宋焰："……"

许沁表情平静，语气也疏淡："我不喜欢欠人人情，你救了我好几次，总得还上。"

宋焰："怎么还？"

许沁："我请你吃饭。"

"……"宋焰仿若看穿她的把戏，哼笑出声。

许沁倒平平淡淡的，脸都不红一下。

宋焰一时也没有回答，从夹克兜里摸出烟来，刚放在嘴里，许沁适时地开口："大清早抽烟，对身体不好。"

宋焰正低着头要点烟，抬了抬眼帘瞧她。

许沁说："来自医生的忠告。"

宋焰把这忠告当耳边风，点燃了烟，问："从哪里搞到我值班表的？"

许沁："肖亦骁他堂兄。"

宋焰："呵。"

他不说话了，只顾抽烟。

许沁站了一会儿，说："吃饭去吧。"

宋焰说："不去。"转身进屋，"你回吧。"

刚迈进门槛，又回头看一眼，许沁站在原地不动。

宋焰说："还不走？"

许沁还是那句话："我请你吃饭。"

他眯着眼睛瞧她半刻，哼出一声："那你就在这儿站着吧。"

话音未落，东厢房的门开了，翟淼背着包准备去上学，一出门就看见许沁站在眼前。

"我说一大早有人叽叽咕咕的，你怎么又来了？"翟淼穿过院子大步走来，"叫你不要再缠着我哥了，你听不懂啊？你这人怎么这么讨厌呀？"

许沁没作声。

宋焰看了她一眼，又看翟淼，一时也没说话。

可在翟淼接着再要说话时，宋焰突然开口禁止："翟淼。"

翟淼不管不顾："本来就是，赶都赶不走，上次赶了今天又来。怎么脸皮这么厚啊？"

宋焰眉心皱了皱："行了。上学去，跟这儿瞎闹腾什么？"

翟淼不服："哼，那我告诉我妈去……"

宋焰大步上前，拎住翟淼就往门外走，翟淼大叫，"妈"字还没发出音来，就被宋焰捂住嘴架出了门外。

宋焰在巷子里扔下她："还来劲了？"

翟淼抖索着挣乱的羽绒服，恨铁不成钢地说道："哥，我怕你心软啊，我操心你都快急死了。她上次来找你我就轰过她，没想到她还敢再来，跟狗皮膏药一样……"

宋焰脸色微变："行了，知道了，上学去。"

翟淼还不肯，要往屋里走："你一男的拉不下面儿，我帮你去轰她——"

宋焰揪住她的衣领，把她扯回来："闹够了啊。"

"哥，我跟你——"

宋焰冷声道："走不走？"

翟淼气鼓着嘴。

宋焰："一，二，三——"

他刚扬起手，翟淼就捂着脑袋一溜烟儿跑开了，还不忘冲他喊："反正我晚上还会回来的！"

宋焰看着她消失在胡同拐角，四合院的红墙灰砖上，深秋的天空高远而湛蓝。他脸上阴晴不定，用力抽了一口烟，把烟蒂扔在地上用脚踩碎，回头上台阶进大门。

许沁站在朱红色的大门口，小脸白皙，黑眼睛看着他。

宋焰迈过门槛，不看她："你走吧。"

许沁回头，还是那句话："我请你吃饭。"

宋焰下台阶，头也不回："不吃。"

许沁说："行，那你请我吃饭吧。"

宋焰刚下台阶，被她这话弄得身形一顿，眉心一抖，回头不可思议地看着她："我图个什么？"

许沁："昨天我帮了你们整个消防队，你做队长的，不该带头来谢我吗？我在家等了一天，没花篮没水果没锦旗，连个道谢的电话都没有。感觉我这个好市民白当了，你们消防官兵怎么能这样？"

她说这话时，面色异常淡然，语气也很有理有据，仿佛如果宋焰拒绝，他就是失职，就是不尊重守法守纪的好市民，视市民的无私援助为草芥。

宋焰下颌绷得紧紧的，看了她好几秒，问："许沁？"

许沁："嗯？"

宋焰："你这副样子，你周围人知道吗？"

许沁垂眸想了想，又看他，认真问："什么样子？"

宋焰："……"

他仿佛也是没辙，终于点点头："行，你是祖宗。"

说着，往外走。

许沁双手插在大衣兜里，不疾不徐地跟上。

再走上五芳街主街道的时候，阳光已从东边的屋檐照到青石板路上。起早的白领们早没了踪影，民工、送货员来来往往。

商铺陆陆续续开门。

香料铺的老板娘推开门板，细细的尘土氤氲在秋日的阳光里，老板娘回头看见宋焰，打招呼："小宋，今天休息啊？"

宋焰回以一笑："是。"

这边都是老街坊老邻居，一个个地打招呼问好，宋焰一一应答，许沁瞥他一眼，见他笑容爽朗，眼睛弯弯的，像太阳一样好看。

她才想起，上一次看见他这样的笑容，是好多年前了。

而此刻的笑容也不是给她的。

老板娘还在闲话家常："小宋啊，我们家腌了酱鱼干，叫翟淼放学了去家里拿啊。"

宋焰："谢谢张婶！"

老板娘笑眯眯的："甭客气——"眼睛瞥见他身旁，瞅了又瞅，"哟，这是孟沁吧？"

许沁答："许沁，姓许。"

"哦哦。"旁人并不在乎，也不挂心，倒是更好奇这大清早的两人怎么一起出来。但嘴上都没多话，忙着开张去了。

那年他们也在五芳街上进进出出，他搂着她的肩膀，或拉着她的手。不似现在，隔着距离，路人匆忙地从两人间穿过，也不会察觉这两人是一起的。

谁也没有说话，不知是否有人忆起那年的时光。街还是那条街，人还是那群人。当年还紧紧依靠在一起的孩子，现在各自无声前行。

连宋焰也变得格外沉默。

走到早餐铺前停下来，宋焰回头问许沁："吃什么？"

许沁说："豆腐脑，红油面。"是这家的特色，以前他和她常吃。

宋焰短暂地停了一秒，像是放空了一瞬，才回神对老板说："各要两碗，再加一笼烧卖。"

他转身要进门，许沁又说："还要麻团、油条、豆浆。"

宋焰顿了一下，侧头看她一眼，有些怀疑她的食量，但什么也没说，回头再看老板："麻团、油条和豆浆。"

店内分外简陋，墙壁地板都是木质的，时有油污，不甚干净。天花板很矮，比宋焰高不了多少。

两人刚坐下，店员就端上两碗豆腐脑，上边浇了黄花菜卤汁，厚厚的一层。

当年宋焰第一次带许沁来这儿吃豆腐脑时，许沁瞪大眼睛："这稠稠的东西是什么呀？豆腐脑要放糖的，这怎么吃？"

宋焰则挑眉："豆腐脑放糖？脑子有病吧。"

两人就豆腐脑是甜是咸争辩了一个星期，可后来许沁也接受了咸味的豆腐脑，咸的甜的，各有滋味。

宋焰没有多余的话，埋头飞速地吃完豆腐脑，许沁碗里还有大半。红油面也上桌了。

印花碗，掉漆的木筷子，碗边还有磕破的缺口。一大碗细细的面条，泼上红彤彤的油，看着就让人有食欲，闻着也香。

宋焰拿起筷子便吃起来，许沁也夹起面条吃一口，吃着吃着，忽然说：“很奇怪。”

宋焰有些心不在焉，应付地问：“怎么？”

“味道没有变。”许沁说，“很多店做久了，生意好了，味道和质量就下降了。但这家没有，还和以前一样好吃。”

宋焰没接话，大口吃面，自进了店他话就格外少。倒是一旁忙得陀螺转的店员听到她的话，接话道：“都是街坊邻里的，哪能坑人哪？”

正在吃早餐的客人搭腔：“我们五芳街的人实在，做生意做人都凭良心。”

店里的人闲聊起来。

宋焰迅速吃完面，几大口嚼了烧卖，擦了擦嘴，看许沁，她面前还有半碗豆腐脑、半碗红油面、一个麻团、一份油条和豆浆。

她那碗红油面吃到一半，又往面里加了一勺辣椒。

宋焰看着那火红的辣椒被她搅拌一下，融进面条和汤里。

多年前，她就坐在这个位置上，舀起一勺辣椒油放进碗里。

他咂舌：“这么多？”

她还嫌不够呢，拿筷子夹起一大块辣椒，尝了尝：“真香！”

她吃了一口又一口——孟家人都不吃辣，和他在一起才能释放天性。

他看得心惊肉跳，不屑地“嗤”了一声。

她又夹起一大块，递到他跟前：“你试试，真的很好吃。”

宋焰摇头：“我有病吗，自虐？”

许沁说：“你吃了我就亲你一口。”

宋焰二话不说，把那口辣椒吞了下去。

神思一晃，当年的丫头就变成了现在的姑娘，面前的桌椅似乎都没变，只是旧了些。屁股下坐的椅子也松松的，摇摇欲坠。

许沁还在不紧不慢地吃面，一缕头发从肩膀上滑下来，她抬手捋一下，别到耳朵后边，粉白粉白的小耳朵侧对着他这面。

宋焰安静地、冷冷地看着。

那头发跟故意捣乱似的，一小捋刚拨上去，一大捋又落下来。许沁慢条斯理地放下筷子，双手把长发拢在脑袋后，拿皮筋束起来，露出白皙的脖颈，线条修长，肌理细腻。

宋焰无意识地咬了一下嘴唇，她倒自若地拿起筷子继续吃面，依然不疾不缓。

“别磨蹭。”宋焰终于不耐烦了，催促道。

许沁于是夹起一大筷子面条送进嘴里，塞得脸颊鼓鼓的，嘟成一团，小小红红的嘴唇也努着。

宋焰不经意就皱起眉头，眉心拧成一个疙瘩，半晌后骤然舒展开，眼睛看向别处，唇角勾了一下，有些轻蔑。

“许沁，这把年纪，不适合装可爱了，知道吗？”

“嗯？”许沁蓦地抬起头，眼珠黑漆漆的，眼神干净，“怎么了？”

宋焰：“……”

他一言不发，踢了板凳起身，走出店外，站在路边抽烟。

宋焰抽到半路，回头冷冷地看了一眼屋内的女人。

套路，全是套路。

宋焰抽完一支烟了，回头看一眼店里头，许沁已经解决掉红油面和麻团，正在喝豆浆和油条。

她学会了当地人的吃法，把切成一小段一小段的油条泡在豆浆中，将软未软的时候，拿勺子舀起来送进嘴里。油条一面脆一面软，吸满浓香的豆浆。她吃完了舔舔嘴唇，似乎很满意这味道，筷子夹起下一段油条，继续在豆浆碗里泡泡蘸蘸。

她吃东西的方式和周围人无异，看上去也很寻常的一个姑娘，头发低低地束着，一件灰色大衣、牛仔裤、小短靴，背着一个很小的包。和环境并无不搭，和周围的其他女孩也没什么大的不同，除了人美一些，神色和气质都淡然些，整个人也很从容平静。

正看着，里头的许沁似乎感觉到他的目光，抬眸朝他看过来，眼神还未撞上，他已迅速别过眼去，看向忙碌的街道。

来往的人多了起来。

宋焰点燃第二根烟。

自和许沁重逢，宋焰还没认认真真近距离地仔细看过她的脸，每次他的目光都无法在她脸上停留过久。

但她的模样在他脑海中是清晰的。现在的她和当年相比并没有多少变化，除去了婴儿肥，脸变得小了些，也更白了，鼻子还是又小又高，眼睛也还是黑漆漆的，淡淡的，没什么情绪。

许沁是漂亮的，宋焰很清楚。但当年，第一眼喜欢上她不是因为她的漂亮。

开学那一天，宋焰坐在教室后排跟同学笑闹。班上的人一群群聚在一起讲话，教室外有三三两两的学生跑过。

某个时刻，他无意间看向窗外，一个落单的女生经过。她抱着书包，低着头，很缓慢地走过。

他没有看清她的脸，只觉得她瘦弱的身影伶仃无依。

旁边有人跟他讲话，他回了一句，再看过去时，窗外的女孩不见了。

他继续和人笑闹。这时，对面的朋友对他挑挑下巴，看着他身后，说：“哎，你挡着新同学的路了。”

彼时宋焰坐在桌子上，脚踩着另一张桌子，长腿拦住通道。他正和朋友说着话，赶紧跳下桌子站起身避让。

狭窄的过道里，那个抱着书包的女孩从他眼前擦着他的胸腔走过。

他认出她来，话说到一半止住了，盯着她看。但她矮他一个头，又瘦又小，他只看见她亚麻色的长发和紧攥书包的手指，她抱着那个书包像抱着自己，背影非常弱小。

那一刻，毫无预兆，他忽然就想保护她。

没想到跳下去了却是个坑。她哪里需要他保护啊！

宋焰烟抽到一半，手机响了，将眼前的五芳街从多年前拉回到如今。

是翟淼打来的。

宋焰不经意地皱了下眉头，按理说她现在应该到学校，准备上课了。

“喂？”

“哥！”另一头声音急切，带着哭音，说了一串口齿不清的话，掺杂着男人的训话声。

宋焰把烟从嘴里捏下来：“你好好说，出什么事了？”

“我……”翟淼欲言又止，“哥，我在派出所，快来救救我吧。千万别告诉爸妈。”

她急着叫他，别的也不多说，宋焰只问了在哪个派出所，就挂了：“等着，我马上过去。”

他放下电话，把烟掐灭了，走到柜台前结账，结完账回到桌前，许沁也刚好吃完。

宋焰手插着兜，跨坐在凳子上，问：“吃好了？”

许沁点了点头。

宋焰说：“那走吧。”

许沁问：“你要去哪儿？”

她看见他接电话了。

宋焰说："办点事。"

许沁问："什么事？"

宋焰道："翟淼在派出所。"

许沁皱了皱眉，一时想不出她一个学生能惹出什么事来。

宋焰看出她想问，接了一句："要么是路上碰着车了，要么就是跟人拌嘴推搡了。她那性格得理不饶人，别是挨揍了。"

"先走了。"宋焰起身往外走。

许沁也跟着动身："我送你吧。"

宋焰回头看了她一眼，许沁道："现在上班高峰期，打不到车的。翟淼在派出所里等着，应该挺急。"

"谢了！"宋焰没跟她客气，看来是真急着往那边赶。

上次许沁的车被水泡废之后，孟怀瑾又给她买了辆白色宝马，和之前的一模一样，型号配置都没变。

车买回来没多久，座位上堆满了除味的炭包。许沁坐上驾驶座，把副驾驶位上的炭包都抱起来扔到了后座。

宋焰坐上车，拉安全带的时候，发现安全扣上的塑料膜都没撕下来。他随口问了句："换了辆一模一样的？"

许沁插车钥匙，脑子一时没转过弯来，问："你见过我以前的车？"

宋焰用力把安全带扣上，"咔"的一响。

许沁说完那句话就发现说错了，立即改口："错了，暴雨那天你见过我的车。"

宋焰不轻不重地"嗯"了一声，有些心不在焉。

许沁以为他在担心翟淼，问："哪个派出所？"

宋焰："六叶坛。"

许沁在心里琢磨了一下，还什么都没说呢，宋焰就来了一句："不用你帮忙，也别费那个人情去找关系打电话。"

许沁一愣，一时没说话。

宋焰还是说了声："谢谢！"

生活于她来说，异常简单轻松，是好事。

他没有权利与资格去剥夺，却也不能理所当然地去借利或享受。

许沁微踩油门，汽车驶离了地下车库。

这片是商业区，正值上班高峰期，由西向东来的路堵得水泄不通，但由东向西出的路畅通无阻。

逆向车道上，洋洋车流堵成了停车场，许沁这边却一片开阔。

她瞥了一眼车外后视镜里的路况，又瞟一眼车内后视镜，正巧看到宋焰的侧脸。他微拧着眉头，望着窗外，面色有些凝重。

许沁问："翟淼现在在哪儿读书？"

宋焰没回头："A 大。"

许沁稍稍讶异："她成绩这么好？——我记得她很贪玩，从来不学习。"

宋焰叹了口气："但她聪明。"

许沁："为什么叹气？"

宋焰扭头看她，道："她获得成功比别人容易，一来二去，对一些约定俗成的规律便没有了敬畏之心。况且，对自己能力太过自信的人也容易利用和耍弄他人，做出越线的事。"

许沁揣摩着这两句话，忽然说："你蛮适合做家长的。"

很快到达六叶坛派出所，翟淼耷拉着头坐在里边，一见宋焰来了，立刻起身："哥！"

她面前的民警正在给她做笔录，原想叫她坐下，但那民警年纪轻，人还算和善，没跟小姑娘计较。

许沁跟在宋焰身后，意外发现翟淼身边坐着的那个女生很眼熟，像是在湾流会所里孟宴臣见过的服务员——叶子。

宋焰一眼见翟淼安全无虞，也放了心，大步走过去，问："怎么回事？没跟人打架吧？"说着看了一眼叶子，但翟淼的书包放在叶子脚边，显然两人是一起的。

"打什么架啊我……"翟淼面色焦急，刚要说什么，看到他身后的许沁，不高兴了，"你怎么也跟着来——"

宋焰皱眉打断她说："翟淼，你搞清楚你现在在哪儿了没？还要脾气是吧？"

翟淼瞪着许沁哼了一声，算是暂且不跟她计较，表情却是不服的。

民警问："你是他哥吧？"

宋焰道："是。她闯什么祸了？"

民警道："卖假货。闹纠纷的人刚出去。"

宋焰眉心一抖，不可思议："卖假货？她一个学生——"回头看翟淼，脸色变了，语气也变了，"怎么回事？"

翟淼怕他，不敢讲，支吾了半天，一跺脚，抓住他的袖子："哥，你听我说，我是在学校做兼职卖东西，我被人骗了，我不知道的。"

"没说谎？"民警拎起一大包东西放在桌上，"真不知道这些是假的？还大学生呢，卖假货。这么严重的诚信问题，你们老师没教过你们？"

民警还在叹息："受过高等教育，又知法犯法，你们这些聪明人路子要是走歪了，以后对社会是大祸害啊！"

宋焰看一眼那堆化妆品和包包，眼里最后一丝担忧和焦虑撤得一干二净。翟淼心知不妙，吓得赶紧收回手。

许沁看着那包和迪奥、阿玛尼之类，口红、粉饼、粉底液，心里也明白了。只怕宋焰很清楚翟淼在说谎。

叶子显然比翟淼淡定很多，面无表情地坐在那里，听到翟淼辩解也没反应，反而有些不耐烦和轻蔑的样子，手里拿着电话，欲打不打。叶子一抬头看见许沁在看她，她也认出了许沁，稍稍诧异，转瞬又恢复平静。

翟淼还在跟民警求情："我真的不知道呀，我怎么知道这是假的。我好多同学都这么找兼职做的，怎么就抓我一个？再说这些名牌我一个穷学生又用不起，我哪知道真假？"

民警似乎觉得可信，翟淼拉宋焰："哥，你帮我说说——"见宋焰脸色很差，不服道，"你干吗？"

宋焰眼神冷然："还觉得委屈是吧？"他拿起一管口红，问，"这个你卖多少钱？"

翟淼瑟缩了一下，嘀嘀咕咕。

宋焰沉声道："好好说话！"

翟淼一抖，小声说："进货 50 元，出价 300 元。"

"这东西原价——"宋焰顿了一下，回头问许沁，"原价多少？"

被点名的许沁愣了愣，答："600 多元。"

宋焰问翟淼："兼职？你脑子有坑不知道自己卖假货？——到现在还不认错，以为耍个小聪明说不知道就能推掉责任，当警察是傻子？"

那民警一愣，很快赞同地点了点头。

翟淼快急疯了："你别煽风点火行不行？！我是找你来救我的。"

宋焰道："我还以为你挨揍了，没想到是你欠揍。自己闯的祸，自己用脑子想想怎么解决。"

翟淼："我哪儿知道怎么解决？"

宋焰直问要害："上头给你出货的人是谁？"

翟淼一愣，闭嘴了。

民警敲着手中的圆珠笔，道："我问了，她说没有联系方式，对方直接来宿舍找的她。我想找她舍友求证吧，她死活不肯说自己是哪个学校的。"

翟淼带着哭腔："警察哥哥，你高抬贵手吧，我还是个学生呢。你找到我学校，我还要不要上学了？"

民警语气放缓："现在知道不对了？"

宋焰冷冷地注视着翟淼，眼风又扫向叶子。叶子撞见他研判的目光，迅速别过头去。

翟淼不看宋焰，再接再厉只求民警，可怜兮兮道："我是真不知道怎么联系那个姐姐嘛。下次她再去找我，我摁住她打 110 行不行？"她一副要哭出来的样子，"你也看到我哥了，只会训我，我保证回去反省改正，好不好呀？"

民警犹豫半刻，也有些为难，戳了戳笔："你这个情况是受骗者来投诉的，按我们的办事章程，要通知你学校。"

翟淼趴到他桌上，呜咽道："我要是被通报批评，会记进学籍档案的！警察哥哥，求求你了。"

民警问："你是真不知道？"

翟淼头摇得像拨浪鼓，举手道："我真不知道。"

民警再度犹豫一会儿，叹了口气，眼见要相信了。

一直冷眼旁观的宋焰开口了："翟淼，再问你一遍，上头给你出货的人是谁？"

翟淼回头一怔，眼神一抖，低声说："我真不知道啊。"

宋焰对民警说："通知学校吧。"

翟淼和叶子同时一惊。

连民警都缓了缓，才问："哪个学校？"

翟淼一脸绝望崩溃，宋焰正要开口。

许沁唤了一声："宋焰。"

宋焰站在走廊的尽头抽烟，许沁在一旁提醒道："通报批评不是小处分，你真要告诉学校？"

宋焰手指弹了一下烟灰，没吭声。

许沁推测道："你想吓唬她吧，让她说出主谋是那个叫叶子的？"

宋焰看许沁："你看出来了？"

许沁："嗯。觉得她挺不对劲的。"

宋焰道："我是希望翟淼把这事交代清楚，画个句号。是她的责任，她逃不了。但不该她背的，我也不能给她扣上。"

许沁清楚他的意思，他这人正直得要死，却又护短得要死。许沁说："你想这些没用，翟淼不肯揭发她。"

"估计还指望过了这遭儿继续干呢。"宋焰冷嘲一声，"要真有这种想法，被学校记过都算轻的——刚才她那样子你也看见了，自作聪明，不知悔改，利用警察骗取同情，就是欠收拾。"

许沁说道："你要是她爸妈，倒也无所谓，让她被学校开除都行。但是你舅舅和舅妈那头——"

宋焰皱了皱眉头，感到有些棘手的样子。

舅舅、舅妈都是正直善良的人，出了这事一定会教训翟淼，但孩子毕竟大了，管不住。再说事关学业，做家长的也怕孩子档案里不清不白，势必会不了了之。

许沁抬眸看他："让我跟翟淼说吧。你继续给警察施压，让叶子开口，我刚刚观察了，她有想联系的人，还在犹豫。不管怎样，想办法叫这两人在今天断了。"

双方一旦对立起来，翟淼和叶子的合作关系自然会结束。

宋焰看她半晌，突然笑问："我俩这是一个唱红脸，一个唱白脸？"

两人回到办公室，翟淼警惕地打量着宋焰，诚惶诚恐。

许沁说：“翟淼，你出来一下。”

翟淼虽然不喜欢许沁，但看在刚才她为自己说话的分儿上，听话地跟她出去了。

屋里只剩三人。叶子低头不看宋焰。

宋焰也不管她，看民警：“这位同学和我们家翟淼一起的？”

“是啊，一起的。”

宋焰问：“主次责任分清楚了？”

叶子咬紧嘴唇。

民警略微迟疑：“还没——”

宋焰：“没问？”

民警：“问了，她就是不说话。”

宋焰也不废话，转头问叶子：“你是翟淼上头的出货人？”

叶子捏着手机，不吭声。

宋焰不跟她费时间，看向民警，道：“翟淼犯的错，我们一定担，但这位同学不能蒙混过关。如果翟淼拖她下水，我们负责，可如果她引翟淼下水，我们也一定追责。她现在一个人，也不能仗着人多欺负她。麻烦你通知她联系亲友。如果还是不说，叫她老师过来。我知道她是哪个学校的，查出是哪个系的不难。”

宋焰说这段话时，自始至终都没有看叶子一眼。叶子低着头，手指要把手机捏碎了。

门外，翟淼听到这番话，又害怕又羞愧，脸上红一阵白一阵。一面恨宋焰严厉非要刨根问底，一面又知他是真疼自己。

许沁示意她跟自己走，到走廊尽头了，许沁回头，双手插兜：“刚才你哥说的话你都听到了？”

翟淼看着别处，不看许沁。

许沁问：“知道自己做错了吗？”

翟淼本来心里就乱，见她摆谱训自己，更烦了：“别以为刚才你帮我说话我就看你的面子，少在我这儿装好人，我的事不用你管。”

说完就要走，许沁突然抓住她的胳膊把她扯回来。翟淼一个趔趄差点摔倒，人猛地撞到墙上。她难以置信地看向许沁，刚要发作，许沁语气冷淡地说：“翟淼，没那个资本就别横。”

翟淼气极，上前一步：“你就有那个资本——”

“我现在可以一句话让你从这儿出去，也可以一句话让你出不去，你信不信？”许沁问。

翟淼噎了一下。

许沁知她个性，索性不给好言好语：“觉得自己很了不起，是吧？你那点小聪明算得了什么，嗯？今天你犯的事小，你哥缴个罚款还能救你。改天呢，受害者要是烂了脸中了毒，叫你坐牢，你爸妈跪下磕头都没用。”

翟淼抖了一下：“那些虽然不是真名牌，但都是正规的——”

“你还跟我辩？”许沁问。

翟淼咬牙。

“说实话，我一点都不关心你。”许沁说，“但你别给宋焰添麻烦。这么大人了，要为自己做的每一件事负责。”

翟淼无话可呛回去，徒劳地回了一句：“许沁，你真够虚伪的。”

许沁淡淡道：“这我知道，不用你来告诉。倒是你，看不清自己站的位置。你哥还说你聪明，我看你蠢得一塌糊涂。”

翟淼又要生气，许沁打断她说：“你学校好，天资高，毕业后前途无限，大把的钱等你挣。可你呢，该读书的时候不好好读书，把时间荒废在这些假名牌上，被眼前的小利小益蒙蔽，不蠢？”

翟淼如受当头一棒。

“过去跟你哥认个错吧。”许沁看向别处，道，“他也没想把你们往死路上逼。但你要还不知错，他也是下得去手的。”

翟淼面色依旧不太好，人却平静下来了。

翟淼重新去找宋焰，认了错，也向他承认是从叶子那里拿的货了，但毕竟是同校，不好向警察揭发。宋焰无心管叶子的事，没有强迫她。

翟淼跟民警道了歉，做了保证，事情总算告一段落。

“行了。”民警说，“缴罚款吧。”

罚款单递过来，2000 元。

翟淼看见上头写的金额，愣了愣，不说话了，手指把那单子攥得生紧。

宋焰一言未发，把单子从她手中抽出来看了一眼，随后手伸进兜里掏钱，点了 20 张红色钞票递给民警。

民警接过来，数了一遍。

四周异常安静，许沁看了一眼翟淼，她双唇紧抿，突然别过头去抬头望天。怕是到了这一刻心才真的知道痛了。

挣那区区 2000 元钱，她哥得往火场里冲多少次，从高楼上跳下去多少次。

数钱的民警不知道这钞票背后的血汗，点完了把钱收好，说：“行，没事了。下次别犯了啊，再犯就没这么轻松了，得拘留了。”

翟淼别着头没吭声。

宋焰拍她一下，训道：“跟你说话呢。”

“知道了。”翟淼瓮声道，不看宋焰。

“知道就好。”民警说完，看向叶子，“你也缴罚款吧——要是没带就让你朋友送来。”

“我去打个电话。”叶子终于开口，起身时，无波无澜地瞥了许沁一眼。

许沁大概猜到了她会给谁打电话，没过一会儿，她就回来了。

民警问：“打完了？”

“打完了。”叶子说完，回到椅子上坐好。

不到一分钟，一个30多岁的男人匆匆走进来，民警立刻起身：“所长。”

所长却迅速扫了一眼在场的三个女生，似乎没看出是谁，转身和民警说了几句话。

翟淼目睹这一切，费解地皱了眉头。

“好像有点儿误会，后面出货的人在别的案子里被抓到了。”

“耽误你们时间了，这里面有点误会。”所长对叶子说。叶子静坐了一秒才站起身，所长后退时不小心撞了许沁一下。

许沁并未介意，那两人出去了。她回头看宋焰，他们也该走了。

叶子在路边等车，一辆奔驰车驶过来，停在路边。

许沁看到那辆车，脚步不自觉放缓了，但宋焰和翟淼走在前边，她也不能落下太远。况且，那车宋焰也认识，她走快或走慢已无区别。只怪她没想到孟宴臣会派车来接人。

那车却不开，像在等人。

许沁最终还是走到了门口。

驾驶座上的车窗降下来，身着西装的林司机礼貌地询问：“大小姐，需要我的车送您一程吗？”

所长诧异地回头，不明白身后怎么又蹦出一个大小姐。

许沁道：“不用，我车在前边。”

翟淼早对叶子那一通电话心生疑虑，现在又来豪车接送，还和孟家扯上关系，她更不解了。

她回头看宋焰，宋焰脸上风波不起。许沁也是。两人互不看对方，像是达成了某种不可言说的默契，又像是各自心知肚明不去挑破某种难堪的现实。

派出所门口，一道看不见的线在他们之间清晰地画开，泾渭分明。

线的这一头，宋焰把翟淼带出派出所；另一头，所长点头把叶子送上豪车。

翟淼心里突然疼得要死，她跑去拉住宋焰的手说："哥，我们走。"

宋焰的脚起先未动，被她拉得晃了一下才迈开步子，侧头看了许沁一眼，简短道："走了。"

许沁："嗯。"

翟淼拉上宋焰疾走，才转身眼泪就吧嗒往下掉，悔恨自己把宋焰拖到这个受辱的境地。

哥，这世界真是不公平。真的。你比那些人好一百倍，真的，好一百倍。

翟淼狠狠咬牙："哥，我再不浑了。我保证！"

宋焰清楚她心里难受。其实他并不在意，只是——要不是他喜欢的人站在那条线的另一头……

他笑笑，揉了揉她的头发，一言未发。

翟淼抬头就看见他的侧脸，轮廓分明，写满平静，眼神似乎依然笃定，却又似乎没看见前方。

翟淼眼泪更凶，她一抹眼泪，用力下决心："哥，你别那么早恋爱结婚，等我好好读书毕业找工作了，给你买车，给嫂子买包包。我以后嫁人了，也把婆家的好东西往娘家搬，都给你。"

宋焰哭笑不得："放屁。"

翟淼说着，回头看了一眼，许沁还站在原地，所长也站着，那辆车也还停在那里。

翟淼莫名害怕，立即小心翼翼地看向宋焰，怕他回头，便挽紧他的胳膊加快了脚步。

她的小心思宋焰看得一清二楚。

而他也并未回头。

许沁一直看着宋焰在满是银杏叶的小道上越走越远，她知道他是不会回头的，但她一直看着。直到他走到拐角，那高高的身影一闪，不见了，空留金黄一片的世界。

没有回头。

秋天真是奇妙啊，分明是那么温暖热烈的金色，黄叶却又那么枯寂凋零，那么萧索。

许沁一路开车回了孟家，孟宴臣的车停在门口。

许沁才进家门就察觉气氛不太一样，孟宴臣坐在餐厅里的大理石桌旁低头吃面。付闻樱守在一边，双臂叠放在桌上，一脸慈爱地看着孟宴臣。

听见开门声，孟宴臣往这头瞥了一眼，目光在许沁身上停留一秒，又平淡地收回去。

付闻樱似乎心情格外好，笑道："沁沁回来了？"

许沁唤了声"妈"。

付闻樱："还没吃早饭吧，过来跟你哥一起吃面。我还说怕你忘了，要给你打电话呢，宴臣说不用。看来是我瞎操心了。"

许沁低头脱着鞋子，心下一阵搜索，猛然想起今天是孟宴臣的生日。

她忘了。

一抬眼又见孟宴臣低头喝汤时拿余光看了她一下，眼神依旧平静无痕。

这么多年，他的性格许沁再清楚不过。他和她一模一样，内心压抑到何种程度，表面也看不出一丝波澜。

许沁换了拖鞋走去餐厅，在孟宴臣对面坐下。

付闻樱问："没吃早饭吧？"

许沁本想撒谎，但实在吃不下了，便道："吃过了，喝碗汤吧。"

付闻樱吩咐桂姨去盛汤。

她微笑着看许沁，又看孟宴臣，目光在两人身上流连："一晃，我们家两个孩子都长这么大了。"

许沁从桂姨手里接过汤碗。

付闻樱说："生这小子的时候可把我折腾惨了，在医院里躺了 7 个小时，就是不肯出来。你爸还说这孩子以后是个让人操心的命，得让我狠狠伤心的。"

许沁和孟宴臣动作同步，低头喝汤。

"结果是胡说，大院里没有比宴臣更让父母省心的孩子，长这么大从没让妈妈伤心过。还记得小时候——"

付闻樱今日的话比平时多，讲述着孟宴臣刚出生时的事。每年生日她都会讲一遍，没有哪个孩子会在这天打扰一个母亲的回忆。

孟宴臣一会儿得去上班，吃完长寿面就上楼去收拾了。

许沁也回到房间，从架子上取下一个木雕的小孟宴臣，走去他房间敲门。

"进来。"

许沁推门进去，孟宴臣站在落地镜前穿衣服，他已换好一件黑色衬衫，正在系袖扣。

或许是黑衬衫、黑长裤，显得他身形格外颀长，脸色也格外清冷。

许沁转了转手里的木雕，过去递给他。

孟宴臣看了一眼，从她手里抽过雕刻，拉开抽屉丢了进去，抽屉里大大小小一堆小孟宴臣。

他关上抽屉，下手不轻，“啪”的一声。

他不看她，继续穿薄毛衣。

许沁在原地站了几秒，才说了句：“生日快乐，心想事成。”

孟宴臣没有接话。

许沁转身往外走，走到门边，听见身后孟宴臣淡淡的嗓音：“没有别的话要说？”

许沁站住。

叶子的事没什么可问的，孟宴臣的性格她再清楚不过，不论是因为他的教养还是他的洁癖，他都做不出那种事。

他弄这一出不过是——

罢了。

今天是他生日。

许沁道：“没有。”说着去拉房门。

那边，柜门“砰”的一声关上。

“不是回来质问我的？”孟宴臣问，“别说你跑回来是因为想起了我的生日。”

许沁扶着门沿，说：“你是很过分。”

“怎么？”他对着镜子理衬衣领，居然慢慢地笑出声，“伤到你心上人那可怜的自尊了？”

他一贯守礼克己，极少如此刻薄，偏偏每次都是针对宋焰。而以他低调不张扬的性格，怎么可能为区区小事去跟一个派出所所长打招呼？遑论拿他的车去接人，无非是为了给宋焰和她之间划下一道深沟。

他从来都不是一个用权势欺压他人的人，她再清楚不过，可这一次……

许沁的手轻轻一推，才拉开的门又紧紧合上。

她回头看他："孟宴臣，你想干什么？"

孟宴臣亦回头看她："你想干什么？"

许沁不说话。

孟宴臣看她片刻，转身去拉开衣柜门，一长排各式大衣笔直悬挂着，他挑中一件，手指在衣架上顿了一下，说："当然，如果你只是玩玩，没关系；如果你是认真的，我劝你最好打住。"

他抽了一件灰色大衣出来，把木衣架重新挂了回去。

许沁问："所以你现在是以家长的身份在管我？"

孟宴臣："不然呢？"

两人连针锋相对都是异常平静的，像没有风来的湖面。

许沁看着他把大衣穿上了，说："孟宴臣，你不要再管我的事。我跟谁结婚，跟谁相亲，跟谁恋爱，跟谁玩——都不关你的事。"

这话说完，房间里有好几秒的寂静。

孟宴臣没看她，他低着头在整理袖口。他穿衣服向来一丝不苟，任何细节都不放过——衬衫袖口、薄衫袖口、大衣袖口，一层一层理好。

终于，他说："他不行。"

孟宴臣一字一句，说："就——他——不——行。"

许沁顿感荒谬至极："为什——"

"他不配。"他迅速而冷静地打断她，仿佛多说一个字都觉得厌恶，"我拜托你找也找个像样的。"

许沁压低声音："你说话别太过分。"

"我过分？"孟宴臣唇角弯一下，淡淡道，"他为你做过什么？但凡他对你有一丝真心，当年出于那种原因分开，一个男人就该咬紧牙关拼死往上爬混出个人样来；但凡他对你有一丝真心，他都不会混到现在连条像样的项链都买不起。”

许沁下颌紧绷，像是被戳到最难堪的伤疤。

她不是不谙世事活在梦幻里的小女孩，也不是追求柏拉图式精神恋爱的小姑娘。她也虚伪，她也世故，她也会算计，她也会比较。

如果要她抛弃现有的一切，权力地位、金钱财富、父母亲情，只为他，那么，他凭什么？他拿什么来要求她这么做？

早晨站在派出所门口望着宋焰离开的背影时，她就在想，所以她没有追上去。

那时没想出个结果，而现在，许沁依然想不明白，也不愿去想，更不愿把这道伤疤撕开来给孟宴臣看。

她淡淡一笑便恍如没听见这番话，转而反问：“你又为我做过什么？当初是你说叫我不要再喜欢你，是你说以后不会再管我，也是你说要我改姓，做孟家的女儿，做你的妹妹。我的感情是机器程序吗？好，我听了你的，现在你又来插手控制我，还打着关心我的幌子，你不觉得虚假吗？”

至亲之人，互相伤害起来，都是一击致命的。

孟宴臣听着她的话，身形顿了顿，才抽开手表柜，从里头挑出一块腕表戴在手上，他低头扣着腕带，唇边有一丝淡到没有的涩：“为什么劝你？呵，当初为什么劝你？你不改姓，妈妈会把你送走。这辈子再也——”后边的话就那样断得了无痕迹。

许沁狠狠一怔，从不知背后有这样一段缘由。

“我要是喜欢你，我要是喜欢你——”他摇了摇头，没有说下去，仿佛后果苦得会叫他从此失去声音。

“我花了十多年的时间来接受你终究会嫁给别人这个现实，但宋焰不行。”

孟宴臣扣上腕表，拉好袖子，转头看许沁：“你要准备怎么做，嗯？为了他，去求爸妈，还是跟家里闹？我呢，这个时候你要我怎么做？你让我在旁边看着？看着你为了他卑微心碎地去求父母，还是看着你为了他狠心地和我们决裂？你说，这个时候，看着你快被撕成两半，我是该帮你说话，还是不该帮你？”

许沁仰望着他，清楚地看着他平静的脸上闪过一丝凄凉和愤怒，他大步上前，想要握住她的肩膀，可手掌在将要触及她的时候突然弹开，仿佛她是禁忌般不可触碰。

“如果你和他都可以在一起，为什么——”

他深深吸了一口气，再一次，说不下去了。

为什么我和你不可以？

如果你和他可以拼尽一切在一起，为什么你和我不可以？

孟宴臣很快转过身去，望向窗外楼下偌大的草坪。

银杏树上的叶子纷纷落地，铺在了草地上。

忽然之间，世界变得很静默，什么都不必再说。

他背身对着她，轻轻拉开最里边的那个抽屉，刚才关抽屉手重，把雕刻推倒了。

她没看见，他把那小小的孟宴臣扶起来站好。

“祝我心想事成？”他摸摸小孟宴臣的头，“知道我心里在想什么吗，就祝我心想事成？”

“算了。”孟宴臣说完，合上抽屉，出门了。

许沁站在原地，听见他的脚步声迅速下了楼出了院子，听见他的汽车发动，很快离开。

她望向窗外，看见阳光灿烂，一片黄叶落了下来。

她感觉自己的心也像那片叶子，乘着秋风从高高的树上晃晃悠悠地飘下去，前所未有地疲惫。

第六章

冰点·以后两清了

当年教室窗外的那一眼，是他命里活该。

当年哪里能想到就是那一眼，

会要他的心，要他的命。

宋焰把翟淼送到学校，翟淼没吃早饭，在食堂里叫了碗面条。

宋焰横竖休假没事，平时也难得有空，便陪着她，自己开了瓶“北冰洋”。他喝着汽水，想着在派出所门口和许沁的分别。那时她的想法，他猜得出一二。

食堂里不时有学生走过，宋焰本身长得好看，气质又成熟，且人高腿长，穿衣有型，不似学校里温文尔雅的男生，难免会吸引女学生的目光。

翟淼在桌下踢踢宋焰的腿：“哥，刚才过去那美女在看你呢。”

宋焰灌着汽水，理都不理。

翟淼继续踢：“你回头看一眼哪，看她好不好看。”

宋焰手插在夹克兜里，扭头瞥一眼，再回头时人已不太耐烦：“赶紧吃，吃完上课去。”

“今天上午没课。”翟淼说，又回到刚才的话题，“哥，其实你条件挺好，不急着结婚，先找个人谈恋爱嘛，别那么——”

宋焰：“吃个饭都堵不上你的嘴？”

翟淼瞪他一眼，继续吃面了，过了好一会儿，忽然抬头问：“哥，你跟我说实话，你是不是还喜欢她？”

宋焰眉头一皱，正要训斥她，兜里的手机振了一下，掏出来一看，竟是许沁发来的短信，只有一句话：明天我请你吃饭。后边附了一个地址。

宋焰盯着那条短信，沉默了几秒。心里有莫名的预感，不是好的。

他回了一个“好”字。

他收起手机，翟淼道：“哥，你就跟我说实话吧。我认真问你呢，你是不是还喜欢她？”

这次，宋焰竟笑了一下，说：“不见面还好。”

翟淼问：“见了呢？”

宋焰说：“见了就不想不见了。”

翟淼肩膀垮了下去，显然失望，但最终接受：“好吧，我以后对她客气点，也不跟着我妈瞎起哄了。”

宋焰无语地哼笑一声，说：“我谢谢你！”

翟淼搅着碗里的面，食之无味了，想一想又道：“哥，我觉着她应该也喜欢你，你们干吗不在一起？”

宋焰不想谈，搪塞道：“你不懂。”

翟淼不服了，筷子一放，跟他理论：“我懂。不就是她家太显赫了吗？我看你是一根筋。现代人追求什么？自由快乐，享受当下。喜欢就在一起，未来太远，能不能结婚暂且别管。恋爱先谈着呗，走哪儿算哪儿，能继续就继续，不能就分，也好过你们现在这样隔海相望遥遥无期的。最起码享受过在一起的时光，无论精神还是肉体，反正也不吃亏。”

宋焰：“放屁。”

“本来就是。谁规定谈恋爱一定得善终？我说，哥，你明明有谈无数次恋爱的先天条件，怎么偏有颗从一而终的心呢？”

宋焰忍她到了一定程度，起身道：“先回了。好好上课！”

“哎，哎，你真走啦？”

宋焰快步出了食堂，走在学校的小道上，想起翟淼那番话，觉得荒诞无稽，却又拿不出反驳的理儿。

而他和许沁走入了死胡同，却是怎么也走不出了。

深秋的校园里只剩下银杏和常青树，一片金黄，一片墨绿。

学生们三三两两，有的坐在长椅上读书，有的在晨跑，年轻人脸上写满蓬勃朝气。

宋焰不经意地想起自己的大学时代，那无数个日日夜夜在教室里苦读、在操场上锻炼的岁月。

许沁不知道，他复读过，考过最好的军校，也去过最苦的基层，以为拿着那光鲜的战绩和履历就能走到她能看见的位置。

却没想到这里头水有多深，千里之外的人动一动手指头，就能叫他跌落深渊，万劫不复。

宋焰从夹克兜里摸出一支烟，塞在嘴里点燃，烟雾被风吹散在他脸旁，衬得他侧脸轮廓分明。

几个走过的女生偷偷看他，小碎步跑开。

宋焰毫无留恋地出了学校。

走去地铁站时，经过一条马路。人行道旁停着一辆车，车牌白底黑字。那车牌号，宋焰记得有一年见过。但他熟视无睹，指间捏着根烟，从那辆车前走过了。

孟宴臣生日，晚上有家宴。

至亲的叔伯、姑姨、堂兄、侄儿都聚齐，95岁高龄的孟爷爷都来了。

孟爷爷出身于书香世家，后从商搞工业。膝下三儿一女，孟怀瑾是老爷子最小的儿子，孟宴臣则是最小的孙儿。

至于重孙辈，最大的重孙都毕业工作了。

平时家里人都忙，生日才聚得齐整。付闻樱那边的舅舅、姨妈、表弟、表妹也来了，虽说是小型家宴，却也热闹非凡。

并没有请朋友，孟家一向避免此类可供人送礼的契机。

只有肖亦骁过来蹭饭，送了孟宴臣几套星战模型，还给许沁带了根棒棒糖，也不知是从哪个饭店前台顺来的。

孟宴臣的大侄儿吐槽他："你怎么年年都来？"

被肖亦骁反吐槽："到门口站岗去。"

所幸人多，许沁和孟宴臣都无须顾及彼此。

一顿饭热热闹闹吃完，男宾聚一处谈工作，女客聚一处聊家常，生在孟家，家常也避不开工作人情。

许沁陪着亲戚们坐了一会儿，待大家都散去或三两私谈或出门散步，她上楼回了房间，讨得半分清净，从抽屉里拿出未完工的木头，坐在桌前雕刻起来。

木头碎花一点点刮落，她给那小人雕好身子，剩最难的头部。她放下刻刀休息半晌，想再下楼去看看。

她经过书房时听见几位长辈的说话声，像在谈正事。

许沁听孟宴臣说过，三伯有从政的打算，以他的条件，无论是能力资质，还是人脉底蕴，都是绰绰有余的。而孟怀瑾最近也新得了几个头衔。孟宴臣几个小辈均发展不俗，孟家风头正劲。

许沁对这些不关心，但还是听到只言片语。

"……让老四多跟蒋克存联络联络。老四他生性不爱弄这套，但该维持的朋友人脉，你得帮他注意着。"

付闻樱："放心，两家关系一直都好。沁沁跟他儿子蒋裕相过亲，但没进展。现在的小孩子啊，心思搞不清。"

二姑妈道："我们家孩子都是守规矩的，倒不用操心。詹家那个，就那成天花天酒地的儿子，跟个学生混在一起，把人弄怀孕了，现在孩子打了人送国外去了。詹家儿子找不着那女学生，天天搁家闹。”

“家风不正。”大伯道。

许沁走过走廊，下了楼。

用人勤快，不久前还杯盘狼藉，顷刻就整理得干干净净。灯光璀璨，照得一楼幽静典雅。

她独自穿过客厅和餐厅，转了一圈才停下，望着偌大的家，忽然忘了自己为何下楼。

原地枯站了十几秒，她又往回走。

经过小花厅，看见一老一中年的父子坐在木茶桌前——孟怀瑾在给老人剥橘子吃。

灯光温暖，他剥开橘皮，撕下白白的脉络，掰开橘子，掰下一小瓣递给老人。老人的手颤颤地接过了，放进嘴里慢慢咀嚼。

孟怀瑾静心候着，待老人缓慢吃完，再递给他下一瓣。

老人年事过高，形容枯瘦，父子间并无言语交流，只有那一瓣瓣黄澄澄的橘瓣连接二人。

许沁推门进去，唤了声：“爸，爷爷。”

老爷子已分不太清来人，而孟怀瑾虽已至中年，但身姿挺拔，神采奕奕，看不出半点颓萎之态；且一张脸俊朗非凡，又不失岁月沉淀的老成，加之他一生磊落坦荡，更显面相极善。

孟怀瑾问及许沁工作事宜，道：“你妈嫌你工作累，我倒觉得你喜欢就好。”

“谢谢爸！”

孟怀瑾笑笑，撕着橘子上的筋络，问：“除了工作，还有不开心的事？”

许沁不吭声了。她虽不爱说话，但心里是轻松是低落，爸爸是瞧得出的。

“是最近你妈妈让你相亲？”

许沁也不隐瞒："不能找自己喜欢的吗？"

孟怀瑾扭头看她："现在有喜欢的人？"

许沁没有直接回答："不想过安排好的生活，也不想要一眼望得到头的日子。"

"即使这种日子优渥幸福、无忧无虑？"

许沁不答，反问："爸，你爱妈妈吗？"

"当然。"

"可我听哥说，你们当初不是自由恋爱。"

孟怀瑾把橘子递给爷爷，讲起旧事，有些好笑："不仅不是自由恋爱，爸爸当时还喜欢另一个女人。"

"那怎么——"

"她不合适。"

"你后悔吗？"

孟怀瑾笑容变得温和："不后悔。追求爱情，得付出代价。代价不可逆，结果却不可定，所以我退却了。好在时间是一剂良药，后来我忘了她，爱上了你妈妈。"

许沁思忖片刻，摇了摇头："那是因为你们在一起过得轻松幸福。"

"对。"孟怀瑾再次看向许沁，"因为日子过得轻松无忧，所以在快乐中产生了新的爱情。相反，如果一对爱人彼此条件不合适，过得辛苦，互相计较计算，爱情在苦难中也会变成仇恨。"

"爱情是一时的，但家族和亲情是永久的。"孟怀瑾说到这儿，叹着气笑了笑，"当然了，这是我们老一辈的想法，我们是这么过来的。你们年轻人呢，崇尚自由，那我就不懂喽。"

孟怀瑾说着，继续给爷爷喂橘子吃。

许沁又独自回到了楼上。

这座大房子里分明有很多人，可偏偏又是那么寂静无声。

她推开自己的房门，桌子上亮着一盏台灯。

她穿过黑暗走过去，身着消防服的小木头人躺在一片碎木屑里，面目模糊——它的头部还没完成。

许沁站在桌前，盯着那小木头人的脸看了很久。突然，她把它拿起来扔进最下面的抽屉里，"啪"的一声迅速关了抽屉。

许沁约宋焰吃饭的地点在四溪地的SOHO广场，五层的一家中餐馆。

许沁站在商场内的观光电梯里，不断向上，看见商场里各家服装店、彩妆店的招牌五彩斑斓，设计感十足。

离圣诞节还有好久，但商场顶棚已经挂上了一串串红色的、金色的大球，十分惹眼。

衣着光鲜的俊男美女来来往往，有一同逛街的朋友，有成双成对的情侣。

就是在那时，许沁看到了扶梯上的宋焰，他双手插兜，站得笔直，随着扶梯缓缓上移。他目光稍稍看着他的正前上方，下颌微咬着，有些心事的样子，也不知在想什么。

扶梯上上下下，行人不少，精心收拾了外表的男人也不少。可即使如此，宋焰也格外出众。

"叮"的一声，电梯到了五层。

许沁走出电梯，宋焰乘坐的扶梯也缓缓靠近了。宋焰余光忽见走来的许沁，眼神扫过来，瞬间恢复了锐利明亮，表情也淡了下去。

宋焰走下扶梯，许沁正好迎去他身边，指了指不远处："那里。"

两人走向餐厅，一路都没有说话。服务员引着两人入座，心里还想：真是一对璧人。

餐厅装饰为中国风，座位靠内窗，扭头可见商场内繁华的景象，一条条白色扶梯在镂空的楼层里折叠穿梭，搭出一个奇妙空间，人们行走其中，每个人脸上都写着轻松自在。

许沁想，这些人里头，应该没有和她一样，来为一段还不曾开始的努力之路画上句号的。

许沁坐下后眼神不定，没看宋焰，先是找来服务员要了两杯水。宋焰则相反，从坐下开始，目光便始终锁定她，虽没什么表情，但也一刻不移。

服务员走了，许沁看向宋焰，问："你今晚要归队吧？"

宋焰："嗯。"

许沁看了一眼手机，现在是上午 11 点半，下午 6 点归队。

她说："还能休息半天。"

宋焰没接话，唇角渐渐勾起一抹笑，眼神古怪地看着她，像在看一出滑稽的小丑剧。

许沁心知肚明，有些无地自容，表面却未显山露水，依旧淡定。

"这家餐馆的推——"

宋焰没心思跟她绕了："许沁，有话直说。"

服务员过来端上两杯柠檬水，许沁借着这空隙，伸手要拿一杯水。

宋焰眼色微凛，手指在桌上轻敲了一下："说完再喝。"

许沁把手收回来，垂眸半秒后，坦然地看向他，开口："请你吃饭，是为谢谢你救过我，就这些。"

宋焰等了几秒，见她讲完了，没话了，移开目光，看向窗外的商场，突然从鼻子里哼出一声笑来。

待再度看向她时，笑已收尽："许沁，你就说一句，你前几天有点想跟我和好，现在反悔了觉得不值得不想玩了，就这一句话这么难出口？"

"我以为过了这些年，你个性至少会变得利索点。"他"呵"了一声，不无轻嘲，“还是说，一面下了决定，一面还想留点余地？”

他揭了她的底，毫不留情，她反而在一瞬间轻松了。

她真的一点都不讶异于她的阴暗会被他剖得一清二楚。她就是这样自私又贪心的人，首鼠两端，得陇望蜀。

自始至终，她都在他面前丑陋恶劣到了极致。到了这步还在犹豫，还在奢望留后路，真丢脸呢！

许沁终于迅速点了一下头，仿佛逼自己下定了决心：“嗯。这顿饭是道谢，然后我们之间也——”

“两清了。”她说。

沉默。

宋焰突然就无话可说了。

他只是看着她，就那么看着她，很安静，很无声。分明没有一点多余的情绪，却静得叫人绝望。这叫许沁突然间无法呼吸。

宋焰只是看着许沁的脸，仅此而已。

他看见商场里的灯光透过玻璃，映在她白皙的脸颊上。医生当久了，她没有化妆的习惯。他看见她额头高洁，眉毛很细，眼睛很黑，鼻翼很小，嘴唇很红，唇下有一处小小的凹陷。整张脸并不艳丽，是清秀的，看着会让他不想移开眼神。

不见面还好。

真的，不见面还好。

眼前这个便是他一眼就看上的女人，虚伪、贪心、软弱、无情。

许沁，如果是现在刚认识你，如果是现在这个年纪认识你，你即使坐拥亿万资产，我也不会看上你。

当年教室窗外的那一眼，是他命里活该。

当年哪里能想到就是那一眼，会要他的心，要他的命。

但他没有说，一句多余的话都没有。

他只是笑了一下，说：“行。”

他一个字接受了她的选择，终结了他们的关系。没有讽刺，没有讥嘲。很沉默，很迅速。

许沁的心蓦地抽疼了一下。

她直直看着他，四目相对，竟也无多余的话可说。

服务员走来，许沁匆忙别过眼去，从服务员手中夺过菜单，胡乱翻开，余光却见对面的男人起身了。

是啊，以他的性格，怎么还继续坐得下去？怎么还能若无其事地和她一起吃饭？

许沁抬头看他，宋焰说：“走了。”

她有些发愣，却在一秒间让自己镇定下来，极淡地一笑，没有挽留：“也行。”

宋焰冲她略一点头，算是告别。

许沁僵坐在原地，眼睛一眨不眨地盯着他，心底突然生起一阵害怕，会不会这一瞬真的就是终结。

商场里一派繁华，人来人往。

服务员站在一旁礼貌静候。

而宋焰转身离开的那个瞬间突然被拉得无尽长，只剩画面，没了声音。

直到——

突然，外边商场传来一声刺耳的尖叫：“起火啦！救命啊！”

尖叫声来自店外，五层。

宋焰第一时间冲出餐厅。许沁和服务员也应声而出。

而餐厅窗外，片刻前还悠然有序的商场顷刻间加速运转起来，所有人快速移动，像小磁石一样往一个方向聚拢。

五楼的姑娘、小伙儿们拉着手一溜儿往尖叫声处跑，其他楼层的拥向开阔的视角去观望，有的试探着往扶梯上走。

不少人举着手机拍摄，或打电话。

出事地点在五层西北角的纸艺工作室，火起时纸艺老师正带着学员上课。

据逃到店外的客人说，有人在教室后方偷偷抽烟，没想到点着了纸艺品，慌乱中拿起一沓纸想把火拍灭，结果这一拍打，纸艺品碎开，火星四溅，引燃了周围一大片纸制品。

教室里全是纸，燃烧速度极快，女生们惊慌失措，全尖叫着跑出来，投身于周遭的围观大军里。

宋焰拨开人群冲到工作室的玻璃门边，只见有一个女生落单了，被困在火中。宋焰猛地拍了一下玻璃，女孩惊慌回头，宋焰冲她做了一个手势。

那女孩立即明白，赶紧把自己身旁的纸张全推走。

宋焰转身又跑出人群。

许沁问服务员："你们商场的消防栓在哪儿？"

服务员一脸迷茫："消防栓？我不知道啊。"

许沁目光穿过跑动的人群，四处张望，一眼看见了天井对面的宋焰。

宋焰早在进商场时就观察过消防栓的位置，这已成了他的习惯。刚才他大致观察过起火地，提醒被困女孩后，人就直奔消防栓。此时此刻，他已经打开消防栓，摘下水枪，取下消防水带，一端扣紧在水闸上，一路铺了管道过去。

从事发至此一连串，他前后反应时间不过40秒。

宋焰："全都让开！"

围在店前的人回头见宋焰推滚着水带迅速而来，纷纷让出一条路，也不知这男人是从哪里冒出来的。

虽然起火不过一分半钟，但店里情况特殊，墙板纸张全点燃了，跟烧纸糊灯笼似的，落地玻璃窗内满是跳跃的火焰，十分骇人。被困的女孩躲在里头直哭。

人们一边拍照一边打电话报警，围得水泄不通。

一大卷水带完全拉展开，宋焰在水管道末端装上水枪，回头望消防栓，正想喊那边的人开闸门。

就见许沁已经站在那里，双手紧抓着阀门，朝他喊："哪个方向？"

宋焰："顺时针！"

许沁整个人使劲，用力一拧，阀门打开，自来水迅速冲进管道，瘪瘪的水带撑得滚圆，直灌宋焰手中的水枪。

宋焰扯上水带，双手架稳水枪瞄准纸艺室内一阵猛冲。

男人身高腿长，脸色冷峻，拿枪的姿势酷极了。围观的男男女女都看傻了眼，纷纷拿手机拍摄。

宋焰走进门廊，先沿着玻璃橱窗冲出一条隔离带，见人们还在围观，恼火地吼了一声："全退开！"

女生们被训斥得脸红心跳，一边麻溜儿地乖乖后退，一边继续保护手机。

被困火场的女生缩在角落不敢动，宋焰大步上去抓住那女生的手把她扯了过来。

女生尖叫着扑进他怀里抱住他。

宋焰一只手握着水枪，另一只手把她揪下来，拎小鸡一样把女生拎到门边，大力推出去。

女孩的朋友赶紧上前去接。

他救完人，竟只身再往火场里走，一众女生不由得惊呼："别进去啊！""危险呀！"

宋焰头也不回进了室内。里间火燃得最凶，而这工作室由一家大铺面隔断而成，不尽早灭火，隔壁商铺也会遭殃。

许沁赶来时，就看见玻璃橱窗上水流阵阵。那一边，橘红的火舌跳跃，晶莹的水花四溅，彩色的纸，黑色的灰，被水枪冲打而散，漫天飞舞。

宋焰就站在那一世界的水与火、纸木与灰屑间，身影高大坚定，背对所有人。

玻璃橱窗外围着的人，不知从何时开始，寂静无声。

里面那个男人灰衣长裤，分明和外头的每个普通人一样，在放假，在逛街，在吃饭而已；和外边的每个普通人一样，不是钢，也不是铁，是血是肉。高温会灼伤他的呼吸道，火焰会烧伤他的手。

一个女孩轻推许沁："你们是一起的吗？"

许沁回过神，未及回答，对方一脸崇拜："像英雄一样。"

另一个女生纠正："什么叫像？就是。"

"对，就是。"

许沁看到那个被救出的女生，走过去问："你有没有受伤？"

对方被冲了一脸水，睫毛膏全花了，摇摇头："只是被烫到，不是很要紧。"

许沁检查了她的手臂，说："不严重，自己去药店买药就行。"

说话间，火很快灭了。

宋焰嗓音嘶哑，冲外头喊了声："关闸。"

围观群众像得了指令，一个接一个迅速传话："关闸。""关闸。"

几番传递，离消防栓最近的一个男人关了闸门。

室内一片狼藉，地上黑水直流。

宋焰从头到脚都是黑灰，他拆下水枪，拿管子里的水胡乱洗了把脸，开始收水带。

许沁立刻过去，上下看他：“你有没有受伤？”

宋焰直接从她身边走过，目不斜视。

许沁顿在原地。她面前一片漆黑景象，水湿答答地覆盖着烧焦的屋子，很狼狈。

她终于还是回头——围观人群一路跟着宋焰走，赞叹、感激。但那男人显然心情很差，把他们也都当空气，熟视无睹，充耳不闻，只顾着收水带。

有几个女生递纸巾让他擦擦脸上的水和衣服上的灰，他倒是没拒绝，接过了路人的纸巾。

宋焰很快把水带水枪恢复原样，卷好了放回消防栓。

商场的管理人员也赶来了，拉着他不停道谢。

宋焰冷冷地反问一句：“你们商场的消防警报没问题？”

负责人当场噤声，想把他拉到一旁单独谈，无奈围观人员太多，而四溪地消防中队的人也已经赶来。

宋焰跟四溪地的同事快速交接了，一句多余的话也不留，走了。

人们还围在商场各层的栏杆边看他，目送他离开。

许沁独自沉默地进了观光直梯，看见宋焰站在扶梯上渐渐往下，依旧站得笔直，下颌紧咬。这一次，目光看着视线稍微朝下的方向，不知在想什么。

直梯下得很快，突然就沉入地下负层，许沁毫无准备，宋焰便消失在了视线里。

宋焰下到一楼，走出天井，给四溪地消防大队审检科打电话，开门见山：“四溪地 SOHO 消防验收是不是不合格？”

那边噤了噤：“怎么说？”

“商场里的消防警报，趁早来核验。”

那头沉默半晌，小声说：“过段时间去检——”

“尽早。别把底下人的命不当回事。”宋焰挂了电话。

他走进商场旋转门，从反光玻璃上看见自己脸色很差，一副要吃人的样子。电话再度响起，是李萌打来的。

宋焰还心想四溪地这头这么快就跟十里台告状了，正愁没地儿泄火要撒回去呢，结果却是关于他调岗升职的事。

前两年，支队数次考虑过提拔宋焰，他都以自己手下队员太年轻、火场经验不够再多带两年为由拒绝了。

毕竟干消防是很辛苦的工作。人员一断层，工作就会受影响。宋焰心不够硬，放不下那群小毛孩，一直拖着。

今年他却主动提交了申请。

“考核通过了，职位虽然预批了，但要等明年，还得在原岗待着。”李萌说，“以前就有机会，你不肯，非要混一线，现在突然想通了？”

宋焰只道：“到年纪了。”

李萌琢磨半刻，问：“不是为她吧？”好几个月前，可不就是重新遇上许沁的时候。

宋焰无端烦躁，眉心狠皱：“跟她没关系。”

李萌听他是真火气大，吓了一跳。

“谢了！”宋焰没心思聊天，挂了电话。

十里台消防中队的全体官兵一连数天如履薄冰，他们的宋队长自休假归来，整个人都不对了。

一张脸冷若冰霜，周身自带寒气，看谁眼神都能在对方身上刺个洞出来。训练时也怎么高强度怎么来，体能、技能、基础……跟上了发条不会累似的。

众人叫苦不迭，却也丝毫不敢怠慢，谁敢去逆摸狮子毛？

巧的是，“第三医院”急诊室的几个护士也体验着和他们相似的战战兢兢的心境。

她们的许医生虽然平日里不大爱说话，表情匮乏得让人怀疑是否面部哪根神经出了问题。

可，淡与冷，旁人还是分得清的。

那天做小手术时，许沁说了句：“缝合针。”

小西和小北都以为对方会递，反应迟了两秒。许沁略一抬眼时，那冷冷的眼神用小西后来的话说，比 11 号尖刀片还锋利，吓得她骨头都冷了。

护士们跟许沁的关系仅限于工作，揣测不出她的心事。

许沁本人并不认为自己有心事，不过是天越来越冷，叫人更习惯沉默安静了而已。

不见宋焰的日子，并没有什么大不同。她工作忙得连轴转，哪有时间去想那些有的没的。当初脑子发热跑去找他，是休假空虚无聊造成的。

头几天，宋焰在商场救火的视频被人发上网络，引发全城热议，无数网友点赞，小南、小北闲暇时也有议论。许沁刻意没去看那视频，也刻意避开了大家的聊天。

她也没再让自己去想他，再也没想。直到一天深夜，下晚班回家，许沁烧开水时，水不小心溢出来，她把壶端开，拿抹布擦拭水渍时，无端看着那块抹布出神好久。可脑子里是空空的，什么都没想。好不容易回神，一转身看见空荡荡的客厅，一瞬间，那个秋天的下午，宋焰在这儿拖地的画面浮现眼前。

那天的阳光很灿烂温暖，她还记得，他的影子和阳光一起折射在地板上。

而如今已是冰冷的冬夜。

和他重逢大半年来，相遇的次数并不算多，却也时不时意外相见。然而，自上次四溪地分别，快一个月过去，竟一直没再见了。

急诊室依然有烧伤的、出车祸的市民送来，可她一次都没再遇见过宋焰。

那个深夜，许沁站在灯光虚白而寂静无声的家里，一股后知后觉的痛苦在周身蔓延——或许，缘分已尽。

这个认知像烈火烧噬着许沁的神经，她开始下意识地去留意身边的消防栓和警笛，走在路上会搜寻消防车的身影，在医院也格外注意急救车。

然而，没用了。

她再也没见过宋焰，甚至有一次跟车到现场见到那么多消防员，就是没有他。

好几次，她毫无意识地拿出手机，回神时发觉自己在呆看他的号码。可除了看看，也不能再做更多的事。

月底的一天，许沁准备下班时，有人叩门。

“有事？”许沁抬头。

是个和她年龄相仿、面容姣好的女生，眉眼含笑，神采奕奕，不像是病人。

女孩探身：“你应该下班了，没打扰你吧？”

许沁：“是。你——”

“你还记得我吗？”她进来坐下，随手将爱马仕铂金包放在地上，“那次四溪地纸艺工作室起火，你问过我有没有受伤。”

许沁对她印象很深。

她看着宋焰把她从火里救出来。他拉了她的手，她还扑到他怀里抱紧他不放。

许沁盯着她看，说：“有些模糊。”

“我叫詹小娆。”

詹氏企业的女儿。

“你是许沁对吧，我跟你哥还有肖亦骁很熟。”詹小娆笑起来时眼角会飞，好看极了，“你跟那个消防员认识吧？他叫什么名字？”

“宋焰。”

“宋——焰。”詹小娆稍稍吟诵，“这名字真好，像他。你有他的电话？”

许沁：“怎么？”

“我找他好久了。幸好那天现场有个白领认出了你，说你是三院的医生，还说你和他认识，我才顺藤摸瓜找来。”詹小娆说，“他救了我的命。我一直在找他，想请他吃饭表示感谢呢。”

许沁看着她，忽然就想，自己请宋焰吃饭时，眼中的情感是否也像这个女孩眼中那样明显，那样昭然若揭？

应该是没有的。她埋得太深，她的眼睛是一潭死水，不像詹小娆，亮闪闪的，光明又大胆地写满了欲望。

詹小娆在手机里输入宋焰的电话号码，屏幕上的亮光映在她眼底，钻石一样闪耀。

许沁看着她拨通电话后一脸期待地把手机放到耳边。

办公室里很安静，许沁能听到那头清晰的嘟嘟声，电话被接起，宋焰的声音在听筒里听上去格外低沉有磁性：“喂？”

詹小娆掩饰不住兴奋：“终于找到你了，你好！”

宋焰：“哪位？”

詹小娆语速飞快：“我是一个月前你在四溪地救的那个女生……那个起火的纸艺工作室，你不记得了？”

那边短暂停了一秒，说：“不记得。”

许沁垂眸翻看病历，听到这三个字，犹如听到天籁。

“不记得没关系，见我一面就能想起来了。”詹小娆半点不沮丧，热情道，“谢你救命之恩，我请你吃饭吧。”

那边说了句：“不用。”

挂了，干脆而利索。

如许沁所料。

“哎——”詹小娆话还没说完，手机里只剩嘟嘟声。

许沁心情好似扫了整个月的阴霾。

下班，小南看见许沁离开时唇角微弯，难得和颜悦色，完全摸不着头脑了。

数天后，小东的身体检测结果出来了，HIV 阴性，未感染。

小东拿到结果，一路跑来许沁办公室，拉住小西和小北又跳又叫，又哭又笑。

“真的是好人有好报。”小东说，“大家都没有感染，那群消防员也没有，他们都高兴地和我拥抱了。”

许沁抬头：“他们来医院了？”

小东：“对啊，在感染中心呢。”

许沁原地坐了一秒，插兜起身：“我想起要去找一下徐教授。”

走出办公室，听见身后小东嚷：“我那说的是气话，谁说我要辞职了？当白衣天使是我从小的梦想。”

许沁出了急诊楼，却并未朝门诊大楼走，一转弯去了感染中心楼。上到 HIV 化验科，楼道里空空如也。

许沁问同事：“来化验的那群消防员呢？”

“都没事，走啦。”化验员也很高兴的样子，“刚走，1 分钟吧。”

许沁掉头就追。

刚出电梯就远远看见一群统一穿橄榄绿常服的男人，已出了大楼，宋焰的背影格外清晰明朗。

而待许沁穿过人群跑出大楼，就只看见宋焰最后一个上车的身影，离开了。

许沁不得已停下，轻轻地喘气，遥望着。

宋焰上车关上车门，车发动时，无意识地回望一眼医院内，竟看见许沁一身白衣站在院子里。

12 月，天已经很冷了。

她原本待在室内，衣服穿得薄，白大褂里头只有一套淡绿色的手术服，脚上还穿着洞洞鞋。头发胡乱绾了个低垂的髻，素颜的脸上眼神空空荡荡，望着他的方向。

隔着玻璃，四目相对。

车很快开走了，她的身影也飘去了身后。

许沁没在原地多待，室外太冷了。

返回办公室的时候，突然想起詹小娆，想着以她的性格，会怎么做。也就是那个时刻，许沁隐隐意识到，那天詹小娆的受挫，不会是终止。

而这个证实来得异常迅猛。

次日晚上，许沁再一次见到詹小娆，在肖亦骁的酒吧。

自坐在一起后，许沁就观察到詹小娆一直在玩手机，看手机的表情一下含笑一下皱眉的，手指时而在屏幕上打得飞快，时而停下犹豫琢磨。

肖亦骁问："聊了一整晚了啊，跟谁呢，这么如胶似漆的？"

詹小娆从手机里抬起头，沮丧着脸："单聊。发了几十条短信了，约他吃消夜，就是不回，这男的够狠。"自言自语，"好不容易等到他休假，不然错过了又得等。"

蒋裕随口问："又看上哪个男的了，让你这么热脸贴冷屁股的？"

肖亦骁："她哪次不是死缠烂打？"

詹小娆："我高兴。"又道，"喜欢就追，不喜欢就分，你们男的不都这样，凭什么我们女的不行？"

"行行行，没说不行啊。"

许沁静静喝着杯中的酒。

詹小娆继续时不时地发短信。许沁不知道她发了些什么内容，是聊天，还是撩人。她猜不出，只能一口一口地喝酒。

快11点的时候，詹小娆突然爆发出一声尖叫，从沙发里跳起来："他回我了！"

说着就从包里翻出粉饼和口红补妆："不陪你们了，约会去。"

许沁看着她把嘴唇涂得殷红，像玫瑰一样。

肖亦骁好奇了："什么人啊，你这么激动？"

"消防员，我的救命恩人。身材特好，我一定要把他拿下。"詹小娆眉飞色舞的，把化妆品塞回包里，起身离开时留下一句嘚瑟，"名字特好听，宋——焰。走了。"

肖亦骁、孟宴臣、蒋裕三人脸色齐齐一变。肖亦骁和孟宴臣不约而同地从各自的方向瞥了许沁一眼。

许沁面不改色，喝着酒，吃着水果。

她吃完了，拿纸巾擦擦手，起身道："我去洗个手。"

酒吧洗手间外的走廊上，一对新认识的男女抱在一起疯狂亲吻。他们今晚会在一起，第二天或继续，或形同陌路。

许沁走进洗手间，打开水龙头，挤洗手液，搓洗，冲水。再挤洗手液，搓洗，冲水。不断地重复。

直到一位补完妆又上完厕所的姑娘察觉到异样，小声问了一句"你还好吧"，许沁才意识到手心和手背剧烈刺痛着。

她看着自己一双手，忘了从何时有的强迫症与洁癖，忘了自己为何选择做医生。过去的一切回忆，好像都模糊了。

酒精似乎让她有些消沉。

她用冷水洗了把脸，还是收拾好情绪，回到朋友们中间，又坐了一个多小时。

杯中酒，越喝越多。

她酒量不太好，接连喝了三杯威士忌，人已昏昏沉沉，说困了想回家了。

原想自己打车，但孟宴臣和肖亦骁坚持送她回去，看着她一头栽倒在床上，沉沉睡去。

下楼时，肖亦骁问："她这是借酒消愁？"

孟宴臣沉默良久，却说："壮胆。"

冬夜，月光皎洁。

棕榈花园后的巷子里空无一人。

孟宴臣坐在黑暗的车里，盯着小区后门。肖亦骁靠在副驾驶座上，一反常态的沉默。

果然，在夜色中看见了许沁。她脚步有些晃，出了小区，走向五芳街。

肖亦骁用力地揉了揉额头，转头看孟宴臣。孟宴臣望着夜幕里那瘦小的身影，一动不动。肖亦骁叹了口气，下了车尾随而去。

深夜的五芳街是有些骇人的，街道昏暗，静悄悄的，一排排老式的房子在夜里映出幽深的轮廓。树枝也光秃秃的，鬼魅一般。

许沁脚步有些微的飘浮，但一路快速地穿街走巷，到了翟家院子门口。她走上台阶，一拍朱漆大门，大门紧闭。

她用力拍了两下，寒风把手吹得生疼。她拍着拍着，突然喊出一声："宋焰！"

她极少大声喊话，此刻自己的声音回荡在夜空，听着陌生而不真实。

“宋焰！”

她越发用力地拍门，越发大声地呼喊：“宋焰！”

有人来开门，是翟淼，披着件羽绒服，冻得打战，见了许沁，一脸惊诧：“你干吗？知道几点了吗？”

许沁推开她就往里头走，绕过影壁和长廊进了院子，宋焰的舅舅、舅妈也披着衣服从正屋出来了：“这大半夜的，怎么了？”

许沁直奔西厢房，拍门，声音却稍稍低了下去，唤：“宋焰。”像是怕把里头的人从梦里惊醒似的。

“宋焰。”她平静地拍了拍门，“宋焰，我是许沁。”

翟淼跑过来，有些烦躁地嚷：“我哥今晚没回来。”

许沁明显愣了一愣，呆立了两秒，又推了两下门，推不动。这才走到窗边往里头看，窗帘没拉，床上被子叠得整齐。

他跟别的女人出去了，没有回来。

而现在已是凌晨 2 点。

或许……

许沁站在窗边，突然低下头，拿双手捂住了脸。

很久都没动静。

院里其他三人一时面面相觑。宋焰对翟淼示意了一下，翟淼翻翻白眼，走过去：“人不在，你回去吧。”

许沁依旧无声无息的，捂着脸，像一尊没了生命的塑像。

翟淼冷得要死，又烦躁起来，刚要发作，听许沁极轻地说了一句话，像在自言自语。“我感觉要死掉了。”她说，“活着一点意思都没有。”

翟淼这回吓了个清醒：“别呀，怎么啦？你跟我说说出什么事了。”

许沁拿开手，抬起头，脸上却异常平静，一句话不答，转身走开。只是因为酒精，身子有些晃荡。

翟淼不敢放她走：“要不你再坐一会儿——”

许沁不搭理，刚要下台阶离开，瞥见一双男式运动鞋晾在台阶上，鞋子很大，洗得干干净净。

她停下，盯着那双鞋看。

翟淼看见：“哎呀，我哥鞋没收。”说着弯腰去拿鞋。

许沁一脚踢过去，一只鞋子被踢得飞进院子里。

许沁猛地喘一口气，眼里写满恨意，追着那只鞋子过去又是一脚用力踢开，再追上去再踢。

那鞋子被她踢得满院子滚，她满院子追了踢，踢了追。

赶来的肖亦骁冲进来把许沁拉住，冲舅舅家三人道歉：“不好意思，不好意思，她醉了，耍酒疯。对不起！对不起！”

三人将信将疑。

肖亦骁搂住她的腰身往外拖，许沁不吵也不闹，只挣扎着，双眼执拗地盯着那鞋子，非要去踹。肖亦骁干脆捂住了她的眼睛往外拉她。

许沁抓他手又抓不下来，被他混沌地往外扯，脚步凌乱竟再次踩到那只鞋，许沁又是一脚踢过去，那只运动鞋滚开好远，停在了它主人脚下。

宋焰走下长廊站定，垂眸看一眼脚边的鞋子，目光上移，冷淡地看向院中各人。

舅妈推推舅舅，拉他进屋去了。

许沁挣开肖亦骁，挑衅地看着宋焰。

宋焰走进院子，只字不语，跟她擦肩而过。

许沁：“你站住。”

宋焰停下。

许沁回头：“你晚上去哪儿了？”

宋焰双唇紧抿，早憋了一肚子火。他肯出去见詹小娆无非是想当面警告她别再骚扰他，却意外得知电话号码是许沁分享的。呵，她究竟把他当什么？

得，回来倒好，又撞见她在耍脾气，她是哪里来的底气大半夜上他家里闹？

宋焰双手插在夹克兜里，回头睨她："跟女人出去了，你认识，叫什么来着，嗯——"他低下头，手指点着额头略一回想，"姓詹，叫小娆？"

许沁被他这语气刺激得眼中恨意跃然，突然冲上去狠狠推了他一把。

宋焰后退两三步，站定了看她，脸色骤变，眼底嘲讽与鄙夷尽有："许沁，你有点良心。你有什么资格在这儿跟我闹？"

许沁胸腔起伏，浑身直抖，狠狠地盯着他，却憋不出一句话。

她说不出，明明有很多话，却说不出。

她也想有詹小娆那样会说话的眼睛，让人可以一眼看出快乐和悲伤，可偏偏她就是没有。

她的眼睛永远和她的人一样沉默、压抑，把她自己都快逼疯了。

肖亦骁脸色铁青，不由分说拉上许沁："走——跟这种人讲什么？也看他配不配得上你。"

宋焰冷冷看他一眼，再转向许沁，眼寒如冰。

许沁不肯走，猛地把肖亦骁挣开。她抬起下巴，直视宋焰，说："对。你配不上我，你就是配不上我。"

宋焰无声地看了她片刻，最终，竟笑了一笑，无所谓的样子，转身朝自己的房间走去。

许沁一瞬便觉得心疼得快要粉碎了。

"因为——"她站在深夜的风霜里，望着他的背影，嘴角扯起一丝惨淡的弧度，"我喜欢你，比你喜欢我多。"

宋焰脚步骤然停住。

“我不善交际，不喜欢结交朋友，金融、律师、管理……好多职业都不适合我。只有医生，学好专业就行了。而且永远不会失业，能养活自己。”许沁泪水缓缓弥漫上眼眶，心痛得快喘不过气了。她颤颤地吸了一口气抬头望天，醉酒的身子晃了一晃又站稳。

“我回了国，改了姓，我从家里搬出来，我在计划，一点一点，不再用家里给的东西了。我在想，怎样才能让爸爸妈妈不生气，不反对，不要不认我这个女儿。会不会努力工作，快快升职成为一流的著名的外科大夫，就能让他们在别的方面感觉骄傲自豪一点，就能纵容我一点？”

她轻轻地断断续续地说完这一切，停了下来。

宋焰回过身来，夜色静寂，只看见她的泪水一行一行沿着她苍白的脸颊滑落。

她隔着泪雾看向他，眼里再度浮现出怨恨：“可你呢？你做过什么？——宋焰，我问你，你为喜欢我做过什么？！——是，我不停想靠近，又不停在犹豫。我反反复复，我贪心计较，我迟疑软弱，我看不到希望，我害怕，那是因为——”她张了张口要说什么，泪珠先滚滚而落，她强迫自己咬紧牙，终于压低声音，一字一句，撕开她最难以释怀的伤，“你从来没有为我们俩在一起做过哪怕一丁点的努力。从来没有！”

宋焰喉中一阵苦涩，脸狠狠抽搐了一下。

“我说对了，是不是？——你说，是不是？”

宋焰盯着她，胸中分明有千言万语，可到底无一句能讲。

许沁呆望着他，像是得到证实，顷刻间，便泪如雨下：“你不喜欢我吧？你是不是不喜欢我？——你根本就不喜欢我，不然你不会一点尝试都没有。你甚至从来没想过靠近我！”

她的泪水再也控制不住，疯了般流淌，她呜咽，悲泣，控诉。

“你只会站在原地，等着我去找你。哪怕看见我摔倒你也不会过来拉我一把。你这样的人，我凭什么？我凭什么要去你那里？！是，我自私，对喜欢的人我也自私。我就是想要看到你有付出了我才肯走向你。不然我该怎么办？如果我失去一切，你却只是站在原地，我该怎么办？是我不纯粹，是我要计较，是我想要你也付出，想要你也能朝我的方向走一步。可你为什么不过来？”

宋焰眼睛湿了。

她抓住他，又踢又打：“你为什么就是不肯过来？——你的喜欢，我根本看不到。我告诉你，我不会再朝你走了，我不会了！”

肖亦骁再也看不下去，上前用力箍住许沁，强行把她往外扯：“回家！”

许沁这次挣脱不开，终于号啕大哭：“宋焰，你为什么不过来？！我在这里，你为什么不过来？！你是不是没那么喜欢我？没那么喜欢，为什么要说那些话？为什么说你对我是要命的喜欢？我都当真了！我当真了啊——”

女孩撕心裂肺的尖叫声很快消失在风里。肖亦骁已把人拖了出去。

院子里骤然安静，远处却隐约还有女孩呜呜哭泣的声音。

翟淼呆怔在原地，已是一脸的泪：“不是这样的。”她朝大门外冲去。

“翟淼！”

突然一声厉吼，翟淼毛骨悚然，停在原地。

那一声里极尽的痛苦绝望，她听得清清楚楚。

翟淼缓缓回头，骤然间仿佛看到了一个陌生人，那不是宋焰。不是她的哥哥宋焰。

那个男人仿佛在许沁离开的一瞬间变了，抽了魂了。

翟淼从未见过宋焰这副样子，他垂着头，肩膀垮塌着，脊背弯曲着，仿佛体腔内有极度扭曲的剧痛。

他似乎再也无法承受，这痛楚压得他缓缓蹲下去，抱紧自己的头，没能再发出一点声音。

文中番外

情不知所起，一往而深

可宋焰就是喜欢她，

谁说她半点不好他就跟谁急。

文中番外　情不知所起，一往而深

宋焰对许沁的喜欢，一开始是源于那份莫名而来的保护欲。

说不清为什么，就是想看着她安安静静做她自己的事，不论是抱着书包独自穿梭在校园里，还是课间一个人收拾自己的书桌，打乱了摆整齐，摆整齐了又打乱再换个方式摆，不和任何人交流，都好，只要她喜欢。

他想做的，就是让她不因这份奇怪和安静而被人打扰、议论、嘲笑、欺负。

他的朋友们是不理解的，不理解他怎么会喜欢许沁。说漂亮吧，漂亮女孩多了去；说优秀吧，她成绩只能算中上游；说温柔吧，真没看出哪儿温柔了；说大方吧，更是沾不上边，相差十万八千里。

宋焰这样的人，配得上他的应该是个大气的女孩，可以不活泼、不爽朗、不外放，但内心性感而肆意，举手投足都霸气飞扬。

可许沁呢，不爱说话，表情匮乏，总低着头，不与人视线接触。真和她对视上吧，便看见空幽幽的黑，仿佛看着你也没把你看进去似的。

目中无人。

可宋焰就是喜欢她，谁说她半点不好他就揍谁。

朋友们就纳了闷了，他喜欢她什么呢？难道有啥交流吗？可这女的又不爱说话，也不见得和宋焰说了多少话，他怎么就喜欢这么个闷葫芦了？

起初宋焰自己也弄不明白，可这事又不是做生意，他不需要明白，他就是高兴，就是乐意。

他在校服上“唰唰”写上自己的大名，递给她，说：“穿上。”她便接过去，乖乖地套上，也不管那衣服大得可以做她的裙子了。

穿久了，她认真把衣服洗干净，等着看他进了教室，就默默地捧着衣服走过去递给他。他以为她要归还，正准备抽过衣服塞进抽屉呢，她小手抓着不松。

她指了指衣服，原来背后的笔迹褪色了。宋焰一愣，这才明白她想让他重新再写上他的名字。

他重新写上，抬眸时见她抿着嘴唇，嘴角抿起一丝极细微的安心。

好像就是在那一刻，宋焰的心很明确地触动了一下。

她等他写好了，把衣服穿上，回到自己座位上看书去了。这一次，她没有低垂着头。

那一份安心，在后来的很多时候都自然而然流露过。

他带她出去玩，路上三两个社会小混混儿走过，她不由自主地往他身边靠近，攥紧他的衣角了才舒一口气。

他带她回家玩，她在舅舅、舅妈面前有些拘谨，只跟着他跑，小尾巴似的。他进正屋她跟着进正屋，他进厢房她跟着进厢房，他穿过长廊她跟着穿过长廊，他往角落走，她跟着往角落走。

他回头，笑道：“上厕所你也跟着？”

他带她玩轮滑，说：“别怕，我在一旁守着你。”

她二话不说便向前飞跑。

他带她玩跳床，说：“别怕，要失控了就叫，我马上来抱你。”

她毫不害怕就蹦进弹簧床。

他带她去台球室玩，他正打着台球呢，她过来拉拉他的衣角，指着不远处一伙打球的男生，朝他告状："那个人拿球杆戳我手心。"

他摸了摸她的手，从兜里掏出手机和钥匙给她："给我拿着。"

台球室里鸡飞狗跳。许沁捧着手机钥匙跑去围观，后来被宋焰他们拉上了一起跑。

跑出台球室，一伙人哈哈大笑。

宋焰斜睨着她，事后算账："你，过来。"

许沁走到他身边。

他问："男人打架，你掺和什么？"

她别着头，不吭声。

宋焰皱眉道："说话。就你这小身板，知道自己几斤几两，嗯？"

她抬起脑袋，说："重在参与。"

宋焰："……"

周围兄弟们哈哈大笑。

宋焰手指戳一戳她的额头，训道："你以为比赛呢，还重在参与？拳脚不长眼的，磕着碰着了怎么办？"

她说："有你在，我怎么会磕着碰着？"

宋焰："……"

他带她逃课去郊外玩，开玩笑说："把你拐了卖钱。"

她说："卖去好一点的人家，行不行？"

他咂舌："我可不认识什么好人家。"

她想也不想："你家呀！"

他深夜翻大院的墙，爬到她窗前，要把她偷运出去看星星。

她也不怕夜黑风高，麻溜儿穿衣服下床，溜出门去。和他手拉手在深夜空荡的大街上疯跑，大笑。

她和他溜上景山看繁星漫天。

一切像春雨润湿土地，树梢抽出新绿，平缓无声。在某一天蓦然回首时，丝雨已汇集成溪，林间已一片葱郁。

有一天晚上，他把她从学校宿舍偷出去，带她到酒吧里看乐队表演。少男少女随着歌声肆意呐喊，她眼睛一眨不眨地观看，不够融入却也绝不反感。

看到中途，她起身离开。

宋焰问："干什么去？"

许沁答："上厕所。"

他起身陪她一起，许沁说："不用。"

他执意："我在外边等你。"

去洗手间的路上，男孩们像潜伏在夜里的狼。有男孩和女孩坐在一起，动作亲昵。

许沁盯着看。

他低头凑到她耳边："看什么呢？"把她的脑袋扭过来。

到了洗手间门口，许沁刚推开门，一个男孩站在洗手台边，一个女孩坐在台子上，异常暧昧。

许沁歪着脑袋看。

宋焰都做好了在外头等她的准备，扭头见到这情景，眼珠子快瞪出来了，立即上前捂住她的眼睛，把她拖回来："小孩不能看这个。"

许沁抓他的手："怎么不能看了？"

宋焰骂："别的男人有什么可看的？"

许沁："那我看谁？"

宋焰："我啊。"

许沁不吭声了。

他捂着她的眼睛把她拥在怀里一路出了酒吧。

外头瓢泼大雨，他和她在街上跑，淋了个湿透。

回到五芳街，已是深夜。

第七章

选择·能等我过来吗

“如果我过来，你能等吗？”宋焰问，
未等她回答，他短促地笑了一下，
“不确定的等，我都替你委屈。”
未来不可预知。
她害怕，他也不见得毫无压力。

雾霾红色预警，四合院内光影朦胧，抬头只见红墙赭瓦之上，天地一片混沌，周围的 CBD 大楼早已隐匿在尘雾之中。

翟淼蹲在东厢房门口的台阶处，磨磨蹭蹭地系鞋带、解鞋带，系鞋带、解鞋带。对面房门“吱呀”一声拉开，翟淼立即起身：“哥！”

宋焰没搭理她，进了隔壁洗手间，挤了牙膏刷牙。

翟淼跑过去，从镜子里看见他眼里有血丝，眼睑下也有圈淡淡的黑，整个人有些颓废，估计是一夜无眠。

翟淼站在门边，小声问：“你会去找她吗？”

宋焰还是不答，漱了口，弯下腰，双手捧水洗脸，洗完拿毛巾擦干脸颊，刮胡楂，电动剃须刀吱吱作响。

翟淼见他不愿开口说话，叹了口气，揪着书包带子转身要走，实在难受，又返回来找他：“哥，我只想提醒你一句，她喝醉了。”

翟淼道：“她只顾宣泄，没有理智，你们之间的问题还是没解决。”

“我知道。”宋焰开口，扯了扯嘴角。

翟淼一愣。

宋焰也不多说了，抬着下巴睨着镜子，刮下颌处的胡须。

上次四溪地分别后，近一个半月不再联系，足以说明她不做打算了。这次若不是詹小娆从中搅局刺激了她一把，时间和理智便会渐渐消磨一切。

一来二去，如果缘分阴错阳差，同一个城市偏偏再不见面，那就是下一个沉默的十年。

反正这女人最擅长的便是平淡和无声了。

翟淼痛心疾首："那你还——去找她？哥，你 28 岁了，不是 18 岁。再折腾一次，人都要颓了！"

宋焰低了头，放下剃须刀，手撑在洗手台边，沉默了半晌，问："翟淼，经过了昨晚发生的事，我不去找她，情况会怎样？"

翟淼是女生，自然一清二楚："那我死也不会再找你。"

"所以我去找她。"宋焰再度看向镜中，继续刮胡子。

翟淼怔住，无言以对。

是啊，他别无选择。

去，不一定有好结果；可不去，结局便已注定。

无非是，情势已逼到彻底无法回头的地步，而他终究还是不舍得放手。

翟淼轻声道："哥，你真有那么喜欢她？"

宋焰不作声。

翟淼："你不是说过的吗，不见面还好。不见面就好了呀。"

宋焰说："可她来了，我得去接她。"

翟淼没懂，扭头看大门的方向："她来了吗？"

宋焰已收拾好自己，走出浴室回房："上学去，我的事你别管。"

"哎——"翟淼还欲说什么，宋焰已关上房门。

许沁一觉醒来发现自己在孟家，不免吃了一惊。她知道自己昨晚醉酒了，却不明白孟宴臣和肖亦骁怎么会把她送到这里来。

而她也无从询问，现在是上午 9 点，家人都上班去了。

也好，她能一个人静一静。

她翻了个身，闭紧眼睛，把头埋进双臂里。昨晚的事情，细节虽已模糊，轮廓却记得清楚——她跑去宋焰家耍酒疯了。

脸颊又烫又辣，可比起羞耻，更多的是懊恼。

不该喝酒，不该神志不清去找他。

她往已经冰封的两人关系上又泼了层冰，把那僵局推成了死局。

到了如此地步，不骤变，便是死。

而巨变谈何容易？

手机响了，正是宋焰。

许沁不知是喜是忧，迟疑了好几秒，接起电话："喂？"

宋焰声音不大："是我。"

许沁也低声说："我知道啊。"

宋焰："醒来了？"

许沁："嗯。"

短暂的沉默。

宋焰又问："在哪儿？"

许沁："在家。"

宋焰说："我过来找你。"

许沁："西边这个家。"

宋焰一时没接话，又是短暂的沉默。

许沁："你等我一会儿，我马上回去。"

宋焰："行……那先这样。"

许沁："嗯。"

放下手机，许沁把脸埋进枕头，她把自己推到了不得不撕裂的边缘——

不是宋焰，便是家人。

无处可退了。

她脑子里各种思绪纷繁复杂，头痛欲裂。

她还是迅速洗漱完毕，下了楼准备出门，无意一回头，看见走廊尽头，付闻樱的书房门没关。

许沁以为她在家，准备过去打声招呼。

到门边才发现里头没人，只是用人打扫忘了关门而已。许沁随手带上门，目光扫过书房，意外发现这么多年来里头的陈设一点没变。

她上一次进付闻樱的书房，还是年少时候。

她看着那红木的书桌，那牡丹绽放的暗朱色地毯，呼吸微微沉下去。她突然看到了少年时的孟沁低着头站在那里，恐惧让她细细的小腿微微发抖。

付闻樱冷脸坐在一旁。

她走上前去，拉付闻樱，小声说："妈妈——"

付闻樱甩开她的手："我不是你妈妈，我没有你这样不听话的孩子。"

她不吭声，只是发抖。

"我有没有跟你说过不许和外头的人交往？你不洁身自爱，要跟他在一起，那你书不用读了，这个家不用回了，以后也别再叫我妈妈！"

她愣了好久，又慌慌地去拉她："妈妈——"

付闻樱再一次打开她的手，冷脸好久了，终于下最后通牒："沁沁，你以后要是听妈妈的话，妈妈送你出国读书，给你最好的生活。可你要是想按自己的想法胡来，不在乎这个家，妈妈现在就把你送回梁城，永远不让你回帝城。你以后没有爸爸、妈妈和哥哥，没有家了，就算你去爸爸和哥哥面前哭也没用，我说到做到。"

她怔怔的，手缓缓地从妈妈的衣角落下。

付闻樱起身要走，她终于轻声说："妈妈，我听你的话。"

许沁记得，当年那个沉默的小女孩站在那里，一句辩解的话都没有，也没有流泪，她沉默地接受了这一切。

而她站在那里，孤立无助，将被遗弃的画面，一如幼年时她站在父母的卧室外看着他们争吵说要离婚，说都不要她时的画面一样，成了她再也挥之不去的梦魇。

许沁关上房门，在门口站了一会儿，静静地戴上口罩，离去。

许沁到棕榈花园小区门口时，宋焰已经到了，站在一株常青树下抽烟。他穿着一件灰色的修身大衣，乍一看，竟有些清瘦。

看到许沁，他把烟掐灭了。

许沁口罩遮脸，只露出一双眼睛，问："怎么不戴口罩？"

今天雾霾很重。

宋焰说："忘了。"

许沁从口袋里摸出一个来，递给他："我多带了一个。"

宋焰接过来，低头戴上，问："吃早餐了吗？"

许沁摇头。

宋焰的视线停在她的眉上，问："想吃点什么？"

许沁的视线则停在他的口罩上，答："想喝粥。"

宋焰："哪种？"

许沁："白粥……什么都不放的。"

这片儿的粥店，没有卖白粥的。

许沁说："我家里有水和米。"

两人默契地朝小区里走，一路无话。进了电梯，也都分站两边，隔着一小段距离。目光不约而同地刻意避开，即使相对，也总落在眉目之上，鼻唇之下，堪堪交错而过。

回了家，宋焰打开橱柜，看见崭新的一袋米，问："家里没开火，怎么还买了米？"

"医院发的。"许沁说。

宋焰问："什么时候发的？"

许沁："忘了。"

宋焰低头找袋子的印记："不会过期了吧？"

许沁："米怎么会过期？"

宋焰看清了生产日期："没有。"

宋焰把那袋米拎出来，问："有剪刀吗？"看她眼神茫然，"……嗯，菜刀也行。"

许沁找了菜刀递过来。

宋焰割开包装袋，许沁递来汤锅。宋焰舀了一杯米进去，端到水龙头下。许沁纳闷，问："这就够了？"

宋焰看她一眼。

许沁："看上去很少。"

宋焰说："煮出来就多了。"

许沁："哦。"

宋焰淘了米，加上水，放到灶台上点火，打了两三次，没火。

宋焰低头弯腰，边再次尝试着，边问："上次用天然气是什么时候？"

"……"许沁抿抿唇，说，"没用过。"

宋焰："……"

许沁估计是想要弥补，转身找手机："可能本身就是坏的，我给物业打电话。"

"等等。"宋焰阻止，蹲下，拉开橱柜找管道，看了一眼，说："阀门没开。”

他转了下阀门，起身再打火，燃了。

“……”许沁说，“厉害。”

宋焰：“……”

宋焰盖上锅盖，退后一步靠在流理台上等水烧开，他盯着那跳跃的火焰，却不看她，问：“从不在家吃饭？”

许沁：“嗯。”

宋焰：“吃什么？外卖？”

许沁：“外卖，还有医院的食堂。”她也盯着灶台上的汤锅，不看他，问，“你呢？”

宋焰说：“队里有食堂……休息在家的话，舅妈做饭。”

许沁说：“舅妈做的饭很好吃？”

宋焰：“嗯。”

有一两秒无话的间隙，火焰燎着锅底，米汤咕噜滚动。

许沁继续话题：“你们食堂的饭菜好吃吗？”

“还不错。”宋焰说，“你们呢？”

许沁：“一般般，不太好吃。”

“嗯。队里伙食挺好，应该比医院好。”说这话时，宋焰无意间扭头看了一眼许沁。许沁余光感受到他的动作，也条件反射地如同给回应一般扭头看向他。目光，便相交在了一处，碰巧看进去了彼此眼底，那样认真而笔直。

心就在不经意间跟着磕碰了一下。

今日自见面到此刻，避之又避，还是猝不及防，第一次眼神相撞。

水开了，米汤咕噜噜的，轻轻掀起锅盖，汤水溅到灶台上，烫出滋滋的声响。

宋焰移开眼神，起身过去掀开盖。许沁也无意识地跟着凑过去看，汩涌的米汤回落下去，米粒在滚动的水中翻蹿，锅内已溢出清粥的香。

许沁吸了下鼻子。

宋焰问："饿了？"

许沁："嗯。"

宋焰："再等一会儿。"

许沁："好。"

宋焰把盖子重新盖上，这回留出了一条缝儿。他退后一步，又靠回到流理台上。许沁也自然地跟着他靠回到台子上。

两人继续等着白粥翻滚。或许能这样永远等下去就好了。

最终还是他打破了这虚幻的静好，唤她："许沁。"

许沁："嗯？"

宋焰："你昨天说过的话，都记得吗？"

许沁垂下眼眸，沉默了一下："有的记得，有的不记得。"

"嗯。"宋焰问，"你说，你不会再过来了，这句记得吗？"

许沁点了点头，然后说："记得。"

宋焰："现在没喝酒吧？"

许沁："没有。"

宋焰："现在也这么说？"

许沁低下头拿双手捂了一下脸："我不知道。"

短暂的安静。

"如果我过来，你能等吗？"宋焰问，未等她回答，他短促地笑了一下，"不确定的等，我都替你委屈。"

未来不可预知。她害怕，他也不见得毫无压力。

许沁松开手，扭头看向客厅的地板："宋焰，我现在不知道该怎么办。

不知道该怎么要求你，怎么要求我自己。不知道怎么面对你，怎么面对家里。我——”

“我知道你害怕，不舍。”宋焰说，语气带着轻微的自嘲，“我也想和你说，只要你够坚定，之后的事就让我来扛。只要你敢，我就能担。可我知道，这话没用。”

许沁眼睛一下子就泛红了，她迅速别过头，眨去雾气。是啊，即使有他陪着她面对家人，她也会害怕，不舍。天平那一端的背负太沉重，他无疑是清楚这点的。

许沁颤声说：“是我勇气不够。”

宋焰却摇摇头，极淡地笑了：“说实话，让你陷入这样的境地，我也有愧疚。”

许沁鼻尖也红了，轻声说：“我知道。我知道你好……”

她说不下去了。

宋焰亦沉默，好一会儿才重新吸一口气，平定道：“我能保证的，是对你好，每天都对你好，绝不背叛，绝不冷淡，尽全力为你创造更好的生活。可我不能保证的，是这份好能否满足你的要求，满足你家人的要求。”

许沁已无话能说，让她犹疑的、担心的、不安的，被他说尽了。

“我知道你为难。我也知道，真跟我在一起，是委屈你了。我都理解，但是——”宋焰停顿了足足10秒，终于说，“你不能再这样肆无忌惮地往我的生活里闯了。”

他语气平静，是经过了深思熟虑，给他们的关系按下最后的印鉴：“在一起，或再也不见，做决定吧。”

许沁垂着头，嘴唇动了动，又抿紧，一颗泪无声地掉落下来。

落地窗外雾霾浓重，看不见一丝天空；客厅内静悄悄的，只有灶台上白粥汩汩地翻滚着。

许沁靠在开放式的流理台边，低着头，一滴眼泪安静无声地砸落，和她这个人一样，安静，无声。

时间一分一秒地过去，她没有开口。

上涌的白粥汤再一次轻掀锅盖，告诉她时间已到。她一动不动，像尊泥塑。

沉默，像是有一个世纪。

粥汤一次又一次掀着锅盖，突然溢出，滴在灶台上滋滋作响。

宋焰终于走上前，关了天然气。

沸腾的粥汤瞬间沉寂下去，米粒在米汤中滚动几下，很快平息了。

氤氲的雾气熏染着宋焰的眼睛。

他什么也没说，转身走了，一句告别的话也没有。

擦肩而过的瞬间，许沁的眼睛骤然涌起一片湿润模糊，在晶莹水光闪动的视线里，他的裤脚一闪而过。

又一滴泪砸下去，她僵持在原地，双手死死抠着流理台，人却硬是没有半点动静。她听见他走到门廊边，换了鞋出去，关上了门。

室内静下去了。

静得只剩她自己轻颤的呼吸声了。

眼泪再也止不住，珠子般大颗大颗地砸下，她捂紧自己的嘴，不发出一点声音，只有肩膀一下一下地抖动着。

她不能自已，身子躬下去，差点直不起腰，身躯不可控制地上下起伏时，她突然停住了。手紧攥住台子，克制着。

终于，止住了。

许沁又在原地站了一会儿，平复下去了，才轻轻抬起手指抹去眼睫毛上的湿雾，上前一步走到灶台边，揭开汤锅盖子，蒸汽上涌，米粥的清香扑面而来。

她从碗柜里拿出筷子和碗，冲洗干净，盛了一碗粥出来，就站在灶台边，拿勺子舀起来吹一吹热气，送进嘴里。

一口又一口，有点烫，烫得她眼泪再度无声滑落。

她随手抹一抹脸颊，继续吹吹气，吃粥。

真是奇怪，分明什么材料都没添加，没有海鲜山珍，没有蔬菜糖盐，一穷二白的白米粥，竟会有甜味？竟会有其他粥都比不上的最自然纯净的清甜味？

她吸了吸鼻子，又一次抹去脸上不断淌下的泪水，吃完一碗了，盛第二碗。

她站在灶台边，竟一个人吃完了一整锅粥。

她把锅和碗筷奋力洗了个干净，灶台也擦拭干净，一切都恢复原样，好像什么都没发生过一样。

中午还要去上班，医生这工作就是这点好，忙得她根本没有时间去在意自己的心情。是好是坏，都毫无关系，也不用在意。

最适合她不过了。

她收拾好了自己出门，在楼下却遇见了来看她的孟宴臣，说带她去吃午饭。

许沁说："我已经吃过了。"

她戴着口罩，看不见表情，眼神也是一如既往的淡，只是稍微有些红，泄露了情绪。孟宴臣大概猜得出发生了什么，担心她开车，说："我送你去医院吧。"

许沁没有拒绝。

车开上大路的时候，许沁忽然开口："其实昨天你没必要把我送回家，就算你不提醒我，我也不敢。"

孟宴臣开着车，没作声。

“你在害怕什么，孟宴臣？以为我翅膀硬了，会抛开一切飞走吗？”许沁望向窗外，轻声问，“你知道驯兽师怎么驯兽的吗？——在兽很小的时候，打它，关它，饿它；宠它，疼它，喂它。等它长大了，有力量了，可只要看见鞭子和盆子，就不敢反抗，不敢再去野外了。”

孟宴臣喉结滚动着，脸上溢出一丝极痛之色。许沁却好似在讲别人的故事。

“你们都说他配不上我，其实，是我配不上他。和他在一起，感觉未来随时随地又会伤害他，因为——”许沁语气平缓，说，“我就是一个卑劣的人。”

“就像当初，如果我不改姓，我就不是你的妹妹，就可以继续喜欢你了。可是，那就不是孟家的人，我就得失去那个家，变得无依无靠。如果喜欢你这件事，要让我失去爸爸妈妈，失去家庭对我的庇护，失去漂亮的房间、好吃的晚餐，失去轻松生活的权利，哥，还是不要喜欢你比较好。”

“对不起啊，我什么都想要，那时候想要爸爸妈妈，想要你，现在想要宋焰，可偏偏有一些东西，注定要得不到。而我呢，没有勇气，也没胆，什么都不敢面对，只会逃避。没有爱的能力，也没有爱的资格。我不值得你们任何一个人爱我。真的。”许沁说，“对不起啊！”

这么多年了，她从未对当初的情断表达过一丝一毫的情绪，全部压抑在心底。

十几年过去了，才有这一句。

孟宴臣心痛已麻木，眼睛一阵阵酸涩竟差点不能克制下去。他迅速降下窗子，让冷风灌进来，就着刺骨的风狠狠深吸一口气，才勉强压抑住了汹涌的情绪。

可比起痛楚，另一种隐隐的恐惧弥漫上心头，仿佛他感觉到许沁身体里有什么东西死掉了。仿佛她的未来会比她的过往更沉默安静，黑暗无光。

他想和她说什么，可彼此已没有更多的机会再交流。上班的路程很短，很快就到了医院门口。

许沁开车门时，孟宴臣突然提议道：“去国外吧。”

许沁停住。

孟宴臣说：“沁沁，我带你去国外吧，再不回帝城了，好不好？”

许沁沉默了片刻，像是经过认真的考虑，最终却摇了摇头，下了车。

离上班还有半个小时，许沁去了趟精神科，找她在国外的校友潘青青医生。

许沁想找她开点助睡眠和情绪调理的药。

潘青青一开始不肯，让她先躺下聊半个小时的天。可墙上的闹钟一刻一刻地走，半个小时过去了，许沁一句话也不说。

无论潘青青如何开导，她都沉默得像个哑巴。

潘青青无奈，最后还是不得不给她开药，没敢给多，让她隔几天过来拿一次。

许沁把药收好，无声无息地离开了。

翟淼上着课被妈妈打电话叫回去，说家里出事了。

她打了车一路往家赶，到家了慌慌张张推开宋焰的房门，却没发现什么异样。无非是大白天拉了厚窗帘，室内一片昏暗，宋焰盖着件大衣，躺在沙发上睡觉。

因她推开门，日光撕裂黑暗，正好照在他脸上，他被刺激得醒过来，脸皱成了一团。

翟淼松了口气，走过去：“我妈还说让我来——”说话声戛然而止，她闻到一股浓烈的酒精味。

自当兵起，宋焰就滴酒未沾了。

做消防员后更是如此，哪怕休假也绝不会喝酒，以防临时出任务被紧急召回。

翟淼便知，他是真被伤得很了。她心慌慌的，看见沙发旁倒着的空酒瓶子，吓了一跳："你全喝了？"

光线刺激得宋焰难受，他皱紧眉头，表情痛苦地扭过脸去："关门。"

翟淼见他还算有意识，稍微松了口气，过去关上门。

室内再度陷入黑暗，酒味刺鼻。

那么大个男人颓然倒在沙发上，翟淼见着，心里也不好受。

她一屁股坐在地上，下了狠心地刺他："怎么样，跟你说了她喝酒说话不作数吧，你不听，非要跑去找她，现在好了，被甩了吧？"

她以为宋焰会反戗过来骂她一顿，好歹能宣泄一下情绪，但他没有。他嗓音沙哑，声音很低，说："嗯。她没选我。"

翟淼心里顿时就哽得难受，快要憋死过去。全家人这么宝贝的哥哥，自己这么崇拜的哥哥，被人当泥巴一样糟蹋，气得骂道："那是她眼瞎！"

宋焰没说话，只是摇了摇头。

想说什么，人太疲累了，拿手臂遮着眼睛，睡觉了。

昏暗中，翟淼看见他嘴唇干裂，是酒喝多了脱水所致。

他呼吸也很沉，一下一下，在似梦似醒间极其费劲地喘着，是真醉得难受了。

翟淼见状心疼得要死，忍也忍不住："你这回总该死心了吧？哥，你难受你就发泄，好不好？你干什么都行。但算我求求你了，你真别再搭理她了，行不行？她到底哪里好了？就没见过她那么怪的人，成天一副高冷样儿，牛什么呀——"

宋焰："闭嘴。"

他说这话时，气息很弱，像是沉睡的人腻烦被人吵醒一般。他紧皱着眉头，在逼仄的沙发上翻了个身，呼吸又低又沉，像继续睡去了。

翟淼不敢吵他了，守在一旁陪着，以为他真的睡着了时，却听见他干涩地开口：“她不是那样的人。”

又是漫长的无声。

翟淼静坐在黑暗中，不说话，也不发表评论，等着他继续。

他背对着她，呼吸深深浅浅，低声说：“她是我见过的最自卑、胆小的人。明明想疯想闹，想野，想自由，想不听话做坏事，可她不敢。装作很坚硬强势，对人刻薄，实际外强中干，内心脆弱得不堪一击。她这性格——”他停顿半晌，竟然笑出了声，“要是真嫁给她那圈子里的人，会被人往死里欺负。”

他笑着，笑得眼里闪出了泪花：“她会被人欺负死。”

翟淼眼里涌泪，抬头望天，咬牙道：“她自己选择的路，能怪谁？”

宋焰再没作声。

怪他，给不了她选他的勇气。

这么多年，他没有后悔过自己做的每一个选择，可如果当年，能跪下去求那个人……

帝城接下来的一个星期异常昏暗冷清。雾霾红色预警持续了整整七天，PM2.5 数值几度疯飙至 500 以上。

学校闭校，小商铺关张，部分公司如 CBD 内的新兴产业和外企都纷纷放假让员工在家办公。

但这只是少数。

更多数为生计奔波的上班族依然挤地铁、坐公交车、开私家车……在各自的路上奔走，一个个防霾口罩遮住了他们的脸，口罩上方一双双眼睛茫然而麻木。

这天，上午 7 点半，城市刚刚苏醒，宋焰已带着队员结束了后半夜的灭火任务。

冬天的早晨，气温很低。

消防战士们一身烟灰，又冷又累，每个人脸上都写满了疲惫。他们把车停在路边的消防栓旁，清洗车辆和水带。

给车加水的间隙，宋焰坐在马路牙子上抽烟，可能是累着了，他脑子里空空荡荡的，什么也没想。

四周能见度不足几十米。这灰蒙蒙的天气，平白地叫人心情压抑。

头儿在这儿，几个小兵都凑过来，围坐在地上。宋焰把烟盒丢给他们，各人拿一支，沉默地吞云吐雾。

大伙儿累了一晚，都不太想说话。

也不敢。

明眼人都看得出来宋队这些天不对劲。这次休假回来比上次更压抑了，出任务或训练时倒看不出异样，和往日一般严谨认真，会开玩笑也会训人。可一旦空下来人就有些颓废。

像是被人动了筋，挫了骨。

没人敢问。

冬天早晨的空气清冷而刺鼻，衬得每个人的表情都冷战战的。

小葛缩了缩冻得通红的鼻子，说："我现在就想洗个热水澡。"

江毅说："我可以不洗澡，给我个地方躺着，让我睡上三天三夜。"

杨驰："做梦吧你。今天还有体能训练。"

小葛仍然纠结于自己脏兮兮的外貌，说："每次出任务回来，都这一个愿望。"

童铭听见，嘿嘿憨笑："我的愿望是能给点热水喝，自来水太冰了。"

李成则没说话，眼巴巴望着路对面的早餐铺子。附近的居民们在吃早餐，蒸汽涌出来，香味扑鼻。

杨驰扭头问宋焰："哥，你呢？每次任务结束，最想要什么？"

宋焰呼出一口烟，看看这一圈在风中面色灰白的小青年们，说："人都齐整。"

众人齐齐一愣，随即咧嘴笑起来。

"别笑了，一个比一个脸黑。"宋焰吸掉最后一口烟，从嘴里拈下烟蒂摁灭在脚边，站起身，"走人。"

一群小伙子跟着从地上起来："回去喽！"

宋焰却抬抬下巴指对面："先把肚子填饱。"

"好嘞！"众人欢呼。

一堆人走向早点铺，浑身尘土。周围人匆匆经过，有的投来好奇而短暂的一瞥，有的皱眉于他们脏乱的外表，有的熟视无睹地继续自己一天的路程。

每个人都习惯了这座城市的繁荣与安稳，就像习惯了它的凉薄和冷清。

许沁这一个星期都睡得昏昏沉沉，从潘青青那里拿到的安眠药起了作用。不知道睡得好不好，但起码是能睡着。

上早班的日子，她在 7 点半起来。

洗漱时，客厅电视机里播放着早间新闻，和 PM2.5 一起上涨的还有房价：帝城内八区房价持续上涨，每平方米均价突破 6.2 万，其中，七枫路街区领跑全城，高档社区棕榈花园的均价更是达到每平方米 14 万……

许沁洗着脸，想着不久后的主治医师评选。如果成功，她主刀的手术范围会大大扩展，薪资也会随之大幅上涨。

刚洗完，手机响了，是付闻樱打来的，说是例行询问一下她好不好。许沁却清楚她是想问她最近的相亲状况。

许沁又相亲了。付闻樱提出时，她也反对过，无果。

对方是某大集团的儿子，有钱有貌，有学识有才华，对许沁说：“你什么都不用做，不上班都行，嫁进我家安心享受生活，只要生个儿子就好。”

还不如蒋裕呢。

许沁说：“我不喜欢。”

付闻樱叹了口气：“怎么又看不上？”

许沁沉默良久，轻声说：“妈妈，我说过，我有喜欢的人。能不能——”

她心里突然就涌起那么一丝冲动，想做一番挣扎，可话才开头，就没了结尾，自己也知道是无力的。

刚才无头而起的汹涌思念也在一瞬间无尾地消退下去。

付闻樱平静地等待了一会儿，意料到她不敢开口，只问：“沁沁，妈妈当年跟你说过的话，没忘吧？听妈妈的话，好吗？”

电话挂断后，许沁在原地站了一会儿，看看手表，要去上班了。

她走去客厅拿遥控器准备关电视，画面上出现了消防员的身影。

“昨天下午，新天地广场门口一个小孩不慎卡在了旋转门中，七枫路消防中队接警后迅速赶往营救……”

许沁的手指迟钝了一秒，像是思想开了个小差，又像是大脑神经和手指出现了不协调，待反应过来便迅速关了电视，拿上钥匙出门。

可就像装沙的玻璃瓶开了一道裂缝，双手拼命想要去拦截，沙还是源源不断地从缝隙里漏出来。

她背靠着电梯壁，站在下行的电梯里，眼前全是那天他从家里沉默离开的画面。

开车去医院的途中，在一个红灯口停下，目光又撞见了那红色的灯光，她强迫自己脑中一片空白，不要去联想。

当这种强制性的潜意识即将崩塌时，她迅速转头去看车窗外，只看见灰蒙蒙的雾霾，高楼隐匿在其中。

整个世界萧索而压抑。猝不及防，一辆红色汽车从视线里奔驰而过，车身鲜艳如火，在灰暗的背景里拉出一道色彩。

一瞬间，思维的屏障溃不成军，她突然就想：这个时候，城市的另一角，宋焰在干什么？

另一个街区上，宋焰带着手下的队员挤在小店里吃早餐。

大伙儿早已饥肠辘辘，油条、豆浆、面条、小笼包、蒸饺，一股脑儿全上桌，抓到什么都往嘴里送。

室内暖气足，桌位又挨着厨房里的蒸屉，不久前还在冷风中冻得发白的一张张脸上渐渐浮现出了红润。

宋焰吃得不多，也不急，时不时抬眼看一看自己的弟兄们，清一色的年轻小伙，来自五湖四海。年龄最小的 19 岁，最大的也才 25 岁。

到明年，他或许会离开，而这里头还有这么多队员。

他们默默无闻地来，默默无闻地走。

宋焰说："上边说了，明年会涨工资。"

众人兴奋："涨多少？"

宋焰："300 元。"

大伙儿高兴极了，杨驰在心里默默算了算，喜笑颜开："正好，凑齐了 4500 元一个月。"

李成羡慕："我才 3000 多。"

杨驰道："你才刚来，熬一熬。"

李成点点头："嗯。"

宋焰极淡地笑笑，又说："从明年开始，制度改革，周末也轮休放假，没那么累了。"

李成一脸无所谓："反正我放假也没地方去。"

小葛瞪他："睡觉啊。这一天天的，累死我了。"

杨驰："小葛，你一天到晚地叫累，是不是右手用多了？"

小葛："我踹死你！"

小伙子们嬉闹成一团时，一位年轻姑娘从桌边走过，小葛无意间扭头看一眼，目光跟着走了。宋焰顺着看过去，那姑娘和小葛年龄相仿，身材娇小，长相清秀，买完早餐离开了。

宋焰再看小葛，从他眼里看到了年轻男性对女性最原始的爱慕和渴望，稍纵即逝。小葛回过头时，脸上就没了笑，再低头看看自己一身黑灰，人整个儿沉默了下去。

宋焰喝着豆浆，心中复杂得不知该作何感想。

也就是在这一刻，他想起了他的那位姑娘。

这些天他忙着训练和执勤，不去想她。可此刻一想起，便如利刃穿心，心被撕开一条口子，冷风飕飕地往里头灌。

功亏一篑。

……

雾霾一天比一天重，学校持续放假，医院照常运转。

这些天，许沁没再叫外卖，中午都在食堂吃饭，发觉饭菜越来越难吃，准备倒掉时却再次想起宋焰，想起他说队里的伙食还不错。

也是，他们最需要体力，吃不好饭可不行。

可她这份工作也是需要体力的，想一想，便又勉强多吃了几口。

和门诊不一样，急诊没有午休时间，吃完午饭得赶回去上岗。

这天下午，许沁主刀完成了一台手术。

手术难度虽然不小，但完成度很高。结束时，许沁发现徐肯教授全程都在隔壁的观察室里看着，表情严肃，分辨不出好坏。

看到手术结束，他面无表情地转身离开了。

许沁迅速收拾好自己追出去找徐肯教授。

“徐教授！”许沁一路跟着跑进楼梯间，安全门在身后“哐当”关上了。

徐肯停下脚步。

“我见您看过刚才的手术了，想请教您，看您有没有建议指点我。您的意见非常宝贵。谢谢您！”

得到徐肯的回答是：“你的技术堪称完美，我没有什么可以教你的。”

许沁清楚徐肯的性格，他不会说客套话的，那便是肯定了。可——

“可您依然对我有意见，是吗？”

徐肯道：“你对待病人，像对待一只做实验的兔子。”

许沁一直都清楚徐教授和她的分歧点在哪儿，她认为这是人与人之间的观念差异，无伤大雅；且她一贯不喜欢和人交谈沟通，所以从来没挑明过。

可现在，主治医师的评选已进入紧要关头，这分歧或许会影响她晋升。虽然依靠孟家的关系，她十拿九稳，但这次，她前所未有地希望靠自己。

被逼到这路上，也无处可退了，索性挑开了说吧。

许沁道：“徐教授，您和我看待医学的方式不一样，但殊途同归，救人就行。您认为医者要有心与情，可我不认为自己以冷静旁观的学术态度去解决问题有什么错，这无非是观念的分歧。”

“医人者，先为人。”徐肯未正面回答，却反问，“许医生，你选择医学这条路时，立下的誓言，你还记得吗？”

许沁微愣，眉心稍稍蹙起。

“我将维护医业的荣誉和高尚的传统，我将给予人类生命最大的尊重。”徐教授念着这段誓词，道，“你对生命缺少最基本的尊重，你违背了医者的誓言。医学的荣誉和传统不在你这种人手里。正是因为你是一个极有天赋的外科医生，我才如此痛心。”

徐教授说完，下楼离开了。

许沁站在原地，心境难明。

徐肯教授的话似乎给了她一丝丝的震撼，可这震撼来得太过冠冕堂皇，她又似乎没有那么大的触动。

这感觉像蛛丝萦绕心间，轻不可触，却缠绵在那里。

许沁推开安全门上走廊时，无意一抬头，迎来了内心的猛震。

她看到了宋焰，一身橄榄绿的军装，身姿笔挺，站在走廊尽头的窗边。

许沁在一两秒内没有反应，不知他怎么会在这个时刻出现在这里。

这也是她第一次见他穿军装，戴着军帽，腰带紧束，更显肩直背挺，人高腿长，整个人英姿飒爽，挺拔得像一棵白杨。

宋焰原本看着一旁，像是感应到什么，目光移过来，落在她身上。

她刚从手术台下来，一身浅绿色的手术服，脚底踩着灰色的洞洞鞋，头上还罩着手术帽。此刻望着他，眼睛微瞪，表情仍是木木的。

整个人可以用“脏、乱、差”三个字形容，极其不修边幅。

许沁愣了一两秒，反应过来后第一个动作是迅速把头上的手术帽扯下来，一头乌黑长发瞬间散落。

她仓促地抓了两下头发，无意识地就准备朝他的方向走过去，身子往前一倾还没迈脚呢，想起说好的再不见面了，于是赶紧刹住脚步往反方向转，这一转又发现后边是堵墙，没路……

人只得又转回去面对他。

宋焰眼神镇定，远远看着她这一连串忙乱的动作。

许沁目光躲闪，硬着头皮朝他的方向走过去，脚步匆匆，直奔两人中间的走廊拐角。

眼见走到拐角要转弯了，宋焰身边的安全门被推开，医院后勤保障部的刘副主任走出来：“抱歉抱歉，宋队长，让你久等了。底下的人粗心，资料弄混了，你看——哎，小许？”

被领导点名的许医生于是平静地停下了脚步。

许沁攥着手里的手术帽，回头，目光从宋焰脸上掠过去："刘副主任。"

刘副主任管后勤保障，平日里就是个热情友善的人，说话时眼里自带笑意，当即笑呵呵地给许沁介绍说："小许啊，这是十里台消防中队的宋焰，宋队长。"

许沁点点头，看向宋焰，军帽下，他的脸英气逼人。

"宋队长，这是我们医院最年轻有为的外科大夫，许沁，许医生。"

"嗯。"宋焰应着声，点着头，看向许沁。

许沁对上他那双又黑又沉的眼睛，心里稍稍一突，她无法与他对视，目光立即下落，看向他的肩膀。

她与他沉默对站着，一秒，两秒，即将演变成尴尬时，宋焰冲她略略颔首，说："你好。"

许沁也仓促地抬眼看他，跟着点头，说："你好。"

她的笨拙太过显而易见，刘副主任笑着帮忙："我们许医生啊，医术精湛，就是不善交际，不爱说话。这初次见面呢，还请宋队长多多关照啊！"

宋焰说了句："不敢当。"

许沁脸上微烫，再次移开目光，隔了半秒又抬眸，问了句："宋焰，队长，来医院办事？"

话音未落，宋焰眼里闪过一丝凉淡的笑意。

刘副主任的表情也变了一变，又马上拍拍许沁的肩膀，笑道："小许啊，下星期我们医院要搞消防演习，我们是高度重视的，文件上星期就发放到各科室了。"

许沁回想："没有啊……"

宋焰表情自若，刘副主任一头包，赶紧圆场："小许啊，你肯定是太忙，忘了。"

许沁：“……”

“这不，宋队长今天过来踩点。”刘副主任飞快结束对话，“小许，你忙着啊，我们先走了。”说着就给宋焰引路。

匆忙中，她又看向他，可下一瞬便擦肩，他的肩章一闪而过。

许沁走出两步了，回头望，宋焰的背影异常俊朗颀长。

他很快走过走廊拐角，侧脸更显英俊，转瞬即逝。

他没有回头。

许沁双手插进兜里，转身离开。心，像再次蒙上了一层蛛丝。

回到办公室，没进门就听见几个护士在议论，小西说：“别想了，许医生肯定会反对的。”

许沁走进门，问：“反对什么？”

“刚刚下发的紧急通知，院里要搞消防演习。”小北说，“大家拿毛巾捂住鼻子弯着腰往楼下跑就行了。但许医生，你被抽中了。”

许沁：“抽中？”

“扮演被困的医护人员和病患。”小北说。小西补充一句：“而且还是救完被困人员之后落单的那一个。”

许沁：“……”

小东：“可能许医生看上去最像会落单的一个——”

小南推了她一下，小东闭了嘴。

许沁说：“嗯，我就扮演这个。”说着把消防演习的详细流程书拿过去认真看了起来。

几个护士面面相觑。

小东低声说：“我怎么觉得，许医生好像并没有不高兴啊？”

小北：“是吧，我看也是这种感觉。”

小西：“她高不高兴，不都一样吗？”

众人点头："嗯。"

第二天，北风吹走了雾霾，天空露出隐隐的湛蓝，云层依然很厚。

许沁早起的时候，到阳台边拉开落地窗，给屋里透气，看见楼下的五芳街一派繁忙景象，这个时候，商铺应该都忙着开张；东边的 CBD 区车来人往，白领们步履飞快，赶着上班。

天辽地阔。

阴晴不定的天气一直持续到第二个星期的星期四，那天是医院消防演习的日子。

那是异常平凡的一天，似乎和之前的每一天一样。

上午，宋焰照例带着队员们做体能训练，照例去车库检修消防车，照例抽时间去训练小孟，只是看手表的次数多了起来。想着下午的消防演习，心情难以言喻。

而许沁这边也如寻常，接诊病人，巡查留观室，还做了个小手术，每逢一个间隙，便不自觉看一眼手表。似乎有些紧张，又似乎等待赴约。

时间终于一点一点走到下午。

演练场设定在综合病房楼 5 至 7 楼，近百名医护人员和患者都做好了演习准备，许沁在走廊上扮演巡视病房的医生。

指针指向 3 点半时，楼道里的消防警报突然响起，心外科的朱医生喊了声："着火啦！"

一瞬间，浓烟在走廊里弥漫，所有人都行动了起来。

有人打电话报火警，有人迅速往楼下跑，有人拿湿毛巾捂住口鼻，有人搀扶着病人往楼下走。

一切都井井有条。毕竟是演习，缺了危机感，大家都不紧不慢的，有的还在玩手机，有的似乎觉得挺有意思，嘻嘻哈哈地喊着"救命啊，救命啊"。

按照剧本，许沁被困在了护士站旁的配药室里。

她把自己关进药剂室后，冷静地吸了一口气，待她回头看到四周满架的瓶瓶罐罐，突然发现这个剧本不合理，她一个医生怎么会跑到配药室来？这很明显是小南小北她们的角色。

罢了，落单就落单吧。

比起跟大家伙儿一道捂着鼻子往下跑，她独自待在这儿，反而落得清净。

许沁靠在门板上，推测着会由哪个消防员来救自己，眼前一下子出现了那双又黑又沉的眼神。她呼吸一窒，立刻去翻看架子上的配药单，让自己去研究病人得了什么病，做了什么手术。

看完第四张配药单的时候，远处传来消防警笛声，尖厉破空。许沁一愣，这速度太快了。看看手表，距警报响起还不到3分钟。

许沁走到窗边，推开窗子往外看，没见到车，只听得到警笛声越来越近，街道上的车辆紧急避开。

很快，从两个方向开来了三辆消防车，许沁记得医院发的演习通报书上写了，这次“灭火”行动调集了七枫路和十里台两个消防中队，有20多个消防官兵到场。

消防车开进院里停下，全副武装的消防官兵们一溜烟儿麻利地跳下车，围到队长和指导员身边。

许沁一眼看到了宋焰，他一身墨蓝色的消防服，站在众人中央，跟周围人分析情势，安排任务。

命令下达，众人很快散开，有的直接进了“火场”，有的则开始架高压水枪。

许沁这才意识到消防演习是真要喷水的，而随着时间推移，楼层里的烟雾也浓了起来。

许沁并没有太重视演习这种形式，没拿湿布，现在，浓烟从门缝里窗户外涌进来，呛得她直咳嗽。

她在药剂箱里翻找，找出一卷医用纱布和一瓶生理盐水，敲开后打湿了捂住鼻子，蹲下来降低重心。

外头高压水枪持续朝室内喷水。病房、过道、楼梯间里水声哗哗。“被困”的医患人员喊“救命”，向消防员报告自己的位置。

许沁在室内蹲了一会儿，听见外头有匆匆的脚步声，她捂着鼻子潜到门边，推开一条缝往外看。楼道内全是水渍和烟雾，消防员正在营救“被困”的医患人员。

还没轮到她。

许沁合上门缝，退回去，继续等。等了好久也不见有人来救她，烟雾倒是渐渐散去了些，毕竟不是真的起火，没法长时间持续地放出大量烟雾。

许沁又等了10多分钟，还是没人来。她渐渐意识到自己被遗忘了，这要是真起火，她应该已经被烧死了。

这个意识叫她微微蹙了眉头，她原以为，至少某个消防员不会落下她。心里一刺一刺的，她决定立即结束这无聊的角色扮演，正当她准备起身时，有人走来了。

宋焰推开配药室的门，目光在屋内扫视一圈，看见了蹲在地上拿纱布捂着口鼻的许沁。

两个人都沉静了一瞬。

宋焰公事公办，问：“你在这儿干什么？”

“消防演习。我是落单的那个。”许沁把纱布拿下来，人也站了起来，淡淡道，“如果是实战，你现在发现的就是一具尸体了。”

宋焰静了半秒，问：“你不喊救命，谁知道你在这儿？”

许沁：“……”

她说：“演习计划里不是写了吗？有一个人落单，关在配药室。”

宋焰看着她的眼睛：“没有。我们这边不知道具体位置。”

许沁还试图为自己辩解：“演习计划里没说让我喊救命——”话才说完，自己都觉得自己态度不端正。

宋焰眼神沉沉地盯着她，算是无声的训诫。

许沁默不吭声，不犟嘴了。

这时，护士站里几个护士走了过来，是偷偷躲过演习的人，还在讨论过会儿晚饭吃什么。

宋焰稍稍回头，目光从自己的肩上掠过去，静静看那几个护士一眼。那几个护士齐齐被他的眼神吓了一跳，赶紧手拉手离开。

许沁立在原地，觉得自己是那个被班主任抓出来当典型的逃课学生。这不是她想要的再次见面的情形。

而班主任显然已不屑于搭理她。

宋焰略警告地看了一眼许沁，转身就走。许沁见状，跟着往外走。

宋焰停下问：“去哪儿？”

许沁：“你找到我了，不该解救了吗？”

宋焰也不知是不是觉得她可笑，笑了一声：“火已经烧了快半小时了，没人能上来救你。给我在这儿待着。”

许沁听出他是真严肃的，便规规矩矩站在原地不动了，低声问：“那我要怎么出去？”

宋焰：“等举高消防车。”

“……”许沁沉默半晌，反应过来，“就是那个类似起重机的铁架台子？”

宋焰纠正说法：“救生平台。”

许沁想到自己要在众目睽睽之下跟货物一样被运下去，有些无奈，低头摸了摸脖子："好吧。"

宋焰走出配药室，正要带上门，突然，脚下的地板晃动起来，毫无预兆，整栋楼房开始震动，配药室里装满药液的瓶瓶罐罐剧烈摇晃，乒乒乓乓。

两人同时一怔，眼睛立即找到对方，许沁尚一脸茫然，宋焰已突然大步朝她扑过来。

两侧药架上的瓶子稀里哗啦被震落下来，砸碎在地，玻璃片和药水四下飞溅。

宋焰护住许沁的脑袋，握住她的肩膀将她飞速推到墙角，他高大的身躯把她整个儿捂在角落里，罩了个严严实实。

楼房还在持续震动中，药瓶子噼里啪啦往地上砸，接二连三炸水球似的。配药室外几个护士尖叫着喊"救命"，这回知道不是演习了。

许沁缩在墙角，心跳如擂。背后身侧墙体晃动着，可面前他的身躯异常坚定安稳，他的手掌还紧摁在她的后脑勺上。消防服粗粝的布料贴蹭着她的脸，她的视线被挡住，什么也看不见，什么也听不见，只有这方角落里她"怦怦怦"的心跳声，异常安全。

震动持续了近十秒，停下了。

宋焰保持着原来的姿势又站了两三秒，确定没事了，迅速松开她。

许沁呼吸依然急促，问："地震？"

"嗯，应该在帝城附近。"宋焰表情严峻，走到窗边朝下看，杨驰站在举高消防车的托举平台上，紧攥着栏杆，估计刚才晃得不轻。

宋焰问："没事吧？"

"没事！"杨驰答。

宋焰扫视院中自己的队员，清点人数，还差一个："小葛呢？"

"这儿！"四楼的窗户里探出一个脑袋。

宋焰："全体归队！"

许沁还来不及说什么，宋焰已转身踏着满地的玻璃碴儿往外走，走出两步意识到什么，回头看一眼许沁脚底的鞋，又走回许沁身边，招呼都不打就突然箍住她的腰，单手把她抱了起来。

许沁猛地挂到了他身上，一颗心跟着身体悬了空。

他抱着她，踩过一地的玻璃碴儿和药水渍到了门外，放下她，头也不回地走了。

医院通道里烟雾散去，流水满地，常年忙碌的地方此刻难得空无一人。

消防演习刚过，人员全部撤离。病房里没有病人，走廊里没有医生，护士站也没有护士。

幽幽静静的，有种诡异的气氛。

许沁插着兜快速下楼梯，出了住院部大楼，就见所有人都惊慌失措地往街上拥。而宋焰他们已经上了消防车，正往外开。

在逆流的人群里，小西和小东一把拉上许沁往外头走："许医生，快去街上避一避。"

"刚才地震那么吓人，你不怕呀？"小南惊呼。

而许沁关于刚才那场地震的记忆，只剩下与宋焰有关的一切，他高大的身躯和他有力的臂膀。

她对地震的感知显然与周围人存在极大的偏差。

到了开阔地，她才发现事态严重。

道路上车辆停堵，街上挤满了人，黑压压的一片都是脑袋，附近商厦写字楼里的人全拥上了街，大家表情茫然、恐慌，互相询问，互相安慰。

"刚才怎么回事？好恐怖！"

"我们办公室在 20 楼，要吓死了！"

"是地震吧？"

“帝城怎么会地震？”

“还会继续震吗？”

“那怎么办？”

“手机没信号！谁的手机有信号？”有人大喊。一时间，所有人纷纷看自己的手机。

“真的没信号！”

“怎么会这样？”

“不会还有余震吧？”

众人语气更惊慌了。

挤满人群的大街上竟有一股恐怖的气息迅速蔓延。

几个医生护士聚在一处，焦急地等待着通信恢复。

消防车正缓慢地从人群里往外开，几个消防员探出脑袋，大声喊：“让一让！让一让！”

许沁听见宋焰的喊声，望向消防车，这才意识到他在窗口喊的那句“全体归队”是什么意思。

地震救援，消防部门得首先出动。宋焰早已察觉到情势严重，这是要赶回去准备待命。

消防车一点点开远了，人群还处于一片慌乱，等待确切的消息，终于，不知从哪儿传出一声大喊：“望乡地震了！”

人头攒动的大街骤然安静了一秒。

诡异的死寂中，突然，许沁旁边一个女孩大哭起来，边哭边给亲人打电话，那边没人接。

“我妈不接电话——”

女孩一遍遍拨着无人接听的电话，号啕大哭。

四面八方，人群中到处都是哭声。

附近的人围上去安慰哭泣的人，说或许那边通信没恢复，或许家人没拿手机。

许沁却第一时间回头望向消防车离开的方向。

望乡，那是她和宋焰有过回忆的地方。

可视线里，哪里还有消防车的踪影。

很快，地震信息沿着社交网络迅速蔓延——望乡地震了，7.2 级。

几乎全县被夷为平地。

望乡原是帝城下辖的一个县城，离市中心最远——100 千米，后被划出帝城管辖，归入邻省辖区。望乡县地处山脉之中，本就交通不便，加之两头都疏于管理，县城贫瘠而落后。

街上人群不散，议论声更烈了。

在所有人打电话刷手机散布消息讨论灾情让网络几乎瘫痪时，军人和医生最先行动了起来。

宋焰和消防战士们已火速赶回营地，换装备、收器械，准备集结，只待上级发令。

而许沁和同事们的手机在恢复通信的一瞬间齐齐响动，来通知了——即刻赶往大会议厅。

“第三医院”派遣医疗队伍奔赴灾区势在必行。院长召开紧急动员大会，面对着数百名医护人员，发表着慷慨激昂的演讲。

台下的医生护士们个个表情庄严肃穆。

许沁平淡如常，院长那些关于“党员”“爱心”“情怀”之类冠冕堂皇的大道理她一句也没听进去。可待动员短会结束时，她还是和其他振奋的同事们一起去讲台边，在请战书上签下了自己的名字，还自主选择了第一拨队伍。

说她有多感同身受，不至于。可“救人”这二字写在她的职责范畴里，不可怠慢，仅此而已。

而此时此刻，另一头的宋焰他们已整装待命。待上级下达奔赴灾区救援的命令时，十里台中队的消防官兵已列队集结在国旗下。

地震发生的 15 分钟后，街上的人尚未散去，大众还在社交媒体上分享传播着信息。

三院的第一批救灾医疗队伍已集合完毕，进行出发前的宣誓，每个人脸上都写着严肃与责任。

“我志愿奔赴灾区，凭我的良知和尊严行医救人，救死扶伤，不辞艰辛……”

许沁平静地念着誓词，突然间，不知为何，她想起了徐教授的批评。而同事们激昂的誓词还在耳边回响，一瞬间，她仿佛看到了自己在国外学习的日子，仿佛听到了自己当初立下的誓言：“我将维护医业的荣誉和传统，我将给予人类生命最大的尊重。即使在威胁之下，也绝不利用我的医学知识去危害人权和公义。我郑重地、自愿地以我的人格宣誓……”

许沁念着念着，嘴唇启动的幅度越来越小，人就莫名地沉默了。

而与此同时，十里台消防大队的操场上，国旗在蓝天下飞扬。

“立正——”

官兵们昂首挺胸。

宋焰面向国旗，带着全体消防官兵进行出发前的宣誓：“我志愿，奔赴灾区抗震救灾！”

官兵齐声：“我志愿，奔赴灾区抗震救灾！”

“克服一切艰难险阻！”

“克服一切艰难险阻！”

“争分夺秒抢救生命！”

“争分夺秒抢救生命！”

“服从命令严守纪律！”

“服从命令严守纪律！”

“向每个生命庄严承诺！”

“向每个生命庄严承诺！”

“我们决不放弃！”

“我们决不放弃！”

军人们嘹亮的誓言在操场上空回荡。

宋焰：“出发！”

望乡县城在崇山之中，一路上可见分散在山林中的小村落，断壁残垣，荒无人烟。

进乡的路塌方了，交通部门在紧急抢修，许沁他们的车队绕了远路过去，到达乡中心时已是黄昏。

许沁记忆里那个淳朴安静的小镇不复存在。

整个镇子如同末日降临后的一处巨大垃圾场，几乎没有一栋楼房一间商铺完好无损，冬日的夕阳笼罩在废墟之上，死寂苍茫。

乡民们衣衫褴褛。

有的身沾血迹，呆坐在自家门口；有的在废墟之上翻动着，以求找回一星半点尚未毁掉的财物；有的失去了亲人，掩面哭泣，或是号啕大哭；还有的躺在路上一动不动，已是尸体。

10 秒之间，一座城，毁于一旦。

车行进不过 10 米，许沁就看到一片橙色，是消防员的救援服。一队消防员在塌掉的超市废墟上作业，身着迷彩服的军人们也在帮忙。

“慢点，慢点！”

“抬到那边，抬到那边！”

“那边撬起来，拉这边！”

“小心别压到他的腿！”

似乎有人被救了出来。

“底下还有人！”

离得太远，许沁眯着眼睛分辨了好一会儿，不是宋焰的队伍。

越往里走，人就越多。

一队炮兵连的士兵在给灾民分放第一批空中抛撒下来的物资；另一队解放军在学校操场上搭建临时安置房；又一拨武警队伍在四处维护秩序，引导灾民往空旷的安全地聚集；更多的军人分散在各处，寻找呼救声，帮助灾民在各自倒塌的家中找幸存者。

此时，小城的另一端，宋焰在塌了的医院上挖人，幸存的镇民在一旁帮忙。谁都抢着救援的黄金时间，都不敢有半秒松懈。

不能上起重机和推土机，宋焰便下令大伙儿徒手抬，用肩扛；十几人站成一排，砖块水泥一块块地接力往外递。很快，表层废墟被他们清理完毕，短短一个小时内就陆陆续续挖出七个伤者。

但越往下钢筋水泥块越大，架构承重越复杂，人也埋得越深。

救援速度开始放缓。

废墟下不断传出哭声：“救救我！救救我！”有的能看见踪影，有的深埋其中。

宋焰一头汗与尘，哑着嗓音回喊：“不会丢下你们！”

“别怕，我们不会走！”

“保存体力，千万别睡着！”

警犬小孟找到最近的一处幸存者，摇着尾巴嗷嗷大叫。

那是一个小伙子，和一堆碎石一起卡在水泥预制板下的缝隙里，水泥板另一头被一堵巨大的墙体压着，墙体上还有一大堆石块。

宋焰带人研究解决方案时，地底下的小伙子害怕得哭起来：“是不是救不了我了？你们千万别走，求求你们。”

“不会走，一定救你。”宋焰拧开一瓶水，从废墟口递进去，“别哭，先喝点水。”说完，用手抹了抹小伙子脸上的灰尘。

那墙体太大太沉，搬不开推不动。

没办法，宋焰叫上几个队员，先挖开废墟，大家跳进坑里，一起顶住那块水泥预制板，再叫上边的队员拿锤子砸碎墙体。

锤子一下下地砸，宋焰、杨驰、小葛、肖飞四人死死扛着那水泥板，不让它垮下去砸碎幸存者。

上边的人力气有所保留，下不去手。

宋焰忍无可忍：“江毅，你没吃饭吗？！这里头还有多少人等着？”

江毅等人只得下了狠心猛砸锤子。

灰土碎屑劈头盖脸地落下来，宋焰他们狠狠咬紧牙关，一声未吭。

小伙子知道他们为他承受着什么，呜呜地哭了起来。

“别哭！”宋焰替他抹一下脸上的眼泪，“没什么可哭的。”

小伙子抬起左手自己抹泪，反而更伤心了，他的右手被压在一块石头下，鲜血淋漓。

宋焰挨着肩上一阵一阵的敲打，和他聊天让他分心，唯恐他情绪激动血流更多：“你是做什么的？”

“医生。”

宋焰停了一秒：“什么科？”

“外科。”

宋焰沉默了。

“我的手救不回来了。”小伙子哭道。

“今天，有很多人，命都救不回来了。”宋焰微微喘着气，说，“干不了这个，能换行，你还年轻，活着最重要。”

小伙子抹眼泪。

“是个男人，摔倒了也得找千万种方式站起来。”

小伙子哭着点点头。

突然一声巨响，墙体终于被砸碎，宋焰等人肩上骤然一阵轻。

“一，二，三！”

水泥板被掀开。宋焰他们立刻拨开小伙子身上的碎石，把他从坑底举起来，上边的人齐齐伸手，把他接过去，抬下废墟，送上担架。

镇民们立即带他赶往临时急救中心。

宋焰等人从坑底爬出来，顾不得肩上的伤，立即去救下一人。

而在这半小时前，许沁他们已经赶到临时急救中心，迅速开始工作。

急救中心是军人临时搭建的。在许沁他们之前，已有三支医疗队赶到。由于大家工作方式不同，受伤的人又太多，场面一度有些混乱，但好在每个人都尽职尽责，反应迅速，倒没有出现耽误病情的情况。

临时手术室里几个大型手术正在进行中，许沁在就诊厅和其他医生一起接待伤者，做初期医治。

受了简单皮外伤的由护士清洗包扎，受到重度割伤撕裂伤的由她就地做小手术缝合。刚给一个背部撕裂的伤患缝完针剪完线，外头有人喊：“重伤！还有没有外科医生？！”是陆军二院的内科大夫。

许沁立即走过去：“这边！”

那医生领着一群镇民，抬着一个右手被压得模糊不清的小伙子，鲜血染红了担架。

许沁：“交给我。”

小伙子被抬进简易手术室，小东和小西给他做手术前的清洗。小伙子虚弱不堪，伤心地哭着。

许沁在一旁做着消毒工作，小伙子一直在哭，许沁如同没听见，直到她戴手套的时候，破天荒地淡淡说了一句：“别哭了。”

小东和小西同时吓了一跳，交换眼神，许医生这是在安慰病人？

她在手术台前从不跟病患进行非专业聊天的啊。

小伙子问：“医生，你是不是很厉害？”

许沁：“嗯。”

“那你能不能保住我的手，让它恢复原样？”

许沁戴上口罩：“不能。”

小东、小西：“……”

“今天，有很多人命都没保住。”许沁的声音透过口罩，更显平淡了。

小伙子嘴唇苍白，眼泪更多地淌下：“我也是外科医生。”

在场的护士都愣了愣。

许沁眼神无波无澜，走到手术台边：“你还年轻，过了今天，好好活。”

“我知道，”小伙子抽泣着，“刚才救我的消防员大哥也这么说。”

许沁无言，接过小南递过来的麻醉针，注射进他的手臂里。口罩之上，她的眼睛黑漆漆的，异常平静，异常专注。

从某种程度上说，许沁保住了那个小伙子的手——不用截肢，如果后期康复训练做得顺利，能恢复部分的抓握力，但拿手术刀是再不可能了。

小伙子被送去病房，人才抬出去，新的医生和病患又进来了。

许沁做完手术后，清点了一下备用的手术工具和药品，发现严重短缺，准备向联络部汇报的时候，一队军人扛着箱子进了医疗中心，是刚刚空投下来的药品。

领队的军官说，更多的还在路上，明早能送进来。

后勤部的人边清点药物，边向他们致谢。

许沁过去翻看有没有手术器具，抬眸却见那位军官蹙眉盯着自己，仿佛在分辨什么。

许沁奇怪地看着他。军官笑笑，说：“我是不是，好像在哪儿见过你？”

此情此景下，这样的搭讪未免太过轻浮。

许沁：“我没有印象。”

转身欲走，那军官却说：“你没有印象很正常，应该是很多年前的事了。”

许沁瞟了一眼他肩上的两杠一星，再看他时，眼神已不太友善。

军官解释：“我是 ×× 装甲军团第三师的，叫陆捷，不是坏人。”

许沁仍不接话。这时，有新的重伤者被送进来，她立即过去接人，将他晾在身后。

一个士兵凑上来，问：“营长，你干吗呢？这也太不合时宜了。”

陆捷一巴掌拍那士兵后脑勺上：“我是那样的人吗？——你老大当年是侦察兵出身，记人不可能记错……这姑娘是真眼熟。”

分明是个印象很深的人物，但一时半会儿还真想不起来。

陆捷蹙眉琢磨着，不经意望了一眼许沁的方向，后者早已消失在内厅里。

而陆捷也并未在这小插曲上多费心，迅速带着部下们出去抢险了。

地震后的第一夜，望乡彻夜无眠。

到处都有呼救声，到处都需要人手。军队和医生一拨拨地新增进来，所有人都在救人，专业的、非专业的。

许沁连续做完第三台手术时，已是凌晨 2 点，没有休息的时间，新的伤者又送来，断了一条腿，大出血。

许沁跟在担架旁，用力给病人摁压止血，匆匆穿过大厅时，竟未注意到自己与宋焰擦肩而过。

那时，宋焰刚把一个挖出来的伤患背到急救中心，自己身上的伤都顾不上处理，就大步往外赶。

急救中心里每个人都步履极快，脚步匆匆。在擦肩而过的那一瞬间，或许彼此潜意识里都闪过一个短暂的念头。

刚才余光里走过的那个橙衣消防员（白衣医生）似乎是他（她）？

但宋焰和许沁谁都没有回头，谁也没有放慢脚步。彼此都异常坚定迅速地走向了自己的方向。

凌晨 4 点半，随着前方救援难度增加，救人速度开始下降，送来急救中心的人也渐渐减少。

但医生们仍旧没空休息，后期救出的人重伤居多，在漫长的救援过程中往往需要医生参与治疗。

许沁主动申请了去现场营救，小西、小北她们也一同前往。

那是夜最黑的时候，深冬的镇上一片萧索。

许沁坐在破旧的面包车上，寒气从脚底袭上来。

路边的废墟旁偶尔摆着几具挖出来的尸体，整个镇子都争分夺秒忙着抢救生命，没人顾得上掩埋他们。

车灯打在前方，白光之中，一片寂静恐怖的景象。

突然，前方传来一声犬吠，像在警告什么。

车开过去，是一处废墟。探照灯打着，把消防员们橙色的衣服照成了浅黄。一堆着迷彩服的军人也在。

两拨人站在原地，一动不动。唯独宋焰蹲在地上，在抽烟。

一只警犬正冲宋焰狂吠，又跑到废墟边，冲着里头狂喊。

所有人都静止在废墟之上，只有那只狗和宋焰指尖的烟雾有运动的迹象。

这景象着实太诡异。

许沁下车走过去，隐隐约约听见从哪里传来女人的哭声："救救我，求你们救救我。"

这虚弱的女人呜咽掺杂在呜呜呼啸的北风中，格外瘆人。

警犬听懂了人类的呼救，跑到废墟的缝隙旁冲里头狂吠，很快又冲到宋焰面前叫，告诉他有人被埋在里头了。

可没一个人有动静。

一旁的志愿队队长说："走吧，救不活了。"

宋焰一身泥土，满面尘灰，手上血迹和污泥混在一起，眼睛也熬得满是红血丝，哑声回了一句："底下还有人。"

"你也清楚她埋得太深，救不了了！"那个志愿者压低声音走上前来，"其他地方还有很多人等着你救，救她的时间我们能再救十几个人，我们要合理规划。再说，这儿还有可能半路塌方，搭命进去。"

小葛、杨驰等人一言不发，跟着宋焰朝废墟上走去。

"你们！——你们这是在耽误时间！"那个志愿者气急败坏地说着，带着自己的队伍离开了。大批士兵跟上他离开了。

许沁看了一眼现在的形势，幸存者被困在最底下，这是一个倒塌的五层民用住房，数面承重墙和屋梁交叉叠放，哪怕是宋焰他们全队男人一起上，也难以抬动。

许沁跑到车边找司机："现在去镇上找人，路上逮到能帮忙的都叫来。"

"行。"

回头看，宋焰他们已经开始搬运墙体，那是一块有酒店大床大小的钢筋水泥墙，七八个男人同时发力才勉强扛动了丝毫。

宋焰他们鼓着浑身的劲儿，脸颊涨得通红："一，二，三——"

巨大的钢筋墙微微晃动一下，极其缓慢地一点一点被抬离地面。

许沁看着，指甲掐进了手心里。

钢筋水泥的重量压得所有男人弯了腰，腿脚打战，那庞然的墙体也微微颤动着。

宋焰哑声提醒："脚下站稳了！别踩空！"

众人抬着墙体，一寸一寸，沿着崎岖坎坷的废墟，小心翼翼往下挪。

宋焰处在斜坡下方，墙体倾斜，重心不匀，重量猛地压到他身上去了，他额头上青筋暴起，汗流如雨，整个人像一张即将要崩断的弓。

那一瞬，许沁突然想到了那个暴雨夜，他也是拼尽最后一丝力量救出了车里的她。

正想着，宋焰脚下踩着的石块突然一滑，他一脚跪了下去！他这边悬空，其余人全抓不住了，墙体轰然滑落，砸向地面，撞向宋焰，把他扑倒在废墟上，瞬间将他掩埋。

"队长！"一众队员扑上去，许沁也冲了过去。

好在旁边有块石头顶着，形成了空隙。众人把宋焰从底下拖出来，询问情况。没砸到人，只是撞得不轻。

许沁站在人群外沿，进不去，伸着脖子也看不到，便踩着一块高高的石头往里看。宋焰拍着身上的灰，揉着发痛的胸口，一抬头就看见许沁站在高处，小脸被风吹得苍白，眼神惊愕。

宋焰静静地看她一秒，便收回了目光，带着众人继续搬。

许沁和小西她们也帮着清理小型石块，才几个来回就累得汗如雨下。

而宋焰他们呢?

人已痛累到了极限，手脚都在抽搐，有时几乎失去知觉，有时却又痛得像要将背脊折断，将手臂撕裂。可谁也不回头，咬着牙去扛起那压在幸存者上方的一块块巨石。

只是，那一次次喊起的"一、二、三"越来越嘶哑，越来越惨烈。

在大家快要用尽最后一丝力气的时候，司机带着数个镇民过来了，更多人一起来帮忙。

用了将近一个小时，最黑的夜已过去，天空开始出现一丝白，他们终于挖开一个V形的口子，挖到了废墟底下。

许沁跟着宋焰、小葛沿着斜坡往下深入废墟。

一个年轻女人躲在冰箱和承重墙的缝隙里痛哭流涕。

宋焰朝她伸出手，他满是伤痕的手因极度的疲累而颤抖着，女人握紧了宋焰的手，宋焰把她拉上来交给许沁。

许沁很快初步检查出她小腿骨折："马上送去急救中心。"

那女人被人接力往上方抬。

宋焰问："底下还有其他人吗？"

"不知道，我是住在二楼的。"

宋焰翻开几块水泥板往深处看，突然发现还有一个女人侧躺在地上，没有动静。

"小葛，你过来！"

两人抬开板子，废墟里剩下的那个女人一身鲜血，面朝墙壁抱着自己蜷缩成一团，背部顶着地震时砸下来的房梁。

许沁过去探了一下那女人的脉搏，又检查了她的瞳孔，人虽然还有体温，但已经死了。

许沁松开她，起身去给活着的女人做紧急处理，宋焰突然开口："等一下。"

"她死了。"许沁说完，背着医药箱就往上走。

才走出两步，宋焰冷定喊了声："许沁！"

许沁回头。

宋焰："她是个孕妇。"

许沁一愣，迅速滑下废墟，一看这女人的腹部，她蜷缩的姿势，不正是在保护肚子里的孩子吗？

许沁的心狠狠一震，她从没有过如此严重的判断失误。

她双手立刻抹去那女人肚子上的泥土石子，果不其然，已是足月大小，许沁手尚未移开，肚皮上传来一丝震动，踢进她手心里。

“孩子是活的。”许沁说，脑子里一瞬间空白。

她迅速从医药箱里拿出手套和手术刀，她从来没做过剖腹产手术。这一刻，不知是因为不熟悉而产生的畏惧，还是因为漠视犯错而产生的心虚，她下刀的手有些颤抖，前所未有。

额头上的汗水密密麻麻地渗出。下刀的一瞬，她用力闭了一下眼睛，再睁眼时，人已冷静如昔。

一旁，消防员、乡民，全站在坡上等待。

黑夜一点一点淡去，天蒙蒙亮了。

终于，废墟底下传来一阵破晓般的啼哭，撕裂了天空。

许沁一头的汗，迅速剪断脐带，把婴儿递给小南，后者用白布接住，可就在许沁松手的一瞬间，婴儿的手抓紧了她的小手指。

许沁一怔，那小手像是攫住了她的心脏。她缓了两秒，才把婴儿紧攥的手挣开。

斜坡上，人们疲惫的脸上挂着欣慰的笑，他们目送小南抱着孩子走出来，赶去医院。

站在废墟顶上的一位老乡冲下边的许沁竖起大拇指：“谢谢你，医生！”

大家纷纷跟着说，小葛和杨驰他们也咧嘴笑：“谢谢你，医生！”

许沁不吭声，也不看身边的宋焰，她垂着眼帘蹲回去，把那个女人的肚子缝合起来。

紧张和专注过去了，汗水湿透的后背被冬天的风一吹，冰冷刺骨。

宋焰坐在她身边，忽然也淡淡开口：“谢谢你，许医生！”

许沁缝针的手顿住，她低着头，一动不动，过了好久，她极轻地摇了摇头。

承诺是什么？

誓言是什么？

坚守又是什么？

她说出的话从来没有作数过，许下的诺言从来没有守护过，不论是对手中的刀，还是对身旁的他。

第八章

决定·我错了，好不好

她低下头，埋头在他手心，

泪水无声地淌下，渗进了他的指缝。

宋焰，我错了。

我错了，好不好？

第八章 决定·我错了，好不好

深冬的清晨，气温极低。

许沁坐在废墟边的路旁，低头拿纸巾擦拭手腕上的血迹。

身后的废墟上响起脚步声，宋焰走下来，橙色的裤脚停在她的视线里。她低着头一下一下地擦手。

他站定一两秒，终于坐了下来，在她对面的一块断石上。

许沁低着头，眼也不抬。

宋焰也没多看她，短暂瞥了一眼便收回目光，抽出一支烟点燃。

北风吹着青白的烟雾，萦绕在两人之间。

他们什么也没说，就那样静默地坐着。

东边的天空中，太阳的一角光亮从朝霞里渗出来，一丝金色而微弱的阳光穿透阴霾，轻洒在废墟之上。

消防员们或躺或坐在路边，趁机喘息片刻。宋焰手里的烟已燃尽，许沁还在持续地一下一下擦手，擦得手腕通红。

宋焰眼神移回到她身上，片刻后，说："别擦了。"

许沁的手停了一秒，还要再擦，宋焰说："已经干净了。"

许沁一瞬不动了，手攥紧那坨纸。

宋焰没多说，摁灭了烟，站起身："归队！"

刚刚才休息的队员立刻又纷纷坐起，他们得赶去下一个地点。

宋焰才迈出一步，大地突然轻微地晃动了起来，宋焰瞬间刹停脚步，回身朝许沁伸手，将要抓住她肩膀时却又停了下来。

他静止一秒，那余震已经过去。

他收回手，转身走了。

许沁抬起头看宋焰，晨光罩在他橙色的救援服上。

他走到队员们中间，说了几句话，一行人动身离开。然而走开没几步，宋焰突然停了下来，腰身躬下去，呕吐出一摊清水。

许沁望着，不自觉站起了身。江毅、李成他们赶紧去扶，宋焰摆摆手，才直起身，随即猛地再弯下腰，又吐出一些清水。

那个侧影异常单薄而痛苦，是累的。

许沁还在观察，宋焰却重新站直了，一众男人继续赶路。

许沁突然喊道："等一下！"

那头的人停了下来，许沁赶紧跑去车边，从车上翻出几瓶水和几袋压缩饼干，那是凌晨医疗中心里发放的。而目前物资短缺，前线的人都喝不上水，吃不上饭。

许沁抱着水和饼干跑过去，往宋焰救援服的口袋里塞，交代道："记得喝水，吃东西。隔几个小时闭眼睡上 10 分钟。这样熬下去会出事的，严重的可能猝死。"又塞给其他消防员，"你们都一样。"

宋焰看看手里的饼干和水，又看看许沁，说："谢谢！"

许沁摇了摇头。

宋焰："走了。"

许沁眼神未移，擦肩而过的时候，她轻声说了句："注意安全！"

他的身影从她的余光里闪过。

北风吹起纸屑，在荒芜的街道中心翻滚。

许沁站了半刻，回头，看见一排消防员离她远去，那些高大的男人背影有些脏乱落魄，但初升的太阳映在人缝之中，闪着橙色的光，和他们的救援服融化成了一道颜色。

许沁回到急救中心，先去看那个婴儿，孩子一切正常，在医生护士的看管之中。

消息传出后，有媒体过来采访报道，把病房挤得水泄不通。好几个还在哺乳期的新妈妈来到医院，主动申请给婴儿喂奶。

许沁没有近距离地去看那个孩子，只远远望了一眼，婴儿小小的，早已被清洗干净，躺在温暖的育婴箱里甜甜地睡着。轻微的余震也没把他弄醒，孩子睡得很沉。

一旁，媒体小心翼翼地拍照，唯恐吵醒他。

联络部的负责人让许沁也接受采访，许沁拒绝了。

而后在工作的间隙，小北拿着手机过来给许沁看，新闻里记者一脸慈悲，说："救出这个孩子的是帝城'第三医院'的外科大夫许沁，由于许医生还奋战在救灾工作的第一线，我们没能采访到她，但后续情况我们将为您持续关注……"

视频一角展示着许沁穿着白大褂的一张证件照。

许沁："……"

小北："全国人民都在看呢，许医生，你出名了，大家都在感谢你。"

许沁："把刚才那位伤患的病历记录一下。"

小北："哦……"

许沁开完药单，忽然问："小北……"

"欸？"

许沁："你们违抗命令会被处分吧？"

“肯定会啊。”

“嗯。”许沁低头继续工作。

“怎么突然这么问？”

“没事。”许沁又道，“这次地震那么多孤儿，你有没有听说怎么领养？”

小北：“现在说不好。有很多亲人失散，联系不上的，是不是孤儿还要等些日子确认呢。不过领养的话，红十字会会按流程办的。”

许沁：“嗯。”

又是忙碌的一整天。许沁上午在急救中心，下午在各个现场，除了中午靠在墙上睡了十几分钟，就没休息过。

到了晚上，送来救治的伤患里开始出现了军人。

有的在救人过程中被石板砸伤，有的累得昏迷过去，有一个在村子里救灾的解放军官兵，背着受伤的村民走了十几个小时的山路，到达急救中心时，人直接一头栽倒。

小南轻声感叹：“不知道那队消防员怎么样了。”她格外关心童铭，几个医生护士都知道。

小西安慰她：“不会有事的啦，他们很强的。现在电力抢修通上了，能继续蓄电，用设备器械了。不用再像昨晚那样靠人去死扛。放心，没事的。”

“哎，我刚听几个解放军官兵说，其实在废墟救人这块，消防员是最专业的。”小东插嘴，“我之前都不知道，那些心跳生命探测仪、破拆机械，还有什么混凝土剪破钳，一堆先进厉害的设备都是消防员带来的。”

许沁听着她们说话，并未参与。只是在听说普外科的大夫正给一个累到大网膜穿孔的士兵做手术时，想起了今早宋焰弓着腰痛苦呕吐的样子。

不知为何，这个画面在许沁脑海里挥之不去，像某种隐秘的预兆。

但她还是竭力摒弃了心中的杂念，很快准备下一台手术。

手术才一开始，手术台和置物架就轻轻晃动了几下，许沁和几个护士都习惯了这样小范围的余震，没有在意。

可一小时后，手术快要结束时，地面再次晃动起来，手术台跟着剧烈摇晃，整个临时搭起的手术室都在震颤。

置物架上的盘子、手术刀、手术镊乒乓作响，十分骇人。

这次余震强度不小。

许沁面不改色，镇静地切换着手术刀、止血钳、缝合线。她带着护士们有条不紊地结束了手术。

她丝毫没有分心，也丝毫没有意识到那一刻在离她并不远的地方，有一座建筑二次倒塌。

患者被送去病房后，几个护士一身冷汗，议论着说从来没有在地震中做过手术。

许沁缓过劲儿来，心里却莫名开始笼上一丝阴霾。

经过大厅时，外头响起一声刺耳的刹车声。夜色中，一辆面包车停下，车门打开，两个橙色救援服的人跌落下车，司机跳下来帮忙搀扶。

许沁心中已然有不好的预感，大步过去迎，竟是小葛和童铭。小葛额头上流着血，搀着童铭，后者腿部重伤，表情痛苦而扭曲。

许沁："怎么了？"

"余震。"小葛说，"我们正好在一处残房里。"

许沁一怔，几乎是条件反射地问："宋焰呢？"

"不知道，我跟童铭离得近。看他伤重，就先送来了。"

许沁手心一凉，脑子空白了一秒。回过神来立即把两人扶进去交给骨外科大夫，她问清事发地点后，背着医药箱就冲了出去。

深夜的风冰冰冷冷，从许沁的口鼻猛灌进心肺。人快跑到倒塌的镇电影院时，前方传来喊叫："帮忙抬啊！人压在下边了！"

许沁咬紧牙，加快脚步，就见又是一群人在废墟之上，消防员、解放军官兵都有。

许沁心脏在胸腔中颠簸，大口喘着气，她目光在人群里四处搜索，一眼看见杨驰，冲上去便抓住他："宋焰呢？"她都没意识到自己的声音颤抖得像孤鬼一样。

"在下边。"

许沁顺着他指的方向看过去，整个人如遭当头一棒。几个救援的人挡住了视线，她只看到断壁残垣中伸出来的一只男人的手，手指无力地蜷着。那手上原本的伤与血迹被灰尘掩埋得不见痕迹，像一只泥塑的手，与周围的残破融为一体。

许沁的心就在那一瞬间由血红变成灰枯，她认得，她知道那是他。

她木然地蹲下去，颤抖着，轻轻握住他的手，冰冷、粗粝，仿佛没有温度。十年了，她无论如何也不会想到，再一次握住他的手，是在此情此景下。

面前的人散开，她瞬间就看到了宋焰，他双眼紧闭，满脸鲜血地躺在废墟底下，一道横梁压在他的胸口上。灰土碎石把他整个人掩埋了，甚至已看不出他衣服的颜色来。

他像被埋在尘土中的一个死人。许沁眼睛一刺，一行泪就涌了出来。她嘴唇张了张，想要喊出什么，可一个音节也发不出。她猛地捂住自己的嘴，紧紧捂着，飞速转身跑下了废墟。

她缩着肩膀立在废墟边，没有尖叫，没有哭泣，没有催促，也没有发泄。她只是狠狠地咬着自己的手指，让自己冷静，让自己克制住所有情绪。不能乱动，不能喊叫，不能影响救援进程。

她眼睛一眨不眨地盯着那些人，看着他们用工具把那横梁切开，看着他们把压在他腿上的墙体搬开，看着他们把他从尘土里抬出来。

他被搬下废墟的那一刻，她再也克制不住，冲上前想要抹去他脸上的尘土，去确认他的死活。可指尖还来不及触碰，她便被人撞开到一旁。

他惨白的唇色一晃而过。

几个军人迅速抬他上车，向医院疾驰。

不怪他们，没有人知道这个女人和他的关系。

剩余的人也很快继续去营救其他人，没有人去管许沁的存在。

在这里，生或死，都那样寻常，寻常得让人不能去习惯，却也不能不接受。

载着宋焰离去的那辆车迅速消失在街角，红色的汽车尾灯像火一样灼烧着许沁的眼睛。

她在原地站了没一会儿，轻轻擦去眼睛上的湿雾，朝医院走去。

深夜的镇上一片萧条荒芜，她走在废墟和血迹遍布的街道上，像走在冰冷的荒原上。

北风吹着，彻骨的寒冷。

太冷了，她周身都像被冰冻住，身体除了战栗，做不出别的任何反应。心底除了冰寒，也感知不出别的任何知觉。

没有悲伤，没有痛苦，一如这座悲伤笼罩的小镇，每天都有人失去他们最爱的人,每天都有人亲眼看着他们曾经守护过的家和人被摧毁成泥土。

命运强大到让人拥有的一切都看上去那么渺小，那么无力。

悲与泪都不值一提。

许沁流不出一滴泪来，没有什么可为之流泪的了。

无用的。

可当她走过一条死寂的街道，只听见北风呼啸穿过废墟上的甬道，发出呜呜的悲鸣，好似上天在给予她悲戚与怜悯时，毫无预兆，她骤然躬下腰，号啕大哭起来。

不用再隐瞒，不用再压抑，她就是害怕得要死了，恐惧得要死了。也不用再躲藏逃避，没有人知道她在这里，也没有人会听到她撕心裂肺的哭泣。

只有北风，在废墟之上盘旋，呼呜。

那一刻，位于望乡南边的镇高中里，陆捷手下的官兵们刚刚躲过那一波猛烈的余震。暂停不过多久，便继续在倒塌的教学楼下挖人。

过去的一天两夜，他们救出了 96 个学生，却也挖出了十几具尸体。

当掀开层层水泥板和墙体，看见底下灰尘掩埋着年轻人死寂的脸时，当兵的汉子们眼睛都红了，他们含着泪，把他们一个个抱出来放好。

陆捷蹲到一旁，垂着头盯着地面。深夜的冷风一吹，一片白纸被吹到他眼前。那是撕碎的学生证，刚好撕下贴照片的地方，是一个女学生微笑的脸。

陆捷把那张照片捡起来，看着看着，突然之间，就想起一个人来。

突然之间，他红了眼眶。

“我想起来了。”他喃喃自语。

身旁的士兵扭头：“什么？”

“我想起来在哪里见过那位外科医生。”

他的同学，他的战友，生前一直带着这样一张女学生的照片。

至今，他都记得那个叫宋焰的年轻人说：“等我混出个人样了，要回去娶她。”

许沁回到医疗中心时，泪痕已干。

宋焰早已被送进手术室。

许沁靠在走廊的墙壁上，脸色惨白，面无表情。宣泄过后，脑子里空茫茫一片，什么情绪都没有，只剩下身体最原始的感知——累，极致的累。

她两夜一天没合眼，思绪都麻木了。有那么一瞬间，许沁想过，如果宋焰死了，她会怎么办。心骤然一揪一扯地疼，疼得要再度刺激出眼泪来。

她立刻抬头望天花板，狠狠眨去眼中的水雾。

不到宣告判决的那一刻，不作数，她不会去设想。

她飞速扭头看向大厅，虚白的灯光透过塑料门照进走廊，挤满人的大厅里悄然无声。轻伤的患者、重伤者的亲人们在大厅里守候着。

已是深夜，每个人都脏兮兮的，有的人坐在椅子上仰头望着天睡着了；有的人挂念着自己的亲人，含泪望着，不肯睡去却也疲累得无力哭泣了。

妻子们等待着她们的丈夫，父母们守望着他们的子女，人群中弥漫着一股隐忍而压抑的沉默。

从医那么多年，许沁从来没有像此刻这般去注意患者与家属。

这一刻，看着惨白灯光下那一张张憔悴的脸，她突然发觉，在不经意间，她被一只无形的大手攫住了。

那只手将她从医生的白大褂里剥离出来，残忍无情地扔去了手术室门的另一侧，扔到这群可怜无望的人中间。这是她一贯漠视的另一侧。

像是某种无声的警告与惩罚。

她潮起潮落的情绪都在那一刻归于静寂。

许沁低下头，拿双手捂住了脸，良久都未再抬起。

“医生！”一声刺耳的呼救从大厅外传来。

许沁立刻从手掌中抬起头，目光已瞬间变得冷静，拔腿就朝外跑去。

士兵们送来一个在废墟下埋了 37 小时的少年，刚刚才救出来又被余震砸断了手臂，血突突地往外冒。

许沁迅速拿碎布条拴紧他的手臂，吩咐护士：“建静脉通道！”

医疗中心短暂的寂静被打破，一瞬之间四周再度忙碌起来，少年很快被送上手术台。许沁极其快速而有条不紊地换衣服、消毒、戴手套、戴口罩，护士也忙碌地在她身后辅助准备。

许沁拿起手术刀，转身面对手术台上的病危者时，不久前的寒冷与眼泪，悲伤与疲惫，通通消失殆尽。

没有宋焰，也没有她自己。面对着台上昏迷的少年，她的脑海中只剩了一个念头：凭她的所学所知，去救这个人。

或许，凭她的所学所知，去维护他生而为人的尊严。

那场手术进行了五个多小时。许沁站在手术台边，不曾有过半刻分心。偶尔，护士在一旁走动，偶尔，轻微的余震摇晃着房间，她心无旁骛。

时间一分一秒走过，黑夜再度过去，天空再度破晓。

手术成功结束，许沁换衣服时，手臂肿痛得几乎要抬不起来了，双腿也如灌了铅般沉重。

走出门的一刻，像解了封印，关于宋焰的一切记忆扑面而来。她立刻赶去找他。

而噩耗总是来得叫人猝不及防。她才跑到那间手术室门口，门就推开了，蒙着白布的人被推了出来。

许沁浑身颤抖，几乎是扑到病床前的，抓住那块白布一掀，下一秒，喉中的惨叫就要溢出来时，人猛地一怔。

不是宋焰。

她盯着那张脸，狠狠喘着气。

“救不活了，刚送进来，还没撑到上手术台。”医生说。

许沁抬头：“前一个伤者呢？内出血的那个！”

“刚送去病房，哎——”

许沁转头跑开。

她冲到军人病房里，一眼就看见了宋焰。

环境简陋，他和另外三个重伤者挤在一间病房里，床前挂着数个吊瓶，手腕手背上都是针。

许沁在门口喘了好几口气，才轻轻走过去，到他床边蹲下。他双眼紧闭，眼窝深陷，唇上依然没有半点血色，下巴上却冒出了青青的胡楂，整张脸异常憔悴。

她蹲在床边，缓缓握住他一只手，他的手洗干净了，骨节分明，布满伤痕。她稍稍用力握住，他的手坚硬却冰凉，没什么温度。她握着他的手，一根手指缓缓摸到他手腕处，轻轻一摁。

突，突——

他的脉搏在她指尖跳动。

仿佛到了这一刻，她才真真切切地感受到，他还活着。

她低下头，埋头在他手心，泪水无声地淌下，渗进了他的指缝。

宋焰，我错了。

我错了，好不好？

……

宋焰醒来时是下午，他输液的左手旁边躺着一个玻璃瓶子，瓶里的水是温热的，靠着他的手背。

他醒后，医生过来给他做了检查，让护士给换了药，交代他好好休息，不能乱动。

考虑到实际情况，出山的路太颠簸，医生不建议送他回帝城，认为他在原地休养几天后再回去比较好，只是条件会简陋一点。

“哎，这瓶子是谁放的？”医生问。

“不知道。”护士答，“可能是家属放着暖手的吧。”

他们讲话的间隙，宋焰察觉到门口走过去一个熟悉的身影。待医生护士走后不久，那道身影又折了回来。

是许沁。

她走进来，手里抱着个葡萄糖瓶子，问："麻药退了？"

宋焰不经意地龇了一下牙："嗯。"

"很疼吗？"

"还好。"

许沁没有多余的话安慰他，两人便没了话讲。

许沁站了一会儿，想起什么，又说："对了，你的队员们都没事。"

宋焰点了点头，她倒是清楚他牵挂着什么。

许沁又站了一会儿，才意识到手里还抱着东西。她把瓶子放到床上，他的手边，旧瓶子收走放回兜里。

那新瓶子里装了开水，挨着宋焰的手，滚烫的。

宋焰垂眸看着那瓶子，抬起一根手指碰了碰，说："谢谢！"

许沁摇了摇头。

宋焰抬起眼帘观察她，见她眼睛里全是红血丝，眼睛下也是重重的黑眼圈。

他哑声问："多久没睡了？"

许沁别过肩膀去揉了一下发痛的眼睛，说："一直在忙。"

宋焰顿了半秒，说："挺会交代我的。"

嗓音虽然虚弱，却很平稳。

"……"许沁回头看他，"我找到空隙，会休息个十几分钟。再说，我干这个没你危险。昨晚你要是埋得深一点，挖不出来，你命就没了。"

宋焰："我——"

许沁忽然打断他说："不是跟你说了要注意安全吗？"

四目相对，安静无声了。

宋焰黑色的眼睛定在她脸上。许沁亦目光直直地望着他，不避不躲。

她双唇紧抿，眉心极轻地蹙着。

就是这样一张脸，当余震发生，横梁倒塌下来时，他眼前闪过的就是这样一张脸。

宋焰沉默了片刻，竟没有戗她以什么立场来管束他。

他的手无意识地碰了碰那个温热的玻璃瓶子，渐渐地，就握在了手心里。

他平心静气地解释："余震来得太突然，当时我手下一个 19 岁不到的小孩在危房下边，我得去拉他。"

许沁不作声了。

宋焰看着她，说："下次注意。"

许沁的心突然之间就扑腾了一下。

这时，外边有人进来，直奔宋焰旁边病床上昏迷的军人。那人刚走到病床边，似乎余光看到了什么，疑惑地回头看向宋焰，骤然间，那人瞪大了双眼。

宋焰察觉到，看过去，也怔住了。

陆捷往前走一步，停下，难以置信地盯着宋焰的脸。他指着宋焰，张了张口，半天说不出一句话。

几秒之间，陆捷的脸上震惊、激动、茫然、兴奋，所有感情混成一团，话语也极度混乱，声音都在发颤："宋……焰？你……你……"他似乎有很多话想说，可万千思绪都堵结成了一团，张口结舌好半天，又回到他的名字，"……宋焰？"

"是。"宋焰盯着他，不似他那么失控，但眼中也有一丝触动。

得到确定的答案，陆捷脸上同时现出喜与悲："你没死？！"

宋焰一怔，迅速瞥了一眼许沁，对陆捷道："嗯，抢救及时。"

许沁蹙了眉，发觉这人说话极不礼貌。

陆捷跟着宋焰的目光看向许沁，更加确定自己没有认错，这就是当年照片上的那位姑娘。

与“已故”战友的重聚让他太过激动，无法冷静思考，当即就问：“这位是弟妹吧？”

“……”宋焰立即看向他，用眼神禁止。

但陆捷没注意到，他看着许沁，难以平静：“我就说我早见过你。”

许沁表情平淡，眉心却蹙得更深了。

这人举止夸张，讲话前言不搭后语，是怎么做到少校的？

在事情变得不可收拾之前，宋焰及时开口，说：“这位是许医生。”

陆捷立时打住，人一冷静，略一思索，就意识到自己的唐突了。

陆捷正琢磨该如何转圜，这时走廊里头有人喊：“许医生？”

许沁双手插进兜里：“我先走了。”看一眼宋焰，“你好好休息，别讲太多话。”

宋焰：“……”

陆捷：“……”

许沁走了，陆捷摸摸鼻子：“我太激动了。”

宋焰把这事撂了过去，说：“你小子，好久不见。”

陆捷听言一顿，眼睛有些湿润，说：“我一直以为你死了，哪里会想到能在这地方见着面。当年……”他话问到一半，卡了壳，那不光彩的晦涩过往，此时此地不该提及。

“你——”

他上下打量宋焰，转移了话题：“这是怎么了？也来救灾？伤得重不？”

宋焰显然比他沉稳冷静得多，他淡笑看着他，答：“余震，被房梁砸了。”

“不严重吧？”

“死不了。”

陆捷点了点头，顺口便问：“你在哪个部队？”

“消防员。”宋焰说。

陆捷面色稍稍吃惊，迟疑一两秒，问：“当年——”他话问到一半，看向宋焰。

宋焰扯起唇角笑笑，云淡风轻地摇了摇头：“过去了。”

他不愿多提，陆捷便搁下不问了。男人都好面子，对再亲的人也有不愿揭开的疤。

陆捷看了一眼门口，许沁离开的方向，此刻已空空无人。有一瞬，他差点脱口而出：刚才那位呢，也过去了？

可他没有。

或许隐约意识到，这话问出便是刀。

当年两人是真的亲，此刻见到也是真的喜，可这么多年横亘在岁月里的，也是真真实实的无奈。

陆捷叹了口气，突然间有些伤感，为各自的命运。

他回头看宋焰。

病床上，宋焰正盯着他的军装看，发现了，问：“装甲部队？”

陆捷：“嗯。”

宋焰笑了一下：“你小子穿这身，好看。”

陆捷也笑了起来，笑得有点心酸。

留给他们叙旧的时间不多，腰间的对讲机响起来，上级下达了命令。

陆捷得走了：“把你的联系方式给我。”

宋焰报了部门、电话号码。陆捷也交换了信息：“以后咱再联系，一定联系。”

宋焰："行。"

陆捷匆匆走了，病房回归安静。

宋焰躺在床上，手里握着那暖烫的玻璃瓶子。他望着天花板，眼神放空了。陆捷的突然出现把他封存的过去拉开了一道小口子。

身体依然疼痛虚弱，人也昏昏沉沉，再次陷入昏睡之际，思绪却不经意飞去了远方。

这次地震，各类的兵都来了，空降兵、特种兵、炮兵、装甲兵……

在救人的间隙，他也会无意识地留意身边擦肩而过的其他军人。

毕竟，那段日子，他虽从不回想，却也一刻不曾遗忘。

当年，军校读到一半，他主动申请下部队历练，老师说他有志气有想法，可得知他要去边境特种部队时，又劝他，想升官去普通部队就够了，边境太苦，不是人去的地儿。

那时他野心太大，做梦都想着出人头地，看一眼她的照片，人就快疯掉了。

他要的不是镀金，是真金。

去了才知真不是人待的地儿。

日训练18小时只是基础，负重拉练30千米也只算小菜一碟，13小时扛原木行军，10千米涉水涉泥，再脏再臭的水往鼻子里灌也不吭声，全身泡皱皮第二天还得继续。

更别说极限搏击一个个打得有多惨，高塔垂降高空跳伞教练直接拿脚把人往下踹，耐力训练人捆了手脚就扔进水里。休息时玩击鼓传花，拿真手榴弹传。砖头也是真往人头上砸。

感冒发烧蹭破皮肿了扭了都不是伤，上阵了照样往死里虐。

一个个血气方刚的男人被折磨得成天惨叫不断，哭爹喊娘，骂先人骂祖宗，什么脏话都往外飙。

宋焰不知道那些日子是怎么熬过来的，每一天都觉得每分每秒被拉得无限痛苦漫长，像是在地狱里被油炸煎熬的厉鬼。

有一次做反刑讯训练，教官逼供他，皮鞭抽，电棍击，简直生不如死。他是真受不了了，真哭了，号啕大哭，哭得眼睛都快渗出血来。

最后还是咬牙熬过去了，成了那批学员里最优秀的一个。

要不是想着她……

要不是为了回去见她，光明正大地去见她……

阳光照进窗子，洒在宋焰沉睡的脸上。

那年，他多年轻啊！

辉煌与血汗，雄心与壮志，于他，还历历在目；而于这世界，不过是消失在时间里的一粒细沙，无人知晓，也无人再忆起。

之后几天，望乡的救灾工作依然繁重，宋焰和许沁再没说上话。不是她来的时候他在沉睡，便是他醒的时候她在忙碌。

有一次她来，碰到他是清醒的，但医生在给他做检查，她站在门外等了半晌，还未等到医生离开，她因急事先走了。

两人只远远地对视了一眼。

倒是他手边的玻璃瓶子换来换去，总是热乎滚烫的。

能下床后，医生让宋焰时常在医疗中心走动。有一次经过大厅，他看见许沁坐在地上，头靠在墙上就睡着了。

他还没走近，外头有伤者送进来，她被惊醒，立即就起身去接人。

更多的时候，他看见的是许沁匆匆忙忙的身影。

宋焰也去看过小葛他们，大伙儿都瘦了一圈，连狗都瘦了。当时已近救灾尾声，众人有了短暂休息的时间。

李成这小屁孩还有心思刷社交网络，看媒体报道的地震感人事件，感动得一把鼻涕一把泪。

小葛说："我们那天救的那个婴儿出名了，救他的许医生也出名了。"

新闻都在报道医生和婴儿，关注消防员的声音弱很多，但大家都不介意。

宋焰问："那孩子的爸呢？"

"还在，是个当兵的。这次也在救灾，出事时在执行命令，没法回来救他妻子。你看。"李成把视频给他看，屏幕里，一个穿迷彩服的男人抱着刚出生的婴儿，痛哭流涕。一旁的记者们也在抹眼泪。

大伙儿都有些感叹。

宋焰沉默，从烟盒里掏出根烟来，还没放到嘴里，童铭一把夺过去，"身体还没好呢，不能抽烟。"

宋焰定定地看他一眼，看得童铭心里发毛几乎就要把烟还回来时，宋焰放过了："行吧。"

几人交换眼神。

宋焰："怎么？"

李成："队长，你手术后好像脾气好了点。"

"……"宋焰问，"这手机哪儿来的，嗯？找老乡要的？当心我罚你。"

李成举手："那个护士小南借给童铭的。"

一堆男人起哄："哦——"

童铭满脸通红。

宋焰用眼神扫了一圈，明白了，微微一笑。

杨驰凑到他跟前："哥，那天你被埋的时候，那许医生也在。"

宋焰稍稍意外："她在那儿干什么？"

"找你啊。我看着是哭了。"杨驰说。

小葛帮腔道："在医院门口就碰上了，特着急。"

宋焰没吭声，有了心事。

杨驰："哥，她好像喜欢你哦。"

童铭也小声说："消防员和医生，很配。"

宋焰抬了抬眼皮，眼神锋利，一众小伙子闭紧了嘴。

告别了小葛他们，宋焰回到医疗中心。

宋焰在饮水机旁接了一杯水，若有所思，站在走廊上正喝着水，一旁传来脚步声。

他扭头，正好就见许沁揉着额头上了走廊。

才想着她就出现，宋焰也愣了一愣。

她站在原地揉眼睛，很困的样子，没看见他。她揉完眼睛，手垂下去，缓缓低下了头，站了半秒，人忽然就轻飘飘地朝前倒去。

宋焰一怔，如同条件反射般迅速大步赶过去，挡在她前方。

她一头栽在他肩上，睡着了。

他双臂微微张开，端着杯水站在那儿，进也不是，退也不是。整个人动弹不得，唯独喉结上下翻滚了一遭。

他垂眸看了一眼她的脑袋，空闲的手动了动，想拍拍她，手还未靠近，她突然惊醒过来，人立刻站直了左右看，以为谁叫她工作。

她转眼又见宋焰的脸近在咫尺，隔得如此之近，她吃了一惊，匆忙退后一步。这一退，撞翻了他手里的水杯，水泼洒出来。她又立马拿纸巾给他擦袖子，忙乱不堪。

宋焰低着头，淡定地看着她这一串动作，待她从惊醒之中平复下来了，问："很累了？"

"还好。"许沁说着，忍不住捂着嘴转过身去打了个哈欠，回头时，眼睛里水汽迷蒙地看着他。

那双眼睛黑黑亮亮，因含着水，有些懵懂纯真的意味。

宋焰："……"

他眼神短暂移开又落回到她脸上："出去走走。"

她点点头，抹抹脸："吹个风清醒一下。"

医疗中心旁是学校操场，搭建着成排的灾民安置房，房里一片黑暗。深夜，大家都睡了。

操场旁还有一大片空地，成百上千名士兵排排整齐，盖着统一的迷彩被，幕天席地，睡在风露里。

没有多余的安置房，只能就地而睡。军人们都累惨了，也顾不上，此刻缩在被中蒙着头，仿佛感受不到夜里的北风。

许沁看着，心里也有些触动。

一队特种兵收了工，从一旁经过。

宋焰不自觉地回头看了他们一眼。许沁正好撞见，莫名觉得他回头时的眼神太过复杂难辨，可她一时也揣摩不清。

她问："你什么时候当的兵？"

"十八九岁。"宋焰答。

"哦。"她没觉察到异样，又说，"我听人说，对男人存在普遍而致命吸引力的东西，除了车，就是军装。"

宋焰笑了笑："可以这么说。"略一停顿，"其实还有一样。"

"什么？"许沁扭头看他。

"女人。"

许沁："……"

冬夜里的风吹着，清冽而沁人。难得的是，天上有一轮圆月，月光皎洁宁静。

两人有一会儿没说话。

许沁望着那轮月，想了很久，终于决定要说什么，可一开口，说出的话却转了一道弯："望乡以前很美。"

"嗯。"

"我们来这儿春游过，记得吗？"

"记得。"宋焰说。

和她在一起的一切，他都记得。

那次春游，最深刻的回忆莫过于他们走过一座长吊桥。他故意吓唬她，把吊桥摇晃得老高，跟荡秋千似的。她抓着铁链尖叫，裙子像花儿一样在风里飞舞。此刻回想起，他还记得那时阳光照在水面上，波光粼粼，闪闪得像银色的镜子。

许沁望着四周的废墟："可现在变成这个样子了。"

宋焰说："会重建起来的。"

她一愣，扭头看向他，他也看着她。夜里，他的眼睛黑漆漆的，深而静。她心头一动，突然想再说什么，可还未开口，看见小西跑出医疗中心来。

"我得走了。"

"去吧。"

又是匆匆告别。

许沁快步走到大门口，回头，见宋焰还在月光下，她的心再次一动，压抑不住了。她吸了一口气，突然就喊出声："宋焰！"

空荡的小镇上空有轻轻的回响。

他回头看她。

她朝他跑过去。

她跑到他身边，脸颊发红，喘着气，眼睛很亮："宋焰。"

他看着她："嗯？"

"等回帝城了，再见面吧！"

"好！"他的回答。

一晃十多天过去了，救援工作已进入稳定阶段，更多的援助队伍进来，很快就到了第一拨军人队伍撤返的日子。

那天，许沁经过灾民安置地，看见军人们正在有序地上车离开。送行的老乡拦着他们，想送些土特产。

灾区本就物资匮乏，且军队有纪律，士兵们不肯收。

双方好一番推让。

许沁走过几辆车，几位被她救治过的军人看见她，坐在车上跟她打招呼。她抿唇点头，算是回应。

军车一辆辆开走，老乡们追着车，挥手告别。

许沁走到队伍末尾，意外看见了宋焰。他们也是这天撤离。

宋焰被挤在人群中，时不时颔首，对老乡们致意，推让着他们手里的东西。也就是在这个时候，他无意间侧头，两人的目光穿过移动的人群，远远地碰到了一起。

短促的停顿后便交错开了。

她继续往前，走开几步后，又不禁回头望。宋焰站在乡民之中，个子格外高，背影也异常俊朗颀长。

他准备上车了。

可就在他上车的一瞬，不知为何，他稍稍回头，往许沁离开的方向看了一眼，正巧就撞上她的目光。

两人都没料到对方会回头，更没料到自己会被逮个正着，双双愣了一下。

下一秒，宋焰就上了车。

车开动了。

许沁心跳如擂。

她双手插在兜里，转身离开的时候，嘴角抿起一丝细微的弧度。

没过几天，许沁他们也得返回帝城了。

离开时同样受到了老乡们的欢送，送军人时没送出的东西可劲儿地塞给他们，说他们不是军人，没那么严的要求，不收就堵在车前不让走。

弄得医生护士们哭笑不得。

老乡一片心意，实在无法拒绝。许沁最后收下了装鸡蛋的篮子。其余人纷纷效仿，收下一根鸡毛、一只碗。老乡这才放行。

告别的人群里有人哭起来，许沁不习惯这样的场面，坐去了最里边的座位上。

直到车开了很远后，她才回头望了一眼那座废墟中的小镇。

这座小镇是否给她带来一丝变化？她没有细想，现在说任何话，都为时过早。或许要等很多月很多年之后回首，才能看得清晰。

回城的路上，许沁靠在椅背上，沉沉睡去了。

到家后，人依然疲惫不堪。

她把自己从头到脚好好清洗了一遍，钻去床上睡觉，这一觉睡得很沉，从头一天下午一直睡到第二天上午。

许沁醒来后没急着起来。她躺在床上，回想着过去十几天里发生的事，有些不太真实，梦一样。

那些死去的人，幸存的人，倒塌的家，建起来的房，画面像幻灯片一样从眼前闪过，最终停留在宋焰上车前回头的那一刻。

心在胸腔里怦怦跳动。

她抓起手机，调出他的号码，琢磨半晌，发了条短信过去："我回来了。"

心惴惴的，尚未把手机放下，那边几乎秒回："好。"

许沁盯着屏幕上那一个字……

正不知该如何继续聊下去，又来了一条："好好休息。"

她立刻打字过去："我休息好了。"

发送。

又补充了一句："昨天回来的。"

她等了一会儿，那边回信速度慢了，估计是措手不及。她突然发现她也不太会聊天，想着找补，很快又打了一串字过去："你在干什么？没在工作吧？"

"休息。"这倒回得很快。

许沁想他应该还在休养身体，正准备问他情况如何，"嘀"的一声，短信又来了，来自宋焰："想见面吗？"

她盯着屏幕，被那四个字撩得面红耳热，抿紧嘴唇，回了一字："想。"

"那出来吧。"他回。

许沁一下子就从床上坐了起来，刚要下床，想到什么，捂住了额头，咧着嘴给他发了条短信过去："我忘了，院里上午要开表彰会……"

"行。"

她抓抓头发，继续打字："那下午见？2点，我家楼下？"

"好。"

许沁放下手机，溜下床，"哗啦"一下拉开窗帘，阳光透过落地窗照射进整间屋子。她走上阳台，朝五芳街望了一眼，极淡地笑了笑，再抬头，就见蓝天万里天气晴。

表彰会在大会议厅举行，许沁到的时候，小西她们坐在一起聊天，还给她占了座。

大家都休息好了，看上去精神很不错，这会儿都对过去的那十几天有些怀念。

小西说："这次参与救援的，院里都会发证书。虽然没什么作用，但好歹是个纪念。”

小东说：“那些天跟做梦一样，累得要死要活，可现在想想，还蛮珍贵的。”

许沁若有所思，道：“算是各有收获吧。”

话音才落，小北撞了一下小南：“这位收获大了。”

许沁嗅觉迟钝，没察觉。

小西嘴快：“她跟那个叫童铭的消防员好了。”

小南毫不羞涩，摊开手耸耸肩：“他特害羞，哎哟，我追他追得十八般武艺都用上了。”

许沁这才想起，好几个月前童铭手烧伤来医院，就是小南给他处理的。这次地震他伤了腿，也是小南照顾的。

“你爸妈不会反对？”

小南：“我喜欢就好了呀。如果不同意，软磨硬泡，没有爸妈拗得过孩子的。”

她如此豁然，许沁感到有些意外。正说着呢，院领导进来了，聊天声渐渐平息。

院长走上台，长叹一声：“大家都辛苦啦——”

台下一片笑声。

院长欣慰地扫视众人，点点头：“这次救灾呢，我们院的医疗队表现突出。成功执行重大手术 39 例、小型手术 78 例，照顾伤患 438 人次……”

许沁走了神，低头看手机。

她和宋焰的聊天记录停留在最后一个“好”字上。

她滑动记录，盯着那句“想见面吗”看。

现在是上午 10 点半，离约定的下午 2 点还有 3 个多小时。

院长仍在讲着话：“……深受当地军民好评。这次医疗救援行动中呢，我院也涌现出了一批格外优秀的医务工作者，他们技艺精湛、仁心仁德，时刻将当地人民的生命安全放在第一位。这样的医务工作者值得在座的所有人学习，更值得院里乃至社会的表彰。第一位呢，是烧伤外科目前在急诊科轮岗的许沁医生。”

大厅里响起一阵掌声。

许沁脸上微烫，有一丝说不清的尴尬。她料到了自己会被着重表扬，想着静坐挨过去就行，但没料到接下来发生的事出乎意料。

院长鼓着掌，让出讲台：“许医生是新闻媒体评选出的地震‘十大感动人物’之一，我们请许医生上来发一下言。”

许沁怔了怔，但很快平静了。她已拿定主意，在经久不息的掌声里上了讲台。

讲台下，同事们一脸期待，徐肯教授面无表情。

她调整了一下话筒，并没有太多犹豫或迟疑，也没有太多紧张和忐忑，开始发言：“我只是做了我应该做的。我也是被救者。”

台下的人被吊起胃口，殷切等待。

“当时，我看到那个女人已经死亡，就准备离开。但把她挖出来的消防员发现她是一个孕妇，叫住了我。”

台下，众人的脸色开始变幻莫测了。

“多亏他的提醒，我才能救出这个小孩，也把自己从一个重大失误的边缘拉了回来。”

会场鸦雀无声，一堆人傻眼了，不是这个版本啊，现在广为传播的是医生看到孕妇死亡，坚持一试救出腹中胎儿啊。

院长脸都绿了，大步过来。

“在那一刻，我意识到自己一直以来的错……”

这句话已无任何效力，同事们被她之前的发言震得回不过神儿。话筒被院长夺了过去："许医生和消防员一起救下了一个新生命，鼓掌。"

大家都尴尬得不行了，轰然鼓掌以求化解。

"下一位，普外科的刘杨医生……"

许沁走下台，小东、小西、小南、小北齐齐张口结舌看着她。

她淡然坐下："怎么了？"

四人齐齐摇了摇头。

小南："我说过吧，许医生的脑回路是不正常的。"

许沁："……"

她无所谓，一身轻松，只待下午的约会。

回家路上，等红灯的间隙，她望见路口的商场外挂着一幅巨大的招贴画，画上一位外国美女明眸皓齿，笑容灿烂。

许沁盯着那画看了一会儿，换路线，进了商场。

下午2点，许沁把自己收拾妥当，跑下楼出院子，一眼就看见宋焰站在路对面的榕树旁等她。

深冬，树叶落光了，只剩光秃秃的枝干。他一身灰蓝色的大衣，立在树下，手里夹着一根袅袅的烟。

像一幅画。

她吸了一口气，朝他跑过去。

他发现她过来了，把烟掐灭。

"等很久了？"她跑上马路牙子问。

"刚到。"他说。

他目光短促地扫过她全身，略略看过了她整张脸，目光最终落在她的嘴唇上，涂了口红，鲜红而娇艳。

他看了半秒，转身走时，嘴角就勾起来，笑了一下。

许沁跟着他走："我们去哪儿？"

宋焰侧头看她一眼："看电影吗？"

许沁："好啊。去哪儿看？"

宋焰："七枫路。"

"好啊。"许沁又说了一遍。

宋焰不经意便回头多看了她一眼，或许是因为冬天，室外空气太过冷冽，她的脸冻得白白的，眼睛也更显清澈，像能见底的溪水。

他问："冷吗？"

"不冷。"

他瞟了一眼她的手，是插在兜里的。

他掏出手机刚准备叫车。

"坐地铁吧。"许沁说，"堵车要堵好久。"

到地铁站，宋焰给许沁买了张单程卡，过闸门的时候却出了点小问题。

前边的人一卡一人，井然有序地过了闸门。可到了许沁这儿，她站在闸机旁，卡贴在感应处蹭了好几下，那门就是不开。

现在客流量大，后边人都等着，许沁尴尬，低声自言自语："我这卡好像是坏的。"

正想回头寻求帮助，身后传来一股力道。

宋焰揪着她的后衣领，轻轻把她往后一拎，她退后一步撞在他跟前，他的嗓音磁沉，落在耳边："再试一遍。"

许沁把卡贴到感应处，这次，竟真的开门了。她愣了一秒，赶紧穿过去了，回头看宋焰。

宋焰刷了卡走过闸机，带她往站台上走。

许沁问："刚才怎么回事？为什么刷不开？"

宋焰道："底下有一条黄线，人要站在黄线外才能刷开。"

而她跑进黄线里头了。

地铁驶进站台，缓缓停下，玻璃窗对面的人们等着下车。

许沁："怎么有这么奇怪的规定？不是耽误时间吗？"

宋焰："防止有人逃票，一卡两人。"

说话间，地铁门开，下车的人拥下站台。

"逃票？"许沁淡淡蹙眉，没想出能怎么逃，转过身去准备上车。

"像这样。"宋焰低头在她耳边说。他上前一步，贴紧了她的后背，他稍稍往前一挤，她身后传来一股力量，便被他拥推着上了地铁车厢。

许沁心内一跳。

他的手从她身后伸过来，握紧了竖栏。

她一动不动地站在他身前，后背贴着他的胸膛，后脑勺碰着他的下巴，感觉像触了电，浑身麻麻的。

四周，还萦绕着他身上淡淡的香皂味。许沁想，他在出门前肯定洗过头洗过澡。

巧了，她也是。

地铁飞速前行，许沁两手摆弄着手机，原地站着没动。

宋焰也没动。

周围人都没在意，或许觉得他们本身就是一对情侣。许沁想。

她瞟了一眼黑色的车窗，玻璃上折射出她和宋焰的影子，他们俩站在一起很搭，正想着，撞见了玻璃窗上宋焰的目光。

她心里头一突，慢慢地别过眼神，想一想，又慢慢地挪开一步，从他的笼罩里走出来，握着竖栏，和他面对面站着。

目光也自然平视地落在他的脖子上，不往上了。

横竖站着是无言。

宋焰打破沉默，问："表彰会上讲了些什么？"

许沁说："我好像砸了场子。"

宋焰稍稍挑眉："怎么说？"

许沁把情景描述了一遍，一五一十，说她发言时提到了他。

宋焰听完，不置可否地笑了一下，没有评价，抬眸去看地铁门上方的站点表。

许沁说："那个婴儿，一直没来得及讲，是要谢谢你的。"

宋焰安静听着，显然没放在心上，顺口接道："怎么谢？又请我吃饭。"

"行啊。"许沁答，答完忽觉他是在调侃自己，可抬眸一看他看着别处，貌似无心。但这提醒了她，之前她每次"请吃饭"都是不欢而散，遂改口道："换别的吧，换别的方式谢你。"

宋焰这回在意了，眼神移回到她脸上，挺认真的，问："怎么谢？"

许沁也是就着话头说，根本没细想，被他突然一问，也答不上来："我想想，想好了再告诉你。"

他眼神又移开，唇角勾着淡笑。那笑明显是没指望她的谢，把她看得透透的。

许沁："……"

她也惭愧，认真想了几十秒，无果，索性另起话题："你的伤怎么样？"

"恢复得挺快。"宋焰说。有人准备下车，要往门边移，他扶住许沁的肩膀，把她往里边拨了一下。

许沁顺着他的手往里边挪了挪，又问："能休息很久？"

他又看向她了："不能。"

"什么时候上班？"

"下周。"

许沁微微皱眉："你这伤少说也得养两个月。"

宋焰嘴角一牵："我这情况，上班也就是扮演指导员的角色，管管队员，逗逗狗，不训练，出勤也不进场。”

许沁点点头：“那还好。”讲完发现没话题了，又起一个，“你回来这几天都在家休息？”

“没。跟队员一起接受心理辅导。”

这次地震，许沁他们在后方，且平日工作就见多了生死。但宋焰他们不一样，在前线直面大批的尸体，心理上或多或少都无法承受。

许沁：“你还好吧？”

宋焰：“我看着像不好的样子？”

许沁认真地看他半刻，摇摇头。

“队里有年轻孩子回来后会痛哭，做噩梦。我没事，当兵时见过更惨的。”

宋焰话一出口，意识到说快了。

许沁问：“你不是武警吗？”

宋焰沉默着注视了她两秒，说：“到站了。”

“哦。”许沁自觉挪去门边，他跟在她身后站着，双手插兜。人在她背后，影子却映在她面前的玻璃门上。

门一开，消失了。

12 月底，圣诞将至，街上一派节日气氛。

更应景的是，出地铁站时，天空竟然开始飘起了雪，一小朵一小朵，未成气候。

“好像是初雪。”许沁说。

宋焰抬头望了一下天空，上午还晴朗，这时全是白蒙蒙的云层：“等过会儿看完电影出来，就该下大了。”

“我们高中那年，圣诞的时候也下雪了。”许沁说。

那年雪下得很大，他们在深夜的大街上跑。许沁玩心起，抓了树梢上一小层雪揉成团，塞进宋焰的后背里。他被刺激得浑身激灵，她还咯咯笑，又去抓雪，小手往他衣服里塞。

宋焰警告她："别闹了啊，再闹把你衣服扒了！"

许沁还蹦着，手往他脖子后头伸。

他一下子就把她揪住，扯开她羽绒服拉链，掀开她腰间的衣服，手就钻了进去。

她被他冰冷的手刺激得尖叫又跳脚，却挣脱不开，他双手都伸了进去，上上下下地揉："还闹不闹？闹不闹？"

此刻，许沁话音一落，两人都不语了，都想起了旧事。目光四下找着路标，再也对视不上了。

离圣诞还有几天，但气氛已然浓烈。

进商场就见天井下一棵巨大的圣诞树，挂满红的、金的、银的圆球灯，树下堆满彩色的礼品盒子，装扮得漂亮极了。不少人在树下合影。

宋焰和许沁经过，一对情侣递了手机过来："不好意思，能帮我们照张相吗？"

许沁接过手机。

那对情侣跑到圣诞树下，搂在一起，笑容甜甜。

许沁拍好了，手机还给他们："拍了两张。"

"谢谢啊！"女孩问，"要不要我也帮你们拍一张？"

许沁一愣，还没来得及说话，宋焰已经把手机递了过去："谢谢！"

照相的时候，他往她身边靠近了一点，却并没有拉她的手，也没有搂她的肩。收回手机后，他低头看了那照片一会儿，待许沁要看时，他已关了屏幕，揣回兜里。

许沁跟着他走："把照片发给我。"

“好。”他说着，手上却没动作。

“发给我啊。”前边有扶梯，她走去了他身前。

他说：“回去了再发——注意扶梯。”

“哦。”她注意力转移，走上扶梯，习惯性地回头看他，台阶慢慢升高，她的视线缓缓上升，与他持平。

很微妙的感觉，像是电影里初见的慢动作。

商场里光线异常充足明亮，照在他脸上。

她近距离地看到了他的眼睛，很黑很亮，很沉静，并不像记忆中的他。

记忆里的宋焰是嚣张不羁、肆意张扬的。

宋焰亦直视着她，面前的人和多年前的少女也有大不同。少女时期的许沁看着瘦弱沉默，却有一股子执拗的狠劲，也有想冲破一切的胆量。

他在想，彼此缺失的这 10 年，是否能弥合过来。

四目相对，或许在一瞬之间，有一种熟悉却又意外陌生的凝滞之感。

对视不过 3 秒，许沁心跳不稳，已坚持不下去，很快别过眼神看向商场里形形色色的人。

宋焰看着她的侧脸，不知她此刻作何感想，但也都罢了。

他已拿定主意。

今天虽然是工作日，但电影院里人依然不少，有成对的情侣，也有结伴的好友。空气里则弥漫着甜甜的爆米花香。

拿了电影票，路过卖爆米花的地方，宋焰低头问许沁：“想吃爆米花吗？”

许沁点点头，她并非特别想吃，只是觉得看电影似乎要配上爆米花才行。

宋焰掏钱递给服务员，又问：“喝什么？”

许沁：“水。”

宋焰对服务员说："两瓶水。"

服务员装爆米花的间隙，宋焰扫了一眼别的零食，问："还有别的想吃吗？"

许沁摇摇头，这些年她不怎么爱吃零食了。

宋焰看到一条巧克力，拿起来问她："这个呢？"

许沁："我不喜欢吃巧克力了。"

宋焰把巧克力放了回去。

而当许沁抱着爆米花桶往放映厅走时，突然才意识到，那个巧克力是她读高中时的最爱。

这个迟来的认知叫许沁心里有了一丝顾虑，可看看宋焰，他似乎并没有将这事放在心上。

检票进场后，才坐下，他先拧开一瓶水再拧上，放在她手边，然后拧开另一瓶水，仰头喝了几口。

电影要开始了，许沁把爆米花桶递给他，问："吃吗？"

"不吃。"他说，没有看她，看着出口的方向。

不知怎的，他皱了眉头，半晌后低声说："你先看，我有点事。"说完，人就起身走了。

许沁看着宋焰离开，他走到安全出口那里推了一下门，推不开，随后，他就消失在进影厅的入口楼梯处。

许沁大概猜到了。

果然，没过多久，宋焰再次进了影厅，一位工作人员跟在后边，拿钥匙开了拴在门上的锁链，还抱歉地对宋焰鞠了躬。

宋焰这才走回来，坐到许沁身边，自嘲一句："职业病。"

许沁："安全通道封死了？"

"嗯。"宋焰身子微微朝她这边倾斜，低声问，"电影开头讲了什么？"

许沁：“……不知道啊。”

她看着他，忽然发现两人的脸离得异常近，他的眼睛在黑暗中格外明亮。

他认真地看着她，等着她回答。

而她长久的沉默让气氛变得不可言说起来，他看了她几秒，或许是意识到这样的对视渐渐有些危险，他果断地将眼神移向荧幕，人也坐了回去。

许沁也慢慢坐好，心里的滋味可谓七上八下，难以言喻。

他们都没有再看对方，各自望着荧幕。好在电影足够精彩，两人没有任何交流地看完了。

出了放映厅，宋焰看见女生们都往洗手间走，问许沁：“你要去吗？”

“嗯。”

室内暖气足，她刚才脱了外套，揽在手中。此刻不方便带进去，便问：“你呢，去吗？”

“我给你拿着。”宋焰说着，接过她手中的大衣。

许沁把衣服和包包交给他，去了洗手间。

宋焰靠在墙边，拿出一支烟，无意瞟她背影一眼，刚才她穿着长款大衣他没发现，此刻才看见，她竟穿了条裙子。

他嘴里含着尚未点燃的烟，忽然就笑了一下。

执此一念，
一念十年，
原来我只想和你在一起。

一座城，在等你

Waiting for you in my city

下

玖月晞 著

江苏凤凰文艺出版社
JIANGSU PHOENIX LITERATURE AND ART PUBLISHING

我的城，在等你。

你不来，我便始终一个人。

所幸，走过纷飞的迷雾、肆虐的沙尘，

你还是来了。

让一切，尘埃落定。

“宋焰，我会爱你的。”

她说，“我会努力，像拼命让明天后天都和你在一起那样去爱你的。”

“这一次，我绝不先负你。”

“我志愿奔赴灾区抗震救灾！”

“克服一切艰难险阻！”

“争分夺秒抢救生命！”

“服从命令严守纪律！”

“向每个生命庄严承诺！”

“我们决不放弃！”

目录 Contents

第九章

喜欢·和当年一样乖

管他明天刮风下雨，随他去。

今天，在一起。

出商场时，天已经黑了。

而雪果然下大了，抬头可见大片大片的雪花映在黑色的天幕之中，洋洋洒洒，如鹅毛柳絮。

不少路人在雪中奔走，欢声笑语的。

下雪，总是件叫人高兴的事。

“就两站路，走回去吧。”许沁说。

“好。”

两人各自双手插兜，走进了雪中。

没有风，只有雪花飘舞。

“电影好看吗？”宋焰点燃了那根烟问。

“好看。”许沁点头道。

“那我得感谢导演了。”宋焰淡笑着，呼出一口烟气。

“为什么？”许沁抬头，看见雪花落在他乌黑的头发上，有一种说不出的美好。

“以后回想起，算是美好的回忆。”宋焰说，“而不是，那天跟宋焰一起看了部大烂片。”

许沁抿唇笑了一下，随口问道：“你特意挑选过的？”

“嗯。”他说。

她微怔，再度抬头，看见雪花在他呼出的烟雾中萦绕，莫名地心中泛起一阵暖意。仿佛走在雪夜里都不觉得冷，而那冰凉的空气吸进身体里都格外清冽似的。

“很好看。”许沁又说了一句。

路人快乐地跑过，两人慢慢地走着，低头看着路。片片雪花降落，瞬间融化在湿润的地面上，了无痕迹。

要是能一直这样走下去就好了。没有这世间别的一切，只有雪。

可两站的路原来那么近，一会儿就走到了。

他送她到小区门口，那棵榕树下。

路灯照射着干枯的枝丫，投影在地上，画出不规则的纹路。

许沁停在路灯下，隔着纷飞的雪花看着他说：“到了。”

“嗯。”宋焰站定，眼神迅速在她周身扫了一遍，像是检查她和来时一样完好，说，“进去吧。”

许沁把鞋底在地面轻微地蹭了一下，人没动，说：“你先走吧，我都已经到家了。”

“嗯。”宋焰点了一下头，说，“走了。”

她看着他转身，突然间有些不舍，突然间想要唤他，名字尚未出口。他身形微顿，人退后一步，重新退了回来。

他高大的身影挡住了路灯的光，将她罩在他身体的暗影里。

她微微喘着气，看着他。

他薄唇轻抿，也看着她。

忽然，他的身子倾斜过来，很缓慢地靠近她的唇。

许沁的心顿时提到了嗓子眼儿，差点停跳了，整个人一动也不能动。

可他在离她咫尺的地方停住了，近距离地，黑色的眼睛注视着她的眼睛。

她嗅到他脸上好闻的气息，还有雪花冰凉的味道，让她的思绪混乱成了一片。

说不期待，是假的。

她浑身紧绷着，想着他下一秒会做何动作时，他却直起身说："进去吧。"

路灯昏黄，雪花轻舞。

许沁看着宋焰，轻声问："你要上去坐坐吗？"似乎是怕他拒绝，很快又加了一句，"还没吃晚饭呢，吃完饭再走吧？"

宋焰突然觉得有些好笑，问："你会做饭？"

许沁："……"

宋焰又问："你家里有做饭的材料？——除了医院发的大米。"

这回许沁反应很快，转身指向街角说："那里有超市，挺大的，里边什么都有。"

宋焰："……"

"现在去买吧。"许沁提议。

宋焰下巴往街角抬了抬，说："走吧。"

快到圣诞节了，连超市门口都立着一棵圣诞树，上头挂着几串彩灯，孤零零地站在暖气和风口之间的过渡地带。每每有顾客进来，推一次门，那树就哆嗦一阵。

宋焰走进超市入口，随手拉了辆购物车，先抬眼看了看天花板上的安全出口标志，判断最近的逃生路线。

许沁见了，道："你这职业病还挺严重的。"

宋焰拉着购物车，问：“你呢？”

“啊？”

“你的职业病。”

“有点儿洁癖。”

“因为有洁癖，所以家里干脆什么东西都不放，看着清净？”

“……”

许沁说：“只是爱洗手而已。再就是，有时候会觉得……”说着她看了一眼冰柜里的冷肉生鲜，羊肉片、牛肉片码得整整齐齐的，“有些厨师的刀功不是很好。”

宋焰瞟了一眼说：“那应该是机器切的。”

许沁感到有些意外：“还有专门切肉的机器？发明这种机器干什么？”

宋焰：“切肉。”

许沁：“……”

宋焰站在冷冻柜边，问：“想吃什么肉？五花肉？”

许沁迟疑了一秒，点头道：“嗯。”

宋焰把那盘五花肉放了回去，侧头看向她问：“到底想吃什么？”

“……牛肉。”

“雪花牛肉？”

“嗯。”

宋焰拿了两盘牛肉放进购物车，说：“你口味变了不少。”

十年前，她最爱吃五花肉，回回带她下馆子，青椒炒五花肉她一人能吃大半盘。回回去，回回点，跟吃不腻似的。

许沁跟在他身边，手指钩着购物车，说：“在国外，除了牛肉，别的肉都做得不好吃。久了就习惯了。”想起电影院里的巧克力，也跟着一道解释，“巧克力也是。国外甜食太多，腻了。”

宋焰不置可否地笑了一声，说：“多了会腻，少了会忘，你真够不好伺候的。”

许沁听着这话，后脑勺一紧，像被人敲了一下似的，总觉得他这话意有所指，似乎在暗哂她对感情的态度。

可他云淡风轻地过了，又说：“那今天正好，看看你还有什么喜欢的，不喜欢的，哪些变了，哪些没变，一次性弄个清楚了。”

许沁的心头又阴转晴了，她上前一步，跟紧了他。

她的口味的确变了，不能吃辣了，她说这是一种退化。许沁又问他：“你呢，和以前有什么变化？”

宋焰说：“能吃辣了。”

“哦。”许沁不再问了，发觉自己总踩雷。转了半个超市后，看见人偶，又没忍住，问：“你还喜欢打游戏吗？”

“不喜欢。”宋焰说，“主要是没时间。你还记得我玩游戏？”

“记得啊，你玩的游戏名字我都记得。”

“哦？”

“《魔兽》，还有《穿越火线》。”

他笑了一下，看了一眼购物车里的菜，问：“家里也没有油盐酱醋？”

“……没有哎。”

最后买了一购物车东西，结账的时候，许沁本想拿钱，但看宋焰已掏出钱包来，想想又止住了。

她靠在柜台边，小声道：“调味料都放在我家里吧，哪天你想做饭了，可以再来。反正是你买的，都是你的。”

宋焰正低头掏钱包呢，听了这话，眼神瞥过来看向她。她抿着嘴，淡定从容的样子。这一刻，他忽然又觉得她现在暗地里要小心机的样子和当初并无二致。

收银员扫码的间隙，许沁贴在柜台边看架子上的小零食，无意间看见一根长长的竖条的东西，她不知道那是什么，盯着看。

下一秒，视线中，宋焰的手把那根奇怪的长竖条的东西抽出来，问收银员："这什么？"

"糖，但和一般的糖不一样，是酸甜味的，口味很清新。"

宋焰看向许沁问："想要这个？"

许沁点点头说："没吃过。"

宋焰正要把糖递给收银员扫码，发现包装上写着草莓味，再一看，架子上还有橙色、紫色、绿色的，分别是橙子味、葡萄味、苹果味。

宋焰问："喜欢草莓味吗？"

许沁："喜欢。"

宋焰："要这个？"又看一眼架子问，"别的味道呢？"

许沁伸着脖子看了一眼，正在想选哪个，宋焰从架子上每种口味抽了一条，共四条，一起给了收银员。

装了三大袋子，他拎两袋，她提一袋，跟在他身后，嘴巴轻轻抿着，嘴角微微上扬。

他们迎着雪花一路走回了家。

一到家，许沁脱了大衣，宋焰又看了一眼她的裙子，也脱了大衣。

他把塑料袋放在台子上，蔬菜肉类拿出来。放水的间隙，把调味料瓶子一个个都开封了，整整齐齐地码在灶台边。这时池子里的水也放满了，他卷起袖子清洗。

许沁看一眼那整齐码放的瓶瓶罐罐，说："你也变了，以前没这么整洁。"

"军队里训出来的。"宋焰说。他洗着蔬菜，一只袖子稍稍下滑到了小手臂上。许沁看着那不上不下的袖子，心也莫名不上不下的。她走过去，轻轻地帮他把袖子重新卷了上去。

他顿了一秒，待她弄好了，继续洗菜。

厨房里安安静静的，只有“哗哗”的流水声。

灯光也是奶白色的，暧昧而温柔。

他开口问：“两菜一汤？”

“好啊！”

宋焰低头站在橱柜旁切肉丝，刀在砧板上“乒乒乓乓”，切完肉丝拿青椒的时候，回头见许沁站在一旁吃那长条的橡皮糖，他问：“好吃吗？”

“好吃。”许沁说着，递向他，问，“你要吃吗？”

他摇了一下头，继续切菜。

蓦地，她想起以前，不论她手里拿着什么东西，问他一句“吃吗”，他都会低头咬上一口。

有一次他在玩游戏，她被他圈在怀里，百无聊赖之际，又来了鬼主意，她手指一伸，问：“吃吗？”

他的眼睛盯着屏幕呢，低头就轻咬，结果含住了她的手指。

她哈哈笑起来。

他扔了手机，游戏也不玩了，一扒她的衣服，说：“来，吃吃别的地方。”

她扭来扭去地躲避着：“你玩游戏去啊！”

“不玩游戏了，玩你。”

许沁咬着手里的糖，恍然发觉，少年时的自己，比现在可爱。抑或是，当初和宋焰在一起时的自己，比现在的自己可爱。

现在的她，无趣，沉闷，像一个活在套子里的人。现在的她，身上永远覆着一层看不见的套子，保鲜膜一样捂着，仿佛只有在当初靠近宋焰时，那层密不透风的套子才会被烘烤着蒸发挥散。可这些年，那层套子又重新凝结起来，越来越厚，将她压得透不过气。

她慢慢地吃完一条橡皮糖，宋焰已做好一切，饭菜上桌。

青椒牛肉、清炒西蓝花、菌菇汤，配合她现在的口味。

许沁尝了一口，味道意外地好。

“你经常做饭？”

“有时舅舅出远门，就给翟淼做，很多年前了。”

“我还以为给女朋友做过。”许沁扒着饭碗，低声试探说。

宋焰看了她一眼。

许沁索性问：“谈过女朋友吗？”

“没时间，太忙了。”他简短回答道，没有反问她。

许沁吃了一会儿饭，又说：“其实你和以前相比，也有变化。”

“怎么说？”

“感觉……”她斟酌半天，想找合适的词语，可最终也没找到，只能摇了摇头。

而后就少有别的话了。

或许是无话可说，或许是心有顾虑，或许两者都有。过去的岁月，彼此都没有参与，没有共同的话题。此刻再问起，真要回答也是一言难尽，有心无力。更怕不小心触及未知的敏感地带，让双方尴尬。

一顿饭相安无事地吃完，宋焰洗了碗盘，干干净净地摞到橱柜里。

许沁潜意识里想挽留什么，又把烧水壶、水杯和茶叶找出来，说：“喝杯茶吧。”

仿佛这一夜要无穷无尽了。

她刚把矿泉水倒进烧水壶，手机响了，是小区保安，说许沁的车停在了地上的临时停车位，叫她挪到地下车库去。

这通电话像是故意要将这夜中止。

如果说今天过去的前半夜，宋焰和她之间都有一种不明不白的气氛。此刻她下去移车却将他独自留在家中这事，便会挑破那层若即若离的暧昧，让这接下来的后半夜变得直白而难以面对。

以他的性格，他不会留下。

且她一直隐约有预感，宋焰似乎做了某种决定，吉凶难测，而她或许连知情权都没有。

许沁握着手机站在厨房与客厅分界的流理台旁，尚未开口，宋焰起身，拿起了自己的大衣，说："我跟你一起下去。"

"嗯。"许沁拿上车钥匙，心里有些失落，知道他下去就难再上来了。

下了楼发现，雪更大了，地上湿淋淋的一片，花坛上已有了薄薄的一层积雪。

气温也更低了。

移车并不需要宋焰陪同，似乎到了分别的时候，而保安又打电话催促了。许沁道："你先在这儿等我一会儿，我移了车过来找你。"

"好。"

"等我啊！"她又说了一遍。

"嗯。"

许沁跑开不远后，回头看了一眼，宋焰站在花坛边的路灯下，雪花纷纷扬扬，他低着头，似乎拿了根烟出来。

她迅速把车移去了地下，不知为何，隐隐担心他可能已经走了。她在地下车库里飞快地奔跑，一路跑了过去。

他还在，身影颀长，立在飞雪的路灯下抽烟。

她一颗心几乎是从高悬的空中落了下来，惴惴地回到胸腔内。她朝他走过去，渐渐又感到了棘手。

说什么，上去喝杯茶？

她到他跟前，疾跑让她不停喘着气，大团的雾气散在冷风里："车移好了。"

"嗯。"

他低头扔了烟，目光落到她眼睛上，然后就不移开了。

许沁仰望着他，不知是否因这雪夜，宋焰的眼睛更黑了，盯着她看，像是要洞穿什么。

她刚才又不小心走到了他的影子下，他高大的身影遮住了路灯的光，雪花在他头顶肆意飞舞。

他异常安静地看着她，她也挪不开眼神，冥冥之中感觉到有什么重要的事要发生。一整晚她都有这种感觉——他暗自做了某个决定，可于她来说，祸福未知。

她轻轻发抖起来。

"许沁。"他语气郑重，眼神也是，仿佛在做一个重大的决定。

"嗯？"她提了一大口气问。

"还喜欢我吗？"他发问，直接而坦荡。

许沁一怔，心跳骤然失控。而他呢，冷静平定地看着她，等待答案。

她点头说："喜欢。"

或许这在他的意料之中，所以他脸色未改。

他看了她很久，眼神深邃，说："我反悔了，许沁。"

她呼吸凝住，说："啊？"

"在一起吧。"宋焰说，"我不需要你为我做什么，不需要你保证将来一定站在我这边。如果有一天你想分开，就分开。但现在，在一起吧。"

雪无声地飘着。

"要是明天你累了，后悔了，觉得委屈将就了，就分开。但今天，在一起。管他明天刮风下雨，随他去。今天，在一起。”

许沁僵在了原地，不敢相信自己听到的话，也从未想过两人的僵局竟会以这种方式来打破，一切都似乎是顺了她的心、她的意。可，不知为何，眼睛竟微微湿了：“这一点都不像你会说的话。”

“是不像。”

她在冷夜里微微发抖，声音也发颤了：“你……那么喜欢我啊？”

“是，我还喜欢你，特别喜欢。”宋焰说，语气很平静。

“即使过了十年，你已经变了，性格、喜好、口味……或许我们相处下去，一个星期就受够了。但是现在，如果你还想爱，我就陪你。”

陪你爱一场。

她怔怔地看着他。

他略顿一秒，不等了。

“想好了找我。”他说完，转身离开了。

他身影移开，路灯洒下光来。她看见灯光下雪花片片飞舞，看见自己喘出的气息白茫茫的，散在冷风里。

那一刻，这个世界上发生了什么？有的国家地震了、海啸了，无数人来不及看见第二天的太阳就离开了；有的国家发生政变、解体了，无数人来不及相爱，就再也没有机会了。

路灯的光照进她清澈的眼底，水光一闪一闪的。她的视线变得模糊，天幕如墨，只有他转身时的侧脸，安静而又沉默，刺痛了她的眼。

她突然醒了过来，大步追上去，从背后抱紧了他。

他脚步骤停。

“好啊，在一起啊。”

那夜，路灯下，雪花疯了一样翻滚。

宋焰和许沁再次回到家中，两人反而一路沉默无言，缘起于许沁在楼下说了那句挽留他的话："好冷啊，上去喝杯茶吧。"

屋内暖气强，雪花融化了，星星点点地湿润在衣服上。

许沁脱下外套，莫名就觉得这脱衣服的动作都有了不寻常的意味。她不自觉地轻轻拉了一下裙子。

"我去煮茶。"她往厨房里走。

宋焰换了拖鞋进来，把大衣丢在沙发上。

许沁插上烧水壶的插头，往杯子里放茶叶。

回头见宋焰坐在沙发上，手里拿着那三根长条橡皮糖在玩，糖在他手里晃来晃去，难得他竟有这闲情。

许沁走过去，说："尝一根吧。"

她从他手里抽出一根，蹲在茶几边撕包装袋。

宋焰手中略有松动，眼皮一抬，往许沁那儿瞟了一眼，继续把玩剩下的糖。许沁撕开包装，隔着茶几把糖递到他嘴边："尝尝。"

这回，他低头过来咬了一口。

"你刚才还不吃。"许沁说。

"刚才不一样。"宋焰说。

"怎么不一样？"

"刚才你不是我女朋友。"宋焰看着她的眼睛。

现在是了。

许沁心头泛起了一丝甜，却没写到脸上，问："好吃吗？"

宋焰嘴角扯了扯："酸。"

"啊？"许沁也吃了一口，结果眉毛挤成一团，"这个味道比刚才的酸。"翻过来一看包装，"葡萄味的，刚才那个是草莓味的。"

两人吃糖的间隙，厨房那头，烧水壶里的水开始聒噪起来，烧水声传到客厅里，格外响亮。

许沁看了一眼水壶，又收回目光，正巧与宋焰的对上，她不自觉地笑了一下。

“笑什么？”

许沁摇头：“不知道，没有理由。”

宋焰问：“和我在一起很开心？”

许沁点点头：“开心。”

“看出来了。”他也笑了笑，笑里有点男人的得意，却又有更多别的含义。

“你笑什么？”

宋焰摇了摇头。

水开了，许沁起身过去，把烧水壶端起来，将水倒进玻璃杯中。

沸水裹挟着茶叶，叶子舒展开来，在水中上下翻滚。

身后的宋焰靠近，他的手伸过来，搂住了她的腰，下巴蹭在她的鬓角边，很轻地来回蹭了一下。

许沁心间轻颤。

他更深地低下头，在她脖子上落下一吻。

她闭了闭眼睛，浑身如过了一道电，双手紧摁在大理石台上。

他的唇回到她耳边了，低声问：“想我了没？”

许沁眼睛一酸，点点头说：“想了。”

“有多想？”宋焰说着，她猛地一颤，踮起脚，仰头枕靠在他肩上。

他另一手揽住她的双手，把她的手扣了回来，远离了台子上两杯沸水，说：“小心烫着。”

杯中，沸水浸泡着，茶叶缓缓舒展，像绽放的花瓣。

“说话。”

"很想。"这是真话。

"知道我接下来要干什么？"

"知道。"

"想吗？"

她轻声呓语道："如果不想，就不会请你上楼喝茶了。"

他突然就低头笑起来，埋在她脖颈间笑了几声，笑声在她耳边震荡着，然后重回她耳边，说："许沁，你很乖啊！"

"我一直都很乖，"她说，"和当年一样乖。"

当年，也是她故意挑逗他，问："他们在做什么？"

想起往事，许沁的思绪迷蒙开了。是啊，她从来就不是一块乖乖的小木头，和他在一起的时候，她才是一个活生生的有好有坏的人。

这么重要的事，她怎么竟然忘了？

宋焰的呼吸声渐渐沉重，鼻息湿润地喷在她的耳朵上。她上下左右哪儿都顾不上，渐渐难以忍耐，像热锅上的蚂蚁。

许沁觉得自己像要化成一摊水。

他拂开她的头发，俯身贴住她的后背，一下一下吻上她的耳朵说："许沁，还记得吗？"

"记得——"许沁几乎只有出气的份儿了，喃喃道，"我想抱你——"

宋焰将许沁抱起，去沙发上，她紧紧搂着他，发着抖。他将她放下时，她的手臂还搂在他脖子上不松，望着他，眼睛湿润而清亮。

他低头去吻她的嘴唇，她回应着。

"许沁。"

"嗯？"

"你乖一点，我身上有伤。"他嗓音嘶哑，似笑非笑。

"……"

许沁觉得自己是被他算计了，却也真不敢乱碰挣扎了。

四目相对，只听见彼此的喘息声。许沁看见他的眼睛异常漆黑，狼一般危险。可她却觉得哪怕沉溺其中，也不愿再出来。

落地窗外，雪花飞舞。

幽幽室内，春暖花开。

他低下头，捧起她的脸，嘴唇摁在她的嘴唇之上，像摁下一个承诺。

宋焰清晨醒来，窗帘遮蔽，室内光线昏暗。

许沁在他怀中，似沉沉睡着。

他稍稍起身，腰间她的手臂一收，她睁开眼睛："你去哪儿？"

他身体落回来："醒了？"

"嗯。"许沁揉揉眼睛，揉完手又重新搂住他的腰，"你一动我就醒了。"

"那怪我。"宋焰低笑一声，侧身去够床头柜上的玻璃杯，自己喝了半杯，剩下半杯递给她，"喏。"

许沁撑起上半身，接过水杯，这才发觉身子酸得快要散架了。昨夜她顾忌着他的伤，乖乖配合，任他由他。他倒好，不知收敛，一次一次快把她折腾死。可回想起他那深邃得能将她溺死的眼神，心里却又有久违的愉悦与安宁。

宋焰伸长手臂，手指在床头柜上摸索，摁得烟盒作响。

"你想抽烟了？"

"不是，拿手机。"他终于摸到手机了，拿过来摁亮了一看，早晨六点整。他眼神移过来："你还抽烟？"

"……你怎么知道？"

"上次在你家打扫，洗手台抽屉里有你藏起来的烟灰缸——你这医生当得可以。”

“……”

许沁把水杯递给他，他放回了床头柜。

“偶尔压力大的时候抽一支，最近少了。”她缩回被中，淡淡道，“说起来，我抽烟还是你教的，都被你带坏了。”

“呵，你还好意思提？自己非要尝尝味道，拦都拦不住。”

他跟着躺下，她的手又自动地揽上来，难得有一丝耍赖地说：“是吗？嗯，忘了。”

他嘴角一弯。

许沁枕到他肩上：“你每天六点自然醒？”

“嗯，习惯了。”他侧身将她搂在怀中，鼻尖蹭着她的脸颊，嗓音低沉地问，“你呢？”

“我工作倒班，不规律的。白天上班的话，七点起，反正离医院近。”

“七点……”宋焰低喃一声，手掌在她腰间揉搓，额头蹭散她的头发，“还有一个小时……”

他嗓音中的情欲太过明显，伴着男性的气息拂过耳边，她禁不住挑拨，呼吸不经意就轻颤起来，迷蒙低声：“你昨夜太凶了。”

“是吗？”他喑哑失笑，“我再抱抱。”

相亲相爱，便是这般亲亲爱爱吧。

许沁想，不只是男人，女人也是如此。因为喜欢，才迷恋那肌肤相亲的温度，才沉醉于那耳鬓厮磨的温存，才贪恋那登峰至顶时的欢愉；而又因为这份亲密无间的爱恋，才更加依赖喜欢对方。

磨磨蹭蹭过了七点一刻，许沁才从床上起来，要准备去上班了。

宋焰也下床穿衣。

许沁趿拉着拖鞋，麻利地到卫生间洗漱。刚洗完脸就听见手机响，她抽了几张纸巾擦脸，疾走出卫生间，以为是医院打来的。

拿起电话时愣了一愣，是付闻樱。

像是睡在美梦中的人突然被叫醒了。

她迅速看了宋焰一眼，他立在床边套上衣，貌似没有注意。她快步走出房间，带上门，接起电话，小声唤了声："妈。"

"怎么声音这么小？还没起床？"

"起了。"她稍稍提了音量，手无意识地抓了抓后脑勺说，"正准备去上班。"

"我和你爸在电视上看见你了。"

"哦。"

"哎，虽然你先斩后奏地跑去灾区，我不太同意，但好在你没遇上危险，现在又立了功。你爸挺骄傲的，我也是。沁沁，你这次做得很棒。"

"谢谢妈！这回……你不反对我做医生了吧？"

"先前我反对是因为觉得这工作辛苦，不顾家。算了，你爱做就做吧。医生这职业，其实说出去也体面。"

许沁从这话里听出了别的意思，想要深究，又顾及宋焰在家里头，只能含糊过去，说："妈，先不说了，上班要迟到了。"

"行，这周末回趟家啊。算上去灾区援助，你也有半个多月没回来了，你爸挺想你的。宴臣也是，这段时间不知在搞什么，见不着人。你有时间给他打个电话，问问他。"

许沁沉默了。

"你最近和他联系过吗？"

许沁望了一眼房门，走到一旁低声说："在灾区的时候，他给我打过几次电话，但我太忙了，都没有接到，也没时间回复。后来，就给忘了。"

付闻樱叹了口气，没多说，只叮嘱道："这周末记得回来。"

“嗯。”

许沁放下电话，觉得有些头疼。

走回房间里，宋焰立在落地窗边，背对着她。

她搓了搓手机，走过去问：“在干什么？”

宋焰回头看她，下巴往外边扬了扬，说：“你看。”

许沁走到他身边。

哇，昨夜一场大雪，五芳街区的矮房街巷全覆上了皑皑白雪。

一夜春宵过去，外边的世界一片银装素裹。

“现在四合院里头一定很美。”宋焰说，“推开房门就能看见满院子厚厚的雪，屋顶上、树枝上，都是。”

许沁微微歪头，想象一下那番场景，又点点头。

“你喜欢四合院吗？”宋焰问。

“嗯？”许沁没有准备，愣了一下，问，“你家那种？”

“就是那种屋子，”宋焰扭头看向她说，“但只住一家人。”

许沁尚未揣摩出这话里的意思。

“上班要迟到了。”宋焰提醒道。

许沁回过神来，迅速收拾了东西和他一起出门。下楼到客厅时，随口问了一句：“你今天在家休养，会不会无聊？”

“还行，上午在家休息，下午去见一个朋——”宋焰改口说，“同事。”

许沁有所察觉地问：“朋友还是同事？”

“都算。”宋焰从沙发上拎起大衣穿上。

“我认识吗？”在救援的时候，她认识了他很多队友。

“认识，李萌。”

许沁正开鞋柜呢，随手找着鞋子，语气还挺自然的，说：“有工作啊？”

“不算工作，”宋焰跟着她走到门廊里，边弯腰拿鞋子边说，“上次在灾区违反命令，要受处罚，她在想办法帮我。”

他的语气特别寻常，可许沁听着这话，总觉得哪儿哪儿都不对味。

这是一出……美人救英雄？

许沁的表情看似毫无波澜，特别大度地说：“那你得好好谢谢人家。”

宋焰正在穿鞋，抬头看她一眼说：“放心，会重谢的。”

许沁一声不吭地穿好鞋子，开门出去了。

宋焰在她身后淡淡瞥她一眼，嘴角勾了一下。

进电梯了，许沁不太想讲话，便低头看手机，一副业务繁忙要查看信息的样子。可……大清早的，没人给她发信息。

反倒是宋焰那边，手机不停地“嘀嘀”叫。他低着头，手指在屏幕上飞速移动，某一刻，居然还笑了一下。

许沁倒是没有窥探他手机屏幕的想法，定定地站在原地。等他忙完了，走出电梯时，她稀松平常地问：“你用微信？”

“工作用。”宋焰说，“跟手机号绑定了。”

许沁搜出他的微信号加上，头像貌似是个游戏人物。她没细看，把手机揣回兜里，用开玩笑的语气问：“她喜欢你？”

他扭头：“谁？”

“李萌。”

宋焰觉得好笑，说：“我怎么知道？”

“那你喜欢她吗？”

他揽住她的脖子把她拉到身旁，低头在她唇上啄了一下问：“你说呢？”

这一吻像轻风拂过原本就微波粼粼的湖面，风来抚平一池水，风过依旧水波漾漾。

不爽不快。

宋焰问："什么时候下班，找你吃饭？"

刚才那事就这么被他揭过去了，可许沁这边显然还没翻篇呢。

正常情况下，男人不是该明确说不喜欢，然后哄哄女朋友吗？

她不好表现得太小气，却也足够矫情地说："说不准，如果碰上紧急手术，可能会很晚。"

宋焰答得挺爽快："行，我不打扰，你下班了给我电话。"

"……"许沁莫名就一口气郁结在了胸口，还镇定自若道，"好。"

开车去医院的路上，她不免想起那次李萌在宋焰面前娇羞温柔的姿态。她略略一审视，就发现宋焰是个对异性很有吸引力的男人。

路边的花花草草被人看被人摘尚且无妨，可自家阳台上养的被人惦记着，这感觉着实不好。

人就是这么奇怪，不确定关系前，一切好说；一旦有了约定，就有了要求，有了计较。

毕竟，本质上都是动物，骨子里的占有欲和领地意识，男女都一样。

许沁瞟了一眼车内的后视镜，镜子里她的眼睛下还有黑眼圈。前段时间太累了，暂时没法恢复过来。她又仰起脸看了一眼自己的鼻子和嘴唇，鼻尖小巧，唇形挺好，就是没什么血色。

嗯，没带口红。

一上午，许沁专心致志地工作，可中午吃饭的时候就有些心不在焉——手机里一条信息或一通未接来电都没有。

同桌吃饭的几个护士手机的信息不断，不是抽空和男朋友聊天，就是回复男朋友几小时前发的信息。

至于她和宋焰，就跟昨天的事没发生过一样。

许沁自认为不是个黏腻的人，可昨天种种柔情温存还在眼前，现在就来了这么个落差。

但这想法只在心中一晃而过，她并未过分在意。考虑到他说不打扰她工作，许沁很快就把这事抛去脑后了。毕竟，工作不能分心。

宋焰下午去了趟十里台消防大队找李萌，李萌他们出勤任务少，大部分时间在室内办公。

宋焰去的时候，李萌办公室里堆满了资料。

他拿起一本翻了翻，问："给社区发的宣传册？"

"又到冬季了，天干物燥，防火形势严峻。"

"也是。"宋焰点点头，目光扫过那堆资料，说，"再等一个多月过春节，满城放烟花爆竹，更要命。"

"可不是嘛。哎，你那伤怎么样了？"李萌在饮水机旁接热水时问。

"不碍事，下周上班。"宋焰坐下，接过她递来的水杯，低眼一见杯中舒展开的茶叶，便想起了许沁家中的茶叶，想起昨晚她在他身下绽放的姿态，不自觉地唇角就弯起来，笑了一下。

李萌绕去办公桌那边坐下，奇怪地问："你盯着杯茶笑什么？"

宋焰摇头不答，转动椅子回身看向她，说："索俊说我没事了？"

"嗯。说来这事你都没跟我讲，我一直不知道，不然或许还能帮点忙。"

"人情这事，还是不欠的好。"宋焰说。

李萌知道依照他的性格，是不会托她帮忙的，连忙说道："多亏你们队里的小伙子们联名上书把情况讲明，上边不处分你了。你救的那个婴儿现在代表着废墟上重建的新希望，意义太大，处分你算什么事？再说，你也受了伤，算是将功抵过。"

宋焰笑笑说："不伤胳膊断腿，不残不死，都是无功的。"

李萌："……"

"现在对外呢，你是消防员队伍里头的典型榜样人物，到时总结大会上会被表彰的；但对内，这事啊，你还是得写份检讨报告。”

“行吧。”宋焰说，“我让小葛写了，下周交给你。”

李萌：“……”

“走了。”宋焰刚要起身。

“喝完茶再走啊。”李萌想多留他一会儿，忽然看见什么，“哎，你脖子被虫咬了吧，红那么大一块。”边拉抽屉边说，“我这儿有药膏。”

宋焰不明所以地摸摸脖子，问：“哪儿……”摸着摸着就意识到，估计是许沁的吻痕。

李萌见他那表情，后知后觉地也明白了，脸色顿时就变了变。

“你有女朋友了？”

“嗯。”

“是那个医生？”

“对。”

李萌有一会儿无话可说，她是单恋，宋焰明确拒绝了，说话联系从来公事公办，没半点逾越之举；不接受她的帮忙，也从不给她半点希望和暧昧。她怪不得他，事情变成这样，她伤心，她也解脱了，可还有一丝难以释怀的怨气。

“那就祝福你吧。不过，既然说到这里，也提醒你一句，人都是重视自己爱的，轻视爱自己的，你当心一点。虽然你站在我的食物链顶端，但你也站在她的食物链底下。你这么多年都记挂着她，明明有理智却还是不管不顾的。你这么离不开她，把自己放在那么被动的位置，恐怕最后如果出了什么问题，这段关系里，伤得最深的还是你。”一通发泄后，又觉得自己说话太过，低声补充了一句，“当然，我还是希望你们能圆满，真的。”

“多谢！”宋焰不以为忤地笑了笑，略低下头，用食指挠了挠眉梢，再抬头时，眼神坚定地说，“放心，她离不开我。”

下班的时候，许沁终于有时间掏出手机来看。屏幕很干净，没有任何消息提醒。

过去的一整个白天，宋焰没给她打电话，也没给她发短信。

她稍稍皱了皱眉头，但喜怒皆未形于色，换了衣服回家。

开车过路口的时候，有一瞬间她想，宋焰会不会跟李萌去吃晚饭了。

她倒不会因这事不高兴，毕竟同事一起吃饭很正常，可——看一眼手机——怎么一条消息都没有？

许沁平时没什么娱乐活动，回到家打开电视又觉得各种节目都无趣。翻开书看一会儿吧，眼睛不知为何总不经意地瞟到桌上的手机。

那手机始终安静。

就这样一直到了晚上 9 点多，宋焰就像不是她男朋友似的，消失得干干净净。

他在干什么啊？为什么不联系她？

她想了想，拿起手机翻出他的朋友圈看。

他和她一样，朋友圈里没什么内容，只有寥寥几条转发的防火宣传，唯一一次发图片，也是防火通知。

没什么看点。

她随手点开一张图片，没想到下边显示了一个点赞和一条评论。

许沁奇怪，不知道他和她还有共同好友。

再点开一看，一颗点赞的心：詹小娆。下边跟着詹小娆的评论：“辛苦啦！”

许沁：“……”

评论是一个月前的，宋焰没有回复。

她差点忘了，当初就是她把他的手机号告诉给了詹小娆。詹小娆那性格，一定顺藤摸瓜死缠滥打加他好友了。

她又点开詹小娆的朋友圈看，一个多月前还鲜有照片，只是偶尔分享些小感悟和生活趣闻。而这一个月呢，全是各种自拍他拍，笑得一脸烂漫。

连许沁也不得不承认，她特别可爱，朝气蓬勃。

许沁还意外地在她的照片里看见了宋焰的身影，在四溪地的SOHO广场。宋焰弯着腰，卷着地上的水带，人群围在他两旁。

是宋焰救她的那一天。

一共两张照片，另一张是宋焰乘着扶梯下行离开的身影，高高帅帅的。那天他似乎心情不好，一脸冷酷，却让他看上去更显男儿气概。

詹小娆给那两张照片配的文字是："我的救！命！恩！人！啊啊啊啊啊啊啊！"

下边还有一条詹小娆自己的留言评论，估计是统一回复：

"超man！！！我想睡他！想睡他！"

许沁抿紧嘴唇，手机丢回沙发上，起身走到流理台边，把烧水壶里的水倒进杯子里喝。刚喝进一大口，猛然发现水是凉的，还没烧过，立即转身冲到池子边把水吐出去，吐完又想起倒进壶里的是矿泉水，可以直接喝。

"……"

她抓着个杯子，下巴上全是水，站在池子边，对自己有点无语。她又抽张纸把嘴巴擦干净，喝完杯中剩下的水，把杯子洗干净放好。

她回到客厅，重新拿起书看了一会儿后，最后终于还是拿起手机，调出宋焰的号码。

有无数问题想问，无数话语想表达，最后却只打出四个字：你在干吗？

她正想着他是在外头和朋友一起，还是在家陪舅舅时，手机"嘀嘀"一声，来了三个字：想我了？

这话瞬间戳中许沁心口最柔软的一处。莫名地，她的眼睛有些发热，耳朵也有些发烫，积压了一天的郁气被他这三个字拂得了无踪迹，只剩一颗心在胸腔里怦怦地跳。

本能地回了一句：嗯。

发送出去才想起，就应该回“不想”，噎死他。

可他很快回复：那我来找你，10 分钟后到。

她瞬间被哄得心花儿开。

许沁握着手机，自己都没察觉自己在抿嘴笑：好啊。

她放下手机，立刻跑去洗了把脸，梳了梳头发，又把口红翻出来对着镜子涂嘴唇。

弄好了坐到沙发上看书，刚拿起书又想到厨房的垃圾还没丢下去呢，于是拎了垃圾袋下楼。出了楼道，她在小路边眺望了一下，很快就看见宋焰的身影朝这边走来，手里似乎还提着个袋子。

她把垃圾袋扔进垃圾桶里，站在路边看着他走来。

也是在这个时候，她才注意到，白天出过太阳，小区里的雪都化掉了。只有树上几处照不到阳光的地方，枯树枝上堆着一条条的雪。

宋焰已走近，几步跑到她跟前，眼中含笑：“想我了？”

“没，就看你一眼。不然，都忘记你长什么样了。”许沁说。

宋焰了然地点点头，说：“也对，你记性不好。”说完稍稍一歪头，安静地瞧着她，一副任她观赏的模样。

她的心蓦然就跳了一下。

四目相对，彼此的眼睛都在夜色中明亮着。

看久了，他笑了一声：“好看吗？”

她不愿承认，挑挑眉：“还行。”

他又问：“看好了吗？”

她无所谓地别过眼睛去，看路灯："看好了。"

"看好了，我走了。"他转身就走。

许沁一愣，立马上前去拉他："想——"

宋焰回身便迅速握住她的后脑勺，低头含住她的嘴唇，狠狠吮舔一下。许沁始料未及，眼睛还来不及闭上，只本能地缩起肩膀踮起脚。可他咬一口便松开了，留她独自心脏狂跳。

他看一眼她还没反应过来的懵懂样，眼里闪过一丝顽劣的笑，大掌揉揉她的后脑勺，把她揽进怀里，下巴蹭了蹭她的鬓角，笑出声来，似乎觉得逗她很好玩。

"你这口红我喜欢，看见就想咬。"

"想亲我就直说，还怪口红。"许沁哼了一声，稍稍调整着紊乱的呼吸。

"行，"他大方承认道，"我看见你就想亲，看不见也想亲。"

许沁不禁轻轻笑了。她趴在他怀里，微微喘气，欲搂他的腰，却碰到他手中的袋子，低头问："你提的是什么？"

他想起正事："你车停哪儿了？"

地下车库。

许沁摁了摁钥匙，"嘀嘀"两声，白色宝马闪了两下光。

宋焰从纸袋里拿出一把安全锤，递给许沁，交代道："如果遇到突发情况，被困在车里，用这个砸玻璃。"他点了一下车窗玻璃的四个角说，"记住了，砸边角，不要砸中间，中间不容易破。"

许沁点点头，拿着锤子比画了一下。

他扳正了她手的角度说："锤子尖端与玻璃垂直，成 90 度角，力量才最大。集中砸一个点，千万不要因为慌张而到处乱砸。记住了吗？"

她点头："记住了。"

“记住什么了？”

“砸边角，要垂直。”

“乖。”他摸摸她的头。

她手里还拿着锤子比画着。

他靠近她身边，握住她的手，纠正：“靠手腕用劲，别用整只胳膊，费力。”

他带着她试了几下，低声问：“找到感觉没？”

“嗯。”她点头，稍稍分心。此刻的他异常认真，异常迷人。

他松了她的手，退后一步：“再试试。”

许沁对着玻璃边角，轻轻挥了几下，姿势角度都正确。

她忽而抿唇淡笑。

“笑什么？”

“想起上次暴雨，你救了我。那时候觉得好巧啊，你也没想到从车里拽出来的人是我吧？”许沁说，“我也没想到是你，更没想到你能把车推上去——这么尽职，难怪你能当队长。”

宋焰笑笑，没接话。

他收了她的安全锤放进袋子里，又从袋中拎出一个小型灭火器放在地上，袋子里头还有一个灭火器。

他把袋子卷好了塞在副驾驶座位下：“放这里了。”

许沁伸着脖子一看：“怎么多一个灭火器？”

“教你啊。”他笑了一声，把灭火器递给她，“这个很简单，把这里的铅封拧掉，保险栓拔出来，再压一下把手，就行了。”

许沁拨动灭火器上的铅封，有些好奇，抬眸看他：“现在可以拧开试试吗？”

“多带的这个，就是给你试的。”

许沁眼里顿时闪过兴奋，她拧开铅封，抽出保险栓，双手放在把手上，准备摁压时，看了宋焰一眼。

宋焰笑起来："这又不是开枪，没那么大后坐力。"

许沁于是放心了，用力摁了一下把手，噗的一声，一大团白色烟雾喷射而出。

她当即就笑了起来，是咧开嘴的笑，笑意装满了眼底。她又摁了一两下，噗噗射出好几团烟雾，飘飘散散地围绕在她脚边。

宋焰插兜站在一旁，凝视着她大大的笑容，不自觉地嘴角也弯了起来。

"简单吧？"他问。

"简单。"她开心得忍不住笑意，"挺好玩的。"

"好玩。"他重复着她的话，淡笑一声，"但愿你永远用不上。"

他关上车门，她瞧见他袖子上有灰尘，帮他拂了拂，落在手上却是浅蓝色的粉末，"这是什么？"

宋焰拍拍袖子，说："不知是在哪儿蹭的。"

许沁没在意，问："这个灭火器放在哪儿？"

"带回家。"

"噢。"许沁抱着那个小罐灭火器，像抱着一罐金子。

"别在家里头瞎玩，听见没？"

"听见啦——"她轻声说。

走到停车场拐角，许沁望见墙上的消防栓，不知怎的想起詹小娆的朋友圈，随口问："你和詹小娆还有联系吗？"

宋焰："没有，怎么突然问这个？"

许沁怀里抱着灭火器，语气很随意："哦，看见她在你朋友圈里留言了。"

宋焰极淡地笑了一下："吃醋了？"

“没。”许沁立刻否定。

“没有就好。”

没下文了。

而许沁以为会有一个简短的安慰或轻哄呢，他一笑撂过去，她又不好追问了，会显得不太好。

可这就像今早的李萌事件卷土重来，再想起他一整天的消失不见。不知为何，原本消失了的郁结，又隐隐约约地浮了起来。

正没个出口呢！

宋焰问：“今天工作累吗？什么时候下的班？”

他语气竟还若无其事，许沁不知该回答 6 点还是 9 点，一时心乱，忽而反问：“你今天想过我吗？”

他闻言，停下脚步。她还在快速朝前走，他伸手拉住她，拉得她转过身来面对他。他上下扫她一眼，问：“怎么了？”

她稍稍露出讶异的样子，语气稀松寻常地说：“没怎么啊。哦，就是你一天都没联系我，我以为你忙呢。”

“不是说因为你忙，让你下班了给我消息吗？”宋焰看着她的眼睛问。

许沁顿时哑口无言，像是自打耳光的傻子。可……不对，这话是他说的，但……他说的时候她也没反对。

自作自受。

她盯着他看了一会儿，忽然问：“宋焰，你是故意的吧？”

宋焰：“故意什么？”

“故意这么吊着我。”

“我是不想打扰你工作。”宋焰眼神平静，用解释的语气说，“你一给我发消息，我就立即来了，是不是？”

许沁再度无言以对，被噎个半死，横竖都说不过他。是啊，她一发消息他就来了，还寥寥几个字就让她忘了一整天的烦恼，把她哄得服服帖帖。可……为什么胸口更加郁结了？

她微微笑了下，仿佛这是她不在意的一桩小事，说："哦，对，是我忘掉了。"

她跟没事人一样，推门进了电梯间，回头看向他说："啊，差点又忘了，我今晚要研究几个病历，也会很忙。"说这话时，眼神笔直地看着他。

宋焰稍稍挑了眉，有些遗憾，但最终还是叹了口气说："那好，我就不上去打扰你了，记得早点休息。"

"……"许沁点点头，"好。"

她抿着嘴唇摁下了电梯键。

电梯原本停在一层，很快就下到了负一楼。

宋焰过来在她额头上亲了一下，揉揉她的头发，轻松告别。

许沁只能笑笑，还冲他挥了挥手，一转身，便寂静无声地走进了电梯。她的眼睛在电梯键上找楼层，没工夫看他。

电梯门关上了。

她顿时就靠在了电梯壁上，沉默地望着天花板。电梯灯虚白一片，不知为何，她心里一顿一顿地疼。

许沁独自回到家中，看看空荡荡的客厅，再看看怀里小小的灭火器，一时不知道要干什么。

她慢慢地挪到墙边，靠在墙上，沮丧得不行。明明不久前在地下车库还很开心，怎么现在又搞成这样子？这一整天，心情因为他七上八下，像坐过山车。

她低下头，用力揉了揉额头。余光瞥见他穿过的拖鞋，她扭头，盯着那拖鞋看了一会儿，也不管了，上去就是一脚，可怜而无辜的拖鞋被踢飞到楼梯口。

正要过去再踢一脚，门铃突然响了。

许沁愣了一愣，灭火器都还没来得及放下，就跑去拉开家门。

宋焰站在门口，安静地看着她。

许沁一口气提到胸口，却也没说话。

宋焰走进来，她稍稍退后一步。他将身后的门合上了，走到她身边，把她揽进了怀里。

许沁嗅到了他衣服上淡淡的香味。

他低声说："好了，不逗你了。"

她埋头在他胸前，立时就踢了他一脚。

他挨着她，轻叹道："这些年，变了啊，有事都闷着了，好歹你以前还窝里横啊。"

她立刻又踢了他一脚："你闭嘴。"

宋焰这才笑了一下，又问："晚上真要研究病历？"

她不吭声。

"真有，我也留这儿不走了。"他说着，把她手里的灭火器抽出来放到柜子上，人已把她抵在墙上，低头吻住了她的唇。

其实，他有私心。

都说人最耿耿于怀的，莫过于未得到和已失去。

如今她已得到，且尚未失去。如何再念念不忘，莫过于得到了而想要更多，还时刻不愿失去，害怕失去。

于是他把她往这个状态上轻轻推了一把。

可他见不得她那心里失落得要命，却还要装作无所谓不在意的样子。是真见不得，一见，心里就跟刀剐似的，难受。

客厅内灯光昏暗，一只拖鞋孤零零地歪在楼梯边。浴室里水声淅沥，一男一女赤条条地抵靠在墙壁上。

许沁坐在宋焰掌心上，被他稍稍抱起，悬空的姿势让她不安而敏感。她搂紧他的脖子，颤抖中近乎发泄般吻咬着。

宋焰略略停下，啄一啄她的鬓角，低笑道：“悠着点啊，别在脖子上啃，被人看见了不好。”

“哦。”许沁应声，隔了半秒，轻声道，“可我就是忍不住，怎么办呀？”

她极少如此明目张胆地撩拨他，而宋焰显然十分受用，笑容一点点放大，哑声道：“那就别忍了。”

不忍了。

心底的情与欲、爱与怨，尽情释放。

浴室中，镜上渐渐蒙起一层薄薄的水雾，镜中两人交缠的身影慢慢模糊不清，融为一体。

客厅里，依旧昏暗而安静。

落地窗外，夜色正浓。

夜深了，他搂着她，在床上睡去。

半夜，怀里的她拿手指抠了抠耳朵，他睁开眼睛问：“还没睡？”

“你呼气呼到我耳朵上了，痒。”她说。

宋焰稍稍调整了一下姿势：“这样呢？”

“好了。”她也扭过身来，搂住他的腰。

他睡意去了一点，问：“今天工作累吗？”

“没什么特别的感觉，习惯了。”

“没遇到特别的事？”他似乎对她的工作很感兴趣。

许沁想了想，说：“没有啊——哦，隔壁组有。”她揉揉眼睛，慢慢道，“今天送来了一个出车祸的孕妇，情况危急。李医生接的病人，打算保大人。当时的情况，留小孩很可能两个都丧命。男方家人不肯，说肚子里是个男孩，非要孙子。”

“然后呢？”

“一个都没留下。”

宋焰鼻子里哼出一声极淡的冷笑。

“在医院，各种事情见惯了。”许沁倒比他平静很多。可垂眸思虑半刻，忽然问：“如果是你呢？”

“我怎么？”

“你是要大人，还是小孩？”

“废话，当然要你。”

许沁抿唇笑，往他怀里挤了挤，隔一会儿又突发奇想，问：“那要是我身体不好，生小孩特别耗损呢？”

“那就不生。我跟你那圈子里的人不一样，没有皇位要继承。”他居然还有兴致故意调侃她，她轻轻踢了他一下。

可蓦地，她就想起了之前付闻樱给她安排相亲的那位男士。

那个有钱有貌、有学识有才华的男士说：“你什么都不用做，不上班都行。嫁进我家安心享受生活，只要生个儿子就好。”

许沁想及此处，不禁把宋焰搂得更紧了。

“宋焰？”她抬头。

“嗯？”他正欲睡觉，缓缓睁开眼睛。

“你喜欢我什么？”

他认真想了几秒，然后说：“不知道。”

“不知道？”许沁皱眉说，“说得像我没优点似的。”

宋焰觉得好笑：“如果是现在，在相亲市场上认识你，就会衡量：嗯，这女的长得不错，性格还行，工作体面，家庭条件好，这些我都喜欢。但我认识你那时候，太早了——太早了，那时候还什么都来不及考虑，就心动了。人都没想明白呢，哪里知道为什么……”

他缓缓说着，睡意再度来袭。她安安静静听完，没再打扰。

喜欢你，不是因为你的优点或缺点，而是因为喜欢你了，才会去喜欢你的一切特点。

许沁忽然就觉得很抱歉，明明喜欢他，却在不停地去衡量他、比较他。

而现在呢，因为喜欢，又更加敏感在意。

“许沁。”他忽然轻声开口。

“啊？”

“以后和我多说话。”他闭着眼睛，仿佛呓语。

“说什么？”

“心里想什么就说什么，不要憋着。像以前那样，高兴就笑，不高兴就发脾气。”见她没有回应，“嗯？”

“好。”

他抱着她睡了，迷糊之际，听她说：“有时候我很羡慕那些眼睛会说话的女生，也想有那样的眼睛。”

“为什么？”他真的困了，闭着眼睛，喃喃地问。

“想说的话不用说出来，眼睛就可以让人看出快乐悲伤啊！”可她的眼睛永远和她的人一样沉默、压抑。

“你不需要有。”他挪了挪，把头埋在她头发间，沉沉睡去，“我看得懂。”

许沁缓缓抬眸看他，他合着双眼，呼吸均匀而又绵长，睡着了，手还搂在她腰上。

夜色昏暗中，他褪去了清醒时的坚毅硬朗，男人柔软而脆弱的一面，在她眼前展露无遗。

他的心跳在她耳边，他的体温在她脸颊蔓延，他的香味萦绕身前。此刻的幸福感像满满溢出的温水，柔软地盈在心里，缓缓溢满全身。

许久不知这甜甜的滋味是什么，现在尝到了。

第十章

反弹·绝不相负

“这一次，我绝不先负你。”

“宋焰，我会爱你的。”

许沁到医院的时候，离上班时间还有一分钟。

小西奇怪地问："许医生，你一直都提前一刻钟来的，最近是怎么了？"

许沁说："这几天起床比较迟。"

小北问："最近很累吗，要睡很久？"看看她说，"可我觉得这些天许医生气色变好了呢。"

许沁："……"

小南："嗯，脸上红红润润的，很滋润。"

许沁："……"

她不言不语地穿上白大褂。

小北说："对了许医生，给你带的粥在这儿，赶紧吃几口，过会儿就没工夫吃东西了，得饿到中午。"

许沁说："我吃过了。"她把钱递给小北，"以后不用给我带早餐了。"

"不用怕麻烦的，小东小西的都是我带的。"

"在家吃了。"许沁淡淡地说完，就走了。

几个护士面面相觑。

小西问："许医生不会是谈恋爱了吧？"

小东说："不可能吧，她这几天看上去没什么不同。"

小南说："工作的时候是没有，可闲的时候看手机了，以前她都不碰手机的，现在有时发消息，还抿着嘴巴微笑呢。吓死我了！"

小北说："我倒比较好奇，什么男人能将许医生这张冷淡的脸逗笑起来。"

"嗯——"众人齐齐赞同地点了点头。

快到中午的时候，120 急救中心接了一起救援。

公交车上有人泼汽油点火，救护车赶去时，车烧成了个大灯笼。

好在乘客都逃出来了，消防员也迅速灭了火。伤者被送进医院，大都逃出及时，不是很严重，被聚集到一起统一处理。

许沁照顾完手头的病患时，突然听到一个响亮的声音："嫂子！"

她起先没注意，直到那人又喊了声："嫂子！"这声音似乎是冲着她来的，还有些耳熟。许沁这一回头，看见了翟淼。

翟淼招招手，朝她跑来。

许沁上下看她一眼，她衣服乱糟糟的，衣服下摆烧破了个大口子。

许沁问："你也在车上？"

"对啊！"

"受伤了没？"

"没有。"翟淼下巴一挑，这动作和少年时的宋焰如出一辙。她说："还是我拿安全锤砸碎玻璃，带着大家逃出来的呢。要不是我，你现在就没这么闲了，得给人动大手术。"

许沁："……"

不过，她倒想起那夜宋焰教她的逃生方法和灭火方法，是真把她放在心上的。

翟淼说完，还挺兴奋地看着许沁。两人大眼瞪小眼地对视一会儿后，许沁隐约明白了，淡淡地表扬道："你做得真好！"

翟淼立即接话："我好歹是消防员家属，这点事都办不成，就太给我哥丢脸了。嫂子，你说是不是？"

许沁一愣。先前担心她的伤没注意，这下才发现她这称呼不对劲——宋焰已经告诉翟淼他们俩在一起了？

"你还是叫我许沁吧。"

"那不行。我哥说了，不能对你没大没小的，不然揍我。"

许沁："……"

"我爸妈也说了，做妹妹的不能不像样。"

许沁："……"

这，舅舅舅妈也知道了？分明上次见面还很讨厌她的……

"虽然我以前跟你有一些不愉快，但那是因为拿你当外人呢。现在是一家人了，我不会再像以前那样讨厌你了，你以后就会知道我有多好了。"翟淼说，"以前的事，我们就翻篇吧。"

许沁："……"

一家人。

宋焰到底跟他家人说了些什么？

她不知道的是，其实宋焰什么也没跟家里人说。

只在有一天吃饭的时候，他简短地说了句："我和许沁在一起了。"

至于别的，行动说明一切。

许沁说："你的衣服烧坏了，要不要重新换一件？我这儿有备用的。"

"没事。"翟淼拍拍衣服上的灰尘，"就下摆烧破了，还能穿回去。"

许沁微微一蹙眉，摸了一下她的手肘处，摸下一抹浅蓝色的粉末。这触感竟和上次在宋焰袖子上摸到的一样。

"这是什么？"许沁问。

翟淼一愣，张口就来：“粉笔，可能是在学校擦黑板的时候蹭到的。”

许沁将信将疑。

翟淼一见她那表情就发觉不对了，想想肯定和哥有关，立马找补道：“也可能是在家蹭的，我爸做木工要用粉笔画标记。”

“哦。”许沁点头，微蹙的眉心平复下去。

翟淼见了，知道自己猜对了，顿时就腹诽道：宋焰啊宋焰，我一个少女被你拉去当苦力也就算了，还得发挥聪明才智查漏补缺地帮你哄老婆。得送我十台 MAC 才行。想想还是算了，他那钱还是留着当老婆本吧。

再看看许沁，翟淼心里又由衷地羡慕她，羡慕她有一个像自己这么好的小姑子。

哪个小姑子会像她一样，还在读大学就想着以后挣钱了，给嫂子买包包呢？

许沁见翟淼看着自己，那表情异常亲切友爱，不太习惯，她眼神略略移开，双手插进白大褂兜里，说：“你没事就早点回去。”

“好啊，你继续忙吧。”翟淼冲她摆摆手。

许沁微微点了一下头，转身走了。

翟淼看她转身离开，忽地想起了初雪后的那天上午，阳光灿烂，一片晴朗。

她仰头问坐在人字梯上的宋焰：“怎么就在一起了？她这回答应，万一以后又反悔，跑了呢？”

宋焰说：“以前她不知道和我在一起有多好，以后她就知道了。”

若是外人听到，大抵会笑这男人太自信狂妄。而翟淼却知道，这是再真实不过的爱与承诺。

翟淼看着许沁远去的身影，叹了口气，她由衷地羡慕她呢。

但是许沁，这次，你可千万别再负我哥。

周五下班后，许沁从停车场出发时，照例拿出手机准备给宋焰打电话。和平时一样告诉他自己下班了，没有临时加班。

她开车回去10多分钟，宋焰从自家出门去她家，也得10多分钟。

同时出发，两人刚好可以在楼下碰面。

大部分时候都是他到得比较早，站在楼下抽着烟等她，然后两人一起步行去超市买菜回家做饭。

可今天拿出手机时，许沁突然想起每次都是他先到，今天不如换她等他好了。

她于是收了手机，开车出了地下车库。走了快半程，遇到红灯才给宋焰打电话报告下班。

放下电话，想到宋焰过会儿见到自己时的表情，她还忍不住淡淡地笑了一下。

但今天一路都是红灯，运气不太好。不过也不要紧，耽误不了多久。

许沁把车开进小区地下车库停好，一下车就跑。她跑到离自家最近的出口，看见黑夜如墨。

深冬的北方，下午6点多，天色就很黑了。

透过遮雨玻璃窗外的重重树影，她看到他居然又先到了，在楼道口等待着。

这次，他站在路灯光线外的阴影里，融在夜色中，身影模糊不清，似乎背对着小区马路，面朝着住宅楼的方向。

许沁想一想，沿着冬青的灌木丛，放轻了脚步潜行过去。

花坛里几大株铁树挡着，方便她隐藏。

她慢慢靠近了，突然就蹦出去：“喂！”

而就在跳出树丛的那一刻，她意识到了不对，他不是宋焰。

可，来不及了。

她已不可控制地冲向他。

他听见她的声音便转身，她扑进他怀里，搂住了他的腰。

而孟宴臣几乎是本能地将她紧紧抱住。

许沁一怔，立即就要推开孟宴臣。

但孟宴臣不松手，将她抓得更紧了。他双眼审视着她的表情，仿佛不敢相信刚才那调皮撒娇的声音和亲昵无间的动作竟都来自她。

可瞬间她就又变成了许沁的样子，面色淡漠，强作镇定，却掩饰不住一丝慌乱。眼睛四处看，像在找寻什么，双手在他胸口又推又搡的，声音压得极低："孟宴臣，你疯了？"

两人推拉之际，身后传来一道冷淡的男人声音："抱着我女朋友，打算什么时候松手？"

许沁顿时一惊，回头。夜幕下，宋焰脸上乌云笼罩。

她用力推开孟宴臣，恰好他松开一只手，她脱了桎梏，要朝宋焰跑去，可另外一只手被孟宴臣收得更紧。

宋焰眼中生寒，猛地抓住许沁的手就将她扯过来。

许沁一个趔趄扑向宋焰，被他拉到身后挡住。

他盯着孟宴臣，眼中怒意飞溅，仿佛下一秒能上去撕了他。

许沁手腕生疼也顾不得，拉住宋焰的手说："我认错人——"

"上去。"宋焰打断她。

许沁一愣，还要说什么，宋焰扭头看她，淡声问："怎么，怕我把他打死？"

许沁听他说话那语气，顿时就背脊发凉，知道他是真的恼火了，立马松了他的手，转身快步走进楼道。

孟宴臣见她头也不回，不经意间将牙关咬紧了。

夜晚寂静，女人的脚步声很快消失在楼道里，能听见里面传来电梯门开时“叮”的一声。

楼道里的灯光照射出来，像一张光明的毯子铺在地上。毯子的尽头，宋焰与孟宴臣分站两角。

十年不见，彼此都变化不少，都从当年单薄的少年长成了高大的男人。可有些东西丝毫未变，比如身份的悬殊，比如这势不两立的架势。

四目对视，双方的敌意与恼恨都暴露无遗。

这世上，最能挑起男人仇恨与战胜欲的，莫过于抢女人。

有一瞬间，宋焰是真要揍孟宴臣的，但许沁听话地进了屋，这个行为对他的安抚作用不言而喻。

而且刚才的一切，孟宴臣都看到了。他是个聪明人，自然明白今时不同往日，这里不再是当初的溜冰场，而他成了彻头彻尾的输家。

“你是她哥，注意点儿分寸。”宋焰警告他。

一句话便把孟宴臣最无力改变的痛处戳了个穿，任是孟宴臣再怎么冷静，脸色也微微变了。

而面对落败者，宋焰没兴致继续羞辱。撂下这句话，人拔腿就往楼道里走。

才走出两步，身后孟宴臣开口道：“你和她是走不下去的。”

宋焰停下。

孟宴臣说：“只要家里不同意，她就不可能跟你有结果。她这些天都不回家，就是在逃避，你看不出来？”

宋焰心里清楚，距那天早晨付闻樱给许沁打电话，又过去了一个星期。

那个周末，许沁以加班为由，没有回孟家。

他淡淡一笑，说："轮不上你操心。能不能留住她，看我的本事。"说着，继续往里走。

"然后呢，让她为你放弃一切，满足你的私欲，你就能心安？"孟宴臣脸上终于划过一丝厌恶之色，"宋焰，你也配？"

宋焰再度停下。

"扪心自问，你配得上她？"孟宴臣不急不缓地说着，平淡一笑，笑里讽刺鄙夷皆有，"你看看这个小区的环境，看看她住的地方。如果不是她，你连这小区的门都进不了。你掂量掂量，自己不清楚？"

宋焰的拳头越握越紧，青筋暴起，仿佛下一秒就会回身去揍他的脸。但孟宴臣继续一字一句道："就凭你这些年都没混出个人样来，你就不配。"

宋焰握紧的拳头攥着，攥着，却又缓缓松了下去。

"当年因为家境悬殊而被甩，但凡你有一丝血性，一丝骨气，就得千方百计地混出头来，才配得上她。可现在呢，呵，我原以为你至少能有点儿出息，算我高估你了。你看看你现在的样子，从头到脚，你有什么？让她为了你和她过去拥有的一切对立，"孟宴臣说及此处，语中生恨道，"你凭什么？"

宋焰原地站了数秒，只字未语。

片刻后，他转身，走到孟宴臣的对面，路灯下，靠在路灯杆子上。路灯光自上而下打在他头顶，在他眼窝里留下深深的阴影。

他从兜里掏出烟盒，抽出一支烟含在嘴里，拿手挡着冷风点燃了，吹出一口烟雾。

他微眯着眼睛，隔着烟雾看孟宴臣，抬了抬手，问："来一支？"

孟宴臣站在通道的另一侧，冷漠以对，不予回应。

宋焰极淡地勾了一下唇角，却不含半点笑意。

他把烟盒和打火机塞回兜里，又抽了一口烟，才问：“孟宴臣，你了解她吗？”

“除了知道她这人心思敏感，闷葫芦一个，你还知道什么？”宋焰淡淡地笑着问，问完便笑意全失，“你根本不了解她。”

宋焰说：“我知道，中学那会儿你就恨我，恨我带坏了她。”

孟宴臣下颌绷紧了，拳头也握紧了。过去这么多年，他依然耿耿于怀。

“事实呢，是她想玩，想疯，想野，想自由。被压抑太久，方式就偏激了。”

宋焰头靠在路灯杆子上望着夜空，灯光映在他眼睛里，明亮得像碎掉的玻璃。

他对着夜空长长地吐出一口烟，烟雾落下来，笼罩在他寂寥的脸上。

“但那时候，她至少是活的。”

夜色更浓了。

孟宴臣立在夜幕里，脸色苍白。

他没见过宋焰口中活着的许沁是什么样子，是不是刚才那个冲进他怀里的陌生而温暖的女孩，那个样子？

“……所以，你问我凭什么，”宋焰缓缓低下头，看着孟宴臣，他的眼睛像夜色一般漆黑，笃定地说，“就凭刚才她的笑声。”

孟宴臣已苍白得无力反驳。

是啊，刚才她脸上的笑容他看得清清楚楚，活生生的，却在见到他的一瞬间消失了。

一股尖锐的痛在心上蔓延，不可控制。

“那时候，她至少还有点人样。现在呢，好，十年过去，压抑得一点血性都没了。”

宋焰微低下头，食指轻点烟身，敲着烟灰。他想起了那天她进电梯时脸色凄惨无助得要哭了,却还强作镇定地找电梯键又不敢和他对视的模样。她连生气吃醋都不敢对他讲，怕他不喜欢，怕她被嫌弃。这模样一如那个初进孟家时不敢讲话、不敢吃饭、不敢出声的孩子，越是珍惜失而复得的温暖，就越怕被人抛弃。

他手指猛地一抖，烟灰断了，散在风里。

“她拿你们当至亲，你们拿她当什么？”宋焰低声问，语气里的怒与恨却再也压抑不住，“她的性格怎么样，你们不清楚？表面冷淡，什么都不在乎，实际就是个包子，重感情，掐住她命脉了就极好拿捏。你家人再清楚不过，她表面伪装得再好，内里还是软柿子。可你们不会管她嫁到别人家会怎么被欺负，只要当一枚好棋子发挥联姻作用，给你的仕途铺平道路就行。反正就算压抑到死，她也不会对你们抱怨一个字。”

听到这番话，孟宴臣再也难以抑制胸口的憋屈与怨怒，一字一句地狠狠道：“我不会拿她来铺路！”

“你能保她？”宋焰反问道，“你自身难保，孟宴臣！”

孟宴臣脸色惨白，压低了声音用力道：“我父母也不是你讲的那样不堪。他们有他们信奉的一套规则，这规则的确压制了我，压制了沁沁。但沁沁是他们的女儿，不是棋子——也正是，”他扯着嘴角笑一下，已是苦不堪言，“正是因为他们把沁沁当亲生女儿看，我才……”

才不能做出父母眼中“乱伦”的事来伤害他们。

他说不下去了，口中心里已苦得无尽无边，苦得他的脸颊几近扭曲。

宋焰无言，看着孟宴臣，这一瞬间突然明白了他和许沁之间悲剧的根源。但宋焰什么也没说,孟宴臣的痛苦已经无以复加,真相或许会将他击垮。

“回去吧，”宋焰说，“你和你的家人，都不要再让许沁为难了。”

孟宴臣极轻地摇了摇头，却不知是在否定什么。

漫长的无声之后，“她在吃安眠药，你知道吗？”宋焰忽然低声开口问道。

“还有抗抑郁药。你说这小区好，是挺好的。”宋焰抬起头，挑一挑下巴，看着高楼之上的家家灯火说，“孟宴臣，你抬头看看，你觉得就凭她之前那种状态，要等到什么时候，她就会从那上面跳下来？”

夜风吹着，孟宴臣的身子狠狠地晃了一下，仿佛他单薄得成了一张纸。那张英俊的脸上顿失血色，只剩表情凄惶。整个人像是陷入最深的劫难里，万劫不复。

宋焰点到即止，一支烟燃尽，他从路灯杆上站直了身子，说：“你们家，没有一个人有资格跟我说‘配’这个字。”

他扔了烟，往楼里走去。

楼道里的灯照着宋焰，在户外拉成一道长长的影子。很快，就不见了。

孟宴臣独自站在冬夜的冷风里，痛苦？悔恨？

十年了，日日夜夜，他没能走出来。可至少，至少她还在。

以后呢，以后的日子该如何熬？

他转身离开，下台阶时，身子晃了一下。

一步一步，人走远了。

水泥地面上，留下几小点濡湿的水渍，像是谁滴下来的泪。

不为人知。

烧水壶里的水开了，“咕噜咕噜”地沸腾着。

水壶尖叫警报了好一会儿，许沁才反应过来。她赶紧端起水壶，把水倒进玻璃杯里。

倒完了，人又愣怔地站了一会儿，不知下边那两个男人怎么样了。

她失神地伸手去拿水杯，碰到杯壁一片滚烫，手指猛地一缩，这才想起是刚烧开的水。

她对着手指吹了好一会儿，还是烫，后知后觉地反应过来了，又赶紧去凉水下冲洗。

这时，门铃响了。

许沁一惊，立刻关了水龙头跑去门口。刚要开门，想了想又透过猫眼确认了一下，是宋焰。

她喘了一大口气，立刻拉开门，一见到他，呼吸微窒。

宋焰沉默地看她一眼，脸上没有任何表情地走了进来。

许沁猜不出他心中所想，不免惴惴的。

他一言不发，关上身后的门。

她小声问："没打架吧？"

他扭头看向她，手在门把手上一摁，把刚关上的门又拉开了，他下巴往门外挑了挑："去，下去看他。"

许沁汗毛倒竖，赶紧上前把门推上。

一回身，宋焰整个人已逼近过来，将她紧紧压靠在门板上。

她贴着他的胸膛，夹在他和门板间，呼吸不畅，抬眸便见他眼瞳幽暗地凝视着自己。

许沁这会儿不敢惹他，想了想，便伸手去摸他的脸。刚触到他的脸颊，他就握紧她的手腕，摁死到门板上。

她来不及惊呼，他的另一只手已扯开她的裤子。

他的手狠狠地掐了一把她的臀部，她浑身酥麻，轻叫一声，蓦地踮起了脚，仰起了头。

"认错人了，嗯？"他凑近她耳边，暗声道，"要死啊你。"

许沁早起刷牙的时候，发现牙膏用完了。她拉开镜子后边的壁柜找新牙膏，看见几盒药，是她之前在各个医院诊所找不同的大夫开的。

她探出脑袋往洗手间外看，宋焰已经下楼了。

许沁把那堆药扔进垃圾桶，又扯了几片纸巾盖在上边。

洗漱完毕后下楼，部分早餐已上桌，煎鸡蛋金黄圆润，香味扑鼻。

许沁拎着垃圾袋放到门边，一边回到池子旁洗手，一边问："后天星期一，你要上班了？"

"嗯。"宋焰正往碗里盛粥，"我这病假也休息得够久了。"

"噢。"许沁关上水龙头，问，"那我要一个月后才能见到你了？"

宋焰闻言，侧眸看她一眼，她正拿纸巾擦拭着手指。外科医生的手又白又细，十指修长。她脸色平平静静，擦手指的动作缓慢又仔细。

他低声调侃道："要一个人住，不习惯了？"

"没有啊，以前就是一个人住。"她逞强说，"这些天你在这儿，我才不习惯呢。"她接过他手里的粥，走到餐桌边坐下。

宋焰感觉好笑，坐到她对面，道："或许下周末就回来。"

许沁眼睛一亮，表情却克制着没什么变化地问："为什么这么说？"

"去年底就收过文件，队里工作制度改革，以前的月休制换成了周末轮休制。"

许沁追问："周末轮休是什么意思？是几组人员周末轮班，一组休息一天？还是只要碰上周末，不值班的就可以离开营地，休息两天？"

"这段时间没归队，具体情况还不清楚。"

许沁舀着碗里的粥，微微点头。不论一天还是两天，她都已经满意了，好歹不用等一个月。

她说："这样还挺人性化的。"

宋焰盯着她那表情看，笑出了声，说："还有更人性化的。"

许沁问："什么？"

宋焰说："已婚的每晚都能回家。"

"……"许沁将信将疑，"真的假的？"

“真的。”宋焰身子稍稍前倾，隔着一张桌子，许沁都能感受到他的气势。他的黑眼睛盯着她，低声诱哄：“你考虑考虑，来解救我？”

许沁脸上一辣。

解救他什么，放他每晚回来折腾她？

她微红着脸迎上他的视线，正想判断他说这话是调戏还是正经的呢，椅子上的手机就响了起来。

许沁赶紧别开眼神，去摸手机。

宋焰感觉有些好笑地勾勾唇角，筷子夹起煎鸡蛋，放在嘴里咬了一口。

许沁回身抓起手机，一见屏幕上显示的字，心里就“咯噔”一下，也不看宋焰，拿起手机就快步走去阳台接起：“喂？”

“沁沁。”付闻樱声音有些低，听得出心情不太好。

许沁当下就头皮一麻：“哎，妈。”

“这周末有工作？”

“嗯。”

“上周末让你回来你就没回，这孩子长大了，就越来越不听话了。”付闻樱说，“也不想爸爸妈妈了。”

许沁走到阳台角落，低声说：“是因为工作有些忙。”

“看看，我之前是不是说过，你这工作不顾家？相亲没时间，恋爱没时间，以后结婚也没时间。沁沁，你已经28岁了，不小了，知道吗？”

许沁回头看了一眼室内的宋焰，他在吃早餐，没有理会这边。她又回头看向楼下冬日里的五芳街，微一咬唇，说：“妈，我自己的事我自己会处理的。”

这话一出口，那边有几秒没有回话。

她极少说这种话。

长时间的沉默让许沁有些忐忑：“……妈？”

“沁沁，”付闻樱再度开口，“今天晚上回趟家，你已经一个月没回家了。”

许沁抬手摁了一下额头：“明天吧，明天我休息，一早我就回——”

付闻樱打断她说：“今天晚上就回来。如果你实在是忙到了这种程度，一个月都回不了家，我给你领导打个电话，帮你请个假。”

“……”许沁微微皱了眉头。

电话两端皆是无声。

沉默良久，许沁说：“知道了。”

付闻樱挂了电话。

许沁站在阳台上，慢慢呼吸着，又舒缓了一下脸上的表情，才拉开落地窗走回屋内。

宋焰并没有问她电话内容，只交代她趁热把早餐吃了。

虽然他不多说,她心里却明白得很。她上周就躲着不回去,他是知道的。

进了电梯，许沁问：“你这两天做什么？”

宋焰说：“在家休息。”

“哦。”许沁点点头，抠了一下手说，“我妈又催我回家了。”

“嗯。”宋焰打量她片刻问，“为难？”

“没有。”许沁立刻否定，刚要说什么，电梯中途停了一下，有其他住户走进来。

许沁抿紧了嘴唇，没再继续，一直等出了电梯才再起话题：“差点忘了，之前在医院见过翟淼。你把我们的事跟家里人讲了？”

“他们问起，就答了一句，没多说。”

许沁道:“翟淼对我的态度,转变挺大的,我还以为你跟家人说了很多。”

宋焰简短道：“没有。”又问，“怎么，这事让你有压力？”

“没啊。”许沁立刻否定。

说话间，两人已走出楼道。宋焰眯眼望了一下一月份灰蒙蒙的天，再看许沁，说："上班去吧，路上小心。"

"嗯，你在家也好好休息。"

"好。"

许沁刚要走，又折回一步，说："对了，我今晚不回来了，要回我妈家里。"

宋焰手在兜里掏着烟盒，点头表示了解。

他没有多余的话，不对她回家的事做任何评价，她也没什么好多说的。

可许沁想想，还是又加了句："我明天回来找你。"

"行。"宋焰说，"我等你。"

许沁到达医院停车场时，离换班还有五分钟。

她匆匆赶上楼，换了衣服洗了手，护士们都不在，估计已经到自己岗位上去了。

她迅速收拾好自己，出了房间往诊室走，还没靠近大厅，就听见一阵刺耳的吵嚷声："是你们医生乱开刀，还我老婆，还我儿子！"

就见一群人拉着另一组的李医生又推又搡。

一个约莫50岁的中年妇女尖声叫嚷："就生个孩子，怎么可能会死人？当我们没生过？都是你们医术不行，瞎治！"

她身旁一个30出头的男人也跟着吼："我儿子在我老婆肚子里是活生生的，来你们医院就治死了，你害死了我儿子！"

竟是那天出车祸的孕妇的丈夫，他这会儿纠集了一群家属来闹事，推搡之间冲突升级，开始抓着李医生拳打脚踢。旁边的几个医生护士上前护着李医生，保安也赶过来拉人。

人群围成一圈。

外头要去门诊看病的人经过急诊楼，也循声跑过来，好奇地围观。

闹事的家属见有人当观众，气焰顿长，越发凶恶了："都来看啦，都来看啦，三院的医生害死了孕妇，一尸两命！"

两拨人推搡纠缠得更凶了。

许沁双手插在兜里，没有靠近闹事的人群。她远远地绕过，回到办公室拿出手机准备打110。

小西道："我两分钟前打过了，警察马上就来。"

许沁收了手机。

小南一皱眉，语气已然不好："他们闹腾着想要干吗？"

小西道："要医院赔偿两百万。"

小南瞠目道："什么？"

小北立时冷哼一声："呵，现在赚钱这么容易了？那天人送来时，李医生就说了孩子保不住，大人也只能尽力。那男的和他妈死活不肯，非扯着医生说要救孩子。李医生当场就说不可能，咱们医院没有这种不抢救大人的先例。他们看李医生要先救大人，就拖着闹啊吵啊，本来就危险还耽误治疗。好了，现在人死了，又说李医生治疗不当，要是先抢救孩子，或许还能留下个种。我×！"

一贯礼貌的小北，也被气得直飙脏话。

"这种人就是无赖，就想找医院讹钱，讹完转身娶新老婆生新儿子，哪还记得他现在这老婆是怎么死的？"

许沁不言不语，翻看着病历。

"咱们这行，是越干越憋屈了。"小南低头整理着绷带说，"这医院也是个好地方，人都往这儿送，治好了是应该的，治不好就赔巨款。来都来了，横竖都不能亏。"

小东说："上次疑似感染艾滋，我都没走。但这个真叫人……不过还好，我只是个护士，不是医生，不然出了事首当其冲。”

许沁淡淡道：“都别瞎想了，会走程序解决的。李医生没错，就不会有事。”

小北说：“许医生啊，你不懂。话虽是这么说，但架不住人要无赖地闹，就怕医院为了息事宁人给赔偿，那就真便宜那个恶心男了。”

小西气愤不已地说：“看到这种男人，对婚姻都不抱希望了，还结什么婚哪？真是的！”

“男人有好有坏。”正在恋爱期的小南还没绝望，“不过说真的，结婚一定要慎重，得选个好男人。不然啊，真不如不结。”

许沁听着，忽然想起了那双漆黑的眼睛。

“你考虑考虑，来解救我？”

这时，警笛声传来，来了警察。不知是调解了，还是把人带走了，急诊楼终于恢复了些许安静。

除去这个插曲，这一天接下来的工作，也就和平时一样忙忙碌碌，并无二致了。

许沁下班前有个小手术，比平时晚了半小时，路上又遇到堵车，回孟家时天已大黑。

孟怀瑾和付闻樱一直等着她开饭。

孟宴臣不在，她刚才在外头就没看见他的车。

“宴臣上周回来，你没回；这周你回了，他又不在。这是约好了，还是怎么的？”付闻樱说。

许沁拿热毛巾擦着手，没吭声。

“沁沁啊，来，喝碗汤。这一个月不见，爸爸看你啊，怎么看都觉着瘦了。”孟怀瑾舀了碗瑶柱汤给她，“多喝点啊！”

“谢谢爸！”

“你跟你哥，也很久没见了吧？”付闻樱问。

许沁喝着汤，含糊地应了一声。

付闻樱叠着餐巾，若有所思地说：“最近总觉得那孩子有心事，一副郁郁寡欢的样子。沁沁啊，你有时间也问问他。我问啊，他总闷着不答话。”

“嗯。”许沁闷头吃饭。

付闻樱看她半晌，叹一口气：“两个孩子都不爱说话，家里总是冷冷清清的。你们一个个都早些成家吧，都有了小孩，家里就热闹了。”

许沁听到这话，脑子里警铃一响，心里斟酌半刻，终于要说什么时，付闻樱开口道：“你下周哪天轮休？上次你葛阿姨来家里玩，说她侄儿和你年岁相当，也正愁找女朋友呢。据说喜欢的就是你这种类型，妈妈看过那孩子的照片，模样挺好的，到时约上见一见。”

许沁没作声。

付闻樱正夹菜呢，见无回应，扭头看她：“沁沁？”

许沁缓缓放下筷子，说：“妈，我有男朋友了。”

父母脸上均闪过一丝讶异。

付闻樱把菜夹进碗里，垂下眼帘，略一沉吟，问：“在一起多久了？”

“10 多天。”

“嗯。”付闻樱略微点头，面色平缓，断定这不过是一件简单而易清除的花边小事，不值一提，“那就尽早分开。”

许沁说：“我认识他 10 多年了。”

这回，付闻樱目光移过来，多出了一丝警惕。

许沁吸一口气说：“就是我以前的那个男朋友。”

付闻樱眉梢微挑，似在回忆道：“宋……”

“宋焰。”

“嗯，他现在做什么工作呢？”母亲悠悠地问。

许沁声音略低下去，说：“消防员。”

付闻樱脸上风波不起，如在意料之中，有心一问只为将她敲醒。

她重新拿起筷子，一锤定音道：“那是不可以的，我和你爸都不会同意。”

许沁当即望向孟怀瑾。

孟怀瑾深蹙眉头，极长地叹了口气，说：“沁沁啊，女孩子陷在爱情里头，容易盲目。爸爸担心你被骗。”

许沁回答：“他没有骗我，我也没什么可让他骗的。”

孟怀瑾极轻地摇了摇头，语重心长道：“你这话就盲目了。人心复杂，不是相处几天就能了解透彻的。先不论他有没有哄骗你，就算他没有，你拥有的东西太多，而他有的，不足以与你匹配。你看看你们的家境、学历、生活条件和工作前途，哪一样不是相差巨大？不对等的关系，很难有好结果。恋爱的时候可以不顾一切，可真要结婚了，你们在生活观、金钱观上的差异迟早会暴露，大大小小的问题就层出不穷了。”

许沁平静半刻，道：“我没看到我和他之间有什么大大小小的问题……除了你们的反对。”

付闻樱眉心一蹙，正欲开口，孟怀瑾用眼神制止了她，又对许沁道：“爸爸知道你现在把我和你妈当敌对势力看，但爸爸还是想让你认真想想，你们相处才多久，能说明什么？现在没有问题，不代表以后没有。

“举个很现实的例子，你喜欢法国菜，你可以吃三四千元一餐的法国菜；而他呢，能带你吃的是一两百块一顿的烤串儿。当然，你能吃烤串儿，能天天跟着他吃，但他能天天跟着你吃法国菜？他会觉得三四千元的法国菜快顶他一个月工资了，太铺张浪费。衣、食、住、行……这样的矛盾和分歧存在于生活的方方面面。

“还不只是消费观、金钱观的不同，生活观也不一样。你们的成长环境相差太大，这会让你们对生活难易程度的理解也不一样。”

许沁认真看着他，道：“爸，你说的这些我都明白，我也想了很久。过去的一个星期，一直在想。”

“结果呢？”

“我想清楚了。”许沁说，“现在，我不想吃法国菜，也不想吃烤串儿，我就想吃他做的饭。这十年来我天天都在餐厅吃，什么菜都吃腻了，我以后就想在自己家吃饭。”

孟怀瑾和付闻樱同时怔住了，没料到她会说出这番话来。这么多年来，她从未表达过自己的意思，也从未忤逆过父母的意思，这是第一次。

仿佛一直坐在壁橱里的俄罗斯套娃，忽然有了自己的思想与意志。

付闻樱问：“那个人给你灌了什么迷魂汤，你连爸爸妈妈的话都不听了？”

孟怀瑾拦住付闻樱，再度叹了口气说：“沁沁啊，你看问题还是太浅了。情在浓时，饮水都甜。可一旦爱情消磨干净，糖水也苦。等到那时，人性的丑恶会成倍放大，争财产，撕扯……只有你想不到的。说句不中听的，这段关系里，他是坐享其成的那个。认识你，他可以少努力多少年？你看看你现在的样子，他没车没房没钱没个体面工作，你都不在乎。爸妈养你这么大，宠着你，那么多人伺候你，不是为了送你去别人家里洗碗擦地洗衣做饭的。给你买最好的东西，保你衣食无忧，也不是为了让你把自己有的一切拿去贴补婆家的。”

饶是许沁，听到这几句话，也不免眼眶泛红。最戳心的，不过情。

“父母的阅历比你深，不想你栽跟头后悔。这样的大事，你一定得听父母的意见。”

他言辞恳切，许沁也动容，可……

“爸，我知道你担心我，心疼我。你们不相信他，但我很清楚他是什么样的人，你们能不能相信我？这段关系里，我才是坐享其成的那个。而且……”

生平第一次和父母对谈，她想表达的太多，理还乱，说到半路卡了壳，千万条为他准备的理由都消退了下去，只剩最本能、最原始的一条，刻在心头。

她一瞬间就沉下去了，手指抠了一下桌子，声音也轻了下去，说：“我真的很喜欢他。”

她的声音很轻，纱一般：“很喜欢，是每天都想见到他的那种喜欢……见到他就开心，我……我就只是想要开心而已，不行吗？

“好像，没有遇到他的日子，就没有开心过，怎么办呢？”

她鼻尖微微发红，轻轻吸了一下鼻子，又恢复了镇定，看向付闻樱，道：“妈妈，你说，人不能什么都想要。我懂的。”她点点头，“如果，和他在一起，就必须要失去一切，让生活没那么简单了；如果，和他在一起，就必须要面对你们说的那些困难，那么……我想选择他，可不可以？——我就想要他，行不行？”

这么多年了，她从来没有说过，爸爸、妈妈，洋娃娃我想要卷头发的，不想要你们选的直发的；房间的颜色我想要浅蓝色，不想要你们选的米黄色；生日宴我想吃梁城的特色菜，不想吃你们选的本地菜；不想去你们选的学校……

从来没有。

她从未表达过她的喜好，一次也没有。

孟怀瑾蹙眉不语了。

付闻樱亦良久不言，她意识到了许沁身上的改变，她不能相信，也不能允许。这样的忤逆和违抗，在她眼中如同大罪。

她淡声问：“失去父母亲人，即便失去整个家族，也要选择他吗？”

许沁一怔，盯着她看。她表情冰封，冷酷回视。

“为什么妈妈一定要这样？”

“不然该怎样？顺着你的心意来？沁沁，你看看你的几个伯父姑妈，你的堂哥堂姐们。孟家能有今天的地位，不是靠顺着谁的心意来，也不是靠着你嘴里的‘开心’二字。靠的是以大局为重，家族为先。如果人人都只是为了自己开心，孟家早就被对手打压得分崩离析了。我没有逼你非嫁给谁不可，但你至少得选一个像样的。”付闻樱彻底表明了态度，“这件事，根本没得商量。”

许沁面色微白，一言不发。

付闻樱看一眼她的脸色，知道自己的意思已传达得足够清楚，重新拿起筷子。

许沁垂下眼帘。

为什么偏偏是在家里，在她生活了这么多年的家里？

她坐的这个位置，桌沿上的刻痕，还是她小时候划的。

她眼睛一热，视线有些模糊，但泪水很快就被眨了回去。

她手伸进兜里，掏出一串钥匙放在餐桌上。

松手时，金属磕在木桌上，发出轻轻一声响。

两把钥匙，车的、复式楼的。

“我也没得商量。”许沁说。

“你——”付闻樱惊怔，脸上一贯的优雅冷静被震怒取代了，“你真要为了一个男的跟家人决裂，什么都不要了？”

孟怀瑾拿手撑住额头，痛心而无奈。

许沁摇头，说：“就算我被赶出家门，你们也永远都是我的父母。养育之恩，我会报。我会每周回来看你们，就算你们赶我、骂我，不准我进门，我都会来……你要是不高兴，就每周骂我一次。要是连骂都不想骂，也不想跟我讲话——我也会来看你们。”

付闻樱觉得她简直匪夷所思，气得冷笑道：“你以为这样软磨硬泡，终有一天我就会心软？”

“没有。”许沁目光笔直地看着她说，“我没有抱希望，我也知道爸妈不会心软，不会原谅我。只是除了这样，我已经没有别的办法了。”

“有别的办法。你既然要做，那就做绝。”付闻樱冷声道，“你现在就从家里出去，什么时候想通，什么时候回来。不然，就不让门卫放行，你也别想再轻易出现在我面前。”

许沁嘴唇轻轻颤了一下，人没动。

今日这番对话，已经耗尽她所有的勇气。

隔了半晌，她望向孟怀瑾。

孟怀瑾长叹道：“沁沁啊，你太让爸爸伤心了。”说完，人起身，离了席。

许沁的心顿时就像被刀捅了一样，再也无法控制，一滴眼泪就砸了下来。

那熟悉的餐厅扭成了奇形怪状，融化在泪光里。

宋焰连续两天都在家里忙碌，不去找许沁，也不用手机联系。人看上去虽和往常没什么差别，但总归是话少了一些。

估计嘴上不说，心里头却惦记着什么。

翟淼看在眼里，不免担心，手里转着扫帚，在他身边蹲下说：“哥，我要是没记错的话，这两天是周末吧？”

“怎么了？”宋焰忙着手头的事情，头也不抬。

“我今早出门前，跑去你房间看过嫂子的值班表，她今天休息啊。不对，从昨天下午 6 点就开始休息了。”

“怎么了？”宋焰瞟她一眼，还是那句话。

翟淼说出了自己的担心：“你们怎么没在一起？明天你就得回队里了，竟然不抓紧时间在一起。吵架了？”

宋焰哼出一声笑：“没有。”

“那就是她跟你玩腻了，准备甩掉你。”

“放屁。”宋焰一巴掌拍在她的后脑勺上。

“干吗呀你？手上全是灰！”翟淼尖叫道。

宋焰没理她，继续做事。

他跟许沁有两天没联系了，他没找她，不想给她压力。但也的确不知道她那头情形如何。以她那性格，也不知在家里受委屈了没。

他放下手头的东西，起身往外走。

翟淼兴奋道：“要去找她了？”

“上次看中的那几套，要下订单了。”宋焰回头招呼道，“走啊。”

“……”翟淼无奈地说，“跑腿的事就叫我。”

许沁住在家的这两天，家里气压很低。

付闻樱似乎换了套方案，自始至终脸色平静，不同她讲话，不跟她理论，也不斥责训骂。这无声的压力压在许沁身上，比有声更甚。

从小便是如此，她一生气便会对许沁施加冷暴力。不过时间长短不同而已。

许沁似乎已经习惯了，可又似乎始终都难以承受那莫名的重压。除了沉默地受着，她也没有别的办法。

直到下午，付闻樱开口说：“陪妈妈出去逛街。”

许沁应允了。

付闻樱去了常去的商场，那里都是奢侈品店，商场内的客人不多。走进一家店，导购员殷勤地迎上来招呼道：“孟太太，孟小姐，欢迎啊！”

端茶倒水，甜品茶点。

“店里上个月就来了几只限量款，特地为您留着呢。最近好多客人打听，都想要，经理特别吩咐先让您挑，看您瞧不瞧得上。”

付闻樱啜着茶，淡淡道：“拿过来看看。”

许沁沉默，明白了她为什么要带她来这里。

……

宋焰带翟淼办完正事，去商场逛了一圈，给翟淼这吃货喂点食儿。

翟淼刚吃完一块蛋糕，又心满意足地捧着一杯冰激凌在商场里慢慢转悠，叹道：“果然是周末啊，人真多！”

没人接话。

回头看，宋焰在买甜甜圈。

翟淼开心极了，觉得哥哥真是太上道了，忙热情地跑过去说：“哥，对我这么好？”

宋焰丢给她一小包，手里拎着一大盒。

翟淼看看这，又看看他手里，问：“你手里那个是给谁的？”

宋焰嘴角一弯，不答。

“重色轻妹。”翟淼吐槽道。

宋焰道：“如果我归队之前没能跟她见上面，晚上你把这个交给她。”

翟淼翻白眼，酸道：“哎哟，一盒甜甜圈，贵重得跟金子似的。”

宋焰却停下脚步，看到几个卖口红的柜台。

他过去粗略地扫了一眼，虽然这几个牌子都知名，但男人分辨不出具体的等级。他依靠最直观的判断，最终停在一个整体标价最高的柜台前。

翟淼还不死心地说：“最近我帮你这么大忙，要犒劳我？”

宋焰选着颜色，看都不看她一眼，说：“小屁孩涂什么口红？”

翟淼调侃道：“有了女朋友的人就是不一样。什么都想着她，我这妹妹是捡来的吗？”

宋焰闻言，扭头看她一眼，没什么表情，像是思绪都没在她这儿停留似的，转过头又继续挑了。

翟淼：“……”

她终于死心，仰起头，手中握上一把“刀”，朝自己的胸口连扎了三下。

……

付闻樱领着许沁在店员的恭送中出了店。买下的包，店里会亲自送上门。

许沁一路不说话，跟着付闻樱进了电梯。

“你想我行我素地跟我耗，我也能这样治你。”付闻樱静静微笑着说，“我说过了，我不会同意。这意思，就是不会同意。”

许沁看着反光的电梯壁，里头的她面无表情，像个枯掉的人。

两人出了商场，站在路边等司机从停车场开车上来。

可来的不是司机和他们家的车，而是一辆黑色的高雅而又不失低调的经典款保时捷。车停在她们面前，开车的人下来了。那男人和孟宴臣年龄相仿，一身休闲西装，玉树临风。

“付阿姨，”他从车前边绕过来，走上马路牙子，目光落在许沁身上，问，“这是沁沁妹妹？”

许沁一愣，才想起，这恐怕就是昨天付闻樱说的相亲对象。

没想到，她竟然……

许沁脸上连礼貌都要维持不下去了，看付闻樱一眼便看向他，说：“我有……”

付闻樱打断她说：“陈司机去接你哥了，你韩廷哥哥帮忙送我们回家，记得说谢谢。”

许沁盯着她看，不知她这话是真是假。

“上车吧。”那男士微笑着，拉开了副驾驶的门。

许沁思虑半秒，准备上车时，眼角的余光却察觉到了什么。猛一扭头，就见宋焰正站在不远处看着她。

许沁脊背发凉。

这短短一天，她乱作一团，没和他联系。却没想到，再见是在这种情况下，就怕他误会。

宋焰表情倒还好。

可翟淼的脸色极其难看，但下一秒，她就微笑起来，喊道：“嫂子！”

付闻樱和那男士同时一愣。

翟淼跑过来问：“嫂子，你怎么在这儿？”

那男士一脸诧异地问：“你叫她什么？”

“她是我哥的女朋友，不叫嫂子叫什么？嫂子，这人谁啊？”

许沁尚未来得及回答，付闻樱便淡淡开口道：“沁沁没有男朋友。”

付闻樱看着许沁，眼神里满是警告，料她不敢在这样的情况下驳她的颜面。但，她没注意到许沁整个人都在颤抖，胸膛也剧烈起伏着。

她这两天过得就像一只被人死死紧捏的球，高压之下她喘不过气，几乎要爆炸。可她偏偏不能，只能将一切委屈和心酸闷在心里，闷在她行尸走肉般的躯壳下。

直到刚才，在见到宋焰的那一瞬，她才活过来，如同被解救般卸下了心头的所有重负。

她像终于被放出的囚徒，差点泪湿双眼，天知道她有多想他。

怎么会没有男朋友？

“我有。”许沁抬手一指宋焰，说，“在那儿呢。”

付闻樱脸色骤变，下一秒却维持住了微笑，道：“小打小闹的，家里不同意，分开了。”

那男士也未多言，退回旁观者的位置，不知是出于礼貌不予置喙，还是同样默认这种准则。

翟淼听到这话，再也忍不住了，猛地拉了许沁一下，说："哎，许沁，这是你妈妈吧？她说的是真的？你也是那么想的？小打小闹，玩玩就分开了？——想分开就分开了？我哥他就这么一说，许沁，你别真……"她气得眼睛都红了，"你别欺人太甚啊！"

许沁一怔，猛地摇了摇头。

再看宋焰，他插着兜，站在几步开外，自始至终一言不发，就那样平静地看着她。

她知道，他在等她的答复。这些天，他一直在等。

她突然就心痛得要死。

她忘了，有些话，她一直都没有说。

他说，管他明天刮风下雨，今天在一起。明天，她想分开就分开。

不是的。

下雪那天，答应和他在一起的时候，她就已经有了觉悟，可她忘了讲。

一月的冷风吹着，她的眼睛微微红了，望着他颤声道："宋焰，初雪那天，太匆忙了，我有好多话都没跟你讲。本来，有很多话当时就想跟你讲的。对不起，这么迟才告诉你。"

"宋焰，我会爱你的。"她说，"我会努力，像拼命让明天后天都和你在一起那样去爱你的。"

"这一次，我绝不先负你。"

"宋焰，我会爱你的。"

她的话好似还回荡在耳边，而天地间已一片安静。

宋焰凝视了她半刻，说："我知道。"

他朝她走过来，手从兜里掏出来，握紧她的手，将她拉至身侧，领到付闻樱跟前，略一颔首，说：“阿姨好！”

付闻樱拎着包，优雅地站立着，眼底早已是冷光一片，却还是冲宋焰挤出了一丝毫无笑意的微笑。

看上去从容、大度。

纵使有天大的怒气也得先忍着，她最重颜面气质，此刻在大街上，又有韩廷在场，她不会自揭家丑。

更何况活了这一辈子，她从未与人吵架争辩过，遑论撕破脸面揪扯。无论是管教训诫孩子，还是在工作中对办错事的下属，她永远都是微微一笑，和颜悦色地施以冷暴力压制，是个微笑比发怒还恐怖的女人。

宋焰看着付闻樱这张脸，终于意识到，许沁那压抑而强作冷漠刻薄的样子，只怕就是从小深受其害而造成的。

不自觉便将掌心中她的手握得更紧。

但面前是许沁的母亲，他没法叫许沁为难，更不能在不知局势的情况下将事态恶化。

他再一颔首，礼貌道：“阿姨，今天匆忙，改天再去家里拜访。”

“不用了。”付闻樱一句话将拒绝与不承认表达得清清楚楚，目光甚至不屑于在宋焰脸上多停留半秒，便看向许沁，目光隐含凌厉地叫道：“沁沁。”

许沁微吸一口气，说：“妈，我明天要上班，现在已经下午，就不回西边了。”

付闻樱盯紧了她，半晌才微微一笑，说：“好。”

然后上了车。

至于韩廷，他站在一旁感受完这几人平静语调下的暗流涌动，居然也没多么尴尬，无事人一样冲两人礼貌地微笑着，又一颔首算是告别，也走了。

翟淼感叹道：“这真是个做大事的人哪！”回头又对许沁说，“酷啊，对你刮目相看。”

话音没落——

宋焰已把许沁拉过去搂进怀里，紧紧搂着，大掌上下抚揉着她的后脑勺，低声说：“委屈了。”

“委屈了。”他连说了两遍，眉心深蹙着，下颌紧贴着她的鬓角，像是抱着失而复得的宝。

他知道她一定是受委屈了，不然不会被逼到反弹，在众人面前说出刚才那番话。

许沁搂着他的腰，摇了摇头。

不必说，他什么都知道。而她做的一切，都值了。

“下次我会陪你去。”他说，“以后每一次，我都陪你去。”

“好。”她点点头。分别一天像是度了一年，有千言万语要说，最终落成一句：“你想我了没有？”

“想了，一直在想。”宋焰在她耳边低语道，“我以为归队之前见不到你了。”

“我也以为在你归队前见不到了，要等下个星期呢。”她说，“幸好。”

他也说：“幸好。”

翟淼拎着不属于自己的甜甜圈和口红，实在是忍无可忍，说：“唉，这儿还有个灯泡呢。”

宋焰没听见似的，抬起许沁的下巴，低头用力吻了一下她的嘴唇。

翟淼：“……”

她翻着白眼转过身去望向天空，伸出两根手指在自己眼前作势一抠，眼已瞎。

许沁要回棕榈花园收拾东西，翟淼也去帮忙。

进小区前，保安见了他们，问宋焰："您那钥匙——"

宋焰："现在给我吧。"

保安拿了串钥匙出来给宋焰，宋焰又递给了许沁。

许沁纳闷地问："这是什么？"

"我家钥匙。"宋焰说，"之前担心你回来的时候我已经归队，就把钥匙留在保安这儿，让他见着你了交给你。"

两把，一把四合院大门的，一把他房间的。

许沁刚把自己从家里剥离出来，面对他如此缜密笃定的计算，心中五味杂陈，问："你算准了我会被赶出来？"

"没，只是以防万一，"他苦笑一下，说，"你倔起来也挺倔的，怕你没地方去，还逞强。"

他说："我得离开一星期，就怕中途有什么变数，顾不上你。留个钥匙，好歹你有地方能落脚，有家人能倚靠。"末了，微叹道，"倒是没想到这么快。"

许沁微怔，心里头一阵暖，又为刚才自己的小计较抱歉，手不禁就攥紧了钥匙，也攥紧了他的手。

翟淼也说："对啊，嫂子，以后我哥在队里头出不来，你有什么事就找我，还有我爸妈。记住了没？"

这交代叮嘱的语气，又和宋焰一模一样了。

正说着，翟淼电话响了，她接起来应了声："妈？"

"……不用爸爸来帮忙，三个人搬得动……知道啦，我不会偷懒的……是，是，是，我的手不用拿手术刀，断掉都不要紧的。"

许沁："……"

电话那头不知在说什么，隔了几秒，翟淼问许沁："嫂子，你喜欢吃什么菜？"

许沁一愣，明白过来舅妈准备买菜做晚饭呢，匆忙想了想，说："鱼。"

翟淼对着电话说："她想吃鱼。"隔几秒又问许沁："还有呢？"

"……"许沁说，"牛肉，花椰菜。"

翟淼对着电话报备完毕，那边又说了什么，翟淼再度问许沁："我妈说除了这些，再给你弄一个莲藕排骨汤，说你们梁城人喜欢吃这个。"

许沁点点头，一颗心跟泡在温泉里似的，要化开了。

她抬眸看一看宋焰，想拿眼神谢谢他。他却并没有在意这个小插曲，仿佛这对他来说，是极其自然的一件事。

翟淼第一次来许沁家，进门之后颇为开眼。房子又大又新，装修精致；且高楼之上，视野极好，不是一般人家住得起的。

唯一的缺憾大概就是偌大的家中没有半点生活气息，干净得像拍电视剧用的地方。

稍稍有点烟火气的，就只剩厨房里的锅碗瓢盆和油盐酱醋。可看那崭新程度，估计也是宋焰过来之后才添置的。

翟淼跟在宋焰身边嘀咕道："她真不在这儿住了？这房子得值多少钱啊？"说完又给他打气说，"不过你放心，你那地方不比这儿差。我看等弄完了，比这儿还要好呢。"

宋焰道："我尽力。"

许沁家里的东西不多，能收拾的只有衣服鞋子外加日常用品。

翟淼进她房间给她帮忙，看看房间里豪华的大床、地毯、成排成柜的衣帽间，问："要搬走了，你会不会舍不得？"

"没想过。"许沁被她这么一问，也认真想了想，说，"还好。平时工作忙，在家待的时间少，权当一个住处而已。"

翟淼"哦"了一声说："我想着住的地方都有回忆，离开了会不舍得。"

许沁略想一番，对于这间屋子的记忆，不过是她一个人从医院回家，喝一杯冰冷的矿泉水，然后洗漱睡觉，醒了又再去医院。

有时她在早晨出门，夜里回来；有时她在夜里出门，清晨回来。

日复一日，独来独往。

邻里之间互不认识，爸爸妈妈也从没来过，倒是孟宴臣和肖亦骁偶尔会来看一眼。

能称得上回忆的，只有楼下着火那天，金色的秋天，她在流理台边煮茶，而宋焰在客厅里拖地的画面。

只有过去的10多天，银色的冬天，他站在楼下等她回家，携着她的手一道上楼，又在第二天搂着她的肩一道下楼，目送她去上班的画面。

“要是让我离开我家的四合院，我可舍不得。”翟淼自言自语道。

又看见柜子里一水儿的名牌包，问：“这些你都不拿走啊？”

“都是我妈买的。”许沁扫一眼，最终挑了几个出来，说，“这些是朋友送的。”

许沁把包放好，又一件件地折叠衣物，有秩有序，没什么多余的表情和话语。

翟淼看看这么大的房子，许沁要带走的东西也不多，不知为何她竟有些伤感。沉默了半晌，走去许沁身旁，小声说：“你别难过啊，我们全家人都会对你好的。”

许沁一愣，心猝不及防地被戳了戳，人也有些诧异地看着她。

翟淼以为她不信，忙道：“真的，绝对不会欺负你的。你看，以前我们家最讨厌你的就是我了吧，现在我都这么说了，就是了。你信我吧？”

许沁唇角弯了一下，点头。

“还有啊，没拿走的包包，你也不要遗憾。我以后挣钱了给你买，我哥也会。其实我哥虽然很多事不说，但他是真的疼你，为你干什么他都舍得，真的，你以后就知道了。”

许沁唇角上扬的弧度，又大了一点。

她不是傻子，他有多喜欢她，从他家人的态度便可窥出一二。他们齐齐地对她好，宠着她，无非是因为——她是宋焰的至爱。

夕阳西下，晚霞铺满了四合院，照得宋焰的房间里一片橘红的暖意。

这儿的衣柜比不上许沁家的宽大，但她平时常穿的衣物不多，好好收拾整理一下，放进去也是绰绰有余。

宋焰蹲在地上拆纸箱，意外掏出了两罐灭火器，又掏掏，一把安全锤。他拎着问许沁："怎么把这都搬来了？我说这箱子怎么这么沉呢。"

"那是你送我的。"许沁义正词严，坐在沙发上叠衣服。

"刚刚也没见你去停车场。"宋焰瞧她一眼，那眼神幽幽的，不知是调侃还是训诫，"给你放车上供紧急情况下用的。你倒好，我一转身，就把东西给收了。"他晃晃手里的安全锤，"许医生，你这阳奉阴违的一套，做得挺好。"

"没，之前还放着呢。后来想到以后不开那车了，就拿出来了。"许沁说。

宋焰觉得好笑："亏你拎上拎下的，再找我要就是了。"

"我就要这个，你管我！"许沁说。

宋焰闻言，不经意抬眸看她，目光便没有再收回来。

她低头叠着衣服，一边叠一边抹平衣服上的褶皱，细细的手指像抹在他心上。而她鬓角的发丝垂下来，悬在脸颊边，被晚霞的光晕染成了温暖的橘红色。

那一瞬间，有永恒的感觉。

温柔，安宁。

她察觉到他的目光，稍稍抬头朝他看过来，与他的眼睛对视上，静静看了两秒，问：“看什么？”

他笑笑，摇摇头。而下一秒，眼神变得幽深起来，起身过去关了房门，走回来一只手臂钩住她的腰，把她拎去了床上。

“宋焰，你忍一下——”她低唤。

“一个星期，忍不了了。”他嗓音都变哑了。

她来不及翻身，他人已压在她身上，手伸进她衣服里。

她又急又气，压低声音说：“过会儿要吃饭了，万一舅妈过来叫人……”

他闷笑道：“傻啊你？大白天的关着门，谁会这么不识相来敲门，嗯？”

她脸顿时红透了，不知是羞的，紧张的，还是霞光照的。

“房间隔音吗？”她鼻翼上起了细细的汗，上下不顾，思想还高度紧张地提防着外头，“被听见了怎么办？”

“那你忍着，小声点啊。”他嗓音蛊惑地在她耳边吹气。

许沁愤愤地踢他一脚，一咬牙，索性把整张脸埋进了枕头里。

一衾薄被，许沁躺在宋焰怀里，短暂小憩着。

窗外，天色已黑。

宋焰伸手拿床头柜上的手机看时间，他稍稍一动，她便醒来了，问：“你要走了？”

“嗯。”他放下手机，转身调整了个姿势，把她拥入怀里。她往他怀中拱了拱，找了个舒服的位置。

她睡觉时容易往下移，此刻，整个人缩在被子里，脑袋挨在他胸膛边，呼出的气息像羽毛一样拂过他的胸口。

他觉得有些痒，忍不住唇角弯了弯，末了，用手捧住她的脸，低头在她额头落下一吻。

“许沁。”

“嗯？”她抬头，“怎么了？”

他粗粗的拇指肚来回抚她的眉：“你在这儿住的期间，不用刻意讨舅舅舅妈开心。你不爱说话，他们打你小时候起就知道，不会介意，像以前一样和他们相处就行。”

“嗯。”她缩在他怀里，点点头。耳边是他强有力的心跳声，她又有些想睡了。

他低头，贪恋和她在一起时的温存，又忍不住拿下颌在她脑袋上蹭蹭，蹭散了她的头发，说：“暂时和长辈们住在一个屋檐下，你将就将就，等过一两个月，我们换地方住。”

许沁微醒，抬起头问：“住哪儿？”

“我们的家。”宋焰掐住她的腰，把她往上抱。她借力钻出来，枕在他臂弯里，脸上神色有些惊讶：“哪儿？”

宋焰笑道：“到时候你就知道了。”

有浅蓝色的房间，还有粉色的，还有很多很多你喜欢的东西。

许沁眼睛一亮，刚要开口，宋焰笑着制止她说：“不许问，留着惊喜。”

她于是抿紧了嘴，眼底的笑意却藏不住。

他看着，又忍不住了，凑过去在她眼睛上连着啄了好几下，直到手机嘀嘀响起了闹铃，他才松开她一些，凝视她良久，说：“我走了。”

她有些不舍地点点头，趴在枕头上说：“嗯，去吧。”

他指肚在她脸上摸了摸，才起身，又不免长长地叹了口气。

这把她一人丢在家里的感觉，真是要命。

第十一章

担心·我想你了

四周一片安静，仿佛整座城都睡着了。

只剩他俩相拥着，在这深夜的街上。

许沁转过身去，抱住了他的腰。

住在宋焰家的第一夜，许沁迟迟睡不着。

晚饭是许沁和舅舅一家人吃的。宋焰赶时间，没吃饭就走了。

至于为什么会赶时间，大家都心知肚明。

而许沁呢，反正事情做都做了，也懒得尴尬了。

舅舅和舅妈性格都好，不拘礼，不矫情，一顿饭吃得还算自在。

吃完饭了，舅舅和舅妈收拾碗筷，许沁看几眼，要动未动的。翟淼躺在沙发上玩手机，头也不抬地说："我都不帮忙，你就别插手了。他俩配合得好着呢。"

晚上她又在院子里跟舅舅一起做了会儿木工，没怎么说话，只有刀片刨过木头的"唰唰"声，原木的清香散在冷风里。

没玩多久，长辈们睡觉早，许沁也早早回房休息了。

可不知怎么的，睡不着。

大抵任何人在生活发生重大转折时，都会难以入眠。

更何况，此刻她一个人待在陌生的环境里。

夜，越来越深。看看时间，已是凌晨 1 点。

许沁一个人在床上翻来覆去，忽然发现，不知什么时候，月亮出来了，照得窗户亮堂堂的。

今夜月色极好，树影斑驳地投在木窗之上。她侧身躺着，望着嶙峋的树影，觉得像一幅静谧的水墨画。

宋焰便一直住在这里。

正发怔之际，手机响了。

她知道是宋焰，立刻就蹿起身抓了手机接起来："喂？"

"还没睡？"他问。他那头很安静，衬得他的声音低低沉沉的，格外好听。

"你怎么知道？"她趴在枕头上问。

"电话接得太快了。"他失笑道，"也猜到你应该睡不着——怎么，不习惯？"

许沁拿食指挠了挠额头："有点。"

他那头沉默了一会儿，问："难过？"

"没。"她哑然一笑，仰面躺回被窝里。

那头，宋焰脚步轻轻出了楼，走上了操场，说："抱歉，我也没想到事情这么突然，不然陪你在家住一段时间，你可能会习惯一点。"

"没事。"许沁说，"又不是第一次见舅舅舅妈。再说，以前读高中的时候，他们还挺喜欢我的。"

"他们现在也喜欢你。"宋焰说。

他似乎走到了一个风口，听筒里风声呼呼响，他捂住了避开，待风声消退下去又问："跟舅舅他们相处自在吗？"

"嗯，晚上跟舅舅刨了一会儿木头花。"许沁说，两只脚在被子里舒展着蹬了蹬问："你呢，晚上在干什么？"

"整理内务，训训队员，训训狗。"

"是上次地震里那只救援犬？"

“嗯，你不知道吧？它表现突出，记了二等功。”宋焰道，“那狗崽子机灵，知道自己立功了，成天昂着狗头摇着尾巴跩得二五八万的。等我这几天好好收拾收拾它。”

许沁被他逗笑了，来了兴致，又重新翻身趴着问：“它叫什么名字啊？”

那头风大，他轻轻笑了一声，说：“小孟。”

“……”许沁食指一下下抠着枕头，“不会是因为我吧？”

“你说呢？”他悠悠地反问。

“只能是因为我，不然你就给我等着吧。”她难得“恃宠而骄”。

他一下子就笑出了声。

她也笑了，“它多大了？”

“快四岁了。”

“跟你感情很好？”

“废话。”他再次低低地笑了，说，“就喜欢我——只喜欢我。”

不知为何，她这边，心扑腾一下，也忍不住弯起了唇角。

夜深人静，无线电波，连着两头浅浅的呼吸和思念。

“你今天怎么睡这么晚？”她问。

“也不太习惯。”他微叹，有些无奈。

“怎么了？”她略一思索，故意问，“在家休养久了？”

“把你一个人丢家里了。”他说。

以前每次回队里都异常爽利，而这一次，却有了牵挂和羁绊。

她一低下头，就无声地笑了。

明明知道，可就是要听他亲口说出来才开心。

渐渐地，她忍不住，笑出了声音。

“笑什么？”他问。

“被子里、床上全是你的气味。”她说，声音在夜里显得格外轻柔。

她不会意识到这句话对他的撩拨力有多大，他听着她在电话那头娇软的声音，想着她在他床上滚动的模样，一时有些心痒难耐，终究却只能长长地隐忍着呼出一口气，压抑下去。

她趴在温暖的被子里，他立在吹着冷风的操场上，一来一往，竟不知不觉聊了半个多小时。直至她睡意来袭，慢慢打了几个哈欠。

他叮嘱她早点睡觉，要挂电话了，临了又唤了一声："许沁。"

"嗯？"

"工作忙起来，不能经常联系，你别瞎想。"宋焰说，"但一有空我就给你发短信。"

"知道啦！"许沁缩在被窝里，轻声地说，睡意渐浓。

"乖啊！"

"嗯。"

被子上、枕头上全是他的香味，她蜷缩其中，渐渐合上眼，安然入眠。

第二天一早，许沁在透过木窗照射进来的阳光中醒来。虽然前一晚睡得晚，但人精神不错，丝毫没有困乏之感。

洗漱完毕，吃过舅舅做的早餐，打车去医院。

许沁坐在出租车后座上，靠在窗边望着外头的高楼大厦。

忽而想起上一次打车上下班还是那次暴雨后，她的车报废了。那段时间，她坐在车内的心情可谓是低沉冷抑的。

如今，她一颗心依然平静，却是在安稳之中，有了落脚之处。

虽然要与宋焰分别一个星期，她却不会因此影响工作。毕竟，这份情感更像是成了身后的一座靠山，反而叫她在工作中更加投入，更加冷静从容。

只是偶尔在忙碌的间隙停下来，看一眼他数小时前发的短信，回复几句，而他或许要等很晚或是第二天看到才能回。

偶尔也会在思维一晃的时候，想想此刻他在干什么。或许在操练，继续在集训，或许在出勤，或许消防车刚好经过医院门口的大街。但她只是一想，便过了，便继续插兜穿梭在医院的走廊里了。

医院的工作依然忙碌，求医者依然进进出出。显得突兀的，大概是那个来医院闹事的男人和他母亲成了“钉子户”，天天来医院报到，指责李医生害死了他老婆和儿子。

医院考虑到李医生的安全，让他休假了。

那男人和他母亲找不到发泄点，便广撒网，在医院门口拉起了横幅，每每有医护人员进出便破口大骂，遇上病人则诅咒连连。

民警来疏导劝解了几次，嘴皮子都说干了，也斥责过那男人几回。但那老妇仗着上了年纪，动辄撒泼耍赖，打滚哭喊。民警也烦不胜烦，又没别的办法，一来二去，就再不管了。

那一家子更肆无忌惮了，估计是打定了主意：横竖他们不要脸面地耗着，医院迟早会招架不住。

几天下来，同事们也对此有了怨言。工作本就累身累心，上下班还被人指着骂爹娘骂祖宗，谁碰上了会心情好？

许沁每天在他们的咒骂声中上下班，倒一脸平淡，不受影响，没听见似的。

几个护士却没她淡定，小西以前每天上班说的第一句话都是吃了什么好东西，现在成了进门就吐槽：“刚进门又被骂了。外头那家子人什么时候走啊？真要在咱们医院赖到天荒地老了？”

小东却道：“赖着就赖着吧，最怕医院为了息事宁人给他们钱。那才怄气呢！”

小南说：“放心吧，不会的。我那天找刘主任打听了，说这次领导态度坚决，把病历资料和录像全封起来送去第三方鉴定了，坚决不赔钱，一分都不赔。不然开了这先例，以后谁都到咱们三院碰瓷。当这儿是银行，还是怎么的？”

小北也说：“就是。赔钱不就说明李医生治疗有误了？以后李医生还怎么工作？为了他的荣誉和尊严，也不能赔钱。”

小西听他们这么说，气便消下去了，道：“不赔钱就行，骂就骂呗。只要不让他们得逞，被骂几句，我心里头也乐意。”

许沁和往常一样，没有参与她们的谈话，只认真地为工作做着准备。

自地震救援结束后，她成了院里的名医生，是这次提拔主治医师的不二人选。

徐肯教授也开始频繁点名让她跟着做手术给他辅助，有时连重大案例都直接交给她主刀，他在一旁指点教导。

只是，徐教授还和往常一样对她没有半点好脸色，甚至比以往更严厉苛责，几乎到了挑刺的地步。有好几次，竟在一众医生和护士面前训诫她。

要是别人，恐怕要被骂得面红耳赤，待不下去了。

但她并不太在意，自动忽略了他刻薄的一面，提取出关键信息，抓紧每次机会跟他学习。

可渐渐有了闲言闲语，从同事医生传到护士口中，又从护士口中传到许沁耳边。说许沁背景强大，早就内定了。而这次在地震救援里表现突出，刚好给了院领导借口名正言顺地让许沁升职。

徐肯教授迫于院方压力没办法，只能带她。但毕竟教授有脾气，便对她各种打压教训。

虽然外头传得厉害，许沁却不觉得徐教授是这种人。

小西还挺替她不平的，说：“烧伤科的杨思佳医生太烦人，自己医术比不过许医生，成天在背后嚼舌根。”

许沁没往心里去，低头认真洗着手，琢磨着不久前跟教授一起执刀的手术过程。

小东也说："徐教授真是一根筋，对许医生第一印象不好，就转不过弯来。"她曾经也对许沁第一印象不太好，可这半年工作下来，发现许沁这人虽然不太爱说话，看上去淡漠，但工作认真负责，一心对事，不搞人际关系，没有弯弯绕绕，反而处得轻松舒服。

许沁想着手术中的事，没太注意到她们的对话。

直到小北冲进来，直喘气道："完了完了，出事了。那男的和他妈要跳楼，现在两人都爬到门诊部楼顶上去了！"

"谁啊？"

"就天天在门口闹事要赔200万的！"

众人："……"

"让他跳，死了活该！"小西最先吐槽，"还真是一出接一出的，没完没了了。"

小南轻轻推了她一下，可转而又道："不会真的跳吧？应该就是闹闹，这种人最怕死了。估计是闹了这么久，看医院不松口，不给钱，就玩这套。"末了给一句评价，"真够无赖的！"

"可就是这套能闹出轰动效应啊，现在医院门口都瘫痪了。"

几人往外走，去看情况。

许沁洗完手，插兜往办公室方向走，她没兴趣凑热闹。

身后小东抱怨道："拿命来要挟，这回院里没办法了。要是他们真的跳楼死了，我们医院就完蛋了。"

小西道："先别那么说，已经通知110和119了，先把他们从楼上弄下来。"

这回，连小南都忍不住了，可能是想到了自己当消防员的男朋友童铭，气愤道：“浪费社会资源，这种人怎么不去……”

话到嘴边，想着要是死了，医院和消防队两头都倒霉，小南一口怒气又生生忍了下去。

而许沁听到119这三个数字，蓦地停住了脚步，想起跳楼也归消防员管。

她不免蹙了下眉。

想一想，转了身，决定出去看看。

楼外，消防警笛声越来越近。

许沁穿过走廊，透过窗户看了一眼，正好看到红色的消防车排开众人，驶进医院大院。

她加快脚步，走出大楼。

消防车已停下，几名消防员从高高的车上跳下来。在那统一着装的男人堆里，她一眼就看到了宋焰，只是一个背影，很快就闪了过去，被消防车和人群挡住，不见了。

她没有靠近人群，站在急诊大楼门口朝上眺望。门诊楼21层高，顶上站了两个人，挥舞着手臂，很激动的样子，似乎在喊叫。但风太大，楼太高，加上楼下围满议论纷纷的人群，根本听不见他们在说什么。

宋焰走到楼下，抬头望了一眼楼顶的人，那两人时不时把手脚伸出来，引得楼下的围观者一阵惊呼。他收回目光，问医院的负责人：“什么情况？”

“医闹，要跳楼，上边同事在劝呢。他们不听，也不准靠近。”

宋焰说：“童铭，小葛，你们两个先去楼顶。”然后特意叮嘱道，“做好安全措施。”又回头说，“老董，升云梯，把他拎下来。”

老董上车操作，消防车上的云梯缓缓举起来，刚抬了个头，还没开始搭呢，楼顶传来尖厉的叫声。

宋焰抬头，眯着眼睛看。那两人手脚乱挥，也不知在喊什么，一句都听不清。

但宋焰还是迅速抬了一下手，老董立刻停了操作。

负责人手里的对讲机响起来，来自楼顶的同事说："别动别动，这人情绪激动，说你们再升那什么梯子，他就跳下去。"

对讲机里隐约还伴随着那人的嘶叫："老婆孩子都死了，我也不想活了，不要你们救！你们别以为把我救下去就没事了！"

宋焰抿紧嘴唇，拧眉思索着。

负责人看着宋焰，也觉得棘手，说："队长，这可怎么办哪？"

宋焰说："杨驰，你们几个去搭气垫。到楼后——"

负责人忙道："可不行，万一他看见了又激动，会跳下来。"

宋焰说："到楼后边去，搭好了趁他们不注意，挪前边来。"说完，就往楼里走，"我上去看看。"

许沁一见那云梯不升了，几个消防员还拿着气垫去了楼后，就猜到了怎么回事。

楼上那两人情绪越来越激动，楼下围的人也越来越多，交通堵塞了。

只怕这样折腾下去，消防员只能从楼顶想办法，那可就……

她双手插在兜里，穿过人群走向门诊楼。

身旁，看热闹的人们聚在一起议论：

"真可怜，被逼得要跳楼了呢。"

"听说他老婆怀孕，被治死了，儿子也没了。"

"怀孕还能死人？这医生的书，是从屁股里读进的吧？"

"现在事情闹这么大，看他们怎么收拾。就得闹，不闹没人管。"

许沁进了门诊大楼，上到顶层。

平时，顶层楼梯间的门是锁着的，现在被撬了。

天台上原本空无一物，地上铺着沥青砂石。楼顶边缘没有栏杆，只有一个高出砂地不到半米的台阶。

那对母子就站在台阶上，脚下是21层楼高的深渊。

高楼之上风声很大，刮得两人的羽绒服“呼呼”作响，听着瘆人。

几个主任和医生站在离他们10米开外的地方劝说着：“你们先下来，有什么事咱们去会议室里谈！”

“不谈，没什么好谈的！”那50多岁的肥胖妇人粗暴地打断道，“我儿媳多好的人，孝顺又勤快，还会赚钱，被你们害死了。我儿子被你们害得家破人亡，你们不赔钱就没什么可谈的！”

她30多岁的儿子跟着喊叫：“要谈就在这儿谈，就说赔不赔钱！”

刘主任还试图转圜：“现在是法治社会，你们要讲道理，有什么不满，找律师来打官司都行——”

“你们财大气粗，肯定买通法院了。”男子吼道，“我们没钱没势，告不过你们，那就让楼底下看的人来评评理！”

而另一边，几个消防员对这边的争执熟视无睹。他们不站队，也不评价，沉默而认真地做着防护措施，各自往身上拴安全绳。

宋焰表情冷淡，扫了一眼那两人站的位置，再看看自己脚下，迅速判断出有六七米远的距离。

他能趁那人注意力移开时，在两秒钟内冲过去抓住他，把他从台阶上掀翻下来摁趴在地上。

但——那头有两个人。

不可控率大大增加。

他没法同时抓住两个，而两个队员冲过去，恐怕前后不一致，漏出时间空隙，还有可能四人撞到一起，发生意外。

正思索着，民警赶来了。

闹事的男子和他妈见到民警，更激动了，喊道："你们跟医院是一伙的，你们要想解决，早让医院赔钱了。不把老百姓的命当回事，好啊，我今天就跳了，这下头的人都看着，你们医院完了。我就是死，也要让大家看看你们医院怎么害人的！我最后一次警告，这事不解决，就真跳了！"

说着，竟开始往台阶外挪。

天台上的医生和警察脸色骤变，宋焰和童铭就要冲上去拉人时，风里传来淡淡的嘲笑声："要跳赶紧跳，这么多废话。"

许沁双手插在白大褂兜里，表情冷淡地说。

她朝他们走去，平静地看着那对母子，不看其他任何人。

"你说什么？"那男人不敢相信，悬出的身子收回来，骂骂咧咧道，"果然！你们医院的人就想我死！"

"对，"许沁平淡地说，"去死吧。"

"你——"男子气得面目扭曲，正要开骂，见许沁靠近，指着她道，"我警告你啊，别走过来，你再过来——"

"再过来你就跳。"许沁已走到离他只有三四米的地方，仰头看着台阶上的他说，"你跳啊！"

"你——"那男人的腿哆嗦了一下，指着警察说，"看到没？这儿的医生想我死，把她抓起来。"又冲许沁狰狞道，"你有种，你想逼死我？哈哈，要是你大爷我真跳了，你也脱不了干系，你就别想在这儿干了！"

"对，我逼死了你，我这辈子都不当医生了。"许沁寒声道，"你现在就跳啊！"

男人一震，面前这女人的脸，在冷风里格外冷酷无情。

"一分钱都不会给你。你跳下去摔死了，摔成残废了，这里的医生，一个都不会救你！"

那两人怔住了，恶中生胆，往楼下一看，气垫搭起来了。那男人眼珠一转，要筹谋什么。

许沁说："有气垫也没用，楼太高，你从这摔下去会断手断脚，再来个高位截瘫。跳吧。"

男人没胆，打了个寒战。他母亲的脸涨红了，指着许沁骂道："你这个坏女人，是医院派你来的？想逼死我们，啊？赔点钱而已，你们医院收了多少黑心钱，赚了多少，啊？"

许沁冷冷地看着她，眼里闪过一丝厌恶，定定道："知道为什么医院不能给你们钱吗？"

这回那两人齐声问："为什么？"

"给了钱，这就成了李医生的污点。"

两人全然不懂，更不在乎。

"李医生是院里最有前途的产科医生，读医十几年，四处深造学习，一步步走到今天的位置。的确，有的医生工作只为养家糊口，但有的医生是心怀仁德、心怀敬意的，是对医学这门科学有追求有信仰的。李医生刚好就是这种人，他这种人学医，为的是救死扶伤，是为突破学术边界为整个行业甚至人类创造奇迹，而不是为了给你这种废物来糟践的。

"你知道学校、医院、国家培养出一个这样的医生要耗费多少财力和物力吗？医院当然不能给你钱了，毕竟……凭什么他的前途要毁在你这废物手里？"许沁盯着那男人问。

"你说我儿子是废物？"妇人已气得暴跳如雷。

男人也目露凶光，脸色通红，仿佛下一秒面部将会爆炸。

"人活着，不用多崇高，无非做到自立，不给社会造成负担。可看看现在，多少公职人员被你们耍着来，看看这儿准备救你们的消防员，他们选择做这份工作，也不是为了给你送命的！"

她胸膛起伏着，一字一句道："30多岁的男人，没担当没能力，你妻子是瞎了眼才会嫁给你，被你害死不说，还被你利用来讹钱，你这种人，不是废物是什么？趁早去死！”

“你这臭婊子！”男人终于上钩，他被刺激得失了理智，从台阶上跳下来，朝许沁扑过去。

而宋焰一瞬间就冲了过去，却是冲向台阶上的壮硕妇人。

那妇人的注意力早被许沁吸引走，察觉到有人袭来时已躲避不及。

宋焰一秒内冲到她身边抓住她，猛地将她从台阶上掀翻下来，甩在地上反手一拧把她摁压住了。

民警一拥而上将其制伏。

宋焰迅速松开她，目光在寻找许沁。

早在他出动的同时，童铭和小葛冲向那男人。男人还未碰到许沁，发觉自己母亲被控，而自己离开台阶，失去跳楼要挟的优势，这才知上当了，想赶紧返回。可退路被挡，小葛和童铭迅速扣住了他。

男子咆哮挣扎着，双腿乱蹬，一脚踹中童铭的支撑腿。童铭后退一大步，小腿撞到台阶上，整个人失控往后一仰，顷刻间就翻出台阶，摔下楼去。

小葛惨叫道：“童铭！”

一切发生得太快，许沁等人来不及做任何反应，就眼睁睁地看着那一抹橙色消失坠了楼。

所有人脸色惨白，骤失血色。

宋焰眼明手快，第一时间扑上去抓地上飞速滑动的安全绳。高速移动的绳子猛力拖着宋焰撞向台阶，眼见要把他整个人扯出楼去。

许沁惊恐尖叫道：“宋焰！”

小葛冲上去抓住绳子，拦住宋焰即将被惯性带出去的身体。主任们和医生们全扑上去拉绳子。

疯狂移动的安全绳，在一众男人的紧攥下被拉得绷直，骤然停止了运动。

宋焰等人伏在地上，一头的冷汗，大口大口地直喘气。

许沁心脏狂跳，双腿发软。

而那对母子早双目失神地瘫坐在地上起不来，被民警制伏带走了。

“童铭，没事吧？”宋焰朝下喊道。

“腰疼——”童铭痛苦地叫唤道。

几人把他拉上来，医院负责人立刻上前说：“赶紧，去检查。”

而穿梭的人影中，许沁紧紧地盯着宋焰，一颗心还在刚才的惊恐中跳动着，没有恢复过来。

她看到他手上有绳子磨出的血迹，脖子上有抓伤，头上还有撞上台阶造成的瘀青。

他正跟民警商谈着，余光察觉到什么，朝她的方向看了一眼。

与她对视着，他的目光深沉却又克制。

短暂的一秒，便移开了。

许沁也很快被领导叫走了。走进楼梯间前，她回头望了一眼，宋焰在跟医院的负责人还有民警谈正事。这回，他甚至没工夫再看她。

许沁转身走了。下楼梯时才发现自己的脚还是软的，背后一身冷汗，而手心，早已被指甲抠出了深深的印痕。

领导没表扬许沁，但也没批评她，只叫在场的人保密。毕竟医生对医闹者说了“去死”，这话若传出去被有心者揪住大做文章，那可就百口莫辩了。

同事们都答应保守秘密，私下还感谢许沁替他们出了口恶气。大家更诧异的是，她一贯不和人来往，却没想到这次会帮同事出头。

大家纷纷找她交换联系方式，还说以后同事聚会要叫上她。

许沁平淡应对着，然后以工作为由抽身离开了。

去急诊楼时，看见消防车还停在院子里。围观的人都散了，几个消防员在收气垫。

没看见宋焰。

片刻前还人声鼎沸的院子，此刻冷风萧萧。

许沁回到急诊室，不知为何，整个人有些低迷，也觉得有些累。平常工作时不觉得，刚刚在天台上那番对峙，真让她消耗了不少体力。

又或许，是别的原因。可她也无心深究了。

一直工作到夜里 12 点下班，许沁打车回家，靠在后座上发呆。

车停在五芳街路口。五芳街是步行街，有路障。

许沁下了车，望一眼那黑夜中商铺紧闭、空无一人的街道，轻轻叹了口气。可一转眼，看见舅舅舅妈站在路边。

她愣了愣，走过去喊道：“舅舅？舅妈？”

“沁沁下班啦？”舅妈微笑。

“你们怎么在这儿？”许沁有些许纳闷。

“巷子黑，你一个人走，我们不放心。”舅妈说，“焰焰在队里，就我跟你舅来接你了。”

许沁心里顿时一团温暖，跟着他们一道往家走。

舅舅牵着舅妈的手走在一旁，时不时说几句话，讨论着晚上看的电视剧。许沁走在后头默默听着，回头看一眼刚走过的路。

路两旁，铺门紧闭，上头画着奇形怪状的涂鸦，夜里显得有些诡异。而老旧的街道上空荡荡的，光线晦暗而幽深。

如若一人走，着实吓人。

“转弯了，这孩子看什么呢？”舅妈说着，手伸过来牵住了许沁的手。许沁顿感手上一片温暖粗糙，“哎哟，这孩子衣服穿少了，手冰凉的。”

舅妈把她的手揣进兜里，牵着她走过夜里狭窄而幽暗的小巷。

路的终点，四合院里灯光温暖。

许沁坐在餐桌边，吃着碗里的糯米小汤圆。

舅舅、舅妈陪着她一起吃消夜，舅妈说："沁沁，多吃一点啊，不要怕胖。你太瘦了，工作累，要多吃才会身体好，知道吗？"

许沁点头。

舅妈又叹了口气，说："焰焰也是，他那工作就没个规律时间，颠来倒去的。他也瘦。"

许沁闻言，沉默地舔了一下嘴唇，唇上沾着的糖汁，在这一刻竟失了味道。

她想童铭从楼上坠落的一瞬，宋焰被绳子拖出去的一瞬。

即使是到了此刻回想，一颗心也猛地揪扯了一下。

"嗯。"她放下勺子说，"我觉得，他这份工作太危险了。"

四合院，主屋里亮着灯光。

许沁说完那句话，舅妈附和一声，说："是啊，他那工作是危险。"

舅舅却从她脸色里察出异样，问："今天遇上什么事了？"

"看见宋焰了。医院有人要跳楼，他去救人，差点从楼上摔下去。"许沁说，"21 楼。"

舅舅舅妈同时吃了一惊，问："后来呢？"

"没事。"

"其他人呢？还有那跳楼的呢？"

"都没事。"

"那就好。"两口子不禁松了口气。

"我当时觉得挺害怕的。"许沁垂下眼帘，轻轻搅了一下碗里的小汤圆，那小团子泡久了，边缘毛茸茸的，模糊了形状，"要是他掉下去……"

一片沉默。

“别怕啊，”舅妈摸摸她的手，“他这孩子挺有分寸的，会保护自己，也会保护他手下的人。”约莫是猜到了什么，忙又说，“其实我跟你舅舅也说过让他调个岗位，但他呢，放不下手里的兵。他们队是这一片综合素质最高最有纪律的，一起重大伤亡都没出过，全靠他训练有方。”

这话对许沁没有半点安慰作用，可她也无话可说，隔了半晌，问：“他当初为什么选这个职业？”

夫妇俩对视一眼，舅舅道：“那小子从小不爱学习你也知道，又不服管教，就送去当兵了。后来……家里没什么别的路子，就做了消防员。”

许沁低头搅着勺子：“嗯。”

舅妈见状，坐不住了，嘴巴动动，急切地看向自己老公。舅舅狠狠瞪她一眼，算是压了下去。

舅妈重重吸了一口气，憋了半天，开口道：“沁沁啊，我这外甥看着粗糙，其实特心细，会疼人。他跟现在外头的男的不一样，别人都想趁着年轻多玩，他呢，从小被抛弃，只想有个家，宠着家人，对家人好，他就是这样一个人。舅妈不是护着他才说私心话的，你知道吧？”

许沁低声应道：“嗯。”

也没别的话。

舅妈还要说什么，舅舅道：“沁沁也累了，吃完就早点休息。”

许沁回房。

舅妈收了碗，叹气道：“这孩子是不是有心事啊？”

“他们的事他们自己解决，你就别操心了。”

“我怎么不担心？不会到最后跟焰焰他那亲妈一样吧？”

“越说越没溜儿了，行了，早些睡觉。”

灯灭。

今夜没有月亮，木窗上漆黑一片，再不见树影婆娑。

许沁躺到床上，拿起手机一看，一个未接来电，四条短信，全是宋焰的。

来电在下午 4 点 40 分，是救下跳楼者之后。

第一、二条信息紧随其后：在哪儿？开始工作了？

相隔五分钟第三条：我走了。不要担心我，会注意安全。

第四条则是夜里 11 点发的：下班回家不要一个人走，舅舅会去接你。如果没遇到，给他打电话。

黑暗中，许沁盯着那几条信息看了很久，眼睛竟酸痛起来。

她抬起手臂，遮住双眼。

过了很久，也没给他回消息。

渐渐地，她就睡了过去。

许沁忘了调闹钟，第二天毫不意外地起迟了，醒来时离上班只有一刻钟。

掏出手机叫车，发现交通堵塞，过去得半小时，只好转去搭地铁。

地铁购票机前边排着长队，好不容易轮到她，按提示选了线路和到达站。可那机子就是不出票。她正匆忙上下看着，身后的人不耐烦了，嚷道：“按‘确定’啊！还傻站着干什么呢？”

许沁这才发现屏幕下方有个确定键，摁一下，才出了票。

正值上班高峰期，地铁站里全是人，黑压压一片，摩肩接踵。过闸门时，她特意记着宋焰说过不要过黄线。

站内，乘客们行色匆匆，举目望去，全是脑袋。

到了站台，每扇门前都挤满了上班族，一个个面无表情地望着屏蔽门或看着手机。

许沁才站好，身后源源不断的乘客紧跟着聚集过来。

地铁进站了，车门一开，成群的人拥出来，而车外更多的人回拥进去。两拨人如泥石流般混作一团。从外入内的人更加声势浩大，把刚挤出来的人重新裹挟进去。而许沁被身后的人潮强力推搡着，完全丧失自控能力，跟掉进旋涡中的一片叶子似的，疯狂往车门处卷。

前边的人进不去，后边的人往前推，她前胸后背都贴着人，快把她挤碎了。刚被推挤到门口，却进不去了。

地铁门发出“嘀嘀”的声响，红灯闪烁。

可她一只手臂被前边两个人挤夹着，动不了。

“我的手！”

车门开始关闭，许沁用力拉扯，尖叫道：“松开！”

那两人背对着她，丝毫没在意。

车内一个男士见状，迅速抓住她的手臂，大力一扯，猛地一推！

车门关闭！

许沁的手骤然抽出，人一下子摔到地上，手腕撑到地上一拧，一股钻心的剧痛在手腕上炸开。

她疼得冷汗直冒，张了张口，却发不出一丝声音。剧痛之下，人本能地保持着摔倒的姿势，一动也不敢动，疼得足足 10 秒没回过神来。

还好是左手！她咬着牙，心想。眉间已是一层细汗。

旁边一个男生扶起她，问：“没事吧？”

她摇摇头，慢慢站起来，右手托着左手腕，放在胸前护着。手腕再不敢轻举妄动，一动便疼得钻心。

下一趟车来了，她被人潮卷上车，又卷下了车。

等到了医院，整个人乱糟糟的，衣服头发松松垮垮。

她试着慢慢活动了一下手腕，疼劲儿过去了，只剩下酸。

人终于松了口气。

幸好没扭伤。

她简单地刷了牙洗了脸，回到办公室，就听小南在发愁：“给他找个什么工作呢，总不能去当保安吧？”

小西诧异道：“你男朋友要换工作了？”

“迟早要换，又不能干一辈子。昨天没吓掉我半条命，我差点就成了寡妇。”小南说起童铭坠楼的事，还心有余悸，“还好，他过不了多久就要退伍了。”

小东问：“你真的打算跟他领证？”

“对啊。现在愁工作呢，不知道什么工作适合他。看能不能去企业里边管消防。唉，头疼。”

许沁走到一旁，拿出手机翻出昨天宋焰发的短信，几句话来回看了好一会儿，回了一句：知道了。

那头没有回复。这个时候，宋焰应该在训练。

许沁也没特意等待，两人工作都忙，彼此早就习惯了这样的沟通方式。

她收了手机放回兜里，手腕上一阵酸痛。

这酸痛一直持续着，如影随形，搅得她在闲下来的时候，心里总有些磨不开的烦恼愁绪。

分不清是因为手上丝丝的疼痛，还是别的什么。

有一次，她从门诊部烧伤科出来，进了电梯，下了楼，走出门诊大楼，也不知在想什么，被匆忙跑进的就诊者撞了好几下，才回过神。

发现自己站在医院大院里。

抬头望一眼，一月份的天空乌云密布，阴沉沉的。

冬季的城市，草木凋零。举目望去，四处一片荒凉灰败。

她极缓地叹了口气，待走进急诊楼时，所有不相关的思绪，又都抛到了脑后。

这就是她的工作，一旦投身其中，便不能带有任何情绪，只能全心全意。

但她的情绪，还是不可避免地一路走低。

不知是不是因为压力太大，那天晚上许沁做了个噩梦，梦见一片大区域着了火，仿佛全世界都陷入了火海。

数不清的消防员被抬出来，伤痕累累。而宋焰他们还在往里头冲，她想拦却拦不住。她看见宋焰的背影消失在一栋巨大的起火的厂房里，顿时便有了不好的预感，想叫他，可"轰"的一声爆炸，那栋厂房塌陷下去……

许沁惊醒时，四周一片黑暗，她的前胸后背全是细汗，心脏剧烈跳动着，床上全是他的味道，可身侧空空如也，他人不在。

她慌忙从柜子上摸来手机拨通宋焰的电话。

没人接。

一定是夜里出勤了，不然他不会不接电话。

她想着刚才的梦，心里发慌，又打电话问副队长，得知没有火警，只是半夜有醉酒的人把脑袋卡在天桥里，宋焰那队去救援了。

她这才稍稍放了心。

她躺在黑暗的床上，怔怔地发呆。

到了这一刻，她才发觉，和他在一起后，她一点一点地往里头陷，控制不住，不断地深陷。

已经出不去了。

她想等他回来，想听他的声音，想跟他说话，仿佛那样才能安心。

但她不知道他什么时候回来，夜那么深，等着等着，人又渐渐睡了过去。

直到第二天清早，差 5 分 7 点，手机响了，是宋焰："醒了没？"

"你明知道我早上 7 点起。"她被惊醒，尚未调整好呼吸，在被窝里喘着气，又眯着眼睛翻了个身。

他听到这边的动静，轻轻笑出一声："所以来跟你聊 5 分钟。昨天我收工晚，怕你睡了就没打扰你——怎么那个时候给我打电话，2 点了还不睡？”

他不提还好，一提，她这些天的颓靡之气全堵在了胸口。

她微微睁开眼睛，整个人静了下去，说：“做噩梦了。”

宋焰顿了一秒，问：“什么噩梦？”

“爆炸，你死了。”

那边沉默半刻，略苦地笑笑，“傻！”他说，“我不会有事。”

许沁用手臂遮着眼睛，没吭声。

宋焰察觉到了气氛变化，声音也低了下去，问：“怎么不说话？”

“……”

“嗯？”

“不知道说什么。”许沁闷声道。

这一下，宋焰也不说话了。两边都沉默，或许是因两边都有些无力。

宋焰道：“那天在楼顶上，吓到了？”

许沁依旧用手臂遮着眼睛，不吭气。

“许沁？”

“嗯？”

“吓到了？”

“嗯。”她声音极低，有些发颤。

宋焰的心被狠狠扯了一把。

说实话，那天他也被吓到了。

虽然他充分相信小葛的反应速度，但那一刻，因为她在身后，他也被吓得不轻。

后来再看她，她一脸惊恐，连嘴唇都是惨白的。

事发后，其他人很快便各自忙活去了，仿佛当时的危险不值一提。只有她呆站在原地，双眼死死锁定他，恐怕她自己都不知道自己的嘴唇在打战。

那一刻，宋焰突然就意识到，如果他真的掉下去，那天台上、楼底下的每一个人都会继续过好各自的人生。第二天，太阳照常升起。

唯独她不会。

那些人里头，只有她的命是跟他紧紧捆绑在一起的。

他怕她或许会跟着跳下去。

那一刻，他怎么不怕？

电话那头，宋焰低下头，用力揉了揉鼻梁，千言万语，最终化作一声无奈的叹息，说："我会注意，不会出事。"

她还是不吭声。

他顿觉无力而挫败，能想象到她独自蜷缩在被子里沉默低迷的样子，却又连一个拥抱的安慰都给不了。

他不忍，稍稍提了音量，哄道："你忘了？我伤还没好，只起个指导员的作用，不出力，不进火场。"

她微动了一下。

被子窸窣，他听到了，继续哄道："我今晚就回来了，陪你过周末。你安心上班，下班的时候，我就在家了。"

她闷闷地"嗯"了一声，稍稍提了一丝兴致，问："是放两天假吗？"

"嗯，两天。"

"那蛮好的。"她轻声说，"我早跟同事约了换班，刚好把周末两天都空了出来。"说及此事，她浅笑了一下，或许心里有一丝得意的甜蜜。

宋焰那头也终于微微笑了，说："早些去上班，别路上堵车迟到了。"又叮嘱一句，"提前打车过去，别挤地铁。高峰期人多，没轻没重，你受不了的。"

许沁一愣，没说上次的经历，点点头说："知道啦。"末了，又翻了个身过去，低唤，"宋焰。"

"嗯？"

"我想你了。"她轻轻说。

宋焰心头蓦地一软，呼吸都放缓了一下，说："我也想你，很想。"

早上这通电话仿佛一剂小小的解药，将许沁从这几天低迷困顿的状态中解救出了少许。

令她过得不似往常压抑。

今天急诊室也难得没什么重大事件，她中午还有时间跟徐肯教授讨论研究课题。

6点下班时收到宋焰的短信，说出勤救一个卡在旋转门里的小孩，要耽误一会儿，晚点回家。

许沁说好。

反正她调了班，晚上要接着值班。

但一小时后，她正翻看论文时，外边传来了匆忙的脚步声。

"医生！"几个邋邋遢遢满身烟灰的男人冲了进来说，"帮帮忙！"

统一的军绿色背心和消防服裤子，个个身材高大结实，一如当初那个夜晚闯进来时一般。

只不过这次，宋焰没戴口罩，脸上覆着黑灰和血丝，肩膀上有一处烧伤。

两人对视一眼，皆是愣了愣。

许沁明白过来了，脸一瞬间就冷了下去。

宋焰也有些无所适从。他没想到她还在上班，更没想到第一次撒谎就被戳破，更更没想到早晨才答应她说不会出事，晚上就负伤了。

杨驰看到许沁，还挺高兴的："医生，我们队长他伤着——"

“你们都先出去。”许沁说。

“这个伤是——”

“出去。”许沁戴上口罩。

众人一愣，欸？不是已经很熟了吗？许医生怎么又变回原来那个冷漠医生了？再看看宋焰，某队长微低着头坐在一旁，一声不吭，半点队长的架势都没了。

众人察觉到不对，交换个眼神，立刻溜了出去。

室内顿时安静。宋焰抬起眼眸，看了许沁一眼。

她戴着口罩，看不见表情，口罩上一双眼睛异常平淡冷漠。她一遍一遍地在洗手，非常用力。她说：“你忘了？‘我伤还没好，只起个指导员的作用，不出力，不进火场’，又说‘救一个卡在旋转门里的小孩，要耽误一会儿，晚点回家’。”

宋焰顿时头皮发麻，自知大事不好，欲起身，道：“许沁——”

“你给我坐好。”

宋焰不动了。

“还说，”她轻吸一口气，戴上手套说，“‘我会注意，不会出事’。”

她往置物台上丢放药水和工具，镊子、剪子被扔进盘子里，“乒乓”直响。

她平静地宣泄着怒意。

宋焰坐在她身后，看着白大褂下她单薄消瘦的身子，看见她气得连褂子下摆都在发抖，他深深蹙了眉，声音低了下去，说：“对不起！”

她的后背蓦地僵了一下。

“对不起！许沁，我不想你担心。”他的声音干燥沙哑，带着些许疲惫。

她背影颤了颤，摇摇头，低下头去，细细的手指抠紧台子，说：“不是这个。我不是要你说对不起。”

“……我不要你对不起我。”她说，“你也别对不起我。”

两人都沉默了。

室内静悄悄的，空气几乎凝滞。

“宋焰，”她背对着他，没有回头，忽然轻声问，“你有没有想过……换工作？”

宋焰的眉心仍是蹙着，脸上没有丝毫情绪变化，正要说什么。

她突然转身，打断他说：“还是回家再说，现在是工作时间。”

他却清楚，她又害怕又矛盾又逃避了。怕他不肯，因此心生矛盾而逃避。

他在不经意间抿紧了嘴唇。

她拉着移动置物台走到他身后，熟练地操起剪刀剪去他的衣服，刚要给他清理伤口，却见他身上到处都是伤。

新的旧的。

一条一条，仿佛受伤的人不会痛似的。

捏着镊子的手微微一颤，她眼眶红了。

她一点都不高尚伟大，一点都不深明大义，她就是个自私鬼。她只知道这是她爱的人，凭什么他就得去承受这一切？

凭什么？

她嘴唇轻轻哆嗦着。

而下一刻，她看到了他身上最长的那道伤疤，在背后。

10月份那次车祸救援中，他推开她，自己被划伤，如今那伤疤永久地留在背上，狰狞而沉默地显示着当初的痛楚。

一瞬间，她彻底没了动静。

而宋焰不用抬头，便知道她在看什么、想什么。

他也想说些什么，可这一瞬，他什么也不想做了。

他突然垂下头朝她栽了过去。

他轻轻撞到她身上，抱住了她的腰，埋头靠在她的肚子上。

他闭上眼睛，像是累得睡着了。

怀里，许医生的腰身很细很软；许医生的白大褂上，有淡淡的消毒水的味道。

夜色深深。

路对面的写字楼里一片漆黑，只有中间某一层亮着灯，像一串亮晶晶的手链。

许沁站在医院这边的阳台上，躲在阴影里，手里燃着一根烟。

宋焰走了。

清理完伤势，他得回队里换衣服，做收尾工作。

许沁站在冬夜的冷风里，看了一眼自己的手。她刚才抱过他的头，摸过他的头发，指尖沾了烟灰、尘土，还有血迹。

她知道他有多累，她也累。

他走的时候并没多说什么，叫她好好上班，有事等回家再说。

可她呢，此刻即使是被冷风吹了个浑身透凉，脑子里依然混沌，也没整理出头绪来。

真希望今天永远不要下班。

正想着，听见远远传来救护车的声响。

夜幕尽头，红色的警灯闪烁出刺眼的光。

她长长地呼出一口气，把烟摁灭了，回到室内认认真真地将双手清洗干净。

这次，洗了四遍。

宋焰回到家时，许沁还没回来。

西厢房的木窗黑漆漆的，主屋里头亮着光。舅妈知道他回来，张罗了一桌饭菜。

宋焰这些天都没好好休息，今儿忙活了一整天，就吃了俩馒头，又累又饿，坐下便开吃，连招呼都没打一声。

舅妈一见他这不吭声的样子，心里头就“咯噔”一下。工作上遇到再大困难，他都不会是这副模样。

她边拿筷子往宋焰碗里夹菜，边小声问：“今天……见着沁沁了？”

宋焰筷子顿了一下，继续吃饭：“嗯。”

舅妈立马上下扫视他：“伤着了？伤着哪儿了？”说着，就要拉着他看。

宋焰微皱眉，拨开她的手说：“小伤。”

舅妈见他的表情，便知他难受，问道：“沁沁心疼了吧？”

宋焰不答话。

他一句话不讲，舅妈难免惴惴不安，试探道：“没分手吧？”

宋焰一愣，嘴里还含着米饭，摇了摇头。

舅妈松了一大口气，又暗骂自己多嘴，要是真的分手，他也不能好好坐在这儿吃饭了。

“人没事就好了。”舅妈说，“怎么看上去心事很重？跟我和你舅舅说说，看能不能帮你出出主意。”

宋焰沉默一秒，头轻轻摇了摇，说：“觉着自己挺没用的。”

连护她心安都做不到。

她这人，本就爱想东想西的，又习惯闷着不说，心里惊慌憋闷得要死，也得等逼近极限忍无可忍了，才稍稍爆发一次。

这些天他都不在她身边，也不知她一个人是怎么过的。

那晚做了噩梦，慌忙给他打电话。

以后呢？

习惯了，就自己忍着了。

宋焰稍稍低头，一手撑住眉心，另一手用力捏了一下鼻梁。

人是真的累了，什么都不想说。

他话不多讲，舅妈却开口道："焰啊，舅妈知道你喜欢她，劝不了的，我和你舅也不多说什么。就是有些事得提醒你，不是舅妈多嘴，沁沁呢，好是好，舅妈也看得出她是真心喜欢你，可就怕这日子过久了，不合适。

"你想想，当初你妈妈，日子过得不差，可碰上有钱有势的一哄，就跟着人跑了。哪怕最后落到那种下场，也不肯回来过普通人的日子，更别说沁沁从小……"

"许沁跟她不一样。"宋焰声音不大地说，"你也不要再提那个人。"

"可……"舅妈还要说什么，却被舅舅拉住了。

宋焰放下筷子，说："她要下班了，我去接她。"

"还早呢，你这饭也没吃几口——"

宋焰人已起身，拎起椅子上的大衣，出门去了。

两位长辈坐在屋里没动，直到听见脚步声越来越远，大门开了又关，舅舅才道："跟你说了多少遍，不要在孩子面前提那个人。"

"孩子也都大了……"

"就算是老了，那伤也还在那儿。你看他是好了的样子？——再说，你拿沁沁跟她比什么，嫌他俩麻烦事不够多？"

"哎呀，是我说错了。我也是担心啊，这可怎么办？"

"以后别再提了，过会儿看他们回来怎么说。"

许沁按时下了班。

深夜，路上车辆极少。出租车开了不到10分钟，就到了五芳街。

小路上空无一人，路灯昏黄，照着两旁光秃秃的枝丫。北方的冬天，仿佛无尽地漫长。

车还没停稳，许沁就见宋焰正站在路边，抽着烟等她。他呼出一口烟，目光笼在这辆车上。

她下了车，他把烟掐灭了扔进垃圾桶。

她双手插在兜里，从他身边走过。

他跟上，拉她的手，她轻轻挣开。他走在一旁，继续拉她的手，她又轻轻挣开。

她还往前走，他稍稍加了力气，拉住她的胳膊往自己怀里一带，整个人从身后把她牢牢抱住。她又要挣脱，他束缚得更紧，下巴靠在她肩膀上，低声唤："老婆，让我抱一会儿。"

许沁一下子就软了，人也动不了了。

年少时他扮成熟，总"老婆，老婆"地叫。长大后，这却是第一次。

五芳街上空旷无人，举目望去，木房石巷，红瓦矮墙。白日里的浮华喧嚣早已散去，空留午夜的萧索孤寂。

四周一片安静，仿佛整座城都睡着了。

只剩他俩相拥着，在这深夜的街上。

许沁转过身去，抱住了他的腰。

她靠在他的胸口上，闭上眼睛，脸颊感受着他胸膛上的温度和心跳起伏，闻到他身上干干净净的香皂的味道。

他怀中的这一方小世界里，仍有她最熟悉的安宁。

他们彼此拥抱着，什么也没说。

他低头亲了亲她冰凉的小脸，紧紧搂着她，搂了好久，舍不得松开。直到察觉她微微发抖了，才牵住她的手，搓了搓，说："找个地方坐会儿，也带你吃点东西。"

她抬头问："舅妈做消夜了吧？"

"不跟他们一起。"宋焰说，"就我们俩。"

五芳街并非完全沉睡着。

巷子深处，七弯八绕，总能找到还在营业的小店。

宋焰领着许沁进了家海鲜店，按她的喜好点了几样。

小店装修一般，却干净。虽是深夜，店里还有几桌客人，桌上摆满各式海鲜，说话都是低声细语的，不扰旁人。

两人选了最偏僻的座位。

许沁脱下羽绒服，鼻尖儿冻得通红，跟服务员说："来瓶酒。"

宋焰看着她问："要喝酒？"

许沁点点头。

宋焰让服务员拿了酒，倒上了，递了一杯给她。

许沁接过来抬起下巴便灌了一大口。

宋焰一愣，伸手拦也没拦住，她杯子空了一半。

宋焰看了她一下，没说什么，转眼见旁人桌上有窝头，叫服务员马上来一盘，给她垫垫肚子。

"喝了酒才好说话？"宋焰极淡地调侃。

"嗯，想喝点了。"许沁拿手托着脸说，"反正有你在，也不怕。"

他淡淡笑了一下，说："跟别人可不能这么喝，知道没？"

"知道。"她点点头说，"只跟你这么喝。"

服务员端上一盘窝头，宋焰拿一个递给她，说："赶紧吃点。"

刚才她半杯白酒下去，脸上已经开始泛红。

许沁抓过窝头，小口地咬起来。

清蒸大虾接着上桌。

宋焰拿起一只，拧掉虾头，剥了壳，放到她碟子里招呼道："趁热吃。"

她拿筷子夹了送进嘴里，虾很新鲜，清甜清甜的。

她等着他剥虾，带着些许试探，问道："你很喜欢现在的工作吗？可能，比较高尚？”

他唇角弯了弯，却道：“说实话，要说有多热爱，有多想奉献，并没有。有时还觉得挺累的——只是一件事，既然做了，就得把它做好。职责在身，就踏踏实实地担着。”

末了，又补充了一句：“直到离岗的那天。”

许沁听着，还在出神，他手中的虾肉已递到她嘴边。她乖乖张嘴咬住，慢慢吃完了，想问什么，服务员端了扇贝上来。

宋焰夹了两个放到她碗里。

她慢慢吃着，又问：“舅舅舅妈在干什么？”

他看了一眼手表，说：“应该睡了。”

然后，把剥好的虾放到了她碟子里。

“那天晚上，舅舅、舅妈去接我了。”

“我知道。”

“你跟他们说的，你肯定知道了。不过，你不知道别的事。”

“什么事？”他抬眸看了她一眼。

“舅妈牵我的手了。她说我的手太冷，要帮我焐着。”

宋焰笑了一下，又把剥好的虾递到她嘴边。她凑过来吃掉，呼吸已经变热，拿手撑住歪掉的脑袋，说：“你们一家人都对我挺好的。”

宋焰停住了，停了手里的动作，看着她。他知道她有话要说，不自觉地拿纸巾擦干净了手，等着。

“宋焰，我小时候就说过，住在你们家真好。你还记得吧？”

“记得。”

“我那时不是很懂事，只是那么感觉，就那么说了。但现在呢，我懂事了，还是觉得，活在你们家真好。”许沁看着他，酒劲儿慢慢上来，她的脸越来越红，说话也越来越慢，“舅舅，舅妈，还有翟淼，都很好。我也很喜欢他们，真的很喜欢。可是……”

“他们对我好，我喜欢他们，这只是……因为你。”

她稍稍吸了一口气，说：“如果你不在了，他们就和我没有任何关系了，我还是一个人。你懂吗？”

宋焰沉默了。

她的手摁在桌沿边，握成小小的拳头。他伸手过去，握住她微颤的手说：“许沁——”

“你先听我说完，”她轻声打断他，“我怕现在不说，以后都不会跟你说。其实……我都想好了，如果有一天，你出了什么事，我就从医院里偷吗啡和注射器出来。”

宋焰猛地一怔。

她却很平静，像在描述一件很寻常的事：“或者偷手术刀和安眠药出来，在这里——”

她将被他握住的那只手翻转过来，用手指在手腕上画了一下。

他看着，脸色微变。

“你觉得我没出息也好，觉得我软弱没用也行。或许，你会觉得我是在威胁你，你要生气。但，那天看见你差点摔下楼，那一刻，我就是这么想的。如果你真的……”她似乎想象了一下那种场景，很快便摇了摇头，“太疼了。我受不了的，也过不去的。”

那压抑的暗无天日的生活，她永远都不想再回去了。

已经尝过温暖和幸福，她再也回不去了。

宋焰听完她这番话，是什么感受？

他坐在温暖的室内，跟站在冰天雪地里似的，后怕得连脚板心都在发凉。可心头又有一团火烧着，火苗子一簇一簇地跳着。

他不认为这是威胁，却反而更爱她，爱她的软弱和狠烈。

宋焰端起自己那杯酒，喝光了，看向许沁。她的眼睛湿润，清亮，迎接着他，也在等。

“许沁，”他先挑重点的说，“我可能会升职。”

她很惊讶，眼睛睁大。

他苦涩一笑，说：“本来不想这么早说，事情没确定，我不想给你不切实际的希望。但从去年开始，我一直在努力。一来，我通过这些年的工作发现，负伤率的降低跟全方位的专业训练有联系，而火灾大部分是可以防止的。不论是改善训练体系，贯彻消防检查，还是从一开始推广防火系统，这都是日常工作。”

许沁脸上闪过希望，用力点点头：“嗯。”

宋焰道：“二来，是为了你。”

她愣住了，愣愣地看着他。

良久，她动了一下，要说什么，可这一动，重心歪了，酒劲上了头，手肘碰翻了盘子，“哐当”砸在了地上。

她整个人不可控制地歪倒了，宋焰立即起身，冲到对面把她扶住。

她靠在他身上，粗粗地喘气，慢慢仰头望向他。人似乎还清醒着，但浑身没什么力气，软绵绵的。

服务员被声音引过来，看了一眼，问：“喝多了？”

许沁抱着宋焰的腰，摇摇头。

宋焰摸着她的脑袋，对服务员说：“打包吧。”

许沁被宋焰搂着腰，走在小巷里，她脚步有些晃，但不至于踉跄。

“这下开心了没？”他问。

“开心了。”她说。

他笑了一下。

进了院子，舅妈从屋里出来问：“回来了？”见许沁搂着宋焰，挂贴在他身上，察觉到不对，下了台阶问，“怎么了？”

宋焰把手里的打包盒递给她，道：“没事。她酒喝急了，但不多，缓一会儿就会好。”

许沁跟着点点头道：“嗯。”

宋焰带许沁进了房间，把她放到床上，脱鞋脱衣服。

她并不太醉，只是没力气，顺从地配合着他。

他打了热水给她擦脸，洗手洗脚，她软绵绵地顺着他。

他又把自己收拾了一遭，忙活一阵儿后回来，关了大灯，开了台灯，回头看。

她躺在床上静静地看着他，腮上的红晕淡了一些。

他趴去她身边，摸摸她的脸，有些好笑地问：“醒了？”

“本来就没醉。”

“合着是装没力气，骗我伺候你？”

她笑了。

“还想着……趁你醉了，占点便宜呢。”他拨弄着她额上的碎发，慢慢说着，目光从她额头又落回她眼睛里。

屋内只开了一盏台灯，他背着光线，眼睛漆黑。

彼此凝视着。

他手指轻触她的眉心。

她缓缓眨了一下眼睛，开口道：“你刚才话没说完呢。”

“嗯？”

“你说，也是为我。”

“嗯。”他手指抚过她的鼻梁，一路向下，落到她的唇上，“许沁，我想过我们俩以后的日子。”

“嗯？”她眼里闪过一丝憧憬。

“那时候，住在我们的家里，买一辆车。我工作规律，朝九晚五，可以和你一起吃早餐，送你上班，接你下班。我们一起做饭，看电影，逛街，种花，养小动物。周末去帝城附近玩，休年假就去更远的地方旅游。要是犯懒了不想出门，就窝在家里头，赖在床上晒太阳，哪儿都不去，就我跟你。”

不知不觉，许沁的唇角轻轻抿起了微笑，她眼睛亮晶晶地看着他，像是看到了那样幸福的场景。

“想跟我一起过吗？”他问。

“想。”她咧嘴一笑，扑上去搂住了他的脖子。

第十二章

意外·这就是生活吗？

他说：“我保证，这辈子就往死里头疼你。”

原来，他说的是真的。

那时候，他说的就是真的。

第十二章 意外·这就是生活吗？

许沁一夜安眠，早晨却被身边的男人慢慢折腾醒了。

宋焰从背后搂着她，手掌在她身上来回抚摸。

许沁微微睁开眼睛。窗帘拉着，光线昏暗，分辨不太清外头的光景。

她转过身平躺下，轻声问："几点了？"

"不知道……"他嗓音喑哑，埋首在她脖颈间，手在她胸脯上揉得越发用力了。

他搂抱着她，身子动了动，往她那头挤，性感的低音炮在她耳边轻叹："啊……老婆，又想要你了……"

她耳朵上一阵痒，痒得直缩脖子。就这样轻易被他一句话撩得浑身酥麻，人也情不自禁凑上去贴紧了他。

窗帘底下的地板上，一条窄窄的缝隙里，倒映着窗外的天光。

在床上厮混了一两个小时，他仍搂抱着她，赖在她身上不肯松开。

已是上午 11 点，他却丝毫没有起身的心思，在她颈边低叹："完了，不想起床，就想抱着你在床上混一整天。"

她心里偷笑，嘴上却刻薄地说："没有半点自制力。"

"沉迷女色，沉迷女色，我算是明白了这话是什么意思。"宋焰说。

她听了忍不住推他："俗！"

他头埋在她身上，闷声地笑。她也任他，本来她就不想起呢。寂寥冬日，起那么早做什么，躺在他怀里舒服多了。

可她同他闹了一会儿，还是敛了颜色，毕竟有所顾忌，低声道："真的，再不起床太不像话了，舅舅、舅妈会说的。"

他一愣，继而笑了一声，说："放心。起来晚了，他们反而高兴。"

许沁不明所以。

她伸着脖子望了一眼，透过窗帘的缝隙，看到外头天光大亮。

她不知道昨晚发生的事，自然不知道舅舅舅妈有多担心。

四合院，主屋内，木窗边。

"也不知道那俩孩子怎么样了，你说沁沁昨天喝了酒，该不是吵架了吧？"舅舅坐在书桌边画家具图，放下笔来，叹了口气。

"没事。"舅妈坐在对面拿尺子量尺寸，笑眯眯地说，"我刚在窗口看了一眼，现在还没起。"

舅舅一愣，压低声音问："还没起呢？"

舅妈眉飞色舞地说："没起。两人感情好得很——之前闹不开心，估计都是因为没见着面，想得慌。"

舅舅这才放心，又说："翟淼那丫头最近也不知道在干什么，也不回家了。"

"要期末考了，临时抱佛脚呢。不回来也好，不打扰他俩。"舅妈说到这儿，又小声道，"我在想啊，他俩啥时候把证领了。"

"才在一起多久，哪能那么快？"

"那是我心急，还想着抱外甥孙呢。"舅妈笑起来，又看图纸说，"啧啧，这柜子是真好看。"

舅舅脸上露出一丝微笑，说："这还用说，我做的木工，比那些什么家私店里卖的都好。”

“那是当然，翟家的木匠手艺，都传了多少年了。”舅妈得意地夸赞着自己的老公，又道，“沁沁肯定会喜欢。啧，咱们焰焰可真是……把所有都投进去了啊。”

正说着，窗外传来许沁的惊呼：“下雪了？”

两口子立即凑到窗前往外看，许沁一脸欢喜地站在走廊上望着天，宋焰站在她身后，帮她把头发从领口里拨弄出来。

两口子对了下眼神，很满意：喏，俩孩子起床了，还心情不错呢！

许沁跨过门槛，走出房间，就见四合院里铺满了白茫茫的一层雪。台阶上、走廊上、栏杆上、树上、藤上全都银装素裹，屋顶上也是一片洁白。

抬头望，天空晴朗，四四方方一块湛蓝。

空气冷得透彻，她吸一口气，凉沁沁地灌到肺里，仿佛带着雪花的清香。雪色映在许沁眼里，透亮透亮的。

她蹲下来，抓了一把台阶上的雪，回头对宋焰说：“果然这里更美。”

“今天雪还不算大，”宋焰说，“再过两三个星期，会下更厚。”

许沁眼珠一转，把手里的雪拧成一小团，慢慢站起身。他还在说着：“到时候，堆个雪人给你玩。”

话音未落，许沁突然转身，而宋焰提前一秒就迅速掐住了她的手腕。她猛地愣住，他勾唇一笑说：“你蹲地上，我看你后脑勺就知道你打什么鬼主意。”

说话间，另一手抠过她手心里的雪团，往她脖子里塞。

许沁被刺激得乱蹦乱跳，手里的雪团子被他抠走一半还剩一半，也不管了，她一手抓住他的裤腰，另一手就往他裤子里头钻。

“我 ×！”

宋焰浑身激灵了个爽，立刻冲进卫生间里抖裤子。许沁跟着跑到门口看战果，瞧见他那狼狈样，“咯咯”大笑。

宋焰咬牙切齿地松开皮带，抖落裤子里的雪。见许沁在门口笑得腰都直不起来，上去一把将她扯进来，锁上了门。

许沁惊呼一声，人已被他提起来丢在洗脸台上。

“你是要死是吧？嗯？”他“哗啦”扯开她的衣服，跟撕开一个洋娃娃似的。

许沁拦他的手，可力量悬殊，她毫无对抗能力。偏偏人还不服气，一挑下巴说：“就是要死啊，怎么着吧？”

“哟嗬。”他眉毛一挑，点点头说，“有种，今儿可别求我啊。”

她脸上又笑又急，胡乱挣扎着要溜下台子，他勾住她的腰把她搂回去，一巴掌拍在她的屁股上：“往哪儿跑啊？”

“啪”的一声，屁股开花。

她顿时急得脸红，低声嚷道：“你小声点！外头有人哪！”

“羞了？”他觉得好笑，戳戳她的脸颊问，“刚不是挺横的吗？嗯？”

她本就比不过他的力气，横竖是挣不脱了。他一会儿挑挑她的下巴，她打开他的手，他一会儿又勾勾她的腰，她又打开，他再拨拨她的腿。如此上下前后地逗，她顾此失彼，抓来挡去。他就跟逗猫儿似的闹她。

她跑又跑不开，打也打不过，也不知他究竟是逗她玩，还是要来真的。她打他的手打得“啪啪”响，也不知外头人听见怎么想呢。她也有些急，轻轻踢他一脚，终于扭了扭身子求饶道：“别弄啦，再弄舅舅舅妈要对这洗手间有心理阴影了。”

宋焰一愣，把她搂到怀里，紧紧搂着，大声笑了起来。

许沁被他裹在怀中，身子随着他的笑声震颤着，她也忍不住了，嘴角的笑容越放越大。

似乎是毫无理由的，好像什么也没有，可就是那么开心呢。

到了下午，屋顶上和树梢上的雪开始化了一些。雪水滴答，落到地面。

宋焰在舅舅的书房里待了一会儿，选了几款木地板的材质。待走回房，推开门一瞧，没见着许沁。

他听见长廊那头有水声，过去一看，许沁蹲在露天的水龙头边洗抹布。宋焰立即大步冲过去，把她拎起来，一手夺过抹布，问："你干什么？"

许沁被他弄得愣了愣，说："闲着没事，想擦一下桌子。"

"这水多冷啊！"宋焰皱着眉，握一下她冰凉的手，说，"回去。"

她被他轰回屋。他换了桶温水，拿抹布擦桌子，她要去帮忙。

他拦住她说："你去洗衣服吧。"

"哦。"许沁把篮子里的换洗衣物丢进洗衣机里，倒上洗衣液，摁下按钮，工作完成，毫无技术含量。

而他擦完桌子，又拿拖把拖地。

许沁抱着自己坐在沙发上，转头看见床上的被子不知什么时候叠好了，整整齐齐地摞成豆腐块，衣服鞋子也都收拾好了。

她歪头看着他在拖地，看了一会儿，轻声说："宋焰。"

"嗯？"

"你也太宠我了。"她微笑着说。

他不禁笑了一下，随口问："那你开心吗？"

她抿着嘴巴不作声，笑容却在放大。

宋焰说："以前在军队里要干各种活儿，习惯了。"

"哦。"她点点头，脚丫子也在翘啊翘的。

他又道："你从小就不干这些。如果和我在一起，你还得做这些，那和我在一起图什么？"

许沁蓦地感到心口被戳了下，突然就想起了小时候。

那时她蹲在院子里刨木头花儿。

他说："我保证，这辈子就往死里头疼你。"

原来，他说的是真的。

那时候，他说的就是真的。

到了下午，许沁跟着舅舅在院子里学木工，宋焰陪着她玩了一会儿，就回房看书去了。

半路，天空开始飘雪，木工课结束。

许沁计算着下午还有很长时间，想回西边去看爸妈。

宋焰要陪她一起去。

许沁一开始不同意，她知道付闻樱绝不会让宋焰进门。

但宋焰本就没打算去激化矛盾，也没想见付闻樱。

他在外边等着。

他只是想送她去，接她回来，不愿她独自坐车来回而已。

去的路上，许沁靠在宋焰怀里，望着窗外的飞雪，心里很安宁，也很清楚：他知道她不论回家还是离家，路上必定会有些低落。他不舍得，所以想陪着。

或许是因为有他在身边，路也不那么漫长了，仿佛比平时快。

到了大院门口，宋焰没有进去，说他去对面的艺术馆里转转，等她忙完了给他打电话。

两人就此短暂分别。

许沁走进院子时，莫名有些许心酸不忍，像是自己把他抛弃了似的。走了几步回头看一眼，见宋焰正走向对面的艺术馆，这才稍稍放了心。

大院里也覆着雪，但道路被打扫过了，湿漉漉的。

到了家，进了屋，问用人，说孟怀瑾和付闻樱都在家，在二楼书房。

许沁不紧不慢地换了鞋，再如何平静，心里还是有些发怵的。也不知为何，进了这房子，人就仿佛被压矮了两三分。

走廊里头特别安静，拖鞋踩在地毯上，脚步声被吸收了。

她微微呼吸着，走到书房门口。

门开着，幸好。

孟怀瑾和付闻樱在里头看书，桌上摆着茶点。

她敲了敲门，小声说：“爸，妈……”

两人看过来，付闻樱表情顿时转冷，低头继续看书，并不搭理。孟怀瑾看了许沁一会儿，蹙着眉深深地叹了口气，摇了摇头，很痛心的样子，却也没有说话。

许沁进也不是，退也不是，立在门口不知所措，竟就在那里站了足足五分钟。

房子里依然无声无息。他们不理她，也不看她。

许沁一直看着他们，脸色渐白。

走廊尽头，孟宴臣从楼上下来，无意间回头，就看到许沁弓着背低着头站在书房门口。

孟宴臣静默地看了她几秒，下楼了。

可才下两三级台阶，人又停住。他闭了闭眼睛，抿紧嘴唇，长长地呼出了一口气，转身走向许沁。

孟宴臣走到许沁身边，问：“你在这儿干什么？”

许沁猛地抬头，脸上的神色不知是惊讶，还是解脱。

孟宴臣并没有多余的表情，问：“你什么时候回来的？”

“刚才。”

“我叫了肖亦骁打篮球，走吧。”

许沁看了看书房内的父母。

孟宴臣说：“走啊，他还挺想见你的。”

许沁："……哦。"

书房内，付闻樱淡淡开口道："宴臣，过会儿要吃晚饭了。"

"玩一会儿就回来。"孟宴臣刚要转身，又停下说，"晚上我有几个朋友会来。"又看向许沁说，"走吧。"

许沁再度看向书房内，说："妈，我先出去玩了。"

爸爸妈妈都不看她，也不搭理她。

毕竟孟宴臣在场，她有些尴尬地抿了抿嘴巴。

孟宴臣脸色变了变，一言不发地扯了她的手腕，把她拖进走廊。

到了楼梯间，许沁挣开他的手。他手掌动了动，像是身体在本能地留恋什么，但他没说话，也没看她，沉默地下了楼梯。

许沁无声地跟在他身后。

孟宴臣一路没说话，出了门才问："搬去他家了？"

许沁低声道："嗯。"

孟宴臣眯着眼睛望了一下阴暗的天空，没接话。

直到出了院子，又问："他家人对你好吗？"

许沁点头道："挺好的。"

他又沉默了一会儿，说："没欺负你吧？"

许沁立刻摇了摇头，这一时间不知为何，她说不出话来。

这些话好像应该是爸爸妈妈问的，但他们都不问，也不跟她讲话。

两人站在门口的枯树下等肖亦骁。

孟宴臣平淡地说："如果他，或者别的人欺负你，要跟我讲。实在不想跟我讲，就跟你亦骁哥讲。知道吗？"

她只剩点头。他不再说话了，本身就是个不爱说话的人。但肖亦骁不知在磨蹭什么，还不出来。

他跟她站在雪天的枯树下，相对无言，只有呼出的雾气飞散在一起。

他盯着随风飞来的雾气看了一会儿，忽然扭头看向她。

她愣一愣，不明所以。

孟宴臣极淡地笑了一下，问："只会对他笑，是吗？"

许沁顿时哑口无言。

"你小时候还会对我笑的。"他抬头望向天空道，"这些年你……呵，还真的让他说准了。"

她疑惑，正要发问，旁边院子里传来篮球拍地声。

肖亦骁来了，见到许沁，几乎又把孟宴臣问过的问题问了一遍，最后道："你开心就好。我倒从小就觉得，你迟早会跟那个姓宋的小子走到一块儿去的。"

许沁说："马后炮吧。"

"真的。"肖亦骁指着孟宴臣，"我以前就跟他说过，他不信。"

许沁奇怪地问："你怎么会这么想？"

"感觉——不过，我以为你会先嫁人，再跟那小子出轨。"

许沁："……"

"但那天你发酒疯之后，"肖亦骁耸肩说，"感觉你是嫁不了人了——除非嫁给我。"

"为什么？"

他不无遗憾地说："沁沁，我还想娶你呢。你要是跟他出轨我不介意，反正我身边小妹妹也多。"

许沁说："你怎么不去死？"

肖亦骁哈哈大笑在她脸上捏了一下。

到篮球场，詹小娆和蒋裕也来了。

三个男生去打篮球，许沁和詹小娆坐在旁边看。

说起来，许沁跟詹小娆、蒋裕他们其实从小就见过，他们都和孟宴臣、肖亦骁玩得熟。只不过许沁不喜欢与人结交，都只是在年少时的聚会上打过照面，加之后来出国多年，故而等到如今才开始认识。

“听说你跟那个消防员在一起了？”詹小娆忽然问。

许沁应道：“啊。”

“以后真的在一起？”

“嗯。”许沁点头。

“你挺有勇气的。”詹小娆说，“不过，他的确很有魅力。如果我爱上了他，我也会愿意为他放弃一切。”

许沁微微笑了。

以前心里有一丝芥蒂，对于那个晚上宋焰为什么会去见詹小娆，他们又聊了些什么。

可不知从什么时候开始，她早就一点也不好奇了。

许沁问：“你有爱上的人？”

“有啊。”詹小娆望着场上打球的男生。

许沁顺着她的目光看过去，不知她在看谁。

“追了他好多年，不知什么时候能追上。”詹小娆说。

许沁没太在意，也不太关心。她坐在球场边看着他们，像看到了小时候的岁月。可回忆并未让她过于流连，她此刻想的，只是宋焰。

玩了没多久，天空突然开始飘雪，也到晚饭时间了，孟宴臣叫上大家回去吃饭。

许沁念着宋焰，心里不安，给他发了条短信：“你在干什么？”

他很快回复：“在艺术馆。”

紧跟一条：“你别急，陪父母吃完饭再出来。”

“那你呢？”

“我会找地方吃，放心。”

许沁一蹙眉。这附近除了博物馆、艺术馆、图书馆、天文馆，就是研究机构和大片的公园，根本没有吃东西或是歇脚的地方。

她还在担心，肖亦骁过来拍了一下她脑袋："想什么呢你？走了。"

许沁收了手机。

雪越下越大。

晚饭还在准备中，肖亦骁他们在客厅里玩，都是熟人和小时候的玩伴，自然不会冷场。付闻樱下楼来，和几个小辈聊了一会儿天，自始至终不和许沁说话，所幸的是大家都没有注意。而且由于家里人多，不用直面付闻樱，许沁反而没那么拘束，稍稍自在了一点。

可她渐渐坐不安稳了，时不时望向窗外，漫天飞雪。

她不知道宋焰现在在干什么，还在艺术馆里？

正想着，撞上蒋裕的目光。他从刚才起就在观察她。

他被发现，干脆过来她身边，问："你之前和我说有喜欢的人，你喜欢的是个消防员？"

"……"许沁说，"怎么连你也知道了？"

"肖亦骁说的。"

"……他那个大嘴巴。"

"他是觉得你挺勇敢的。"蒋裕笑了一下问，"不方便让我知道？"

"也不是，知不知道都没事。"

"你爸妈不同意吧？"

"嗯。"许沁隔了几秒，奇怪地说，"这你也知道？……哦，猜也能猜到。"

"不是猜的。"蒋裕说，"我刚刚好像看到他了，不知道认错没。"

许沁没明白，下意识道："啊？"

"进大院的时候，我看见他了。他在外头等人，应该是在等你吧。你妈不让他进门？”

许沁心里头狠狠一震，手脚发凉。

开饭了，付闻樱唤众人入座。

许沁迅速打开手机搜索对面的艺术馆，果然，网页上清楚地写着周六、周日闭馆。

许沁心口一抽一抽地疼，望一眼窗外的大雪，再看看暖气融融的室内，整个人都要站不稳了，像会碎掉。

她快步走去付闻樱身边，声音很低地说：“妈，我有点急事，先走了，下星期再来看你啊。”

付闻樱微笑，看着客厅招呼道：“亦骁，蒋裕，过来吃饭了。”

许沁的脸僵了一下，鼻头骤然一酸，差点就维持不住要不争气地涌出泪来。

她不过就是想和自己喜欢的人在一起，究竟是错在了哪里？她战战兢兢地向她求和，宋焰沉默不言地在风雪里等着，凭什么？凭什么她还要这样对她施加冷暴力？

她手指抠着桌沿，指尖发白，胸腔中翻江倒海般的情绪，像要一股脑儿地倾泻而出。可其他人已走过来，她立刻别过头去，生生将一切吞进肚里。

大家没有发现餐桌这角的异样，各自落座。

许沁站在原地不动。

付闻樱坐下了，拆开餐巾，瞥了一眼许沁说：“坐下吃饭啊！站着干什么？”

许沁看向她，不知她为何转变态度。

她盯着付闻樱的眼睛，渐渐地，心生恶寒，付闻樱猜出她急着走是因为宋焰在外边等？

而之所以摆出那副高高在上的架子，是因为笃定她给了这一丝恩赐，自己就必然乖乖地坐下接受？让自己坐在这里和众人欢笑品尝这丰盛温暖的晚餐，而宋焰独自守在黑夜的风雪里？

许沁迅速眨了眨眼睛，一字一句道：“我要走了。”

付闻樱微笑着说：“坐下，吃完饭再走。”

许沁浑身发抖起来，顷刻间就想发怒，却又死忍着克制住了。

她也恨自己，为什么一回到家里就变成那个最压抑的许沁？为什么在这个家里，无论爱恨情仇偏偏什么都挤不出口？

“她说了有急事，妈妈没听见吗？”孟宴臣淡淡地问。

付闻樱看向孟宴臣。

孟宴臣却抬头看向许沁，问：“要走了？”

许沁点点头。

孟宴臣没多问，说：“你走吧。”

他把她抠在桌沿上的手轻轻抓下来，握了握。她从小就这样，一紧张恐慌就抠桌子，这习惯竟长大了也没变。

他又握了握她的手，说：“走吧。”

付闻樱脸色变了，刚要说什么。

可肖亦骁抢先一步说：“沁沁，有事就先走吧，改天咱们到东边再聚。”

蒋裕也说：“去吧，有机会再喝酒。”

许沁再没了心情打招呼，转身快步走了。

孟宴臣看着她的身影消失在门廊里，默默收回目光，看了一眼这座上的人们。他叫这么多朋友过来吃饭，无非是想让她在家能稍微自在一点。

可……

算了，也算是帮她脱身了。

他平静地拿起筷子，兜里的手机振了一下，拿起来看，是许沁发来的短信，只有两个字："谢谢！"

孟宴臣盯着那条短信看了很久，终于熄了屏幕。

大片大片的雪花从天而降，像撒盐一般。

许沁一出门便朝院子外飞奔，明明不算大的院子，却像跑了一公里。跑到门口，就见穿着军大衣的哨兵抱着枪在站岗，而宋焰微缩着肩，站在路边抽烟。

天都黑了。

他呼出的热气和烟雾混成一团，散在冷风和大雪里。

许沁的泪水顷刻间涌上眼眶。

他明明是那么强硬张狂，不惧万事的一个人。

许沁泪如雨下。

她飞快地跑过去。

他正咬着烟，皱着眉头，低头拍着头发上的雪，听见脚步声，回头。

她一下子冲进他怀里抱住他。

宋焰被她撞得后退了一步，有些惊讶地问："怎么就出来了？"

她不肯抬头，竭力调整出开心的声音说："吃得早，吃完了。"

"是吗？"他扫视她一眼，也不知相信了没，握住她的肩膀想把她拎开，看看她的脸。她不肯，死死抱着他不松手。

他感到有些好笑："怎么了？"

她埋着脑袋，含泪笑着说："我再也不想来这里了。"

他稍稍一愣："出什么事了？"

"没，在这里不开心。"她说，"一直在想你。"

"一想到我就不开心？"他竟有心思淡淡地调侃。

她被气得笑了，笑得泪都溢了出来，立即埋在他胸口蹭蹭，把眼泪蹭干。

她这才终于松开他，低着头不让他看到自己的脸："回家吧，回家吧，冷死啦！”她又蹦又跳地跺着脚，要牵他的手，刚触到一丝冰寒，他已收回手，拿手机叫车。

他的手从来不会像此刻这么冰冷。

许沁什么也没说，抬头看他时，抿着唇微微笑着。

也不问他在艺术馆里看了什么。

直到上了车，她才朝他坐过去，将头靠在他的肩膀上。

车开出了好一段路程，他的衣服还是凉沁沁的。

她挽住他的手臂，把他冰凉的手夹在双腿间给他取暖。

宋焰一愣，要抽出来。许沁紧箍住他的手臂，双腿夹紧他的手掌轻声说：“不许动，动我就生气了。”

她是认真的。

他不动了，有好一会儿没说话。

两个人都沉默着，不知各自在想什么。

许久，他手指动动，抚摸她的腿根，稍稍调侃道：“不怕我吃你豆腐？”

“那我就吃回去。”她厉害地说。

他笑笑。

“宋焰？”

“嗯？”

“等我们到家了，去吃那天晚上吃的海鲜，好不好？”

他低眸看向她。

“刚才吃的饭不好吃，一点都不好吃。”

“好。”他说，略一歪头，靠在她脑袋上。

漆黑眼瞳里，映着窗外灯光流转，雪花飞扬。

很快，一月份过去大半，冬天只剩下最后一段极寒的日子。

帝城的气温一降再降，人在室外多待一会儿就冷得冻骨头。路上结冰的地方多，走路得时刻警惕，一不小心就会摔个嘴啃泥。

来急诊室的中老年人多了起来，有不少摔跤跌出骨折或重伤的。

许沁那天在家吃饭时格外叮嘱了舅舅舅妈一句，走路要注意。两位长辈喜滋滋的，说她孝顺贴心，反倒把她弄得有些不好意思。

舅舅舅妈也知道了宋焰准备调职的事，要从中队调去支队。升职加薪就不说了，还能正常作息周末放假，最主要是安全了。两人比许沁还高兴，又感叹这男人哪，果然还是要想着成家了，才会事事周全打算。

许沁和宋焰通电话时没问他这事，但也从只言片语中得知他那边都挺顺利。她并不感到意外，他本就表现突出，领导能力也强。考试呢，更不用说，看几天书就能考高分，一切得心应手。

反倒是她这边，上次救援回来立了功，按理说一切都该顺风顺水了。前段时间人事科的同事还问她重新要了一份履历和考试成绩单，像是为了职称评定的事。

可最近杳无音讯了。

许沁本不是急性子，但想着宋焰那边进展顺利，自己这头却落了一截，难免介意。那天中午便抽空去了趟烧伤外科科室，询问一下从急诊轮岗完了回门诊的具体时间，顺带问了下主治医师评选。

主任很和善地说："急诊的轮岗工作辛苦你了，你在岗期间表现很优异，大家都看得到。等休完春节假期，就能回门诊部了。"

许沁点头，心想着等回门诊了，大部分时间能正常作息，周末还放假，不由得轻松地抿了下唇。

但下一秒，主任却道："不过职称评选的事呢，还得再等院领导们商议商议。"

许沁感到有些出乎意料，问："评选是科室主任和教授主持的，为什么要院领导商议？”

“咳，那就直说了。其实本来要选你的，但医闹那次，你在天台上对患者说的一些话啊，言辞不当，领导认为有损医院形象。这风口浪尖的，可以适当避一避。你也不要灰心，下次还有机会。”

许沁盯着主任看，看得他有些心虚。他心中暗忖，这小许也是，平时跟同事不热络也就算了，在上级面前还没半点恭敬，真是少根筋。

许沁：“我在网上搜过，那次医闹早就和平解决了，没有半点传闻。”

主任一愣。

许沁继续说：“院领导怎么突然有闲情来管我这小医生？即使要管，那天我做的事，从某种程度上讲，是不是为医院解决了麻烦？”

主任哑口无言，半晌，他干脆转移矛盾，拿上头施压道：“小许啊，你为难我也没办法。上头不批，你找院领导去啊。”

许沁认真地问：“科室内的问题科室内解决，你就是我的领导，我越级做什么？”

主任又是一哽，也不知她是真的讲原则，还是存心堵他。

她说：“我先表明我的态度，如果不选我，请给一个更恰当的理由，说我犯了什么重大错误，违了什么规，是考试成绩不如其他医生好，还是实际工作不如其他医生好。至于刚才那个荒唐的理由，我不接受。”

许沁要说的已阐明，也不跟他多废话，礼貌地颔一下首，走了。

她快步走去楼道，“砰”地关上身后的安全门，深深地吸了一口气，说不生气是假的。

毕竟，长这么大，走哪儿都是道路平坦的她，何时受过这种打压？

但她很快平静了下来，没到最后关头，一切未定，还不至于气自己。而且既然来了这栋楼，去看看徐教授怎么说。

还没走到门口，就听到一贯冷静的教授竟在发怒：“我不同意，也不签字！”

主任说：“老教授啊——”

“你不用跟我磨，这几个人里头，许医生最有资格。其余的不论你们选哪个，我都不会同意，也不要跟在我手下做事情。”

许沁缓缓靠去墙边。

“你以前不是讨厌小许吗？”

“我讨不讨厌她是我的事，她能不能胜任是她的事。我就问你，这批医生里头最有资格的就是她，凭什么把她打压下去？”

“我说你怎么就一根筋呢？上头说了不给许医生升职——”

许沁脑子一蒙，没反应过来。

“我看上头是领导当久了，心脏在左在右都分不清了。这是医院，关乎人命的事你们竟拿来胡闹！你也不用再来劝，我难得发现一个好苗子，只要我在烧伤科一天，就会护着她。不选她，哪一个都别选，咱们科断层都没事。”

“哎，我说你怎么就这么轴呢，非要跟领导较劲儿？”

许沁转身离开，再度走进楼梯间。

今天是阴天，楼道里昏暗阴沉。

她拿出手机，调出付闻樱的电话拨打过去，响了几声，被挂断了。

不知是因为愤怒，还是因命运再度被人控制的恐慌，她微微发抖，但很快抑制住了，迅速打字：“妈妈，你在干涉我的工作吗？请你不要这样。”

她捏着手机在楼道里等了很久。

这边的楼道是安全逃生通道，没有暖气，窗外的寒意侵袭过来，渐渐冻得她牙关紧绷，“咯咯”作响。

那头一直不回复。

寒冷弱化了人的心理防线，她清晰地感受到身体里再也压抑不住的愤怒和憋屈，嘴唇和手指一起打战，再次迅速打字："当初我进医院没要家里人帮忙，我是凭自己的能力进来的！请你不要做这种事！"

这次，那头回了："那你就凭自己的能力升职吧。"

许沁定在原地，一瞬间所有感情退去，不知是失望，还是无力。

这个人那么轻易就将她这些年来的努力化为乌有。而这个人是她视为母亲的人，是哪怕被那样对待还想极力挽回的人。

她飞速打出几个字："好，我会的。"

准备发送时，停了一秒。

激化矛盾对她没有好处。

她站在昏暗的楼道里，心底也变得晦涩无光，突然觉得有些好笑，笑自己这刻进骨子里的低人一等。

手机响起，是小北。她得回去工作了。

她用力捂了一下自己的脸，迅速收拾好情绪，不要影响工作。不然，她在主任面前讲那番话时的底气都会化为乌有。

她没那么傻。

之后的工作中，徐教授照例对她没有好脸色，各种挑刺训责。同事间有闲言，说教授不喜欢她，让她提拔不成。

做医生的，却看不清一颗人心。这人对你是好是坏，哪能只看表面？恐怕就算剖开了看里头，也判断不出好歹来。

许沁一如既往地沉心工作，这是她安身立命的根本，她拎得清。可一到休息的间隙，难免为升职的事心生愁绪。

这天去开水间接热水时，走了神，开水溢出来差点烫到脚。

她无奈地叹口气，走出开水间，看见墙上的防火栓，就想起宋焰。

她低头站了一会儿，拿出手机给他发短信，刚敲出"你在干吗"，想一想，又一个字一个字地删掉，重新慢慢地打出一条："我想你了。"

不到10秒钟，他来电话了。

她立刻接起："喂？"

"在干什么？"他问，语气里有极淡的笑。

她心头顿时宽慰不少，也微笑道："在想你啊。"

他不禁笑出了声，很快却问："有不开心的事？"

她低头看着水杯里的氤氲雾气："嗯……今天又被教授训了。"

"为什么训你？"

"对我严格要求吧。"

"这是好事。"他说。

"喏，你也要训我了？"

"我有吗？"他笑道。

她轻哼一声，背靠在墙上问："你呢？工作累吗？"

"还好。"宋焰说，"这几天出勤少，市民们都比较乖。"

她忍不住笑了起来，问："有多乖？"

"没你乖。"他说。

她握着电话仰起头，笑容更大了。

彼此都在工作的短暂休息间隙，通话不到一分钟，就挂了电话。

许沁放下电话，长长舒了一口气，很快投入工作。

而宋焰放下电话，也淡淡地笑了笑，便继续训练搜救犬去了。

到了夜里11点，临换岗前一小时，宋焰接到上级调令，六叶坛一处酒吧着火，要求他们过去支援。

消防官兵们紧急出动，三辆消防车赶往事发地。

六叶坛是著名的酒吧街。时近深夜，街区车水马龙，人影幢幢，霓虹闪闪。

消防警笛声划破夜空，私家车主们纷纷避让。但因车辆太多，交通不畅，两三个消防中队都没能第一时间到达事发地。

消防车在街区外又行驶了五六分钟，才缓慢地穿过本就不宽敞的酒吧街，会集到一起。

此时，出事酒吧门口浓烟滚滚，隔着老远都能看见明火。

所幸的是，在消防车赶来的这几分钟里，酒吧里的人大部分都逃了出来，围在外头观望。

宋焰跳下车说："李成、江毅，跟五队的人一道做疏散；小葛，拉警戒线；杨驰，铺水带，加水压。"

说完，几个指导员和中队长迅速碰头，六叶坛中队的队长带来了着火酒吧的建筑示意图。

酒吧呈"凹"字形，底端临街，地上一层，地下一层。上层由舞台、吧台和围绕四周的沙发卡座组成，下层则全是私人隔间卡座。

层与层之间只有一条狭窄的楼梯通道，除此之外，没有别的出路。

酒吧里还有被困的人，救人要紧。消防员并没有太多时间耽搁，很快就调配人手，分组进火场救险。

宋焰戴上防护面罩，领着队员一道，逆着火光进了火场。

室内原本装修繁复，壁纸木窗，雕花桌椅，现如今全被大火烧得一团漆黑，形状扭曲。

火势已过初期阶段，热浪汹涌，黑灰悬浮。

四面墙壁和天花板上到处是火，头顶上悬挂的装饰品被烧成火球，一团团开裂了往下掉，落在地上；墙壁隔断烧得炸裂倒塌，地板上也起了火，一堆堆跟火焰草丛似的。

人都跑得差不多了，只剩火舌疯狂撩动。

宋焰进火场没多久便觉浑身不适，周身都在疯狂流汗，不到几分钟便有些虚脱。按理说不应该，虽然他之前受伤休整过一段时间，但近几个星期他的训练并没落下。防护服虽有十几斤重，却也不至于如此。

消防员这番进场以找人为主，一层找到两个困在卡座里的伤者，因浓烟和高温陷入昏迷，被李成和老董迅速背了出去。

通往地下的楼梯上躺着几个人，逐一检验过，已没有生还迹象，他们是在拥挤逃生的过程中被人群踩踏致死。

江毅等几位消防员一鼓作气，冲过火焰走廊，下了楼梯，去往地下室。

“下边着火范围不大。”江毅回头喊道，“烟厚。”

小葛往楼梯下走，突然一屁股坐下去，差点滚落。

宋焰一把抓住他的衣领问：“怎么了？”

“没……喘不过气，脚软。”小葛说完，扶着墙壁站起来，手套碰在高温的墙上，发出“嗞嗞”的声响。

宋焰一愣。

原来不是他一人觉得难以承受，而是这室内的温度已经高到了危险的程度。他立即转头看向地下室，那里黑色的浓烟大量沉淀下来，涌到门口，淹没了消防员们的腰和腿。

火舌自下朝上蹿起，从地面直跃天花板。而空气在一瞬间仿佛安静了下去，像在酝酿着什么厄运的前兆。

一种不祥的预感袭上心头。

这是……

轰燃？

消防员们的裤脚，正缓缓消失在门框里。

宋焰一把扯回已经下楼的小葛，朝楼下吼出一声：“撤退！！所有人！撤退！！”

门顶上突然闪过一丝橙色的火焰，伴着零星而诡异的“噼啪”声。

宋焰拖着小葛往后退，疯了般嘶吼道：“所有人！立即撤退！”

橙色的火焰像滴入清水中的墨汁一般，骤然扩散开。

一瞬间，火光如碎裂的闪电纹路充满了整个房间，所到之处，一切物体在顷刻间爆燃。

“轰”的一声巨响，整个地下室爆炸了。

火光冲破一切。

深夜，帝城第五人民医院。

急诊大楼灯火通明，一层大厅七慌八乱。移动病床飞速地滚过地面，留下一串血迹，医护人员的身影迅速消失在走廊尽头。

下一秒，新的移动病床从救护车抬下，火速送往抢救室。

轮子滚过的血迹画出长长的红线，一条又一条，交错在一起。

不出几分钟，大厅地面被红的黑的印记画成一张大花脸。

数个急诊手术室齐齐亮起了红灯。

短暂的喧嚣过后，大厅陷入一片诡异的安静。

咨询台内几个护士蹙着眉头，表情凝重。

“怎么伤了这么多人？”

“酒吧街那边起火，还爆炸了。”

“可惨了消防员，听说有个当场死亡。救护车不够用，尸体还没拉回来。”

“唉……”

一片轻轻的叹气声。

墙上的挂钟一格一格地走着。

保洁员提了拖把，擦着地板上的血迹。诊厅大门突然打开，深冬的冷风涌进来，扫遍室内，众人打着哆嗦看过去。

一个女人脸色煞白，披头散发地冲进来，目光四处扫一圈，迅速落到咨询台上。

她跑过大厅，看见脚底斑驳的血迹，唇色白了一度，问："请问，酒吧街起火，受伤的消防员是送到你们医院来了吗？"

"是。"护士打量她一眼答道。她应该是从家里赶来的，羽绒服里头还看得见睡衣，人冻得浑身发抖。

"有受伤消防员的名单吗？"

"没有。你是……"

"我是第三医院的，"许沁说，"我，家属是消防员。"她停顿一秒，仿佛思维跟不上语速，舔了舔发干的嘴唇说，"打了他电话很久，没人接，有点担心。"

护士看看面前的女人，她才不是"有点"担心。她一双手死死抠着台子边缘，手机上沾满汗水。她在竭力维持表情，可每说一句话，她整张脸上的表情都不对。

"现在没有名单，送进来的是谁，我们也不知道。"

"伤者情况怎么样？"她想尽力问出更多的信息。

"有一个挺严重的，听说还有个当场死亡。"

她身子晃了一下，捏紧手机，愣怔了好一会儿，转身要走时，又木然地停了停，回头说："谢谢！"

"没事。"护士看见她转身时眼里猛然涌起一阵泪雾，像是要哭，但顷刻间又用力眨眨眼睛，忍了回去。

她离开咨询台，走到通往手术室的拐角处，沿着墙壁蹲下身子抱住自己。

手术室上方，亮着红灯。

六叶坛，酒吧街。

由于起火酒吧发生轰燃，危险系数大增，而且被困人员无生还可能。消防员全部撤出了火场，采用高压水枪外部喷射灭火。

消防员仍在持续作业，高压喷射而出的水流裹挟着黑色的烟灰在整条街道上流淌。

围观群众和媒体都被驱逐出警戒线。

警戒线内，消防车灯、救护车灯不断闪烁，消防员和医生的身影来回忙碌。

宋焰坐在救护车里，防护服上覆着一层厚厚的烟灰，掺杂着不少发黑的血迹。他头发上也全是烟尘，脸上刚刚被清理干净，皮肤被高温烤得通红，还有几丝皲裂。

然而，这些都算不得什么了。

护士给他包扎着手臂上的伤口，另一边，小葛脖子上烧伤了一处，正仰着脑袋让医生处理。

轰燃发生的一瞬间，宋焰把小葛拉出了楼梯通道。江毅等人也在收到命令的一刹那迅速撤回，但刚冲上一半楼梯，底下就爆炸了。

其中一个小伙浑身着了火，虽然外头的消防员立刻进去喷水，但人拖出去时，已经没气了。

是六叶坛消防中队的新兵。

医生说，轰燃一瞬间产生的冲击波震碎了他的胸腔。

宋焰看一眼车外，马路牙子上盖着一块白布，那个新兵就躺在那里。冷风吹过，掀起白布的一角，小伙的手臂细瘦，覆满了血灰。

伤口处理过后，宋焰下了救护车，朝他走去，那白布一角却被人盖上了。

六叶坛的中队长给那位新兵拉好白布，坐在一旁，低头捂着脸哭起来，哭得肩膀一抽一抽的。

宋焰沉默地坐到他身旁，听他像个孩子般呜咽道：“我不该派他进去的，不该派他去的。我怎么跟他爸妈交代……”

宋焰无声地望着出事的酒吧，水柱还在喷洒，“稀里哗啦”地扑灭了火，却再也挽不回被火带走的一切。

那座房子已烧得一片狼藉，又有一拨消防员进去，陆陆续续地拖出遇难居民的遗体。

火彻底灭了，身旁的队长还在痛哭。宋焰起身，拍了拍他的肩膀，重新走进酒吧。

里头全烧焦了。

之前有一些物体尚且还能看出轮廓，此刻都被烧得渣儿都不剩。除了几堵承重墙，全成了灰烬。

这场火烧得太快太狠了。

宋焰打开楼道里烧坏的消防栓检查了一下，随后又拎起个灭火器看了看。

看完，他一言不发地将东西扔回去，走下地下室。

隔间卡座全部烧垮，成了个大空间。

走几步，脚下一个客人躺在废墟里，皮肤发出熏黄的光，身后的消防员把遇难者抬了出去。

宋焰走到烧得最严重的一面墙边，看了一眼，楼上烧得最严重的也是这边。从起火形势看，是这边电路着火，然后烧着了上下整面墙。

上头通风，火势扩展快。而下头空气流动慢，不完全燃烧，狭窄，持续升温，可燃气体混合，最终发生了轰燃。

本可以不至于如此惨重的。

身后有人走过来，是索俊，他说：“酒吧老板被民警带走了，我们这边得出个调查结果。我跟老董来负责，你受了伤，先回车里休息。”

宋焰说："这回的报告我来写。"

索俊察觉到他脸色有异，忙问："怎么了？"

宋焰不说话，翻着墙壁上的残灰。

索俊叹气道："轰燃是消防救援里最无法控制的，出现这种情况，谁都没办法。"

"不该这么惨。"宋焰看上去异常冷静，他抬头望天花板说，"这地方只有一个出口，是高危地。可这儿的烟雾报警器和自动喷水装置全是废的，消防栓里没水，灭火器也过期了。还有这满墙的易燃材料，超负荷的电路设计，怎么过的消防检查？"

宋焰冷笑一声道："我赌这老板有猫腻，等着判刑吧。"

他回头往外走，索俊一把上前拉住他，低声问："你要干什么？"

宋焰盯着他问："什么干什么？"

索俊扫了一眼在四处清场的消防员，将宋焰扯到了一旁。

索俊压低声音说："你想捅什么篓子，啊？"

宋焰说："你管我？"

索俊妥协道："这事你先等等，我们再商量——"

宋焰斩钉截铁道："没得商量！"

他的怒气已经压制不住，索俊噤声了一秒。

宋焰转身就走，索俊上前扯住他，要急疯了："宋焰，你就算不管他们，也要为你自己想想！今天你判断正确，至少救了五个消防员的命，你这是立功了啊！上头还得表扬嘉奖你呢。

"你马上就要升职了，这关头往上捅马蜂窝，你还想不想——"

宋焰掀开他的手，往门口一指，说："那孩子还躺在外头呢！你的良心给狗吃了！"

索俊怔然哑口，霎时间眼眶就红了，嘴唇哆嗦几下，血红着眼睛压低声音说："宋焰，都是弟兄，我心里不疼吗？刚刚还活蹦乱跳的，现在躺在那里我心里不疼？我为了谁？还不是怕你踩到雷！你走到今天容易吗？那些军功全是拿血拿命换的！现在人已经死了，再把活的搭进去。你还要不要干了？"

宋焰嘴角一扯，说："我就是不干了！怎么着吧？"

"我……"宋焰似乎想说什么，话到嘴边，摇了摇头，他什么都说不出了，仰头看了一眼黑黢黢的屋顶，居然笑出一声，说，"你说，弟兄们平时累死累活地训练是为了什么？这么大的火，谁迟疑过一秒，说过一个'不'字？好啊，背后让自己人捅一刀……"

他低下头去，摇了摇，笑了笑，笑得肩膀都垮下去了。

索俊捂住脸，流泪哽咽道："刚见那小兄弟被抬出去，我眼泪都出来了，说是才十九……也不知咱们队送去医院的那几个怎么样了。但宋焰，我还是得说，你这些年来不容易……"

"我去趟医院。"宋焰打断他拔脚要走，又道，"如果真像你说的会被打压，那我还真就不想干了。"

宋焰走出酒吧，接水管把衣服表面的灰和血冲了一下。

牺牲的消防员被抬上了救护车，宋焰坐着车一同去了医院。六叶坛的队长已流不出眼泪，靠着车内壁，目光呆滞。

宋焰也是疲惫不堪，身体是，心更甚。

而看一眼窗外，这个城市的夜景依旧异常繁华。

年轻人在街上游荡，欢笑。

凌晨 3 点，医院门口聚集着守候报道的媒体。

此刻的宋焰已听不得那些官方的话语，他的耳朵屏蔽了一切，躲过记者走进医院大厅。

到咨询台前询问，得知大部分消防员已脱险，但还有一个在手术中。

宋焰跟着护士去病房一一查看，确认伤者信息。他队里的江毅、杨驰和童铭都已接受治疗，现在都在沉睡。

六队的队长也稍稍缓了过来，跟护士核对自己队员的身份。

护士走后，宋焰独自在病房坐了很久，看着病床上一张张年轻的满是伤痕的脸。

很久后，他起身离开。

他心里清楚，坚定，不能负了他们。

他经过走廊，听到移动病床滚动的声响，最后一台手术完成了。

宋焰循声看去，竟一眼看到了许沁。

他脑子里顿时就蒙了一下。

她裹着件羽绒服，下身穿着睡裤蹲在地上，呆呆地望着手术室的方向。

一见门开，她立刻起身，由于起得太急，晃了一下，赶紧扶住墙。病床推过来，她脸色苍白地伸着脖子望。

病床上是一张陌生的脸。

病床被推走了。

她茫然地站在原地，脸上渐渐露出惊慌之色，回头就要往外跑，却正好对上他的视线。

她愣住，胸膛剧烈起伏着，待稍稍平复后很快就朝他小跑过来。她上下迅速扫视他一遍，问："你没事吧？"

他摇了一下头，脸色并不好，双眼也别过去，不与她对视。

她有所察觉地问："出什么事了？死的那个……是你的……"

"不是。"他打断她说。

许沁怔了一下，宋焰也意识到自己的态度有些硬，沉默了好几秒，还是不看她，问："你怎么在这儿？"

她谨慎地观察着他，说：“我看见新闻，说有爆炸，消防员受伤……”

“什么时候来的？”他看着墙壁。

“……12点。”

她在惊慌和恐惧中等了他三个小时。

宋焰突然转过身去，拿背对着她，用力抓了把脸。

他不愿在这样的状态下见到她，也不愿见到自己将她拖入这种状态。

他烦躁、愤怒、不安，此刻添上对她的亏欠、负疚、无力，如同火上浇油，两拨情绪揪扯撕拉着他的神经，令他难以负荷，几欲崩裂。

许沁已发现哪里不对，她察觉到宋焰的情绪有些失控，仿佛在隐忍着防止崩溃一般。

她不敢走去他前边，从背后小心地碰碰他的手：“宋焰——”

他猛地一下躲开，人转过身来。

她的手抓到空气，心跟着一空。

她有些慌张，双眼盯着他问：“宋焰，到底怎么了？你跟我说啊。”

他吸了一大口气，冷静少许，终于正眼看着她说：“我还得赶回去，时间不多了。许沁，答应你的升职，可能会出变故——唉，或许是我不干了。”

她没吭声。

他扯出一丝笑说：“你可以说我言而无信，不负责任，撒谎骗你……”

“你别这么说！”她听不下去了，霎时红了眼眶，打断他说，“宋焰，你别这么说。”

她的眼神叫他心头一凛。

他住了口，盯着她看。

她问：“到底出了什么事？”

他抹了一把脸，迅速道：“这次火灾很严重，有一部分原因是消防检查出了漏洞。”

许沁一瞬间就明白了，顿时什么话也说不出来。

宋焰问："失望了？"

她立刻摇头。

她只是明白了，明白了他这一刻的痛苦挣扎。如果不是因为有她，他恐怕一丝牵绊都没有。

心一丝一丝地痛起来。

为他，为她，也为他们俩。

那么好的一个人，为什么向上走的路，会如此艰难？

那么好的一对人，为什么走向对方的路，会如此坎坷？

分明一路上很努力，却总有新的意外和麻烦。分明期待美好的未来，却总有那么多阻碍，也不知他们最后究竟能否走到终点。

可，偏偏，那么想走下去。

她眼睛微湿，笑了笑，问："这就是生活吗？"

宋焰惨淡一笑，说："这就是和我在一起的生活。"

第十三章

原来·毁掉的十年

半年前翟淼在四合院里的那句控诉也猛地清晰，

“你差点把我哥害死还不够！”

恶心而苦涩的情绪一点一点从四肢百骸席卷而上，

突然翻江倒海。

凌晨3点一刻，医院里一片寂静。

宋焰背靠着墙，坐在走廊的地板上，人已经平静下来。他太累了。

许沁端了杯水过来给他，他一口喝完，嘴唇还是有些干裂。

她挨着他坐到地上，睡裤缩上去，露出了两截白白的脚踝。

她刚才蹲这儿时就是这样。

宋焰伸手握了一下她的脚踝，凉凉的，他便握着不松手了。

许沁低头，覆上他的手，轻轻抚着，问："你准备怎么做？"

"讲事实。"

"嗯。"

"想说什么？"他看着她问。

"这是你的工作职责，我没什么可说的。"她说。

他还是看着她。

她道："如果徐教授主刀出了医疗事故，上头来调查，我作为参与者，也会照实记录。倒不是出于对错，而是职责所在。可如果没人来问我，那我……即使知道也不会说吧，因为我不关心。"

"像你。"宋焰略略弯了一下嘴角，有些苦涩地问，"觉得我应该撤个谎瞒过去？像上次吃消夜时说的，等升职了，做更大的事？”

她停了对他手背的抚摸，认真思考半刻，反问道：“能吗？”

宋焰看着她。

她抱住自己的腿，趴在膝盖上开口道：“肖亦骁常去的湾流会所，里头有个领班叫阿露。我总跟肖亦骁去那里玩，认识她。”

走廊里很安静，她的声音不大，不徐不疾。

“我问阿露，会所里那么多漂亮的女孩子，这么多资源哪里来？是不是老板后台强大，强行搜刮？阿露说不是，都是自愿的。我奇怪，全是一等一的美女，在其他地方也混不差，来这里，是不是被生活逼得走投无路？阿露说，也不是。

“她说，会所招工只招前台，工资比白领还高。来应聘的虽然知道这是声色场所，但前台是干净的。她们也不准备长待，等快速赚够一部分钱，能让自己在帝城落脚，就走人。

“做前台做一个月后，领班说，不如做引导员，只是多走几步路，又不进包厢，但工资翻倍。嗯，工资翻倍就能更快地赚够钱更快走人，开始新生活，做引导员吧。

“一个月后，领班又说，不如做服务生，已经走到包厢门口了，把客人领进去一下，工资就翻倍。嗯，做服务生。领班再说，不如做包厢服务员，已经进包厢了，端个茶倒个水。嗯，为了更快地赚够钱离开，做包厢服务员吧。

“再过一个月，领班说，做陪聊服务员吧，端茶倒水的时候本就已经跟客人聊天了，现在不过是从茶几前挪到沙发上，工资就能翻倍。赚得更多，你就能更早离开了。好，那就做陪聊服务员吧。后来呢，已经陪客人聊天了，就……到最后，当初的那笔钱早就赚够了，但没有一个人离开，全都堕落了，继续赚很多钱，无一例外。”

许沁说："阿露就是这么走过去的。"

走廊里静谧无声。

她懂他，所以在用她的方式哄他。

宋焰一言未发，只是不经意地靠她更近。

这一刻，不只是身体，还有心灵，两人更亲近了。

她感觉到了，身子也不禁朝他贴紧。

她揉揉眼睛，有些累了，但疲惫使人易于诉说。

"其实，我不觉得她们有什么对错。或许我没有是非观，认为她们愿意做也是她们的选择。但是，如果有人一开始就不想做，那我觉得，在故事的最初，就不要去做那个'干净'的前台。因为……

"有些底线，一旦退后，就一泻千里。后边的事不会按你最初想象的发展，因为人就是一种会不断给自己找借口的动物。很多人想法美好，却在途中迷失。当你违背初心踏出最开始那一步的时候，你的初心，就已经回不来了。"

她慢慢说完这段话，自己也沉默了好久。不知是困的，还是脑袋里的想法都倒掉了，空空的，一时没反应过来。

身边的人，也始终没有回应。

她扭头看，撞见他正盯着她，表情平静，甚至有些疲惫。可眼底有隐约的笑意，像是刚才那个有些失控的男人彻底消失了，而她的宋焰又回到了她身边。

她不禁微微一笑，像是终于把他哄好了一般，自豪地问："你在笑吗？"

他弯了一下唇角。

"笑什么？"

"没什么。"他摇摇头，看出她累了，将她揽进怀里，下颌用力贴了一下她的鬓角，轻声说，"觉得你很好。"

她靠在他怀中，找了个舒服的位置靠着，默然半刻，困倦地垂下眼帘说：“其实我没那么好，我也有一点点私心，不高兴。”

他闻言，几不可察地轻吸了一口气，将心底略微翻涌的情绪压了下去。他很清楚她在想什么，却还是明知故问，想听她说出口：“比如呢？”

她微微打了个哈欠，缓缓道：“我也会想，你会不会为了我而放弃原则。我不是要你这么做，但好像这么做了，就能证明点什么。”

他对她付出的多与少，一直是她介怀的。

“可是，刚死去的消防员还躺在那里，你的战友们还昏迷未醒。如果这时候你漠视死者，不管真相，这样的你又很可怕，不像我喜欢的你了。”

他却是一句话也说不出，只有身体本能地将她的鬓角贴得更紧。

“……而且，你也因为考虑到对我的承诺，而挣扎痛苦过。我都看到了，虽然心疼，但也有点开心。”她轻轻笑了一下。

他低下头，摇一摇，笑得越发苦涩了。

她歪在他肩上，揉揉眼睛，忍不住又打了个哈欠。

他低声道：“很困了？”

“嗯。你比我更困吧？进出火场，特别消耗体力。”

宋焰愣了愣，这才意识到他浑身上下无不透着疲累，却忘记了。

她仰头问：“明天不能休息？”

“上边会来专案小组。”

“希望专案组领导作风正派，这样，今晚的担心就都是多余的了。”

“但愿。”他笑了下，轻声说，“早些回去休息。”

他得走了。

“嗯。”

他扶她起来，要送她出去，六叶坛中队的吴队长朝这边走来。

许沁摆手道：“你忙吧，不用管我，我自己回去。”

她转身就要走，宋焰一把抓住她的手：“许沁。”

“嗯？”她愣了一下，“还有事？”

他看着她，目光恢复坚定地说：“你放心，这件事我会妥善处理。”隔了一秒，老夫老妻般地笑笑说，“……不让你失望。”

“嗯。”她眼睛一亮，点头，眼里全是信任。

他顿觉整个人满血复活，再度笑笑，在她头上轻轻揉了一把。

许沁走了。

宋焰望了一眼她的背影，收了笑容看向吴队。

吴队大步过来：“我们赶回去吧。天一亮，七局的专案组会过来。在那之前，我们得准备一份详细的情况说明。”

宋焰道：“好。”

两人穿过大厅朝外走。

吴队这一整晚濒临崩溃，此刻情绪也不稳定：“宋焰，我看过现场，不该烧得这么惨。我猜你也看得出来，就不瞒你了。我之前只知道那酒吧是个‘富二代’开的，今天才明白他有问题。”

宋焰没插话，听他说完。

“按理说，事情闹成这样，怎么着也得严查，要是不把这事刨个水落石出，我每晚都得做噩梦，看那孩子烧焦的脸。”说到这儿，吴队长再度哽咽，“他爸妈连夜坐火车赶过来，我……”他别过头去擦眼泪。

宋焰安慰道：“你先别灰心，部里的人下来了，支队大队都不敢造次。”

“但大队长……”吴队长咬牙说，“这次上头来的领导要是冲着严查来的，还好说——”

人走到大门口，他把话吞进了肚子里。

两人身上的消防服太显眼，一出门，蹲守的记者就围过来问：“是六叶坛那边过来的消防员吗？”“昏迷的消防员情况如何？死伤多少？”“为什么会发生爆炸？”“为什么火势无法控制，是扑救不得力吗？”

宋焰挡开记者，头也不回地走出院子，待甩开众人，走出一段距离了，吴队长突然停下：“宋焰……”

宋焰扭头看他，已然猜到他想干什么了。

“咱们硬的碰不了，不如……”

宋焰打断他说：“那些记者只想得到独家新闻，从这场灾难里获取利益。”

“可舆论这条路最好走，力量也最大。不论来的领导是正是歪，都怵这个。”

“你先冷静一下。”宋焰否定道，“有些消息一旦放出去，就收不住了。或许你想打击某几个人，但可能演变到最后，打击的是整个群体，会导致很多无辜的人受牵连。不到万不得已，别走这条路。”

“这也不行，那也不行，你说该怎么办？”

宋焰思索半刻，道：“虽然不走，却可以利用利用。”

上午 9 点，六叶坛消防大队会议室。

专案组领导、南城区消防支队的队长政委、参与这次灭火行动的三个消防大队队长、教导员，以及三个消防中队队长、指导员全部到齐。

专案组组长陈处长端坐会议室正中央。

这次火灾三个平民遇难，还牺牲了一位消防员，影响很坏，陈处长看上去心情也不太好。

六叶坛消防大队的队长起先还准备给他倒茶，被陈处长淡淡阻止了：“别磨蹭了，坐下开会。”

事故发生在六叶坛辖区，六叶坛消防大队队长首先对这次火灾做了全方位的描述，从发生时间、接警过程、救火作业，一直讲到人员伤亡情况。

他发言完了，陈处长并没继续下一项，而是问："中队长是哪位？"

吴队长举了下手。

陈处长道："你是直接灭火的人，从自己的角度，把当时的情况再讲一遍。"

大队长的脸色变了一变。

吴队长情绪不像夜里那么激动了，他的陈述有条有理，和大队长讲的基本吻合。只是讲到最后，他提了一句："如果不是十里台的宋队长判断正确，这次死的消防员可能不止一个，而是六七个，重伤的就更不用说了。"

陈处长听到这个数字，眉心紧紧皱起，极其不悦。

他这一皱眉，整个会议室的气氛都僵了下去。

陈处长问："十里台的宋队长，是那位在望乡地震里立了功的宋队长？"扫一圈就找到了宋焰。

宋焰颔首致意。

陈处长面色有些许缓和，说："这次，你又立功了——初步的火灾原因报告，写了吧？"

宋焰回道："写了。"

陈处长说："念吧。"

宋焰的报告不带半点主观情绪和推断，非常平实："起火原因是线路设计违规，造成短路。

"火势迅速蔓延扩散的原因是：建筑设计从消防角度上看不合格，加速燃烧。室内整体线路不绝缘，材料易燃，逃生通道堵塞。

"火灾最终变成爆炸而失控，原因是烟雾装置和喷水装置集体报废，密闭地下室内急速升温。"

他平静地阐述完，对面几个大队长和教导员脸色骤白。

宋焰面不改色地放下了报告。

陈处长顿时就拍了桌子："老板没遵守消防条例，你们消防检查也没搞好！"

六叶坛的大队长和政委立刻接话承认错误道："是，是，是，底下的人办事疏忽，这事一定查。彻查！"

宋焰淡淡道："大队长要查,那得迅速了,最好在今天弄出个初步结果。"

大队长看过来。

宋焰拿出一张纸，垂眸瞟了一眼，念道："有逃生者反映，尝试用过灭火器，是坏的；消防栓里也没水……"又翻了一张纸说，"据知情者透露，酒吧业主是个'富二代'，疑有人给他开绿灯。"

他一抬眸说："这是我今早看新闻里写的。"

对面几人同时傻眼了。

而陈处长的脸色更凝重了。网络上、媒体上已经开始起传言，他来之前也看到了。

宋焰道："虽然昨天事发时，把媒体赶了出去，但现在的社会，消息是封不住的。这次火灾影响恶劣，加上消防员牺牲这个话题，很快就会在社交媒体上掀起全面关注。想必在座的各位也都目睹过一些公共突发性事件是如何失控的。媒体猎奇，舆论抨击，公职人员做出回应时，哪怕稍稍行错或迟缓一步，事态便会迅速恶化。

"在我看来，比起让媒体捕风捉影，让舆论朝不利的方向发酵，到最后一发不可收拾，导致公信力下降，导致最后专案组发布的任何信息都变成'事后推诿''找借口''隐瞒真相''抓替罪羊'，倒不如抢在媒体挖小道消息和舆论发酵之前，认定责任，做出处理，公之于众，及时切断谣言散播的路径。当机立断，才能赢回声誉。只不过……"

宋焰放缓了语速，道："群众的眼睛很毒，嘴也毒，糊弄不得。不然，反噬回来，下场更惨。”

这番话说完，会议室里一片安静。

几个大队长和教导员的脸，已齐刷刷地惨白如纸。

而专案组的几位领导，集体陷入沉思。

是选择掩盖，最终被人挖出小道消息，导致舆论反水，产生信任危机；还是选择下手狠准，快刀斩乱麻，赢得民众赞誉，获取立功良机？

这个选择，并不难。

陈处长瞥了宋焰一眼，这位后生小辈……呵，年纪轻轻，魄力不小啊！

许沁整天都在关注六叶坛酒吧爆炸的新闻。

自凌晨医院分别后，她没跟宋焰联系过，知道他那边形势紧张。

酒吧着火，民众伤亡，本不至于引发大范围的讨论。但由于爆炸、消防员牺牲，加上酒吧业主为“富二代”，这件事热度不断升高。

社交媒体上，很多网友为逝去的消防员惋惜，同时质疑酒吧为何会发生爆炸，是否存在管理和消防设施漏洞。

许沁对这些言论一概不感兴趣，只等着官方发布消息。

只待消息一出，她便能知道宋焰那边情况如何，是好是坏。

可过了中午都没动静，她又觉得自己太心急，哪有那么快？

小南脸上也是愁云惨雾，她上午请假去第五人民医院看望童铭，回来时眼睛红得跟兔眼一样。

童铭身上有多处烧伤，外加脾脏破裂，人从昏迷中醒来后痛得要死要活。小南心疼死了，回来和许沁她们说起，眼泪“哗哗”直掉。

偏偏她也去找新闻看，看到有人质疑为什么消防员去救火，却还是烧死了人，是不是出警迟缓救援不力，小南气得直哭。

小北一边安慰她，一边叹气道：“你这恋爱谈的，一个护士，一个消防员，见少离多人危险，还总被骂，辛苦程度只有医生配警察的家庭能相提并论。可上次医闹那件事，也没见你气成这样。”

小南愤然道：“骂我无所谓，我是替童铭不值……”说着又涌出眼泪，“也不知道这次爆炸是怎么回事，就怕最后查责任查到他们头上，又受伤又背锅……”

许沁淡淡道：“网上那些话，你理它做什么？这事会朝好的方向发展的，别担心了。”

她话说完，几个护士静悄悄地互相看看。

小西小声说：“许医生居然安慰起人来了，没听错吧？”

许沁说：“有工夫在这儿闲聊，还不如把心思放工作上。”

“是。”

许沁暂时将火灾的事放在脑后，宋焰说他会处理得很好，不会让她失望。

她信。

今天周五，明天就是周末了。但出了这档子事，宋焰不可能放假的。

好不容易挨到周末，又见不着了。

许沁站在水龙头边洗手，不经意地叹了口气。洗完了，她抽了纸巾把手擦干，双手插兜里，走回办公室。

这一刻，急诊大厅里并不忙碌，甚至有一丝难得的安静。

下午的阳光从门外洒进来，铺在地板上。

急诊室里很少有如此安静的时候，所以，前方的争吵声格外清晰，来自她隔壁董医生的诊断室。

男人咆哮道：“你怎么当医生的？我现在很疼，叫你给我开杜冷丁！”

许沁走近了，往诊断室内看了一眼，一个身形消瘦的男人浑身在颤抖着吼叫：“你开不开药？”

董医生是新转来的实习医生，经验少，脸皮薄。对方面目狰狞，她便露出了怯色，却仍坚持道：“不能给你开，还不知道你什么症状……”

“我说了脑袋很疼，你听不懂啊？”那男的情绪失控，猛地砸桌子说，“给我开杜冷丁！”

几个医生护士循声望过来，朝这儿走。

许沁眯着眼观察了一会儿那个狂躁的男人，低声对走来的护士道：“有患者闹事，叫保安。”

那护士一愣，赶紧跑去找人。

“给我开杜冷丁！”男人咆哮着，再次砸桌子。

董医生脸色发白地说：“你冷静一点！我得先查清楚你是什么症……”

“你给不给？”男人突然掏出一把刀，董医生尖叫着后退，贴在柜子上双脚发抖。

男人红了眼，冲过去翻办公室的抽屉柜子，纸张病历全往外扔。

许沁见护士领着保安朝这儿跑来了，双手插进兜里正要离开。

可董医生惊慌失措，一眼望见门口的许沁，呼救道：“许医生！”

男人病情发作，找不到药剂，正欲发狂，回头看见许沁，表情抽搐，扭曲着脸扑过来，嘴里喊着：“给我杜冷丁！”

许沁转身便跑。

但对方速度太快，猛地抓住她的肩膀将她拧了回去。许沁深知一旦自己被挟持情况就糟了，她用尽力气打开他的手臂，在掀手的一瞬间，余光却见刀光一闪，她的手从那片银光旁划过。

许沁心头一惊，手腕处传来一丝幽幽的寒意，像点冰术般瞬间席卷了她全身。

那把刀割到了她的右手腕！

与此同时，几个保安冲过来将那人制伏摁趴在地上。

一片忙乱中，就听见一声冷斥：“马上找神外科的郭主任！”

众人回头，许沁捂着流血的右手腕，面色煞白地吼道：“快找郭主任！”

几个医生见她伤到了右手，全吓坏了，立刻跑了过来。有的打电话，另外几个护着她赶去手术室。

许沁趴在桌上，额头枕着左手的小手臂，脸上沁着冷汗，一言不发。

郭主任给她诊断过伤势，伤口不深，没伤到手部神经，不会对她今后的工作造成影响。

但她不知是后怕，还是被吓到了，坚持不肯用麻药。郭主任也由她，只是小伤，不会疼到无法忍受。

其实这伤要放在其他部位，就是道口子。但放在外科医生的手腕上，难免叫人心惊。

郭主任处理完了，交代道：“现在是冬天，天气干燥，不容易发炎。但为了保险起见，还是得慎重，要吃点消炎药啊！不要碰水，不要动手腕撕裂伤口，可别弄感染了。”

许沁点点头，谢过他之后，离开了。

刚出门，见徐肯教授坐在走廊的椅子上，脸色铁青，像是在等她。

许沁愣了一愣，渐渐反应过来，教授一定是听说她的手受伤，太过担心才亲自跑来外头等她的。

她慢慢走过去：“徐教授……”

教授脸色很差，站起身往安全门的方向走。许沁硬着头皮跟了过去。

到了楼梯间，徐教授一开口便厉声斥责道：“你知道外科医生的手有多重要吗？你这是对自己不负责任！”

许沁一开始没吭声，知道他是关心自己。但后来，她还是轻轻解释了一句：“我平时一直很注意，这次是个意外。我当时准备走，可那个患者看见了我。”说完，抬眸瞥他一眼，见徐教授仍在生气，又放低了声音说，“好在没事。”

徐教授板着脸，不看她，问：“郭主任怎么说？”

“说伤口浅，没事，让我注意别发炎。”

“你这几天请假休息吧，手养好了再来。”徐教授正要走，又停一步说，“主治医师评定需要填资料的时候来一趟医院，也就这一两天了。”

许沁一愣问：“我评上了？”

“这是你应得的，不用感到意外。”

“教授。”许沁叫住他，简短道，“我知道您帮了我，谢谢！”说完，她深深鞠了一躬。

“不算帮忙。”徐教授道，“难得出一个人才，医院其实也想重点栽培。许医生，你要记住，不管做哪一行，最终能帮你的，始终都是你自己的能力。”

徐教授走了。

许沁独自在楼梯间里站了一会儿，看看手上的纱布，慢慢缓过劲儿来，又拿手机刷了一下新闻。

依然没有宋焰那边的官方消息。

她深吸一口气，看见窗外的夕阳照进来，红红的，铺满整个楼道。

她在夕阳下慢慢走回急诊楼。今天，这颗心被提到高楼，又摔下，最后又被提起，回归原处，在胸腔里平静安稳地跳动着。

她去人事科请了伤病假，准备下班前，去输液室跟小西她们交代一声。大家知道她手没事，都松了口气。

正要离开，墙上的电视开始播报新闻。

“……六叶坛酒吧街发生火灾爆炸后，公安部门紧急成立火灾事故调查专案小组，连夜对这起造成四人死亡、十三人受伤的事故进行调查。今天下午，专案组召开新闻发布会，针对这次火灾向全社会发布报告书。对在这次灭火行动中表现突出的消防中队进行表扬，对牺牲的消防战士家属进行安慰抚恤。同时，对在消防检查工作中涉嫌违纪的人员进行严厉查处，请广大市民监督举报……”

输液室里的患者议论起来：

“速度真快啊！”

电视里，主持人道：“距火灾发生到揪出责任人召开发布会，仅用了 15 个小时。这次政府的行动可谓雷厉风行，坊间也是一片赞誉。我们也不禁思考，相关部门是否可以从这次的案例中吸取一些应对突发事件的经验……”

小南也松了口气说：“许医生，你说得真准啊，事情朝好的方向发展了。”

许沁看了一眼输液室里还在讨论的人们，轻轻翘起唇角，离开了。

他说过的事，自然会做到。

夜晚，四合院里静悄悄的。

许沁在床上翻来覆去，等了好久，手机一直没响。

她知道宋焰很忙。

明明在看新闻的时候就知道他做到了，可不知为何，还是想听到他的声音，听他讲讲到底发生了什么。

等着等着，人模模糊糊地睡去了。不知何时，手机振了一下。

她心中有念，立即醒来，一看果然是宋焰发的消息：“睡了？”

“没有。”她回，心脏还骤跳着。

几秒后，他打电话过来，还未开口，她先问：“你忙完啦？”

“嗯。”他嗓音温柔地问，“怎么还没睡？撒谎了？”

“感觉你今晚会打电话给我呀。”她笑，因刚被吵醒，声音有些沙而软。

他低笑一声，问：“看到新闻了？”

“嗯。”她点头，枕头“沙沙”响。

他又没忍住笑出声来，说：“你点头我又看不到，傻子。”

她笑道：“你听到了呀。”然后翻个身趴在枕头上，“……快跟我讲，怎么说服了专案组领导？”

“领导也是想把事情完美解决的。告诉他们走别的路有弊端和隐患，然后提供了一个完美又能立功的解决方法。”宋焰简短地描述了一下当时的情形。

许沁窝在被子里，听着耳边他低沉的声音讲述，渐渐眼神放空，仿佛看到了那个场面。她想了一会儿，“扑哧”一笑，说：“那个时候的你，肯定很帅。”

他“呵”了一声，反问道：“我什么时候不帅了？”

“切！”她在床上翻了个身，平躺着。

宋焰问：“你呢，今天没遇到不听话的病人吧？”

她缩一下肩膀，说：“遇到闹事的了，来要杜冷丁，还拿刀割了我的手。”

他语气微凛，问：“你没事吧？”

“没事，一道小口子，还顺便蹭了个假呢。”她说。

他听她的声音，便知道没事，但还是叮嘱了一句：“以后碰到闹事的人，你离远点，听见没？”

“知道啦。”她说。许沁觉得此刻连他训诫的语气也迷人，心里甜，又忍不住翻了个身趴在枕头上。

宋焰从刚开始听到她在被窝里拱来拱去，心里就有些难言之痒，到了此刻，终于问：“又趴着呢？”

“嗯。”她答道，“趴在你床上呢，还垫着枕头。”

“……”

他长长地吸了一口气，想着她只穿了内衣趴在他被窝里的样子，叹道：“这时候我本应该在家搂着你。”

她把脸埋在枕头里笑了一会儿，想起了什么，又严肃少许，问：“你又一整天没睡？”

“嗯，累死了，就想睡个觉……”他伸了个懒腰说，“还想睡个你。”

她笑容收也收不住地说：“可这星期见不了了，又得等下星期。”

“那不一定，”他说，“工作中也可以见。”

“工作中还是不要见了。”她赶紧说，“总是有不好的事发生才能见面，还是不要见了，平平安安等周末吧。”

“听你的。”宋焰道，“不过，星期二有地震表彰会，你会去的吧？”

“啊，这个我会去。”

“到时告诉我你坐第几排。”

许沁眼睛一亮，问：“你能过来跟我坐在一起吗？”

“当然不能。”

“那你问我干吗？”她哼了一声。

他笑道：“偷看你啊！”

地震救援表彰会那天，许沁去了医院，换上白大褂，和同事们一道出发。

到了会堂，下了车，数队军人正列队往会场里走，男儿们个个昂首挺胸，步伐整齐划一。

医生护士这边女性居多，队伍闲散，小跑小步，还叽叽喳喳地议论隔壁队伍里的俊朗男人。毕竟，军装上身，个个高大挺拔，长胳膊长腿，实在是英姿飒爽。

两拨人就这样风格迥异地进了会场。

有三分之二的观众席划给了军人。医护人员、记者和社会救援人士占据剩下的三分之一。

许沁和同事一起找座位，朝军人那边望了一眼。一排排战士坐得端正笔直，极有气势。

许沁很快就找到武警消防队伍，在她后边四五排。不过她们在左区，而他们在中区。

她的目光在他们脸上划过，突然一下就看到了宋焰。

他背脊挺直，端正地坐着，或许是感应到了，他目光移过来，脸上没有表情，但下一秒，他就冲她眨了下眼睛。

她不禁抿唇笑，坐下后又回头看了他一眼，没有人影阻挡，挺好。

这场表彰晚会在黄金时段全国直播，离开始还有半小时，台下的人已基本落座。

几个身着华服的主持人在台上对稿子，工作人员往来忙碌着。

军人那片安静无声，许沁这边有人低声讲话。她坐下不久，想上厕所，便起身去了洗手间。

从洗手间出来就碰上了宋焰，他一身军装，手里拿着军帽，站在走廊一侧，整个人气宇轩昂。

她笑了，几步小跑过去，眼睛亮晶晶地看着他问："跟着我出来的？"

"嗯，来看看你。"他说，"见一面也是不容易。"说着，上下扫了她一眼。

她双手插兜，不太自在地说："不工作的时候穿白大褂怪怪的，可领导要求这么穿。"

"挺好看的。"宋焰说，还记挂着她的伤，又问，"你手怎么样？"

她抬起手腕给他看，伤口已经结痂。他托住她的手，粗糙的大拇指一下下抚着她的手腕，没碰那道伤，说：“应该快好了。”

“嗯。”她抿唇笑，眼睛不自觉地在他身上身下到处游走。

“看什么？”

“你穿制服真帅！”许沁说着，手指在他的制服上摸了摸，粗粝而硬挺的布料，很有质感。她舍不得松手，摸来摸去，小声问：“能穿回家吗？”

“你喜欢？”他低声问，嗓音有点诱哄。

她点点头说：“喜欢。”

“好。”他在她耳边轻声说，“下次穿回去给你看。”说话间，手指钩住她白大褂的口袋拉了一下，“你呢，这件能偷偷穿回去吗？”

“可以啊。”她说，不知为何，脸颊都烫了。

他笑笑说：“那好，我们说定了。”

洗手间那头有人走过来，他稍稍拉开了和她的距离，笑容也收了，说：“进去了。”

“嗯。”

两人座位的入场口不在一处，宋焰先进场。

许沁走去另一入口，迎面有个军人过来，擦肩之后，唤了声：“许医生？”

回头看，竟是陆捷。

她对他印象不太好，没什么表情地点了下头。

“没想到又在这儿碰上。”陆捷还是那么爽朗，“宋焰应该也来了，但我还没见着他。”

许沁没心思和他讲话，道：“大会快开始了，我先进去了。”

陆捷却误以为她是听到宋焰的名字不悦，就此放过了。

两人各自要走。

可陆捷忍了忍，终是没忍住冲着她的背影道：“你和宋焰真没可能了？”

外厅内已无他人，回声空荡。

许沁停下脚步，回头问："什么？"

陆捷怅然一笑说："我只是觉得，他爱了你那么多年，挺可惜的。当初就是为了你考军校，为了你当特种兵，那么多苦都受过了，你们怎么还是没走到一起？"

许沁愣怔了，不解地问："他……什么军校，特种兵？"

"他没跟你说吗？他跟我是战友啊，那时候他是吃够了苦头啊，训练比谁都卖命。连教官都服了，叫他拼命十三郎。大伙儿都纳闷，这小子怎么天生就带着股狠劲儿呢？结果，哈哈！"陆捷说起往事，根本收不住嘴，"你猜怎么着？他那时天天拿着你的照片，说要等有出息了回去娶你。"

许沁心脏骤缩，手指紧紧抠了起来。

他为她做过这些事？可为什么……

陆捷说完往事，不禁叹了口气，语气转低道："但后来……唉，或许是不好跟你讲吧。男人事业受挫，这伤是揭不得的，何况是泄密这种人格都受侮辱的罪名。"

许沁身子僵硬，一动不动，表情已然死寂。

会场内，主持人走上台说："离大会开始还有五分钟，请各位相关人员尽快入座，不要随意走动。"

宋焰瞟一眼许沁的座位，空空如也。

已经过去10分钟了，她还没入场，他不禁蹙了眉。

会场外，大厅里金碧辉煌，安静无声。

许沁独自站着，面色苍白。

陆捷说过的话，像一帧帧画面浮现在眼前。

他说，宋焰是他们队里最能吃苦、最拼命的一个，负重、下水、跳伞……魔鬼般的训练，他咬牙熬着；反刑讯各种考验，他生不如死地忍着。

他没日没夜地拼，一次次执行任务、立功。直到最后一次，他突然成了犯了大错的弃兵。

陆捷说他一直清晰地记得那天，宋焰在一众队友面前直接被拖走，后来只知他犯了严重的过错。

他一直以为宋焰死了，直到今年在望乡重遇，才有了那句荒唐的“你没死”。

半年前，翟淼在四合院里的那句控诉也猛地清晰起来：“你差点把我哥害死还不够？”

恶心而苦涩的情绪一点一点从四肢百骸席卷而上，突然一阵翻江倒海。

许沁站在原地，胸口沉沉的，一下一下喘着气。她僵硬地转身朝外走，刚走出一步，保安冲上来拉住她往场内推：“大会要开始了，你还磨蹭什么？快进去！”

许沁被推进会场，身后大门关上，眼前一片绚烂。舞台上，穿红着绿的舞蹈演员拥上台，慷慨激昂的音乐声响起。

她站在音响出口处，被震得浑身发抖，她茫然不知该去何处。欲返回大门时，小南跑过来拉住她说：“许医生，你乱跑什么呀？赶紧回座位，这直播呢！”

她被强行扯回座位上坐好，台上的音乐和表演彰显着地震救援的主题，越发悲壮。

她的眼睛却失去焦点，目光涣散，不知看着何处。

身后，宋焰朝她这边看了一眼，只能看到她的后脑勺。

开场歌舞过后，几位主持人上台，高昂地念着歌功颂德的赞美词。许沁坐在台下，内心各种情绪激烈翻涌着，令她几欲呕吐。朗诵、诗歌、表演，节目一个接着一个，周围掌声不断。她坐不住了，每一秒都变得异常煎熬。

就在她快撑不住要起身冲出去的时候，突然听到自己的名字：“第三医院烧伤外科医生许沁……”

她猛地醒了过来，身边的人在推她，到她了。到了表彰环节，她和宋焰得上台。

她回头，见宋焰已从座位上起身，掌声雷动，她木然地站起来，走上台去。

顶棚的灯光打着，她脸色煞白。

宋焰和她在舞台中央相遇，迅速看了她一眼，发觉她有些异样。但此刻他们正在备受注视，也不能说什么。

主持人对现场观众和收看电视直播的观众介绍着他们救出婴儿的感人事迹。

许沁知道轻重，把心中一切狠狠地压抑下去。轮到她发言时，她还能平稳淡定地说：“这是我应该做的，医生的职责就是救人。”

可说完这句，她没了多余的话。主持人夸赞道：“许医生不善言辞啊，说得少，做得多。”

许沁一怔，说得少，做得多，这不正是说她身边这个穿军装的男人吗？她鼻子发酸，快忍不住了。此刻她只想下台，可还有人要表彰，主持人一一介绍，其他军人一一上台。

她和宋焰稍稍往旁边站，退去一旁时，宋焰极低地问了一句：“怎么了？不舒服？”

她慌忙找借口说：“好像吃坏肚子了。”

他低声说：“再忍一下，马上就下台了。”

“嗯。”她看一眼他的侧脸。从上台后，她便一直不敢拿正眼看他，怕自己会落泪。此刻，他的侧脸也是安静淡定的，不显山不露水，不透露一丝黑暗的过往。

许沁用力眨眨眼睛，提醒自己还在台上。她刚要移开目光，可就在这时，她看见宋焰极其快速地扫了一眼舞台中央的另外几位军人。

他扫了一眼他们的军装，然后平淡地看向台下。

许沁突然就想起在望乡的那个夜晚，宋焰看着从他身边走过的军人时的眼神，就是刚才这种眼神。

他在羡慕。

像只有纸飞机的小男孩，眼巴巴地羡慕其他孩子的遥控飞机和坦克。

她再也忍不住了，眼泪疯了般涌上眼眶。

她飞速扭过头，任泪水"哗哗"地淌，待它淌够了又赶紧擦拭。台下的人还以为她被其他人的事迹感动了，不觉有异。

终于，领导过来发奖状，众人鼓掌，可以下台了。

许沁没从宋焰那边下，而是飞快地走了相反的方向。

台下还有雷鸣般的掌声，她也不回观众席，直接冲出了会场。

她一身白大褂出现在冬夜的街头，拦了车直奔西边。

半个多小时就到了大院。

用人来开门，说人在茶厅内。

许沁也不换鞋，她直接踩进门，快步穿过客厅，进了茶厅。

孟怀瑾和付闻樱正在泡茶，见她突然造访，稍稍讶异。

付闻樱本不打算理她，可看她脸色冷清，脚上还穿着鞋子，皱眉道："你这是做什么？"

许沁剧烈发抖，拳头紧紧攥住，让自己站稳了，才大步走到茶台边，俯视着付闻樱问："是你吗？六七年前差点害死宋焰的人是你吗？"

付闻樱脸色骤变，顿了一秒，问："谁跟你讲的？"

许沁瞬间就明白了，一大颗眼泪从脸颊上滚落。

茶厅里安安静静，没人开口，没人安慰。她就像个傻子，无力的傻子。

她抹去脸上的泪，扭头看向孟怀瑾问：“爸，还有你？”

孟怀瑾眉心紧蹙，却又摇头说：“沁沁，爸爸不知道该怎么讲。”

付闻樱说：“这事跟你爸没关系，他也是后来才知道的。”

她轻描淡写地说着，没了别的话，别说道歉，连一句解释也没有。

心中那股恶心怨恨的情绪顷刻间翻涌而上，那是一个人十年的时光，是他的命运，他的前程。那是她最爱的人，是她一直想靠近却自私地计较着他没有付出而差点永远错过的人。

他们怎么能在毁掉她的爱人之后，还如此云淡风轻？

许沁站在那里，浑身颤抖着等了足足一分钟。可谁都不说话，仿佛这只是一件小事，翻个页就能过去。

可这次，她过不去了。

她胡乱抹了一把脸上的泪，轻声说：“妈，我一直是把你当亲生妈妈的，我从来没有恨过你。即使你反对我和宋焰在一起，打击我，不理我，即使你插手我的工作，我也没有恨过你……我还一直在想，要主动跟你和好。我一直在想，你只是性格如此，不是不把我当女儿……”

她说到此处，再次吸了一口气，想要继续平静地讲，但眼泪还是不可控制地流下，如何忍都忍不住了，她失声哭着说：“我就是个傻子，我是你们养在家里让你们拿去联姻的工具。只因为这个工具有了人性，有了想要的感情，开始不听你的话，你怕她脱离你的控制，所以你要毁了她心爱的人，让她永远不会被他引诱偏离轨道，让她这辈子没了期待，乖乖做你的傀儡娃娃！”

她哭得肩膀直抖，如遭背叛：“你们根本没有把我当成你们的女儿，根本没有！——骗子！”

她看向孟怀瑾，指着他，泪如雨下地控诉道：“你当初从孤儿院接走我的时候不是这么说的，你说要接我回家，说你是爸爸，说你会像爸爸一样爱我。这是你说的！是你亲口说的！——骗子，骗子！”

孟怀瑾眼睛湿了，他的脸颊微搐着，一言不发。

付闻樱再也坐不住了，厉声道：“你跟父母是怎么说话的？这些年对你的教养都白费了？哪有父母是完美的？对你的不好你记得清清楚楚，对你的好你倒忘得一干二净。这些年是谁养你？生病了是谁照顾你？受欺负了是谁帮你出头？你在这家里生活了这么多年，就为这一件事，为这一个男人，否定父母为你做过的一切，要跟父母决裂？我不是完美的妈妈，可你又是不是完美的女儿？”

她声色俱厉，许沁骤然停住了，刚才一股脑儿的发泄被拦腰斩断，此刻她的脑子里空茫一片，只剩荒芜。

她呆呆地看着她，脸上泪痕斑驳。

孟怀瑾重重叹口气，低下头去拿手撑住额头。

付闻樱冷冷道：“沁沁，妈妈做过的事，不会不认。但你也好好想想，你觉得我让你失望，可你作为女儿，是不是也让我失望了？”

“虚伪。”许沁突然说。

“你说我什么？”

“虚伪。我让你失望？我不过就是爱上了他。你说他配不上我，你有什么资格做出那种事来，你有什么资格？以高贵自居，却把一个人的生命视作蝼蚁，暗地里下毒手，你有什么资格说配不上？配不上的是你，你连说自己是一个好人都配不上！”

付闻樱脸色铁青地起身道：“你再敢说一句，我——”

“你弄死我啊！”许沁眼睛通红地狠狠道，“我再也不听话了，你弄死我啊！”

付闻樱霎时怔住了，没想到一贯不懂反抗的孩子，此刻竟会如此。

许沁剧烈地喘着气，一字一句道："他当初受的一切，丢掉的半条命，我不追究。以后，我跟你们再没半点关系。我警告你，不要再去伤害他。是，在你眼里，我什么都没有，但我会为他去死。"

她说完，转身便走，一抬眼却看见墙上挂着的全家福。相片里，孟怀瑾和付闻樱坐在长椅上，她和孟宴臣站在两旁。

一家人看上去很幸福。

她看着那张照片，泪水再度流淌下来。她突然间弓下腰去，呜呜大哭起来。那瘦弱的身子，自上而下都在颤抖。

孟怀瑾见她停下，起身道："沁沁啊——"

可下一秒，许沁扑上去，抓住那个相框，"啊！！"她尖叫着，用力将它扯下来砸在了地上。"哐当"一声巨响，木框断裂，玻璃粉碎。

她哭得浑身抽搐，迅速奔出门去。

家里骤然一片死寂。

孟怀瑾捂住眼睛，颓然地坐了下去。

付闻樱立在原地，抿紧嘴唇，胸膛剧烈起伏。她用力克制着，正欲坐下缓一缓，却猛的一惊，浑身发凉——此刻孟宴臣站在客厅那头的台阶上，脸色惨白。

深夜，孟家大宅。

孟宴臣站在客厅的台阶上，望着许沁消失的方向，表情死枯。

付闻樱周身颤了一下，稳定住情绪问："宴臣，你什么时候回来的？"

孟怀瑾闻言，愕然地抬起头。

孟宴臣看向自己的父母，不说话。他安静得令他们心慌。

付闻樱朝他走过去说："宴臣，你听妈妈讲——"

"伪君子。"孟宴臣说。

付闻樱脸颊抽搐一下，顷刻间便恢复了冷静，问：“你对父母说什么？你的教养呢？”

她以为孟宴臣也会反驳、宣泄、发怒，和她争吵一番。

但没有。

客厅里安安静静的，孟宴臣一句话也没说，就那么静静地看着她，就像看着自己一生的信仰与准则，在那一刻无声地崩塌。

教养？

他们把他教得多好啊，做个正人君子。他以为他们也是君子。

教养？

他的教养让他从孩提时代便真心地尊敬他们，孝顺他们。

也是他的教养，让他始终不能跨过“乱伦”这道坎，不能靠近被他们视作亲生女儿的人。让他过得再痛苦，都不忍伤害他们，让他们蒙羞。

到头来，这些年他所有的煎熬，不过是一场笑话。

而他呢，他甚至连发泄的欲望都没了，连爆发的欲望都没了。终于到了这一天，枷锁破裂，他却永远失去了那个可以让他为之战斗、为之守护的女孩。

此刻，站在从小生长的家里，他看着他们，极浅地笑了笑，那笑容惨淡得让人心惊。

他转身朝外走去。

付闻樱心底陡升一阵莫名的恐慌，仿佛有种不祥的预感，说：“你给我站住！”她吸了一口气说，“妈妈在跟你说话呢！”

“我出去一趟。”孟宴臣很平静地说。

“今天不许出去，孟宴臣，你——”

“妈妈，”他扭头一看她，说，“你看看我。”

他上前一步，低头看着她说：“妈妈，你看看我的脸，这就是你的儿子。这些年，他每天都过得生不如死，难道你一点也看不到吗？”

付闻樱愣怔地看着他，眼泪在一瞬间漫上眼眶，发红了，却忍着。

“你看不到。”孟宴臣说，他走了。

付闻樱落下半滴泪，站立半刻，要追上去，口中喊道：“宴臣——”

“行了！”孟怀瑾站起身，“别再逼他了！一定要把孩子都逼疯了，你才满意？”

付闻樱深吸几口气，回过身来，竟恢复了那完美的表情，说：“规矩就是规矩。当初那件事，我的确做得不好看。但是孟怀瑾，我做这些是为了谁？还不是为了你，为了孟家。你有你的颜面，那脏事我来做。可你也没资格在这儿教训我！”

孟怀瑾说：“当初沁沁的事，我是反对的。但都已经拆散了，那个孩子，你何苦非要除了他？”

“因为孟家不容许那妄想攀高枝的人。当年他妈就想着靠你一步登天做贵太太，把你迷得差点叛离家族，现在她儿子还来接着祸害！”

孟怀瑾一怔，说：“你——”

付闻樱终于撕破一贯冷静的面具，厉声道：“你以为我不知道自己没嫁进孟家前你那档子破事？你为了她想跟我退婚！”

孟怀瑾哽住了，他缓缓坐下，良久后摇了摇头，叹息道：“闻樱，我早就对那个女人没感情了，你这——”

“是啊，她跑去给蒋克存当情妇了，你还能对她有感情？那种下三烂，只知道卖身求荣的女人，生出来的儿子能是什么好东西？要我跟这种女人做一家人，绝不可能！”

付闻樱一番话说完，蹲下去捡起地上被砸烂的相框，把那张巨大的相纸抽出来，拿去桌上铺好，一点一点抚去上边的玻璃碴。

孟怀瑾原欲再说什么，可见她那模样，终究一言未发。

十安街上，道路空旷，路灯明亮。

许沁歪坐在出租车里，表情空洞。

刚才她在后座号啕大哭了一场，现在人安静下来，一滴眼泪都流不出来了，脑子空空荡荡的，只剩疲惫。

她呆呆地靠在窗上不知多久，想起拿手机看看，未接来电和短信都来自宋焰，是一小时前的："去哪儿了？"

晚会在夜里 12 点结束，现在已经 11 点 55 分，前边就是会堂。

许沁找司机要了瓶水，下了车。

她跑去路边的绿植旁拧开水瓶，清洗了脸上的泪渍，洗眼睛的时候，又想起了宋焰。

当年她父母对他做的事，他一字不提。

或许他太倔太狂，始终认为对男人而言，那是一场不堪而屈辱的失败；或许他太爱她，不舍得她内心负疚；或许他太傲，不想让她因此而走近他；又或许他太心疼，不忍让她对父母失望……

不论何种原因，他不愿提，她便装作不知。

差点又要流泪，她努力抑制住了。

她洗完脸，拿白大褂的袖子擦干净了，瓶子扔进垃圾桶里，跑进了会场。

正碰上散会，她跑去宋焰那边的出口，就见穿着军装的高大男人们成群地朝外拥。她踮起脚伸着脖子也看不清每张脸，倒有不少人拿目光一扫她，匆匆而过。

她急了，拨他电话，没人接，手机静音了。

正要往人群里钻，突然一只手把她拉到一旁问："找什么呢？"

许沁抬头一看，一下子就扑到他怀里，抱紧了他。

宋焰明显愣了一下，回头看了一眼，走过的军人们都好奇地朝他们这儿看。

宋焰一手拿着军帽，一手轻轻托住她的后背，稍稍转了个身，用自己的背挡住外头的视线，把她圈在墙边，低头问：“怎么了？”

她不吭声，只是紧紧地抱着他，像个孩子一样不松手。

宋焰轻轻抚摸她的后背，问：“肚子还是不舒服？”

她摇摇脑袋，说：“你什么时候才能回家呀？我太想你了。”

他心头顿时就一软，无言了，低下头，轻轻啄了一下她的鬓角。

她突然又欲落泪，可今天哭了太多，此刻就算眼睛发酸，也没了泪水可流。

身后人潮涌动，他把她圈在怀里，好久之后，问：“发生什么事了？”

她这才心里一惊，暗恼自己行为失常，要被他发现端倪，忙迅速想了个理由，抬起头说：“哦，没事。肖亦骁不知怎么了，心情不好，给我打电话聊天。”

宋焰果然被成功转移了注意力，看她的目光也略略幽深了点，说：“聊了多久？”

“就讲了一会儿。”她小声说，“他最近可能恋爱不顺。”

他手上稍稍加了点力道，她一下子贴他更紧了，闻见了他军装上淡淡的洗衣粉的香味。

宋焰问：“他恋爱不顺找你聊什么天？……哦，看来我得跟他好好聊聊。”

许沁暗叫撒谎果然危险，赶紧说：“下次不聊了，不聊了。”

“乖一点啊，不然收拾你。”

他淡淡扫她一眼，没把这事放心上。他回头看看，身后出场的人越来越少，要列队了。

她明白，但还是有些不舍地问：“你要走了？”

“嗯。”他把军帽戴在头上，又问，“肚子真的没不舒服？”

“没了，就刚刚那一阵儿。”她看着军帽下他异常英俊的脸，忍不住又抱紧他说，“等到周末了，你要早点回家啊！”

她蹭蹭他的胸膛，不舍得松手。

她今天格外缠人，他已经有所察觉，只是不知她是身体不舒服，还是心理越来越依赖他。

他沉默了半晌，说：“你等我一下。”

他走开了。

她站了没一会儿，他人就回来了，牵着她的手说：“回家吧。”

她一愣，问：“你不去集合吗？”

“请假了。明天是二队值班，训练的事交给了索俊。”

她还是愣住了：“这……”

他笑了笑说：“我两三年难得请一次假，没事。”

“可你……”

“你不是说想我回家吗？”他低头看着她问，“说假话？”

许沁立刻摇头，握紧了他的手。

今天不该回会场的，他越是宠她纵她，她心里头越是疼。

回去的路上，她靠在他肩上睡觉，一路无话，像是累了。

宋焰时不时看看她，也不打扰。

半路上，他想起在表彰会后台发生的事。

他拿了奖状下台，正搜寻许沁的身影，却碰上给下一拨军人颁奖的陈主任，问他愿不愿意进部委，先考虑，不用急着回复。

刚才她不断问他什么时候回家，他准备告诉她。但想想陈主任只是提议，具体做什么，是否合适，还是未知数。

目前两条晋升道路摆在眼前，还得做权衡，便先按下不提了。

回家后，许沁趁着宋焰去洗澡的间隙，迅速收拾了情绪，坚决不能让他发现。

可翻出手机看见了未接来电，是孟怀瑾。

还有条短信："沁沁，爸爸想找个时间跟你聊聊，明天好不好？"

许沁看着手机屏幕，心里是疼的，可最终回道："以后再说吧。"

现在她还不知该如何面对他们，也不想。

只要一想，那撕心裂肺的痛苦便扩散全身。她太痛了，不想再去考究他们对她的感情，不想再去掰扯究竟谁欠了谁，也不想再去痛恨他们对宋焰的伤害。当她逃避也好，不孝也罢，她现在不想见他们。

短信回复过来："好，等你想聊了，再跟爸爸讲。"

许沁立刻扔了手机，眼泪直流。外头传来洗手间门开的声音，她赶紧擦去泪水，关掉大灯，跑去床上拍拍枕头躺好。

宋焰进屋，上了床。

她背对着他没有回身，他从身后揽她入怀。

许沁心底微慌，不知接下来他是否会对她做什么，可她现在完全不在状态，怕被发现。

可他没有别的动作，只是拿温热的掌心一下下抚摸着她的肚子，良久，似乎快要睡去时，模糊地问了句："舒服了吗？"

"嗯。"她肚子本就没有不舒服。

"许沁。"他忽而开口。

"嗯？"

"再等等，我很快就能每天都回家了。相信我！"

他误会了。他以为今晚她不断地要他早些回家，是在担心他升职的事。

她无法解释，只能闭上眼睛，任眼泪滑落。

沉沉入睡。

到了深夜，手机突然接连不断地猛振。

许沁一下惊醒了，宋焰也醒了，他呼吸沉沉地眯着眼睛摸过许沁的手机，屏幕显示凌晨3点，是肖亦骁。

宋焰表情没显露什么，把手机递给了许沁。

她见那来电显示，头都炸了：“肖亦骁，你——”

“孟宴臣出事了。”

第十四章

惊喜·给我一个家

那笑容像是跋涉过千山万水，说：

“许沁，给我一个家吧。”

肖亦骁语气很沉地说："你赶紧起来，我到五芳街路口接你。"

"出什么事了？"许沁猛地坐起身问，"你先说他人有没有事！"

宋焰静了一秒，开了台灯。

"人是好的，在八烟桥公安局。你先出来，车上跟你讲！"

许沁挂了电话，立刻下床，说："孟宴臣出事了，我得去看看。"

宋焰掀起被子说："我跟你一起去。"

许沁一愣，想了一秒，没拒绝。

夜色静寂。

肖亦骁的车停在路口，看到宋焰，他也没多说什么。

许沁上车便问："怎么回事？"

肖亦骁把手机扔到后排说："自己看。"

是论坛上的一个帖子，标题像恶俗网站的吸睛帖："接力转帖：我被富三代强奸，想报警，他们家人要整死我。（恶势力持续删帖中，网友接力转起。）"

许沁脑子一蒙。

当事人叫叶子，声称是大学生，被朋友带入声色场所，遇见富三代。

对方温文尔雅，一表人才，她对他一见钟情，试图亲近。他也对她有意思，两人慢慢熟悉。可相处后发现他的心思不在她身上，于是她毅然要离开他，不承想触怒了对方，惨遭强奸。

帖子绘声绘色地描述了她与他相处时的少女情怀与忐忑卑微，而后被强奸的凄惨心境和幻想破灭，再到后来被他家族威胁的惊慌恐惧。

标题骇人，内容煽情，点击量、回复量一直居高不下。

许沁不敢相信地问："这……说的是孟宴臣？"

肖亦骁脸色铁青地说："他从出事到现在一直被关着，你爸妈刚刚才知道，哪里有工夫去威胁那女人？！"

肖亦骁生平从没骂过女人，此刻是真的急了。这帖子具备易传播的各种条件，到明早便会席卷各大网站。

"删也删不完，跟点火似的。那些网友什么都不知道，就知道在那儿煽风。"

许沁轻轻发着抖，不吭声。

宋焰把她揽到怀里，抱紧了。

那两人都没法冷静，倒是宋焰最沉着，淡淡地问："会不会是谁跟孟家有仇，从他入手？"

"不知道。"肖亦骁用力抓了一下脑袋，说，"现在孟家上下全惊动了，关键是……孟宴臣不知道发什么疯，谁都不肯见，他爸妈叔伯都不见，就要见沁沁。"

许沁怔住了。

宋焰抿着唇，没接话。

"沁沁，你过会儿好好劝劝他，让他早些开口说话。再这么拖下去，查不出个好歹来，等舆论把白的说成黑的，他这人就要废了啊！"

肖亦骁咬牙切齿道："孟宴臣脑子是进水看了还是怎么的？八烟桥那

儿有人是他爸的熟人，被抓的时候他要是跟警察说一声自己是谁，好歹能及时盯住那疯女人先收了她的手机。他倒好，一句话也不说，被当强奸犯关起来，他是疯了吗？”

许沁赶到公安局时，孟怀瑾、付闻樱，还有孟家几个伯伯、姑妈、堂哥和侄儿都在。

付闻樱见到宋焰，脸色变了变，不肯上前。

二姑妈过来许沁身边，交代道：“沁沁啊，去跟你哥好好说，这事不能闹着玩。姑妈看着他长大的，他是什么样的孩子，家里人都清楚。要是有人害他、诬陷他，你让他跟家人讲，我们会站在他那边，帮他解决，可他得开口说话呀。他有什么委屈，得说出来啊。你跟他说别怕啊，天大的事，我们都会给他顶着。”

孟怀瑾满面憔悴地道：“沁沁，你跟他说，有什么事回家解决，别毁了自己的前程。”

二姑妈又叮嘱道：“这罪名不好听，再说爷爷年纪大了，老人家要是知道了，多伤心啊，是不是？”

许沁只能点头。

警察带了许沁他们去拘留室，快走到门口时，宋焰停下了。

许沁诧异地回头看向他。

宋焰说：“我不进去了。”

都是男人，谁愿意把落魄样子给别人看，更何况是情敌？

“嗯。”许沁眼神略带歉疚地应道。

宋焰目送她进去，抿紧嘴唇，沉沉地出了一口气。

要说不吃醋，那是假的。

拘留室内，孟宴臣靠坐在椅子上，微仰头望着天花板，颧骨上有处瘀青，衣服乱糟糟的，上边还有类似鞋印的灰尘。

许沁看着警察，冷声问：“你们打他了？”

孟宴臣的目光移过来，盯着她。他酒醒没多久，眼睛通红。

“没打，抓他的时候他袭警。”警察看一眼角落里的监视器，对那方向打了个手势，出去了。

屋里只剩下两人，被四面狭窄的墙壁困着，像是从多年前就有了的困局。只是如今，她可以自由出入，他却被困其中，难以脱身了。

许沁去他对面坐下，问：“疼不疼？”

孟宴臣轻轻点了一下头。

许沁一时无话可说，坐了一会儿，语调平平道：“配合警方调查吧，这样下去对你不利。”

孟宴臣却反问道：“你不会再回家了？”

许沁一愣，问：“那时候……你在家？”

“嗯。”

她沉默许久，没什么表情，手指却轻轻抠了一下桌面，说：“爸爸妈妈虽然有错，但你不至于用这种方式去伤他们的心。”

他有些颓废地摇摇头，说：“我没有，我只是什么都不想做。”

她听出蹊跷，问：“事情的真相是什么，你能不能跟警察说清楚？”

孟宴臣不说话，红红的眼睛看着许沁的手指。

她表情平静，可手指抠得更用力了：“……或许爸爸妈妈有些行为让你失望了，但，本来就没有完美的人，要求他们一辈子不犯错，这也太苛刻了。”

他不知听没听，看着她细细的手指，忽然问：“宋焰呢？”

她的手指放松了：“嗯？”

“宋焰呢？”

“在消防队啊！”她没说实话。

“哦。”

“……”

“你不恨我们家吗？”

“嗯？”她淡淡地问，又无意识地抠桌子。

“恨我们家毁了宋焰的前途，还差点要了他的命。”

许沁说：“现在不是讲这个的时候。”

孟宴臣默然半刻，问：“沁沁，如果没有他，你现在还会喜欢我吗？”

许沁没作声，垂眸发了下愣，抬眼看向他说：“会吧……但是，会很苦。”

“以前喜欢你的时候，就很苦。”她静静地说，“总是猜测，你是真的喜欢我，还是在照顾妹妹。但这都无关紧要，反正我们不会在一起。我不能走出那一步，你也不能。”

她说：“没有宋焰，或许我现在还在喜欢你；但没有宋焰，我们也依然是现在的局面。各自乖乖地相亲结婚了，也说不定。”

他惨淡一笑，问：“是吗？”

她极轻地点了一下头，说：“你之前问我，既然我能和他在一起，为什么不能和你在一起。孟宴臣，我只会和他在一起。因为这些年来，我一点长进都没有，我只会站在原地不动，甚至一次次退缩、反悔、胆怯、怀疑……要是别人，早就放弃我了。可他一直那么坚定，不肯放手，一次次朝我走过来。所以，我只会和他在一起啊。”

孟宴臣听完，眼底起了水雾，抬起头望天花板说：“这十年来，没有半点长进的是我。我要是真有一丝努力去和你在一起，我和你都不会是今天的处境。”

“不是。”许沁摇摇头说，“你太善良了，你没法做出让整个家族都感到羞耻的事，我也不能。这不怪你。”

孟宴臣望着天花板，不说话，只有苍白的嘴唇微微颤抖着，一行泪滑入鬓角。

“孟宴臣，放下好不好？为你自己活过来，好不好？”

宋焰没兴趣在拘留室外头等，那得憋死自己。

他走去办公大厅，经过走廊时，见肖亦骁靠在墙边冷冷地看着一个方向。

一群大学生模样的人，聚集在角落的一张办公桌前。

警察在训斥他们：“你们这事做得不对，现在真相还没查清，就去网上发帖子，是要搞网络暴力吗？好了，现在收都收不住了！”

有个女生反驳道：“就是强奸了。对方后台那么硬，不发去网上找人声援，要是强行变成自愿了怎么办？”

警察道：“你们怎么就不相信法律呢？一个个还都是A大的学生呢，书是怎么读的？”

一个男生道：“就因为是A大的学生，所以别想仗着有权有势就把这事给揭过去。如果错了，我们一定登报认错。但你们先公正公平地查案子，要是我们的同学真的受了委屈，即便他有再强的背景，我们也死磕到底！”

“对。”那群学生嚷道，“死磕到底！”

宋焰稍稍皱眉问：“怎么这么多人？”

肖亦骁说：“全是A大的学生，难搞。”

“临时找来的？”

“不是。警察说这群都是A大学生会里的人，要放寒假了，离校前去KTV聚会。半路，那个女的说碰见一个熟人，出去一趟，很久之后回来，就说她被强奸了。学生们报了警。孟宴臣被抓后一直不说话，身上也没证件，耽误了很久。结果这帮学生就写文发帖，找校友散播，闹成现在这副德行。”

宋焰问：“KTV 里没摄像头？”

“室内没有。”肖亦骁说，“走廊里有。孟宴臣一个人去的，半路去了趟洗手间，应该是醉了。回来的时候遇到那女的，那女的把他架回了房间。房间里的事，就全凭那女的一面之词了。”

宋焰又问：“那女孩身体检查过没？”

肖亦骁说：“麻烦就麻烦在这儿，她身上有轻微的掐痕，也有发生过性行为的痕迹，但说用了安全套。至于更加细致的检查，她说心里抵触，要缓一缓，就这么拖着。”

宋焰沉默了半秒，问：“这人和孟宴臣到底是什么关系？”

“能有什么关系？孟宴臣那性格又不像我。这女的仗着自己是名牌大学的，有几分姿色，想跟孟宴臣好。”肖亦骁鄙夷道，“一直追不上，估计是自尊心受挫，因爱生恨要报复。”

宋焰看向那帮学生，受害的女生此刻被围在中间。人影闪过，他看到那张脸，竟觉得眼熟。

她的眉眼乍一看是和许沁有几分相似的。这人是……上次跟翟淼一起进派出所的叶子。

宋焰想起，翟淼也是学生会的……

这帮学生里没有翟淼的身影。可翟淼今天没回家，说是去参加聚会了。

宋焰瞬间皱了眉，走去窗边，打了个电话。

响了好一会儿，翟淼才接起，一副困倦的样子，说：“干吗呀，这么晚了？”

“你在哪儿呢？”

“在家睡觉啊。”

宋焰笑了一声，说：“我今儿回家怎么没见着你？马上给我滚过来！”

翟淼哪知宋焰请假回家了，还挣扎着说：“哥，你大半夜的说什么呀？”

“翟淼，别惹我发火。”宋焰说。

那边安静了一下，咬牙道：“我在楼梯间。”

许沁从拘留室出来，跟着肖亦骁一起回到家人面前。

孟怀瑾问：“沁沁，宴臣他怎么说？”

“警察继续去审他了。”许沁说，“他说他什么也没做，那个女的陷害他。”

众人虽然都信孟宴臣，可听到这确切的话，还是捂着胸口长长地松了一口气。

“他说，他虽然喝多了酒，但还是有意识的。他没对叶子做任何事，反而……”许沁停了一下，说道，“那个女的想做什么，被他赶走了。”

付闻樱脸色变冷，转身就要去找那群学生。孟宴臣的三堂兄立刻拉住她说：“四妈，不能去。那群学生很会闹腾，又对我们有敌意，你这一去，不就坐实了威胁恐吓了？”

几个小辈也道：“对啊，先别去。宴臣叔叔既然没做，警察就一定会调查清楚的。”

“就怕等到查清楚也迟了。”三伯眉心紧皱着担忧道，“现在没有铁证还他清白，这调查得耗费些时间。可网上都传成这样了，就怕最终警察调查清楚了，在大家看来，那也是包庇出来的结果。”

现在事情很棘手。

这要是普通人，倒能安安心心地等调查。可孟家等不得，声誉受损是大事。

“不论如何，帖子不能再删了，越删越糟。”三伯说，“得赶紧想个办法，把真相用最可信的方式告诉大家。去多找些办事的人，赶紧去找人证物证，肯定会有证据，要尽快找！”

“是。”

许沁看了一眼孟怀瑾和付闻樱此刻焦急的样子，匆匆移开目光，很快又发现从她刚才出来，就一直没看见宋焰。

不知他去哪里了。

凌晨的楼梯间内，灯光昏暗。

翟淼坐在台阶上玩手机，慢慢调整着情绪。

身后，安全门被推开，她知道宋焰来了，顿时汗毛倒竖，立刻回头。

宋焰走进来，松了手，安全门合上。他盯着翟淼的表情看，后者浑身上下一副坦然的样子。

他走下一级台阶，俯视着她问：“在这儿干什么？”

“我刚在大厅看见你和嫂子，就躲起来了呗。”翟淼看一眼他身后，问：“我嫂子呢，没跟着你——给你戴绿帽子去了？”

宋焰道：“放屁。”

翟淼：“你真是心大，送她来见情敌。”

宋焰不搭理她，问：“今晚是怎么回事？”

翟淼听他那语气，顿时不爽地说：“喂，你该不会怀疑那帖子是我的主意吧？”

宋焰哼一声，说：“你没这么缺德。”

自个儿妹妹是什么样，他清楚。嘴上厉害，心里头善良；爱耍小聪明，偶尔犯错误，但害人的事，她是断断不会做的。也因为聪明，她不容易上当。

翟淼听了他的话，翻了个白眼。

宋焰说：“说话！”

翟淼说：“叶子说她被欺负了，哭哭啼啼的。又说孟宴臣很有背景，大家就都生气了。她说要发帖，一伙人还挺积极。反正我没参与，也没拦着，看笑话。”

宋焰听着她说话，拿了根烟出来点燃，靠在楼梯扶手上，问：“她跟孟宴臣到底是怎么回事，今晚？”

“我怎么知道？”翟淼转着手机说。

“你怎么又跟这女的混一处了？”

“她也在学生会里，集体活动，我能怎么办？反正从上次之后，我就没再跟她讲过话。”

宋焰呼出一口烟，隔着青雾一瞧她，说：“翟淼，你今儿挺奇怪。”

翟淼抓紧手机问：“怎么？”

宋焰蹲下来，近距离地看着她说：“你从一开始就不提这起强奸案，没评价，也没情绪，而是急着把自己跟这事撇清，搞得就像……你知道这事不对似的。”

翟淼一愣，暗叫躲不过他的眼睛，刚要开口。

宋焰抬了抬夹着烟的手指，示意她闭嘴：“我相信，你跟这事没有任何关系。但我怎么就觉着……你知道点什么呢？”

翟淼一动不动地盯着他看。

宋焰从她的表情里下了判断，说：“你知道孟宴臣没有强奸叶子。”

翟淼瞪大眼睛说：“我不知道啊！我怎么知道？”

宋焰没心思跟她耗，脸色一变，说：“既然你不屑跟叶子搅在一块儿，为什么不说清真相？”

“说什么真相？我又没害他，我问心无愧。”翟淼道，“他们闹腾写帖子转发，我一句话没说，也没参与，连点击评论都没贡献。”

“可你知道事情不是这样的，以你的聪明程度，估计手里还有证据。”宋焰说。

翟淼顿时哑口无言。

的确，叶子说碰见熟人要离开一会儿的时候，表情不对。翟淼出于讨厌，怀疑她要搞什么鬼，就跟着出去看一眼，结果……

她就无语了，怎么宋焰回回都能把她看得死死的？

更无语的是，他竟然想救孟家的人，还为此训她。

宋焰见她迟迟不说话，没什么耐性了，略警告道："你一直在这儿玩手机，应该知道情势紧张。再拖下去，孟宴臣就完了。"

翟淼冷脸道："他再怎么完，也比你好上百倍，轮不到你操心！"

宋焰静了一瞬，知道她心里在想什么，一时也无言以对。

就在这时，楼梯间的声控灯熄灭了。楼道陷入黑暗，只有门缝中的微光透过来，细细一丝微光，拦在了他们中间。

他抬手摸摸她的头，平静地说："如果你只是讨厌孟家，翟淼，没必要。"他看着她说，"过去的事，我无所谓了。你也别耍脾气，你要是有证据，就跟我出去。"

他摁灭了烟，起身就走。刚走到安全门边，翟淼腾地站起来说："怎么就无所谓了？"

"我问你，怎么就无所谓了？"翟淼质问他一句，声音就有些哽咽地说，"我要是读完高中去天桥上卖了十年的袜子，然后告诉你，当初我考上的是 A 大，有人毁了我的成绩，我本来应该在金融街当 CEO 的，你能无所谓吗？"

声控灯突然亮起,宋焰扶着门把手,停下脚步,灯光洒在他的后脑勺上。

"你知道吗？有一次你去学校给我送衣服。我同学问，翟淼，那个男的真帅，真有型，能不能介绍一下，是干什么的？我说是消防员。你知道她们怎么回答吗？——哦，那么危险，挣钱还少。"

"哥，你真的无所谓吗？你人生里最年轻最好的十年全让他们毁了！你当初做的一切全都是白费！你差点被他们活活折磨死，你忘了？

“那时传来消息，说你犯了错误，我妈的眼睛都快哭瞎了，到处托关系都找不到。是我爸去给他最讨厌的人下跪，才把你的命求回来的！那时你整个人都已经废了！

“……欺人太甚，他们欺人太甚！”

声控灯骤熄骤亮，翟淼红着眼睛，狠狠道：“你也别在这儿跟我装，说你无所谓，说你不恨。你要是真的无所谓，去年许沁第一次来找你，你赶她走干什么？你要是真的无所谓，家里摆那么多书干什么？工作那么拼命又是干什么？

“你要是真的放得下，真无所谓，家里人也不会这么多年对当初那件事提都不敢提，就怕伤你自尊！你现在因为许沁原谅他们，那是你的事。但我不会原谅，绝对不会！”

她一番发泄完毕，楼道里死一般安静。

她气得浑身都在剧烈颤抖，可宋焰异常沉默安静。

“翟淼，”宋焰背对着她，站了好一会儿，在灯光熄灭的时候他说，“再怎么不甘心，时间也回不来了。”

“时间是回不来了，可伤还在那里。”翟淼说，“哥，你怎么能那么轻易原谅他们？”

宋焰极淡地笑了笑，说：“翟淼，你想错了，我没有原谅他们。甚至，我根本不想要他们道歉，因为即使道歉，我也不会原谅。”

翟淼愣住了。

“但是，我也没有怨气，更没那个心思去报复。”宋焰看向她，平静道，“我不是让你去救谁，而是去做一件该做的事。不需要感谢，也不需要交换道歉。至于我，我现在这样过得挺好，未来只会更好。而那些过往的事，过了就过了，没必要记住。”

翟淼站了好一会儿没吭声，末了，她胡乱擦了擦眼睛，赌气道：“你说好就好吧，反正浪费了十年时间的人不是我。”她走过来，拉安全门说，“我会交出证据的，但在那之前我要干什么事，你别管。”

她正要拉门，宋焰摁住门把手，知道拦不住她，只说：“不管你要干什么，记着一点，我是要跟许沁结婚的，她是你嫂子。”

“这个不用你交代。”翟淼瞪着他说。

宋焰略微弯了下唇，松了手。

翟淼拉开门，冲了出去，门砰的一声砸亮了楼道里的声控灯。

宋焰没有跟着出去，他走过去靠着栏杆，再次掏出了烟。

翟淼才出楼道，却意外地看见拐角处有人影闪过。

她心中起疑，过去却没看到人。

她没多耽搁，一路直奔孟家人那头，没看到付闻樱和孟怀瑾，长辈都不在，只有几个小辈。

许沁奇怪地问：“你怎么在这儿？”

翟淼说：“我跟我同学一起。对了，你爸妈呢？”

许沁说：“刚去那边谈事情了。”又看一眼翟淼身后，说，“过来了。”

翟淼回头，见付闻樱和孟怀瑾几个长辈回来了。

翟淼上前一步，二姑妈已经认出了她，语气还算礼貌地问：“你是那群学生里头的吧？现在过来……是要谈什么条件？”

翟淼说：“阿姨，是这样的，我的同学都被叶子骗了，信了她的谎话。我亲眼看到了真相，孟宴臣根本没有欺负叶子，是叶子想趁机做点什么，但被他赶走了。她或许太生气了，就诬陷他吧，还真和人发生了关系，但不是和孟宴臣。不过呢，我都看到了，还用手机拍了下来——你们看。”

她打开手机相册，里头全是照片和短视频。

众人顿时如蒙大赦，付闻樱正要上前。

翟淼收了手机，也不绕弯子地说：“不过，我是不会这么轻易帮你们的。”

几个长辈都清楚，如果想帮忙，她一开始就会交给警察，不用等到现在。

付闻樱知道她是宋焰的妹妹，脸色不太好地问：“你想怎么样？”

二姑妈上前，低声商量道：“如果是要报酬，可以开价。”

“谢谢阿姨！钱嘛，我以后能赚的，不会找你们要。”翟淼看向付闻樱说，“我想跟这位阿姨……”她迅速扫了一眼，判断出她身边的孟怀瑾是她丈夫，“还有这位叔叔单独谈谈。”

“好。”付闻樱接话。

许沁有些纳闷，正要过来，翟淼道：“沁姐，这事跟你没关系，你留这儿吧。”

三人去了走廊尽头。孟家夫妇是无论如何都不会想到，这辈子竟会有被一个小孩牵着鼻子走的一天。

可人再硬，也都有弱点。

而这心中的憋屈难堪，也只有自己能体会了。

付闻樱看看手表，已经早上5点了。

她担心孟宴臣，心里头急，却没显露在表面，语气虽不算和善，但也没有戾气地说：“你想要什么，就直说吧。”

孟怀瑾也平顺道：“我们好好谈谈，尽快把事情解决。”

翟淼打量一下他俩，说：“叔叔阿姨脾气真好，我还以为你们会先训我一遭呢。看来——刚才在门外偷听我和我哥讲话的，真的是你们。”

孟怀瑾面色有些僵，头微微低了一下，惭愧道：“我们只是无意间路过。当年的事——”他说及此处，有些痛心，用力地点了点头说，“的确是我们家做错了。如果可以补偿，你们尽管开口。”

翟淼突然就沉默了。饶是她伶牙俐齿，也无话可说。她霎时明白了宋焰那句话是什么意思，他不要道歉，也不要补偿，因为，没有用。

根本就没有用，太无力了。

此刻的她反而更加憋屈，像有一块巨石堵在心里。

既然不会原谅，道歉只是又一道伤。

而她准备的很多痛斥他们的话，一时间都说不出来了，跟一拳打在了棉花里没什么区别。

她安静着，迟迟不开口。

付闻樱等不了了，道："如果你想报仇，尽管冲着我来，孟宴臣是无辜的。你虽然不认识他，但他是个很好的孩子。现在你同学颠倒黑白地陷害他，让他被骂作强奸犯。做父母的，我现在的心情……"

"你的心情我怎么会不理解呢？"翟淼轻声说，"阿姨，你当年陷害我哥的时候，有没有想过他的家人是什么心情？你刚才几个小时的心情，我们家体验了半个月。——你捅我十刀，我还你一巴掌，这能叫报仇吗？"

付闻樱脸色发白。这便是现世报吧！

"我爸妈，我哥，心地好，甚至没想过跟孟宴臣、许沁讲你们的真面目。要是我，早揭穿了！他们不追究，但我咽不下这口气。"

两人怔了怔，得知他们并不知道孟宴臣和许沁已知晓此事，脸色更加惨白了。

付闻樱微微喘了口气，沉下声音问："你想怎么解决，我都配合，只要你能——"她看了一眼手机。

翟淼脸上并没有惩罚的快感，她沉默了一秒说："我爸当年给人下过跪。阿姨，你要是真想道歉，就把那一跪还回来。"

孟怀瑾和付闻樱同时一怔道："这——"

翟淼静静道："我是年纪不大，恐怕折寿。可要是代表我哥，代表我家，十跪我也受得起。"

付闻樱盯着她，抿紧嘴唇，脸色羞耻得慢慢变红了，却一句多余的话也没讲，她点了点头，就要下跪。孟怀瑾猛地拦住，他表情异常沉稳平静，抚了抚她的手背，不知是宽慰还是心疼他的妻子，他说："我来。"

说着，膝盖就弯了下去。

"不行！"付闻樱竟呜咽出声，眼里顿时涌起了泪水，死死地抱住他，不肯让他跪，自己赶紧要跪下去——

"行了！"翟淼突然打断了他们，别过脸不看他们俩。

这对中年夫妇的狼狈样子，她看着也并非那么爽快。

她咬了咬牙，把手机递到他们面前，冷声道："拿去吧。"

付闻樱惊愕了，眼里尚有泪雾。

翟淼说："许沁是我嫂子，你们是她的父母，我要是真受了这一跪，她以后还怎么跟我相处？"

她也不看他们，把手机塞到他们手里，不耐烦道："给警察去。"

孟怀瑾立即颔首道："谢——"

"别谢。接了这手机，你们答应我一个条件。"翟淼说，"我哥和我嫂子是肯定会在一起的。如果你们反对，随你们便，我不管。可如果有一天你们接受了他这个女婿，大家不得已成了一家人。那——这辈子，你们都不许在我哥面前提当年的事，也绝对不许跟他道歉。"

证据交出去，案件迎来了转机。

A 大学生会的那群学生得知真相，对叶子的行为愤怒不已，更觉好心遭利用，一面生气，一面又对发帖的事后悔不已，内疚负罪。他们被警察狠狠地训了一顿，忙着澄清道歉去了，并保证按之前说的："如果冤枉了好人，我们登报道歉"。

警方也正在整理证据，力争尽快还孟宴臣一个清白。

孟家人则在联系各大媒体和平台，准备公布各项证据。

至于叶子，她因涉嫌诽谤、诬告、陷害等罪名被刑事拘留，具体量刑要等后期的取证和审判。

警察、学生、孟家人各方都忙碌了起来。

孟宴臣还在做笔录，待协助完调查，就可以走人了。

许沁任务已完成，没她的事了。

她四处找宋焰，找不到，打电话也不接，估计手机调了静音。

她心里顿觉空落落的，觉得自己越来越依赖他了，一找不着他就茫然。她准备去大厅等他，正巧看见警察把叶子拘留，要将她带走。

擦肩而过时，叶子阴森森地瞪了许沁一眼。

许沁莫名其妙地扫她一眼，已经对她全无印象。

叶子看出她不认得自己了，心生恨意，可很快被警察推走了。

“好好的学生，不认真读书，却成天想着害人的勾当。”

“现在你算是自毁前途了！”

“得罪了孟家，唉！”

宋焰去大厅找许沁，她坐在角落里，歪靠在椅背上，不知在想什么。见到他，她眼睛里有了一丝神采，稍稍坐直身子问：“你刚才去哪儿了？”

“去那边抽了几根烟。”宋焰到她身边坐下说。

许沁顺势靠在他肩上，她有些累了，叹了一口气，自言自语道：“还好事情解决了，这一晚上就像全家人一起做了场噩梦一样。”

宋焰低头看一眼肩膀上她的脑袋，说：“翟淼没有第一时间拿出证据，你别怪她。”

许沁一愣问：“嗯？”

宋焰说：“她不懂事，小孩脾气。可能是看你爸妈反对我俩在一起，心里头不高兴，才闹腾了一下。”

“没，怎么会怪她呢？家里人都很感谢她呢。”许沁说着，心里疼疼的。她当然猜得到翟淼迟迟不肯拿出证据的原因。

宋焰看一眼手表，凌晨5点半了。

“走吧。”他说着站起身。

她没反应过来，仰头问：“走？去哪儿？”

宋焰淡淡瞟她一眼，说：“怎么，要等着孟宴臣出来，再安慰他一会儿？或者给他一个温馨的拥抱？”

“……”许沁背上的汗毛一下子全竖起来，立马摇头道，“不是啊，都解决了，没我事了。”赶紧起身挽住他的手臂说，“带我回家吧。”

宋焰问：“抓这么紧干什么？”

许沁忙说：“感觉不抓紧点，你要把我扔这儿了。”

宋焰往外走，嘴角极轻地勾了一下。

出了公安局大院，天还没亮，却已隐约露白。

这一夜，就这样折腾过去了。

“困吗？”宋焰低声问。

身边，许沁没有答话，表情木然。

她还想着刚才发生的事。

现在看来，宋焰消失的那段时间，一定是去劝翟淼了。虽不知道两兄妹到底谈了什么，但一定会重提旧事，揭他的伤疤吧。而他能不计前嫌，想必也是为了她。

她有些难过，低下头揉了揉眼睛。

宋焰一言不发，掰开她的手，走去一边。

她一愣，抬头看向他，不明所以。

宋焰掏出烟和打火机，点燃了烟，侧过脸来斜睨着她道：“魂不守舍的，还惦记着里头的事？”说着用下巴指了指公安局大楼。

许沁张了张口，不知该如何回答。真话说不得，假话也说不得。

宋焰眯着眼睛看她几秒，脸色不大好看，慢慢呼出一口烟，道："给你10分钟。"

许沁："啊？"

宋焰："给你10分钟的时间难受。10分钟后，你要是还想着那里头，我就要生气了。"

许沁微瞪着眼睛，也不知为何，突然就"扑哧"一笑，问："你吃醋了？"

宋焰皱眉道："笑什么！"

她却止不住，"咯咯"笑着，朝他扑过去。避开他手里的烟，她一下子抱住他，仰头看着他说："不用10分钟，10秒钟就可以。"

宋焰拎住她的后脖颈子，把她从身上揪开，说："一边去。"

她后退一步，含着笑看他，开始数数："一、二、三、四、五、六、七、八、九、十！好啦！"

她张开双臂又扑上去，抱紧了他。

她撞得他的身子晃了晃。

他不理会，也没那么好哄，还是那副爱搭不理的样子。

许沁踮起脚仰起脖子要亲他，宋焰别过脸去。她蹦起来亲，他皱着眉躲，她亲到了他的下巴、侧脸。

她不停地蹦，柔软的嘴唇在他的脸颊上啄来啄去。

终于，他忍不了了，扔了烟，一把抓住她的肩膀将她摁到树上，低头吻住她的唇，狠狠吮咬着，用了十足的力气。

她直痛得缩脖子，呜呜叫。

他不松手，将她抵在树干上，吻得越发粗暴用力，像是要将她融化了吸进身体里才能彰显他对她的独占。他呼吸滚烫，喷在她的脸颊上。她沉迷于他的气息，浑身酥麻，像是要化了。分明被他吮得舌根发疼，身体却不由自主地贴他更近，手指下意识地抓他更紧，嘴唇也不自觉地顺从迎合，钩含他的唇、他的舌。

他像是着了魔，脑子里只剩一个意识：她是属于他的，只属于他。

“呜——”她在迷醉中轻轻呻吟。

他慢慢松开她的唇，低眸看向她。

她看着他，微微喘气，眼睛湿润又清亮，小小的嘴唇红红肿肿的。

宋焰拿大拇指在她唇瓣上轻轻抚过，说：“对，就是吃醋了——下次，你再敢让我吃醋试试？”

冬天的清晨，天微微亮。

南城区第三高中外的马路上安安静静，空无一人。

早晨 6 点多，学校对面的小卖部都还没开张，卖早餐的小推车也尚无踪影。

薄雾蒙蒙，路两旁的树木光秃秃的，偶有几只鸟雀在上头蹦跶，晃得枝丫摇了摇，又恢复了静止状态。

宋焰拉着许沁从道路中央跑过，呼出的雾气像团团的棉絮散在风里。

八烟桥公安局离他们高中近，两人便沿着空荡的大街一路跑了过来。

学校里头静悄悄的，门房大爷还没醒。

宋焰带着许沁跑上马路牙子，到了院墙边。

许沁抓住栏杆往上头爬，宋焰托住她的腿和屁股，护着她慢慢爬高，她一下要试探脚够不够得到横杆，一下又要选择下一步踩在哪儿才能受力，一下还得听他的指点踩这儿抓那儿。

她行动笨拙，好不容易翻到栏杆另一面，下去的路更难。

“小心！”宋焰低声说。

“嗯。”许沁慢慢地降低重心，她抱住细杆，像只小浣熊一样滑了下去。

她松了一口气，爬上爬下的，出了一头汗。

正准备等宋焰呢，他在另一头退后几步，突然加速冲来，一跃而起，两三步踩上围墙栏杆，纵身从上边飞过来，落地。

许沁：“……”

宋焰拍拍手上的灰，看向她问：“怎么了？”

“……”许沁立马摇了摇头。

蓦地想起，少年时也是这样。他跟他那一帮兄弟围在栏杆下仰望着，指点着，护着笨手笨脚、四肢不协调的她翻墙。等她慢慢吞吞地落地了，那群少年呼啦啦像风吹树叶一样，一个接一个地从栏杆上灵巧地越过去。

他又拍拍她衣服上的灰尘，问：“想什么呢？”

“想起高中的时候了。”许沁拉住他的手说，“峰子那群人呢，还跟你有联系吗？”

“上月还聚过，地震后休假那段时间。”

“他们现在过得怎么样？”

“都混得挺好的。”宋焰说。

许沁抿抿唇，不再继续问了。

她转头看，发觉校园竟和十年前没有多大分别。

石亭、操场、台阶、竹林、教学楼，和印象中别无二致，唯一的变化，大概是比记忆中破旧了些。

绕过竹林上台阶，进了教学楼。老旧之感越发明显，扶手掉了漆，楼梯上有坑洼的裂痕，墙壁上泥灰斑驳，墙角的绿漆褪了色，连空气都充斥着一丝微腐的气息。

许沁想，十年没来，它独自在这儿老去了。

四楼是他们的教室，许沁趴在窗口朝里头望，桌椅摆得不算齐整，黑板上还留着化学题。

正望着，宋焰两三下撬开窗户，翻身进入教室，打开了教室门。

许沁眼睛一亮，一溜烟蹿进去，四处望望，颇有些感慨地说：“怎么感觉教室这么小啊？桌子椅子也很小。”她转身坐在第一排的座位上，兴奋地左看右看。

“还记不记得你的位置？”宋焰问。

“这么多年了，哪里还记得？再说，好像换过座位。”

宋焰走到第一组第二排，长腿跨过椅子，坐到里头靠窗的座位说：“高一开学的时候，你坐这里。”

他说着，望了一眼窗外。

东方的天空已经露出朝霞，植物园里传来了隐约的鸟叫声，但校园仍在安静之中。

一切都很安宁。

她跟着凑过来说：“让我坐坐。”

他起身跨去过道上。

许沁蹿进去坐好，四下看了一遭，像是感受着什么，说：“嗯，有点儿印象了，以前坐过这里。”她扭头说，“我记得你的座位在后边。”

宋焰笑笑，走去第二组的最后一排，拉开椅子坐下去。

他看向许沁，她冲他灿烂一笑，又扭头看窗外去了。

自从进了学校后，她就很开心。

想必留在这里的岁月，于她来说，也是美好的回忆。

宋焰不禁弯弯唇，他在自己的座位上坐了很久，隔着一个教室的距离看向她。

回忆就在不经意间清晰地浮现在眼前。

高中那些年，他便这样远远地看着她。每节课都如此，好像永远都看不厌。明明是很闹腾的性格，可看着她就能安静很久。

也就是在面前这条窄窄的过道上，她低着头抱着书包从他眼皮下经过。

分明是擦肩而过，却走进了他心里。

为什么会喜欢她呢？

只会喜欢她吧。

喜欢她被欺负时的柔软、脆弱；喜欢她被排挤时的孤单、可怜；喜欢她乖乖走过来牵住他衣角时的依赖，仿佛全世界只有他可以给她保护、给她依赖。

好像只有在那时，他才真实地存在着，真实地存在于这个世界上。

好像在认识她之前，他就没有真实地存在过一般。

宋焰的小时候只有父亲，没有母亲。

记忆里，父亲是个很英俊的男人，却酗酒、暴力，醉了便抓住他毒打，用肮脏的词汇骂他的母亲，清醒了又抱着他痛哭、道歉。

宋焰却从未恨过他，孩提时自己的潜意识里分得清因果缘由。他知道，他的父亲不过是个被妻子抛弃，自尊让人碾得粉碎的可怜男人罢了。

他也听得懂大人的话，知道他的妈妈去给有钱人做情妇了，所以无论醉酒后的父亲如何暴戾，他都没恨过他，只是觉得他可怜。

父子俩就这样过活，直到宋焰七岁的一天晚上，父亲酒醉回家，摔了一跤，头撞在了石头上。

宋焰第二天开门见到他时，那可怜的男人早已冰冷僵硬。

小宋焰推了推他，叫了几声“爸爸”，可他没有回应。

小小的孩子走了很远的路去舅舅家敲门，说：“我爸爸死了，求你们帮我收一收，我搬不动。”

后来他被舅舅接走，被屏蔽了一切关于父母那一代的恩怨。

可不管大人再怎么隐瞒，小孩子也会想方设法地听墙脚。原来他的母亲早就生了另一个小孩，只是那孩子从小认正妻为母，从未和她见过面，也不知她的存在。可即便受到这种待遇，她也不肯回来，她住在一栋别墅里，像只金丝雀。

10岁的时候，宋焰偷偷去找过他的母亲。

他一点点地搜集信息，找到那处住宅。去的时候家里没人，他在外头等了很久，快睡着时传来了车响。

他第一次见到他的母亲，比照片上美丽，也比照片上成熟。她靠在一个陌生男人怀里，身段柔软得像一条蛇。

他站在路边看着，像一个流浪的小孩。

那个男人从他身边经过，没注意到他。但是，女人回头了，短暂地看了他一眼，便消失在屋子里。

毫无缘由地，他很确定，确定她知道自己是谁。

可她并没有多看他一眼。

他转身走了，走的时候朝那辆车吐了口水。

他再也没去找过她。

在后来很长很长的岁月里，宋焰都觉得，他在这个世上是个可有可无的人，不被任何人需要，也没有任何人想要，就像他那个废物般的父亲一样。

不对，他比他父亲还可怜，还要可有可无。至少还有他需要父亲，可父亲不需要他，母亲更不必说。

即使是到了叛逆的青春期，因着他帅气的外表，围绕在身边的女孩子多了起来，他也感到深深的厌恶，还有那时嚣张狂妄的他绝不会承认的——隐隐的恐惧。

他的父亲同样英俊不凡，可结果呢？

他也会如此，因为他什么都没有。

直到那一天，他透过窗口，看到低着头抱着书包的瘦弱女孩走进教室，胆怯地从他眼前穿过。

他的心上，仿佛有一道亮光闪过。

如果说在他挥笔在校服上写上“宋焰”的大名，递给她穿上时，尚且只是他一厢情愿地宣告对她的保护和占有，那在她把墨迹褪去的校服还给他，让他重新签名时，便是承认了他对她的保护与征服。

就是在那一刻，他被她套牢了。

捆绑在两人之间的纽带，变成了双向的。

而他心口那道光亮的口子越撕越大，再也不可控制。

“宋焰，我怕摔倒。”你要扶着我啊！

“宋焰，我爬不动了。”你背我啊！

“宋焰，我冷。”你抱抱我呀！

“宋焰，我有点难过。”你来哄我啊！

“宋焰，那个男生摸我的手。”你去打他。

“宋焰，我一个人不行的。”要你陪着才行。

“宋焰，你快点把我偷出去啊。”我只想跟你在一起，别的谁都不行。

“宋焰……”

她变着法儿地折腾她，像是心里缺少什么似的，不断地想要从他的所作所为里证明什么。证明她对他的重要性也好，证明他对她的爱也好。她就像是不知满足一样，不断地从他这里索取。

而他非常受用，一次次地给她回应，给她想要的一切。她越依赖他，越信任他，越需要他，他越是深陷其中，不能自拔。

她在他面前展现的不为常人所知的一面，更是只有他才能独家享有的。

只有他能让她快乐，让她释放，而这个事实反过来也令他异常满足安定。

两个在外人看来毫无相同点的孩子，竟就这样紧密无间、不可分割地过了三年。

他心里那个空缺的洞口，一点点被填满了。

直到分手那天，被一次性掏了个空，仿佛年幼时父母施加在他身上的噩梦，再一次重演。

宋焰的思绪立时打住。

他垂下眼帘，看着课桌上被小刀划过的痕迹，稍稍抿了一下唇。

分别的时光无须再提，好在纵使一路艰辛坎坷，如今已经重聚。

他感应到什么，抬眸看过去。

教室另一头，许沁趴在课桌上，含笑看着他，眼睛亮闪闪的，问："你在发呆？我看你好久了。"

她的笑容轻而易举地抚平一切。

"嗯——"他摸摸鼻子说，"在想工作的事。"

他撒了个小谎，很快岔开话题，说："毕业后你回过学校没？"

许沁一摇头，问："你呢？"

他笑而不答。

来过很多次，每次都是清晨或夜晚，或是寒暑假，每次都避过上学的学生们。

偌大的校园，只有他一人独自游荡。

他亲眼看着操场上的草木枯了又黄，看着教学楼的墙壁渐渐斑驳，看着台阶上的石砖缓缓裂开……

十多年来，学校对于他来说，是一座安静而寂寞的城，里头装着无数关于他和她的回忆。它默默地在时光中老去，却不退散，日复一日固执地等待着，丢失了回忆的人过来找它。

一丝阳光穿透薄雾照过来，洒在许沁的头发丝上。她眯着眼睛看过去，拿手掌挡住光线，说："啊，太阳出来了。"

她问："是不是得走了？过会儿学生们就都来了。"

“再玩两分钟。”宋焰说着起身走上讲台，拿黑板擦把黑板的一角擦干净。

许沁好奇，跟过去问：“你干什么？写字吗？”

“嗯。”他从粉笔盒里拿出一支粉笔，转身在黑板上写字。

许沁伸着脖子看，刚看到一个“许”字，宋焰用左手挡在她眼前，说：“一边儿写去！”

“小气！”许沁哼了一声，故意和他拉开距离，拿了黑板擦去擦另一角。

擦完了，拍拍手上的粉尘，伸手去盒子里拿粉笔。

指尖触及盒底的一刻，她整个人定了定。

她尚且不太相信，缓缓低头，可手指上没有粉笔，却钩着一枚银色的戒指。

细碎的粉尘，也遮不住钻石闪耀的光芒。

她脑子里“嗡”的一下，瞬间没了半点声音，只有金色阳光里她浅浅的呼吸声。

太阳升起来了，阳光透过明亮的窗户洒满了十年前的教室，几十张空桌椅映着晨光。当年便是在这里，坐在最后一排的少年，勾唇看着坐在窗口的少女。

许沁的心脏怦怦狂跳，愣愣地回头看向宋焰。他微低着头，在黑板上写字，白色粉笔在一行字的末尾用力地一画，画出了一个圆满的句号。

黑板上书写着：“许沁，嫁给我。”

宋焰放下粉笔，侧过脸看向她，很认真地看着。半晌，他缓缓一笑，那笑容像是跋涉过千山万水，说：“许沁，给我一个家吧。”

第十五章

新年·等我回来

许沁看着远处那熊熊燃烧的楼房，

恐惧像深海的海草将她全身捆绕。

这感觉似曾相识，

像噩梦里出现过的火海和大楼。

她如同独自站在地狱边缘的人，动弹不得。

走出校园的时候，许沁的眼睛还是湿润的。

那时候，太阳已经完全升起，金色的晨曦洒满大地，薄薄一层笼罩在冬日苍茫的校园里。

成群结队的高中生背着书包，叽叽喳喳地走进校园，很快就散布到各处，台阶、走廊、教学楼。

他们穿着统一的校服，他们的脸那样鲜活年轻。许沁想，当年这个年纪的她和宋焰，也有着同样青涩而干净的脸。

只是到了这一刻，她才深深地意识到，过去的十年意味着什么。

15 岁认识他时，她还是懵懂少女，他还是飞扬少年。

18 岁与他分别时，她依然稚嫩简单，他依然年少单薄。

如今，时间的手匆匆一挥，她越成熟越沉默，身边的少年也在一夜之间长成了身材高大、肩膀宽阔的男人。

她的男人。

许沁眼睛微湿，用力眨眨眼睛，吸吸鼻子，低头看着无名指上的戒指。那颗钻石在阳光下闪闪发光。

她又忍不住笑了。

宋焰插兜走在一旁，时不时地瞥她一眼，从出了教室起她便是这副样子，一会儿看戒指，一会儿傻笑。

不过，那戒指戴在她手上倒是真的漂亮。她的手又细又白，衬得戒指亮闪闪的。

当初挑戒指时一眼看中了这款，那时就想着戴在她手上一定很美。

果不其然。

两人正下台阶，学生们迎面过来，不少人投来好奇的一瞥，校园里平时少有外人进入。有的学生调皮，飞跑着从他们中间的空隙里穿过；有的学生有礼貌，看出这两人是一对，跑到跟前一刹车，又从旁边绕了过去。

宋焰见她还在笑，问："有这么喜欢吗？这一路就盯着它看了。"

许沁抬头看着他，眼神清润地说："很喜欢啊，喜欢到想戴一辈子，一辈子都舍不得取下来。"她又看向戒指，唇角一弯，"死了也不取。"

风吹过竹林，叶子"唰唰"作响。

那窸窸窣窣的声响，像是宋焰心底微动的声音。

他又说："这是求婚戒指，等正式结婚时，会有对戒，方便平时戴。"

许沁把他的手从兜里拉出来看了一眼，他的指甲剪得干干净净，手指修长而骨节分明，戴了戒指一定很性感。

而且婚戒宣示他已有所属，想着又觉得有些禁欲。

她道："我怕等你戴上戒指，反而会招蜂引蝶。"

他笑了一声，反问道："我身边蜂蜂蝶蝶还少吗？"

许沁一听，来兴致了："这些年追你的人多吗？"想想他之前说要是每个他救过的女人都以身相许他得累死，又问，"想对你以身相许的人多吗？"

"多。"他说，"你不就是其中之一？"

"那你怎么不多挑一会儿，干吗选我啊？"许沁娇情道。

“我瞎。”宋焰说。

“……”许沁瞪他一眼，又看看戒指问，“你怎么知道我手指的尺寸？还正好合适！”

“废话，你从头到脚有哪儿是我不知道的？”

许沁抿唇一笑，脸颊微红，忽然异想天开地问：“没跟我在一起的时候，你跟别的女人好过没？”

“没。”他回答得异常简短。

“不是说有那么多人想对你以身相许吗？”她又说。

“看不上。”他答。

她不再问了。

说着话时，他和她从操场边走过，常青树上有几片叶子掉落，院墙栏杆的另一头是校外的马路。

13 年前，就是在那里。

她出校门，走了不到 50 米，被他堵住去路。少年下巴一挑，说：“你叫孟沁，是吧？”

一看上，就再也没移开过眼神。

出了校园，已是早饭时间。

宋焰带许沁在学校外头吃早餐。早餐铺子里的阿姨还在，铺子不像老去的校园，看上去被翻新过，可招牌早点还是那几样，回忆满满的。

由于年年的新生和毕业生太多，老板早就不认得许沁了，却还认得宋焰。端面碗上桌时，跟宋焰打了声招呼。

许沁诧异道：“当年你真是风云人物啊，过了这么多年，老板还记得你呢！”

宋焰笑笑不说话，抽了筷子递给她。

她不知道，毕业后，他每个月都会来一次，除了当兵那段时间，基本没间断过。

早餐吃到一半，许沁手机响了，她看了一眼，脸色微微变了。

宋焰抬眸，来电显示“爸爸”。

铺子里买早餐的学生很多，吵吵嚷嚷的。

宋焰说：“这里吵，出去接吧。”

“嗯。”许沁绕过满屋的高中生，去外头接电话。

不到一分钟，她人回来了，慢慢道：“我爸叫我过去一趟，他有话跟我说。”

宋焰说：“行。等你办完事了，给我打电话。”

“嗯。”许沁说完，还在原地站着，有些走神。

“想什么呢？”

许沁不舍地说：“你为了陪我才请的假，我却把你撂下了。”

宋焰笑了一下，难得带着点年少时的痞气，道：“那你好好想想，用什么方法补偿我。”

她认真地问：“什么方法？我都要嫁给你了啊。”

他看她半刻，不开玩笑了，催促道：“没事，去吧。”

许沁坐车离开的路上，才反应过来他说的“补偿”是什么意思，不禁望着天空“啊”地叹出一口气。

见面地点在八烟桥的一家港式茶餐厅。大堂里用餐的人不少，但走到里边的包间区，就安静了许多。

许沁一进餐厅就有些不自在，越往里走越忐忑。她想起什么来，摸摸手上的戒指，才安心一点。

推门进包间，只有孟怀瑾一人。付闻樱和亲戚们都不在，孟宴臣也不在。

她稍稍松了半口气。

桌上摆着几样精致的小点心。

待许沁坐下后，孟怀瑾招呼道："吃些早点，特意给你点的。"

许沁已经吃了个半饱，可看看孟怀瑾有些憔悴的脸，她还是拿起筷子，夹了只虾饺。

来餐厅的路上，她看过新闻。警方已经顺利解决了孟宴臣的案子，由于证据充分直观，且有那群大学生的公开道歉，大家不仅接受，还反水了。被欺骗的好心人转头猛烈地攻击叶子，要求警方严惩她。

许沁注意到有一拨"知情人"，不断地爆料叶子拜金、势利、劈腿等恶习。

看来，付闻樱打定了主意要毁掉叶子。

她向来护短，儿子受到这种陷害，她必然会想尽一切办法报复。

莫名地，许沁想起她读初中时，班上有个女生总嘲笑她的普通话。付闻樱知道后，跑去学校找老师和那人的父母谈话，不知讲了什么，后来那女生见到她便退避三舍。

孟家的恩，她是记得的。

可伤害宋焰的那道坎，她过不去。

她又有些后悔不该来面对孟怀瑾，她真不喜欢这种被撕裂的焦灼感。

孟怀瑾慢慢喝了会儿茶，偶尔给她夹茶点，见她始终埋头吃东西不讲话，便先开口说："宴臣的事情能得以解决，还多亏了你。"

"应该的。"许沁说。

她还是有些抗拒，从进门到现在就不与他对视，话也简短。

孟怀瑾是想劝她和付闻樱和好的，先打感情牌道："沁沁，虽然我说这话你可能不信，但如果今天出事的人是你，你妈妈也会为你做尽一切。她今天为宴臣做的，换作你，她也会做。"

许沁没吭声，麻木地往嘴里塞东西。

“同样……”孟怀瑾停了一下，有些为接下来要说的事汗颜，“如果当年不听话的是宴臣，她也会那样做。我承认，我们不是好父母。比起考虑儿女的感情，我们考虑得更多的是家族利益。但爸爸还是想和你说，不论我还是你妈妈，对你、对孟宴臣都是一样的。”

“我信。”许沁低着头，轻声问，“但是，孟宴臣痛苦，妈妈会心疼。可我痛苦，妈妈会心疼吗？”

孟怀瑾一愣。

许沁固执地不肯抬头，问：“如果心疼，是和心疼孟宴臣一样，还是和心疼堂哥一样？”

“妈妈问我，怎么能为了一个男人背叛父母。可妈妈在毁掉我最心爱的人时，有没有想过我的感受？如果想过我会痛苦、会哭，她会心疼吗？”

她手指紧紧攥着筷子，很平静，但一大颗眼泪掉下来，说：“如果换作孟宴臣，她在做这件事的时候，会有一丝不安吧。所以……妈妈只是没那么在乎我而已。

“但可能是我的错。有时我在想，要是我更活泼一点，更讨人喜欢一点，会说话一点，或许从小就能和你们走得更近一些。可……孟宴臣明明也不爱说话。为什么妈妈对他笑得多，对我笑得少？为什么生日的时候妈妈给他拥抱，却不抱我？我也很想让妈妈对我笑，也想让妈妈抱我啊。”

她低头将眼睛压在手背上，忽然不说了。

孟怀瑾听完她这番话，眼睛也有些红，他无力地挽回道：“你妈妈生孟宴臣的时候，太辛苦，所以对他偏爱些。”

许沁拿手背迅速抹掉眼泪，道：“我知道。毕竟我 10 岁才来家里，那样要求妈妈也太苛刻了。这些我都理解，但是……爸，宋焰那件事，我过不去，也原谅不了。”

“沁沁，”孟怀瑾稍显急切道，“家人是捆在一起一辈子的亲人，一路走下来一定会有摩擦痛苦，磕磕绊绊。哪能轻易断绝关系？出了事情，大家商量解决——”

“怎么解决？”许沁抬头看着他，打断他说，“还他清白和前程吗？”

孟怀瑾愣住了：“这——”

“你有没有想过？依宋焰那种受不得半点欺辱的性格，就算天王老子欺到他头上，他也会反抗报仇，可他从没想过把这事捅出去。孟家的对手不少，他从没泄露过半个字，是他放过了你们啊！你们还想要他怎么样？让他为了我而叫你们一声爸妈，跟你们坐在一起吃饭？”

这次，孟怀瑾没有开口。

许沁道：“当然了，你们不会同意我和他结婚，就像我不会原谅你们对他做过的事一样。这些矛盾不是坐在一起吃两顿饭就能解决的。爸，我真的很累了，不想再面对这些事，也不想再哭了，也请你们以后不要再提。至于家人——”她寡淡地一笑说，“大家过好各自的生活，有事见面，没事也不必强求。”

孟怀瑾的眉心越皱越紧，却还不肯放弃，但又担心适得其反，忙道：“不说了，不说了，过去的事不提了。日子还长，慢慢来，爸爸还是认为家人之间没有过不去的坎。”

许沁不吭声，表情平淡，显然已不想再在“家庭”与“和好”这类问题上多费唇舌。

孟怀瑾见状，不提了，转言道：“你是铁了心要和宋焰结婚？”

“他已经是我的未婚夫了。”

孟怀瑾一愣，想要说什么，可看她的表情，终于没再劝，只道：“沁沁，就算结了婚，也不能没有娘家，是不是？”

许沁微咬唇，不说话。

“要是以后你受了欺负，也得回家找爸爸妈妈。”

“他不会欺负我。”她笃定道。

孟怀瑾又要开口，却看见了许沁手上的戒指。

他不禁多看了一眼。

那钻石的个头不小，某珠宝名家的经典款，价格能抵上一辆轿车。怕也是那小子倾其所有，真舍不得她受一点委屈。

孟怀瑾忽然彻底无话可说了。

他这些年过得富足安稳，家庭幸福，儿女成双，他也认定并遵守着家庭内部的一套规则。

工作生活中接触的人皆是如此，就连他手下的小年轻们，相个亲都要计较半天。你家出车，我家才出装修。你家出彩礼，我家才买金饰三件套。

女方出钱时琢磨着要把钱用在买房子上，不能用在买车上。因为房子会升值，车会掉价啊。

男方呢，琢磨着多花钱装修，钻戒买小一点。装修了自己还能住，钻石大了，却戴在女人手上。

这些年来，他难再遇到那种倾尽一切去付出的人了。

听上去多么危险、愚蠢，让生活变得未知、不安。

可是为什么，又隐隐觉得有种年轻鲜活的力量在里面，仿佛能真实地感受到血液热烈的温度似的，像真实地活着一样。

他想，大概是他老了吧。老了，就胆小了，就舍不得给了。自己的一切都团团抱在怀里，生怕别人抢去，都忘了年轻时为爱人付出时的乐趣和畅快了。

许沁跟孟怀瑾吃完这顿饭，依旧没解决任何问题。

倒是孟怀瑾在离开时说了，她要是暂时不想回家见父母，不回去也罢。等遇上家里有事了，再聚也行。

孟怀瑾又问：“爸爸妈妈约你在外头吃饭，这样可以吗？”

许沁沉默。

孟怀瑾叹了口气，拍拍她的肩说：“有什么事，记得找爸爸妈妈。”

说完这话，他才离开。

大街上已是车水马龙，人来人往。

许沁沿着道路走了好一会儿，让冷风把脑子吹得清醒了些，望望天空，今天的天气还是晴朗的。

她站在路边给宋焰打电话，听到“嘟嘟”声时，心情慢慢转好了。

“喂，许沁？”他接起电话，话筒里有风吹的声音。

“你在哪儿呢？”她嗓音轻快地问。

“队里临时有事，我得先回去了。”他有些抱歉地说，“今天不能陪你了。”

她一愣，有点失落，但很快就好了，轻声道：“那你好好工作吧。”

“别不开心啊！”他轻哄道。

她一下子就笑了，说：“没事，我等你回来就是了。”

今天天气极好，帝城上空一片蔚蓝。

大理石白的公安部大楼正正方方，一派恢宏大气。

冬日的阳光照射着，广场平坦，道路宽阔，大楼映在蓝天下，更显庄严肃穆。

宋焰进了楼，很快找到七局的办公所在地，就见墙上挂着由深蓝、红、银三色组成的警徽——深蓝色盾牌上书写着六个汉字：中国公安消防；中央一面盾形红色国旗，上边三样消防标志性工具：水枪、安全锤、云梯；底下银色的长城与橄榄枝托举着盾牌，写着三个英文单词：CHINA FIRE SERVICE。

楼道里亮亮堂堂，走廊上干干净净。这楼建得极其端方正气。

宋焰按电话里说的位置，很快找到陈处长的办公室。正准备敲门，见里头有几个人拿着本子围坐一圈，像在开会。

宋焰避到一旁，站在墙边等了一会儿。

没等几分钟，里头的人出来了。

宋焰敲了敲门，陈处长抬头一望，笑着招招手说："进来进来。"

办公室是常见的标准配置，办公桌椅、沙发茶几、书柜和饮水机。

私人特色在于绿植很多，目光所及之处皆是绿意，在冬季看着格外舒服。

墙上挂了几幅画，水墨山川。

宋焰坐下，接过陈处长倒的茶，一点不局促，更不紧张。

陈处长扫他一眼，目含欣赏地坐下，道："我跟你说的那事，想得怎么样了？没想好也不打紧，今天当面谈谈，聊聊你有什么想法。"

宋焰将手里的茶杯放在茶几上，说："今天过来，就是想着当面谈话更郑重，先谢过陈处长的赏识。"

他语气诚恳，简短地表达了谢意，但点到为止，不反复矫揉，也绝无阿谀媚上之态。

陈处长笑着点点头，隐约察觉到他有其他意思。

宋焰道："能调来七局工作，机会的确很好。说实话，我对自己工作的目标规划，也是进七局。"

陈处长这回明确听出了他下头有转折，就等着他说。

"但比起事后检查和管理，我更想做的是前期预防及中期操作。"宋焰表情认真严肃地道，"我个人对消防的兴趣点和擅长点都在技术标准方面，不论是建筑火灾预防技术标准，还是消防员日常训练和救援实战的技术标准。这几块才是我最擅长，也最想在工作规划里充分发展的。"

他把自身看得清清楚楚，且目标明确，不为短利所惑。这一番话说出来，自然就条理清晰，不卑不亢。

陈处长被拒绝也心服口服，笑道："原来是不想在我手下做事。你要是愿意，我跟隔壁处说说，给你找个合适的位置。"

宋焰不禁笑了一下，道："谢陈处！不过，我认为还是先在下头锻炼几年。下边离火场近，更直观，操作性强，反馈也快。我在中队待了这么多年，虽说经验丰富，但没有在大队支队里的工作经验，大局观有待培养。想一步步走来，虽然慢点，但老话都说，走得稳才能走得远。"

他话说到这份上，陈处长也不劝了，对他反而更欣赏，问："我听你们指导员说，你要升职去支队了。"

"对。"

"也好，脚踏实地。"陈处长不停地点头，他一贯看人准，感叹这小子以后前途不可限量，鼓励道，"那我就等着你两三年后再来七局。"

宋焰笑得坦荡，说："行。"

宋焰短暂拜访后离开，进了电梯，正要下行，外头有人喊道："等一下！"

他摁了开键。

"谢谢！"

蒋裕大步跑了进来。

两人对视一眼，目光平稳，皆是风波不起，很快移开了目光。

电梯门关上，缓缓向下。

蒋裕过来按了负一层。

电梯壁上映着两人的眉眼，有那么半分相似。

两人站着，谁也不看谁。

电梯里头安安静静的，连空气流动都变得迟缓了。

直到"叮"的一声响，1 楼到了。

门慢慢打开，宋焰出了电梯，头也不回地走了。

蒋裕无声地朝外看了一眼，直看到门缓缓合上。

许沁手腕处的伤恢复后，就回医院上班了。

主治医师的职称已评定下来，急诊科的轮岗工作也临近结束。春节休假后，她就能回门诊了。

只是今年过年晚，要等到二月中旬了。

她换白大褂时，想起要摘掉戒指，可看看手上的戒指，竟有些不舍。

说起来，这戒指仿佛有魔力。

自宋焰求婚后，她像在外漂泊很久的人终于有了归处，心里满满当当的全是安稳，每天都觉得很幸福。

她想到这儿，不免叹了口气。世上的工作那么多，她怎么就偏偏挑了份总要摘戒指的？可转念一想，每天戴一次，提醒她一次，不要习惯，不要遗忘，也未尝不好。

正要摘掉戒指，小北惊呼道："许医生，你要结婚了？"

一群医生护士看过来。

许沁："……"

"啊，我看看戒指！"小西蹦过来拉她的手。

"这不是 ××× 家的经典款吗？钻石这么大！"几个女医生也震惊了，说道，"很贵的，你嫁给富豪啦？"

小北护道："许医生家本来就有钱，门当户对的送这么大的戒指一点不夸张。"

许沁看着自己被众人捏住的手，想抽回来，却抽不动："……"

"有未婚夫的照片吗？想看看呀。"小南好奇是谁俘获了许医生的芳心。

"你们见过。"许沁说，"十里台消防中队的宋焰队长。"

“啊？？？”众人差点惊掉下巴，问道，“什么时候在一起的？”

“很久了。”她把手抽回来，想着要去洗手了。

“保密工作做得真好！”小东感叹着，看了一眼许沁的戒指说，“买这么大的钻，看来是铁定不会离婚了，不然离了得亏死。”

张医生推她一下，说：“怎么说话呢？”

小东吐吐舌头，许沁倒不介意。

小北心有疑问，琢磨很久后还是问出了口：“许医生，你未婚夫买戒指时问过你的意见吗？”

许沁说：“没有。”

大家交换眼神，还以为是她要求的呢，又问：“他花这么多钱，你会不会舍不得？”

许沁道：“不会。”

众人：“……”

许沁不太明白，为什么舍不得。

她享受得心安理得。

他说这辈子要把她往死里宠，她就安安心心地乖乖受宠好啦。

到了星期六那天，宋焰再一次没能放假。

队里有士兵要退伍了，那天有退役仪式。

但前一晚，宋焰给许沁打了电话，让她第二天去看退役仪式，顺便在消防队里玩一遭。

许沁还挺诧异地问：“我能进去玩吗？”

宋焰笑了一声，说：“你是家属，这点福利都没了？”

这话让她乐得差点满床打滚。

第二天许沁 6 点就起床了，想着要去见他手下的队员，怎么也得打扮得好看点。想来想去，她挑了件白色毛衣配灰色长裙，外头套一件杏色风衣，头发洗了吹了，柔顺地披散着，还特意涂了宋焰送她的口红。

7 点差 2 分，她到了十里台消防队门口，心怀期待。

站岗的哨兵看她一眼，移开了目光。

许沁在原地一下一下慢慢踮着脚，时不时地朝里头张望。想起她上次过来，还是在酒吧里听了歌，一时冲动来找他，结果扑了个空。

那时是夏天，这条街上树木葱郁，可她窒闷悲凉得发慌。

而如今呢，树木枯干，街市萧条，但她的心情却像枯枝上的蓝天一样晴朗。

她在岗亭处站了没一会儿，就见宋焰一身制服，远远地从操场那头跑来接她。

她忍不住笑，还真有点家属探亲的意思。

宋焰在好几米开外就看见了她灿烂的笑脸，不禁深吸一口气。

不得不承认，他真的想她想得慌。

那天她在电话里头说："没事，我等你回来就是了。"

她不知道，他在那头，心软成了棉花，眼睛都红了，不是没出息，而是那一刻他终于明白了家的感觉，不过就是有一个人在等你。

他几大步跑到她跟前，见她这一副精心装扮过的模样，也没忍住，笑了笑说："好看。"

许沁还不承认，道："跟平时一样呀。"

"一样好看。"他说，又拉一下她的手问，"等久了？冷吗？"

她看一眼站岗的哨兵，扒开他的手，小声道："你是队长，注意形象。"

他只是笑，时不时地扭头看她。

才几天不见，跟阔别了几年似的。

她被他看得笑容停不下来，娇嗔道："你总看我干什么？"

他说："口红颜色和上次不一样。"

"是你送的那个。"她眼珠一转说，"你要愿意，可以还你一点。"

"怎么还？"他问。

她笑道："你说怎么还？"

宋焰看了看四周，操场上一个人也没有，他低下头迅速在她嘴上亲了一下，问："这么还？"

许沁"咯咯"笑起来，忍不住用力抓了一下他的手，又很快放开了。

她还是知道分寸的。跟在他身边走，离得很近，却也不会贴上去。

操场上草色枯黄，踩在脚底松松软软，又带着点粗糙感。

许沁四处看看，偌大的地方，一片空旷。

天高草黄，只有他们俩。

她问："你们平时都在这儿训练？"

"嗯，不出勤的时候都在训练。"

"都练些什么呀？"

"体能训练是基础，像翻墙爬楼那类属于技能。除了这两大类，还得上文化课，学物理、化学，都是些跟消防有关的内容。"他回答起她的问题来，异常耐心，"另外，救援工具如何操作，也要学。"

她认真听着，时不时地点头，感叹他们要做的事还真多。

宋焰说着，看她一眼，北风吹着她的头发一丝丝滑过脸庞。

他抬手一勾将她脸上的发丝别在她耳后，说："过会儿有时间了，带你去看看。"

"好呀！"她说。

快走到宿舍楼了，宋焰稍稍停下脚步，揉揉她的头发说："带你见见那帮小伙子，别紧张啊！"

"嗯。"许沁跟在他身后，想一想，又理了理头发。

走进了一间宿舍，一大群年轻男人聚在里头，清一色的正规制服，有四人胸前别着红花，是今天的主人公。

见宋焰走进来，队员们齐齐地叫了声：“宋队！”

宋焰点点头，回头看了一眼。许沁抿着唇站在门边，进也不是，退也不是，眼神有些无处安放。

狭小的空间里挤满了男人，几乎没有空地，跟男人窝似的。

宋焰笑笑，对江毅等四人道：“你们要走了，不知道再见是什么时候了。”说到这儿，他嗓音有些低，宿舍里也安静了一秒，但他又笑道，“所以，今天带了你们嫂子过来给你们看看。”

“哦——！”一堆大男人起哄道，拍床的拍床，敲桌的敲桌，跺地的跺地，声势浩大，齐齐看着门口那窈窕的身影。

宋焰回头，看着许沁说：“过来。”

许沁看了一眼满屋子挤挤攘攘的男人，双颊绯红，眼里含笑，慢慢地走上前。

“过来啊——”宋焰轻声喊着，上前一大步去拉她的手。

男人粗粝宽大的手掌刚碰上女人娇小白嫩的手，一瞬间，宿舍里再次响起了鼎沸的起哄声：“哦——！！！”

声音快要掀翻了屋顶。

大小伙子全都眼睛亮亮地看着她。

许沁红着脸挨在宋焰身边，抿唇望着大家笑，眼睛弯弯的。

宋焰问：“你们嫂子好看吗？”

“好看！”都是当兵的，嗓音嘹亮又高亢，跟唱歌似的。

宋焰说：“还不叫人！”

话音一落，坐在桌上、椅子上、床上的士兵们齐刷刷地跳下来站好，身板挺直，统一敬军礼，喊道：“嫂子好！！！”

许沁受宠若惊，看着面前这一张张年轻而坚毅的脸庞，她又是感激，又是忐忑，不知如何用言语回应，便赶紧抬手对他们招了招，跟招财猫似的。

许沁招完手，一群人很快散回各自的位置上。

江毅好奇地问："宋队是怎么追到嫂子的？"

宋焰笑道："高中同学。"

"啊？"一群人惊呼。

"这算盘也打得太早了！"

杨驰嚷道："我就说那次去医院，看牙那次，宋队不对劲儿吧。我当时怎么说来着？你们都不信。"

江毅说："回头想想，宋队那天真不大对劲儿，原来是跟嫂子重逢，心里头有事。"

许沁想起那次经历，有些羞赧，但看看宋焰，他并没放在心上，正跟大家开着玩笑聊着天。

小伙子们长期待在队里，训练苦，平日里难得碰上跟外界正常打交道的机会，更别说女人了。一个个年轻气盛的，谁不想恋爱呢？上回得知童铭有女友了，整个队里热闹得不行，全跟自己找着了女朋友似的高兴，围着童铭盘问了好久。

这次轮到宋队，大家眼里总有女人来示好，但死活就是不开花的宋队，自然又是一番好奇。

各种问题轮番上阵，宋焰一一回答。

许沁微笑着藏在他的背后。

他跟大家玩闹着，手却伸到后边，交给她。

她心安理得地低头玩着他的手指。

气氛渐渐变得欢乐，宋焰看看时间，不早了，马上有欢送会。

他稍稍收了笑，道："都先去准备着，过会儿操场上集合。今天都要高高兴兴的啊！”

这下，宿舍里安静了不少。

大家都知道，今天队里有离别，宋焰特意过来，是想让气氛别这么伤感。

可越是强颜欢笑，笑过之后便越是难舍心酸。

“江毅他们今天离开，再等过年，队长也要去支队了。”杨驰语气低落，头也低着，说，“虽说天下没有不散之筵席，可这席也散得太……”

小葛说：“队长调去支队了，好歹能常见到。可江毅他们这一走，就不知何年何月能再见面了。”

大伙儿都沉默了，心里难受得很。

江毅四人别过头去吸鼻子，眼泪在眼眶里打转。火里翻滚烧伤流血都没落泪的人，到了这会儿，战友一两句话便让他们戳心地疼。

宋焰微吸了口气，道：“我们这支队伍，能平平安安地回家，是好事，希望留下的每个人都有戴着红花回家的那天。”

在这里里挥手，好过在灵堂上送别。

“都下去吧。”宋焰说。

大家起身出了宿舍，去操场上列队集合。

许沁跟着宋焰走在最后，见他表情凝滞，她没多说话，抚了抚他的手背。

上午7点25分，队员们在国旗下列队完毕，四人站在队伍最前边，三条警犬也集结在一旁。

7点半，仪式准时开始，升军旗，广播里奏响了解放军军歌，激昂的曲调在操场上空回荡。

歌声一起，江毅他们的眼睛便红了，敬着军礼，含泪凝望着军旗渐渐升起。

音乐声落，操场上空回归寂静，军旗在蓝天下迎风招展。

指导员索俊拿着文件，开始宣读退伍命令："根据《中华人民共和国兵役法》和《中国人民解放军现役士兵服役条例》相关规定，经南城区消防支队会议研究讨论决定，现宣布，江毅、童铭、陈光明、肖珂四人自2017年1月29日24点起，退出现役。"

几位老兵听着宣读，身板挺得笔直。

宋焰道："全体退伍兵，向军旗敬礼！"

四人仰望军旗，郑重地敬上一礼。

"向后转！"

"向战友敬礼！"

四人对着昔日的战友们，抬起右手。这一次，他们眼里含了热泪，敬礼足足一分钟。

"向左转！"

"向营房、战车敬礼！"

几辆消防车已开出车库，停在队伍旁。

敬礼完毕，江毅走过去，绕着消防车走了一圈，回到驾驶室旁，忽然趴在车门上，捂住脸，肩膀直抖。

队中的士兵们齐齐看着他们，眼睛湿了。

几人抹了抹泪，重新走回来。

宋焰下颌紧绷数秒，终于说："卸徽章。"

留队的士兵队伍里上前四个人，将江毅他们军装上的帽徽、领章、肩章、胸章……所有标志军人身份的徽章一一卸下。

江毅终于忍不住，捂着眼睛哭了起来："我当兵这八年，到今天，算是圆满完成任务了。对得起国家，也对得起我自己了。"

宋焰深吸一口气，抬眼看向天空。

一旁的许沁也鼻酸了。

卸下一切徽章，四人再不是军人。

江毅满面泪水，发出一声号令：“全体退伍兵……”

四人立正。

“向连长敬礼！”

四人脊背挺直，向宋焰敬礼。

宋焰缓慢而用力地举起右手，向四人回敬一礼。

铁打的营盘，流水的兵。

曾经一起出生入死，如今各奔东西，筹谋生计。

退伍仪式简单利落，很快就结束了。

四人背上行囊，江毅走到他带大的警犬小江身边，蹲下去抱住它的头不断落泪。警犬似乎感觉到这是永别，不断摇着尾巴舔他的脸。

江毅泪如雨下，终于狠心站起来，往外走。

小江冲上去咬住他的裤腿不让他走，喉咙里发出“咕咕”的声音，眼里有大颗的泪水滑落。

索俊含泪上前抱住小江，江毅才得以脱身，大步走开。

刚出营地，小江狂吠一声，挣开索俊的束缚，冲到大门口。铁栅门拦着，它卡在缝隙里冲江毅叫唤。

江毅跪在门的另一边，抱着它痛哭流泪，但最终还是分别了。

只留那警犬在门口守望不离。

许沁吸吸鼻子，仰头望天，深吸了一大口气再看宋焰。

他的表情很冷静，对感伤的众人留了句：“半小时后集合训练！”便走向了宿舍。

许沁知道他心情也不好，严苛要求训练，是想让剩下的人转移注意力，不再沉溺于悲伤。

她快步追上去，跟他回了宿舍。

他住的单间，房间不大，收拾得很整齐，有床、衣柜、书桌、椅子。衣柜里塞满了各种军装，正式的，迷彩的，还有训练服。

今天阳光很好，从窗外洒进来，照得屋内亮堂堂的。

宋焰的脸色却不太好，他还没从刚才的离别情绪中抽离出来，独自站在桌边翻着训练记录表格。

许沁坐到他床上，摸了摸抚得平平整整的床单，阳光照在上面，暖洋洋的。

室内却悄无声息。

她打破沉默，轻声问："他们将来会去哪儿？"

"回老家。"宋焰一边简短地回复，一边翻着手上的成绩簿说。

她想了想，起身过去拉拉他的手，说："你才刚不是说了吗？能平平安安地回家，是好事呢！"

宋焰无奈地弯了弯唇角。

她摸摸他的手背，又摇了摇，说："别难过了啊。"

宋焰的眼神移过来，静静地看着她。

她轻哄道："我在你这里，是永远不会离开的呀。"

他眼中有光芒微闪，将她拉过去，拥入怀里。

渐渐地，加了力度，将她单薄的身子紧紧搂住，很紧，像是要把她揉进他的身体里。

她有些喘不过气来，却任他由他。

他能从她身上汲取安心抚慰，她甘愿极了。

她搂住他，小手慢慢地抚摩着他的脊柱，一下一下地抚。

他渐渐平息，怀抱也变得松缓柔和。

她在他怀里，嗓音依然轻哄道："好啦，过会儿要训练啦，轻松点。"

他的阴霾一扫而光，朗笑一声，说："知道了。"

她又稍稍撒娇道："过会儿带我去坐消防车，好不好？"

她对消防车念念不忘。

"好，训练完了带你去。"他说。

他看看手表，离8点半还有15分钟。

他走到衣柜边，开始脱制服。

许沁微微一愣，盯着他看。

宋焰无意间撞上了她直直的眼神，来了些许兴味，问："看什么？"

他脱下外套，利落地抖两下，拿衣架撑起了挂进衣柜。

"要换衣服啊？"

"嗯，过会儿训练，要穿迷彩服。"他说着，一颗一颗解开制服衬衫上的扣子，腹肌若隐若现，很快脱下衬衫，结实的上身全部显露出来。

他知道她在看，心里跟抚平了一池水似的。

他将衬衫放进衣柜，拿出一件军绿色的背心套上，刚套好了往下拉，她的手伸过来在他的腹肌上摸了摸。

他停顿一秒，被她摸得心里痒痒的，低声问："干吗呢？"

"都是我的，我爱干吗干吗。"她顶嘴道，眼里微微露出贪婪的目光。

他不禁勾起了唇角。

她五指张开，仍在他的腹肌上摸，一抬眸说："上一次，是半个月前呢。"

他看她数秒，眸光一暗，突然攥起她的手腕将她压倒在床上。

她始料未及，细细地惊呼一声，赶紧捂住了嘴。

他整个人笼罩着她，狂野地一笑，说："那就来吧，反正……"他克制地上下扫她一眼，拉开了她的衣服。

他抚摸着她，嗓音粗沉地说："许沁，在这张床上，我幻想过无数次。"

他一句话把她撩得面红耳赤，心跳加速，炙热的感觉如潮水般涌过全身。她瞬间软成了水，在他手下只剩嘤咛出声的份。

他还是晓得分寸的。

时间太短，他怕过会儿收不住，自己一直忍着，忍得额头上都出了汗，却把她推上了巅峰。看着她在他的手指上，一点一点紧缩而又彻底绽放。

他眼睛一眨不眨地盯着她的脸颊，观察着她满面绯红而迷醉的模样，这真是要了他的命。

下楼时，许沁认真理了一下仪容。

宋焰觉得有些好笑地问："舒服吗？"

那时他们已走出宿舍楼，她瞪了他一眼。

他啧的一声说："用完就翻脸不认人。"

许沁趁人不注意，轻轻踢他一脚，转移话题道："我不会影响你们训练吧？"

"偶尔热闹一下没事。"

士兵们换了迷彩服在操场上列队站好。

许沁跟在宋焰身后，像个小书记员。

宋焰先整了一下队伍："立正！——稍息！"回头一看许沁，声音柔和了些，说，"点名。"

许沁："我？"

"就你，"宋焰说着，下巴指了指队员们说，"认识认识。"

一帮小伙子眼睛亮晶晶地看着许沁，原本因江毅离别而伤感的情绪，被军嫂参与训练的好奇和趣味冲淡了。

许沁微红着脸看着手中的花名册，捋了捋被风吹散的头发，声音不太大地叫道："杨驰——"

“到！”嗓音洪亮。

许沁震了一震，抬眼看过去，目光与杨驰对上。杨驰眼里闪过一丝笑意，许沁顿觉心里暖烘烘的，也笑了笑，记住了他的脸。

点下一个名字时，有底气多了，声音也提高了些：“葛毅！”

“到！”

许沁循声冲他一笑。

这下，每个队员都兴奋起来，身板挺得笔直，精气神儿全提起来了，巴巴地等着嫂子念自己的名字；盘算着等嫂子冲自己微笑时，回报一个最神气的面貌。

她的声音也越来越清亮大声，宋焰背着手立在一旁，淡笑看着。

“李成。”

“到！”

“邹行。”

“到！”

花名册上还有江毅四人的名字，许沁把那四个名字记得清楚，这次一一略过没念，不叫大家伤心。

一个一个点完名，许沁看向宋焰，煞有介事地说：“报告，全员到齐。”

许是她这模样太有趣，队伍里有人忍不住笑起来。这一笑，引起窸窸窣窣的笑声不断。

宋焰也没怪罪，道：“立正！”

全体站好。

“绕操场，热身跑步，十圈。”

杨驰道：“向左转！跑步走！”

队伍开始跑步，宋焰经过许沁身边时，低声说：“等我。”话音未落，人已擦身而过，跟着队伍一起跑步去了。

许沁抱着花名册站在原地，忍不住微笑起来。

这时间，阳光正好。

操场上视野开阔，一队穿迷彩服的男人英姿飒爽地跑着。

许沁抬头望天，高远湛蓝，冬天快要过去了。

十多分钟后，队伍跑完步回到原地。

热身之后开始训练，俯卧撑、引体向上、负手蹲跳、短跑……

许沁继续当小书记员，不是拿着秒表给他们计时，便是拿着成绩册给他们录成绩。

有了女生的参与，小伙子们个个干劲十足，争相打破了平时的训练纪录。

这训练课上得轻松又欢快，笑声不断，还高质高效。

许沁算是开了眼，见识了消防员们荷尔蒙爆棚，却又活泼畅快的样子，见识了这些年来宋焰的工作环境。

竟不觉时光飞逝，很快夕阳西下。

待队伍解散，众人热热闹闹地和许沁告了别，回宿舍换衣服去了。

宋焰还记着许沁想坐消防车，便拿了钥匙带她去车库。

消防车清洗得干净崭新，停在库内等待下一次任务。

许沁见了车，兴奋得很，小跑上前，忍不住先摸摸车身。红色的车一尘不染，能看见自己的笑脸映在上面。

她围着消防车转了一圈，这车车身巨大，驾驶舱比她高一截，后边的轿厢也很庞大复杂。

“像变形金刚一样。”许沁赞叹道，“你们的车真好看，我们的救护车看着就比较简单，没那么多机关。”

宋焰听她这话，暗笑她像个孩子。

她想起什么，说：“上次医院有人跳楼，你们派的那个消防车比这个更复杂。”

宋焰笑了一声，说：“那是云梯消防车，还有水罐消防车、泡沫消防车、干粉消防车，很多。”

“消防车也分这么多种？”她露出一副长了见识的样子，说，“跟灭火器一样。”

宋焰忍俊不禁道：“这还只是灭火的，抢险救援的消防车又是一大类别。”

“你们队里全有？”

“没有。只有最常用的，加一两辆特殊的，没有就找隔壁的中队借，反正灭火都是几个队一起出动。”

宋焰开了车门，说：“上去玩吧。”

许沁眼睛一亮，赶紧往上爬。

宋焰稍稍托住她的腿，她顺利地爬了上去。

驾驶舱里很宽敞，操作盘上一堆复杂的按钮和拉杆。

她一一用手摸了，觉得好玩，不禁问道：“你会开消防车吗？”

“废话。”

她把脸凑到仪表盘边，认真琢磨着个个按钮，无意识地说了一句：“其实，有段时间，我一看到大片的红色就会想起你，但那时说了再不见面。可这世上有好多红色的东西，红绿灯、消防栓……也不知为什么，就是好喜欢消防车。”

宋焰背靠在车身上，看着面前雪白色的车库墙壁，唇角微弯。

他又何尝不是？看见大面积的白色，看见穿白衣服的人，就会想起一身白大褂的她。

夕阳从操场那头照过来，洒在车库里，橙红色一片。

她趴在驾驶室的方向盘上，他插兜站在车边。

世界安安静静的，就像一幅画。

而她说完刚才的话后，有些许低落，抬眸看了一眼车库外边夕阳笼罩的荒草地，又低头盯着车上的按钮掩饰住情绪，轻声说："有时候也有点后悔，早点跟你和好就好了。感觉错过了好多时间……真遗憾！"

他双手插在兜里，微低着头，淡笑道："没事，以后不错过就行。"

许沁听见这话，安静地想一想，又笑了。人也坐起身，继续玩消防车。

她恢复了精神，在舱内挪过来爬过去，一会儿看看这个，一会儿玩玩那个，一会儿扒扒窗口，一会儿望望后边。

宋焰侧了个身，倚靠在车身上看着她玩，眼中含笑。

她玩了多久，他就看了多久。

直到夕阳又落下去一截，晚霞更红了。

他忽然问："这么喜欢？"

"嗯？"

"这么喜欢消防车？"

"嗯，特别喜欢。"许沁歪着头，抓着方向盘说。

宋焰站在车下，静望她一秒，道："来这儿拍婚纱照，好不好？"

许沁一愣，有一秒没动静，抬头看看红色的夕阳，半晌后，立刻扭过头。

"真的？"她眼睛里亮光闪闪。

他笑道："我什么时候说话不作数了？"

"没有。"她脑袋摇得像拨浪鼓，又道，"这里可以拍？"

"你是家属，这点福利都没了？"他还是那句话。

"等天气暖和了。"他说，"消防队一套，学校一套，四合院一套，医院一套。"

"哇——"许沁脸上的笑容已忍不住放大，"这么多？"

"不喜欢？"宋焰问，"女生不是很看重婚纱照吗？"

“很看重，”她重重地点头，笑容已收不起来，说，“也很喜欢。”

夕阳笼着她大大的笑脸，他有些动容地问：“开心吗？”

“开心。”她点头，只想扑去他怀里。车也不玩了，人迅速挪到门边说，“抱我。”她朝他伸出双臂。

他笑了笑，接住她，把她从高高的消防车上抱了下来。

她贴着他的身子滑落，不等落地便搂住他的脖子，用力吻住了他的唇。

离春节越来越近了，许沁照常忙碌着上下班，起先还对过年毫无感觉，认为年味淡了，但没想到五芳街里的节日气氛很浓。

上下班穿街过巷时，家家户户都喜气洋洋的。

舅舅忙着清算各类尾款，舅妈也开始置办年货，还剪起了窗花。

翟淼跟着试了几剪刀，能把鸭剪成鹅。

许沁呢，安静地玩上一会儿，就弄出了漂亮的蝶戏牡丹。她从小就擅长手工，立体雕刻都行，何况平面画画。

翟淼只能叹气道：“你这拿手术刀的，我比不了。我看，我还是熬糨糊吧。”

舅妈把许沁拉到一旁，塞给她一张卡。

许沁奇怪地问：“这是什么？”

“焰焰他爸有套房子，他跟我们住在一起后，房子就租出去了，房租都在卡里。这钱哪，焰焰 20 岁的时候动过一次。后来八年，卡给我了，说是孝敬我们。我跟你舅哪能要他钱？都攒着没动呢。你们小两口过日子，有的是地方要花钱，拿着啊！”

许沁摇头，说：“我不要。”

舅妈皱眉道：“怎么就不要呢？这钱是我和他舅留着给他娶媳妇的。”

许沁还是摇头，说：“宋焰说是给你们的，那就是给你们的。我不能要。”

“这孩子，怎么跟他一样倔？你就算不用这里头的钱，也先拿着。”说着，就往她手里塞。

许沁躲过，起身就跑，说道：“我上班了。”

“哎——”

人影已闪去屋外。

上班路上，许沁透过出租车窗口朝外望。

二月初，帝城最冷的时节已经过去。再过一个月，便会春暖花开了。

途中接到孟怀瑾的电话，问她除夕是否回家。孟家有爷爷在，过年都是一大家子人聚在一起。

许沁说回不去了，除夕那天要值班。

孟怀瑾叹了口气，叫她记得抽空去给爷爷拜年。

放下电话，许沁也是良久无言，她庆幸自己除夕值班，不用做选择。她不想回孟家过年，可这关口若是和舅舅家其乐融融，也有些为难。

医院反而是最平静的去处。

那天，宋焰也回不了家。

除夕有燃放烟花爆竹的习俗，是消防任务最重的时候。

宋焰的调令下来了，春节后转去南城区消防支队报到。节前，得在中队站好最后一班岗。

到了除夕那天，整座城空空荡荡的。打工的外地人全回了家乡，路上几乎没了车和行人，分外安静，甚至有些萧条。

跟许沁一起过节的是在医院一起值班的同事们，每个人都从家里带了几样菜，拼在一起，边吃边乐，也挺开心的。

因为过节，人人都宽容随和，输液室里吊水的病人和家属们格外客气，跟医护人员道辛苦说祝福。护士们准备了糖果、橘子，发给病人和家属们沾节日喜气。

大家聚在输液室里看晚会，笑声阵阵，有种别样的温馨。

许沁靠在墙边，无心看电视，她时不时低头看手机。

宋焰还没联系她，应该正在忙。

自上次消防队一日游，两人又是半个月没见面了，本就想念得慌，遇上过节更是思念成灾。

怎么还不打电话啊？

许沁望着电视，手垂在兜里，指尖有规律地敲着手机，一下一下，像敲着自己的心。

突然，手机一振，触麻的感觉从手指传到心间。她喜上眉梢，掏出持续振动的手机，屏幕上正是她心心念念的名字。

她迅速走去走廊，接起电话："喂？"

他笑问："没在忙？"

"今天市民很乖。"

她学他说过的话，他不禁笑出声，问："跟同事们吃过饭了？"

"嗯。"

"好吃吗？"

"还不错。你呢？"

"刚在食堂吃完年夜饭。"

"热闹吗？"

"热闹，就是不停地想起你。"

许沁吸了一口气，心口炙热滚烫，自和他在一起后，这安稳幸福的感觉便从未间断过。

清冽的冷风从开着的一扇窗吹进来，也吹不散她脸上滚烫的热度。

她看见窗外有红色的光线闪耀，走过去扒在窗台上往外望。

夜幕中，对面CBD大楼上的彩灯组成红色中国结的图案，“新春快乐”的字样次第闪现。

她微笑道：“宋焰，祝你新春快乐哟！”

“同乐！”

“你什么时候下班回家？”

“明早6点。你呢？”

“一样……这回下班，就是下岗了，心情怎么样？”

他叹了口气说：“说不上来。”

“失落也不要紧，回家了我安慰你。”

“这下我倒期待了。”他朗声笑道。

“宋队长，祝你能圆满完成任务啊！”

许沁慢慢地走回输液室，唇上含着笑。

好像忽然明白了为什么恋爱中的人打电话叫煲电话粥，普通的清水白米，慢火炖着，米汤咕嘟咕嘟着，清香四溢，一碗润甜的白米粥喝进肚里，暖身又养胃。

还有比这更合适的比喻吗？

她继续靠在墙上看晚会。

到了夜里12点，新年的钟声敲响，城市上空燃放起了灿烂的烟花，姹紫嫣红，来自四面八方。

她趴在窗口看烟火，想着此刻消防队里的宋焰是否也在仰望夜空。

她慢慢等待着时间流逝，等待着新一年的曙光到来，给她在急诊室的日子画上一个圆满的句号，给她的生活开启新篇章。

然而，零点过去不到半小时，急救中心的电铃大响，刺耳的声音将节日的欢乐气氛打破。

毫无预兆地，不给人任何准备。

小南从值班室冲过来说："许医生、张医生、刘医生，还有你们几个，赶紧跟车。八烟桥一处工厂着火了。"

几位医护人员立刻动身往外走，有人纳闷道："八烟桥不属于我们这片儿啊。"

"八院、九院人手不够，请求支援。"

许沁心中一凛，这意思是情况严重。可，怎么偏偏是这个关头？

十里台消防队在第一时间接到上级命令，八烟桥一处厂房着火，火势严峻，周边消防队全被召集。

除夕夜，一栋栋住宅楼上家家户户的灯火灿若繁星，每个窗口内都是欢声笑语。

街道上却空无一人。

通向黑夜的道路畅通无阻，消防车上红灯闪烁，直奔事发地。

宋焰他们赶到时，都惊骇了。这是八烟桥最南边的城乡接合部，厂区面积约有两个足球场大小。外围全着了火，像一头巨大的火兽在黑夜中嘶吼。

而这火兽背后，是住宅密集的城中村。

前几批赶到的消防队正拿着水枪朝里喷射水柱，可火势没有减弱的迹象。

这是间印纸厂。厂区占地面积广，构造十分复杂。划分厂区和外界的不是围墙，而是一圈两层楼高的商铺，四面环绕。

目前能看到的着火地，是这些商铺群。

厂区内部则分好几大块，车间区、仓库区和生活宿舍区。

十里台和七枫路两个消防中队刚到达熟悉地形后，便接到指令，先入生活宿舍区救火。警方已从工厂负责人那里了解到，虽然大部分工人回家过年了，但仍有不少人留在宿舍里，跑出了一部分，剩下的被困了。

迫在眉睫，消防员迅速在水枪的掩护下进了厂区。

四面都是火，草地、水泥地全部被烧焦了，黑色的烟灰被热浪掀涌着满世界飘荡，如人间炼狱。

宋焰等人直奔宿舍楼，冲进楼道，只见火舌缠绕着整栋楼房，所过之处留下一片漆黑。

消防员们迅速分散，踹开一扇扇着火的门板，黑烟涌动，宿舍内的床具、衣柜被烧成了木炭。一层层地搜索上去，不断发现被烧死的工人，或窒息而死，或面目全非，惨不忍睹。

可宋焰他们已没有能力去管这些可怜人的尸体，只能继续向前，寻找幸存的生命痕迹。

宋焰和杨驰找到 5 楼时，听到某间宿舍传来女人的呼救声。

两人循声赶去，窗户门板被烧烂了，床板和衣柜上大火熊熊，挡在靠近门口的位置。女人被困在里间，拿手帕捂着口鼻，剧烈咳嗽着，一见人影，立刻大哭道："救命！"

隔壁宿舍也传来呼救，宋焰吩咐杨驰说："你去那边。"

"是。"

宋焰扫了一眼火势，拿灭火器对着门口一阵喷洒，清出一条黑色道路。他快步冲进去，拉起那个女人就往外走，刚动身，头顶一阵黑灰抖落。

宋焰抬头，就见火焰覆盖的天花板上掉下一根横梁。

宋焰立即将那女人推向门口，自己迅速后退。

女人扑到门外，着火的横梁砸落在地，火花四溅。

宋焰喘了口气，被烟呛得直咳嗽。他正想办法出去，却见四溅的火星点燃了屋角煤气罐表面的油漆层。

女人尖叫道："你后面！煤气罐！快跑出来啊你！"

宋焰本能地要跑，一秒间差点迈步却刹住没动。上下左右到处是在找人的战友，要是爆炸，发生小型垮塌，后果不堪设想。

宋焰心一横，大步上去拎起那个着火的煤气罐，退后一两步。女人看出他要干什么，惊叫着跑开了。宋焰加速前冲，一跃而起，他跳过屋子中央着火的横梁，冲出宿舍，用尽力气将煤气罐扔向楼前的空地。

煤气罐脱手，飞向空中，尚未落地，一声巨响，罐子爆炸成一朵烟花。大团大团的火降落地面，和其他火丛融为一团。

宋焰被那声巨响震得心脏在胸腔里狂跳不停，阵阵发疼。他手撑着墙壁，不停地喘气，足足 10 秒才缓过来。

厚重密封的防护服压在身上，已全湿透，像是流过几公斤汗。他稍事休息，很快就咬牙继续。

两队人冒着烈火和高温，前前后后找到几十个被困的工人，将他们救出了火场。

出火场时，宋焰发现火更大了。

另外几队消防员在库房和车间外灭火，可外层商铺的火还在烧，消防车进不来。不论是拉管道，还是高空架云梯朝内喷水，都受到辐射范围的局限。

此刻的厂房，像一座铜墙铁壁的围城，白花花的水从四面八方喷射进来，却难以触及它的中心。

面积太大了！

宋焰心里有了不祥的预感。

同行的每个队员都脸色严峻，谁都意识到这次出大事了。

许沁站在厂房外，望着这烧红了半边天的巨大火场，不敢相信现实生活里竟会出现灾难片中的情景。

而她没有多余的时间震惊，受伤的平民、消防员不断地被送来，重伤的人一拨拨被送去医院。

许沁强行将宋焰的事抛之脑后，认真工作。可无论她再怎么冷静克制，每当受伤的消防员被抬过来时，她还是不可控制地心惊肉跳。

灾难面前，每个人的心理防线都面临着冲击。

她一颗心始终悬着，直到某一刻，她看到一群人从烈火之中走出来。她先是看见了小葛，心瞬间一提，目光立刻在他身旁搜索。在一堆漆黑的脸中，她还是立刻找出了宋焰。

她眼睛一眨不眨地盯着他，看见他衣服上全是烟灰和血迹。此刻他活生生地站在那边，她的心却没法安稳，反而更慌了。

因为，火越烧越大了。

果然，宋焰根本没看到她，一出火场就迅速接过身边不知是谁递来的水瓶，往嘴里灌了几口，又往脸上冲了一下，快步走进了指挥部。

视线很快被挡，一个消防员背着另一个受伤的消防员冲过来说："医生！"

许沁收回思绪，喊道："小北！"

"是！"

小北迅速接过伤者，他被倒塌的墙壁砸到脖子，后脖颈烧得血肉模糊，头发掉了一大块。

纵使是护士，也看得心惊胆战。

今晚接了太多烧伤者，每个医护人员都在濒临崩溃的边缘。

许沁冷静地给他处理完，待迅速包扎好，她将后续工作交给护士，自己下了救护车去找下一位伤者。

就在这时，两个警察匆匆走过，朝指挥部那头喊道："厂里有几个车间非法生产烟花爆竹！厂长刚自首，里头有易爆物！"

话音未落，火场里突然一声震天巨响，爆炸声响彻天际，黑色的蘑菇云从漫天火光中腾空而起。

冲击波震荡着空气中的粉尘黑烟，扑了许沁一脸。

几处高耸的云梯剧烈摇晃，火场上空的消防员瞬间被浓烟和火焰吞没。

幸存者、医护人员、民众，在场的人都惊呆了，四周死一般地寂静。只有烈火烧着砖块水泥“噼啪”炸裂的声音。全世界都在燃烧，全世界都在炸裂。

而远方的夜空中，仍闪耀着绚烂的烟火，提示大家今晚是除夕。

控制不住了。

要崩溃了。

人群里有人哭起来，说：“别再烧了。求求你了，别再烧了！”

可是，她在求谁呢？

所有人尚在惊骇之中，指挥部那边有了动静。

成队刚从火场里回来的消防员戴上头盔，背上灭火器，准备再次进去。有的趁着间隙用水龙头将自己从头到脚淋湿，全然忘了现在是寒冬。

一个消防员刚跑向工厂大门，里头再度传来一声爆炸，黑色的蘑菇云再度冲天。

冲击波震荡，外圈的商铺在顷刻间一栋接一栋地轰然倒塌，火焰、烟灰、尘土，漫天飞溅。

警察命令救护车和医疗队伍迅速撤后拉开安全线。

尘土散去，里边一片汪洋火海，车间厂房处处火焰缭绕，几栋楼炸成了废墟。

拦不住了，在灾难面前，人的血肉之躯何其脆弱。

许沁看着远处那熊熊燃烧的楼房，恐惧像深海的海草将她全身捆绕。

这感觉似曾相识，像噩梦里出现过的火海和大楼。

她如同独自站在地狱边缘的人，动弹不得。

“医生！救命！”

刚才第一个冲进去的消防员被倒塌的墙体砸中脑袋，他的队友哭喊着将他背到救护车旁。

可邻组的医生检查后发现，人已经没呼吸了。

他的队友不肯放弃，号哭着跪在地上给他做心肺复苏。那是一张年轻的脸，被火烤得通红，裂出无数血丝。

而他们的战友，还要迅速往里冲，仿佛他们的生命不是命似的。

“你们别进去了！让它烧吧！别去了，会死的！”小南崩溃了，大声哭喊。

这一喊，更多人冲消防员喊起来：“别去了！让它烧吧，别去了！”

消防员们充耳不闻。

他们每个人都面色沉重，心知凶多吉少，可谁都没有办法。没办法，火一直在烧，不停下来，总得有人去把它拦住。

能怎么办呢?

他们的战友已被困火场，奄奄一息地等待营救；而背后是更广阔的居民区，如果放任不管，后果不堪设想。

若是他们都不去，那谁去呢?

那墨蓝色消防服上的黄色警示线刺痛着许沁的眼睛，她突然朝他冲过去喊道：“宋焰！”

宋焰正准备进火场，听到许沁的声音，始料未及，回头时猛地一怔。

她头发上、脸上覆着烟灰，白大褂上全是血迹和尘土，望着他，表情执拗而恐慌，语速极快地说：“你记不记得我跟你说过我做了一个梦，爆炸了，就是这栋！”她仇恨地用力指着那栋楼房，眼睛却盯着他，狠狠地说，“就是这栋！就是这栋啊！宋焰！我……”

她张了张口，说不出话，再度张口道："我……"

求你别去。

会死的啊！

求你不要去！

求你不要丢下我！

晶莹的泪水涌上眼眶，她死死忍住，摇了摇头，什么也说不出口。

宋焰眼睛通红，他一脸的伤痕，脸颊和嘴唇都是干裂的，他喊道："许沁……"

他无话可说。

许沁望着他，一声没吭，她咬着牙，下一秒，眼泪疯了般"哗哗"直流。

你死了我会跟你一起的，绝对！

宋焰，如果会死，你带我一起吧。如果你会死，带我一起死吧！

他漆黑的眼眸盯着她，眼中涌出了泪雾，却很快被涤荡的热空气蒸干了。

"我会回来找你。"

时间紧迫，他没有安慰她，迅速转身离开："走了。"

竟是这样，匆匆一别。

许沁立在原地，潸然泪下。

呆站数秒，猛然发现视线中已没了他的身影，她慌忙搜寻，却只见他消防服上的警示线在火光中闪了一下，消失了。

那一刻，许沁突然不哭了。

她迅速抹掉脸上的泪，返身大步回到阵地里去了。

恐惧、担心、悲伤，所有个人情绪在这场浩荡的大火面前已不值一提，做什么都于事无补了。

在心里喊出那句话的瞬间，她就不害怕了。

无论这场火结局如何，她和他的结局都已注定，只有在一起，没有别的选项。

等天亮，是生是死，她都会和他在一起。

有了这个认识，她便无所畏惧了。

她迅速收拾好心情，和自己的同事们一起投入到了工作中。

时间一分一秒地过去，更多的消防车碾着废墟开进厂区，时不时有爆炸声传来，仍有伤员被送出。

许沁忘了这几个小时是如何度过的，她的脑子像是麻木了，机械地浮现着读书时课本上的内容，仿佛要将毕生读医之所学在这一晚用尽。

噩梦持续了整整一晚。

天快亮的时候，火势终于被控制住，渐渐转小。

渐渐地，大片大片黑色的废墟浮现出来，黑烟缭绕，是终于胜利的标志。

终于，一批批消防员从废墟中走出，回到消防车边，一个个跟倒下的秧苗一样瘫倒在地，连喝水冲脸都顾不得，直接睡在了灰尘泥地里。

一拨接一拨的消防员，从冒着青烟的火场中走了出来。

那时，医护人员的工作也临近收尾。许沁忙完手中的事，立刻跑去找宋焰。

地上横着躺着的全是消防员，他们满身泥灰，连刺眼的黄色警示条都被灰尘蒙住了，所有人都像埋在土中，沉沉睡着。

一张张脸都是陌生的，许沁走过一辆又一辆车，找了好久，终于看到来自十里台的消防战士的脸，是那次她在训练场上点过名的。

她像见到亲人一样跑过去，拿水冲冲他的脸，把他的眼睛洗干净。

那消防战士睁开眼睛，看到她，疲惫地一笑，喊道："嫂子。"

许沁的泪一下涌上眼眶，她忍住说："你睡会儿啊。"

“嗯。”

旁边又传来了动静：“嫂子……”

许沁回头，小葛躺在地上，嗓音沙哑地说：“帮忙……点个名……”

“要是，你忘了，我告诉你。”

许沁点头说：“好。”

空气里仍是刺鼻的烟熏味、硫黄味。她站起来，看看四周，清一清嗓子，竭力高声道：“杨驰！”

“到！”虚弱的回应来自她身后。杨驰举了举手，半月前在操场上英姿飒爽的人，此刻狼狈不堪，应完便闭上眼睛沉睡了。

许沁吸一吸鼻子，在冬日清晨的冷风里瑟瑟发抖，声音却越发清亮道：“葛毅！”

“到！”小葛回答，半合着眼睛，等待她念完全员的名字才能安心休息。

可许沁记忆力好，她清晰地记得那张表格上的顺序：“李成！”

没人回应，许沁一怔，心脏狂跳着四处看，她紧张地又喊了一声：“李成！”

“到！”他在睡梦中被叫醒，应答一声。

许沁松了口气，继续。

“邹行！”

“到！”

一个一个点名，被点的战士相继安心睡去。

点到最后，一个不少。

许沁微微呼出了一口气，可……

她看看四周，看着脚下七倒八歪的战士们，另一种恐惧将她裹挟着，她微微颤抖起来，不安地喊道：“宋焰！”

没人回应。

“宋焰！”

所有人慢慢睁开了双眼。

“宋焰！”

许沁发慌了，四下一望，每个方向都竭力喊了一遍，可没人回应。

小葛缓缓地坐了起来。

“宋焰呢？”许沁厉声问，“你们队长呢？”

她抖得不成人形，双手紧紧揪扯着身上的白大褂，心中的恐惧像是一张被拉满了的弓，即将把她整个人折断。她凄厉地大喊着：“宋焰！”

“到！”身后传来一声疲惫而嘶哑的应答。

许沁错愕一秒，立即回头看。

新年的第一抹阳光柔和地洒在冬日苍茫的大地上，他站在黑色的废墟和鲜红的消防车前，一身伤痕与灰尘地看着她应道：“到。”

她愣愣地，孩子般踉跄着扑上去抱住他，他接住她，将她紧紧地搂进怀里。男人一低头，泪水簌簌滚落。

一瞬间，所有的悲戚、恐惧、怨恨和痛苦都找到了出口。

她趴在他怀中，号啕大哭。

第十六章

礼物·岁月静好

我的城，在等你。

你不来，我便始终一个人。

所幸，走过纷飞的迷雾、肆虐的沙尘，

你还是来了。

让一切，尘埃落定。

旧的一年就这么结束了。

许沁关上储物柜的门时，心想。

她把自己的东西全部清理收拾好了，钥匙插在柜门上，走了出去。

她再也不是急诊科的大夫。

急诊室的走廊里，医生护士都行色匆匆。

而她抽身成了旁观者。不知宋焰最后一次脱下消防服时，是否也是这种心情。

好像圆满履职到了最后一刻，心安理得，却又有一丝淡淡的失落。

许沁走出大楼，外头天朗气清。她并没有回头留恋，因为宋焰在路边等她。

他背着个包，单手插兜地站在一棵树下抽烟，表情不甚明朗。

她从袋子里拿出一支药膏，朝他走过去。他看见她过来，将烟掐灭扔进垃圾桶，接过她手中的袋子，掂了掂问："东西这么少？"

"都提前放到门诊楼去了。"她拧开药膏，看了一眼他的背包说，"我记得你宿舍里的东西很多。"

"打包装箱，让杨驰帮忙送回家了。"

她手指沾了透明的药膏，抹在他皲裂的脸上，伤痕一条一条。

他配合地微低下头，问："破相了？"

"丑死了。"她说，"脸上的伤不好，不许拍婚纱照。"

他近距离看着她的脸，忽然问："是不是觉得我不够爱你？"

她正在给他涂药，手指一顿，先摇了摇头，再抬眸看他。

"许沁，在那个关头，我只能做出那个选择，不是抛弃你。"

"我知道。"她点点头说，"我懂的，真的。"

他有他的责任和道义，她都懂。

她手指轻轻抹着他的脸，问："你呢？"

"嗯？"

"是不是觉得我不知轻重，威胁你，太自私？"不等他回答，她立刻又道，"我本来就不是个高尚的人，本来就很自私，本来……"

他打断她说："你这样，我挺喜欢的。"

她一下子不吭声了，忽然觉得什么都不必解释了。

那时候，是冬日的清晨，阳光和煦，空气清冽。

街道上安安静静，空无一人，仿佛这座城只剩他和她。

"慢慢走回去？"他提议。

"好啊，今天天气很好……街上也没人。"

"过年了，都在家里头玩。"

"气温是不是回升了？"

"据说还会下一场雪。"

"然后就到春天了？"

"嗯，就到春天了。"

那天的路上，行人寥寥，整座城市干净而又安静。

回去的路上他们说了很多话，好像很有意思，又好像都是些无关紧要的事。

那一路的心情呢，和那天的天空一样，卸下了重担。可要具体形容，其实后来回想也都忘了，只是觉得那个新年，是一个真正的新年。

旧的结束，新的开始。

那一路，许沁时不时地回头望。

望什么，她不知道。

依稀感觉，那模样像是十年前出国的时候，只不过上一次，她孤单、惶恐。而这一次，有他在身边，紧握着她的手。

宋焰有此同感。

十年前的启程，他独自拼搏、闯荡；十年后的新章，她同他一起书写。

他人生中最年轻的十年，蓦然回首，正如结束时那个惊心动魄的夜晚，有血泪，有无奈，有心酸，有泪水，却无怨也无悔。

十年前开始写的书信，在这一刻落下最后一笔。

所幸，有惊，无险。

春节假期，是对忙碌一整年的最好犒赏。

城市渐渐热闹起来，大街小巷里，处处都是过年的红色元素。每个人脸上都喜气洋洋，不必劳心工作上的烦心事，过往未来全抛一边，尽享节日好时光。

至于宋焰和许沁，脱下制服，他不是消防员，她也不是医生，是恋爱中只想整天腻在一起的年轻男女。

他们会在经过甜品店时停下来吃一杯冰激凌，会在路过玩偶店时进去挑一只毛绒玩具。

在商场乘扶梯向上时，许沁抬头望见天井顶棚大片的红灯笼，目光向下，扫向商场层层楼上走过的男男女女。

真热闹啊，一切都是鲜活而热烈的。

她又扭头，上下打量着宋焰，连帽衫、牛仔裤、Vans鞋。他每次非工作的装扮都能让她瞧上好久，总觉得就像是两个人。而这次，卸下工作的他，整个人的状态更加轻松随意了。

“看什么？”

她被逮到，看着他问：“你这板寸头得一直留着，还是可以留长？”

宋焰低头摸一摸脑袋，抬起眼皮瞧着她问：“不好看？”

她立刻摇头道：“好奇，问问。”

“不好看就遮上。”他将连帽衫后的帽子戴在头上，睨她一眼。

许沁的心怦怦直跳，戴上帽子更酷了。

隔壁下行的电梯上，有两个美女朝他看过来。

她把他的帽子拉了下来：“知道吗？能驾驭板寸的才是真好看。”见他忍俊不禁，又补充了一句道，“说的就是你。”

“嘴这么甜？”他开心地搂过她的腰。她今天穿了件米灰色的毛线连衣裙，身段窈窕。

“我刚吃糖了呀。”她俏皮道，“草莓味的。”

这话像是某种邀请，撩得他有些心猿意马，不自觉地低下头想吻她的唇。可考虑到是公共场合，这样做不太雅观，只是凑到她唇边嗅了嗅。

却不知这轻轻一嗅，比亲吻还撩人，许沁霎时面色绯红。

久久压抑的一吻，直到进了电影院里才落下。

电影看的什么，已不重要。

无非是爆米花式的贺岁新片，没逻辑，没营养，图个热闹。

春节期间的放映厅热闹得过头，乌泱乌泱的，全是人，老人小孩合家欢。这边老人家耳背，不停要身旁儿女提示讲解；那边小孩子好奇，不断问大人那个画面那句话什么意思。

嗑瓜子的，吃爆米花的……叽叽喳喳，像在集市。

有的观众不堪其扰，发出叹气声，又无力阻止；有的观众无心看电影，反倒觉得这大杂院的气氛难得一见，哈哈直笑。

渐渐地，电影院里头讲话的人越来越多，大家都自暴自弃了。

连之前想认真看电影的人都破罐子破摔，尽情聊天了。像除夕夜电视开着春晚当背景音，一大家子人分散各处各自热闹去了。

宋焰和许沁既来之则安之，看一会儿电影，戏弄一会儿对方。揪揪手，捏捏腰，在昏暗的光线里依偎着闭会儿眼睛，听着电影声混杂着节日里的人声，两个小时过得很惬意。

出了电影院看见一排抓娃娃的机器，许沁手里还抱着看电影前买的一只羊宝宝呢，眼神又不禁在那闪亮的玻璃盒子里流连。

宋焰问："想抓娃娃？"

"想！"她看着他，眼里直冒星星。

"去吧。"宋焰掏出手机，扫码付钱，"哗啦啦"跟下银币雨似的出来一堆币，堆成了小山。

许沁喜滋滋道："这么多？"边说边往手里装，她小手装不下，他大手帮忙捞，还解释道："感觉你抓不上来，多弄点备着。"

许沁控诉道："乌鸦嘴！"

宋焰胳膊里夹着只胖羊宝宝，手里捧着一堆币，倚在机器前看她抓娃娃。

哪有那么好抓？

那爪子力气小得很，不是抓不动，便是抓了又掉，还总在挪向出口的半道上松开。

宋焰偶尔帮她左看右看，给她指点前后挪动。更多的时候，他不看娃娃，只看她。看她紧张咬唇，眼睛发亮，满怀期待，突然皱眉，气得跳脚……

他看着各种表情在她脸上浮现，乐个不停。

“你还笑？”她把抓不到娃娃的气撒在他身上，“就是因为你笑，我才抓不到！”

他不笑了，稍稍站直身子，一根手指戳在她眉心把她轻拨去一边说：“我来试试。”

他塞进两枚币，修长的手指在遥控杆上迅速前后拨动几下，调整好位置，却停下来，回头看向她。

“我要是抓到了怎么办？”

“什么怎么办？”

“没奖励？”

“……你要什么奖励？”

“换个姿势。”

许沁羞笑着踢他一脚，质问道：“还有什么姿势没试过？”

宋焰的眼神有些意味深长地说：“先记着，当你答应了。”

他五指轻轻一拍，爪子落下去，精准地抓到她最想要的那只兔子，一晃一晃地送到洞口，一松。

毛绒兔子滚进了取物口。

直到进了日料店，上了菜，许沁还抱着那只兔子，不停地摸它的绒毛，满眼兴奋和欢喜地说：“我最喜欢这只兔子了，抓到它感觉一整天都圆满了。”

“看来买的不如抓的。”宋焰瞥了一眼一旁的小羊，给她的碟子里倒上酱油，夹了芥末进去搅散，又夹了片三文鱼放在碟子里说，“吃吧，刚在电影院里就喊饿。”

“都一样喜欢。”许沁夹起三文鱼，放进嘴里，刚准备问他怎么会抓娃娃，却猛地想起，“高中的时候，你就很会——”

话说一半，却骤然停了。

他很会抓娃娃。

经常抓了送给她，搞得学校附近好几个游戏厅的老板都不准他玩了。

从哆啦A梦到樱桃小丸子，从小企鹅到小象，很多很多，堆满了许沁的柜子。可出国那年，她没带走。再回来时，一柜子的娃娃早被清理走了。

她还记得当时站在家里，面对那个空柜子时，那种过去被挖空了一样的感觉。

那时她觉得很痛，却很沉默，把这件事埋进了潜意识里再也不想。直到此刻她才恍然记起，依然有些遗憾那些失去的娃娃。

而面前宋焰只是淡淡一笑说：“以后每次约会都给你抓一个，好不好？”

“好呀！”她说。

他夹了块烤鳗鱼放在她盘子里，等她咬了一口，问：“好吃吗？”

“嗯，比上次吃的那家味道好。”

“还有一家味道更好，有点远，下周带你去。”

“好呀！”

正说着，邻桌的人讨论起除夕夜的火灾，声音飘到这边来：“……按我说，就得消防职业化。就说除夕那火灾，那么大火还派人往里冲，这不是送死是什么……”

那人噼里啪啦说了一堆，听上去特牛。

他同桌的一人似乎听不下去了，道：“火灾现场突发情况多，哪能事事预判准确？你就别打嘴炮了。你是看多了网上的文章吧，那些人为了点击率，什么都讲。你说职业化，那我问一句，给你开工资，这大火你进不进？进了你是躲在其他人身后，还是冲在最前边？可以有合同制，但完全不靠全勤军人，也是万万不行的。”

一桌子人就这个话题争论起来，可分明谁都是局外人。

许沁心里有些不舒服，她看看宋焰，他倒一副无所谓的样子。

但他喝了几勺汤后，还是平淡地开口了：“这次火灾，有很多人批评消防指挥部门。但是……假设消防部门没有错，可火灾就是发生了，怎么办？放任不管后果更严重，怎么办？

“不能怎么办。没有办法，硬着头皮也只能派人往里冲。这一点，无论在国内国外，都一样。

“很多时候，火势不会等指挥部门去判断里头的情况，更多的时候不进去就没法判断情况。而一些连旁观者都算不上的人，说的那些自以为有见地却不负责任的话，除了二次伤害，没有任何意义。”

许沁安静地听完，不知如何安慰他。

良久，她将手伸过去，摸了摸他的手。

他抬眸，她歪头看向他说：“宋队长，以后你就是指挥部门里的一员了，革命尚未成功，同志好好努力！”

宋焰“扑哧”一笑说：“是。”

一天一天，天空越来越蓝，气温也慢慢回升。

假期的日子过得闲适而甜蜜，转眼就到了情人节。

可节日那天，许沁接到肖亦骁的电话，说节后孟宴臣被特派出国去维和部队。大伙儿晚上聚一聚，叫她过去，最后还加了句：“带你男朋友来。”

许沁放下电话便头皮发麻。

孟宴臣出国，她怎么也得见上一见，大伙儿一起聚，也比单独见面好一点。可宋焰不会吃醋吧？

她硬着头皮把这个消息转达给宋焰，说：“你想去就去，不想去也行。”

宋焰说："去啊，为什么不去？"

"哦。"

意外地顺利。

她不知道的是，宋焰的想法很简单，她的朋友们，他自然是要认识的。

至于孟宴臣，他在国内的时候，他就不担心。他这会儿要出国了，他介意个什么？

宋焰下午消失了一段时间，说朋友有急事，出去帮了个忙。晚上的约会没有迟到，两人到魅色酒吧时，其他人都到了。

两人落了座，服务员过来点酒。

宋焰说："伏特加。"

许沁说："威士忌。"

宋焰看了她一眼，她耸耸肩说："多喝几杯不要紧，有你在，怕什么？"

他白她一眼。

孟宴臣收入眼底，又见许沁无名指上闪耀的钻石。几十万的心意，宋焰是待她真好，他放手也算放得心安了些。

此刻心里虽有一丝怅然，但也有一丝释然。应该说，那天在审讯室和许沁讲完那番话后，他便开始放下了。

那天，他清清楚楚地认识到，虽有万人阻挡，但没有走出那一步的是他，他再无怨言。

既已无怨，纠结便自会散开，只是时日长短罢了。

许沁扫了一眼在座的肖亦骁、孟宴臣和詹小娆，又看向蒋裕，对宋焰说："其他人你都认识，就不介绍了。这一位，蒋裕。蒋裕，这是宋焰。"

两人对视一眼，互相点了个头，就算打过招呼了。

许沁看向孟宴臣，想问点什么，没开口。反而是宋焰问他："去哪个国家？"

孟宴臣说："黎巴嫩。"

"什么时候走？"

"下周。"

"这么急？"

"说是那边任务重。"孟宴臣答道，两人就那边的工作和局势聊了好一会儿。

许沁像没事人一样坐在一旁喝酒。

詹小娆听着两人的对话越说越深，开始讲战争了，插了句嘴问宋焰："我的天，你不会是想跟着去吧？去吧去吧都去吧，我跟沁沁留下了。"

肖亦骁说："詹小娆，你这就不懂了，男人都有当兵打仗的憧憬。刻在骨子里的，没办法。"

蒋裕说："你这商人就闭嘴吧。当年你爸让你当兵你死活不肯，还有脸讲？"

许沁不管他们闹，问孟宴臣："爸妈同意了？"

孟宴臣说："爸爸同意了，妈妈还在生气。"

许沁点一下头算是了解。

一群人玩玩聊聊到深夜，许沁起身去上厕所，宋焰跟上她一道离开了。

从小的习惯，保持至今。

许沁觉得好笑，问："这酒吧是肖亦骁的，很安全的啦！"

宋焰弯弯唇，摸摸她的腰，揽着她的腰穿过昏暗的走廊往洗手间的方向走去。这回没碰上拥吻勾搭的男女。

许沁进了洗手间。宋焰在走廊上等，他背靠墙壁点了根烟，刚呼出一口，蒋裕来了。两人看了对方一眼，头一秒都没说话。

宋焰显然沉稳很多，蒋裕则手脚稍显无处安放，半晌，他晃了晃手里的烟，解释道："我过来抽根烟，里边禁烟。"

宋焰点了一下头。

蒋裕也跟他一样背靠着墙，上上下下的口袋摸了个遍。扭头看他，刚要开口，宋焰扔了样东西过来，蒋裕接住，是打火机。

“谢了！”他点燃烟，又把打火机抛还给他。

宋焰单手接住，塞回兜里。

两人都不讲话，各自抽烟。

过了好一会儿，蒋裕说：“上次好像在公安部碰见你了。”

“嗯，去办点事。”

“会去那边工作？”

“暂时不会，先去支队。”

蒋裕赞同地点头说：“嗯，这会儿去只能打杂，不如等两三年升个实职进去。”

宋焰扭头看他一眼。

蒋裕扯扯嘴角说：“我们在以后的工作中可能会经常碰面，请多多关照！”说着，一时没控制住，朝他伸出手。

宋焰没有即刻做出回应，蒋裕也愣了愣。

下一秒，宋焰将手伸过去，在他的手掌心打了一下，算是握手了。

到了深夜，聚会散了。

回家的路上，许沁靠在宋焰肩上，望着车窗外流散的灯光，心里很平静。看到孟宴臣状态不坏，她放心了。

还没到五芳街，宋焰叫了停车。

许沁歪头望着窗外说：“还没到呢。”

“走一会儿。”

“也行。”

她下了车，挽住他的手，穿过树影斑驳的道路。

深夜，路灯光线昏黄。

两人相伴前行，什么也不说，感觉却是分外甜蜜。

许沁抬头看，天空中有星星，不多，却是极易识别的猎户座和天狼星。她仰着头走路，丝毫不怕会摔倒，有他扶着她呢。

走了一会儿，她想到什么，视线落下来，说："情人节没有单独和你过，会不会不高兴？"

"没有。"相反，他今晚过得挺开心的。他说，"和你在一起，哪天不是情人节？"

许沁"扑哧"一笑，朝他伸手说："喏，是不是要送我礼物？快变出来吧，我只要一枝玫瑰。"

她又故意折腾了，还有些得逞地想看他笑话："快，今天情人节，送我玫瑰啊！只要一枝就够。"

宋焰微勾唇角，盯着她，路灯的光映在他眼底黄灿灿的。他问："一枝会不会太少了？"

他握住她的肩膀，将她扭转过身去。

路边停着一辆崭新的白色宝马。

许沁还没反应过来，正奇怪这是谁的车，怎么和我之前的一样？却透过挡风玻璃看见车内铺满的玫瑰花瓣。

她的心开始一下一下地狂跳起来。

他从身后轻搂着她的腰，把车钥匙塞进她的手心。毫无缘由地，她浑身战栗了一下。

"这……给我的？"

"给我老婆的。"

"那不就是我了！"她轻声嚷道。不知为何，她控制不住，身体微微地发抖。或许是因为深夜气温低，一定是这样。

他将她搂紧了，下巴抵在她肩膀上道："以后一起上下班，好不好？"

她乖乖点头说："好呀。"

他忍不住笑起来。

她也忍不住"咯咯"笑着，突然觉得上班也会很快乐了。

"对了，"他吻了吻她的耳垂，嗓音低哑地问，"上次抓娃娃的奖励，现在是不是该兑现了？"

夜色静寂，路灯光影朦胧。

白色轿车停在干净无人的街道旁，轻轻晃动着。

满车玫瑰的清香，柔软的花瓣。

氤氲着许沁紧张而急促的声音问："会不会被人发现……被人看见了怎么办？"

宋焰眼瞳深而暗，吻着她羞红的脸颊、她如玉的肩膀说："这么晚了，不会有人。"

"可是……啊……"

"……疼？"

"嗯。"

"你太紧张了。"他伸手抚摸着她说，"放松。"

她被他撩拨着，似乎害怕，却又似乎很舒服。

她时不时地看向车窗外，惊怕、羞耻，却又觉得刺激。人也越发敏感，酥快之感成倍放大，一次次被抛上云端。

她身体发热，脑子也不清醒，眩晕迷糊，最后累得迷迷糊糊地睡去了。

睡着时只觉耳边的他呼吸深沉，窗外光影斑驳。

她睡了不知多久，感觉他轻手轻脚地整理好了她的衣服。

车开动了。

应有路灯光影流转，但他的外套遮住了她的眼睛。她毫无知觉，睡得很沉。

车停下，宋焰把她裹好，抱了起来。

许沁潜意识里动了动，想自己走，但他在她耳边低声说："乖乖睡觉，我抱你回家。"

她于是就放弃了挣扎，软软地靠进他怀里，只依稀感觉冬夜冷风清冽，他的心跳声有力而鲜活。

后来她被放到床上，舒适地睡去。

这一觉睡得极其安稳，醒来时天光大亮。她睡眼惺忪，在被子里伸伸腿脚，打了个滚去抱宋焰，摸了摸，床边空空无人。

她睁开眼睛，看见排排木窗外阳光灿烂，清风抚动纱帘，墙壁是淡蓝色的。

这……

她一下坐起身，惊觉自己在一张淡紫色的大圆床上，床边铺着一圈浅灰色的地毯，还有个白色的吊篮。

这房间……

左边墙壁一整面米色的衣柜，右边连排木窗，淡紫色的窗帘收起来，只拉着一层薄薄的纱，能看见窗外树影成荫。

风铃摆动，"叮咚"作响。

窗户旁，阳光洒满美人榻。

浅灰色地板延伸至小厅，内嵌布艺的木沙发、木茶几。室内颜色以淡蓝、淡紫和浅灰为主，安静低调，赏心悦目。

许沁下了床，拉开木门走去客厅，象牙色墙壁，咖啡色地板，月牙色电视墙，内嵌沙发，桦木茶几。

北面的窗外种满了树。

南边面向庭院，大门敞开，阳光铺满地板。

更叫她欣喜的，是客厅沙发背后设置了一个中心区。

一张长方形的大木桌子，宽宽松松地围了六把木椅子，连靠枕都有。桌子特别设计过，方便走线。

桌下几处地面插头，能全家人聚在一起办公作业。背后整面墙从屋顶到地板都是书柜，分成无数方形小格。

哪怕以后有一群孩子，也能把全家人的书都收纳进去。一旁靠窗边还有处大大的软沙发区，堆满靠枕，许是让人窝在里头读书的。

许沁呼吸都有些不稳了。

她迈出门槛，院里种了树，铺了草地，上有鹅卵石小径。庭院改造过，一道方形环廊把几处房间连接起来，廊上吊着乳白色的灯，还悬了风铃。

东边是分隔开的两间小卧室，西边是厨房和餐厅。厨房整体为淡绿色，清新雅洁，餐厅则是浅杏色，墙壁透着一丝嫩黄，白色餐桌上摆着一小束雏菊。

而通向大门的长廊另一侧，有一棵枝干很粗的大树，像是生长了很多年，她叫不出名字。她只认得庭院这一侧靠近卧室的地方种着枇杷，还有一株樱桃树。

整个四合院美好极了。

她满屋子转了一圈，没找到宋焰，便坐在回廊的台阶上等。

明明很开心，可不知为何，她莫名其妙地流泪了。

那年，她还小，她多羡慕舅舅家的四合院啊！一家人开开心心地住在里边，每天都有笑声。

她说："宋焰，我好喜欢你们家。"

他道："光说没用，敢不敢上我的户口本？"

她安静了好久，说：“那你送我一个四合院吧。这世上的一切我都不喜欢，我也不想出去见别的人。我就想要一座四合院，然后被你锁在里边。”

她微微一吸鼻子，拂去眼角的泪。

傻子，她羡慕的不是舅舅的四合院，是舅舅幸福的家。

影壁那头传来开门声和箱子在地上滚动的声音。

宋焰上了长廊，拖着两个箱子还有纸袋，原来是去舅舅家搬东西了。

“怎么坐在这儿？”

他话音未落，她穿过庭院，飞扑上去搂住他的腰喊道：“宋焰……”

她一瞬间万般情绪涌上心头，眼泪流了出来。

他被她撞得稍稍后退一步，站稳了，摸摸她的后背，逗她说：“不喜欢，都急哭了？”

她立刻摇头，哽咽道：“宋焰，我喜欢到可以一辈子都不出去。我本来就不喜欢外面的一切，我可以一辈子在这里不出去。”

宋焰愣了愣，想到她会很开心，但没料到她的反应竟然这么大。她急切地说完那番话，再不吭声，眼泪直流。

他用大掌抚摸着她的头发，要安慰什么，她心酸地问：“宋焰，你这十年是怎么过来的？”

他顿时抿紧了唇。

十年是怎么过来的？

熬过来的。

那次她醉酒后质问他有没有为靠近她而做过一丝努力。

她不知道的是，为了娶她，为了和她在一起，他积攒了十年，拼搏了十年。

即使那次受了重创，让他几乎崩溃，可后来的每一天，他也不曾有一天安于现状，不曾有一天想过混着日子等着再相见。

他的计划，在更早之前。

很早的时候，五芳街的房价虽然不高，对他来说却也是一笔巨款。他20岁生日那天，也不知哪儿来的魄力，把父亲留下的各类资金一次性花了个干净，付了首付，还挺聪明地选了前低后高的递进式还款，还打着如意算盘，想着工资补贴和租金足够还房贷。等房贷慢慢升高，他也升职加薪了。

却不承想，中途会天降横祸。

他被严刑拷打半个月，后来被救走，罪名由坐实变成存疑，他知道救他的人是谁。那时他太心高气傲，太恨，觉得太屈辱，人都倒在土里不成形了，都发不出清晰的声音了，也要咒骂那个毁了他原生家庭的人。

他失去彻底洗清的机会，没罪却也不够清白。原来的队伍待不下去，被丢进人们说的最没出息的队伍里，从零开始。

那是他人生中最黑暗的日子。

梦想破灭、事业挫败、身体受创，四合院也要保不住了。

他拼了命地想出成绩，想立功，想升职，盯着考核奖金、绩效奖金、功章奖金……盯着升班长加薪，升排长加薪。

可无论他再怎么拼命也出现了空缺，入不敷出。长那么大，他生平第一次找朋友开口借钱，期满了还不上，又不能失信，被逼到走投无路，就找民间借贷。

而那时他甚至不知道许沁在哪儿，还会不会回来。可人就像是失去理智了，是个赌徒，是个疯子，只想用尽一切办法守住最重要的东西。

头几年黑暗的日子他已记不太清了，只记得每月回家都穿着迷彩服和胶底鞋。吃穿用度全在队里，不买东西，不花费，每分钱都拿去还债了。

可即使是被生活逼成那副样子，每过一个月却又像赢得了一场战争，仿佛他的家一点点真实起来。

一点点地找到了存在于世的感觉。

虽然偶尔会模糊了许沁的样貌，却莫名地觉得她一定会回来。

就跟那次在溜冰场打架一样，她跟孟宴臣走了，可第二天她就回来了。

或许她自己没发现，但只要她意识到宋焰在等她，就会回去找他。

只是，很多个第二天之后，她都没回来。

渐渐地，一年又一年，房价开始疯狂上涨，房租跟着一次次翻倍。而他也一步步升职，压在肩头的重担，才一点点卸下。

但由于前期借过高利息民贷，他三年前才陆陆续续地还清欠账。

好在那时，房租已超过贷款数倍，终于有余钱了，也能研究装修了，他让舅舅帮忙设计和打造家具。

他天天翻书，研究说紫色促进睡眠，蓝色让人安静，绿色适合厨房，黄色促进食欲。

花草树木也都了解一番，香味不能太浓，不能招虫，花期则最好能把一年四季都凑进去。

而如今，房子已干干净净地到期。

家具都是舅舅帮忙打的，刨除装修的少部分钱，剩下的也有 30 多万，一大半买了戒指，余下的按揭了一辆车。

他目前的工资应付车贷绰绰有余。

不舍得她在高峰期排队等出租，更不舍得她挤地铁，透支送她上下班的幸福，未尝不可。

至于为什么一定要买白色的宝马——

因为去年 8 月那个雨夜，他救起来的就是那辆车。

而她忘了。

她以为他是去救一个普通市民，以为那是他第一次见到她的车。

她忘了。

在最初，五芳街起火那天，她的车堵着消防通道时，他就记住了她的车牌号。

那个暴雨夜，支撑着他咬碎了牙也要把车推上去的信念，不过是他知道车里的人是她。

他的女人啊，在生活上记性不太好。

不过，不要紧。

等到老了时，再告诉她，也会是个惊喜。

等到白发苍苍了，坐在院子里晒太阳的时候，再告诉她："老伴，那辆白色宝马，你真的想不起来了？

"给你一个提示，消防通道啊！"

那时候她会笑吧，或许，又会像此刻这样流泪呢。

对那段过往，宋焰从未打算对许沁提。

他言简意赅，省去艰难的前半段，还调侃道："买得早，连房租都赚了一大把。"

许沁正心算呢，他拉着两个箱子一边往里头走，一边说："还站着干什么？快过来整理东西。"

她回过神，跟了上去。

他提箱子过门槛时，把大纸袋放在门边，说："先运了一部分，剩下的以后慢慢搬回来。"

两人进了室内，一起收拾。

许沁起先有些蒙，有点反应不过来，总是手里捧着东西，却不知道该放去哪儿。

但她对这个家有天然的亲近感，很快就随意起来。她把衣柜构造摸了个清，迅速给外套、毛衣、裤子、内衣、袜子、包包划分了各自的去处。

杂物不少。

她一会儿跑去中心区放书本，一会儿跑去客厅放一把指甲刀，充电线放到大木桌上，毛绒玩具放进吊篮里。

宋焰没那么多东西，很快就收拾好了。他靠在墙边看她忙忙碌碌一脸兴奋地跑来跑去，像女主人一样。

一室阳光，心情很好。

“要帮忙吗？”

“我自己来。”她很享受自己整理的乐趣。

宋焰瞧出来了，便不予剥夺。

他出门去，躺在回廊露台的软榻上，手枕在脑后，合上眼睛晒太阳。

他昨天睡得太晚，耗费了不少精力，今天又起得太早，有些困。

此刻阳光温暖，枇杷树的影子洒在他脸上。

他听见屋内软拖鞋踩在木地板上“窸窸窣窣”，她进进出出、来来回回地跑。听着她在他听觉范围内穿梭，他微微一弯唇，慢慢睡去了。

过了没多久，她那头收拾完了，爬到他身边，搂着他的腰躺下。

他闭着眼睛问：“收拾好了？”

“嗯。”她把脸靠在他肩头，他黑色的毛衣被太阳晒得暖烫。

两人安静地依偎了一会儿，她却还惦记着，问道：“宋焰？”

“嗯？”

“你这十年过得辛苦吗？”

他慢慢睁开眼睛说：“还好。”

她并不相信，却没让他看见自己的眼神，苦涩地笑着问：“真的？”

“真的。”他语气很是无所谓地说，“训练起来是苦一点，可当兵都这样。入伍的时候发了誓要努力工作艰苦奋斗，就挨着呗。吃点苦算不得什么。”

“发誓？我们学医的也有誓言，”她轻易被他引开了注意力，“当兵的誓言是什么？”她摇摇他的身体说，“我要听。”

他被她挠得肚子痒痒的，忍不住笑，又轻皱着眉心说：“我想想啊。”抿唇半刻，“嗯。怎么说来着，为人民服务……不怕牺牲，忠于职守，”起先记不太清了，后来渐渐地越说越流畅，“努力工作，艰苦奋斗。在任何情况下，决不背叛祖国，决不背叛军队。”

许沁一愣。

蓦地想起酒醉后的第二天，他去她家里找她，那时他给她的承诺就是……

他看见她的眼神，知道她记起来了。

他淡淡一笑，说：“是啊，也决不会背叛你。”

她往他身边挤挤，凑他更近，脑袋靠在他颈窝里，闭上眼睛，不去回想当时的窘境，眼睛里有温热的液体湿润着睫毛。

阳光照在她眼睛上，世界红彤彤的，一片温暖炙心。

她什么也说不出，但即使不说，他也会懂得吧。

两人又有很久没再说话，单纯地享受着安静的相拥。

清风吹着，偶尔眯着眼睛看一眼。四合院赭色的屋檐之上，一块长方形的蓝天，高远，纯粹。

纵使时光永远停留在这一刻，也不负人生了。

靠了一会儿，她调整姿势，无意间看到榻下放着个大袋子，她撑起上身说：“还有东西没收完。”

“我来。”宋焰起身说。

“要一起。”许沁溜了过去。

袋里是一件裙子，许沁拎起来，底下露出一个大木头盒子。

宋焰刚在舅舅家收拾时就发现了，当时没管，现在却好奇地摇了摇。

里头有东西晃来晃去。

“这什么？”

许沁一见，扔下裙子就要抢盒子。宋焰手快，迅速拿去身后藏住问：“什么东西？”

“哎呀，就是玩具。”

宋焰瞥了一眼她的表情，下了定论说：“撒谎。”他一手掐着她的腰，一手在身后晃了晃，里头的木头“哗哗”直响。

许沁扑在他身上，左抓右挠，比不过他手长，气得大声道：“给我！”

她在他身上蹭来蹭去，他笑着说：“许沁，你再动，我要起反应了。”

她瞪眼睛，昨晚被他折腾一番，现在还疼呢，立刻愤愤地打他一下，和他拉开了距离。

他转身开盒子，她又趁机一扑，可他敏捷躲过。

盒子打开，里头一堆木头小人，全是少年时代的宋焰，栩栩如生。更妙的是每一个表情、衣服、动作都不一样，且全是真实生活里出现过的。

宋焰怔了一下，脸上随即涌起一阵狂喜，跟发现了秘密宝藏似的问：“这全是我？”

许沁红着脸，爬去软榻上跪坐着说：“啊。你喜欢啊？”

“废话。”他盘腿坐在榻上，把小人偶“哗啦啦”全倒了出来，一边一个个看着，一边说，“太像了。”他的表情新奇得像当初那个少年，“……这表情……这动作……我当年还留过这种发型？——这件衣服还在舅舅家，没扔呢！”

每个都是一段记忆，带着少年时期鲜活的温度。

他爱不释手，观摩良久，终于想起来，质问道：“你怎么不早送给我？”

“本来就不是送给你的。”

“哼，不送我送谁？”

“我自己留着啊。”许沁说着，把一堆小木偶揽到自己腿边。

宋焰顿住了，忽然想起什么，安静了一秒，抬头看着她问：“什么时候刻的？”

“在国外时。”许沁低着头，也没看他，说，“因为……也不知道你变成什么样子了，只记得你高中时候的样子。”

宋焰抚摸着小木头人的脸，问：“许沁？”

“嗯？”

“你这十年是怎么过的？”

她想了两秒就给出答案：“读书，工作。然后，没有了。”

他不作声了，低头继续看着盒子里的木偶，直到看见其中一个穿着篮球服，留着贝克汉姆著名的莫西干头的。

他停住了。

他人生里留过一年的莫西干发型，那是在初三。

高一才开学，他就改了。

只有开学前的那个晚自习。

他抬眸看向她说：“我把你堵在路上那天，你不是说，不认识我？”

她抿唇半刻，嘿嘿一笑说：“我撒谎了呀。”

宋焰漆黑的眼睛盯着她看了半晌，啧啧两下说：“行，撒谎就撒谎了吧。”

她咧嘴笑了，扑到他怀里。

毫无缘由地，她表白道：“宋焰，我只爱过你一个，只有你一个。”

说这话时，冬日的阳光笼罩在他们身上。

四合院上，一方蓝天。

阳光洒在樱桃树上，在看不见的地方酝酿着春意。

几只麻雀飞过来，落在石榴树上蹦跶着，还有一只落到草地上啄泥巴。

空气里有干燥清新的冬天味，也有温暖清润的春天香。

而多年前，是燥热慌张的夏天。

那个晚上，刚刚在宿舍里被舍友孤立的许沁很是手足无措，她抱着书包战战兢兢地去了教室。大家都是初中部的老友，都认识，聚在一起玩。

只有她一个是转来的新人，没人理她。

晚自习，老师一个个叫人上台做自我介绍，回答提问。教室里热闹得像过节。

她坐在座位上，紧紧揪着自己的手，表情木然，内心不安地想：过会儿大家会问什么问题呢？怎么回答呢？记得说话时声音一定要大一点。

突然，下课铃响了。

她紧张极了，心想：等自己上台，语速要快，不能耽误大家的时间。

正等着老师点名呢，老师说："都自我介绍完了啊，那就下课……"

她脑子顿时蒙了一下，坐在原地，又想举手又怕被嘲笑，心一路往下跌，还安慰自己，反正我也不想自我介绍。可再怎么自我安慰，还是委屈得眼睛发酸。

可是，教室后排传来一个懒散的声音说："老鲁，那小家伙还没介绍呢！"

她回头，由于人影挡着，她只看见了他上半截脸，黑黑的干净的眼睛，头发嚣张地竖立的莫西干头，前边几簇倒下来了，散在额头上。

少年清瘦的手臂举得高高的，食指却懒洋洋地垂着，指向她。

她在全班同学的注视下走出去，站在台上表情淡漠，不在乎，其实内心紧张得要命，又害怕又尴尬。

她说："我叫孟沁。"

老师："大家提问啊。"

没人问她。

教室里安安静静的，大家都看着她，但每个人都没表情，也不感兴趣。

她的脸热辣辣地烧起来，走也不是，留也不是。

她站在满是同学的教室里，就像站在空空的原野上。

可那个少年的声音再次传来："哪个'孟'，哪个'沁'啊？"

提问的人，像是想把她的名字记清楚一样。

她说："子皿'孟'，水心'沁'。"

"真乖啊！"男生说。

她看见他在笑，碎发下，他的眼睛里有教室日光灯的倒影，亮闪闪的，像阳光跳跃的湖，像火一样温暖了她。

或许，在那一刻，他对她来说，就已经不一样了。

不然，她不会在他堵她的路之后不告诉家长，而是当作小秘密隐藏在心里。

不然，她不会那么坏，一次次试探他、验证他、挑衅他、惹他生气，却又在他一次次的回应里得到安稳，得到安宁。

或许，她不是想寻求庇护，而是在寻求爱了。

原本，她就只是个很普通的女孩，或许还要差劲一点，自私、懦弱、窝里横、恃宠而骄，却又怀着奢望，等着一个人能走过千山万水来爱她，敲敲她的城门问："我能进来吗？"

她为他开门，说："那以后不许走了哦。"

他说："好。"

然后，他们就永远在一起了。

多么简单的道理。

可那个时候她不明白，赶走了他，还一声不吭地背着自己的城逃跑了十年。

却一天天发现，她心里的城，从此再也打不开。

这一关，就是十年。只等当初的那个人长途跋涉，再次不顾风沙地追随而来。

我的一座城，在等你。你不来，我便始终一个人。

所幸，走过纷飞的迷雾、肆虐的沙尘，你还是来了。

让一切，尘埃落定。

番　外

我的城，只等你

十年前开始写的书信，

在这一刻落下最后一笔。

所幸，有惊，无险。

门诊下午五点半下班，许沁留在办公室里看书。

新来的实习医生从门边经过，探头进来一看，问："许医生还不下班啊？"

许沁说："嗯，再等一会儿。"

同科室的董医生路过，笑道："她有男朋友来接呢。"

"哦，好幸福啊——"

"可不是，又高又帅的，还特别会宠人。"

许沁抿唇微笑。

"许医生，走啦！"

"再见！"

脚步声很快消失在走廊，许沁安心看书。十分钟后，她合上书，拿上包，锁了办公室的门下楼。

晚十分钟，错过了医院的下班高峰期，她独自穿过安静的医院大楼，行人寥寥，别有一番清静。

走出门外，天高地阔。

年后，帝城的天气一天比一天好。

天空湛蓝，空气清新。

往来的轻风凉丝丝的，褪去了冰冷之意。

冬天真的过去了。

天气好，人的心情也爽朗。

她下台阶时嘴角不自觉地挂了笑，快步走到医院大门口，等待不到一分钟，就看见了她家白色的车。

透过挡风玻璃，驾驶座上的男人看着她，脸上的笑容在放大。

车放缓速度，停到她身边。

她拉开车门坐上副驾驶座，凑过去在宋焰的脸颊上亲了一口。

今天是周末，路上车流量大，有些堵。

宋焰放缓车速，还有闲情逸致伸手过来握住她的手，轻轻揉着。

一见到她，便忍不住想亲近，难以解释为何。

“今天上班累吗？”

“不累啊。跟之前在急诊室比起来，小巫见大巫。你呢？”

“也挺轻松。”

许沁慢慢地揪着他的手指，忽然问：“你们现在是不是不用体能训练了？”

“废话。”

前边的车移动了，宋焰大拇指摸了摸她的手背，才抽回手。他开着车慢慢地过了十字路口，想起什么，扭头看向她问：“怎么了？一副遗憾的样子。”

许沁说：“那要是没腹肌了，怎么办？”

宋焰：“……”

他笑出一声，问：“喜欢腹肌？”

她说：“喜欢啊。”

“简单啊，每天在家里背着你做几百个俯卧撑，再抱着你做几百个深蹲，就差不多了。”

许沁想一想那画面，觉得还挺美好的，眼睛亮亮地点了点头。

买了菜回家，进门绕过影壁墙，上了长廊，看见院子里的迎春花开了，黄黄的，一朵一朵的，很是明艳动人。

而那棵很大的树上，也开出了粉白色的玉兰花。

许沁仰头望着粉白色的花道：“原来这是一株玉兰树。”

“它在这儿长了很多年。”当初宋焰买下这座院子的时候，它就在这儿了，花开花落，始终如一。

他望着玉兰花枝映在蓝天下，说：“你还有什么喜欢的花草？都种进院子里来。”

“我对这些不太了解啊。”

“不要紧，慢慢来。”他说，“我下次弄些图片给你看，你只要选你喜欢的就行。”

“你负责种吗？”她问。

“不然呢？”他笑问。

回廊上的风铃“叮当”，两人聊着花花草草，拎着买来的菜进了厨房。

许沁不会做饭，但乐得给宋焰打下手。

不过，宋焰最多只让她洗菜，是不会让她碰刀的。说什么她的手是拿手术刀的，怕不小心切伤了。

许沁也不坚持，他做菜她便围着他转来转去地跟他讲闲话，帮他拿盘碟，又摆碗筷、盛米饭什么的，忙得不亦乐乎。

一盘青椒煎鱼，一盘炒青菜，一碗黄瓜汤。二人食，刚刚好。

晚饭后，她依偎在他怀里，坐在露台上吹吹夜风，望望星空，一大块，长方形的，镶嵌在屋檐做成的边框里。

星空像一块墨蓝色的天鹅绒，上边撒着亮晶晶的碎钻。

亘古永恒。

繁华城市的角落里，有属于两人的一方安静，如果余生都能这样度过，多美好啊！

风吹风铃轻声响，风吹树叶“唰唰”地动。

许沁靠在他怀里，盖一张薄毯，不禁回想起高中时的恋爱时光，想起那时跟着宋焰去舅舅家玩。

年少的她，也会和宋焰坐在台阶上望星空。那时候的她，没有想到未来会有这样一天。

那时候的他们，青涩，简单，充满了热情。

她记得那时他们天天腻在一起，就连他跟一帮兄弟玩闹讲话时，他都会抽空突然转过身，把她拉到自己身边，低头亲她一口。

大庭广众下，偏偏他的背影刚好挡住了众人的视线，让她面红耳赤的。

还有更大胆的。

高中时，有段时间他旷课严重，老师也不管他了。可他总想她啊，总会跑去找她。有一次课间他跑去学校，结果碰上老师拖堂考试，大家都在伏案做题呢。

宋焰在教室外望了许沁好一会儿，终于忍不住，走进了教室。

老师问：“干吗？”

他说：“我找许沁，给她点东西。”

许沁正低头写题呢，抬起头诧异地看着他。

他唇角勾着笑，痞痞地走到她桌前，双手扶住桌子，腰身弯下去，嘴唇落在她的眉心。

许沁始料未及。

他的背影挡着，老师没看见，可后排的同学们都看见了。

“哇！”大家起哄道。

老师不明所以地问：“你们吵什么？”

许沁红着脸轻轻瞪他一眼，他笑笑说：“放学了，我在门口等你。”

走了。

那时他们总爱腻在一起，就像现在，在一起的时候，干什么都是开心的。

洗菜也开心，看星星也开心。

坐在中心区里他看他的书，她看她的，互相不说话，也开心；看书的间隙偶尔抬头看对方一眼，看见温馨的家中有他（她）的陪伴，很是开心。

亦总是默契，就像在她低头看着专业书，手在桌子上摸来摸去的时候，正在看书的他瞥见桌子缝里的笔，拿起来递到她手边。她接过去“刷刷”写字，他低头继续看书。

就像他伸伸懒腰，准备起身回房看电影，她便立刻收掉书本，麻溜地上前拖住他的手，跟他一起回房，窝在大床上看看电影、听听歌，卿卿我我，二人世界。

其他灯都关了，只剩大床上方一圈暗淡的内置灯，散发着柔和的光芒。

氤氲着暧昧的气氛。

她睡在淡紫色的床上，肤如白雪，撒娇般和他蹭缠在一起。

她搂着他的脖子，赖在他怀里打滚，耳鬓厮磨，想起什么，忽然问：“资料都拿好了吗？”

“都好了，你呢？明天请假了吧？”

“请了。”

宋焰笑着问：“请假时是怎么说的？”

“还能怎么说，就说要去领结婚证了。”许沁“咯咯”笑着，又道，

“你呢，你是怎么说的？”

“去娶老婆。”

她埋在他胸前笑，笑得肩膀抖个不停。

他却稍稍严肃了点，问：“许沁？”

“嗯？”

“都说婚姻是围城。这座城，你想进去吗？”宋焰认真地看着她问。

而许沁也认真地看着宋焰说：“跟你一起，就想。我愿意被你锁在这座城里，一辈子。”

他笑了，低头吻她。

她微微喘息着，迎接他。

窗外，月光很好。

春天到了，清新的树叶味从窗外飘了进来。

慢慢沉沦，失去意识，她的心和她的身体又一次被填满充盈。她脑子里模模糊糊地想着，这世上不会有另一个人更懂她、更知她了。

她想着，如果以后有了小孩，就叫——宋知许。

后 记

沁沁冬日，心有焰火

他们会彼此扶持，陪伴，

走过一切荆棘。

这听上去多像美好的童话啊！

写这篇文的过程中，我常常泪目。虽然这篇文的虐点看上去不是那么明显，但我时常会走进去，体会着宋焰和许沁那种在现实的压力下爱而不能的心情，不自觉会眼睛湿润。

都说这篇文太现实了，爱情和面包，孰贵孰贱？若是此刻捧着这本书的你，你会选择哪一个？

你又是否敢脱了鞋，光脚去追求爱情？

写到最后，也并没有一个结果。

宋焰和许沁最后之所以能在一起，只是因为他们太过契合，谁离了彼此，生命都不会完整。在这样的需要和陪伴面前，其他的好像就没什么意义了。

写到后面，我赋予了它一些童话般的美好，一点点地减轻了现实的伤痛。这大概是我的一种习惯。写文这么多年来，我写过的每一对男女主一旦历经磨难在一起后，他们便会心灵相通，成为彼此的灵魂伴侣，再也没有任何误会和困难能将他们分开。他们会彼此扶持，陪伴，走过一切荆棘。这听上去多像美好的童话啊！

就像宋焰在面临不能升职的那个夜晚时，即使是一贯自私懦弱的许沁，她也没有惊慌，没有纠结，没有再度陷入对未来不可知的恐惧里，而是支持宋焰去做他想做的事。那一刻，在她心里，抚平宋焰内心的痛苦和内疚，远比面包来得重要。

这就是我眼中的爱情，童话般的爱情。

现实生活中，恋爱、结婚慢慢会变成一种算计和较量。比工资、比家庭、比金钱投入的多少与轻重，仿佛搭个伙过日子，忘了最初的爱在哪里。但转念想想，他们有他们的道理，爱情无法使人饱腹，无法变出车房，没有经济基础的婚姻，注定也会消磨掉昔日的爱情。

这是一个永恒的争论。

正如一个读者留言所说，不要因为这篇文的结局不好而不相信爱情，也不要因为这篇文结局的好而忘记现实。

但不论选择哪一个，爱或不爱，都努力吧。像许沁一样为了自立而努力，像宋焰一样为了爱情而努力，这样的人生才不算白费。

开始写文时是冬天，写完时已是春光灿烂。就像他们重逢后的爱情，历经寒冬，最终春暖花开了。

读者们都说我写文写到结尾时就要大虐，就要搞事情，每每害怕我会把男主角写死。这篇文其实写成悲剧也很合理，但我从一开始就没有想过写悲剧，因为看过太多牺牲战士年轻的脸，实在写不下去。

我多么希望，他们每一个人，无论是在这个世界，还是在另一个世界，都能像宋焰一样，历经苦难，最终，却能幸福地活着。

愿，好人平安！

你的每一次逆行，
我都在原地等你。

图书在版编目（CIP）数据

一座城，在等你 ：全2册 / 玖月晞著. -- 南京 ：
江苏凤凰文艺出版社，2022.6
ISBN 978-7-5594-6604-4

Ⅰ. ①一… Ⅱ. ①玖… Ⅲ. ①长篇小说－中国－当代
Ⅳ. ①I247.5

中国版本图书馆CIP数据核字(2022)第075083号

一座城，在等你：全2册
玖月晞 著

责任编辑 张倩
特约编辑 陈阿孟
封面设计 VIOLET
出版发行 江苏凤凰文艺出版社
南京市中央路 165 号，邮编：210009
网 址 http://www.jswenyi.com
印 刷 河北鹏润印刷有限公司
开 本 787mm × 1092mm 1/32
印 张 18.5
字 数 500千字
版 次 2022 年 6 月第 1 版
印 次 2022 年 6 月第 1 次印刷
书 号 ISBN 978-7-5594-6604-4
定 价 88.00 元（全 2 册）
